GOLDMANN

Mörderische Ferien

ERLE STANLEY GARDNER/A. A. FAIR

Das volle Risiko

BILL KNOX

Der Tod des Sargmachers

ARTHUR W. UPFIELD

Gefahr für Bony

Drei Kriminalromane
in einem Band

GOLDMANN VERLAG

Made in Germany · 6/87 · Sonderausgabe
Genehmigte Taschenbuchausgabe
Das volle Risiko
© der Originalausgabe 1964
by William Morrow and Company, Inc.
© der deutschsprachigen Ausgabe 1979
by Wilhelm Goldmann Verlag, München
Der Tod des Sargmachers
© der Originalausgabe 1981 by Bill Knox
© der deutschsprachigen Ausgabe 1982
by Wilhelm Goldmann Verlag, München
Gefahr für Bony
© der Originalausgabe 1966 by Bonaparte Holding Pty. Ltd.
© der deutschsprachigen Ausgabe 1967
by Wilhelm Goldmann Verlag, München
Umschlagentwurf: Design Team München
Umschlagfoto: Hubertus Mall, Stuttgart
Druck: Elsnerdruck, Berlin
Verlagsnummer: 10155
UK/Herstellung: Heidrun Nawrot
ISBN 3-442-10155-7

ERLE STANLEY GARDNER/A. A. FAIR

Das volle Risiko

Aus dem Amerikanischen übertragen von
Fried Holm
Herausgegeben von Friedrich A. Hofschuster

Die Hauptpersonen

Bertha Cool ⎱ Donald Lam ⎰	Detektive
Elsie Brand	Sekretärin
Homer Breckinridge	Präsident und Geschäfts- führer einer Versicherungs- gesellschaft
Foley Chester	Importeur
Hobard Kramer, genannt Buck	Angestellter auf der Gästeranch
Dolores Ferrol	Hostess auf der Gästeranch
Melita Doon ⎱ Josephine Edgar ⎰	Krankenschwestern
Sergeant Fank Sellers	Kriminalbeamter in Los Angeles

Der Roman spielt in Tucson und Dallas, USA.

Elsie Brand, meine Sekretärin, sprang schon aus ihrem Sessel hoch, während ich die Tür aufmachte.

»Donald«, sagte sie, »Bertha kriegt Junge.«

»Schon wieder?«

»Diesmal ist sie wirklich auf hundertachtzig.«

»Warum, was ist los?«

»Ein neuer Kontakt. Der Mann ist ein großer Boss und will nicht warten. Sie wollen mit dir reden.«

»Dann ruf sie an«, sagte ich. »Teile ihr mit, daß ich soeben frisch eingetroffen bin.«

»Nein, du sollst sofort hineingehen. Ihre Anweisung.«

»Wer ist dieser Boss? Kennst du ihn?«

»Er sieht aber vornehm aus«, sagte Elsie. »Wie ein Bankier oder ein sehr reicher Börsenmakler.«

»Okay«, erklärte ich. »Ich werd' ihn mir mal anschauen.«

Und damit marschierte ich aus meinem Büro hinaus in den Empfangs- und Warteraum und zu der Tür, auf der stand: ›B. COOL – PRIVAT.‹

Das B bedeutet Bertha, und Bertha bedeutet zwei Zentner Streitlust, diamanthartes Augen, eine Figur, die zur Tonne geworden ist, ein Bulldoggenkinn und ein Gesicht, dessen Wangen völlig auseinanderliefen, wenn Bertha nicht das Kinn hochhielt und die Backen einzog – eine Mimik, die sie immer dann vollführte, wenn sie beeindruckend wirken wollte.

Bertha Cools Augen funkelten mich an. »Na, war ja auch langsam Zeit, daß du kommst. Wo hast du denn gesteckt?«

»Bei der Arbeit an einem Fall«, sagte ich.

»Gib Mr. Breckinridge die Hand«, sagte sie. »Er wartet schon seit fast zwanzig Minuten auf dich.«

»Guten Tag, wie geht's, Mr. Breckinridge?« sagte ich.

Der Bursche stand tatsächlich auf. Er war groß, schlank, mit grauen Schläfen, fünfundvierzig oder so, mit einem sauber getrimmten Schnurrbart, ebenfalls grau, und fragenden, natürlich grauen Augen. Ungefähr einsachtzig groß, also sicherlich fünfzehn Zentimeter größer als ich, und nach dem sonnengebräunten Gesicht konnte man annehmen, daß er ein fanatischer Golf-spieler sein mußte.

Bertha erklärte: »Mr. Breckinridge ist der Leiter der Versi-cherungsgesellschaft ›Für jeden Zweck‹. Er braucht einen Privatdetektiv, der für einen ganz speziellen Auftrag geeignet ist. Er glaubt, daß du der richtige Mann bist für diesen Auftrag.«

Breckinridge lächelte, ein zähneblitzendes Lächeln von ent-waffnender Herzlichkeit. »Ich habe mich ziemlich gut über Sie erkundigt, bevor ich hierhergekommen bin, Lam. Ich schaue mir die Leute immer erst sehr genau an.«

Ich sagte nichts dazu.

Berthas Sessel quietschte unter ihrem Gewicht. Sie fragte Breckinridge: »Wollen Sie es ihm sagen, oder soll ich . . .?«

»Ich sage es ihm selbst«, sagte Breckinridge.

»Okay.« Berthas Ton deutete an, daß sie es sicher besser ge-konnt hätte, aber einem wichtigen Klienten aus Höflichkeit den Vortritt ließ.

»Hier, meine Karte, Lam«, sagte Breckinridge.

Er reichte mir eine bildschön geprägte Visitenkarte, die mir klarmachte, daß er mit Vornamen Homer hieß und Präsident und Geschäftsführer der Versicherungsfirma ›Für jeden Zweck‹ war.

Breckinridge sagte: »Wir brauchen einen Mann, der sich vom Durchschnitt abhebt. Die meisten Klienten, könnte ich mir denken, bevorzugen einen Privatdetektiv, der möglichst bullig aussieht. Wir dagegen brauchen einen, der jung, gewandt und gewohnt ist, statt der Muskeln das Gehirn einzusetzen. Für ei-nen solchen Mann haben wir einen guten, lukrativen Auf-trag.«

»Mit anderen Worten: Donald ist Ihr Mann«, sagte Bertha, und ihr Sessel kreischte empört auf, als sie sich Breckinridge zuwandte.

»Ich glaube auch«, erklärte Breckinridge.

»Aber Moment mal«, wandte Bertha argwöhnisch ein. »Sie wollen ihn doch nicht etwa aus unserer Partnerschaft wegenga-gieren?«

»Nein, nein«, beruhigte sie Breckinridge, »deshalb bin ich ja hier – aber ich bin sicher, es gibt bei uns eine Menge Arbeit für Mr. Lam.«

»Hundert Dollar im Tag plus Spesen nach freiem Ermessen«,

sagte Bertha. »Das ist unser normaler Satz.«

»Sehr anständig«, erwiderte Breckinridge. »Wir zahlen hundertfünfzig.«

»Und wo liegt der Hase im Pfeffer?« wollte ich wissen.

Breckinridge erklärte ein wenig nebulos: »Die Ehrbegriffe scheinen in diesem Land einem ständigen Verfall unterworfen zu sein, einer progressiven Auflösung.«

Dazu konnte keiner von uns etwas sagen.

»Im Versicherungsgeschäft«, fuhr Breckinridge fort, »gibt es immer häufiger Betrüger, Schwindler, Leute, die ihre Verluste über jedes vernünftige Maß hinaus aufbauschen. Und«, setzte er hinzu, »es gibt eine zunehmende Zahl von Anwälten, die genau studiert haben, wie man zugängliche Juroren beeinflußt, so daß bei Schadensersatzklagen auf Schmerzensgeld die betreffenden Schmerzen ins Unermeßliche gesteigert werden. Nehmen wir einen Mann mit ganz gewöhnlichen Kopfschmerzen: Ein derartiger Anwalt wird den Juroren in lebhaften Farben schildern, wie dieser beklagenswerte Klient vierundzwanzig Stunden am Tag, sechzig Minuten die Stunde, sechzig Sekunden die Minute einen geradezu tödlichen Schmerz erdulden muß.«

Bertha erklärte trocken: »Wir kennen alle möglichen Arten von Schwindel – und wir haben Rezepte entwickelt, wie man ihnen beikommen kann.«

»Entschuldigen Sie«, sagte Breckinridge, »ich habe einen Augenblick lang vergessen, daß ich es mit Profis und nicht mit Amateuren zu tun habe.«

Bertha lief an wie ein Ochsenfrosch, enthielt sich aber jeden Kommentars.

»Nun gut – hier ist die Situation in Umrissen. Wir haben es momentan mit einem Mann zu tun, von dem wir wissen, daß er ein Betrüger ist. Er hatte einen Autounfall, und, im Vertrauen gesagt, wir werden dafür haften müssen. Unser Klient hat uns erklärt, daß er im Unrecht war, und das wird sich beweisen lassen. Der Betrüger, ein gewisser Helmann Bruno, lebt in Dallas in Texas. Er klagt über einen Bandscheibenschaden und kennt sich gut genug aus, um alle Symptome zu simulieren, die ein solcher Schaden hervorruft. Ich brauche Ihnen natürlich nicht zu sagen, daß dies einer der verbreitetsten Betrugsversuche ist. Bei Kopfschmerzen kann man nichts ausrichten mit einer Röntgenuntersuchung. Und es gibt natürlich Bandscheibenverletzungen, die sehr starke Schmerzen hervorrufen und schwer heilbar sind. Andererseits gibt es keine äußerlichen Anzeichen für eine solche Verletzung, die man etwa auf dem Röntgenbild erkennen könnte, das heißt, ihr Fehlen beweist noch nicht, daß es sich um einen Versicherungsbetrug handelt.«

»Wie ernsthaft ist ein Bandscheibenschaden?« fragte Bertha. »Ich habe gehört, daß so etwas schwerste Folgen haben kann.«

»Das ist möglich«, gab Breckinridge zu. »Man erleidet mitunter eine Wirbelsäulenverletzung, wenn einem durch den Aufprall bei einem Unfall der Kopf ruckartig nach hinten gerissen wird, weil dabei die Nervenbahnen im Nacken beschädigt werden. Diese Verletzungen ereignen sich meist, wenn man im Auto sitzt und ein anderer Wagen von hinten auffährt und den eigenen Wagen ruckartig nach vorn schleudert, ehe man Zeit hat, die Muskeln anzuspannen und –«

Bertha machte eine ungeduldige Geste. »Wir alle können uns vorstellen, wie solche Verletzungen entstehen«, sagte sie. »Aber was mich interessiert, ist die Frage, was die Versicherungen in einem solchen Fall unternehmen, ich meine, wenn es sich um eine derartige Verletzung handelt.«

Breckinridge seufzte und erklärte: »Vom Standpunkt der Versicherung, Mrs. Cool, kann praktisch alles passieren, wenn erst ein entsprechender Schaden anerkannt ist.« Und damit wandte er sich wieder mir zu. »Sehen Sie, hier kommen Sie ins Spiel, Mr. Lam.«

»Aber haben Sie kein halbwegs brauchbares System, um Versicherungsschwindler auszusortieren?«

»Natürlich haben wir das, und Sie sollen ein Teil dieses Systems werden.«

Ich ließ mich in einen Sessel sinken und lehnte mich weit zurück.

Breckinridge sagte gerade: »Wenn einer dieser Schwindler als Zeuge vor Gericht auftritt, dann ist er krank, schrecklich krank; er stöhnt und ächzt, schaut pathetisch drein, und sein beredter Anwalt zeichnet Schaubilder auf eine Tafel, und jede Jury spricht gerade bei solchen Verletzungen zugunsten des Klägers, weil sie annimmt, die Versicherung kassiere ohnehin genügend Geld für die Prämien und könne sich vor ihrer Verantwortung nicht drücken. Die Erfahrung hat allerdings gezeigt, daß der Geschädigte, sobald wir zu einer Einigung mit ihm gekommen sind, sehr oft eine rasche Besserung seines Zustands erlebt, namentlich, wenn es sich um Verletzungen des Nervensystems handelt. Menschen, die ein beeidetes Gutachten der Ärzte vorweisen, sie würden nie wieder von den Verletzungen genesen, fahren innerhalb von vierundzwanzig Stunden nach einer Einigung in die Ferien und fühlen sich pudelwohl. Nun gut, wir haben unsere eigenen Techniken entwickelt. Wir bringen die Leute in eine Situation, wo sie in Bewegung geraten müssen, und dann machen wir Fotos oder Filme von ihnen. Wir haben schon Leute fotografiert, die kurz zuvor bei Gericht im Rollstuhl erschienen und danach turmspringen, Tennis oder Golf spielen. Aber um solche Filme zu bekommen, muß man erst einiges unternehmen, und seltsamerweise paßt das den Juroren meist gar nicht.«

»Was meinen Sie damit — es paßt ihnen nicht?« fragte Bertha.

»Sie finden, wir spionieren dem Burschen nach, dringen in seine Intimsphäre ein — großer Gott, warum sollten wir nicht in seine Intimsphäre eindringen, wenn uns nichts anderes übrigbleibt?«

»Aber den Geschworenen paßt es nicht«, erinnerte ich ihn.

Er strich sich über das eckige Kinn, glättete dann mit den Fingerspitzen den Schnurrbart und sagte: »Es paßt ihnen nicht, daß wir den Burschen Fallen stellen.«

Danach herrschte einen Augenblick lang Stille.

»Aber Sie haben es nicht aufgegeben, diese Fotos und Filme herzustellen?« fragte ich.

»Nein, natürlich nicht. Wir haben uns nur inzwischen eine andere Art angewöhnt, an die Leute heranzukommen, um vor den Geschworenen besser dazustehen. Sehen Sie, und damit wären wir bei Ihrer Aufgabe, Mr. Lam. Um diese Fotos zu schießen oder Filme zu drehen, benützen wir meistens einen Wohnwagen oder einen Möbelwagen mit Löchern in den Seiten, für die Objektive der Kameras. Wir filmen einen Mann zum Beispiel beim Golfspielen und können dann anhand der Filme beweisen, wie er den Schläger hält, wie er ihn schwingt und so weiter.«

»Machen Sie ruhig weiter«, sagte Bertha.

»Nun, beginnen wir zum Beispiel mit diesem Helmann Bruno«, erklärte Breckinridge. »Er ist verheiratet, ohne Kinder. Hat ein eigenes Geschäft, eine Vertriebsagentur, derentwegen er ziemlich häufig unterwegs ist. Wir haben ihm eine Falle gestellt, weil unser Sachbearbeiter ihn von Anfang an für einen Schwindler hielt.«

»Was haben Sie gemacht?« wollte Bertha wissen.

»Das ist natürlich vertraulich«, antwortete Breckinridge.

Berthas Diamantaugen funkelten, als sie mit der Hand eine unentschiedene Geste machte. »Es bleibt innerhalb der vier Wände dieses Büros«, versprach sie.

»Gut«, sagte Breckinridge. »Wir haben uns ein paar Werbeschriften für einen sogenannten Wettbewerb drucken lassen. Der Wettbewerb ist so einfach, daß kein Mensch widerstehen kann, es einmal zu probieren. Man soll mit fünfzig oder weniger Worten sagen, was man an einem bestimmten Produkt besonders schätzt. Wir schicken den Leuten einen vorgedruckten Umschlag und ein leeres Blatt, so daß sie nichts weiter tun müssen als sich einen Augenblick hinzusetzen und fünfzig Worte zu schreiben, den Zettel in den Umschlag zu stecken und an uns zu schicken. Es gibt nichts zu verlieren, aber schöne Preise zu gewinnen.«

»Wer bezahlt für den Wettbewerb, und wer sitzt in der Jury?« fragte Bertha.

Breckinridge grinste. »Der Wettbewerb wird nur an sehr wenige Interessenten verschickt, Mrs. Cool. Nur an solche Personen nämlich, die falsche Ansprüche an die Versicherung stellen, und jede der Personen, die darauf antwortet, erhält auch prompt einen Preis.«

Bertha zog die Augenbrauen hoch.

»Der Preis, den der Teilnehmer gewinnt, ist immer der gleiche«, erläuterte Breckinridge. »Wir schicken ihn kostenlos auf die Gästeranch Butte Valley bei Tucson, Arizona.«

»Warum ausgerechnet diese Ranch?« fragte ich.

»Weil die Hostess dort, eine Dolores Ferrol, unsere Angestellte ist; weil man dort in der Regel morgens ausreitet und weil, wer nicht schwimmt oder Volleyball oder Golf spielt, nicht viel Spaß hat bei seinem Aufenthalt auf der Ranch. Nun gut, bis jetzt ließen wir unsere Detektive die Leute bei ihrem Vergnügen einfach beobachten. Aber das gefiel den Juroren nicht. Wir müssen dann nämlich unseren Mann, den Detektiv, in den Zeugenstand rufen, und er wird nach seinem Namen, seinem Beruf und seinem Arbeitgeber gefragt, und bei dem darauffolgenden Kreuzverhör zerreißt man ihn praktisch in der Luft. Am Schluß sieht es dann so aus, als wollten wir uns nur vor der Zahlung des Schadenersatzes drücken, und das gibt schlechte Publicity. Wir wollen die Juroren dahingehend informieren, daß sie, genau wie wir, den Versicherungsbetrüger als einen schmutzigen, gemeinen Verbrecher ansehen. Sehen Sie, Lam, und damit wären wir wieder bei Ihnen. Helmann Bruno ist bereits auf den Wettbewerb hereingefallen. Er hat uns seinen Fünfzig-Worte-Text geschickt, und wir haben ihm mitgeteilt, natürlich unter dem Namen einer Deckfirma, daß er einen kostenlosen Zwei-Wochen-Aufenthalt auf der Butte Valley Ranch gewonnen hat.«

»Was ist mit seiner Frau?« fragte ich.

Breckinridge lachte. »Er hat nichts von einer Frau gesagt, und wir haben es natürlich auch nicht erwähnt. Aber das ist so üblich bei Betrügern – sie lassen ihre Frauen grundsätzlich zu Hause. Ja, Lam, und nun sollen Sie sich auf die Butte Valley Ranch begeben. Dolores Ferrol wird Sie unter ihre Fittiche nehmen, sobald Sie dort angekommen sind. Sie wird sich persönlich darum kümmern, daß Sie den Aufenthalt genießen und alles bekommen, was Sie wollen. Was die Spesen betrifft, gibt es keine Beschränkung. Geben Sie so viel Geld aus, wie sie glauben, ausgeben zu müssen, um ein gutes Resultat zu erzielen. Und ich glaube, Sie brauchen vor allem feminine Inspiration.«

»Mit anderen Worten, ich kann jemanden mitnehmen?« fragte ich hoffnungsvoll.

»Natürlich nicht«, erwiderte Breckinridge. »Dabei haben wir früher schon häufig Fehler gemacht. Wir haben Paare hingeschickt, und der Vertreter der Interessen des Schwindlers hat sie meistens völlig auseinandergenommen.«

»Wie das denn?« fragte Bertha.

»Nun, wenn sie verheiratet sind, dann nimmt der Anwalt den Zeugen ins Kreuzverhör und sagt: ›Sie haben Ihre Frau als Lockvogel angesetzt, um diesen beklagenswerten Geschädigten in die Lage zu bringen, die Ihren Auftraggebern als nützlich erschien, nicht wahr?‹ Und wenn sie nicht verheiratet sind, sagt der Anwalt: ›Sie haben zwei Wochen mit einer Frau verbracht, mit der Sie nicht verheiratet sind. Hatten Sie getrennte Schlafzimmer – oder etwa nicht?‹ Nein, wir wollen, daß unser Detektiv so weit wie möglich im Hintergrund bleibt. Sie werden irgendein Mädchen kennenlernen, das sich gerade dort aufhält, werden dafür sorgen, daß der Betrüger sich gelegentlich in Ihrer Gesellschaft aufhält, daß er bei dem Mädchen sozusagen zu Ihrem Rivalen wird. Das bringt ihn aus der Reserve, so daß er zu prahlen anfängt. Er wird mit seiner Kraft prahlen, seiner Männlichkeit, wird beweisen wollen, wie athletisch er ist.«

»Und das wird alles im Film festgehalten?« fragte ich.

»Ja, im Film und auf Fotos. Wenn wir diese Filme oder Fotos schießen, sehen wir zu, daß der Detektiv so weit als möglich im Hintergrund bleibt. Wir legen nur Wert darauf, daß der Schwindler mit einer jungen Frau anbandelt, die gerade dort Ferien macht, und daß er versucht, sich vor ihr großzutun. Dagegen können auch die Juroren nichts einzuwenden haben. Wissen Sie, auf diese Weise ist es für sie nicht so deutlich, daß wir dem Burschen eine Falle gestellt haben. Sicher, bei einem Kreuzverhör kann natürlich herauskommen, daß Sie unser Angestellter sind, aber nur als Beobachter. Sie selbst haben nichts mit irgendwelchen Fallen zu tun. Sie sind der Mann im Hintergrund, der alles sieht. Wenn wir Glück haben, werden Sie gar nicht erst in den Zeugenstand gerufen. Dann nämlich, wenn sich das Gericht mit den Zeugen zufriedengibt, die Sie uns benennen können.«

»Und was ist mit dem Mädchen?« fragte ich.

»Auch die bleibt, wenn möglich, im Hintergrund«, antwortete Breckinridge. »Wir benützen Optiken mit großen Brennweiten und engen das Blickfeld so stark ein, daß die Geschworenen höchstens hier und da das Mädchen zu sehen bekommen, während sich der Kerl ständig produziert.«

»Und hatten Sie schon Erfolg mit dieser Technik?«

»Wir fangen ja gerade erst damit an, Lam. Aber wir kennen die Psychologie der Juroren. Diese Variation wird unglaubliche Wirkungen hervorrufen. Und, wie gesagt, mit etwas Glück brauchen Sie nicht einmal in den Zeugenstand.«

»Ich glaube, Sie sollten mir jetzt erst einmal sagen, worum es in diesem Helmann Bruno-Fall eigentlich geht«, schlug ich vor.

»Ich habe es Ihnen ja schon gesagt, Lam: Wir sind natürlich zum Zahlen verpflichtet, obwohl der Kläger das vermutlich nicht weiß, und sein Anwalt auch nicht. Ich bin mir noch nicht einmal sicher, ob er überhaupt einen Anwalt hat. Foley Chester, der Kunde, der bei uns versichert ist, hat ein Importgeschäft hier am Ort. Er kutschiert ziemlich viel durch die Gegend, meistens mit dem Auto. Er mußte nach Texas, fuhr zuvor nach El Paso, wo er ebenfalls eine geschäftliche Sache erledigte, und von dort aus weiter nach Dallas. In Dallas, nachdem alles erledigt war, kam er bei der Rückfahrt in eine dichte Kolonne; er wandte für einen Augenblick seine Aufmerksamkeit von der Straße ab, weil ihn etwas in einem Schaufenster interessierte, und als er wieder nach vorn schaute, merkte er zu spät, daß der Wagen vor ihm angehalten hatte. Er trat zwar noch heftig auf die Bremse, aber er fuhr dennoch auf das vor ihm stehende Fahrzeug auf. Sehen Sie, und jetzt kommt der springende Punkt: Die beiden Wagen wurden bei dem Aufprall nur unerheblich beschädigt. Die Stoßstangen haben den Zusammenstoß weitgehend aufgefangen, aber dieser Helmann Bruno behauptet dennoch, sein Kopf sei beim Aufprall nach hinten geschnellt, und er habe von da an ein leichtes Schwindelgefühl gehabt, das ihn zunächst nicht übermäßig beunruhigte. Chester und Bruno tauschten ihre Adressen, und Bruno sagte, er glaube nicht, daß er verletzt sei, würde aber vorsichtshalber einen Arzt aufsuchen. Chester bestärkte ihn darin und erklärte, er solle sich auf alle Fälle untersuchen lassen. Und dann sagte ihm Chester, dieser verdammte Narr, auch noch, daß es ihm so leid täte und daß er schuld sei, weil er einen Augenblick lang nicht nach vorn geschaut habe. Natürlich haben wir zunächst einmal behauptet, Bruno habe seinen Wagen unvermittelt und ohne ersichtlichen Grund mit voller Kraft gebremst, und was man dergleichen noch alles behaupten kann. Aber wir wissen nicht, ob er nicht doch einen guten Grund gehabt hatte, so scharf abzubremsen. Seine Bremsleuchten waren jedenfalls intakt, und Chester hat uns gegenüber erklärt, der Kerl hätte schon dreißig Meter vor ihm gebremst. Chester hatte zur Seite hinausgeschaut und war dabei weitergefahren, bis er gegen Brunos Wagen prallte – so was kommt schon mal vor.«

»Und was ist nun mit den Verletzungen?«

»Nun, zunächst hörten wir ein paar Tage gar nichts, dann

wechselte Bruno den Arzt. Der erste Arzt hatte gemeint, er könne keine körperlichen Schäden feststellen, aber der zweite Arzt war da ein wenig anders. Er hat alle möglichen Schädigungen gefunden. In erster Linie diese Bandscheibenverletzung, aufgrund derer er den Patienten erst einmal ins Bett schickte, mit allem Drum und Dran, also auch privaten Krankenschwestern, die ihn rund um die Uhr betreuten, mit Beruhigungsmitteln und weiß Gott was noch. Inzwischen war auch Freund Bruno schlau geworden und klagte über Kopfschmerzen und Schwindelgefühl, Appetitlosigkeit und alles mögliche.«

»Hat er tatsächlich den Appetit verloren?«

Breckinridge zuckte mit den Schultern und sagte: »Für hunderttausend Dollar versagt man sich gern ein paar Mahlzeiten.«

»Hunderttausend?« fragte ich.

»Das ist die Entschädigung, die er von uns verlangt – vorläufig.«

»Und mit wieviel wird er sich zufriedengeben?«

»Ich würde sagen, mit fünfzigtausend – aber, Lam, und das ist der springende Punkt: Wir denken nicht daran, ihm auch nur einen Cent zu zahlen. Wir haben schon oft solche unberechtigten Ansprüche auf gütlichem Weg geregelt und einen Teil der geforderten Summen gezahlt – doch damit öffnet man Tür und Tor für derartige Schadensersatzprozesse, und jeder Winkeladvokat im ganzen Land wird wegen eines Bandscheibenschadens seines Klienten vor Gericht gehen, selbst wenn nur ein bißchen Lack am Wagen zerkratzt wurde.«

»Schön und gut«, sagte ich. »Und was soll ich nun tun?«

»Packen Sie Ihre Koffer, nehmen Sie eine Maschine nach Tucson, gehen Sie dort in die Butte Valley–Gästeranch und begeben Sie sich in die Hände von Dolores Ferrol. Sie wird dafür sorgen, daß Sie Bruno gleich nach dessen Eintreffen kennenlernen, und sie wird sich auch darum kümmern, daß Sie irgendein hübsches kleines Ding kennenlernen, das dort Ferien macht oder was weiß ich, und das es gern hat, wenn sich jemand mit ihm befaßt. Bringen Sie Bruno mit der Kleinen zusammen und beschäftigen Sie sich gerade so viel mit dem Mädchen, daß Bruno mit Ihnen rivalisieren möchte. Sehen Sie, deshalb brauchen wir einen Detektiv, der nicht – nun ja, der nicht groß und kräftig und überaus männlich ist – körperlich meine ich natürlich. Wir wollen einen für den Job, der sympathisch ist, der sich bei den Frauen einschmeicheln kann – aber der nicht unbedingt ein Superathlet zu sein braucht.«

»Keine Sorge, bei Donald können Sie keine Gefühle verletzen«, mischte sich Bertha ein. »Mit anderen Worten: Sie brauchen so einen kleinen Kerl wie den da, schlau, aber winzig.«

»Nein, nein«, sagte Breckinridge hastig, »nicht gerade winzig, aber – nun, was wir nicht wollen, ist ein riesiger Bulle, weil es uns ja darum geht, daß Bruno versuchen soll, unseren Mann bei dem Mädchen auszustechen, und zwar mit den Mitteln, über die der andere eben nicht verfügen darf. Und wenn er es nicht mit dem Kopf schafft, wird er versuchen, unseren Mann mit seinen körperlichen Fähigkeiten auszustechen. Und, sehen Sie, das ist der Moment, wo wir eingreifen können.«

»Wie lange muß ich bleiben?« fragte ich. »Kann ich abhauen, sobald Sie Ihre Fotos haben?«

»Nein«, entgegnete Breckinridge. »Sie bleiben volle drei Wochen dort. Bruno bleibt zwei Wochen. Sie kommen vor ihm hin und bleiben noch ein paar Tage länger als er. Sie besorgen sich alles über ihn, was uns nützt. Wir wollen genau Bescheid wissen über seinen Charakter, seinen Hintergrund, seine Vorlieben und Abneigungen.«

»Okay«, sagte ich. »Unter einer Bedingung.«

»Was soll das heißen, unter einer Bedingung?« fuhr mich Bertha an. »Schließlich hat er sich bereit erklärt, unser Honorar zu bezahlen.«

»Ich habe nicht die Absicht, einem Mädchen erst schöne Augen zu machen und es dann in eine kompromittierende Situation zu bringen. Wenn ich es so handhaben kann, daß Bruno auf den Dreh hereinfällt und deutlich und vor vielen Zeugen wunschgemäß reagiert, habe ich nichts dagegen. Aber ich werde nicht zulassen, daß dieses Mädchen danach in den Prozeß hineingezogen und vielleicht auch noch dazu gezwungen wird, über gewisse intime Einzelheiten im Zusammenhang mit diesem Bruno vor Gericht auszupacken.«

»Ich glaube, das ist eine Einschränkung, die ich nicht hinnehmen kann«, sagte Breckinridge.

»Und ich auch nicht«, tönte Bertha.

»Dann sucht euch doch einen anderen Detektiv für den Job«, erklärte ich kalt.

Breckinridge errötete. »Wir können keinen anderen brauchen. Die meisten Detektive sind bullige Kerle, und wenn wir einen unserer eigenen Leute nehmen, haben wir wieder die Juroren gegen uns.«

Bertha schaute mich düster an.

Es war genau der richtige Augenblick, um zu schweigen. Also schwieg ich.

»Okay«, sagte Breckinridge zuletzt. »Sie haben gewonnen, aber Sie sollen Ihren Auftrag so gut wie möglich erledigen. Mit diesem Prozeß wird nicht nur über diesen einen, sondern über viele künftige Fälle entschieden. Das würde auch für Sie eine Menge Aufträge bedeuten. Es ist nicht schlecht, für unsere Gesellschaft zu arbeiten. Wir sind zu der Erkenntnis gekommen, daß es ungünstig ist, wenn wir für solche Fälle unsere Hausdetektive verwenden. Aus Gründen, die ich Ihnen schon klargemacht habe, stößt das vor allem bei den Juroren auf Befremden. Aber wenn wir einen unabhängigen Detektiv dafür engagieren, meinetwegen mit einer festen Vereinbarung, dürften die Juroren nicht mehr allzuviel dagegen haben, und wenn es uns zudem gelingt, diesen Detektiv im Hintergrund zu halten, erfahren die Juroren gar nichts davon. Wir haben auch schon daran gedacht, für unsere Zwecke einen geeigneten weiblichen Detektiv einzustellen – aber wir sind sehr schnell wieder davon abgekommen. Ich kann Ihnen ruhig im Vertrauen sagen, daß der Anwalt des Klägers in einem unserer letzten Fälle dahintergekommen ist, wie intim die beiden, Kläger und Detektivin, miteinander geworden waren – jedenfalls weit intimer, als das für den Fall nötig gewesen wäre. Von da an ging es dem Anwalt des Klägers gar nicht mehr um die Schadensersatzforderung, sondern er legte sein ganzes Gewicht auf eine ›Versicherungsgesellschaft, die eine Detektivin anstellt und von Kabine zu Kabine huschen läßt, draußen auf einer Ranch‹, und schließlich wurde sie auch noch gefragt, ob sie dafür Überstunden bezahlt bekäme. Das hat natürlich jeden im Gerichtssaal von der Würdelosigkeit unseres Verhaltens überzeugt. Nein, Lam, wir wollen keine solchen Prozesse mehr.«

»Und wann fange ich an?« fragte ich.

»Heute nachmittag. Richten Sie sich erst einmal in dieser Gästeranch ein. Rufen Sie dort an, geben Sie die Flugnummer durch, vielleicht auch Ihre Ankunftszeit, und man wird Sie am

Flugplatz in Tucson abholen.«

»Okay«, sagte ich. »Ich packe nur noch schnell die Koffer und lasse mir einen Platz in der nächstmöglichen Maschine reservieren.«

Breckinridge erklärte: »Die finanziellen Arrangements habe ich bereits zuvor mit Mrs. Cool getroffen und ihr einen Scheck ausgestellt.«

Ich ging mit ihm zur Tür und machte zum Abschied einen artigen Diener.

Als ich zurückkam, strahlte Bertha mich an. »Das ist eine anständige, sichere und konservative Arbeit«, sagte sie. »Ich wollte, wir könnten unser Geld immer so verdienen.«

»Warum – haben wir bis jetzt denn nicht genug verdient?«

»Na schön, wir haben ein bißchen Geld gemacht«, gab Bertha zu, »aber es war immer so, als ob wir mit verbundenen Augen auf brüchigem Eis am Rand der Niagarafälle schlittschuhlaufen würden. Von nun an wird diese Detektivagentur für angesehene Gesellschaften arbeiten, für Versicherungen, die bekanntlich das meiste Geld haben. Unsere Spesen werden von unseren Klienten bezahlt, ohne daß wir erst lange darum streiten müßten. Hier eröffnet sich uns ein ganz neuer Geschäftszweig; man braucht nur die Hand danach auszustrecken. Also sehen wir zu, daß wir die ersten sind, die die Hand danach ausstrecken und das Versicherungsgeschäft für sich in Anspruch nehmen.«

2

Es war Spätnachmittag, als die Maschine zur Landung in Tucson ansetzte.

Ich ging zum Flugsteig und sah einen blonden Hünen, vermutlich Anfang Dreißig, der einen Cowboyhut trug und ganz dicht an der Sperre stand.

Mit kühlen Blicken musterte er jeden einzelnen der Passagiere.

Ein Mann, der irgendwie drahtig und kompetent wirkte und der sich von den anderen Leuten, die die ankommenden Flugreisenden begrüßten, deutlich abhob.

Mein Blick wurde von dem seinen festgehalten.

Der Mann kam auf mich zu. »Donald Lam?« fragte er.

»Ganz recht«, erwiderte ich.

Ein paar der kräftigsten Finger, die ich je erlebt hatte, packten meine Hand, drückten sie, daß es weh tat, und ließen sie dann wieder los. Ein sich allmählich verstärkendes Lächeln zierte die wettergegerbten Züge. »Ich bin Kramer, K-R-A-M-E-R«, sagte er. »Von der Butte Valley-Gästeranch.«

Insgesamt waren mit dem Flug etwa fünfundvierzig Passagiere angekommen, aber er hatte mich ohne Mühe herausgefunden.

»Ich nehme an, Sie hatten eine Beschreibung von mir«, sagte ich.«

»Von Ihnen?«

»Ja.«

»Nein, nein – man hat mir nur gesagt, ich soll einen Gast abholen, einen gewissen Donald Lam, der drei Wochen bleiben wird.«

»Und wieso haben Sie sich dann ausgerechnet mich aus der Menge herausgepickt?« wollte ich wissen.

Er grinste und sagte: »Ach, ich kenne unsere Gäste meistens auf den ersten Blick.«

»Und wie?«

»Na ja«, entgegnete er und zog die Worte lang wie Kaugummi, was typisch für die Texaner ist, »na ja, in Wirklichkeit hab' nicht ich Sie, sondern Sie haben mich rausgepickt.«

»Wie das?«

»Das ist nur 'ne Frage der Psychologie«, sagte er. »Ich setz' mir einen Cowboyhut auf und stelle mich ganz vorn hin, und ich bin ziemlich braun im Gesicht. Die Gäste, die auf die Ranch wollen, wissen, daß sie von jemandem abgeholt werden, und sie fragen sich natürlich, ob das mit dem Erkennen auch klappen wird und ob sie fahrplanmäßig auf der Ranch ankommen. Also werfen sie zuerst einen Blick auf mich, wenden sich dann ab, kommen noch mal auf mich zurück, und ich sehe direkt, wie sie sich in Gedanken fragen, ob das der Mann ist, der sie abholen soll.« Kramer grinste.

»Keine schlechte Psychologie«, mußte ich zugeben.

»Auf einer Gästeranch braucht man eine Menge Psychologie.«

»Haben Sie vielleicht Psychologie studiert?« fragte ich verwundert.

»Pssst!« zischte er.

»Warum – ist das vielleicht ein Fehler?«

»Na klar. Wenn jemand erst weiß, daß man ihm mit Psychologie beikommen will, macht er es einem viel schwerer, das ist doch selbstverständlich.«

»Aber Sie haben es mir gesagt!«

»Bei Ihnen ist das was anderes«, sagte er. »Sie haben mich gefragt: ›Wieso haben Sie mich aus der Menge herausgepickt?‹ Die meisten Leute sagen: ›Ich hab' Sie sofort unter den Wartenden erkannt, Mr. Kramer. Sobald ich Sie sah, wußte ich, daß Sie von der Ranch kommen‹.«

Ich ließ es vorläufig dabei.

Wir gingen zum Gepäckkarussell und holten meine Sachen ab, brachten sie dann hinaus zu einem verrückt bemalten Kombiwagen, der auf der einen Seite das Bild eines einzeln stehenden Felsmassivs – eine ›Butte‹ – zeigte, mit einem gewundenen Weg, über den eine Schar von Cowboys ritt, und der Aufschrift ›BUTTE VALLEY GÄSTE-RANCH‹ in großen Lettern darüber. Auf der Hecktür war das Bild eines sich bäumenden Pferds, und auf der anderen Seitenfläche sah man einen Swimming-pool und hübsche Mädchen in knappen Badeanzügen, die sich um den Pool lagerten.

»Anscheinend haben Sie auch noch einen Künstler auf Ihrer Ranch«, sagte ich bewundernd.

»Das ist endlich mal eine Kunst, die sich auszahlt«, erklärte Kramer. »Jedesmal, wenn wir in die Stadt fahren, um Vorräte einzukaufen, muß ich den Wagen parken, und sehen Sie dort den kleinen Kasten an der Tür? Da sind Prospekte drin von der Ranch, mit Beschreibung, Preisen und so weiter. Sie werden nicht glauben, wie viele Gäste wir schon auf diese Weise bekommen haben. Touristen, die ein paar Wochen in Tucson sind, betrachten die Malereien auf dem Wagen, nehmen sich einen Prospekt und sind auch schon draußen auf der Ranch.«

»Auch ein Fall von Psychologie?« fragte ich.

»Natürlich.«

»Sind Sie der Besitzer?«

»Nein, ich arbeite nur dort.«

»Sie haben bestimmt einen Spitznamen«, sagte ich. »Ich kann

mir nicht vorstellen, daß man Sie dort ›Kramer‹ nennt.«

»Nein«, sagte er und grinste. »Man nennt mich ›Buck‹.«

»Eine Abkürzung Ihres Vornamens?«

»Mein Vorname lautet Hobart«, erklärte er. »Sie können ja wohl nicht erwarten, daß man mich ›Hobby‹ nennt.«

»Viele von den Ranchern hören auf den Spitznamen ›Tex‹.«

»Aber wir sind hier in Arizona«, erwiderte er.

»Trotzdem – ich glaube, bei Ihnen einen Texas-Akzent gehört zu haben.«

»Um Himmels willen, sagen Sie das bloß nicht weiter«, erwiderte er und hievte mein Gepäck auf die Ladefläche des Wagens. »Kommen Sie, wir können losfahren.«

Wir fuhren aus Tucson hinaus in die Wüste, in Richtung auf die Berge im Südosten. Es schien eine ziemlich lange Fahrt zu werden.

Buck Kramer sprach über die Wüste, über die Umgebung, das gesunde Klima – aber er redete kein Wort mehr über sich selbst, und er ging auch nicht weiter auf die Butte Valley-Ranch ein.

Wir fuhren schließlich durch ein riesiges, offenes Tor in einen besser gepflegten Kiesweg ein, es ging noch ein paar Meilen steil bergauf, und wir hielten schließlich bei einer kleinen Mesa, einem Plateau am Fuß der Berge an, die mit der Abenddämmerung tief purpurrot leuchteten.

Kramer parkte den Wagen und rief mir zu: »Ich bringe Ihr Gepäck nachher hinüber in Ihren Bungalow. Jetzt will ich Sie erst einmal mit Dolores Ferrol bekannt machen.«

»Wer ist das?« fragte ich. »Die Geschäftsführerin?«

»Die Hostess«, korrigierte er. »Sie begrüßt jeden Gast und versucht, alles in Gang zu halten – da ist sie schon.«

Und Dolores Ferrol war eine Wucht.

Sie zählte ungefähr sechs- oder siebenundzwanzig Lenze: alt genug, um erwachsen, und jung genug, um noch lecker zu sein. Ihr Kleid betonte ihre Kurven – und Mann! Sie hatte Kurven, die sich sehen lassen konnten, nicht ausladend und wuchtig, sondern stromlinienförmig – Kurven, wie sie sich in dem Gedächtnis eines Mannes einprägen und von Zeit zu Zeit, vor allem nachts, wieder vor dem inneren Auge auftauchten.

Ihre großen, dunklen Augen betrachteten mich erst mit Überraschung, dann ganz gelassen, kühl und abschätzend.

Anschließend reichte sie mir die Hand und ließ sie eine volle Minute lang in der meinen.

»Willkommen in Butte Valley, Mr. Lam«, sagte sie dazu. »Ich hoffe, es wird Ihnen gefallen.«

Und dazu schenkte sie mir einen Blick, der eine Spur persönlicher war als zuvor, und deutete einen verheißungsvollen Händedruck an. Dann zog sie die Hand endgültig zurück.

»Wir haben Sie schon erwartet. Sie sind in Bungalow Nummer drei. Es gibt Cocktails in fünfzehn Minuten und Dinner in fünfunddreißig Minuten.«

Danach wandte sie sich an Kramer. »Buck, bringst du sein Gepäck hinüber?«

»Wird sofort gemacht«, sagte Buck.

»Ich zeige Ihnen den Bungalow«, sagte sie und legte ihre Hand sachte auf meinen Arm.

Wir gingen über einen Patio mit großem Swimming-pool, Tischen, Stühlen und Strandschirmen. Der Patio wurde eingerahmt von kleinen Bungalows, die an Blockhütten erinnerten. Nummer 3 war die zweitletzte in der nördlichen Reihe.

Dolores sperrte die Tür auf, hielt sie mir offen. Ich verbeugte mich und wartete darauf, daß sie die Hütte als erste betrat.

Sie ging vor mir hinein, drehte sich dann um und wandte sich mit plötzlicher Vertrautheit an mich. »Buck kommt gleich mit dem Gepäck«, sagte sie. »Jetzt haben wir keine Gelegenheit, über alles zu sprechen; das werden wir später tun müssen. Sie wissen vermutlich schon, daß wir zwei zusammenarbeiten werden.«

»Man hat mir gesagt, daß Sie mit mir in Kontakt treten werden«, sagte ich.

»Ja, das werde ich. Ganz bestimmt.«

Bucks hochhackige Cowboystiefel trampelten über den Patio und herauf auf die Veranda. »Da wären wir«, sagte er, während er das Gepäck ablud. »Bis später, Lam.« Er zog sich auffallend rasch zurück.

Dolores stand dicht vor mir. »Es wird mir ein Vergnügen sein, mit Ihnen zu arbeiten, Mr. Lam«, sagte sie. »Donald – bitte nennen Sie mich Dolores.«

»Es wird *mir* ein Vergnügen sein«, erwiderte ich. »Wie eng arbeiten wir zusammen?«

»Sehr eng.«

»Und seit wann betreiben Sie diesen – kleinen Nebenverdienst?«

Sie stand so dicht vor mir, daß ich die Wärme ihres Körpers fühlte, als sie ihren Zeigefinger ausstreckte, auf meine Nasenspitze legte, leicht daraufdrückte und sagte: »Nun seien Sie nicht gleich naseweis, Donald.« Dann lachte sie und zeigte mir ihre schönen, perlweißen Zähne.

Ich legte ihr den Arm um die Schulter. Dolores war so geschmeidig, daß sie in meinen Armen zu schmelzen schien; ihre Lippen näherten sich den meinen, ohne auch nur im mindesten zu zögern; ein leidenschaftliches Versprechen.

Einen Augenblick danach stieß sie mich zurück, wobei sie ein Minimum an Kraft verwendete, und sagte: »Schlimm, schlimm, Donald. Vergessen Sie nicht, daß eine Aufgabe auf Sie wartet und daß auch ich das tun muß, was man von mir erwartet. Aber wenn ich mal jemanden mag, dann mag ich ihn sehr. Sie sind nett – und ich bin impulsiv. Entschuldigen Sie, wenn ich Ihnen zu nahe getreten bin.«

»Ich sollte mich bei Ihnen entschuldigen«, sagte ich. »Schließlich war ich der Angreifer.«

»Das glauben auch nur Sie«, erwiderte sie, und ihr Lachen klang ein wenig unecht.

Sie langte in ihre Tasche, zog ein Papiertaschentuch heraus und wischte damit die Lippenstiftspuren von meinem Gesicht.

»Sie müssen jetzt zum Cocktail, Donald.«

»Aber gerade jetzt ist mir eigentlich gar nicht nach Cocktails zumute«, erwiderte ich. »Ich möchte viel lieber noch ein bißchen mit Ihnen hierbleiben.«

Ihre Finger streichelten meinen Handrücken. »Ich auch, aber ich bin hier nun einmal die Hostess, Donald. Kommen Sie.«

Sie schlug mir auf die Hand, schubste mich zur Tür und sagte: »Ich werde Sie jetzt den anderen vorstellen, aber lassen Sie sich vorläufig Zeit; bis jetzt ist noch niemand hier, den wir als Köder verwenden können. Wir haben eine Reservierung für eine Miss Doon, die morgen hier eintreffen soll. Ihre Beschreibung klingt vielversprechend. Sie ist Krankenschwester. Es besteht immerhin die Chance, daß sie genau das ist, was Sie für Ihre Arbeit brauchen. Nun ja, und Sie haben ja zwei volle Wochen Zeit. Irgendwann wird es schon klappen.«

»Und wann kommt *er*?« fragte ich.

»Er soll morgen eintreffen.«

»Kennen Sie die Details?« fragte ich.

Ihr Lachen klang verführerisch. »Donald«, sagte sie, »wenn ich mitspiele, kenne ich alle Karten.«

»Von vorn oder nur von hinten?«

»Ein guter Spieler braucht die Karten nicht zu zinken«, erklärte sie. »Hören Sie, Donald, da ist etwas, wobei Sie mir helfen müssen. Wenn mein Arbeitgeber merkt, daß ich noch einer Nebenbeschäftigung nachgehe, wäre das höchst unangenehm. Sie müssen mein Geheimnis unbedingt wahren.«

»Ich pflege nicht alles herumzuposaunen, was ich weiß«, erwiderte ich.

»Es geht noch ein bißchen weiter«, sagte sie. »Wir werden Besprechungen abhalten müssen, und damit diese nicht mehr Verdacht als nötig erwecken, müssen Sie Ihre Rolle gut spielen.«

»Was denn für eine Rolle?«

»Sie müssen so tun, als seien Sie Hals über Kopf in mich verschossen, und während ich so tue, als seien Sie mir ebenfalls nicht unsympathisch, werde ich meine Pflichten als Hostess keinesfalls vernachlässigen und Ihnen gegenüber nicht freundlicher sein als zu jedem anderen Gast. Ich bin hier so eine Art Libero und muß darauf achten, daß jeder sich glücklich fühlt und zufrieden ist. Sie sind damit nicht ganz einverstanden, sind vielleicht auch ein bißchen eifersüchtig und warten auf eine Gelegenheit, mich doch einmal allein zu erwischen. Denken Sie mal nach, versuchen Sie, das Ganze aus meiner Perspektive zu sehen. Dann verstehen Sie, was ich meine. Ich kann es mir einfach nicht leisten, daß jemand auf den Verdacht kommt, ich könnte noch diese – kleine Nebenbeschäftigung haben.«

»Wer ist denn der Besitzer?« fragte ich.

»Shirley Gage. Sie ist die Witwe von Leroy Willard Gage. Sie hat die Ranch geerbt, und der Betrieb hier macht mehr Geld, als wenn sie den Laden verkaufen und in Aktien oder was weiß ich anlegen würde. Außerdem gefällt ihr das Leben hier. Sie kümmert sich um die älteren . . . Na ja, weil sie ja doch schon in den Jahren ist, neigt sie mehr . . .«

»Na, sagen Sie es schon«, drängte ich.

»Also schön – ich habe die Aufgabe, mich um die jüngeren Gäste zu kümmern, während Shirley den älteren Gesellschaft leistet.«

»Mit anderen Worten: Sie ist einsam und braucht diese Gesellschaft?«

Dolores lachte und sagte: »Kommen Sie, jetzt müssen Sie zu den Cocktails. Normalerweise servieren wir pro Gast höchstens zwei davon. Es kommt natürlich auf den Gast an, und wie er sie verträgt. Die Cocktails sind nicht besonders stark, dafür aber gratis und nicht allzu schlecht. Sie können wählen zwischen einem Manhattan und einem Martini.«

Die Cocktail-Lounge war freundlich und angenehm beleuchtet, mit Glasvitrinen, in denen indianische Kunst und Gemälde von Wüstenstimmungen ausgestellt waren; auf dem Boden lagen Navajo-Teppiche, und das Ganze hatte eine deutliche Western-Atmosphäre. Ungefähr zwanzig Gäste waren hier, um Cocktails zu trinken, einige standen in kleinen Gruppen herum, andere zu zweit, fast niemand allein.

Dolores klatschte in die Hände und rief: »Hört mal her, meine Freunde: Hier ist unser jüngstes Bleichgesicht: Donald Lam aus Los Angeles.« Sie nahm mich bei der Hand und sagte: »Na, kommen Sie schon, Donald.«

Es war eine bemerkenswerte Szene. Einige dieser Leute konnte Dolores nicht länger als vierundzwanzig oder achtundvierzig Stunden kennen, und dennoch waren ihr sämtliche Namen vertraut. Sie stellte mich jedem einzelnen vor, ging mit mir an die Bar, achtete darauf, daß ich meinen Cocktail bekam, und mischte sich dann unter die anderen.

Es war deutlich zu sehen, daß sie sehr beliebt war bei den Gästen, und sie verstand es auch, eine freundliche, fröhliche Atmosphäre zu verbreiten. Sie gesellte sich zu der einen Gruppe, war auch schon Mittelpunkt des Gesprächs, verließ die Gruppe wieder, ohne daß es zu einem Bruch in der Konversation kam, trat zu der nächsten, sagte etwas Nettes und ließ immer wieder ihr musikalisches, reizvolles Lachen hören. Es klang sehr verführerisch, wenn sie lachte.

Ihr Kleid war ziemlich eng, und ihre Hüften bewegten sich so, daß es unerhört sexy wirkte, ohne übertrieben zu sein. Nichts an ihr war steif oder ungelenk, nichts allzu dick aufgetragen – dennoch waren ihre Bewegungen ungewöhnlich und zogen die Aufmerksamkeit aller Männer auf sich.

Hier und da ließ einer der Ehemänner seine Frau stehen und

trat zu der Gruppe, bei der Dolores gerade den Mittelpunkt bildete. Wenn das geschah, fand Dolores stets eine Entschuldigung, trat zu einer anderen Gruppe oder sogar zu der Frau, die der Mann stehengelassen hatte, um sich mit ihr ebenso freundlich und angeregt wie mit den Herren zu unterhalten.

Leute sprachen mit mir, fragten mich, wie lange ich bleiben wolle, und forschten dezent nach meiner Herkunft und meinem Beruf. Sie wurden nicht gerade persönlich oder aufdringlich, verfolgten mich jedoch mit einer milden Neugier.

Die Gäste waren zwischen fünfunddreißig und sechzig Jahre alt. Die Männer trugen überwiegend Pendletons, und hier und da zeigte ein allzu rotes Gesicht, daß ein Neuankömmling die ersten Tage zuviel in der prallen Sonne verbracht hatte.

Das Gespräch drehte sich in erster Linie um das Wetter.

Einige von den Gästen kamen aus dem Mittelwesten und erzählten von ihren Schneestürmen; andere waren von der Küste; sie sprachen vom Nebel und vom Smog in den großen Städten.

Ich trank meinen zweiten Cocktail, als eine Glocke ertönte und wir uns zum Dinner zu begeben hatten.

Dolores hatte schon einen Platz für mich reserviert, an einem Tisch mit einem Makler aus Kansas City, seiner Frau und einer Malerin, die ungefähr Mitte Dreißig sein mußte.

Es gab ein nahrhaftes Dinner, bestehend aus Prime Ribs vom Rind, gebackenen Kartoffeln mit Sauerrahm, Zwiebelringen, Salat, Dessert und heißen Brötchen.

Nach dem Dinner begann man Karten zu spielen – Bridge, Rommé und Poker. Das Pokerspiel war ein Marathonturnier, bei dem man um kleine Einsätze spielte, wobei jeder Spieler versuchte, seine Raffinesse unter Beweis zu stellen.

Eigentlich eine Menge netter Leute.

Man konnte Drinks bestellen, die nach Bons berechnet wurden.

Die Malerin, die an meinem Tisch gesessen hatte, beherrschte meinen Abend. Sie wollte mit mir über Farben sprechen, über kreative Kunst im allgemeinen, über das Übel der modernen Kunst, die Auflösung aller künstlerischen Wertbegriffe und über die Schönheit der Landschaft des Westens.

Sie war einsam, verwitwet, reich und frustriert. Für einen Heiratsschwindler wäre sie ein gefundenes Fressen gewesen, aber sie ging die Sache zu intellektuell an. Ich dachte daran, ob sie nicht auch die Richtige für unseren Versicherungsschwindler wäre – aber Filme eines Mannes, der neben dem Swimming-pool in einem Sessel saß und mit einer Frau über Kunst disku-tierte, hätten der Versicherung wohl kaum weitergeholfen.

Ich kam nach eingehendem Studium zu der Feststellung, daß Dolores recht gehabt hatte, wenn sie behauptete, es sei mo-mentan nichts Brauchbares hier.

Die Künstlerin hieß übrigens Faith Callison. Sie sagte mir, daß sie ihre Skizzen mit der Farbkamera mache. Sie hatte sich bereits eine Sammlung von Farbfilmen zugelegt, die sie später, im Winter und in ihrem Atelier, in Gemälde umsetzen wollte, wo sie nicht durch andere Menschen abgelenkt oder gestört wurde.

»Haben Sie schon mal Bilder verkauft?« fragte ich.

Sie sah mich mit scharfem, wachem Interesse an. »Warum fragen Sie das?«

Eigentlich hatte ich nur Konversation machen wollen, aber etwas in ihrem Verhalten brachte mich dazu, diesen Gedanken weiterzuspinnen, ihn einer neuen Würdigung zu unterziehen.

»Nach dem, was Sie sagten«, erklärte ich, »habe ich den Ein-druck gewonnen, als ob Sie große Mengen von Filmen gedreht hätten. Ich selbst filme gern, aber ich muß auch an die Filmko-sten denken.«

Sie schaute sich rasch nach allen Seiten um, beugte sich dann zu mir herüber und sagte leise: »Wissen Sie, das ist das Merk-würdigste, Mr. Lam – weil Sie mich schon darauf ansprechen. Ich verkaufe tatsächlich meine Filme – wenigstens von Zeit zu Zeit. Nehmen wir zum Beispiel die letzte Saison. Ich hatte meine Achtmillimeterkamera mit der Gummilinse dabei. Ich filmte Menschen, die sich vergnügten, und danach fragte ich sie, ob sie Kopien davon haben wollten. Natürlich nicht, weil ich mit dem Film Geld verdienen wollte. Aber ich habe tatsächlich eine Menge verkauft.«

»An Leute, die keine eigene Kamera hatten?« fragte ich.

»Nein. Meistens habe ich Filme an Leute verkauft, die sehr wohl selbst eine Kamera bei sich hatten. In einer Gegend wie dieser hat man seine Filmkamera vor allem deshalb dabei, weil man Eindrücke von der Umgebung, den Besonderheiten der Landschaft im Film festhalten möchte. Man will den Film den Daheimgebliebenen zeigen. Na schön – aber wenn sie immer selbst filmen, treten sie nie in Person in ihren Filmen auf. Also brauchen sie ein paar Meter, auf denen sie selbst vor einem attraktiven Hintergrund zu sehen sind.«

»Ich verstehe«, sagte ich. »Und auch, daß Sie darüber eingehend nachgedacht haben.«

Sie nickte.

»Haben Sie auch längere Filmstreifen verkauft?« fragte ich.

Wieder schaute sie mich überrascht und neugierig an. »Ja. Zweimal. Das eine Mal an eine Versicherungsgesellschaft, die Bilder von einem Mann haben wollte. Einem Mann, der vom Sprungbrett ins Wasser sprang. Und das andere Mal – das war der seltsamste Auftrag, den ich je bekam. Ich erhielt ihn von einem Anwalt in Dallas. Er wollte eine Kopie von jedem Meter Film, den ich hier auf der Ranch gedreht habe – von jedem einzelnen Meter! Sehen Sie, und deshalb bin ich dieses Jahr wieder hier. Ich habe an diesem einen Verkauf genug verdient, um alle meine Ausgaben in dieser Saison damit decken zu können.«

»Mein Gott, Sie sind wirklich tüchtig«, sagte ich bewundernd.

Dann wechselte sie abrupt das Thema und sprach wieder über Kunst. Ich merkte, daß sie fürchtete, mir nach so kurzer Bekanntschaft allzuviel von sich verraten zu haben. Sie berichtete mir, daß sie wieder zum Porträt zurückkehren wolle und daß ich ein interessantes Gesicht habe. Sie wollte wissen, woher ich käme und womit ich mein Geld verdiene. Ich sagte ihr, daß ich Junggeselle sei und zu sehr im Streß, als daß ich heiraten könne, daß ich ferner einen langen, schweren Tag hinter mir habe und mich entschuldigte, weil ich zu Bett gehen wolle.

Die Stille draußen in der Wüste kam mir vor wie eine Decke. Die klare, reine Luft war ein Segen, und ich schlief wie ein Murmeltier.

3

Um halb acht am nächsten Morgen rief ein großes, eisernes Triangel zum Appell. Um Viertel vor acht brachte ein Indianer in weißer Jacke den Orangensaft. Um acht gab es dann Kaffee. Dolores klopfte an meine Tür und trat ein.

»Guten Morgen, Donald. Haben Sie gut geschlafen?«

»Wie ein Toter«, berichtete ich.

»Der Frühstücksritt beginnt um halb neun, aber Sie können auch von nun an jederzeit im Speiseraum frühstücken.«

»Wie weit geht der Frühstücksritt?«

»Ungefähr zwanzig Minuten«, sagte sie. »Das weckt natürlich den Appetit. Der Planwagen ist bereits dort, der Kaffee ist fertig, und vor dem Wagen brennt ein Feuer. Wenn die Meute einfällt, gibt es Rührei und Schinken und Toast und Würstchen und alles, was Sie sich denken können.«

»Ziemlich schlimm für die Pferde, wie?«

»Was meinen Sie damit?«

»Na ja, wenn die Gäste beim Frühstück so viel Speck ansetzen.«

Sie lachte. »Für die Pferde ist es ein Vergnügen. Sie stehen herum, während die Spießer gefüttert werden – ich meine natürlich die Gäste.«

»Nicht doch die Spießer?« fragte ich.

»Um Himmels willen, nein. Nur unter uns sagen wir manchmal so, wenn wir uns über den einen oder anderen geärgert haben. Ansonsten sind sie stets unsere lieben, reizenden Gäste.«

»Gut, ich bin bereit. Ich nehme den Frühstücksritt.«

»Hab' ich mir gedacht.«

Ich ging zum Sattelplatz, Dolores an meiner Seite. Ein paarmal berührte ihre Hüfte die meine. Sie schaute mich von der Seite an und sagte: »Wir werden uns in dieser Saison oft sehen, Donald. Sie wissen ja, das wird eine feste Einrichtung. Nach Helmann Bruno werden andere kommen.«

»Viele andere?«

»Ich glaube, ja. Eine ganze Prozession.«

»Vielleicht lerne ich bis dahin reiten.«

Wieder warf sie mir einen Blick von der Seite zu. »Sie lernen vermutlich eine Menge«, sagte sie. »Es ist zumindest die beste Gelegenheit dazu.«

Wir kamen zu den Pferden; Buck Kramer maß mich mit Blicken. »Welches Pferd möchten Sie denn, Donald?«

»Mir egal – irgendeins, das Sie gerade übrig haben«, antwortete ich. »Ich begnüge mich gern mit dem Rest.«

»Wir haben alle Arten von Pferden.«

»Dann suchen Sie mir doch eines aus.«

»Da drüben ist ein Fuchs, der ist schon gesattelt. Steigen Sie auf und probieren Sie die Länge der Steigbügel.«

Ich schwang mich in den Sattel und drückte mit meinem vollen Gewicht auf die Zehenballen, rutschte von rechts nach links und von links nach rechts, saß dann in der Mitte. Dann zog ich leicht am Zügel, lenkte das Pferd nach links, dann nach rechts und ritt ein paar Meter hin und zurück. »Alles in Ordnung«, sagte ich. »Die Steigbügel passen genau.«

»Die Steigbügel vielleicht, aber das Pferd paßt Ihnen nicht«, sagte Kramer.

»Warum – was ist damit?«

»Sie haben ein besseres verdient.«

Er nickte einem Stallburschen zu, hielt einen Finger hoch, und eine Minute später kam der Bursche mit einem Pferd zurück, das wie auf Eiern ging.

Kramer warf ihm Sattel und Zaumzeug über und sagte: »Der ist der Richtige für Sie, Lam. Wo haben Sie reiten gelernt?«

»Ich kann gar nicht reiten«, erwiderte ich. »Ich versuche nur, mich im Sattel zu halten.«

»Von wegen.« Er lachte. »Sie sind hervorragend. Dieses Pferd hat nur einen kleinen Fehler, es neigt gelegentlich dazu, durchzugehen. Nicht, weil es wirklich Angst hat, sondern um seinem Reiter ein bißchen Nervenkitzel zu bieten. Wenn er übertreibt, reißen Sie ihn zurück.«

»Okay«, sagte ich.

Die Gäste trotteten heran, und den meisten mußte man in den Sattel helfen. Um halb neun ritten wir los.

Wir ritten über einen vom Jeep ausgefahrenen Pfad, auf dem Pferde- und Planwagenspuren zu sehen waren. Es ging aufwärts bis zu einem Canyon, aus der Sonne in den Schatten. Buck, der vorausritt, ließ sein Pferd in leichtem Kanter gehen.

Die Gäste hinter ihm hopsten im Sattel; einige versuchten, sich mit Knien und Absätzen zu halten, andere klammerten sich am Sattelknauf fest, wieder andere ließen sich einfach durchrütteln. Nur sehr wenige saßen einigermaßen entspannt und richtig im Sattel.

Buck schaute sich ein paarmal um, und ich bemerkte, wie er mich aufmerksam beobachtete.

Mein Pferd hatte einen leichten Gang. Man konnte genau in der Mitte sitzen und kam sich vor wie auf einem Schaukelstuhl.

Wir trabten zehn oder fünfzehn Minuten dahin, am Ufer eines ausgetrockneten Baches entlang, ehe wir eine salbeibewachsene Ebene erreichten. Am Rand gab es Pfähle zum Anbinden der Pferde, und in der Mitte war ein zweirädriger Planwagen aufgestellt, dessen hintere Plane aufgeschlagen war, und ein ältlicher, grauhaariger Mexikaner mit einer Kochmütze und einer weißen Jacke hatte vor einem offenen Holzkohlenfeuer mit Grill Aufstellung genommen. Es gab Dutzende von Bratpfannen und drei oder vier Mexikanerjungen, die als Helfer fungierten.

Die Gäste schwangen sich aus den Sätteln, die meisten stöhnend und ächzend, und marschierten steifbeinig zum Grill, redeten mit dem Koch, streckten die Hände aus, um sie am Feuer zu wärmen, gingen schließlich hinüber zu der Picknicktafel mit den Bänken rundherum, die man jenseits des Planwagens aufgestellt hatte.

Sie tranken Kaffee aus emaillierten Bechern, aßen Eier, Schinken, Speck und Würstchen von emaillierten Tellern, nahmen sich danach Bisquits und Honig, braunen Toast, Marmelade und Gelee. Dann saßen sie herum, rauchten Zigaretten und erholten sich, bis die Sonne über den Bergkamm stieg und die Ebene mit grellem Licht überflutete.

Buck fragte, wer von den Reitern mit ihm den Höhenweg zurückreiten wolle, und etwa die Hälfte entschied sich, direkt zurück zur Ranch zu reiten; die andere Hälfte machte sich auf zum Höhenweg.

Ich nahm natürlich auch den Höhenweg mit Kramer.

»Sie sitzen gut auf dem Pferd«, sagte er anerkennend. »Sie haben eine leichte Hand. Der Bursche ist empfindlich mit den Trensen.«

»Ich mag Pferde, ganz einfach.«

»Das sagt noch gar nichts«, entgegnete er. »Aber die Pferde mögen Sie, und das ist entscheidend. Wie sind Sie eigentlich auf die Idee gekommen, hierherzufahren?«

Ich entgegnete vorsichtig: »Jemand hat mir die Ranch empfohlen, ein Bekannter.«

»Wer denn?« wollte Buck wissen. »Ich erinnere mich praktisch an jeden, der schon einmal hier war.«

»Er heißt Smith«, sagte ich. »Ich kenne ihn eigentlich gar nicht besonders gut; wir haben nur in einer Bar mal eine Nacht lang miteinander gesoffen und gequasselt. Er war damals gerade zurückgekommen von der Ranch, hatte einen Sonnenbrand und erzählte, wie gut es ihm gefallen habe.«

»Aha«, sagte Kramer und beendete vorläufig die Konversation.

Der Höhenweg führte hoch über den Canyon hinaus, um ein Hochplateau herum, gabelte sich nach links und erreichte einen Aussichtspunkt, von dem aus wir nach Süden und Westen die Wüste überblicken konnten; von da an senkte sich der Pfad steil nach unten, was die wenigen Frauen, die uns begleiteten, aufkreischen ließ, und mitunter brüllte auch eine Männerstimme: »Ho, Mann! Ho. Vorsicht, Leute! Vorsicht!«

Kramer wandte sich zu mir um und blinzelte.

Ich ließ die Zügel locker, und das Pferd suchte sich den sichersten Weg hinunter auf dem steilen Pfad bis zum Fuß des Canyons, durch hohes Salbeigebüsch. Gegen elf Uhr waren wir zurück auf der Ranch.

Wir sattelten ab und gingen dann zum Swimming-pool, wo man uns Kaffee servierte.

Die meisten Gäste gingen danach zum Schwimmen.

Dolores ließ sich in einem Badeanzug bewundern, der ihr wie die Haut eines Würstchens am Körper klebte.

»Kommen Sie auch ins Wasser, Donald?« fragte sie.

»Später vielleicht.«

Sie beugte sich vor, tauchte die Hand ins Wasser, schnippte mit nassen Fingern in meine Richtung und spritzte mir ein paar Wassertropfen ins Gesicht. »Kommen Sie schon, jetzt gleich ist es netter«, sagte sie und lief dann leichtfüßig wie ein Reh zum anderen Ende des Beckens.

Ich ging in meinen Bungalow, zog mir eine Badehose an, kam wieder heraus und sprang ins Wasser.

Dolores war am anderen Ende des Swimming-pools, aber nach einem Augenblick schwamm sie zu mir herüber.

»Sie sind zwar nicht groß, aber gut gewachsen, Donald«, sagte sie und legte ihre Hand leicht auf meine nackte Schulter.

»Von gut gewachsen wollte ich auch gerade reden«, sagte ich und schaute sie nachdrücklich an.

»Ach ja?« Die Finger ihrer rechten Hand hinterließen eine feurige Spur entlang meinem Rückgrat; gleich danach schwamm sie weg und unterhielt sich mit einer fetten Frau in den Fünfzigern, die wie ein Kind am seichten Ende des Beckens herumplanschte.

Ich sprang ein paarmal vom Sprungbrett ins Wasser, ging dann zu den Plastikmatten und ließ mich von der Sonne trocknen, nahm danach eine kalte Dusche und setzte mich schließlich an einen der Tische.

Dolores trat neben mich und sagte: »Melita Doon wird bis Mittag hier sein. Sie ist mit der Morgenmaschine in Tucson angekommen. Buck holt sie ab.«

»Und – wissen wir was Näheres über sie?«

»Nur, daß sie Krankenschwester ist, Ende Zwanzig. Und möglicherweise ist sie für unseren Zweck gut geeignet.«

Eine Männerstimme rief: »He, Dolores, zeigen Sie meiner Frau, wie man richtig auf dem Rücken schwimmt?«

»Aber sicher«, sagte sie, beugte sich aber einen Moment vor und schaute mir tief in die Augen. »Bis später, Donald«, sagte sie und war auch schon im Wasser.

Es zeigte sich, daß sie es vorzüglich verstand, auch ungelehrigen Schülern das Schwimmen beizubringen, und danach überwachte sie die Gymnastikübungen einiger Frauen, die ein paar Pfund an den entscheidenden Stellen abnehmen wollten. Schließlich verschwanden die Gäste in ihren Bungalows, um sich für den Lunch anzuziehen.

Melita Doon kam um halb eins an. Dolores Ferrol ging hinaus, um sie zu begrüßen, während Buck Kramer ihr Gepäck in den Bungalow brachte. Sie hatte Nummer 2, den Bungalow neben dem meinen.

Als sie an meinem Platz vorbeikam, warf mir Dolores einen Blick zu, der alles mögliche besagen konnte, dann wandte sie sich wieder an Melita Doon und betrachtete ihre Figur, wie es Frauen tun, wenn sie eine Rivalin begutachten.

Melita war blond, etwa sechs- oder siebenundzwanzig, knapp über einsfünfundsechzig und hervorragend proportio-

niert. Sie hatte kein Gramm am Körper, das nicht dort hinge-
hörte, wo es war, und man konnte andererseits nicht sagen, daß
ihr etwas fehlte.

Aber was mir besonders auffiel, waren ihre Augen.

Sie warf mir einen kurzen Seitenblick zu, dann wandte sie
sich ab, aber ich hatte bereits bemerkt, daß ihre Augen hasel-
nußbraun waren und unruhig, wenn nicht sogar verängstigt
wirkten. Präzise gesagt, sie sah aus, als ob sie große Angst
hätte.

Dann waren die beiden Mädchen an mir vorbei und gingen
auf Melita Doons Bungalow zu.

Dolores wußte, daß ich sie von hinten beobachtete, und sie
übertrieb den Schwung ihrer Hüften ein wenig; damit ließ sie
mich vermutlich wissen, daß sie sich meiner Blicke wohl bewußt war.

Die beiden waren noch in dem Bungalow, als die Glocke zum
Lunch rief.

Lunch wurde draußen am Swimming-pool serviert. Er bestand aus einem Obstsalat, einer Consommé und Rindfleisch
in Sahnesauce.

Buck Kramer schlenderte herüber, während ich aß. »Ganz
allein?« fragte er.

Ich nickte.

Er ließ sich auf den Stuhl mir gegenüber sinken.

Das war nicht unbedingt, was ich mir vorgestellt hatte. Ich
hatte gehofft, Dolores würde jeden Moment mit Melita herauskommen und uns bekanntmachen, aber ich konnte Buck
nicht abschütteln, ohne unhöflich zu werden.

»Lunch?« fragte ich ihn.

»Nicht das Zeug.« Buck machte eine abschätzige Handbewegung. »Ich esse in der Küche. Ich mag etwas mehr Fleisch
und etwas weniger Obst. Wie hat Ihnen das Pferd gefallen?«

»Großartig.«

»Er ist wirklich ein prima Bursche. Wir lassen nicht jeden auf
ihm reiten.«

»Danke.«

»Sie brauchen mir nicht zu danken. Er braucht einen guten
Reiter, der sich mit ihm beschäftigt; aber Sie wissen ja, wie das
ist: Wenn man ein gutes Pferd einem schlechten Reiter in die
Hand gibt, ist der Reiter zwar nicht schlechter als zuvor, aber

das Pferd wird so schlecht wie der Reiter. Pferde sind nun einmal sehr sensibel, was das betrifft. Sie sind außerdem gute Menschenkenner. In dem Augenblick, wo ein Mensch den Fuß in den Steigbügel setzt und die Zügel anfaßt, weiß das Pferd schon Bescheid über die Fähigkeiten seines Reiters. Und wenn man erst im Sattel sitzt und dem Pferd die ersten Kommandos gibt, ist das Pferd genau im Bilde, ob sein Reiter den Kaffee schwarz trinkt oder mit Sahne und Zucker.« Kramer grinste.

»Sie scheinen sich gut auszukennen mit Pferden und Menschen«, sagte ich.

»Nun, ich bin auch schon lange im Geschäft . . . Da ist zum Beispiel der Typ, der hierherkommt mit nagelneuen Cowboystiefeln, einem maßgeschneiderten Pendleton-Anzug, einem Achtzig-Dollar-Stetson und einem Seidenschal um den Hals. Er stakt breitbeinig und großspurig heran und erklärt, er will ein Pferd haben, das besser ist als die Pferde, die wir den gewöhnlichen Gästen geben. Sie schauen ihn erst einmal genauer an, und wenn er Sporen trägt, sagen Sie ihm, daß es Vorschrift ist: keine Sporen auf dieser Ranch. Dann schauen Sie ihm zu, wie er die Sporen abschnallt, und inzwischen wissen Sie genug über ihn, daß sie ihm die älteste, sicherste Mähre geben, die Sie im Stall haben. Am Abend gibt er Ihnen ein Zehn-Dollar-Trinkgeld und erklärt, er möchte am nächsten Tag ein noch besseres Pferd haben. Er hat natürlich eine Freundin bei sich, bei der er Eindruck schinden möchte. Er erzählt Ihnen in ihrer Gegenwart von den Reitkunststücken, die er in Montana, Idaho, Wyoming und Texas vollführt hat.«

»Und was machen Sie?« fragte ich.

»Ich nehme die zehn Dollar und gebe ihm am nächsten Tag wieder einen ungefährlichen, ruhigen Gaul. Wenn Sie ihm nämlich ein wirklich gutes Pferd geben, dann geht es mit ihm durch und wirft ihn entweder ab oder schüttelt ihn so durch, daß er zurückkommen und sich bitter bei Ihnen beschweren würde.«

»Aber ärgert er sich nicht über den schlechten Gaul, den Sie ihm trotz des Trinkgelds geben?«

»Sicher«, sagte Kramer. »Aber man kann das ja abblocken. Man braucht ihm nur zu sagen, er soll auf der Hut sein; daß das Pferd, das er bekommen hat, normalerweise ruhig ist, aber sich auch sehr an den Reiter anzugleichen vermag. Sie sagen ihm, daß es im vergangenen Jahr mehrere schlechtere Reiter abgeworfen hat und daß Sie es nur einem erfahrenen Reiter wie ihm geben würden. Der Bursche freut sich, erzählt seiner Freundin alles haarklein, gibt Ihnen noch zehn Dollar, behauptet, daß es ein großartiges Pferd ist und daß er es während seines ganzen Aufenthalts haben möchte.« Kramer gähnte.

Dolores kam aus Bungalow 2, stand wartend unter der Tür, merkte, daß ich sie beobachtete, sah Buck an meinem Tisch sitzen und verschwand wieder im Bumgalow.

»Haben Sie schon gegessen?« fragte ich Buck.

»Nein. Ich gehe jetzt hinein.«

Er schob seinen Stuhl zurück, betrachtete mich von oben und sagte: »Wissen Sie, Lam, wenn ich das sagen darf: Irgendwie finde ich Sie ein bißchen merkwürdig.«

»Wie das?«

»Sie reden nicht.«

»Soll ich denn reden?«

»Zum Teufel«, erklärte er, »die meisten Leute kommen hierher und schütten ihr Herz aus, vor allem diejenigen, die wirklich reiten können. Sie erzählen mir von den Gästeranches, auf denen sie schon gewesen sind, von den Campingfahrten, die sie unternommen haben, den Stunden, die sie im Sattel verbrachten . . . Wo, zum Teufel, haben Sie so gut reiten gelernt?«

»Ich sagte es Ihnen doch schon, ich kann gar nicht reiten«, erwiderte ich. »Ich versuche nur, auf dem Pferd zu bleiben.«

Er stieß ein ärgerliches Knurren aus und ging davon.

Kaum, daß er verschwunden war, trat Dolores aus dem Bungalow und brachte Melita Doon mit. Sie gingen auf das Hauptgebäude zu, doch dann bog Dolores plötzlich in meine Richtung und sagte: »Miss Doon, darf ich Ihnen meinen Freund Donald Lam vorstellen?«

Ich erhob und verbeugte mich. »Angenehm, Sie kennenzulernen«, sagte ich.

Die Haselnußaugen richteten sich mit einer Ungeniertheit auf mich, die mich verwirrte.

»Hallo«, sagte Miss Doon und reichte mir die Hand.

Es war eine kühle Hand mit schlanken, aber kräftigen Fingern.

Sie hatte sich jetzt umgezogen, trug ein Reitkostüm, sicherlich von einem Maßschneider angefertigt, das ihre Figur sehr wirkungsvoll zur Geltung brachte.

»Wir haben gerade Lunch«, sagte Dolores zu Melita, »und ich sterbe fast vor Hunger . . . Hören Sie, Donald, dürfen wir uns zu Ihnen setzen? Sie sind hier so allein . . .«

»Das wäre wundervoll«, sagte ich.

Dolores warf einen Blick auf einen der Kellner und machte ihm ein Zeichen. Ich stellte zwei Stühle für die beiden Mädchen zurecht. Sie setzten sich.

Dolores sagte: »Donald und ich sind gute Freunde . . . Er ist sehr nett.«

Melita lächelte mich an.

Ein Kellner kam und nahm die Bestellungen entgegen.

Melita betrachtete mich mit einer offenen Neugier, die weit entfernt war von den prüfenden Blicken, die junge Mädchen auf Urlaub unbekannten Männern zu schenken pflegen.

Ich bekam es einen Augenblick lang mit der Angst zu tun, als ich mich fragte, ob Dolores mich nicht ein wenig übereilt mit Melita bekanntgemacht hatte. Sicher, Dolores war ein Mädchen, das keine Zeit verschwendete, und Melita andererseits war sicherlich schlau genug, das Naheliegende zu erkennen. Ich fand, daß Dolores das Naheliegende in dem Fall allzusehr betonte.

Wir waren noch beim Essen, als Buck Kramer mit einer telefonisch durchgegebenen Nachricht zu Dolores kam. »Helmann Bruno kommt mit der Halb-vier-Uhr-Maschine«, sagte er.

»Das ist ja prima«, antwortete Dolores. »Holen Sie ihn ab, Buck?«

»Selbstverständlich.«

Ich hatte Melitas Gesicht beobachtet, als Buck Dolores die Nachricht überbrachte. Und ich hätte schwören können, daß für den Bruchteil einer Sekunde in ihren Augen namenlose Angst zu sehen war. Dann senkte sie den Blick auf den Teller und spielte mit der Kaffeetasse, bis sie sich entweder wieder unter Kontrolle hatte oder meine Phantasie aufhörte, mir Streiche zu spielen.

»Noch ein Gast?« fragte sie und schaute Dolores an.

»Ja, noch ein Gast.« Dolores' Stimme klang fröhlich. »Es ist ein ständiges Kommen und Gehen.«

»Bruno«, sagte Melita. »Ein ungewöhnlicher Name. Helmann Bruno – der Name erinnert mich an irgend etwas. Ist er ein Schriftsteller? Hat er nicht irgendein Buch geschrieben?«

»Nein«, entgegnete Dolores. »Er ist der Gewinner eines Preisausschreibens. Er hat einen zweiwöchigen Aufenthalt auf dieser Ranch gewonnen. Ich vermute, er hat ziemlich was auf dem Kasten, sonst hätte er nicht den ersten Preis in einem Wettbewerb mit vielen Teilnehmern gewonnen.«

»Vielleicht habe ich den Namen deshalb schon mal irgendwo gehört«, sagte Melita. »Ich meine, in Verbindung mit diesem Preisausschreiben. Möglicherweise hat in den Zeitungen etwas darüber gestanden, oder in den Illustrierten.«

Dolores blieb neutral und ungerührt. »Keine Ahnung«, sagte sie. »Ich versuche nur, es den Leuten nett zu machen, solange sie hier sind, und kümmere mich nicht um ihr sonstiges Leben.« Dabei betonte sie den letzten Teil des Satzes mit Nachdruck.

Melita warf ihr einen raschen Blick zu, dann senkte sie die Augen wieder.

Dolores dagegen schaute mich an. Sie schien mich etwas fragen zu wollen.

Wir beendeten das Mahl, und Dolores sagte: »So, nun kommt die Stunde der Siesta. Jeder ruht sich nach dem Lunch eine Weile aus; danach spielen wir Golf oder gehen zum Schwimmen, und drüben bei den Tennisplätzen veranstalten wir ein kleines Privatturnier. Spielen Sie Tennis, Melita?«

»Nein«, antwortete diese. »Aber ich schwimme gern und reite noch lieber. Abgesehen davon stelle ich mich beim Sport ziemlich dumm an.«

Ich sagte nichts dazu und ging in meinen Bungalow – ostentativ, um eine Siesta einzulegen.

4

Ich nahm mir vor, den Nachmittag über draußen am Pool zu sitzen und die Ankunft des Kombiwagens der Butte Valley Ranch zu beobachten. Ich wollte die Gelegenheit wahrnehmen, Helmann Bruno möglichst so zu sehen, wie er aus der Maschine gestiegen war; immerhin kam es nicht selten vor, daß solche Schwindler sich zunächst durch unwillkürliche Bewegungen verraten, ehe sie merken, daß sie beobachtet werden. Ich sah eine Staubwolke auf der Straße, dann tauchte der Kombiwagen auf, mit Buck Kramer am Lenkrad. Der Wagen machte eine Wende und hielt dann auf dem Parkplatz für Gäste.

Der Mann, der neben Kramer saß, schien sich nicht zu bewegen.

Kramer stieg aus, ging um den Wagen herum und öffnete die Tür an der Beifahrerseite.

Bruno streckte vorsichtig ein Bein heraus, dann das zweite, dann einen Krückstock.

Kramer nahm Brunos Hand und half ihm aus dem Wagen.

Bruno stand still, mit steifen Beinen, schwankte wohl auch ein wenig, dann humpelte er, die eine Hand auf den Stock gestützt, die andere auf Kramers Arm, in Richtung auf den Swimming-pool.

Als er in meine Nähe kam, sagte Kramer: »Hier ist schon einer von unseren Gästen, Mr. Bruno. Mr. Donald Lam.«

Bruno, groß, mit schmalen Hüften und großen, dunklen Augen, richtete seinen Blick auf mich, lächelte, nahm den Stock in die linke Hand, streckte mir seine Rechte entgegen und sagte: »Guten Tag, Mr. Lam.«

»Freut mich, Sie kennenzulernen, Mr. Bruno.«

»Tut mir leid, daß ich so unbeholfen bin«, fuhr er fort. »Ich hatte einen Autounfall und bin seitdem ziemlich wackelig auf den Beinen.«

»Etwas gebrochen?« fragte ich.

Er zog seine Hand zurück und massierte sich dann den Nakken. »Bandscheibe«, sagte er. »Das jedenfalls behauptet der Arzt. Es ist ziemlich unangenehm. Ich habe immer wieder Kopfschmerzen und Schwindelanfälle . . . Nun, hier will ich mich erst einmal erholen. Hoffentlich tut mir die Sonne gut.«

Er nahm den Stock wieder in die rechte Hand. Dabei fiel mir der Ring an seiner Hand auf. Ein riesiges Ding aus Gold mit einem Rubin im Mittelpunkt; das Gold rings um den Stein sah aus wie ein geknotetes Seil.

»Hier entlang, Mr. Bruno«, sagte Kramer. »Wir müssen erst die Eintragung ins Register machen, dann zeige ich Ihnen Ihren Bungalow. Ich glaube, Sie haben Nummer zwölf. Aber lassen Sie sich ruhig Zeit.«

»Schon gut«, erwiderte Bruno entschuldigend. »Bei mir dauert es eben eine Weile, das ist alles. Diese Schwindelanfälle kommen leider immer wieder.«

Kramer stützte ihn wieder, und die beiden gingen in Richtung auf das Hauptgebäude.

Dolores Ferrol kam vom anderen Ende des Patios auf uns zu. Aber als sie ankam, waren Buck und Kramer schon ein Stück weiter; dennoch bekam sie die Szene weitgehend mit.

Sie näherte sich mit schwingenden Hüften. »Ich hab' genug gesehen«, sagte sie. »Ich fürchte, da ziehen wir den kürzeren. Der Bursche geht uns nicht in die Falle.«

»Vielleicht hat er Lunte gerochen«, entgegnete ich. »Eines steht jedenfalls fest – bis jetzt haben wir eine klare Niete gezogen.«

Sie schaute den beiden nach, und in ihren Augen zeigte sich so etwas wie Frustration – dann plötzlich sagte sie, fast verteidigend: »Lassen Sie mich nur mit dem da ein wenig draußen sein, vielleicht bei Mondlicht, und geben Sie mir Gelegenheit, meine Verführungskünste spielen zu lassen. Ich wette, da erwacht er schnell zum Leben.«

»Aber bestimmt nicht vor einer Filmkamera«, erwiderte ich. »Und für Filme braucht man bekanntlich mehr als Mondlicht.«

Wir schlenderten ebenfalls auf das Hauptgebäude zu. Als Bruno und Kramer herauskamen, stellte Kramer dem neuen Gast Dolores vor.

Dolores klimperte mit ihren Wimpern und gewährte Bruno einen Einblick in den V-Ausschnitt ihrer Bluse. »Rheuma, Mr. Bruno?« fragte sie unschuldig. »Für rheumatische Schmerzen ist das hier der günstigste Erholungsort der ganzen Welt.«

»Ein Autounfall«, erklärte er mit etwas erschöpfter Geduld. »Ein Bandscheibenschaden. Ich dachte auch, daß mir der Aufenthalt hier sehr guttun würde, andererseits ist es vielleicht nicht günstig, wenn ich mich so weit von meinem behandelnden Arzt entferne. Immerhin, der Aufenthalt hier kostet mich nichts. Ich habe ihn bei einem Preisausschreiben gewonnen.«

»Ach, tatsächlich?« rief Dolores und schaute ihn bewundernd an. »Ich wollte auch immer mal bei einem Preisausschreiben gewinnen, aber ich glaube, ich bin einfach nicht schlau genug dafür.«

»Es war ganz kinderleicht«, sagte Bruno und wandte sich an Kramer. »Bringen Sie mein Gepäck hinüber?«

»Ich bringe erst einmal Sie hinüber, damit Sie sich hinlegen und ausruhen können. Dann bringe ich Ihnen das Gepäck, und anschließend kümmere ich mich um die verlorengegangene Tasche. Die Fluggesellschaft nimmt an, daß sie sich in der nächsten Maschine befindet, und sie dürfte bis dahin gelandet sein.«

»Das ist wirklich lächerlich«, sagte Bruno. »Da haben sie die modernsten technischen Einrichtungen in den Flugzeugen, den besten Service an Bord, aber wenn es darum geht, Menschen und Gepäck auf dem Erdboden zu befördern, läuft es darauf hinaus, daß sie die Menschen wie Rinderherden zusammentreiben und beim Gepäcktransport Methoden benützen, die schon zu Zeiten Edisons aus der Mode gekommen sind.«

Kramer lachte. »Andererseits ist es erstaunlich, daß nicht viel mehr passiert. Die Menschen fliegen heute ja schon wie die Heuschreckenschwärme durch die Gegend.«

Brunos Stimme hatte den quengeligen Ton eines chronisch Kranken. »Aber bei mir, ausgerechnet bei mir, passiert etwas. Anscheinend erwische ich vom Leben immer nur die negativen Seiten.« Danach versuchte er eine steife Verbeugung zu Dolores und sagte: »Bis später!« und ging dann mit Kramer zu dem Bungalow am anderen Ende der Reihe, gegenüber dem meinen.

»So einen wie den hab' ich noch nie gesehen«, sagte Dolores.

»Der Bursche ist gewitzt«, meinte ich. »Oder er ist wirklich körperbehindert.«

Als Kramer wieder herauskam, sagte ich: »Wenn Sie in die Stadt fahren wegen des verlorengegangenen Gepäckstücks, möchte ich gern mitkommen. Ich muß mir ein paar Dinge besorgen.«

»Das kann ich für Sie erledigen.«

»Nein. Ich muß mir das alles selbst 'raussuchen. Wenn Sie nichts dagegen haben, mich mitzunehmen, könnte ich –«

»Unsinn«, sagte er. »Schließlich fahren wir ohnehin dauernd hin und her. Am Vormittag, wenn ich mit den Gästen ausreite, übernimmt ein anderer diese Aufgabe. Aber nachmittags bin ich manchmal vier- oder fünfmal unterwegs. Kommen Sie schon, steigen Sie ein.«

Ich kletterte auf den Vordersitz neben Buck.

»Kaum zu glauben, daß so einer in eine Gästeranch kommt«,

sagte er und meinte Bruno damit. »Wenn man ihn sieht, denkt man, der sollte lieber ins Sanatorium.«

»Aber er hat den Aufenthalt hier gewonnen, bei irgendeinem Preisausschreiben.«

»Von denen war schon öfter einer hier«, sagte Kramer. »Ich meine solche, die den Aufenthalt bei einem Preisausschreiben gewonnen haben. Ich glaube, es ist eine Backpulverfirma, die Preise vergibt für die besten Fünfzig-Worte-Artikel, warum ihr Backpulver so besonders gut ist. Ich muß sagen, ich selbst hab' noch nie eine Anzeige von dem Backpulver gesehen, aber wir haben schon mehrere Leute hier gehabt, die diesen Preis gewonnen hatten. Meines Wissens ist der Hauptpreis eine Reise nach Honolulu.«

»Na schön«, beruhigte ich ihn. »Vermutlich tun dem armen Kerl zwei Wochen Erholung hier ganz gut.«

»Eines steht jedenfalls fest«, sagte Kramer. »Aufs Pferd kommt er mir nicht. Ich brauch' ihm auch nicht zuzuhören, wenn er prahlt, wie er schon als Junge geritten ist und einmal ein besonders eigenwilliges Pferd bekam, mit dem niemand außer ihm fertiggeworden ist, und so weiter und so fort. Ich kann diesen Quatsch bald nicht mehr ertragen! Jeder bekommt das Pferd, das er reiten kann. Wenn ich ihnen die Pferde geben würde, die sie von mir haben wollen, hätten wir recht ein Sanatorium hier auf der Ranch. Leute wie dieser Bruno würden dann gar nicht mehr auffallen. Ach was – sehen Sie, so hat eben jeder von uns seine kleinen Probleme.«

Ich grinste ihn freundlich an.

»Wie hat Ihnen das Pferd gefallen, das Sie heute vormittag geritten haben?« fragte er.

»Prächtig«, sagte ich.

»Sie kommen anscheinend gut mit ihm zurecht. Manche haben eine harte, vielleicht auch ungeschickte Hand, und die lehnt das Pferd ab. Erst versucht es, die Beißstange und die Zügel loszuwerden, dann den Reiter, und je fester er sich hält, desto wütender wird das Pferd.«

»Wirft es sie auch ab?« fragte ich.

»Nein, nein, natürlich nicht. Wir können hier auf der Ranch kein Pferd haben, das durchgeht oder den Reiter abwirft, aber das Pferd wird nervös und bockig und kommt schweißnaß vom Ritt zurück. Daran sehen wir, daß der Reiter mit dem Pferd gekämpft und sich angestrengt hat. Wir wollen dagegen, daß er beim Reiten auch ein bißchen Spaß empfindet. Sie würden sich wundern, wie gut die Tiere solche Nuancen begreifen. Die Pferde wissen genau, daß sie sich den Lebensunterhalt mit den reitenden Gästen verdienen müssen, und wenn sie auch hier und da einen Reiter ablehnen, so fühlen sie sich wohl auch für das Ganze verantwortlich. Bis jetzt ist es immerhin noch nie passiert, daß ein Pferd seinen Reiter abgeworfen hätte.«

»Aber es ist andererseits auch für Sie eine große Verantwortung, die geeigneten Pferde auszuwählen, sie zu erziehen und im Training zu halten«, sagte ich.

Kramer grinste. »Sagen Sie – warum reden wir eigentlich dauernd über meine Probleme? Warum nicht zur Abwechslung mal über die Ihren?«

»Ich habe keine«, erwiderte ich.

Wir fuhren auf den Parkplatz des Flughafens. Mittlerweile versuchten wir, uns allmählich besser kennenzulernen, redeten jedoch nur belangloses Zeug. Kramer war nicht dazu zu bewegen, darüber hinaus etwas von sich zu geben. Wenn ich irgendeinen speziellen Gast auch nur erwähnte, brach er die Unterhaltung abrupt ab, um nach einer Minute das Thema zu wechseln. Ich vermutete, es war sein Prinzip, niemals mit einem Gast über einen anderen Gast zu sprechen.

In der Ankunftshalle rief ich von einer Telefonzelle aus Bertha Cool an.

»Donald!« schrie sie. »Wie kommst du zurecht?«

»Bis jetzt ganz gut«, sagte ich. »Nur mein Job fällt wahrscheinlich ins Wasser.«

»Was soll das heißen?«

»Dieser Bursche, dieser Bruno, ist entweder wirklich verletzt oder zu schlau, um uns in die Falle zu gehen.«

»Du meinst, daß du ihm nicht beikommst?« fragte Bertha, und es klang bereits wie eine Anklage.

»Es geht nicht darum, ob ich ihm beikomme«, entgegnete ich. »Aber es sieht so aus, als hätte Bruno tatsächlich einen Bandscheibenschaden. Ich rufe gleich anschließend Breckinridge an, aber ich dachte, ich verständige erst einmal dich, damit du auf dem laufenden bist.«

»Mein Gott«, sagte Bertha, »er kann doch jetzt nicht einfach

44

von dem Auftrag zurücktreten. Du bist da draußen für drei Wochen, alle Spesen sind bezahlt, und wir kassieren pro Tag hundertfünfzig Dollar.«

»Ich fürchte, ich kann ihn nicht daran hindern«, gab ich zu bedenken. »Wenn er erst hört, was ich zu berichten habe, wird er vermutlich seine Taktik ändern und mich zurückpfeifen.«

»Dich zurückpfeifen?« schrie Bertha ins Telefon. »So geht's ja auch wieder nicht. Wir werden auf diesen fetten Auftrag nicht verzichten.«

»Laß ihn bloß nicht merken, daß wir so scharf sind auf den Auftrag«, sagte ich. »Schließlich können wir uns auch anderweitig beschäftigen, oder?«

»Paß auf, ich werde mit ihm reden«, erklärte Bertha.

»Nein«, widersprach ich. »Ich bin verpflichtet, ihm persönlich Bericht zu erstatten. Ich wollte dich nur kurz informieren. Ich melde mich wieder, sobald sich etwas ergeben hat.«

Und ich hängte ein, während sie noch protestierte, ließ mich danach mit Breckinridge verbinden. Ich hatte Glück. Sobald ihm die Sekretärin meinen Namen genannt hatte, kam er selbst an den Apparat.

»Hallo, Lam«, sagte er. »Sind Sie draußen in Tucson?«

»Richtig.«

»Was macht die Ranch?«

»Alles in Ordnung.«

»Und mit Dolores auch?«

»Prima.«

»Das ist gut«, sagte er, dann fügte er hinzu: »Und weshalb rufen Sie mich an?«

»Dieser Bruno. Mit dem werden wir es nicht leicht haben.«

»Wieso nicht?«

»Ich glaube, er segelt nicht unter falscher Flagge. Er ist heute nachmittag hier angekommen und hat allen erzählt, daß er nur deshalb auf die Ranch geflogen ist, weil er den Aufenthalt bei einem Preisausschreiben gewonnen hat. Außerdem sagt er, daß er bei einem Autounfall verletzt wurde, ein Bandscheibenschaden, und daß er sich sehr, sehr ruhig verhalten muß. Er geht mühsam am Stock und läßt sich von einem Angestellten der Ranch führen.«

»Verdammt und zugenäht!« explodierte Breckinridge.

»Genau das war auch meine Meinung.«

Breckinridge dachte darüber nach, dann pfiff er leise durch die Zähne. »Na schön, Donald«, sagte er. »Kommen Sie zurück.«

»Einfach so?« fragte ich verblüfft.

»Jawohl, einfach so. Wir werden den Kerl ausbezahlen.«

»Ich habe nur berichtet, wie es momentan aussieht. Vielleicht ist das doch alles nur Schwindel und Theater. Möglicherweise erwischen wir ihn, wenn wir gut aufpassen.«

»Ich finde, das lassen wir lieber sein«, erklärte Breckinridge. »Ich bin froh, daß Sie mich gleich angerufen haben, Donald. Es ist bestimmt besser, wenn wir Bruno ausbezahlen. Denn wenn er wirklich so geschickt ist, wie Sie meinen – nun, so ein Bandscheibenschaden kann teuer werden. Also, nehmen Sie die nächste Maschine und kommen Sie nach Hause.«

»Nur nicht gleich das Ganze überstürzen«, sagte ich. »Geben Sie mir noch einen Tag. Ich muß meinen Überblick vervollständigen. Ich habe Ihnen nur gleich Bescheid gegeben, weil ich dachte, daß Sie immer auf dem laufenden sein wollen.«

»Großartig, Lam«, sagte er. »Das ist großartig. Ich bin froh, daß Sie mich angerufen haben. Verstehen Sie mich nicht falsch – das ändert natürlich nichts an unserem Abkommen mit Ihrer Agentur. Wir regeln den Auftrag so, wie wir ihn gegeben haben, mit einer Laufzeit von drei Wochen – aber ich habe keine Lust, ein Risiko einzugehen, wenn es sich bei diesem Bruno vielleicht doch um einen echten Bandscheibenschaden handelt. Dann zahlen wir lieber die geforderte einmalige Summe und brauchen damit für alle weiteren Kosten nicht aufzukommen.«

»Und Sie wollen nicht noch wenigstens einen Tag abwarten?«

»Nun . . .« Er legte eine kurze Pause ein, fügte dann hinzu, als sei ihm ein Gedanke gekommen: »Doch, sicher, einen Tag können wir noch abwarten. Aber rufen Sie mich morgen wieder an und teilen Sie mir mit, wie unsere Sache steht, ja?«

»Okay.«

»Sie rufen bestimmt an?«

»Selbstverständlich.«

Ich hängte ein, ging hinaus in die Halle und suchte Kramer. Er stand an der Erfrischungstheke und trank eine Schokoladenmilch. Das fehlende Gepäckstück war tatsächlich mit der nächsten Maschine eingetroffen, und wir fuhren zurück auf die Ranch.

Ich nahm die Cocktails und das anschließende Dinner zu mir, und später wurde getanzt.

Ich tanzte mit Dolores.

Sie hatte eine sehr intime, verführerische Art zu tanzen, ohne daß es auffiel und ohne daß sie ihrem Partner allzu nahe kam.

»Haben Sie schon mit Bruno geflirtet?« fragte ich.

»Dieser Mann ist ein Eisberg«, erwiderte sie. »Ich bin sicher, er ist wirklich verletzt, Donald. Die Situation ist für mich völlig neu; damit habe ich nicht gerechnet. Es hieß, wenn sie jemanden hierherschicken, ist er mit Sicherheit ein Schwindler. Ich weiß nicht, wie sie bei diesem auf den Gedanken gekommen sind, er könnte simulieren.«

»Vielleicht glauben sie das selbst nicht«, sagte ich. »Sie haben es eben probiert und sind einmal an den falschen geraten.«

»Bleiben Sie trotzdem noch hier, Donald?«

»Ich weiß es noch nicht. Warum?«

»Es täte mir leid, wenn wir uns schon wieder aus den Augen verlieren würden.«

In diesem Augenblick endete die Musik, und Dolores unterstrich ihre Andeutung mit einem Druck ihrer Hüfte. Dann lächelte sie mich an, löste sich von mir und wollte mit einem anderen Gast weitertanzen.

»Wie bringen Sie es nur fertig, daß Sie nicht von allen Ehefrauen mit bitterem Haß verfolgt werden?« flüsterte ich ihr zu.

»Das ist allerdings eine Kunst«, erwiderte sie und schenkte dem neuen Tanzpartner ein Lächeln, das ebenso freundlich wie unpersönlich wirkte.

Ich beobachtete sie während des nächsten Tanzes. Sie war völlig hingegeben, lächelte ihrem Partner von Zeit zu Zeit zu, ließ die Blicke dann über die anderen Gäste schweifen, als wolle sie sichergehen, daß sich ein jeder so gut wie möglich amüsierte.

Jeder verheirateten Frau war klar, daß Dolores nichts als ihre Pflicht tat.

Der Tanzabend war wie jedes andere Aktionsprogramm auf der Farm zeitlich begrenzt, so daß die Gäste früh ins Bett kamen. Es gab zweimal die Woche Tanz nach dem Dinner, aber um elf verstummte die Musik, und den Gästen wurde nahegelegt, daß es besser sei, früh wieder fit und gut ausgeschlafen zu sein.

An zwei Abenden in der Woche gab es draußen auf einem zweiten Patio ein Lagerfeuer, und rundherum wurden Stühle aufgestellt. Cowboysänger spielten Gitarre und sangen dazu Hillbilly-Songs. Die Sänger waren eine Gruppe, die von Ranch zu Ranch zog.

Und dann gab es noch die Gruppenabende, die gelegentlich von mehreren Gäste-Ranches gemeinsam veranstaltet wurden. Dabei arbeitete man ein umfangreicheres Vergnügungsprogramm aus, welches nicht nur aus Tanz und Lagerfeuerromantik bestand. Das alles erfüllte den Zweck, die Gäste möglichst abwechslungsreich zu unterhalten und dennoch darauf zu achten, daß sie genügend Schlaf erhielten und sich nach einem Aufenthalt auf der Ranch körperlich und geistig erholt fühlten.

Ich zog mich schon früh in meinen Bungalow zurück, nachdem Melita Doon Kopfschmerzen vorgetäuscht und zu Bett gegangen war und Helmann Bruno das gleiche unter Hinweis auf seinen Zustand getan hatte.

Man hatte inzwischen einen Rollstuhl für ihn aufgetrieben, und darin schien er sich endlich etwas wohler zu fühlen.

Dolores Ferrol war enttäuscht, verbarg aber ihre Frustration hinter den unzähligen Aufgaben, die ihr als guter Hostess an einem solchen Abend zukamen. Dennoch war sie noch immer entschlossen, Bruno aufzutauen.

Sie achtete darauf, daß jeder den passenden Partner fand und daß sich die Gruppen von Zeit zu Zeit veränderten, damit es keine Cliquen gab. Kurz gesagt, Dolores war die geborene Gastgeberin und machte ihre Sache großartig, aber sie wollte den ganzen Abend mit mir sprechen, und nach dem Ende des formellen Teils merkte ich, daß ihr an einer ausführlicheren Diskussion gelegen war.

Was mich betraf: Es gab nichts zu diskutieren – noch nicht jedenfalls, und ehe ich mich mit Dolores beschäftigte, wollte ich Klarheit über diese Melita Doon gewinnen. Denn irgend etwas an dem Mädchen störte mich – ich konnte nicht sagen, was es war.

Ich ging also gähnend auf meinen Bungalow zu.

Dolores war fast augenblicklich neben mir.

»Gehen Sie schon, Donald?«

»Ich habe einen langen Tag hinter mir.«

Sie lachte. »Unsinn – Sie sind doch einer von den drahtigen Burschen, die ein Dutzend solcher Tage ohne Mühe durchstehen – oder haben Sie Angst vor der Nacht?«

Ich wechselte das Thema. »Was ist mit Melita Doon?« fragte ich. »Sie ist eigentlich nicht der Typ, der Abenteuer und Romanzen sucht. Schön und gut, sie will unbedingt reiten, aber sie ist nicht hier draußen in der Wüste, um ein paar schöne Farbfotos zu machen. Warum ist sie hier?«

»Wenn ich das wüßte«, erwiderte Dolores. »Ich habe schon alle möglichen Typen hier gesehen – aber bei dem Mädchen versagt meine Erfahrung.«

»Na schön«, sagte ich. »Jedenfalls ist sie hier, und sie scheint sich nicht an die anderen anschließen zu wollen. Glauben Sie, daß sie zu denjenigen gehört, die die Einsamkeit lieben, und hierhergefahren ist, weil sie hofft, hier am ehesten ein Stück davon zu ergattern?«

Dolores schüttelte den Kopf. »Die bestimmt nicht. Ich bin sicher, sie hat einen anderen, einen besseren Grund.«

»Das Gefühl habe ich auch.«

»Na schön«, meinte Dolores. »Sie wohnt zum Glück in dem Bungalow neben dem Ihren, und Sie haben nun schon das dritte Mal innerhalb von zehn Minuten nachdrücklich gegähnt. Ich nehme an, Sie ... Nun ja ...« Und zu diesen angedeuteten Sätzen lächelte sie verstehend.

»Ich glaube, man hat mir was in den Kaffee gegeben«, sagte ich. »Ich bin todmüde. Also dann, bis morgen, Dolores.«

»Morgen?« fragte sie.

Ich schaute ihr in die Augen. »Sie haben hier einen guten Job, nicht wahr?«

»Ich mache einen guten Job daraus.«

»Zahlt es sich wenigstens aus?«

»Ich sorge dafür, daß es sich auszahlt«, sagte sie. »Ich weiß genau, was ich zu tun habe. Und ich weiß auch, daß ich es gut mache. Dafür verlange ich Geld, und ich bekomme es auch.«

»Und niemand weiß von dem zweiten Job, den Sie insgeheim angenommen haben – dem Auftrag der Versicherungsgesellschaft?«

Ihre Augen wurden plötzlich ganz groß; sie schaute mich

fragend an. »Was soll das heißen, Donald? Ist das vielleicht eine Art von Erpressung?«

»Ich mag es nur nicht, wenn man mich im dunkeln läßt«, erwiderte ich.

»Aber im Dunkeln ist gut munkeln, wie man sagt . . . Na los, raus mit der Sprache. Was wollen Sie von mir wissen?«

»Wie sind Sie zu diesem – zweiten Job gekommen?«

»Das war eine Idee der Abteilung Schadenersatzansprüche.«

»Homer Breckinridge?«

»Wenn Sie es so genau wissen wollen – ja.«

»War er schon einmal hier auf der Ranch?«

»Ja.«

»Wann?«

»Im vergangenen Jahr.«

»Er sah Sie arbeiten, und da kam ihm der Gedanke, die Leute hierherzuschicken, als sogenannte Gewinner eines Preisausschreiben.«

»Genau.«

»Wie viele waren inzwischen schon hier?«

»Ich glaube, es wäre Mr. Breckinridge nicht recht, wenn ich Ihnen das verraten würde.«

»Hören Sie, Dolores«, erklärte ich, »wir arbeiten beide für Breckinridge. Und ich finde, dieses Gespräch sollte eigentlich in Eintracht und Harmonie geführt werden. Fürchten Sie vielleicht, daß ich Breckinridge ins Handwerk pfusche?«

»Das ist eine von den Fragen, die mich beschäftigen.«

Sie dachte eine Weile darüber nach.

»Ich sage Ihnen ehrlich, es ist mir mehr als unangenehm, etwas zu unternehmen, was unsere beiden Jobs gefährdet«, sagte ich. »Es sind gute Jobs, der Ihre wie der meine. Aber Breckinridge ist kein Narr. Er hat mich zunächst einmal zum Ausprobieren hergeschickt, wenn man so sagen kann . . . Es waren also schon mehr solche Leute hier. Was ist mit ihnen geschehen?«

»Ich weiß es nicht«, sagte sie. »Sie sind nicht zurückgekommen. Es war, wenn ich recht verstanden habe, ein einmaliger Aufenthalt.«

»Eben. Und genau das will ich nicht sein – einer, der nur zu einem einmaligen Aufenthalt hier war. Wir sehen uns morgen, Dolores.«

Sie stand einen Augenblick lang zögernd da, sagte dann leise: »Gute Nacht, Donald«, und ging weg.

Melita Doons Bungalow lag bereits im Dunkeln. Sie war vor einer halben Stunde verschwunden. Offensichtlich brauchte sie nicht lange, um ins Bett zu kommen. Bei ihr gab es vermutlich kein ausführliches Ritual, keine umfangreiche Schönheitspflege, ehe sie das Licht ausschaltete.

Ich schaute mich in der Umgebung meines Bungalows um. Dann ging ich hinein und unterzog ihn einer genauen Inspektion. Es gab eine Veranda, einen kleinen Wohnraum, ein Schlafzimmer und ein Bad, einen großen, begehbaren Schrank, Gasheizung und eine zweite Veranda auf der Rückseite.

Man konnte ahnen, daß es im Herbst und Winter kühle Abende und Morgen gab, und das erklärte auch die zwei Holzöfen, einen im Wohnzimmer und einen im Schlafzimmer. Auf der kleineren, hinteren Veranda lag außerdem ein großer Stapel Feuerholz bereit. Später, als auf der Ranch das Gas eingeführt wurde, hatte man die modernere Gasheizung eingebaut, und der Holzstoß auf der hinteren Veranda wurde nicht mehr gebraucht.

Der Abstand zwischen meinem Bungalow und dem von Melita Doon betrug höchstens drei Meter. Ihr Schlafzimmerfenster lag gegenüber dem meinen, war aber so angebracht, daß ich nur eine kleine Ecke des Raums überblicken konnte. Melita war offensichtlich nicht nur schon im Bett, sondern auch eine Frischluftfanatikerin, denn ihr Fenster stand weit offen, und die Gardine war zur Seite geschoben, damit möglichst viel frische Luft hereinkam.

Ich zog mich aus, nahm eine Dusche, stieg in meinen Pyjama, kletterte ins Bett und schlief rasch ein.

Ich weiß nicht, wieviel Zeit vergangen war, als ich erschreckt aufwachte. Irgendein Geräusch hatte mich geweckt.

Helles Licht fiel in eine Ecke meines Schlafzimmers.

Ich sprang aus dem Bett und machte einen Satz auf die Tür zu, als ich merkte, daß das Licht aus Melita Doons Schlafzimmer kam.

Wenn ich mich an das Fenster drückte, konnte ich ein größeres Stück ihres Schlafzimmers überblicken.

Ich sah einen Schatten, der sich bewegte, dann einen zweiten. Es waren eindeutig zwei verschiedene Schatten.

Ich hörte die Stimme eines Mannes, ein tiefes, eindringliches Grollen. Dann eine weibliche Stimme, die etwas darauf erwiderte, kurz und schnell. Anschließend wieder die Stimme des Mannes, entschieden, fast im Befehlston.

Plötzlich kam Melita Doon in die Ecke des Schlafzimmers, die ich überblicken konnte. Sie trug ein dünnes Nachthemd und darüber ein ebenso dünnes Negligé. Ein Mann streckte seine Hand aus und packte sie am Handgelenk.

Den Mann konnte ich nicht sehen. Alles, was ich sah, war seine Hand, aber ich sah auch einen Ring. Einen schweren, goldenen Ring mit einem Rubin in der Mitte. Ich sah den Rubin deutlich funkeln.

Ich hätte trotz des nur kurzen Blicks darauf schwören können, daß es der Ring war, den ich zuvor an der Hand von Hellmann Bruno gesehen hatte.

Gleich danach war der Bungalow der Doon finster. Das Licht hatte, seit ich aufgewacht war, keine zwei Minuten gebrannt.

Ich schob sachte mein Fenster hoch, hörte aber kein Geräusch und keine Stimmen. Auf Zehenspitzen ging ich zur Vordertür und ließ sie offenstehen, damit ich Bruno sehen konnte, wenn er Melitas Bungalow verließ, sei es in Eile, in normalem Tempo oder humpelnd und auf den Stock gestützt.

Als er nach ungefähr zehn Minuten noch immer nicht herausgekommen war, schlich ich durch die hintere Tür hinaus auf die Veranda und schaute zum angrenzenden Bungalow hinüber.

Es gab eine Hintertür, die der meinen völlig glich, und auch die Veranda sah genauso aus. Es wäre natürlich möglich gewesen, daß Bruno den Bungalow über die Hintertür verlassen hatte, dann nach rechts statt nach links eingebogen war, also im weiten Bogen um meinen Bungalow herum, über die Zufahrtsstraße hinter den Bungalows.

Diese Straße war nicht gepflastert. Es war ein Fahrweg, der nur benützt wurde, wenn man Möbel oder Vorräte für die einzelnen Bungalows anlieferte.

Ich zog mich an, steckte mir eine kleine Taschenlampe ein und schlich dann wieder durch die Hintertür hinaus. Dann arbeitete ich mich durch die Schatten vorwärts, bis ich die Zufahrtsstraße erreicht hatte. Hier zog ich mein Jackett aus, hielt es über mich und beleuchtete darunter die Straße, suchte nach

Spuren in dem verhältnismäßig weichen, lehmigen Untergrund.

Und es gab Spuren: die von Männerschuhen, in Richtung auf Brunos Bungalow.

Ich folgte ihnen nicht bis dicht vor den Bungalow, aber lange genug, um festzustellen, daß es die Spuren eines rasch und normal ausschreitenden Mannes waren.

Dabei konnte ich nur eines nicht vermeiden: meine eigenen Spuren. Auf einem solchen Untergrund hinterläßt man Spuren, ob man will oder nicht, die ein erfahrener Spurensucher deuten, denen er folgen kann.

Ich hätte meine Spuren natürlich verwischen können, aber das hätte vermutlich noch mehr Aufmerksamkeit erregt als die Spuren selbst.

Cowboys sind erfahrene Spurenleser: Sie satteln am Morgen die Pferde und stellen anhand der Spuren fest, wohin die Herde während der Nacht getrieben ist. Und sie sind nicht nur gut im Spurenlesen: Ihnen fällt auch auf, wenn irgend etwas anders ist, als es sein sollte.

Ich drehte mich um und ging über die Zufahrtsstraße zurück. Ich bezweifelte, daß Bruno annahm, jemand habe versucht, ihm auf die Spur zu kommen. Aber zugleich wußte ich, daß dem erstbesten Cowboy, der diesen Weg entlangritt, die Spuren auffallen würden. Wenn er in einem Jeep oder einem Kombiwagen fuhr, würde er sie vermutlich auch erkennen. Und er würde mich verdächtigen, nachts eine Dame in einem anderen Bungalow besucht zu haben. Dieses Risiko mußte ich eben eingehen.

Ich schlich mich vorsichtig zu den beiden letzten Bungalows zurück durch die Schatten hinauf auf die Veranda, in mein Schlafzimmer, und legte mich wieder ins Bett.

5

Kramer hatte mir gesagt, daß die Pferde um sechs Uhr morgens gefüttert und kurz nach sieben gesattelt und für den Morgenritt vorbereitet wurden, der normalerweise um halb neun begann. An den zwei oder drei Tagen in der Woche, wo man einen Frühstücksritt veranstaltete, begannen die Ausritte entsprechend früher.

Aber für diesen Tag war kein Frühstücksritt vorgesehen, so daß ich mich erst nach halb sieben zu den Ställen schlich.

Um Viertel vor sieben kamen die Pferdeburschen aus dem Speisesaal, wo sie ihr Frühstück bekommen hatten.

Kramer schaute mich überrascht an. »Was um alles in der Welt machen Sie schon so früh auf den Beinen?« fragte er.

»Das ist der Fluch einer nervösen Disposition«, erklärte ich. »Ganz gleich, wann ich abends zu Bett gehe – ich wache immer beim Morgengrauen auf, und wenn ich wach bin, muß ich aufstehen und mir irgendeine Beschäftigung suchen. Solange ich in der Stadt bin, kann ich dieses Bedürfnis ein bißchen zügeln, aber hier draußen in der reinen Luft ist es mir unmöglich, bei Tageslicht im Bett liegen zu bleiben.«

Kramer grinste und sagte: »Sie haben sicher recht. Ich weiß es nicht, ich hatte noch nie Gelegenheit, es herauszufinden. Aber vielleicht versuche ich es mal, im Urlaub. Hören Sie, Lam, Sie reiten gut genug – Sie können ruhig auch mal allein ausreiten. Wenn Sie wollen, werfe ich Ihrem Pferd einen Sattel über; Sie können durch die Gegend reiten und sich und dem Tier ein bißchen Bewegung verschaffen.«

»Wann fängt der allgemeine Ausritt an?« fragte ich.

»Heute morgen erst um neun. Aber warum wollen Sie so lange warten – Sie werden bestimmt ganz nervös, wenn Sie nichts zu tun haben.«

»Was machen Sie jetzt? Die Pferde füttern?«

»Nein, die Pferde werden jetzt gestriegelt und gezäumt; aber ich muß in die Stadt. Mr. und Mrs. Wilcox wollen die Neun-Uhr-Maschine erwischen. Also müssen sie um halb neun am Flugplatz sein. Sie trinken hier nur noch rasch eine Tasse Kaffee und frühstücken vor dem Abflug.«

»Gut«, sagte ich. »Wenn Sie nichts dagegen haben, fahre ich mit Ihnen in die Stadt. Dann habe ich wenigstens eine Beschäftigung.«

Kramer lachte und sagte: »Sie sind das genaue Gegenteil der meisten Gäste hier. Die haben Mühe, bis zum Frühstück einigermaßen wach zu werden, und verzögern unseren Ausritt, so gut es geht ... Okay, in zehn Minuten ist Abfahrt.«

»Ich setze mich jetzt gleich in den Wagen«, sagte ich. »Oder kann ich Ihnen mit dem Gepäck behilflich sein?«

»Machen Sie mich nicht unglücklich«, erwiderte er. »Wenn ich erwischt werde, daß ich einen Gast Gepäckstücke tragen lasse, wirft man mich hier so heftig raus, daß ich die Umlaufbahn um den Mond erreiche ... Da drüben steht der Wagen.«

Ich setzte mich auf den Rücksitz.

Mr. und Mrs. Wilcox kamen innerhalb von zehn Minuten. Die beiden waren fette Ostküstenleute, die hier hatten abnehmen wollen, einen Sonnenbrand bekamen und nun ihre Freunde im Osten mit ein paar Fachausdrücken aus der Reitersprache überraschen konnten.

Ich unterhielt mich mit ihnen auf der Fahrt und erfuhr, daß sie volle drei Wochen auf der Ranch gewesen waren; und wenn Mr. Wilcox am Anfang die Cowboystiefel gedrückt hatten, so schwor er jetzt darauf, daß sie die bequemsten Schuhe waren, die er je im Leben angehabt hatte; er wollte sich Gummisohlen daraufmachen lassen und sie jeden Tag tragen, sogar ins Geschäft.

Ich übersah keineswegs den breitrandigen Sombrero, den er auf dem Kopf trug, und das braungebrannte Gesicht, und ich nahm an, daß er von nun an nicht nur Cowboystiefel tragen, sondern auch die Füße auf seinen Schreibtisch legen würde, wenn die Sekretärinnen und die Untergebenen es sehen konnten, damit ihnen klarwurde, was für ein echter, urwüchsiger Naturbursche ihr Boss in Wirklichkeit war.

Mrs. Wilcox begeisterte sich über die recht unerhebliche Tatsache, daß sie sechs Pfund abgenommen hatte und sich ›wie eine völlig neue Frau‹ fühlte.

Die beiden waren so sehr damit beschäftigt, über sich zu reden, daß ihnen gar keine Zeit blieb, über mich zu sprechen.

Als wir am Flugplatz angekommen waren, gaben sie ihr Gepäck auf, gingen zum Check-in und danach zum Frühstücken.

Ich sagte zu Kramer: »Was wäre, wenn ich nicht mit Ihnen zur Ranch zurückfahren würde?«

»Nichts. Warum? Sie sind doch kein Kreditrisiko, Lam, oder?«

»Ich habe im voraus bezahlt, und ich möchte, daß mein Bungalow vorläufig für mich reserviert bleibt, auch wenn ich heute abend nicht zurückkomme.«

Kramer schaute mich nachdenklich an, dann grinste er. »Ich hab' mir doch gleich gedacht, daß bei Ihnen etwas anderes im Busch ist«, sagte er. »Ich hab' schon manchen Hengst beobachtet, wenn er von nervösem Tatendrang beherrscht wurde.«

Ich ging nicht auf den Vergleich ein und erkundigte mich, wann die nächste Maschine nach Dallas startete.

Sie startete in einer halben Stunde.

Und ich flog mit.

In Dallas meldete ich ein R-Gespräch mit Breckinridge an.

»Sie haben den Versicherungsfall doch noch nicht geregelt, oder?« fragte ich.

»Noch nicht, aber ich bin gerade dabei, einen Scheck ausstellen zu lassen, damit die Sache endlich vom Tisch kommt. Die Vermittlung hat gesagt, daß Sie von Dallas aus anrufen.«

»Das stimmt.«

»Was, zum Teufel, haben Sie dort zu tun?«

»Ich muß ein paar Fakten zu unserem Fall überprüfen.«

»Hören Sie, Donald, ich möchte nicht, daß Sie mich mißverstehen. Wenn dieser Mann einen Bandscheibenschaden hat, wollen wir ihn ausbezahlen, ehe er sich eines Besseren besinnt. Bis jetzt hat er unseres Wissens noch keinen Anwalt eingeschaltet, aber er hat uns damit gedroht. Er meinte, er würde es tun, falls es ihm notwendig erscheint. In einer solchen Situation regeln wir die Sache lieber rasch und damit endgültig.«

»Aber Sie haben sie noch nicht geregelt?«

»Nein. Ich habe einen meiner Leute beauftragt, heute nachmittag auf die Ranch zu fahren, mit den Papieren, die Helmann Bruno unterzeichnen muß. Dafür erhält er unseren Scheck. Wir werden bei der Regelung nicht kleinlich sein.«

»Sagen Sie Ihrem Mann, er soll sich Zeit lassen, bis Sie wieder von mir gehört haben.«

»Warum denn?«

»An der Sache ist etwas faul.«

»Das ist durchaus möglich, aber er hat nun mal einen Bandscheibenschaden, und wir können dafür haftbar gemacht werden. Meine Güte, Lam, können Sie sich vorstellen, was es für uns bedeutet, vor Gericht gezerrt zu werden und dann vor den Juroren zu stehen und erklären zu müssen: ›Wir wissen, daß wir haftbar gemacht werden können. Es geht uns nur um die Frage, wieweit wir uns vor einer Entschädigung drücken können.‹ Ist Ihnen nicht klar, daß das für uns äußerst unangenehm wäre?«

»Ich weiß«, erwiderte ich. »Aber .... Wann kommt Ihr Schadensregler auf die Ranch?«

»Er will die Nachmittagsmaschine nehmen, die um halb vier in Tucson ankommt.«

»Okay«, sagte ich. »Er soll Sie anrufen, bevor er den Flugplatz in Tucson verläßt. Bis dahin habe ich mit Ihnen telefoniert.«

»Ich mag es, wenn jemand seine ganze Energie einsetzt«, sagte Breckinridge, »aber es gibt auch Leute, die sind übereifrig und machen damit alles kaputt.«

»Ich weiß«, erwiderte ich, »und es ist durchaus möglich, daß Sie mich nicht mögen, weil ich in diesem Fall den Eindruck mache, als wenn ich übereifrig wäre. Aber dieser Kerl, dieser Bruno, ist in meinen Augen ein ganz gemeiner Schwindler. Ich rufe Sie später noch mal an.«

Daraufhin hängte ich ein und überließ es ihm, sich meinen vorletzten Satz noch einmal durch den Kopf gehen zu lassen.

Danach rief ich Bertha an, ebenfalls per R-Gespräch.

»Was, zum Teufel, hast du in Dallas zu suchen, wo du doch auf dieser Ranch sein sollst?« fuhr sie mich an.

»Ich gehe einer ganz speziellen Spur nach«, erklärte ich, »und du mußt ganz schnell etwas rausfinden. Es gibt in unserem Spiel eine staatlich zugelassene Krankenschwester namens Melita Doon. Ich brauche einen Bericht über sie. Vor allem möchte ich den Namen ihres Freundes erfahren. Ich möchte wissen, wo sie wohnt, ob in einem Wohnheim mit anderen Schwestern, in einem Apartment, vielleicht mit einer Freundin oder Kollegin – ich will einfach alles wissen, was man über sie in Erfahrung bringen kann.«

»Was hat diese Melita Doon mit unserem Fall zu tun?« fragte Bertha.

»Ich weiß es nicht«, sagte ich. »Aber ich möchte es herausbringen.«

Bertha stöhnte. »Eine Frau auszuspionieren – das ist eigentlich eher dein Metier. Sie ist staatlich zugelassen?«

»Ja.«

»Na schön. Ich werde mich bemühen.«

»Aber verrate Breckinridge nichts davon«, warnte ich sie. »Ich sag' ihm nur so viel, wie er erfahren darf.« Und damit hängte ich wiederum ein.

Danach ging ich in ein Kaufhaus. Ich kaufte mir einen kleinen Koffer, studierte zuletzt die Stellenanzeigen in der Tageszeitung. Ich fand eine für gehobene Vertreter, es ging um eine Haus-zu-Haus-Werbung mit großen Verdienstchancen.

Anschließend ging ich zu der angegebenen Adresse und meldete mich für den Job. Es handelte sich darum, ein Nachschlagewerk zu verkaufen.

Ich sagte, daß mir gerade Nachschlagewerke besonders lägen, erhielt eine Handvoll Prospekte und Bestellformulare, und man versprach mir ein festes Gehalt für den Fall, daß ich mich bewährte. Vorläufig freilich müsse ich mich mit einer gewissen prozentualen Beteiligung beim Verkauf der Nachschlagewerke begnügen.

Helmann Brunos Adresse war mir bekannt: Chestnut Avenue 642.

Ich mietete mir einen Leihwagen und legte meinen Koffer und meine Muster hinein. Das Haus war das ›Meldone-Apartments‹, ein großes Apartmenthaus in einer guten Gegend. Ein Blick auf die Briefkästen sagte mir, daß Helmann Bruno in Apartment 614 wohnte.

Ich fuhr hinauf in den sechsten Stock und klingelte.

Nach ein paar Sekunden kam eine gutaussehende Frau Ende Zwanzig an die Tür.

»Sind Sie die Dame des Hauses?« fragte ich.

Ihr Lächeln war ein wenig dünn. »Ja, ich bin die Dame des Hauses. Wenn Sie es so nennen wollen. Ich habe viel zu tun und bin nicht daran interessiert, irgend etwas zu kaufen. Ich weiß gar nicht, wie Sie hier hereingekommen sind. Es ist verboten, zu betteln, zu hausieren und . . .« Sie war im Begriff, die Tür zu schließen.

»Aber ich bin hier, um Ihnen Ihren gewonnenen Mixer und den elektrischen Dosenöffner zu überreichen.«

»Meinen – was?«

»Ihren gewonnenen Dosenöffner und den Elektromixer.«

Ich stellte den Koffer auf den Boden und öffnete ihn, so daß sie den Mixer und den Dosenöffner sehen konnte.

»Was heißt gewonnen?« wollte sie wissen.

»Gewonnen heißt umsonst. Gratis.«

»Und was muß ich dafür tun?«

»Nichts.«

»Ach, kommen Sie – wo ist da der Haken?«

»Sie sind die hunderttausendste Bestellerin des Nachschlage-werks, das ich anzubieten habe, und mir stehen genau fünfzehn Minuten zur Verfügung, dieses Werbegeschenk zu verteilen. Wenn es mir in dieser Zeit nicht gelingt, einen Besteller für das Nachschlagewerk zu finden, geht die Prämie an einen meiner Kollegen weiter. Wenn ich dagegen meine Firma anrufe und ihr mitteile, daß Sie einen Vertrag unterschrieben haben, gehören der Mixer und der Dosenöffner Ihnen.«

Sie lachte. »Das ist wahrscheinlich ganz billiges Zeug, das –«

»Schauen Sie sich die Geräte doch erst einmal an«, sagte ich und reichte ihr den Mixer. »Der kostet überall in der Stadt seine fünfzig, sechzig Dollar. Ein bekanntes Markenprodukt.«

»Tatsächlich. Geht er auch?«

»Unter Garantie.«

»Zeigen Sie mir den Dosenöffner.«

Ich zeigte ihn ihr.

Sie zögerte einen Augenblick, dann sagte sie: »Kommen Sie rein.«

Ich folgte ihr in die Wohnung.

Es war ein hübsches Apartment mit einem Wohnzimmer, ei-ner halboffenen Tür, die etwas vom Schlafzimmer sehen ließ, und einer kleinen Küche.

»Was kostet das Nachschlagewerk?«

»Nur halb so viel, wie es wert ist«, sagte ich.

»Wir haben aber keinen Platz für ein Nachschlagewerk.«

»Es wird zusammen mit einem netten kleinen Bücherbord geliefert, außerdem ist es eine Dünndruckausgabe, und Sie werden staunen über die unglaubliche Menge an Informatio-nen, die in dem Werk steckt. Ich sehe, Sie sind eine gebildete Frau. Eine Frau, die viel mit Menschen zu tun hat, die auf dem laufenden bleiben will. Ich weiß nicht, wie weit Ihre Schulbil-dung reicht, aber es ist immer gut, wenn man anderen Leuten mit seinem Wissen imponieren kann. Hier, sehen Sie sich einmal diesen leichtverständlichen, aber streng wissenschaftlichen Artikel aus unserem Nachschlagewerk an: das Kapitel über die Raumfahrt.«

Sie sagte ein wenig skeptisch: »Nun gut, wenn das Nachschlagewerke nicht viel Platz beansprucht und nicht zuviel kostet . . . Setzen Sie sich, und lassen Sie es mich genauer ansehen.«

Sie blätterte den Probedruck durch.

»Sie sehen«, sagte ich, »das Werk ist wissenschaftlich auf dem neuesten Stand, aber in einer Sprache geschrieben, die jeder versteht.«

»Was kostet es?« fragte sie.

»Sehen Sie«, sagte ich, »das hier ist der Vertrag. Sie bezahlen in zweiundfünfzig bequemen Wochenraten. Wenn Sie das Werk unter diesen Bedingungen kaufen, brauchen Sie keine Zinsen zu bezahlen. Sie werden bald feststellen, daß das Nachschlagewerk sein Geld mehr als wert ist und – ich habe noch sieben Minuten Zeit, dann läuft die Prämie für den hunderttausendsten Besteller ab. Wenn Sie sich nicht innerhalb dieser Zeit entscheiden, steht eine Minute später einer meiner Kollegen vor einer anderen Tür und verkauft einem anderen Interessenten das Nachschlagewerk – samt den Gratisprämien. Er hat dann wiederum fünfzehn Minuten Zeit – danach kommt Kollege Nummer drei dran.«

»Und dann?«

»Wenn der Vertrag geschlossen wird, geht die Prämie an den Kunden. Bei der Nachfrage, die nach unserem Werk herrscht, wird es aber kaum dazu kommen. Wenn Sie nicht abschließen, schnappt Ihnen der nächste Interessent die Prämie weg.«

Sie sagte: »Ich möchte erst meinen Mann fragen, bevor ich mich binde . . . Zeigen Sie mir noch mal den Mixer.«

Ich reichte ihn ihr.

Sie betrachtete ihn von allen Seiten.

»Wann kommt Ihr Mann nach Hause?« fragte ich.

»Erst in zwei Wochen. Er ist auf einer Geschäftsreise, der Arme . . . Er wird mich vermutlich heute abend anrufen.«

»Warum sagen Sie ›der Arme‹? Was ist los mit ihm?«

»Ach, er hatte einen Autounfall. Er sollte eigentlich gar nicht reisen, aber es ist eine wichtige Sache, und er mußte fahren.«

Ich schaute auf die Uhr und sagte: »Ja nun, es tut mir leid, aber so sind nun einmal die Bestimmungen. Ich glaube, mein Kollege wird in Kürze bei meiner Firma anrufen und den Verkauf des hunderttausendsten Nachschlagewerks melden.«

Sie zögerte immer noch.

Ich nahm den Mixer, packte ihn in den Koffer, dann streckte ich die Hand nach dem Dosenöffner aus.

»Einen Moment«, sagte sie.

Sie betrachtete noch einmal den Dosenöffner.

Ich wartete, bis sie den Blick hob, schaute dann nachdrücklich auf meine Armbanduhr.

»Na schön«, sagte sie. »Ich nehme das Nachschlagewerk.«

»Dann brauchen Sie nur hier zu unterschreiben.« Ich legte ihr den Kaufvertrag für die Bücher vor.

»Meine Güte, ich habe ja nicht einmal mehr die Zeit, das alles zu lesen.«

»Das ist auch gar nicht notwendig«, sagte ich. »Sie haben es schließlich mit einer angesehenen Firma zu tun. Sie brauchen kein Geld anzuzahlen. Im Lauf der nächsten Woche kommt einer von unseren Vertretern vorbei und liefert Ihnen die ersten Bände. Erst dann zahlen Sie die erste Rate. Und erst damit kommt der Vertrag endgültig zustande – vorausgesetzt, Sie sind solvent und unterschreiben den Vertrag nicht in der Absicht, unsere Firma zu hintergehen.«

Wieder schaute ich auf die Uhr.

Sie nahm den Kugelschreiber und unterschrieb.

Ich sagte: »Darf ich jetzt, bitte, Ihr Telefon benützen? Ich fürchte, es sind nur noch ein paar Sekunden Zeit.«

Ich rannte zum Telefon, wählte irgendeine Nummer und sagte: »Hallo, hallo!«

Eine Stimme antwortete: »Ja, hallo?«

»Ich bin Mr. Donald, und ich habe gerade den hunderttausendsten Vertrag abgeschlossen. Ich kann damit die Extraprämie für meine Kundin beanspruchen.«

Die Stimme am anderen Ende der Leitung sagte: »Falsch verbunden«, und legte auf.

Ich sagte in das tote Telefon: »Ich habe den unterzeichneten Vertrag hier. Wenn Sie bitte die genaue Zeit meines Anrufs eintragen würden . . . Jawohl, ich bin noch fünfzig Sekunden innerhalb der für mich vorgesehenen Spanne geblieben. Ich gebe den Mixer und den Dosenöffner an Mrs. Bruno und bringe anschließend den Vertrag ins Büro. Richtig, ich liefere die Prämie jetzt gleich aus.«

Danach legte ich den Hörer auf.

Ich nahm den Mixer, trug ihn hinaus in die Küche, stellte ihn in ein Regal und sagte: »Es gibt in der Packung ein paar Schrauben, mit denen man den elektrischen Dosenöffner irgendwo befestigen kann. Soll ich Ihnen helfen, ihn anzuschließen?«

»Nein, danke«, sagte sie. »Das mache ich in Ruhe allein. Ich möchte nur erst den Mixer ausprobieren.«

Sie nahm den Aufsatz ab, füllte ihn halb mit Wasser, steckte ihn wieder auf den Fuß und schaltete ein. Ihr Lächeln war ekstatisch. »Wir hätten schon so lange einen gebraucht«, sagte sie. »Das Ganze ist einfach zu schön, um wahr zu sein – so ein Gerät praktisch umsonst zu bekommen!«

»Sie haben immerhin unser hunderttausendstes Nachschlagewerk gekauft«, sagte ich. »Wann erwarten Sie Ihren Mann zurück?«

»Erst in zwei Wochen. Er ist in Minnesota, auf einer Geschäftsreise.«

»Ist er eigentlich schlimm verletzt worden bei dem Unfall?«

»Ach, Sie wissen ja, wie das bei Bandscheibenschäden ist«, erwiderte sie. »Zuerst hat er nicht viel darauf gegeben, aber nach einer Weile bekam er Kopfschmerzen und Schwindelanfälle, und daraufhin ging er zum Arzt. Der Arzt hat dann herausgefunden, daß es sich um einen Bandscheibenschaden handelt.«

Ich machte schnalzende Geräusche mit der Zunge. »Das ist wirklich ein Jammer. Und der andere war natürlich nicht versichert, was?«

»Doch, der andere Mann war versichert, aber ich weiß nicht, was seine Versicherung unternehmen wird. Mein Mann verhandelt noch damit.«

»Ohne Anwalt?« fragte ich.

Sie schaute mich mit ihren schlauen Augen an. »Ein Anwalt würde dreiunddreißig Prozent der Schadenersatzsumme fordern. Ich sehe nicht ein, warum sich noch jemand die Finger daran abwischen sollte. Nein, wir müssen schon versuchen, selbst mit der Versicherung fertig zu werden. Es gibt keinen Grund, einem Anwalt ein paar tausend Dollar zu bezahlen, nur dafür, daß er einen Brief schreibt. Meine Güte, diese Anwälte bereichern sich ja an solchen Fällen wie dem unseren. Die Versicherung schickt einen Angestellten zu Ihnen, man unterhält sich eine Stunde, kommt zu einer Übereinkunft, und das ist alles. Ja, wenn ein Anwalt so anständig wäre, sich mit den normalen Honoraren zufriedenzugeben – aber dazu ist keiner bereit. In einem solchen Fall verlangen sie grundsätzlich ein Drittel der Entschädigung.«

»Na ja«, sagte ich, »wahrscheinlich haben auch die Anwälte ihre Probleme. Sie müssen da ihr Geld machen, wo es leicht geht, um für die schwereren Fälle etwas zur Verfügung zu haben.«

»Na schön«, sagte sie. »Sollen sich die Anwälte um die Anwälte und die Brunos um die Brunos kümmern. Ich will nicht mehr darüber reden.«

»Und warum nicht?« fragte ich und schaute sie aus großen Augen unschuldig an.

»Ach, Sie wissen schon, wie das mit den Versicherungen ist.«

»O ja«, sagte ich. »Ja, das verstehe ich. In dem Fall ist es vielleicht besser, man redet gar nicht darüber. Und ich muß ja auch weiter. Vielen Dank, Mrs. Bruno; es war mir ein Vergnügen, Ihnen die Prämie aushändigen zu dürfen. Ich fürchtete schon, wir würden sie im letzten Augenblick doch noch verlieren.«

Sie lachte nervös und sagte: »Ich auch. Mein Gott, ich glaube, diese Geschichte über den Weltraum und all das andere in dem Nachschlagewerk sind wirklich interessant.«

»Sie werden viel Spaß haben damit«, erklärte ich und verabschiedete mich.

Gleich danach ging ich ins Büro der Firma, die die Nachschlagewerke vertrieb. »Was soll ich mit dem Vertrag machen?« fragte ich und wedelte damit durch die Luft.

»Sie liefern ihn ein«, sagte der Mann am Schreibtisch, und in seiner Stimme klang Überraschung und Respekt mit.

Ich reichte ihm den unterzeichneten Vertrag. Er warf einen Blick darauf.

»Das ist schnelle Arbeit, Lam. Sie sind ja erst zwei Stunden dabei.«

»Ich weiß. Aber ich arbeite nun mal ziemlich rasch.«

»Nun, in diesem Fall werden Sie sehr gut fahren mit unserer

Firma«, sagte der Mann.

»Nein, das werde ich nicht.«

»Das werden Sie *nicht*?«

»Nein«, sagte ich. »Wissen Sie, dem Verkauf dieser Bücher wird zuviel Widerstand entgegengesetzt. Ich habe fast eine Stunde gebraucht, um diese Kundin davon zu überzeugen. Wenn ich schon als Vertreter von Tür zu Tür gehe, möchte ich mindestens fünf Erfolge im Tag aufweisen können.«

»Fünf Verkäufe im Tag? Wissen Sie, wie hoch Ihre Kommission wäre, wenn Sie fünf Nachschlagewerke pro Tag verkaufen würden?«

»Natürlich, ich kann es mir vorstellen. Aber wissen Sie, wenn ich ein solches Geschäft mache, dann nur, um damit Geld zu verdienen. Richtiges Geld, nicht nur ein paar lausige Dollar.«

»Sie sind mir einer. Wie viele Besuche haben Sie denn gemacht?«

»Nur diesen einen.«

»Nur einen?«

»Natürlich. Glauben Sie, ich habe Lust, meine Zeit noch weiter mit unwilligen Kunden zu verplempern?«

»Ich glaub', ich werd' verrückt«, sagte der Mann. Er schaute noch einmal den Vertrag an.

»Schauen Sie her, Lam«, sagte er. »Sie haben den Kreditvertrag nicht unterschreiben lassen.«

»Hätte ich das tun müssen?«

»Sicher. Damit wäre der Kredit für die Kundin garantiert worden. Zumindest hätten Sie dann Ihre Kommission gleich ausbezahlt bekommen.«

»Was meinen Sie damit?«

»Wir liefern die Nachschlagewerke. Aber sie bleiben unser Besitz, bis die letzte Rate bezahlt ist. Es gibt nur Wochenraten. Wenn die Ratenzahlungen ausbleiben und die Kundin hat keinen Kredit beantragt, bekommen Sie auch keine Kommission, ehe nicht die ganze Summe geleistet ist.«

»Mit anderen Worten, Sie haben eine zweite Firma, die die Käufe finanziert, und der übergeben Sie die Verträge!«

Er errötete, aber er gab keine Antwort.

»Na schön«, sagte ich. »Dann erkundigen wir uns doch einfach, ob die Kundin kreditwürdig ist.«

Er hatte keine große Lust dazu, nahm dann aber doch den

Hörer des Telefons ab, wählte die Nummer des Kreditbüros und fragte nach einer Auskunft über Helmann Bruno, wohnhaft in den Meldone-Apartments.

Ich beobachtete sein Gesicht.

Nach ein paar Minuten runzelte er die Stirn und sagte nachdenklich: »Na schön, ich glaube, das reicht.«

Er legte auf und sagte dann: »Sie wohnen noch nicht lange dort, erst ungefähr drei Monate, aber ihre Kreditwürdigkeit ist okay. Sie haben ein Bankkonto, zahlen meist per Scheck, besitzen einen teuren Wagen, den sie kauften, als sie hierherzogen, und machen keine Schulden, weder beim Kaufmann noch in den anderen Geschäften in der Gegend. Andererseits weiß niemand so recht Bescheid über sie. Ihre einzige, größere finanzielle Belastung war der Kaufvertrag für den Wagen. Sie wollten aber keinen Kredit aufnehmen und brauchten daher auch keine Referenzen anzugeben.«

»Das ist prima«, sagte ich. »Dann brauche ich mir um meine Kommission keine Gedanken zu machen.«

»Nein. Nein, das brauchen Sie nicht, Lam. Aber ich rate Ihnen, in Zukunft die Kreditwürdigkeit Ihrer Kunden zu überprüfen, bevor Sie . . . Na ja, schon gut. Sie haben Ihre Aufgabe großartig gemacht, ganz hervorragend. Normalerweise braucht ein Vertreter mindestens eine Woche, ehe er sich halbwegs mit den Dingen auskennt, auf die es bei dem Geschäft ankommt. Und ich habe nichts weiter zu tun, als sie ständig zu ermutigen.«

»Das können Sie bei mir auch gleich versuchen«, erklärte ich.

»Sie? ich verstehe Sie nicht, Lam.«

»Dabei ist es gar nicht so schwer, mich zu verstehen. Ich will möglichst rasch möglichst viel Geld machen, und ich habe mir auch schon ziemlich genau vorgestellt, wie.«

»Nun, immerhin haben Sie damit bereits einen Verkauf in Rekordzeit geschafft. Warum bleiben Sie nicht bei uns?«

»Weil das nichts für mich ist«, erwiderte ich. »Was ich brauche, sind grünere Wiesen und etwas mehr Salat.«

»Seien Sie doch nicht so pessimistisch, Lam. Einige unserer Vertreter machen gutes Geld, wirklich, sehr gutes Geld.«

»Nicht das Geld, das ich machen möchte. Ich teile Ihnen gelegentlich mit, wohin Sie die Kommission für diesen einen Verkauf schicken sollen. Und hier haben Sie Ihr Werbematerial zurück. Ich suche mir was mit mehr Profit.«

Er war entgeistert, als ich ihm das Zeug auf den Schreibtisch packte und das Büro verließ.

Dann rief ich Breckinridge von einer Telefonzelle aus an.

»Was gibt's, Lam?«

»Diese Brunos kennen sich für meinen Geschmack zu gut mit Anwälten aus«, sagte ich. »Sie haben bestimmt in dieser Hinsicht schon gewisse Erfahrungen gemacht.«

»Wie kommen Sie darauf?«

»Sie sind bereit, einen Rechtsanwalt zu nehmen – und zu bezahlen, wenn ihnen nichts anderes als ein Prozeß übrigbleibt. Aber sie denken nicht daran, ihr Geld für den Anwalt rauszuwerfen, wenn die Sache ohne Prozeß zu regeln ist. Sie sehen nicht ein, warum sie einem Anwalt ein Drittel der Schadensersatzsumme zahlen sollen, nur damit er ein paar Briefe schreibt, und sie nehmen an, ein Drittel der Summe wird fünftausend Dollar sein.«

»Woher wissen Sie das alles?«

»Von seiner Frau.«

»Sie haben mit ihr gesprochen?«

»Ja.«

»Zum Teufel – wie sind Sie denn an sie rangekommen?«

»Das ist eine lange Geschichte«, sagte ich. »Natürlich hat sie keine Ahnung, daß ich ihr die Fragen im Auftrag einer Versicherungsgesellschaft gestellt habe.«

»Und Sie meinen, Sie sind da etwas Wichtigem auf die Spur gekommen?«

»Ja, das meine ich allerdings.«

»Nun gut«, erklärte er, wobei er langsam, fast schleppend sprach. »Ich streiche die Flugreservierung für unseren Mann und halte ihn noch einen Tag zurück. Aber Sie wissen hoffentlich, daß wir, wenn es sich bei Bruno wirklich um einen Bandscheibenschaden handelt, mit Dynamit spielen.«

»Ja, dessen bin ich mir vollkommen bewußt. Aber ich bin auch der Meinung, daß wir es hier mit einem professionellen Betrüger zu tun haben.«

»Ist das nur eine Vermutung?«

»Was mich betrifft, ja«, sagte ich. »Aber es gibt einige Anhaltspunkte, die mich in dieser Vermutung bestärken. Der

Bursche bewohnt ein gutes, teures Apartment. Seine Frau ist gut angezogen. Die Leute sind keine Anfänger. Sie sind bereit, Geld für eine Errungenschaft auszugeben, denken aber nicht daran, die Rechnungen zu bezahlen.«

»Was für Rechnungen?«

»Für ein vielbändiges Nachschlagewerk. Sie lassen sich die Bücher geben, ziehen dann an einen anderen Ort und nehmen einen anderen Namen an.«

»Und woher wissen Sie das nun wieder?«

»Das konnte ich aus der Art schließen, wie Mrs. Bruno den Vertrag unterschrieb, ohne ihn auch nur zu lesen.«

»Mit anderen Worten: Sie haben ihr ein Nachschlagewerk verkauft?«

»Genau.«

Breckinridge schwieg einen Augenblick, dann sagte er: »Lam, Sie sind wirklich der verrückteste Kerl, der je für mich gearbeitet hat.«

»Soll ich Ihnen darauf eine Antwort geben?« fragte ich.

Er lachte und sagte: »Nein.«

»Also gut. Pfeifen Sie Ihren Mann noch für eine Weile zurück. Ich glaube, ich kann Ihnen demnächst etwas Bemerkenswertes servieren.«

Und damit hängte ich ein.

Sobald die Leitung wieder frei war, rief ich Elsie Brand in meinem Büro an. »Donald«, fragte sie, »wo bist du?«

»Dieses Gespräch läuft über die Vermittlung«, begann ich. »Versichere dich erst einmal, daß niemand mithört. Geh an die Tür und tu so, als würdest du ein paar Akten aus den Schränken holen. Schau, daß alle Schotten dicht sind, dann komm zurück an mein Ohr.«

Es dauerte nur vierzig Sekunden, bis sie sich wieder meldete. »Alles klar«, sagte sie.

»Hör zu«, erklärte ich ihr, »ich komme demnächst zurück in die Stadt. Ich will aber nicht, daß Bertha etwas davon erfährt. Ich will verhindern, daß irgend jemand etwas davon erfährt. Ich möchte inkognito hier sein. Vielleicht kannst du deinem Hauswirt erzählen, dein Vetter aus New Orleans ist ein paar Tage in der Stadt, und ihn fragen, ob er nicht ein freies Apartment haben könnte.«

»Ja . . .« Ihre Stimme klang nachdenklich. »Ja, das ließe sich machen.«

»Ich weiß, daß es sich schon einmal machen ließ. Als dich vor ein paar Wochen deine Freundin aus San Francisco besuchte«, erklärte ich.

»Aber das war ein Mädchen.«

»Du brauchst dich ja nur mir gegenüber äußerst uninteressiert zu geben«, sagte ich. »Sag dem Hauswirt, es ist dir egal, ob das Apartment im selben Stockwerk ist wie das deine, Hauptsache, es ist in deinem Haus.«

»Ich werde sehen, was sich machen läßt, Donald. Was gibt's denn für Ärger?«

»Gar keinen Ärger«, erwiderte ich. »Im Grunde eine reine Routineangelegenheit; ich möchte nur nicht, daß jemand auf den Gedanken kommt, ich könnte mich in Los Angeles herumtreiben. Und dann ist da noch was, was du für mich tun mußt. Ich habe Bertha Bescheid gegeben über eine gewisse Melita Doon. Bertha wollte alles mögliche über sie in Erfahrung bringen. Bis ich dort bin, sollst du alles für mich bereit haben, was Bertha in der Sache Melita Doon ermitteln konnte.«

»Und wann kommst du?« fragte sie.

»Mit dem American-Airlines-Flug um halb sechs Uhr abends. Wenn es dir paßt, würde ich mich freuen, dich am Flughafen zu treffen.«

»Was weißt du denn über dieses Mädchen? Wo wohnt sie? Was arbeitet sie?«

»Bertha wird das bis dahin herausgebracht haben. Sieh zu, daß du die Notizen auf ihrem Schreibtisch in die Finger bekommst. Am besten, du machst eine Ablichtung. Oder du notierst es dir genau.«

»Also . . . Nun gut, ich werde sehen, was sich machen läßt. Aber du weißt, Donald, ich mag nicht lügen.«

»Ich weiß«, sagte ich. »Aber nur, weil du keine Übung im Lügen hast. Ich gebe dir eine Chance, es zu üben; vielleicht wirst du dann doch noch eines Tages eine abgerundete, zeitgemäße Persönlichkeit.«

»O Donald, kannst du nie ernst bleiben?«

»Ich war nie ernster als jetzt, mein Schatz«, erklärte ich und hängte ein.

6

Elsie Brand erwartete mich am Flugplatz.

»Donald«, sagte sie, und ich spürte die Spannung, die sie ergriffen hatte, »was ist denn passiert?«

»Warum glaubst du eigentlich immer, es muß etwas passiert sein?«

»Du solltest auf dieser Gästeranch sein, und Bertha hat keine Ahnung, daß du abgehauen bist und hier herumläufst.«

»Was ist mit Melita Doon?« fragte ich. »Haben wir was über sie 'rausgekriegt?«

»Ich glaube schon. Es ist ein so ungewöhnlicher Name – ich glaube, es gibt keine zwei Leute, die so heißen.«

»Wer ist sie? Was macht sie?«

»Sie ist Krankenschwester im Civic Community Hospital. Als ich dort mehr über sie in Erfahrung bringen wollte, war man ziemlich zurückhaltend. Wir haben es mit der alten Tour versucht, einer Auskunft über ihre Kreditwürdigkeit, im Zusammenhang mit ihren Gewohnheiten und so weiter.«

»Und was haben wir herausgebracht?«

»Sie hatte vor ungefähr einer Woche so was wie einen Nervenzusammenbruch und ist irgendwohin zur Erholung gefahren. Man hat ihr einen Monat unbezahlten Urlaub zugebilligt. Sie hat irgendwelche Röntgenaufnahmen verschlampt, und das hat sie anscheinend völlig aus dem Tritt gebracht. Sosehr, daß sie nicht mehr imstande war, den Kopf bei der Arbeit zu haben.«

»Das paßt«, sagte ich. »Aber zunächst brauchten wir erst einmal eine Beschreibung von ihr.«

»Sie ist achtundzwanzig, blond und einsachtundfünfzig, und sie wiegt achtundneunzig Pfund.«

»Okay«, sagte ich. »Das ist die Richtige. Und wer ist ihr Freund?«

»Ein Mann namens Marty Lassen. Er hat ein Fernsehreparatur-Geschäft. Ein großer, athletischer Kerl, eifersüchtig und jähzornig.«

»Immer dieselbe Sorte – mir bleibt auch nichts erspart«, stöhnte ich.

»Donald! Du wirst ihn doch nicht etwa besuchen, oder?«

»Doch – morgen früh, sobald die Sonne aufgeht.«

»Oh, Donald, tu es nicht!«

»Ich muß. Wo wohnt sie und wohnt sie allein oder teilt sie ihre Wohnung mit jemand anderem?«

»Ja. Sie wohnt in den Bulwin-Apartments, und ihre Mitbewohnerin ist eine Kollegin, eine Krankenschwester namens Josephine Edgar.«

»Wissen wir schon was über diese Josephine?« fragte ich.

»Nur, daß sie ebenfalls Krankenschwester ist und eine gute Freundin von Melita Doon. Die zwei wohnen schon mehrere Jahre beisammen. Melita hat eine kranke Mutter. Sie lebt in einem Pflegeheim und ist auf die Unterstützung ihrer Tochter angewiesen.«

»Paßt genau«, sagte ich.

»Und was ist mit Mr. Breckinridge?« fragte Elsie.

»Den werde ich jetzt gleich anrufen.«

»Hast du denn eine Nummer, unter der du ihn abends erreichen kannst?« wollte sie wissen.

»Ja. Er sagte, ich könne ihn jederzeit erreichen.«

Ich rief ihn unter der Nummer an, die er mir gegeben hatte, und gleich danach kam Breckinridges wohlmodulierte, freundliche Stimme über den Draht zu mir. »Ja, hallo, hier spricht Homer Breckinridge.«

»Donald Lam«, meldete ich mich.

»Aha. Wo sind Sie?«

»Hier, am Flughafen.«

»Gerade erst angekommen?«

»Ja.«

»Lam, ich habe da so ein Gefühl, was unseren Fall betrifft, und wenn ich so ein Gefühl habe, dann kommt das von meiner jahrelangen Erfahrung in solchen Dingen und meiner unterbewußten Einschätzung der Situation.«

»Das kann ich mir gut vorstellen.«

»Ich muß mit Ihnen reden.«

»Geben Sie mir Ihre Adresse, und wir kommen«, sagte ich.

»Wer ist der andere von ›wir‹?«

»Elsie Brand, meine Sekretärin.«

»Ich habe heute schon versucht, über Ihr Büro mit Ihnen Verbindung aufzunehmen. Ihre Partnerin wußte nicht, wo Sie zu erreichen sind.«

»Das stimmt.«

»Ich finde, ich sollte Sie doch zumindest über Ihre Partnerin erreichen können«, erklärte Breckinridge vorwurfsvoll.

»Normalerweise können Sie das auch«, entgegnete ich. »Aber dies ist eine Sache, die besser läuft, wenn niemand etwas darüber weiß. Ich komme zu Ihnen, dann können wir alles Weitere besprechen.«

»Ja, bitte. Ich bin zu Haus.«

Ich hängte ein, wandte mich an Elsie. »Hast du den Wagen der Agentur?« fragte ich sie.

»Nein. Bertha hätte sonst die gefahrenen Kilometer überprüft, also hab' ich mir gedacht, es ist besser, wenn ich meinen eigenen Wagen nehme.«

»Sehr klug. Aber ich fürchte, dein Wagen wird im Auftrag der Agentur ein paar Kilometer fressen müssen.«

»Breckinridge?« fragte sie.

Ich nickte.

»Ich könnte mir vorstellen, daß er ziemlich verärgert ist.«

»Ist er vermutlich«, sagte ich.

»Und was können wir tun?«

»Ihn ent-ärgern, wenn das möglich ist. Ich halte meinen Kopf hin und kann nur hoffen, daß er bereit ist, darauf einzugehen. Komm, fahren wir los.«

»Können wir wenigstens danach was zu essen bekommen? Ich habe einen gewaltigen Hunger.«

»Ja, danach gern«, versprach ich ihr. »Danach gibt es ein großes Festessen.«

Wir fuhren in Elsies Wagen durch die Stadt. Während wir uns durch den Verkehr wühlten, bemerkte ich: »Je näher wir zu Breckinridge kommen, desto vornehmer wird die Gegend.«

»Ich will nicht mit dir hineingehen, Donald. Ich bleibe im Wagen sitzen.«

»Unsinn. Du hast mich vom Flugplatz abgeholt, du gehst auch mit hinein.«

Wir kamen zu einem eindrucksvollen Haus im spanischen Stil, mit einem altmodisch gestalteten Park, hohen Bäumen, weiten Rasenflächen und einer breiten Säulenhalle. Der Rasen war getrimmt, die Bäume waren geschnitten, und das Haus, das weit zurückgesetzt war von der Straße, strömte ebenso wie der Park eine Atmosphäre von vornehmem Luxus aus.

Ich läutete.

Breckinridge kam selbst an die Tür.

»Fein, Donald«, sagte er, schüttelte mir die Hand und fuhr dann fort: »Sie haben einen ziemlich schweren Tag hinter sich, nehme ich an. Und das ist also Ihre Sekretärin, Elsie Brand. Angenehm – wir haben uns schon am Telefon unterhalten. Kommen Sie doch rein, wenn ich bitten darf.«

Sein Verhalten uns gegenüber war freundlich und nett.

Wir betraten das Haus, wurden in einen großen Wohnraum geführt und gebeten, uns zu setzen.

Breckinridge selbst blieb stehen. Er stand am offenen Kamin, nicht weit von mir entfernt, und stemmte die Hände in die Taschen seiner Kaschmirjacke. »Donald«, sagte er, »ich nehme an, Sie sind ziemlich impulsiv, ziemlich rasch am Abzug, wenn ich so sagen darf, und wenn Sie erst einmal einen Fall übernommen haben, werden Sie so etwas wie ein zwar sehr loyaler, aber auch sehr verbissener Partisan.«

»Ist das schlimm?« fragte ich.

»Außerdem und obendrein«, fuhr Breckinridge fort, »halten diese Charaktereigenschaften Sie davon ab, bei der Arbeit irgendwelche Instruktionen zu befolgen. Sehen Sie, Mr. Lam: Ihre Partnerin, Mrs. Cool, ist nicht sehr begeistert über diese Ihre Eigenschaften. Mir selbst macht es nicht so viel aus, denn ich verstehe Ihre Motivation. Dennoch meine ich, daß dieser Fall nun doch abgeschlossen und geregelt werden sollte. Ich bin bereit, Ihren Vorschlägen zu folgen und noch bis morgen zu warten. Sie sind jetzt der Mann am Ball, der das ganze Spiel entscheidet. Wenn wir verlieren, dann nur, weil Sie verloren haben. Ich habe keinen Anteil an dem, was Sie inzwischen ermittelt haben, aber ich ließ mich von Ihnen überreden, den Fall noch einen Tag hängen zu lassen. Das war ein Fehler, und ich bereue ihn. Ich bin lange genug in diesem Geschäft tätig, um einen sechsten Sinn in solchen Dingen zu haben, und ich wußte, daß heute der beste, ja, der letzte Augenblick gewesen wäre, die Sache zu regeln, uns freizukaufen – für eine verhältnismäßig bescheidene Entschädigung.«

»Na schön«, entgegnete ich. »Dafür bin ich verantwortlich. Ich habe es Ihnen ausgeredet. Ich verfüge über keinen sechsten Sinn in solchen Dingen, aber ich habe mich ein bißchen umgehört, und ich weiß, daß in dieser Sache mehreres faul ist. Oberfaul, wenn Sie es genau wissen wollen.«

»Dennoch, Donald«, sagte Breckinridge. »Ich glaube, wir können ihm nichts beweisen. Und wenn es Ihnen bis morgen mittag nicht gelungen ist, einen solchen Beweis zu finden, werde ich den Fall von uns aus regeln. Das ist mein letztes Wort.«

»Es sieht ganz so aus, als wollten Sie mir bei diesem Gespräch durch die Blume mitteilen, daß Ihnen meine Art, die Sache anzupacken, nicht paßt.«

Er lächelte. »Aber nein, Donald, nun seien Sie nicht gleich eingeschnappt. Im Gegenteil, ich habe Ihnen gesagt, wie sehr mich Ihre Energie beeindruckt, Ihr Eifer, den Dingen auf den Grund zu gehen. In einem Fall, wo auch nur die geringste Möglichkeit eines Zweifels besteht, wären das großartige Eigenschaften, aber im vorliegenden Fall nützt es uns gar nichts. Sie müssen erst lernen, daß im Versicherungsgeschäft mitunter andere Gesetze gelten als im normalen Leben.

Und wenn Sie mit Ihrer Partnerin Bertha Cool sprechen, sagen Sie ihr bitte, daß Sie sich mit mir auseinandergesetzt haben, daß wir uns vollkommen verstehen und daß das, was Sie in diesem Fall unternommen haben, Ihre Beziehungen zu unserer Firma nicht im mindesten beeinträchtigt. Wir werden Ihnen selbstverständlich auch in Zukunft Aufträge erteilen.«

»Das ist großartig«, sagte ich. »Das ist sehr nett von Ihnen, Mr. Breckinridge. Aber warum sind Sie eigentlich so sicher, daß dieser Mann, dieser Helmann Bruno, kein Schwindler ist?«

Breckinridge schürzte die Lippen. »Verstehen Sie mich nicht falsch. Ob er ehrlich ist oder nicht, vermag ich nicht zu beurteilen; die Tatsache, daß er auf der Ranch auftauchte und über seine Leiden klagte, sich schließlich sogar in den Rollstuhl setzte, ist der entscheidende Faktor. Wir können es uns einfach nicht leisten, in einer solchen Partie *va bancque* zu spielen.«

»Sie haben eine Falle aufgestellt«, hielt ich entgegen, »und er ist nicht hineingegangen. Das stempelt ihn noch lange nicht zum Heiligen.«

»Er ist sehr wohl in die Falle geraten«, entgegnete Breckinridge. »Aber er ist nicht hineingegangen, sondern hineingehumpelt, und er hat den Köder nicht angenommen.«

»Wie sorgfältig haben Sie eigentlich die Angaben Ihres Versicherten über den Unfall – wie hieß er noch?«

»Foley Chester.«

»Ja, Chester: Wie sorgfältig haben Sie seine Angaben überprüft?«

»Sorgfältig genug, um zu wissen, daß wir uns in diesem Fall unseren Verpflichtungen nicht entziehen können.«

»Wäre es nicht möglich«, sagte ich, »daß dieser Mann, Bruno, beim Fahren in den Rückspiegel schaute, den Wagen hinter sich beobachtete und sobald er sah, daß der Fahrer abgelenkt war, seinen Wagen voll abbremste, so daß Chester gar nichts übrigblieb, als ihn zu rammen?«

Breckinridge dachte einen Augenblick darüber nach und sagte dann: »Ja, natürlich ist das eine Möglichkeit. Es wäre eine höchst raffinierte Methode, sich einen Schadenersatz zu erschwindeln.«

»Und eine narrensichere obendrein«, sagte ich. »Da gibt es irgendwas am Straßenrand, ein besonders apart dekoriertes Schaufenster oder was auch immer, das die Aufmerksamkeit eines in Kolonne fahrenden Autofahrers ablenkt. Bruno kennt diese Stelle. Er weiß, daß sich die Fahrer dem Fenster zuwenden. Er fährt an der Stelle vorbei, danach einmal um den Block und wieder vorbei, er wartet auf den günstigen Augenblick. Schließlich sieht er im Rückspiegel einen Fahrer, der den Kopf zur Seite wendet, und tritt voll auf die Bremse. Er braucht nicht zu befürchten, bei dem Aufprall ernstlich verletzt zu werden. Und er ist immerhin auf den Zusammenstoß vorbereitet. Er bekommt eine Beule am Heck seines Wagens, steigt aus, gibt sich freundlich und entgegenkommend, und der Mann am Steuer des anderen Wagens erklärt: ›Okay, es war meine Schuld. Ich habe einen Augenblick lang nicht auf die Straße geachtet, da ist es auch schon passiert.‹ Bruno sagt: ›Ja, der Wagen vor mir hielt plötzlich an, also mußte auch ich bremsen, und da hat es gekracht.‹ Alles freundlich und nett; die beiden versuchen, den Schaden in Güte zu regeln. Wäre Bruno unverschämt geworden, hätte Chester wahrscheinlich gesagt, er könne seinetwegen da hingehen, wo der Pfeffer wächst – aber Bruno ist nett, und Chester spielt den Gentleman, der alle Schuld auf sich nimmt. Er sagt: ›Nun gut, es ist ja nicht viel passiert. Sie sind doch nicht verletzt, oder?‹ Und Bruno versichert ihm: ›Nein, nein, ich bin nicht verletzt.‹«

»Ich weiß nicht viel über den Hergang des Unfalls«, gab

Breckinridge zu. »Chester hat einen Wagen gekauft und bei unserer Firma versichert. Er ist einem anderen Wagen von hinten aufgefahren. Das ist ohnehin schon Fahrlässigkeit, darüber gibt es keinen Zweifel. Dann gibt er auch noch zu, daß er nicht auf die Straße geachtet hat. Und damit sind wir voll dran.«

»Ich möchte gern einmal mit diesem Chester reden«, sagte ich. »Und sei es nur, um seine Version von der Geschichte zu hören. Vielleicht erinnert er sich daran, was Bruno nach dem Unfall zu ihm sagte.«

Breckinridge schien nicht begeistert zu sein. »Donald, vergessen Sie diesen Fall. Mein Gott, schließlich sind wir eine Versicherung. Wir kassieren die Prämien. Und mit den Prämien bezahlen wir die Schäden, die unsere Kunden anrichten. Wir bezahlen jeden Monat Hunterttausende. Sie tun fast so, als müßten Sie das Geld für Bruno aus Ihrer Tasche bezahlen.«

Ich sagte: »Es geht mir dabei um das Prinzip.«

Breckinridge zog die Stirn in Falten. »Sie meinen, Sie sind noch immer nicht bereit, den Fall aufzugeben, obwohl ich nun doch in aller Ruhe versucht habe, Sie davon abzubringen?«

»Ganz richtig. Ich bin noch nicht bereit, den Fall aufzugeben.«

Er schaute mich an und lief dabei rot an. Dann plötzlich begann er zu lachen, kurz, rauh und ziemlich laut. »Donald«, sagte er, »Sie müssen doch begreifen, daß man in unserem Geschäft keine solchen Prinzipien aufrechterhalten kann. Sehen Sie, wir haben vor, Sie immer wieder bei ähnlichen Fällen heranzuziehen. Wir haben von der Gästeranch hervorragende Berichte über Ihr Verhalten bekommen. Sie haben sich würdig verhalten, traten nie in den Vordergrund, und dennoch haben Sie sich da draußen rasch Freunde gemacht. Sie verstehen eine ganze Menge vom Reiten, ohne daß Sie damit prahlen würden. Sie sind genau der Mann, den wir für unsere Sache brauchen. Aber wir können nicht zusammenarbeiten, solange Sie Ihre Vorstellungen in der Frage der Versicherungsansprüche und möglicher Verluste nicht ändern. So, und jetzt fahren wir zu Foley Chester und unterhalten uns mit ihm.«

»Haben Sie denn seine Adresse?« fragte ich.

»Ja, zufällig habe ich seine Adresse, und es ist nicht weit von hier, nur einen Kilometer.«

»Ich habe einen Wagen draußen«, sagte ich, »und wir –«

»Wir fahren mit meinem Wagen«, erklärte Breckinridge in einem Ton, der keinen Widerspruch zuließ.

Urplötzlich kam eine große, ziemlich vierschrötige Frau mit hohen Backenknochen, schwarzen, stechenden Augen und einer entschiedenen Haltung in den Raum.

Sie blieb überrascht stehen und sagte: »Nanu, Homer, ich wußte gar nicht, daß du Gesellschaft hast.«

Ihr Blick weilte nur kurz auf mir und ruhte dann wesentlich länger auf Elsie Brand, maß sie vom Scheitel bis zur Sohle, wie die meisten Frauen mögliche Rivalinnen prüfen und begutachten.

Breckinridge ging nicht auf den unfreundlichen, argwöhnischen Unterton in ihrer Stimme ein. Er sagte leichthin: »Eine geschäftliche Angelegenheit, meine Liebe. Ich wollte dich nicht damit belasten, darf dir aber nun Miss Brand und Mr. Lam vorstellen. Die beiden sind Detektive, die in einem Fall für uns tätig sind.«

»Ach so, ich verstehe«, sagte sie und lächelte säuerlich dazu. »Schon wieder mal eine Detektivin, wie?«

»Genau gesagt«, begann Breckinridge zu erklären, »ist Miss Brand die Sekretärin von Mr. Lam. Sie hat ihn vom Flugplatz abgeholt und gleich hierhergebracht ... Tut mir leid, meine Liebe, aber ich muß dich jetzt für eine Weile allein lassen. Wir müssen uns unverzüglich mit einem wichtigen Zeugen unterhalten.«

»Ich verstehe«, sagte sie, und die Art, wie sie die zwei Worte betonte, war bedeutungsschwanger.

Ich sagte zu Breckinridge: »Elsie hat ihren Wagen hier, also brauchen wir die Situation doch nicht unnötig zu komplizieren. Sie fahren voraus, und wir folgen in Elsies Wagen. Nach dem Gespräch können Sie dann wieder hierher zurückfahren, während wir unseren Weg in die Stadt fortsetzen.«

»Das ist natürlich günstiger«, gab auch Breckinridge zu.

»Woher kommen Sie?« Mrs. Breckinridge schien nun doch ein wenig besänftigt zu sein. »Wo ist der Sitz Ihrer Agentur?«

»Hier in Los Angeles.«

»Oh, ich dachte, Homer sagte, Sie seien mit dem Flugzeug angekommen?«

»Bin ich auch.«

»Aus Arizona?« fragte sie, und ihre Stimme war nun wieder

ätzend wie Salzsäure.

Breckinridge warf mir einen kurzen, warnenden Blick zu.

»Arizona?« wiederholte ich fragend. »Nein, ich komme aus Texas.«

»Er arbeitet an einem Fall in Dallas«, erklärte Breckinridge hastig.

»Aha«, sagte sie, und ihr Verhalten wurde beinahe freundlich. »Nun, wenn Sie also wegmüssen, dann fahren Sie jetzt gleich. Sonst darf ich meinen Mann noch später zurückerwarten.«

Sie neigte den Kopf kurz in Richtung auf Elsie und mich und verließ dann hoheitsvoll das Zimmer.

Breckinridge sagte hastig: »Also schön, gehen wir hinaus und fahren wir los. Sie fahren hinter mir drein, wie abgemacht.«

Wir verließen das Haus durch eine Seitentür. Breckinridges Wagen parkte in der Einfahrt. Es war ein riesiger Straßenkreuzer mit Lederpolsterung, Stereo- und Klimaanlage. Breckinridge stieg ein und ließ die Tür mit sattem Ton zufallen.

Elsie und ich gingen die Auffahrt hinunter zu unserem Wagen.

»Warum hat sie so komisch reagiert, als sie fragte, ob du aus Arizona kommst?« Elsie schaute mich verwundert an. »Sie hat dir das Wort Arizona fast ins Gesicht gespuckt.«

»Sie ist wahrscheinlich eine Frau mit unverrückbaren Vorurteilen«, erwiderte ich etwas vage.

»Das kannst du zweimal sagen. Sie hat einen Mann, der wie Gregory Peck in seinen besten Jahren aussieht, und ist sich offenbar weder seiner noch ihrer selbst sicher.«

Als Breckinridge in unserer Höhe war, hielt er an. Er warf einen Blick in ein ledergebundenes Notizbuch, das er aus seiner Sakkotasche gezogen hatte, schlug eine Adresse nach, schaltete, als er nicht gut genug sehen konnte, die Deckenbeleuchtung im Wagen an, nickte uns zu und fragte: »Alles bereit?«

»Jawohl«, sagte ich.

Ich fuhr Elsies Wagen. Bei dem schwachen Verkehr kamen wir gut voran und erreichten bald ein hübsches Apartmenthaus in einer guten Gegend.

Vor dem Haupteingang des Hauses hielt Breckinridge an und stieg aus. Als wir alle drei in der Vorhalle waren, zog Breckinridge einen zusammengefalteten Zettel heraus, während ich auf die Anzeigetafel schaute und sagte: »Er wohnt im Apartment tausendzwölf. Fahren wir hinauf.«

»Ich weiß natürlich nicht, ob wir ihn zu Hause antreffen oder nicht«, wandte Breckinridge ein. »Ich hätte uns telefonisch ankündigen sollen, aber Sie haben mich mit Ihrer Ungeduld dazu gezwungen, impulsiv zu handeln.«

Wir fuhren mit dem Lift nach oben, fanden das Apartment, und ich drückte auf den Klingelknopf aus Perlmutt. Im Inneren ertönte ein melodischer Gong.

Aber ansonsten geschah absolut nichts.

Ich wartete zehn Sekunden, ehe ich ein zweites Mal auf den Klingelknopf drückte.

»Wie ich befürchtete«, sagte Breckinridge. »Er ist nicht zu Hause. Wir hätten anrufen sollen. Aber, Donald, im Prinzip ändert das nichts an der Sache. Ich werde den Schadenersatzanspruch morgen nachmittag im Sinne des Geschädigten regeln.«

In der Mitte des Korridors öffnete sich eine Tür. Ein Mann trat heraus, ging auf den Lift zu.

Wir gingen auf dasselbe Ziel zu. Aus der Wohnung kam ein zweiter Mann, der nun hinter uns war. Der Mann am Lift schaute plötzlich in unsere Richtung. Und der Mann hinter uns sagte: »Hier entlang, bitte«, und deutete auf die offene Wohnungstür.

Breckinridge wirbelte herum. Ich dagegen drehte mich eher gelassen um.

Der Mann hinter uns hielt uns ein ledernes Futteral mit einer Dienstmarke unter die Nase.

»Polizei«, sagte er. »Wenn Sie bitte mit mir kommen wollen.«

»Was soll das, hören Sie . . .« begann Breckinridge.

»Hier entlang, wenn ich bitten darf. Wir wollen doch nicht auf dem Korridor zu diskutieren anfangen.«

Der Mann, der am Lift gestanden hatte, war jetzt hinter uns. Er legte eine Hand auf Breckinridges Arm, die andere auf meinen, und dann schubste er uns vorwärts. »Kommt schon, Leute, es dauert nur ein paar Minuten. Macht doch keine Umstände.«

Gegenüber öffnete sich eine Wohnungstür; eine Frau schaute heraus.

Der Mann mit der Dienstmarke sagte zu ihr: »Kein Grund zur Aufregung, Madam.«

»Was soll das bedeuten?« fragte sie sehr argwöhnisch. »Was geht hier eigentlich vor?«

Der Polizeibeamte zeigte auch ihr seine Dienstmarke.

»Ach, du meine Güte«, rief sie und stand mit offenem Mund unter ihrer Tür, versuchte, die Fassung wiederzuerlangen.

Der Kriminalbeamte führte uns in die Wohnung, aus der die beiden heraus auf den Korridor gekommen waren.

Das Ganze war ein typischer Hinterhalt, wie ihn die Polizei auf der Suche nach Verbrechen einzurichten pflegt. Und mit allem technischen Rüstzeug versehen, das in einem solchen Fall nützlich sein kann. Die Möbel hatte man an die Wände geschoben und mit Tüchern bedeckt, so daß genügend Platz entstanden war für die umfangreiche elektronische Ausrüstung. Es gab einen mit mehreren Telefonen und Funkgeräten versehenen Schreibtisch, an dem zwei weitere Beamte saßen, dazu ein Tonbandgerät und sonstiges, nicht auf den ersten Blick zu identifizierendes Gerät.

Als wir den Raum betreten und die Tür hinter uns geschlossen hatten, kam ein weiterer Mann aus einer Kammer.

Es war Sergeant Frank Sellers, und er hatte eine kalte Zigarre im Mundwinkel.

Sellers schaute mich nur einen Augenblick lang an und stieß dann einen Laut des tiefsten Mißvergnügens aus.

»Hallo, Winzling.«

»Hallo, Frank.«

Sellers wandte sich an die ánderen Kriminalbeamten. »Dieser Bursche hier hat uns schon mehr Fälle verpatzt als jeder andere Privatdetektiv.« Dann richtete er sich wieder an mich. »Was, zum Teufel, haben Sie diesmal hier zu suchen?«

Ich nickte in Richtung auf Breckinridge. Der räusperte sich und sagte dann: »Wenn ich mich erst einmal bekanntmachen darf, meine Herren.« Dabei zog er eine Visitenkarte aus seiner Brieftasche und reichte sie Sellers. »Ich bin Homer Breckinridge«, sagte er dazu. »Der Präsident und Geschäftsführer der Versicherungsgesellschaft ›Für alle Zwecke‹. Und dies hier sind Donald Lam und seine Sekretärin Elsie Brand. Sie arbeiten an einem Fall, der für meine Gesellschaft von Interesse ist. Und sie sind auf meinen Wunsch hierher zum Apartment von Mr.

Chester gekommen. Wir wollten uns mit ihm unterhalten.«

»Das wollten wir auch«, sagte Sellers, warf einen Blick auf Breckinridge, schaute dann wieder auf die Karte. »Hören Sie, das ist vielleicht sehr wichtig. Sagen Sie bloß noch, Chester ist in einen Unfall verwickelt, und Ihre Firma muß den Schaden regeln?«

Breckinridge nickte.

Sellers schaute entgeistert drein. »Und Sie meinen, daß er deshalb nicht zurückgekommen ist?«

»Ich weiß es nicht«, sagte Breckinridge. »Der Unfall, den ich meine, ist passiert, bevor Chester verschwunden ist.«

»Und er versucht, die Versicherungssumme zu kassieren?« fragte Sellers.

»Aber nein, im Gegenteil. Er selbst hat einen zunächst harmlosen Verkehrsunfall verursacht, der sich allerdings inzwischen so entwickelt hat, daß wir uns genauer mit Chester unterhalten müssen.«

»Wieso? Haben Sie was gegen ihn herausgefunden?«

»Um Himmels willen, nein. Chester ist in Ordnung. Er ist bei uns versichert, aber wir brauchen seine Aussage.«

»Damit, fürchte ich, haben Sie wenig Glück«, erklärte Sellers.

»Was soll das heißen?«

»Warum, glauben Sie, haben wir uns hier eingenistet, um die Wohnung zu überwachen?« fragte Sellers.

»Ich habe nicht die leiseste Ahnung«, erwiderte Breckinridge. »Aber ich werde es herausfinden, selbst wenn ich mich dafür an den Polizeipräsidenten persönlich wenden müßte.«

Sellers zögerte einen Augenblick, ehe er sagte: »Ja, nun, Sie haben mir eine gute Erklärung für Ihren Aufenthalt in diesem Haus gegeben. Ich habe nicht die Absicht, Sie hier noch länger festzuhalten.«

»So einfach geht es nicht«, begann Breckinridge würdevoll. »Ich bin ein wichtiger Bürger dieser Stadt, weil ich ein wichtiger Steuerzahler bin, wie Sie wohl annehmen dürfen. Wenn es eine polizeiliche Untersuchung im Fall Chester Foley gibt, dann interessiert mich das natürlich, und ich meine, ich habe ein Recht darauf, zu erfahren, worum es sich dabei handelt.«

»Wir warten auf seine Rückkehr, ganz einfach«, sagte Sellers. »Und wir nehmen an, er hat seine Frau umgebracht.«

»Seine Frau – umgebracht?« rief Breckinridge entsetzt.

»Stimmt. Wir sind ziemlich sicher, daß er den Mord vorsätzlich und raffiniert geplant hat.«

»Und wo ist seine Frau?«

»Wir haben ihren Leichnam gefunden; er ist in unserem Gewahrsam. Bis jetzt ist darüber noch nichts an die Presse gegangen. Aber innerhalb der nächsten vierundzwanzig Stunden müssen wir es bekanntgeben. Wir wollten erst einmal Chester verhören, bevor der Fall öffentlich bekannt wird.«

»O mein Gott!« stöhnte Breckinridge.

»Warum, was ist los?« hakte Sellers sofort nach.

»Die Publicity!« rief Breckinridge verzweifelt.

»Was ist damit?«

»Wenn auch nur der leiseste Hauch davon bekannt wird, werden wir den Versicherungsfall nie mehr regeln können.« Breckinridge schaute mir vorwurfsvoll in die Augen. »Dann«, erklärte er Sellers, »klettert die Schadenersatzsumme in astronomische Höhen.«

»Wir werden so lange wie möglich auf den Tatsachen sitzen«, sagte Sellers. »Aber früher oder später müssen wir sie doch bekanntgeben. Chester hat seine Frau ziemlich hoch versichert.«

»Wie hoch?« fragte Breckinridge.

»Auf zweihunderttausend Dollar. Genau gesagt, hat er für sich und für sie eine Lebensversicherung abgeschlossen. Er nannte das Ganze Familienversicherung, und die Sache ist durchgegangen, ohne den geringsten Verdacht zu erregen. Genau gesagt, war es die Idee eines Versicherungsagenten, der sich mit den Chesters in Verbindung gesetzt hatte und ihnen alles mögliche von Erbschaftssteuern und so weiter erzählt hatte. Er hat ihnen daraufhin die beiden Versicherungen verkauft.«

»Wie lange ist diese – Familienversicherung gelaufen?« fragte Breckinridge.

»Über ein Jahr«, antwortete Sellers und fügte dann hinzu: »Wenn die Polizei nicht, wie ich mit Freude feststellen durfte, so großartig gearbeitet hätte, wäre das Ganze lediglich als normaler Unfall behandelt worden. Chester hätte sich seiner Frau entledigt, das Geld kassiert und wäre danach über alle Berge verschwunden.«

Breckinridge wandte sich an mich. »Damit ist unsere Gans ja wohl geschlachtet, was, Donald?«

»Noch nicht ganz«, entgegnete ich. »Vergessen Sie nicht: Wir kennen noch immer nicht Chesters Aussage zu unserem Fall.«

»Das ist wieder mal typisch für unseren Wunderknaben«, erklärte Sellers sarkastisch. »Er weiß schon mehr über den Fall als wir, obwohl er noch nicht einmal die Fakten kennt.«

»Und was sind das für Fakten?« fragte Breckinridge mit Nachdruck.

»In der letzten Zeit kamen Chester und seine Frau nicht mehr besonders gut miteinander aus«, sagte Sellers. »Es gab Streit, Meinungsverschiedenheiten und so weiter. Mrs. Chester entschloß sich, nach San Francisco zu ziehen, und sagte Chester, sie wolle nie mehr zurückkommen. Die beiden hatten eine ziemlich heftige Szene. Mrs. Chester packte ihre Sachen, fuhr mit dem Lift nach unten und verstaute ihr Gepäck in ihrem Wagen. Chester war so wütend, daß er nicht einmal bereit war, ihr dabei zu helfen; er stand nur da und schaute zu. Die Leute in den anderen Apartments haben es gesehen und fanden sein Verhalten ziemlich flegelhaft. Als sie alles im Wagen hatte, setzte sie sich hinters Lenkrad, zog die Tür zu und versuchte, den Wagen anzulassen. Der Wagen sprang aber nicht an. Zufällig hatte Chester an diesem Morgen seinen Wagen zur Reparatur gebracht und sich einen Leihwagen besorgt. Mrs. Chester wollte nun diesen Leihwagen nehmen. Aber das ließ Chester nicht zu. Also ging Mrs. Chester selbst zu einer Leihwagenfirma, mietete einen Wagen, vereinbarte, daß sie ihn in San Francisco zurückgeben konnte, und beauftragte eine Werkstatt mit der Reparatur ihres Wagens, den sie später abholen wollte. Sie war so wütend auf Chester, daß sie dennoch auf der Stelle wegfahren wollte. Also fuhr sie in dem Leihwagen hierher, lud ihr Gepäck um und startete in Richtung San Francisco. Das ist alles, was wir wissen und beweisen können. Am folgenden Morgen brachte Chester seinen Leihwagen zurück und holte seinen eigenen Wagen aus der Reparatur. Als er den Leihwagen abgab, stellte man bei der Firma einige Lackschäden fest, die darauf hindeuteten, daß der Wagen einen leichten Unfall gehabt haben mußte. Zunächst stritt Chester ab, auch nur den geringsten Unfall gehabt zu haben. Dann fiel ihm plötzlich ein, er habe möglicherweise einen Betonpfahl gestreift, als er einen Freund auf dem Land besuchte. Er sagte, der Kratzer sei so unbedeutend, daß er ihn gar nicht bemerkt habe.

Nun, die Geschichte klang gut, aber das Glas des einen Scheinwerfers hatte einen Sprung, und ein winziges, dreieckiges Stück Glas fehlte; außerdem war etwas Farbe von einem anderen Wagen auf dem Lack. Der Mann, der den Wagen untersuchte, nahm an, daß Chester einen parkenden Wagen gestreift hatte. Er fragte Chester und wies ihn darauf hin, daß der Schaden ohnehin voll von der Versicherung gedeckt werde. Dennoch blieb Chester dabei, daß er nichts zu berichten habe. Doch dann, nachdem er es sich offenbar noch einmal überlegt hatte, schnippte er mit den Fingern und sagte: ›Meine Güte, ja, genau so muß es passiert sein. Ich habe den Wagen irgendwo geparkt, und jemand hat ihn vermutlich gestreift.‹«

»Wobei es die Leute vom Autoverleih belassen haben, wie ich annehme.«

»Sicher. Vorläufig. Aber dann gab Mrs. Chester ihren Leihwagen nicht zum vereinbarten Termin in San Francisco ab. Nach vier oder fünf Tagen wurden die Leute vom Autoverleih nervös. Sie wandten sich an Chester, und der erklärte ihnen, er habe seit ihrer Abreise von seiner Frau nichts gehört, und es sei ihm auch vollkommen gleichgültig. Er erzählte ihnen, sie habe in ihrer Ehe mehrere Seitensprünge gemacht, und obwohl er selbst auch kein Engel sei, könne er nicht mit einer Frau zusammenleben, die ihn auf Schritt und Tritt betrüge. Was ihn betreffe, sei er froh, daß alles so gekommen sei, und nachdem seine Frau, nicht er, den Vertrag mit dem Autoverleih unterschrieben habe, gehe ihn die ganze Geschichte sowieso nichts an.

Er meinte, er selbst würde in Kürze auf eine ausgedehnte Geschäftsreise gehen und erst in ein paar Wochen zurückkommen. Um seine Frau mache er sich keine Sorgen, und was den Leihwagen betreffe, müsse nicht er, sondern der Boss der Leihwagenfirma sich darum kümmern.«

Breckinridge sagte leise: »Wir wußten, daß er auf eine Geschäftsreise gehen wollte, nahmen aber an, daß er inzwischen längst zurück sein würde.«

»Wissen Sie, wo er sich jetzt aufhält?« fragte Sellers und war mittlerweile längst nicht mehr so aufgeplustert wie zu Beginn des Gesprächs.

»Er wollte nach Nordwesten fahren, durch Oregon, Washington, Montana und Idaho.«

»Aber genau können Sie es auch nicht sagen?« fragte Sellers.

»Nein, natürlich nicht. Sehen Sie, er hatte diesen Autounfall, den er uns ordnungsgemäß gemeldet hat. Mit ausgefülltem Formular und so weiter. Als wir ihn fragten, wie wir ihn im Notfall erreichen könnten, falls wir noch weitere Angaben benötigten, erklärte er uns ganz offen, daß er auf eine Geschäftsreise gehe, daß er zu Hause einigen Ärger habe, daß seine Frau ihn verlassen habe und daß er sich vermutlich um eine Scheidung bemühen würde.«

»Okay«, sagte Sellers und verlor von Minute zu Minute an Selbstsicherheit. »Das klingt alles ganz großartig, und wir hätten nicht den geringsten Grund gehabt einzuschreiten, wenn wir nicht den Leihwagen seiner Frau auf dem Grund einer Schlucht unterhalb des Tehachapi-Passes gefunden hätten. Und selbst das hätte nicht unseren Verdacht erregt, wenn der Wagen nicht auch noch völlig ausgebrannt gewesen wäre. Zu dem Zeitpunkt, als man den Wagen fand, war der Leichnam von Mrs. Chester weitgehend verkohlt. Dennoch konnten wir eine Obduktion der sterblichen Überreste vornehmen, und dabei stellte sich heraus, daß Mrs. Chester schon tot war, ehe der Körper Feuer gefangen hatte. Der Pathologe meint, sie muß schon mindestens eine Stunde, wenn nicht noch länger zuvor gestorben sein.

Nun gut – auch das mochte noch hingehen, aber dann interessierten wir uns für den Wagen, den Mr. Chester ausgeliehen hatte. Die Leihwagenfirma hatte inzwischen den einen Scheinwerfer erneuert und die Kratzer am Lack überstrichen. Wir untersuchten die Stelle, wo Mrs. Chester von der Straße abgekommen sein mußte, überprüften sie Zentimeter für Zentimeter. Dabei fanden wir ein Stück Glas, das aus einem Scheinwerfer stammte. Natürlich können wir nicht beweisen, daß es zu dem kaputten Scheinwerfer des Leihwagens gehört – der ist inzwischen längst ersetzt. Aber immerhin war es Glas für einen Scheinwerfer vom selben Wagentyp.

An der Stelle, wo wir das Stückchen Glas fanden, entdeckten wir auch Reifenspuren neben der Straße. Sehr interessante Spuren, obwohl schon einige Zeit seit ihrer Entstehung vergangen war. Diese Spuren, meine ich, erzählen den Hergang der Geschichte.

Mrs. Chester fuhr einen Umweg über den Tehachapi-Paß

und wurde dort oben auf die Außenseite der Straße genötigt. Ein anderer Wagen bedrängte sie offenbar so, daß sie die Kontrolle über ihren Wagen verlor. An der Stelle geht es an die dreihundert Meter steil nach unten, danach folgt ein sanfterer Abhang, der schließlich bei einem trockenen Flußbett endet.

Anscheinend stürzte Mrs. Chester mit dem Wagen erst ein Stück den Abhang hinunter, wurde aber von einem Felsblock oder einem Gestrüpp aufgehalten, so daß der Wagen hängenblieb. Sie selbst war vermutlich schwer verletzt, aber nicht tot. Ihr Mann parkte in aller Ruhe seinen Wagen, nahm irgendeinen stumpfen metallischen Gegenstand mit, vermutlich die Kurbel des Wagenhebers, und kletterte hinunter zu der Stelle, wo der Wagen seiner Frau hängengeblieben war. Er langte hinein, schlug seiner Frau den Schädel ein und hatte danach genügend Zeit, sich zu überlegen, was nun zu tun war.

Schließlich kam er zu dem Entschluß, alle eventuellen Indizien zu zerstören; also löste er zunächst den Wagen, daß er weiter nach unten stürzte. Und diesmal blieb er nirgends hängen, landete zuletzt im Flußbett. Danach ging Chester hinunter, übergoß den Wagen mit Benzin und steckte ihn in Brand.«

Sellers ließ eine Pause entstehen, ehe er mit Nachdruck hinzufügte: »Dabei hat er einen kleinen Fehler gemacht, der ihn eindeutig überführt.«

»Was war das?« fragte Breckinridge, und ich merkte eine leise Andeutung von Skepsis aus seinem Ton.

»Er hat den Benzintank offengelassen. Er hat den Deckel abgeschraubt und einen Schlauch benützt, um das Benzin anzuzapfen. Dann goß er das Benzin über den Wagen und den Leichnam seiner Frau. Danach warf er einfach ein Streichholz darauf und rannte davon. Er hätte warten und den Deckel wieder daraufschrauben müssen, nachdem das Benzin ausgebrannt war.

Sobald wir ahnten, was wirklich geschehen war, fanden wir auch die Stelle, wo der Wagen am Abhang festgehalten worden war. Wir sahen, daß ein paar größere Steine verschoben worden waren, daß man sogar eine Holzbohle eingesetzt hatte, um den Wagen freizubekommen. Und unten entdeckten wir Hinweise darauf, wie der Mann den Wagen in Brand gesetzt haben mußte.

Wäre der Wagen während der Nacht angezündet worden,

dann hätte das Feuer zweifellos die Aufmerksamkeit vieler vorbeifahrender Autofahrer geweckt, und man hätte in kurzer Zeit die Straßenwacht verständigt. Daher sind wir so gut wie sicher, daß das Feuer erst nach Tageseinbruch gelegt wurde. Aber Mrs. Chester hatte das Haus um halb fünf verlassen. Sie hatte Bekannte in San Bernardino, die sie vermutlich besuchen wollte. Wir fragten dort nach und erfuhren, daß sie kurz nach sechs dort angekommen, zum Abendessen geblieben und um neun Uhr losgefahren war, über den Tehachapi-Paß in Richtung Bakersfield. Ihre Freunde wollten sie überreden, bei ihnen zu übernachten und erst am folgenden Morgen weiterzufahren, aber sie sagte, sie fahre gern bei Nacht.

Sie berichtete ihren Freunden übrigens, daß es zwischen ihr und ihrem Mann aus sei, daß sie nichts mehr mit ihm zu tun haben wolle, andere Interessen habe und daß es einen anderen Mann in ihrem Leben gebe, der sie viel glücklicher machen könne als ihr Mann. Den Namen dieses Mannes haben wir bisher nicht ermitteln können. Aber es war angeblich irgendein Cowboy, auf den sie hereingefallen ist. So«, sagte Sellers, nachdem er sich wieder eine Pause gestattet hatte, »das ist in großen Zügen die ganze Geschichte. Und jetzt fürchten wir natürlich, daß Chester ausrückt, wenn er ahnt, wie viele Beweise wir schon gegen ihn gesammelt haben. Wenn er erst wieder hier ist und seine Fühler ausstreckt, kommt er uns bald auf die Schliche. Und dann haut er für immer ab, mit etwas Glück sogar so, daß wir ihn nie wieder finden. Also haben wir uns hier in seinem Haus auf die Lauer gelegt, damit wir ihn schnappen, sobald er diesen Korridor betritt, und ihn selbst erzählen lassen, wie das mit seiner Frau war, ehe wir ihm die Beweise Stück für Stück vor Augen führen. Wir werden ihn die Geschichte wiederholen lassen, wie er angeblich einen Betonpfahl rammte, oder wie jemand seinen parkenden Wagen angefahren hat. Und was er sagt, nehmen wir auf Band auf, damit wir ihm dann seine Abweichungen vorführen und das Band nötigenfalls auch beim Prozeß verwenden können.«

Breckinridge sagte ohne allzu große Begeisterung: »Sergeant, ich gebe zu, das ist eine bemerkenswerte Kette von Indizienbeweisen.«

»Danke für das Kompliment«, erwiderte Sellers. »Das meiste habe ich übrigens selbst ausgegraben – mit Hilfe der Leute aus dem Büro des Sheriffs vom Kern County.«

»Doch das alles«, fuhr Breckinridge fort, »bringt uns in eine höchst mißliche Lage. Wir müssen jetzt diese Schadenersatzforderung begleichen, bevor der Geschädigte erfährt, daß Sie Chester des Mordes verdächtigen.« Er schaute mich wieder sehr vorwurfsvoll an und sagte: »Sehen Sie, Lam, das sind eben die Vorteile einer langjährigen Erfahrung. Ich habe Ihnen gleich gesagt, daß ich in diesem Fall ein komisches Gefühl habe, und es hat sich als richtig erwiesen. Wenn ich fühle, daß an einer Sache etwas faul ist, dann kann ich mich auf mein Gefühl verlassen.« Er wandte sich wieder an Sellers. »Kann ich jetzt gehen?«

Sellers erklärte nachdenklich: »Ich glaube, ja. Und ich glaube auch, ich kann mich auf Ihre Diskretion verlassen.«

»Das können Sie auf jeden Fall«, antwortete Breckinridge.

»Und was ist mit mir?« fragte ich.

»Ihnen ist zuzutrauen, daß Sie alles durcheinanderbringen«, sagte der Sergeant giftig.

»Und Elsie Brand? Was machen Sie mit ihr? Wird sie vielleicht festgenommen?«

Sellers kratzte sich am Kopf, schob die kalte Zigarre mit der Zunge von einem Mundwinkel in den anderen, seufzte tief und sagte dann: »Okay, ihr könnt meinetwegen auch gehen. Aber laßt euch nicht mehr blicken in dieser Gegend und versucht nicht, Chester auf eigene Faust zu suchen. Überlaßt das lieber uns. Sehen Sie zu, daß dieser Nervtöter uns nicht in die Quere kommt«, wandte er sich wieder an Breckinridge. »Wie heißt eigentlich der Mann, der die Versicherungssumme kassieren möchte?«

»Helmann Bruno. Er wohnt in Dallas.«

»Gut – nur für den Fall, daß ich den auch ein bißchen unter die Lupe nehme«, sagte Sellers.

»Unsere Akten stehen Ihnen jederzeit zur Verfügung«, erklärte Breckinridge. »Wir sind stets bereit, mit der Polizei so eng wie möglich zusammenzuarbeiten.«

»Natürlich ist das, was ich Ihnen über den Fall Chester sagte, streng vertraulich«, fing Sellers wieder an. »Die Tatsache, daß man ihn verdächtigt, wird frühestens in den morgigen Zeitungen erscheinen. Vorläufig soll er durch nichts gewarnt werden. Er darf auf keinen Fall erfahren, wieviel wir über ihn wissen.

Er soll erst einmal eine Reihe von faulen Ausreden erfinden, die wir ihm nachher alle entkräften.«

»Das ist mir klar«, sagte Breckinridge. »Ich kann mir schon vorstellen, wie Sie vorgehen wollen.«

»Okay. Tut mir leid, daß meine Leute Sie hier hereingezerrt haben, aber es geschah genau nach Anweisung. Wir wollten Chesters Freunde abfangen und vermeiden, daß ihm jemand einen Tip gibt, verstehen Sie? Sie würden nicht glauben, was sich ein schlauer Anwalt alles ausdenkt, wenn man ihm erst ein bißchen Zeit dazu läßt.«

»Ich weiß, ich weiß.« Breckinridge sprach jetzt wieder sehr nachdrücklich. »Glauben Sie mir, Sergeant, wir kämpfen mit den gleichen Problemen.«

Die beiden Männer schüttelten sich die Hände.

Mir reichte Sellers nicht die Hand.

Elsie Brand, Breckinridge und ich verließen anschließend die Wohnung und fuhren mit dem Lift hinunter.

Während wir hinausgingen auf die Straße, erklärte Breckinridge würdevoll: »Wenn Ihre Firma uns in verschiedenen Problemfällen unterstützen soll, Donald, dann müssen Sie Ihr Verhältnis zur Polizei ein wenig pflegen.«

»Ich werde mich bemühen«, antwortete ich.

»Na schön«, fuhr Breckinridge fort, »ich werde also einen Schadensregler hinausschicken auf die Ranch, gleich morgen früh mit der ersten Maschine. Ich will, daß Helmann Bruno ausbezahlt wird. Vermutlich wird uns das auch jetzt schon teuer genug kommen, aber das ist nichts im Vergleich . . . Ich wollte, ich hätte mich nicht überreden lassen und noch heute die Sache geregelt. Ich habe gleich geahnt, daß in dem Fall etwas schief läuft.«

»Wir haben noch immer nicht gehört, was Chester dazu zu sagen hat«, erinnerte ich Breckinridge.

»Das ist auch gar nicht mehr nötig«, fuhr er mich an.

Darauf konnte ich nur eines tun: nämlich den Mund halten.

»Ich fahre jetzt nach Hause«, erklärte Breckinridge. »Für diesen Fall ist Ihr Auftrag erledigt, Lam. Das gilt ab sofort – und wenn Sie jemals wieder mit meiner Frau zusammenkommen sollten, erwähnen Sie um Himmels willen nie die Gästeranch in Arizona. Meine Frau hat gewisse Vorurteile, die nicht leicht zu zerstören sind.«

Auch jetzt gab es für mich nur zwei Sätze zu sagen, nämlich: »Jawohl, Sir«, und: »Gute Nacht, Sir.«

7

Elsie Brand sagte: »Ich finde, dieser Breckinridge ist ein unangenehmer Zeitgenosse. Er hat nicht die Spur von Dankbarkeit gezeigt. Ich glaube, er merkt gar nicht, daß du das alles nur tust, um ihm einen Haufen Geld zu sparen.«

»Na, na, na, Elsie, nun übertreib mal nicht. Schließlich ist er der Geschäftsführer einer großen Versicherung. Und er zahlt gut für meine Arbeit. Also hat er auch das Recht, zu bestimmen, wie diese Arbeit getan werden soll.«

»Du weißt aber doch, Donald, daß dieser Bruno ein Schwindler ist, oder?«

Ich dachte darüber nach, dann sagte ich langsam: »Nein, ich kann nicht behaupten, daß ich schon soweit bin, es zu wissen. Ich weiß nur, daß alle Beteiligten irgend etwas an sich haben, was mir seltsam und verdammt falsch vorkommt. Es ist so, als würden sie Theater spielen. Ich fühle, daß dieser Bruno ein verdammt schlauer Bursche ist und daß er vielleicht merkte, wie er uns in die Falle lief. Ich könnte mir denken, daß ihm diese Melita Doon gewisse Röntgenbilder gegeben hat, die er später für seine Zwecke zu verwenden beabsichtigt. Außerdem habe ich das Gefühl, daß Breckinridge, auch wenn er heute schon versucht hätte, die Sache zu regeln, seinen Verhandlungspartner zäher und gewitzter vorgefunden hätte, als er das auch nur ahnt.

Wir haben einfach noch nicht genug gesammelt. Vielleicht wird das morgen früh besser, wenn ich mich erst einmal mit diesem Marty Lassen, dem Freund von Melita Doon, unterhalten habe.

Weißt du, Elsie – wenn man einen Mann als Versicherungsschwindler verdächtigt, wenn man dahinterkommt, daß er in irgendeiner Weise mit einer Krankenschwester verhandelt, daß sich die beiden insgeheim treffen – nun, dann gibt man eine solche Untersuchung nicht auf, ohne den Dingen auf den Grund gegangen zu sein.

Der Angelpunkt in diesem Fall ist für mich Foley Chester. Ich bin nicht auf seiner Seite, nur weil er von Sellers auf die schwarze Liste gesetzt wurde, aber da Sellers dazu neigt ... Ach, ich weiß nicht, aber Sellers hat die unangenehme Gewohnheit, seine Vorurteile für endgültig anzusehen, bevor er auch nur die Hälfte der notwendigen Daten gesammelt hat. Er schnappt sich jemanden, der ihm geeignet erscheint für die Rolle des Hauptverdächtigen, und dann sammelt er nur noch die Punkte, die er demjenigen anlasten kann. Alles andere übersieht er geflissentlich. An die Möglichkeit, daß ›sein‹ Täter der ersten Wahl unschuldig sein könnte, kommt er gar nicht.«

»Aber du mußt doch zugeben, daß die Indizien sehr auf die Schuld Chesters hinweisen«, erklärte Elsie.

»Das ist richtig«, erwiderte ich. »Aber wir kennen noch nicht Chesters Standpunkt in der Geschichte. Wenn Sellers gegen jemanden einen Mordfall aufbaut, dann sucht er sich jede Einzelheit sorgfältig heraus, die die Schuld seines Opfers untermauern kann. Alles andere läßt er erst gar nicht als Beweismaterial zu.«

»Und wie beurteilst du die Tatsache, daß der Wagen der Frau von Chesters Leihwagen in den Abgrund gedrängt wurde?«

»Moment mal«, sagte ich. »Woher willst du denn wissen, daß es der von Chester gefahrene Wagen war?«

»Nun, der Glassplitter vom Scheinwerfer, und –«

»Du kannst daraus höchstens schließen, daß es möglicherweise der Wagen war, den Chester auch einmal ausgeliehen hatte. Ob Chester selbst zum Zeitpunkt des Unfalls am Lenkrad gesessen hat, ist höchst zweifelhaft und durch nichts bestätigt.«

Sie dachte einen Augenblick darüber nach, dann gab sie ziemlich kleinlaut zu: »Okay. Wenn man es sich genauer überlegt, bleibt nicht viel mehr als das übrig. Du hast recht, Donald.«

»Breckinridge dagegen«, fuhr ich fort, »sieht den Fall nicht im Hinblick auf die zweifelhafte Rechtmäßigkeit von Brunos Ansprüchen, sondern lediglich darauf, daß sein Klient, Chester, demnächst in eine höchst peinliche Situation gedrängt werden dürfte. Das heißt noch lange nicht, daß Brunos Ansprüche gerechtfertigt sind, und es erklärt auch nicht die Freundschaft zwischen Bruno und der Krankenschwester, die ihrerseits mit dem Verschwinden gewisser Röntgenbilder zu tun hatte.«

»Donald, wenn du das so erklärst, klingt es schrecklich logisch. So logisch, daß . . . Na ja, einfach logisch.«

Ich lächelte. »Nun betrachte einmal das Verbrechen«, fuhr ich fort, »das man Chester zur Last legt. Er soll seiner Frau nach San Bernardino gefolgt sein; danach auch noch auf der Fahrt über den Tehachapi-Paß; er soll sie an einer besonders gefährlichen Stelle von der Fahrbahn gedrückt haben; dann, als der Wagen nicht, wie vorgesehen, in die Schlucht fiel, soll er seinen Wagen geparkt, sich mit einem schweren Gegenstand ausgerüstet und den Mord zu Ende geführt haben. Danach hat er nach Ansicht von Sellers eine Weile gewartet, sich zuletzt entschlossen, den Wagen – wie eigentlich? – endgültig hinunterzuschubsen und zu guter Letzt auch noch die Zeit vergehen lassen, bis es Tag wurde, ehe er das Autowrack mit Benzin übergoß und anzündete. Nun, ich finde, wenn man ein Verbrechen untersucht und das richtige Motiv kennt, muß der Täter Schritt für Schritt in dieses System der Motivation und der bekannten Fakten passen. Sellers behauptet, Chester habe versucht, seine Frau zu ermorden, weil er ihre Versicherung kassieren wollte. Wenn wir voraussetzen, daß Chester guten Gewissens handelt, dann weiß er noch nicht einmal, daß seine Frau tot ist. Und handelt er nicht guten Gewissens, dann bemüht er sich zur Zeit um einen geeigneten Hintergrund, damit er der Versicherung seine Forderungen stellen und dabei so tun kann, als ob er guten Gewissens handelt.

Wenn seine Frau schon tot war, bestand für Chester nicht der geringste Anlaß mehr, den Wagen ganz nach unten in den Canyon rollen zu lassen. Und als Wagen und Leichnam unten waren, hatte Chester erst recht keinen Grund, bis Tagesanbruch zu warten und das Wrack erst dann anzuzünden. Aber ich bekomme nicht dafür bezahlt, daß ich Sellers' Theorien entkräfte, sondern für meine Ermittlungen im Fall Helmann Bruno.«

»Na schön, Donald – ich setze mal wieder auf dich«, sagte Elsie und drückte mir die Hand.

»Und – hast du mir ein Apartment besorgt?«

»Es war eines frei«, sagte sie ein wenig verlegen. »Im gleichen Stockwerk, wo ich wohne. Der Hausverwalter war wirklich sehr nett und entgegenkommend.«

»Um so besser«, sagte ich. »Wir könnten jetzt gleich hübsch essen gehen, und nachdem uns von Mr. Breckinridge reichlich Spesen zugestanden wurden –«

»O Donald, Mr. Breckinridge ist bestimmt nicht mehr bereit, für ein solches Abendessen Spesen zu bezahlen – nicht mehr nach dem, was inzwischen passiert ist.«

»Wenn wir Mr. Breckinridge lediglich eine Rechnung mit der Bemerkung ›Speisen und Getränke‹ vorlegen – glaubst du, er wird sie bezahlen?«

»Ja, doch, das wird er wohl müssen.«

»Außerdem habe ich heute noch nichts zu mir genommen außer zwei Glas Buttermilch«, erklärte ich, »und ich finde, jetzt ist mal wieder ein anständiges Essen fällig.«

»Oh, du armer Kerl«, rief sie mit einer Mischung aus Scherz und Mitleid.

»Darf ich daraus entnehmen, daß du bereit bist, meine Spesenrechnung für ›Speisen und Getränke‹ erhöhen zu helfen?«

»Ja«, sagte sie und lachte ein wenig nervös dazu.

»Und wie ist es mit dem Spesenposten ›Übernachtungen‹?«

Die Frage war ihr sichtlich unangenehm. »Der Hausverwalter meinte, er würde es auf meine Rechnung setzen. Es macht sicher nicht viel aus.«

»Dann muß ich also ein bißchen manipulieren, damit wir auch diesen Betrag auf unsere Spesenrechnung kriegen.«

»Nein, Donald, laß mich das machen. Ich . . . Ich möchte, daß du dich einmal als mein Gast fühlst.«

»Und Bertha weiß davon nichts, wie ich hoffe?«

»Sie hat keine Ahnung«, sagte Elsie. »Um Himmels willen, Donald – kein Mensch darf etwas davon erfahren. Wenn sie es wüßte . . . Bertha ist sowieso in letzter Zeit ein bißchen komisch. Sie findet, ich arbeite nicht gut genug, weil ich – ich meine, weil sie annimmt, daß ich –«

»Ich weiß«, unterbrach ich sie. »Bertha hat nun mal ihre kleinen Indiosynkrasien, und wenn sie wüßte, daß ich ein Apartment bewohne, das im gleichen Stockwerk liegt wie das deine . . . Nebenbei bemerkt – wo ist das Apartment, ich meine, was hat es für eine Nummer?«

»Es liegt genau dem meinen gegenüber«, sagte Elsie und errötete.

»Du hast recht«, sagte ich. »Das dürfte Bertha nie erfahren.«

8

Marty Lassen, ein breitschulteriger, kräftiger Riese von Mann, etwa acht- oder neunundzwanzig Jahre alt, steckte bis zu den Ellbogen in einem Fernsehgerät, als ich seine Reparaturwerkstatt betrat.

»Ich möchte Sie in einer persönlichen Angelegenheit sprechen«, sagte ich.

Er drehte sich schnell herum und betrachtete mich von Kopf bis Fuß. »Was für eine persönliche Angelegenheit?«

»Ich überprüfe gerade die Personalien einer gewissen Krankenschwester namens Melita Doon. Aus Sicherheitsgründen.«

Lassen wurde starr wie ein Rammbock.

»Es ist nur eine Routineüberprüfung«, sagte ich. »Ich muß einiges über ihren persönlichen Hintergrund, ihre Freunde, ihre Zuverlässigkeit und ihre charakterlichen Eigenschaften wissen.«

»Warum kommen Sie da ausgerechnet zu mir?«

»Weil Sie, wenn ich richtig informiert bin, mit ihr befreundet sind. Falls ich von ihren Freunden die richtigen Antworten erhalte, kann ich es mir vielleicht sparen, mit ihrem Arbeitgeber zu sprechen.«

»Und was verstehen Sie unter den richtigen Antworten?«

»Solche, die darauf hinweisen, daß Melita Doon kein Risiko für die Sicherheit unseres Landes darstellt.«

»Wieso untersucht man sie – aus was für Sicherheitsgründen?« wollte er wissen.

»Es gibt verschiedene Sicherheitsabteilungen«, sagte ich vage.

»Das ist mir egal. Warum wird sie, aus welchen Sicherheitsgründen auch immer, überprüft?«

»Man bezahlt mir mein Gehalt, damit ich Fragen stelle, nicht beantworte.«

»Dann gehen Sie zum Teufel«, sagte er. »Sie haben mir noch nicht einmal gesagt, wie Sie heißen.«

Ich lächelte ihn an und sagte: »Das ist auch so eine Sache. Offiziell trage ich nur die Nummer S fünfunddreißig.«

»Also schön, S fünfunddreißig«, sagte er, »Sie können entweder innerhalb von fünf Sekunden mein Geschäft aus eigener Kraft verlassen, oder ich helfe Ihnen ein bißchen dabei.«

»Ich gehe lieber aus eigener Kraft«, erklärte ich. »Tut mir leid, wenn ich Ihnen Ärger gemacht habe, aber ich wollte erst zuletzt zu ihrem Arbeitgeber gehen, um ihr keine Schwierigkeiten zu machen. Wissen Sie, es gibt Arbeitgeber, die reagieren ziemlich nervös, wenn sie erfahren, daß eine ihrer Angestellten vom Sicherheitsdienst überprüft wird, und das ist dem späteren Arbeitsverhältnis, einmal harmlos ausgedrückt, nicht immer förderlich.«

»Moment mal, lassen Sie sich doch Zeit«, sagte Lassen erschreckt. »Sie dürfen auf keinen Fall zu ihrem Arbeitgeber gehen und auch da noch Unheil anrichten mit Ihren Fragen. Gerade jetzt wäre das besonders ungünstig.«

»Warum wäre es ungünstig?«

»Weil Melita ohnehin schon genügend Probleme hat.«

»Dann schlage ich vor, Sie zeigen sich etwas entgegenkommender«, erklärte ich.

»Ich denke nicht daran, alles mögliche auszutratschen, was man über Melita munkelt.«

Ich schaute ihn entrüstet an. »Mein lieber Mr. Lassen, Gerüchte interessieren mich nicht im geringsten. Ich möchte nur ein wenig über ihren Hintergrund und über ihren Charakter erfahren. Wo ist sie eigentlich? Wissen Sie das?«

»Ich weiß es nicht. Sie wollte sich ein paar Wochen erholen. Sie . . . Nun, man hat ihr unbezahlten Urlaub gegeben.«

»Sie ist Krankenschwester?«

»Ja.«

»Eine staatlich geprüfte Krankenschwester?«

»Ja.«

»Und sie ist Ihrer Meinung nach zuverlässig?«

»Absolut.«

»Gab es nicht kürzlich irgendwelchen Ärger in ihrem Krankenhaus?«

»Das können Sie zweimal sagen«, erwiderte Lassen. »Die haben da eine Aufseherin, die etwas gegen Melita hat und ihr alles mögliche vorwirft. Lauter Sachen, an denen Melita gar keine Schuld trifft.«

»Wie zum Beispiel –«

»Ein paar Röntgenbilder sind verschwunden, und die Überprüfung hat ergeben, daß noch weitere nicht mehr auffindbar waren. So was kommt wahrscheinlich überall einmal vor. Dut-

94

zende von Leuten haben Zugang zu den Röntgenbildern, vor allem die Ärzte, die bekanntlich besonders nachlässig und vergeßlich sind.«

»Aber man hat Melita dafür verantwortlich gemacht?«

»Genau. Wenn Sie mich fragen: Man hat nur nach einem Anlaß gesucht, ihr das Leben schwer zu machen. Und dann ist ihr eine Patientin durchgebrannt, und sie wollten, daß Melita die Krankenhausrechnung bezahlt.«

»Was soll das heißen, sie ist ihr durchgebrannt?«

»Das kommt gelegentlich vor in einem Krankenhaus. Ein Patient ist auf dem Weg der Besserung, weiß, daß er demnächst eine hohe Rechnung präsentiert bekommt, zieht sich mitten in der Nacht an und verschwindet aus der Klinik.«

»Ist das denn möglich? Ich hätte gedacht, es gibt Nachtschwestern, die auf jeder Station dafür sorgen, daß –«

»Natürlich kann man die umgehen, wenn man sich erst ein bißchen im Krankenhaus auskennt. Es gibt viele Ausgänge. Man kann über die Treppe zum Labor gehen, oder nach unten durch die Röntgenräume. Man kann durch den Eingang der Notaufnahme gehen, durch die Ambulanz, und man kann sogar nach der Nachtschwester klingeln und abhauen, während sie sich zum Patienten begibt.«

»Nun, und wie war es in diesem besonderen Fall?«

»Der Fall wäre gar nicht so hochgespielt worden, wenn er nicht ein gefundenes Fressen gewesen wäre für diese Aufseherin mit dem Geiergesicht, die Melita schon mit den verschwundenen Röntgenbildern die Hölle heiß gemacht hatte. Diese Aufseherin will offenbar, daß Melita das Krankenhaus verläßt. Dabei glaube ich, daß sie selbst für alles verantwortlich ist, für die verschwundenen Röntgenaufnahmen und alles, und daß sie nur nach einem sucht, der ihr den Sündenbock spielt. Nun gut, mir soll's egal sein, aber sie haben Melita gezwungen, die Krankenhausrechnung der Frau zu bezahlen, die verschwunden ist. Es sind fast dreihundert Dollar, und die kann das arme Kind nicht aufbringen. Sie unterstützt ihre kranke Mutter und – na schön, ich hab' dem Krankenhaus versichert, daß ich ihr für die Summe bürge, aber Melita meint, es ist eine prinzipielle Frage, und sie denkt nicht daran, auch nur einen Cent zu bezahlen. Sie sagt, wenn sie erst die Rechnung bezahlt, ist das schon fast ein Eingeständnis, daß sie auch am Verschwinden der Röntgenaufnahmen schuld ist, und dann wird sie diese ekelhafte Aufseherin erst recht fertigmachen.«

»Sie meinen also, es kommt öfters vor, daß jemand aus dem Krankenhaus verschwindet, damit er seine Rechnung nicht bezahlen muß?« fragte ich.

»Natürlich gibt es das.«

»Und wie war es in diesem Fall?«

»Es handelte sich um eine Frau, eine amtsbekannte Schwindlerin. Jung, Anfang Dreißig, und wie sich herausstellte, besaß sie hier in der Gegend keinerlei Verwandte, Bekannte oder sonstige Bindungen. Sie war geschieden, und ihr Exgatte erklärte, er wisse nichts von der ganzen Sache. Sie sollte ohnehin entlassen werden, doch dann stellten sich Komplikationen ein; natürlich war das nur Theater. Sie stand um Mitternacht auf, nahm ihre Kleidung aus dem Schrank, zog sich an und schlich aus dem Krankenhaus. Ihre Rechnung betrug knapp dreihundert Dollar, und man hat Melita aufgefordert, den Schaden zu begleichen; sie behaupten, es sei ihre Schuld gewesen. Das alles hat Melita an den Rand eines Nervenzusammenbruchs getrieben. Dabei ist es in Wirklichkeit die Schuld der Aufnahmeabteilung. Diese Frau war eine raffinierte Schwindlerin, die alle Tricks kannte. Sie hat bei der Aufnahme den Angestellten überredet, einen Scheck als Vorauszahlung anzunehmen, der natürlich nicht gedeckt war. Aber aus all dem können Sie sich vielleicht vorstellen, was es für Melita bedeuten würde, wenn Sie nun auch noch mit Ihrer Sicherheitsüberprüfung ins Krankenhaus kämen.«

»Wissen Sie wirklich nicht, wo sich Melita im Augenblick aufhält?«

»Ich weiß es nicht, aber ich ahne es.«

»Und wo ist sie?«

»Das werde ich niemandem sagen«, erklärte er. »Es sei denn, man zwingt mich dazu. Ich möchte nicht, daß man sie auch noch während ihres Erholungsaufenthalts belästigt.«

Ich dachte eine Weile darüber nach, dann sagte ich: »Na schön, ich glaube, da haben Sie recht. Verstehen Sie mich richtig, Mr. Lassen: Meine Auftraggeber versuchen zwar, verläßliche Informationen zu erhalten, aber wir ziehen unseren Informanten auch nicht gerade die Daumenschrauben an. Ja, also ... Ach, da habe ich noch einen Namen ... Meine Auftraggeber waren nicht sicher, ob Sie den Mann kennen – aber ich soll mich auch über ihn erkundigen. Helmann Bruno – was wissen Sie über ihn?«

»Bruno? Bruno?«

»Richtig. Helmann Bruno.«

Lassen schüttelte den Kopf. »Nie gehört.«

»Scheint so eine Art Handelsvertreter zu sein; fährt viel in der Gegend umher.«

Wieder schüttelte Lassen den Kopf.

Ich fragte ihn noch nach vier oder fünf Namen, die ich mir einfach ausdachte. Lassen kannte keinen davon.

Zuletzt sagte ich: »Das ist wirklich sonderbar. Es sieht so aus, als sei Melitas Name nur durch ein Versehen auf meine Liste geraten. Ich darf Sie bitten, gegenüber keinem etwas davon verlauten zu lassen.«

»Ich denke nicht daran«, erwiderte er angriffslustig, »aber ich rate Ihnen, sehr vorsichtig zu sein und Ihrerseits nichts verlauten zu lassen, was Melita in irgendeiner Weise schaden könnte.«

Ich lächelte ihn an und erklärte: »Um es noch einmal zu sagen: Ich bin beauftragt, Informationen einzuholen, nicht zu erteilen. Ich darf Ihnen für Ihre Auskunft herzlich danken, Mr. Lassen.«

Dann drehte ich mich abrupt um und ging hinaus. An der Tür schaute ich mich noch einmal um und stellte fest, daß mir Lassen mit etwas verwirrter und fragender Miene nachschaute.

Dann fiel sein Blick auf seine Arbeit, und er vertiefte sich wieder in die Innereien eines Fernsehgeräts.

9

Es war nicht leicht, Bertha zu überraschen, aber als ich diesmal unangemeldet in ihr Büro kam, zeigte sie Überraschung, Konsternation und schließlich Zorn.

»Was, zum Teufel, hast du hier zu suchen?« fragte sie.

»Ich hab' den Job hochgehen lassen«, antwortete ich.

»Du hast – *was*?«

»Den Auftrag hochgehen lassen.«

»Komm mir nicht mit diesem Unterwelt-Slang«, sagte sie und bebte dabei vor Zorn. »Hochgehen lassen ist ein Begriff, den Safeknacker benützen, wenn sie zuviel Nitro genommen und den Safe in die Luft gesprengt haben.«

»Genau das meine ich«, sagte ich. »Ich habe zuviel Nitro genommen und die ganze Sache in die Luft gesprengt.«

»Was ist passiert?«

»Breckinridge wollte sich mit dem Geschädigten einigen«, erklärte ich. »Und ich hab' ihm das ausgeredet. Ich sagte ihm, daß ich diesen Bruno für einen Schwindler halte. Jetzt ist leider der Preis nach oben gerutscht, durch Umstände, die ich nicht vorhersehen konnte.«

»Und Breckinridge macht dir das zum Vorwurf.«

»Breckinridge ist enttäuscht.«

»Verdammt, verdammt, verdammt«, schrie Bertha. »Das ist das Schlimmste an dir. Du bist ein schlauer kleiner Fuchs, aber du bist zu eingebildet. Du hast dich schon in vielen Situationen gerade mal so durchgemogelt und glaubst jetzt, die ganze Welt tanzt nach deiner Pfeife.«

»Sie denkt gar nicht daran«, erwiderte ich. »Die Welt kommt mir momentan sogar ziemlich grau und scheußlich vor. Wenn Breckinridge anruft und mich sprechen will – du sagst ihm nicht, wo ich bin, klar?«

»Das kann ich nicht machen«, erwiderte Bertha. »Ich –«

»Natürlich kannst du das«, fuhr ich sie an. »Wenn du es nicht weißt, mußt du ihm ja auch diese Auskunft geben, oder?«

»Warum bist du dann überhaupt ins Büro gekommen?« wollte sie wissen.

»Weil ich unsere Kamera holen möchte. Ich muß ein paar Fotos von einem Unfallort machen.«

»Heißt das, du fliegst noch einmal nach Texas? Ich finde, der Unfallort ist völlig uninteressant. Soviel ich gehört habe, war das eine ganz gewöhnliche Straße, und es gibt bestimmt keine Spur mehr, die du fotografieren könntest.«

»Ich habe nicht behauptet, daß ich diesen Unfallort fotografieren will«, sagte ich. »Ich will nur einen Unfallort knipsen.«

Und damit ging ich hinaus und hinüber in mein Büro, wo mich Elsie Brand mit weitaufgerissenen Augen anstarrte.

»Und wie ist es gegangen, Donald?«

»Bertha ist momentan ein bißchen geschockt. Aber sie

kommt sicher schnell darüber hinweg, und dann begibt sie sich auf den Kriegspfad. Ich bin schon fort; du darfst mir noch viel Glück wünschen.«

Elsie Brand lächelte mit den Lippen und mit den Augen. »Viel Glück, Donald«, sagte sie weich.

Ich schnappte mir eine Kamera und ein paar Filme, verließ das Büro, fuhr zu den Bulwin-Apartments und klingelte bei Nummer 283.

Eine bemerkenswert gutaussehende, junge Frau mit kühlen Augen öffnete die Tür und betrachtete mich mit unverhohlenem Interesse.

»Hallo«, sagte sie dann. »Das ist doch mal was Neues. Solche Vertreter wie Sie sieht man nicht oft hier. Sagen Sie jetzt bloß nicht, Sie verdienen sich Ihr Semestergeld mit dem Verkauf von Zeitungsabonnements.«

Ihr Lächeln war wirklich herausfordernd.

»Was haben Sie denn normalerweise für Vertreter an der Tür?« fragte ich in dem gleichen, herausfordernden Ton.

»Ältere Männer, die ihren Job verloren haben und sich nun mit Klinkenputzen auf Kommissionsbasis den Lebensunterhalt verdienen müssen. Sie tun mir leid, aber wenn ich all das Zeug kaufen würde, was sie mir anbieten, wäre ich bald ebenso pleite wie sie.«

»Darf ich reinkommen?« fragte ich.

»Wollen Sie denn?«

»Ja.«

»Dann kommen Sie rein.«

Sie öffnete einladend die Tür.

Es war ein wesentlich größeres Apartment, als ich angenommen hatte. Es gab einen komfortablen, gut möblierten Wohnraum, von dem aus zwei Türen in die beiden Schlafzimmer führten, dann eine Küche und eine große Diele, die auch als Eßzimmer diente. Vermutlich hatte jedes Schlafzimmer ein eigenes Bad.

»Wollen Sie sich nicht setzen, bevor Sie mit Ihrem Verkaufsgespräch beginnen?« fragte sie.

»Muß ich denn mit einem Verkaufsgespräch beginnen?«

Ihre Augen waren kühl, aber ihr Mund lächelte. »Alle Männer haben stets eine Art von Verkaufsgespräch bereit, so oder so.«

99

»Aber ich verkaufe nichts«, sagte ich. »Im Gegenteil, ich möchte etwas von Ihnen haben. Eine Information.«

»Worüber?«

»Über eine Person namens Melita Doon; eine Krankenschwester, die angeblich hier wohnt. Ist sie zu Hause?«

»Ich bin Miss Doon«, sagte sie. »Und ich bin gern bereit, Ihre Fragen zu beantworten. Was wollen Sie wissen?«

»Die Beschreibungen, die man mir gab«, erklärte ich, »schildern Miss Doon ganz anders. Ich möchte wetten, Sie sind Josephine Edgar, Miss Doons Freundin.«

Sie lachte und sagte dann: »Nun ja, aber es war immerhin den Versuch wert. Ich wollte Melita so gut wie möglich schützen. Ich dachte, wenn ich die Fragen beantworte, erspare ich ihr damit eine Menge Ärger. Worum geht es denn?«

»Es ist nur eine Routine-Überprüfung«, sagte ich.

»Und wie das?«

»Ich möchte einiges über sie wissen – über ihren Hintergrund, ihre Kreditwürdigkeit.«

»Wie heißen Sie?«

»Ich habe eine Nummer«, erwiderte ich. »S fünfunddreißig.«

Ihr Blick wurde plötzlich hart und zugleich wachsam. »Was für eine Regierungsstelle?« fragte sie.

»Die Umstände«, erwiderte ich, »zwingen mich dazu, mich nur unter meiner Nummer zu identifizieren.«

»Sind Sie für eine Behörde tätig oder nicht?« fragte sie. »Raus mit der Sprache – ich kenne mich nämlich ein bißchen aus und bin nicht auf den Kopf gefallen.«

»Ich arbeite nicht für eine Regierungsstelle«, sagte ich.

»Also sind Sie ein – ein Ermittler?«

»Ja.«

»Privatdetektiv?«

»Ja.«

Sie streckte mir die Hand entgegen. »Vorzeigen.«

»Was?«

»Ihre Konzession.«

Ich schüttelte den Kopf. »Ich werde mich nur unter der Kenn-Nummer S fünfunddreißig vorstellen, wenn Sie nichts dagegen haben.«

»Ich habe aber etwas dagegen«, sagte sie. »Sie wollen etwas

über Melita erfahren. Und Sie werden es nur erfahren, wenn Sie die Karten auf den Tisch legen und offen zu mir sind – wenn nicht, gehe ich ans Telefon, rufe Melita Doon an und sage ihr, daß sie einen Privatdetektiv auf den Fersen hat, der in ihrem Privatleben herumzuschnüffeln versucht.«

»Das können Sie gern tun«, sagte ich.

»Vielleicht. Aber wissen Sie, ich bin nicht von gestern.«

Ich nahm schließlich meine Brieftasche heraus und zeigte ihr meine Konzession.

»Donald Lam«, sagte sie. »Ein netter Name. Was wollen Sie wissen, Donald?«

»Vor allem, warum Melita solchen Ärger hatte im Krankenhaus. War es eigentlich wirklich ihre Schuld?«

»Ob es ihre Schuld war?« echote sie, und ihre Stimme klang dabei sehr zornig. »Es war die Schuld von dieser verdammten Howard, der Aufseherin, die Melita von Anfang an nur Schwierigkeiten zu machen versucht. Jetzt verdächtigt sie Melita auch noch, Röntgenaufnahmen gestohlen zu haben, und treibt das arme Kind damit bis zum Nervenzusammenbruch.«

»Was war denn mit den Röntgenaufnahmen?« fragte ich.

»Die Howard hätte es nie gewagt, Melita so zu verleumden, wenn wir nicht diese Ausreißerin gehabt hätten«, sagte Josephine. »Die Ausreißerin war das auslösende Moment. Die gab dieser Howard die Chance, die sie gesucht hatte. Natürlich war Melita in gewisser Weise mit schuld daran, daß die Patientin ausgerissen ist, aber eben nur zum Teil. Es gibt immer wieder mal Ausreißer in einem Krankenhaus – mir ist es auch schon passiert, und den meisten anderen Schwestern ebenfalls. Und eines kann ich Ihnen versichern, Lam – wenn die Rechnungsstelle auf Draht ist, dann läuft das mit dem Durchbrennen nämlich nicht so glatt. Schon beim Empfang, wenn der Patient aufgenommen wird, sollte man eigentlich die Anständigen von den Schwindlern unterscheiden können. Wenn die unten am Empfang ihre Arbeit ernst nehmen würden, hätten wir oben in den Stationen nicht den Ärger mit den Ausreißern.«

»Das ist mir klar. Was war nun mit Melitas Ausreißerin und den Röntgenaufnahmen?« fragte ich.

»Das eine hat mit dem anderen nichts zu tun«, erklärte Josephine. »Sicher, sie hat diese Ausreißerin gehabt, aber das mit den Röntgenbildern war etwas anderes. Es waren nichts weiter als Aufnahmen, die nicht bei den dazugehörigen Akten waren. Und natürlich ist das die Schuld von irgend jemandem. Die Schwester, die für die Röntgenabteilung verantwortlich ist, müßte sich eigentlich einen Beleg geben lassen, wenn sich jemand Röntgenaufnahmen aus dem Archiv holt, aber zufällig ist dieses junge, naseweise Ding, das die Röntgenabteilung unter sich hat, eine Freundin von der Howard, und niemand käme auch nur auf den Gedanken, sie dafür verantwortlich zu machen, o nein! Sie ist das Herzblatt der Aufseherin. Undenkbar, daß sie einem Arzt gestattet hätte, einfach ein Bündel Aufnahme aus dem Archiv zu nehmen, ohne daß er dafür einen Zettel ausfüllt. Oder daß sie die Bilder in die falschen Umschläge steckte, nachdem einer der Ärzte sie durchsah, oder daß – ach was, ist ja egal. Aber es kann natürlich niemand anders als Melita gewesen sein, und das macht mich ganz wütend.«

»Werden Sie was dagegen unternehmen?« fragte ich.

»Ich weiß nicht. Manchmal hätte ich nicht übel Lust, dieser Howard den Kragen umzudrehen.«

»Sie arbeiten im selben Krankenhaus?«

»Ich bin in der Intensivstation«, sagte sie.

»Tag- oder Nachtschicht?«

Sie zuckte mit den Schultern und sagte: »Mal so, mal so.«

»Viel zu tun?« fragte ich.

»Hier und da«, antwortete sie vage.

»Und Melita hat eine kranke Mutter?«

»Weiß Gott! Melita hat die alte Frau in ein Heim gesteckt, und das kann sie kaum bezahlen, aber es gibt keine andere Lösung, und Melita bleibt nichts anderes übrig, als sich totzurackern. Ihre Mutter muß dringend operiert werden, und Melita bemüht sich, das Geld dafür zusammenzukratzen. Das ist einer der Gründe, weshalb es sich diese Aufseherin leisten kann, Melita so gemein zu behandeln. Sie weiß, daß Melita auf jeden Cent angewiesen ist, den sie verdient.«

»Ich glaube, das war alles, was ich wissen wollte«, erklärte ich. »Ich bin Ihnen sehr zu Dank verpflichtet.«

Und damit stand ich auf, um zu gehen.

Josephine trat neben mich, berührte mich fast. »Und nun, Donald, sagen Sie mir, was Sie wirklich wissen wollen«, erklärte sie.

»Was meinen Sie?«

»Wer ist so an Melita interessiert, daß er Sie beauftragt hat, Informationen einzuholen?«

»Es ist nur eine Routine-Nachfrage«, erklärte ich wieder.

»Und wer ist Ihr Klient?«

»Du meine Güte«, erwiderte ich. »Solche Dinge erledigt das Büro, meine Partnerin, genau gesagt. Ich erhalte den Auftrag von ihr und frage nicht lange nach dem Klienten.«

»Es wäre also auch möglich, daß Sie in Wirklichkeit für diese Howard arbeiten, oder?«

»Es wäre möglich«, räumte ich ein.

Sie kam noch näher. »Donald, sagen Sie es mir«, drängte sie.

»Was denn?«

»Wer Ihr Klient ist, und warum Sie diese Ermittlungen anstellen.«

»Ich fürchte, Sie versuchen, mein Pflichtgefühl zu korrumpieren, und Sie benützen die Waffen Ihres Geschlechts, um mich dazu zu bringen.«

Sie schaute mir ohne zu blinzeln in die Augen. »Ich habe meine Waffen bis jetzt noch gar nicht eingesetzt.«

»Aber Sie sind schon im Begriff, meinen Widerstand aufzuweichen.«

Sie legte ihre Hand auf meine Schulter und schmiegte sich eng an mich. »Donald, sagen Sie, wird Melita irgendwelche Schwierigkeiten haben?«

»Warum sollte sie, wenn sie doch nichts Böses getan hat?« fragte ich.

»Ich traue dieser Howard nicht. Ich werde das Gefühl nicht los, daß in diesem Krankenhaus irgendwas vor sich geht und daß die Howard da ganz tief drinnensteckt. Melita soll vermutlich den Sündenbock spielen.«

»Ich kann Ihnen versichern«, erklärte ich, »daß ich bei meiner Untersuchung des Falles gegenüber allen Beteiligten fair und aufrichtig sein werde.«

»Donald, tun Sie mir einen Gefallen?«

»Ja?«

»Lassen Sie es mich wissen, was Sie herausgefunden haben, sobald Sie den Fall beendet haben?«

»Vielleicht.«

»Donald, ich meine es im Ernst. Ich wäre Ihnen – sehr dankbar . . . Sehr, sehr dankbar, Donald.«

»Wir werden ja sehen«, versprach ich und verließ das Apartment.

Josephine blieb unter der Tür stehen und sah mir nach. Als ich am Lift angekommen war, warf sie mir noch einen Kuß zu, ging dann hinein und schloß die Tür.

Ich rief im Büro an und bekam Elsie Brand an den Apparat.

»Elsie«, sagte ich, »ruf Dolores Ferrol in der Butte Valley-Gästeranch an und frage sie, ob Melita Doon in der Zeit zwischen jetzt und deinem Anruf ein Ferngespräch entgegengenommen hat. Warte noch bis zwei mit dem Anruf, das ist nach dem Lunch und vor der Siesta. Sag Dolores, wer du bist, daß du auf meinen Wunsch hin anrufst, daß ich sie bald sehen werde und daß sie nichts über meine Anfrage verlauten lassen soll.«

»Okay«, sagte Elsie. »Was machst du jetzt?«

»Ich fahre zum Tehachapi-Paß«, erklärte ich. »Und ich bin am frühen Abend zurück.«

10

Ausgerüstet mit der Kamera und den Filmen fuhr ich hinauf zum Tehachapi.

Es war keine Kunst, den Unfallort zu finden. Die Polizei hatte das Autowrack mit einer Winde den Berg hinaufgehievt, und da die Reifen des Wagens verbrannt waren, hatte er tiefe Schleifspuren hinterlassen. Dagegen war es fast unmöglich, noch irgendwelche Hinweise darauf zu finden, was hier wirklich geschehen sein mochte. Alle halbwegs brauchbaren Spuren waren vermutlich längst zerstört.

Ich suchte mir die Stelle, wo meiner Meinung nach Mrs. Chesters Wagen von der Straße abgekommen sein mußte. Es gab ein paar Spuren, die darauf hinwiesen, daß der Wagen ungefähr noch zwanzig Meter den Abhang hinuntergerollt sein mußte, ehe er sich ein paarmal überschlug und von einem großen Felsblock aufgehalten wurde. In der Umgebung dieses Felsens waren Glasscherben und Lackpartikel zu finden.

Als ich die Spuren genauer betrachtete, wurde auch mir klar, daß jemand das Autowrack ganz unten auf dem Grund des Canyons haben wollte, und er mußte dazu eine Stange benützt haben, vielleicht auch einen Wagenheber, mit dem er den Wagen so herumdrehte, daß er auf dem Abhang wieder ins Rollen kam.

Und diesmal war die Fahrt in den Abgrund länger und gefährlicher gewesen als nach dem Sturz von der Straße.

Der Abhang neigte sich mit etwa fünfundvierzig Grad bis hinunter zum sandigen Ufer des ausgetrockneten Canyons.

Die Polizei hatte sich ausführlich mit der Umgebung des Unfallorts befaßt und auch viele Fotos geschossen. Ich erkannte das an den zahlreichen ausgebrannten Blitzlichtbirnen, die überall herumlagen, zusammen mit Zigarettenstummeln, und darüber hinaus gab es eine Menge Fußabdrücke, sowohl in der Umgebung des Felsens, der den Wagen aufgehalten hatte, als auch ganz unten am Grund des Canyons.

Ich brauchte fünf oder zehn Minuten, bis ich den Pfad nach unten fand, zum Grund des Canyons, wo der Wagen endgültig liegengeblieben war.

Die Polizei hatte das Wrack offenbar mit der Winde direkt nach oben gezogen, wobei es an den Felswänden entlangschabte, ehe man es oben auf einen Schlepper hob, mit dem es abtransportiert werden konnte. Vermutlich hatte es im Wagen selbst Beweismaterial gegeben, das die Polizei für alle Fälle sichern wollte.

Die Bergung des Wagens mußte schwierig gewesen sein und eine Menge Geschick, Energie und Stahlseil benötigt haben – daraus konnte man erkennen, daß es der Polizei auf den Wagen oder dessen Überreste angekommen sein mußte.

Die Stelle, an der der Wagen von der Straße abgedrängt worden war, befand sich auf einer Anhöhe, die überwiegend mit getrocknetem Gras und staubigem Salbeigebüsch bewachsen war, wie es gerade hier in Südkalifornien häufig vorkommt. Gleich hinter der Anhöhe schlängelte sich die Straße wieder nach unten, verließ über weite Strecken den Abhang des Canyons, kam wieder zurück, nur noch auf halber Höhe, lief dann dicht am Sandbett entlang etwa eine Meile von der Absturzstelle entfernt.

Ich studierte die Umgebung sorgfältig, ging dann am Grund des Canyons entlang in Richtung auf die Stelle, wo die Straße fast das ausgetrocknete Ufer berührte. Die Wände zu beiden Seiten wurden weniger steil, waren auch nicht mehr so hoch und immer wieder mit Salbei und hohem Gras bewachsen. Nach einer Weile hörten die Spuren auf. Die Polizei war nicht so weit am Grund des Canyons entlanggegangen.

Das Gebüsch breitete sich fast bis zum Flußbett aus, und ich mußte mich hindurcharbeiten, folgte aber noch ein paar hundert Meter weit dem Flußbett.

Schließlich erreichte ich eine Stelle, wo ich wieder deutliche Spuren im Sand entdecken konnte.

Sie mußten schon vor einiger Zeit entstanden sein, waren aber noch gut zu erkennen.

Die Spuren eines Mannes – genauer gesagt, seiner Schuhe – aber nicht klar genug abgezeichnet im trockenen Sand, als daß man Genaueres daraus hätte schließen können.

Etwa eine halbe Meile weiter kam ich zu einer Stelle, wo jemand eine halbgeraucht Zigarette weggeworfen hatte.

Ich hob sie mit der Messerspitze auf, verstaute sie in einem Schächtelchen, das ich für solche Zwecke bei mir hatte, und folgte der Spur noch ein Stück, bis dicht vor mir ein Stein den Hang herunterrollte.

Ich schaute nach oben.

Frank Sellers und ein anderer Mann kletterten gerade von der Straße herunter.

»Stehenbleiben, Winzling«, sagte Sellers.

Ich blieb stehen.

Die Männer kamen nach unten. Der Mann, der Sellers begleitete, hatte eine Plakette am Hemd, an der man erkannte, daß er Hilfssheriff des Kern Countys war. Er mußte um die Fünfzig sein und war ziemlich fett.

Sellers deutete mit dem Daumen auf seinen Begleiter und sagte: »Das ist Jim Dawson vom Büro des Sheriffs. Und was haben Sie hier unten verloren?«

»Ich schau' mich ein bißchen am Tatort um.«

»Wozu?«

»Weil ich was überprüfen möchte.«

»Was denn?«

»Die Richtigkeit Ihrer Folgerungen.«

»Ich habe Ihnen klar und deutlich gesagt, daß Sie sich da raushalten sollen«, zischte Sellers. »Wir können gern auf Ihre Hilfe verzichten.«

»Da bin ich nicht so sicher«, erwiderte ich.

»Was meinen Sie damit?«

»Haben Sie die Spuren gesehen, die das Flußbett entlanggehen, von der Stelle, wo der Wagen verbrannte, bis hierher?«

»Was ist damit?«

»Jemand ist offensichtlich durch das Gebüsch geschlichen, bis er sich einigermaßen sicher fühlte und nicht mehr befürchten mußte, daß man seine Spuren entdecken würde. Dann ist er heruntergekommen und hat seinen Weg im Bett des Flusses fortgesetzt.«

»Ach, das ist doch Quatsch!« sagte Sellers. »Foley Chester hat seine Frau mit dem Wagen über den Abhang gedrängt. Er hat seinen Wagen oben stehengelassen, ist heruntergeklettert, hat alles erledigt wie besprochen und ist danach einfach abgehauen. Und zwar mit dem Wagen. Dafür haben wir Beweise. Es gibt Fotos von den Spuren, die er hinterlassen hat.«

»Und wer ist durch das Gebüsch geschlichen und hat seinen Weg dann durch das Flußbett fortgesetzt?«

»Ich weiß es nicht, und es ist mir auch egal«, erklärte Sellers. »Ich weiß nur, daß wir überall Fallen gestellt haben, um diesen Chester zu schnappen, und daß Sie anscheinend nichts Besseres zu tun haben, als unsere Fallen zu entwerten. Das können wir auf die Dauer nicht zulassen. Wir müssen Ihnen, fürchte ich, die Flügel stutzen. Was haben Sie in dieser Schachtel?«

»Eine Zigarette, die ich zwanzig Meter von hier gefunden habe. Genau gesagt, eine halbgerauchte Zigarette. Sie können den Speichel untersuchen, der daran ist. Vielleicht finden Sie sogar einen Fingerabdruck oder –«

Sellers streckte die Hand nach der Schachtel aus, öffnete sie, warf einen Blick auf die Zigarette und sagte dann: »Unsinn! Sie mit Ihren albernen Theorien!«

Er warf die halbgerauchte Zigarette weg.

Ich sagte: »Das werden Sie noch bereuen, Sellers.«

Der Deputy des Sheriffs war anscheinend ein anständiger Kerl. Er sagte: »Schauen Sie, Lam, es sieht so aus, als wären Sie an dem Fall interessiert. Ich frage mich, warum legen Sie nicht die Karten auf den Tisch?«

»Genau das werde ich tun«, sagte ich. »Nun hören Sie mal, weshalb ich an der Sache interessiert bin. Foley Chester hatte einen Autounfall. Es war seine Schuld. Der Geschädigte wird nun die Versicherung Chesters bluten lassen, sobald er weiß, daß Chester wegen Mordes gesucht wird. Also ist es sehr wichtig für uns zu wissen, ob Chester seine Frau umgebracht hat oder nicht. Ehe die Versicherung den Fall endgültig regelt, muß ich es herausgefunden haben. Sie haben bis jetzt nur Indizienbeweise. Die allerdings belasten Chester schwer. Ich muß wissen, ob Sie wirklich alle Beweise haben, die es in dem Fall gibt. Denn nur wenn man alle Beweise in den Händen hat, kann man mit Indizien etwas anfangen.«

Der Deputy nickte.

Sellers sagte: »Ach was, Jim, hören Sie nicht auf ihn. Wenn der noch lange redet, werden wir glauben, daß es gar keine Tote, keinen kaputten Wagen, keine abgekratzte Farbe und keine Indizien gegeben hat.«

»Foley Chester ist auf Geschäftsreise gegangen«, sagte ich. »Und er hat keine Adresse hinterlassen, unter der er während der Reise zu erreichen ist. Nichts sagt uns, daß das nicht so üblich ist bei seinen Reisen. Schön, Sie haben Lackspuren an einem Wagen gefunden, den er gemietet hatte, und ein Stückchen Glas von einem Scheinwerfer – aber das ist auch schon so ziemlich alles.«

»Nur zu«, ermunterte ihn der Deputy. »Wenn Sie eine bessere Theorie haben, möchten wir sie gern hören.«

»Gut. Ihr seid also hinuntergeklettert in den Canyon und habt das ausgebrannte Autowrack besichtigt.«

»Richtig.«

»Aber wenn ich euren Spuren trauen kann, seid ihr danach nicht durch den ausgetrockneten Fluß gegangen.«

»Auch richtig.«

»Also seid ihr wieder zur Straße hinaufgeklettert.«

»Dritter Treffer.«

»Wie lange habt ihr dazu gebraucht?«

Dawson grinste und strich sich mit der Hand über die Stirn. »Ich bin nicht mehr so beweglich wie früher«, gab er zu. »Ich wär' bald umgekippt, bis wir wieder oben waren. Es ist mir vorgekommen, als ob es Stunden gedauert hätte.«

»Meinen Sie, es hat ungefähr eine halbe Stunde gedauert?« fragte ich.

»So lange bestimmt«, räumte er ein.

»Gut. An der Stelle, wo der Wagen von der Fahrbahn abgekommen ist, beschreibt die Straße eine scharfe Kurve, und sie ist dort außerdem ziemlich schmal.«

»Sicher«, sagte der Deputy. »Deshalb hat er sich ja diese Stelle ausgesucht, um den Wagen seiner Frau von der Fahrbahn abzudrängen. Wäre es nicht genau dort passiert, dann hätte sie vermutlich wieder die Kontrolle über den Wagen bekommen, hätte gebremst, wäre einfach weitergefahren, oder was weiß ich.«

»Sie gehen also davon aus, daß der Wagen dort oben von der Fahrbahn abgedrängt wurde«, sagte ich. »Daß er ein Stück nach unten stürzte und dann von einem Felsblock aufgehalten wurde. Daß Chester ebenfalls anhielt, seinen Wagen parkte, mit einem stumpfen Schlaginstrument nach unten kletterte, seine Frau damit erschlug, den Wagen vom Felsen löste und dann weiter nach unten rollen ließ, bis das Wrack schließlich ganz unten im Canyon liegenblieb.«

»Genau.«

»Danach ist Chester Ihrer Ansicht nach wieder nach oben geklettert in seinen Wagen und hat sich irgendwo versteckt, bis es Tag wurde. Erst dann kam er, noch immer nach Ihrer Theorie, wieder zurück, parkte wieder seinen Wagen, kletterte wieder hinunter, übergoß den Wagen mit Benzin und steckte ihn in Brand.«

»Warum – paßt das nicht alles hervorragend zusammen?« fragte der Deputy.

Ich ging nicht auf seine Bemerkung ein. »Danach muß er wieder zu seinem Wagen hinaufgeklettert sein.«

»Genauso stelle ich es mir vor«, erklärte der Deputy.

Sellers spuckte auf den Boden.

»Unter diesen Voraussetzungen muß er aber seinen Wagen oben geparkt haben, und zwar in dieser engen Kurve. Der Wagen muß ungefähr eineinhalb Stunden dort gestanden haben, obwohl es an der Straße Schilder gibt, die nicht nur das Parken, sondern jegliches Anhalten untersagen. Wie lange, glauben Sie, kann man einen Wagen dort oben stehenlassen, ohne daß eine Verkehrsstreife vorbeikommt und einem einen Strafzettel unter den Scheibenwischer steckt?«

»Da haben Sie recht. Das ist vielleicht ein wichtiger Einwand«, sagte Dawson.

Er wandte sich an Sellers. »Wir müssen uns bei den Kollegen von der Straßenwacht erkundigen. Vielleicht haben wir da wirklich etwas Wichtiges übersehen.«

Sellers sagte müde: »Sie dürfen ihm nicht zuhören, ich hab' es Ihnen doch gleich gesagt. Sehen Sie die Straße dort oben?« fragte er den Deputy.

»Klar«, antwortete Dawson.

»Wenn Sie Lam noch eine Weile weitermachen lassen, wird er Ihnen demnächst ausreden, daß da oben überhaupt eine Straße ist, und wenn Sie dann wieder hinaufschauen, sehen Sie die Straße wirklich nicht mehr.« Danach wandte er sich an mich und erklärte: »Sie haben immer einen ganzen Sack voll schönster Theorien, Lam. Manchmal sind sie nicht einmal so dumm, aber diesmal können wir sie nicht gebrauchen. Diesmal haben wir Beweise. Wir wissen genau, was wir tun. Wir haben ausreichend Indizien, um Chester zu überführen. Was wir jetzt brauchen, ist Chester selbst. Uns kommt es nicht mehr sosehr auf weitere Indizien an, als darauf, den Täter endlich festnehmen zu können.«

»Ich sagte es schon«, entgegnete ich, »Indizien sind nicht viel wert, wenn man nicht alle in der Hand hat, die es in einem Fall gibt. Die Spuren, die hier durch das Bett des Canyons führen, sind Indizien, die Sie bis jetzt noch nicht kannten. Die Zigarette ist ein Indiz, das ihnen bisher fehlte. Der Mörder konnte es sich nicht leisten, den Wagen dort oben an der engen Stelle, in der Nähe der Kurve und im absoluten Halteverbot zu parken.«

»Vielleicht ist er ein Stück weiter unten stehengeblieben«, meinte Sellers.

»Das ist durchaus möglich«, gab ich zu. »Es ist ebenso möglich, daß er einen Komplizen hatte, der ihn oben aussteigen ließ und dann mit dem Wagen an eine Stelle fuhr, wo die Straße das Bett des Canyons berührt. Dann brauchte der Mörder lediglich dem Flußbett zu folgen, und das ist viel leichter als den Abhang hinaufzuklettern, meinen Sie nicht, Deputy?«

Dawson nickte in Erinnerung an seine anstrengende Kletterpartie.

»Okay, okay«, sagte Sellers verdrossen. »Also hatte er einen Komplizen. Auch gut. Wenn wir ihn erst haben, muß er ein Geständnis ablegen, und dann werden wir schon hören, ob er einen Komplizen hatte oder nicht. Wir wollen ihn nur schnappen, das ist alles.«

»Machen Sie ruhig weiter, basteln Sie an einer Mordanklage

gegen Chester, während er nicht hier ist und sich nicht wehren kann. Wenn er auftaucht, haben Sie eine Überraschung für ihn, aber vielleicht hat auch er eine Überraschung für Sie.«

»Zunächst werden wir ihn erst mal überraschen«, sagte Sellers.

»Wer weiß«, bemerkte ich. »Vielleicht haben Sie bis dahin alle Indizien so durcheinandergeschüttelt, daß Chester es schwer hat, seine Unschuld nachzuweisen.«

»Was denn für Indizien? Wir haben doch Ihrer Ansicht nach gar keine«, erklärte Sellers sarkastisch.

»Da ist zum Beispiel das Indiz dieser Spuren, die ein Stück durch das Gebüsch und dann durch das Flußbett verlaufen. Halten Sie sich doch einmal die Gegebenheiten vor Augen. Die Straße verläuft erst ganz oben, hoch über dem Abgrund. Sie windet sich in einem Dutzend scharfer Kurven allmählich nach unten und trifft keine Meile von der höchsten Stelle entfernt auf den Rand des Flußbetts. Wenn ich von ganz oben hinunterklettern und einen Wagen in Brand setzen würde, dann dächte ich nicht daran, danach wieder nach oben zu klettern. Ich würde meinen Wagen nicht an einer Stelle parken, wo ich mit ziemlicher Sicherheit einen Strafzettel bekäme, möglicherweise auch noch einem Beamten der Verkehrspolizei in die Arme laufen würde. Nein, ich würde den Wagen anzünden und mich dann durch die Büsche schlagen, unten am Fuß des Canyons.«

»Und anschließend oben auf der Straße zurückgehen zum Wagen?« fragte Sellers trocken.

»Nicht, wenn ich einen Komplizen hätte.«

Der Deputy wandte sich Sellers zu und schaute ihn fragend an.

Sellers machte eine unwillige Geste und grinste dazu albern.

»Diese Zigarette«, erklärte ich, »ist eine ziemlich seltene Marke. Man sieht keine Anzeigen dafür in den Zeitungen; also verwendet die Firma vermutlich guten Tabak dafür. Wenn Sie Glück haben, und das Indiz ist noch nicht allzusehr verdorben, können Sie aus dem getrockneten Speichel sogar die Blutgruppe des Mannes feststellen, der diese Zigarette zwischen den Lippen hatte.«

»Blödsinn«, sagte Sellers.

Der Deputy ging zu der Stelle, wo Sellers die Schachtel und die Zigarette weggeworfen hatte, schaute einen Augenblick lang unschlüssig hinunter, bückte sich dann, steckte die Zigarette wieder in die Schachtel und verstaute diese in einer seiner Taschen.

»Wir dürfen vor allem der Verteidigung keine Chance lassen«, sagte er. »Jetzt, wo Lam darauf hingewiesen hat, könnte ein besonders schlauer Anwalt behaupten, wir würden absichtlich Beweismaterial vernichten oder unterdrücken.«

»Jetzt, wo Lam darauf hingewiesen hat, ja«, knurrte Sellers. »Lam, Sie begeben sich jetzt schleunigst zu Ihrem Auto und hauen hier ab. Lassen Sie sich bloß nicht mehr in den Gegenden sehen, wo dieser Chester auftauchen könnte – jedenfalls nicht, bevor wir ihm die Handschellen angelegt haben. Das ist mein voller Ernst. Ich untersage Ihnen als Vertreter der Polizeigewalt, irgend etwas zu unternehmen, was unsere Untersuchungen stören könnte. Lassen Sie also gefälligst die Finger von Chester und von den Gegenden, in denen er sich blicken lassen könnte. Und wenn Sie noch einmal eine von unseren Fallen hochgehen lassen, so daß uns dieser Foley Chester entwischt, Mann, dann nehme ich einen Gummiknüppel und verabreiche Ihnen eine Lektion, die Sie bis ans Ende Ihrer Tage nicht vergessen. So, und nun ab, marsch, marsch.«

Ich schaute Sellers in die Augen und setzte mich dann in Bewegung.

Als ich hinaufkletterte zur Straße, schaute mir Jim Dawson, der Deputy des Sheriffs, lange nach.

11

Von einer Telefonzelle aus rief ich die Butte Valley-Gästeranch an und ließ mich mit Dolores Ferrol verbinden.

Es dauerte eine Minute, bis sie an den Apparat kam. Im Hintergrund hörte ich Musik und Gelächter.

»Hallo, Dolores«, sagte ich. »Hier spricht Donald Lam. Was haben Sie inzwischen über Melita Doon herausgefunden?«

»Ja, also, Donald, ich habe heute nachmittag schon mit Ihrer Sekretärin gesprochen, und –«

»Das ist richtig«, sagte ich. »Ich habe ihr den Auftrag gegeben, bei Ihnen anzurufen. Aber was gibt es Neues in Sachen

Melita?«

»Das war wirklich sonderbar«, begann Dolores. »Melita wurde kurz vor Mittag angerufen. Ich kann nicht genau sagen, wann, aber es muß ungefähr dann gewesen sein, als ich auf dem Morgenritt war.«

»Und was geschah?«

»Sie packte eilends, sagte, daß es ihrer Mutter plötzlich schlechter gehe und daß sie abreisen müsse. Als ich vom Ritt zurückkam, war sie schon weg.«

»Das ist prima«, sagte ich.

»Donald«, erklärte Dolores, »die Leute haben nach Ihnen gefragt.«

»Schon gut«, sagte ich. »Lassen Sie sie fragen. Ich muß eben das eine oder andere überprüfen.«

»Aber bleiben Sie nicht zu lange fort«, sagte sie mit der verführerischen Stimme einer professionellen Kurtisane.

»Bestimmt nicht«, versprach ich und hängte ein.

Es war schon fast sieben Uhr abends, als ich ins Büro kam, die Kamera an ihren Platz packte und nachsah, ob es irgendwelche Notizen auf meinem Schreibtisch gab.

In Berthas Büro brannte Licht.

Sie hatte mich offenbar hereinkommen gehört und riß jetzt die Tür auf.

»Mein Gott«, tobte sie, »beim Versuch, dich zu erreichen, bekommt man Geschwüre vom Adamsapfel bis zum Zwölffingerdarm. Warum, zum Teufel, sagst du nie, wo du hingehst?«

»Weil ich nicht wollte, daß es jemand erfährt.«

»Mit jemand meinst du vermutlich Frank Sellers.«

»Ja, zum Teil.«

»Nun, Sellers hat es schon gewußt. Er hat mich angerufen und gedroht, daß er dich einsperrt, wenn du nicht die Nase aus seinem Fall 'raushältst, und daß er dich im Kittchen läßt, bis er alles geklärt hat.«

»Frank ist nun mal besonders impulsiv«, antwortete ich.

»Und er war ganz schön wütend.«

»Er ist viel zu emotionell«, sagte ich. »Ein Charakterfehler für einen guten Detektiv.«

»Homer Breckinridge will dich ebenfalls sprechen«, sagte Bertha. »Er ruft alle halben Stunden an. Das ist er vermutlich wieder«, sagte sie, als das Telefon klingelte.

Sie nahm den Hörer ab, und sofort wurde ihre Stimme süß und klebrig wie Honig.

»Jawohl, Mr. Breckinridge, er ist eben ins Büro gekommen. Ich sagte ihm, daß Sie ihn sprechen wollen, und . . . Ja, ich verbinde.« Sie reichte mir den Hörer. Breckinridge sagte: »Hallo, Donald?«

»Am Apparat.«

»Wir zahlen uns dumm und dämlich.«

»Was ist passiert?«

»Ich glaube, ich bin ganz schön reingefallen.«

»Wie das?«

»Es sieht so aus, als ob dieser Mann, dieser Bruno, noch schlauer wäre, als wir angenommen haben.«

»Was ist denn passiert?«

»Anscheinend hat Alexis Melvin den Fall übernommen.«

»Wer ist das?«

»Alexis Bott Melvin ist ein Spezialist für Bandscheibenschäden, den alle Versicherungen von New York bis zum Pazifik fürchten wie den Teufel persönlich.«

»Ist er denn so gut?« fragte ich.

»Er ist so schlecht«, erklärte Breckinridge.

»Und was hat er unternommen?«

»Er hat den Fall übernommen. Ich weiß natürlich nicht, ob Bruno das von Anfang an vorgehabt hat, oder ob Melvin seinerseits auf den Fall gestoßen ist – feststeht, daß man uns zunächst so viel Leine gelassen hat, daß wir uns selbst daran aufhängen konnten.«

»Nur zu«, sagte ich.

»Ich kann es Ihnen nicht am Telefon erklären. Ich möchte noch heute abend alles mit Ihnen besprechen, aber ich kann im Augenblick das Haus nicht verlassen.«

»Soll ich zu Ihnen hinauskommen?«

»Das wäre mir eine große Hilfe, Donald.«

Er zögerte danach einen Augenblick, ehe er fortfuhr: »Ich bin momentan allein hier. Es ist möglich, daß meine Frau nach Hause kommt, während wir miteinander sprechen. In diesem Fall würde ich Sie bitten, nicht allzusehr auf Details einzugehen. Es gibt geschäftliche Dinge, für die sie kein Verständnis aufzubringen vermag.«

»Das ist mir klar«, sagte ich.

»Danke, Donald. Sie haben sich als sehr taktvoll erwiesen. Sie wissen, daß es manchmal unumgänglich ist, mit weiblichen Detektiven zu arbeiten, aber wie soll ich das meiner Frau klarmachen . . .«

»Ich verstehe Ihre Situation vollkommen«, sagte ich. »In einer Stunde bin ich bei Ihnen. Aber zuvor muß ich noch etwas erledigen. Keine Sorge – auf meine Diskretion können Sie sich verlassen.«

Seine Stimme klang erleichtert. »Danke, Donald. Danke vielmals.«

Ich legte auf. Bertha beobachtete mich mit ihren schlauen, funkelnden Augen.

»Was hast du bloß mit diesem Mann angestellt?«

»Wieso?«

»Du hast ihn regelrecht hypnotisiert. Er war den ganzen Tag über ganz schön hochnäsig und unverschämt, aber dann hat ihn irgendein Agent angerufen. Und jetzt kommt er mir vor, als hätte man ihn beim Naschen ertappt, und er wisse sich nicht mehr zu helfen. Er möchte mit dir reden und sagt, daß es ganz vertraulich ist – so vertraulich, daß er nicht einmal mir gegenüber eine Andeutung machen kann, worum es geht. Er meint, du würdest es verstehen, aber es sei zu umständlich, mich erst ins Bild zu setzen.«

Ich grinste und sagte: »Vielleicht wird noch alles gut.«

»Deine Sekretärin hat noch gebeten, dir zu sagen, daß du unter deiner Schreibunterlage einen Zettel findest, den du unbedingt lesen mußt.«

»Eine wichtige Sache?« fragte ich.

»Sie hält sie vermutlich für wichtig. Aber sie findet ja, daß alles, was du tust, unheimlich wichtig ist.«

»Okay«, sagte ich. »Also schaue ich mal unter meine Schreibunterlage, und danach mache ich mich auf den Weg zu Breckinridge.«

»Und was dann?«

»Das weiß ich nicht. Kommt darauf an, wie sich die Dinge entwickeln.«

»Haben wir genügend über diese kleine Krankenschwester herausgefunden?« fragte Bertha.

»Nicht ganz. Ich war heute früh bei ihrem Freund und habe mich danach noch mit ihrer Freundin unterhalten, die das

Apartment mit ihr teilt.«

»Und was hast du erfahren?«

»Man verdächtigt die Doon, Röntgenaufnahmen gestohlen zu haben, auf denen bestimmte Verletzungen zu erkennen sind. Wahrscheinlich hat sie sie anschließend an Versicherungsschwindler weitergegeben.«

»Aber haben diese Röntgenaufnahmen keine Kennziffern, auf Grund derer man feststellen kann, von wem sie stammen?«

»Sicher«, sagte ich, »aber das kann man umgehen. Man kopiert den Teil des Bildes, der die Verletzung zeigt, auf ein neues Negativ mit dem Namen des angeblichen Patienten, und dann würde man schon einen ausgesprochenen Experten benötigen, um zu beweisen, daß da geschummelt wurde. Normalerweise reicht bei Schadenersatzforderungen das Röntgenbild, das ein schlauer Anwalt aus den Akten zieht und das den Namen des Geschädigten trägt. Unter diesen Umständen wird jede Versicherung bereit sein, den Schaden zu Gunsten des Schwindlers zu regeln.«

»Und du meinst, diese Krankenschwester hat den Schwindlern die Röntgenbilder besorgt?«

»Das Krankenhaus ist dieser Ansicht«, erklärte ich. »Sie wollen die Doon offensichtlich loswerden, freilich ohne großes Aufsehen. Andererseits besteht auch die Möglichkeit, daß das Ganze nur von einer bösartigen Aufseherin aufgebauscht wurde, die die Doon nicht ausstehen kann. Siehst du, das ist der Punkt, an dem du in Aktion treten solltest, und womit wir uns beschäftigen werden, bevor ich Mr. Breckinridge besuche und ihn ein wenig tröste. Wir fahren zu den Bulwin-Apartments, und du unterhältst dich mit Melitas Freundin, einem Mädchen namens Josephine Edgar.«

»Hast du denn nicht schon mit ihr gesprochen?« fragte Bertha.

»Ja, das habe ich. Aber ich bin nicht weit gekommen. Sie hat einiges an optischen Reizen vorzuweisen und sich immer ganz dicht neben mich gestellt und mit dem Po gewackelt, und als ich ihr vorwarf, sie würde mit den Waffen der Frau gegen mich kämpfen, erklärte sie, sie habe diese Waffen noch gar nicht richtig eingesetzt . . .«

Bertha seufzte und sagte: »Das ist eben der Effekt, den du

bei allen hübschen Mädchen hervorrufst.«

Ich schüttelte den Kopf. »Aber doch nicht einen so dick aufgetragenen Effekt. Sie war beeindruckend – aber das Ganze ging mir entschieden zu schnell. Zu schnell – und obendrein war es am hellen Vormittag.«

»Und was soll ich tun?« fragte Bertha.

»Du nimmst sie nach deiner bewährten Methode auseinander«, sagte ich, »und schaust nach, wie sie wirklich tickt.«

Bertha hievte sich aus ihrem Sessel, der dabei quietschte. »Ich muß mir nur noch schnell die Nase pudern, dann gehen wir.«

Sie watschelte zur Tür und hinaus auf den Korridor.

Ich ging in mein Büro, hob die Schreibunterlage hoch und fand die Notiz von Elsie. Sie war so abgefaßt, daß außer mir niemand den Text verstand.

Ich habe gesagt, daß er ein unangenehmer Zeitgenosse ist, und das dachte ich auch, bis er heute nachmittag anrief und mich bat, zu einem Gespräch zu ihm zu kommen. Donald, er ist in Wirklichkeit ein wundervoller Mensch! Er versteht alles, was er gestern abend nicht zu kapieren schien. Ich habe noch bis spät auf Dich gewartet. Ich habe in Deinem Auftrag telefoniert, wie Du es haben wolltest, und meine Gesprächspartnerin sagte, sie würde M. D. fragen, doch dann erfuhr man, daß M. D. schon nicht mehr dort war. Sie wollte in dem Punkt alles ermitteln, und Du sollst sie heute abend anrufen. Wenn ich etwas für Dich tun kann, brauchst Du mich nur anzurufen. Elsie.

Ich faltete den Zettel zusammen, steckte ihn ein und wartete auf Bertha.

12

Wir hielten vor den Bulwin-Apartments.

Bertha warf einen Blick auf den Wohnblock und sagte: »Ziemlich teure Bude für zwei Mädchen aus der arbeitenden Klasse, wenn du mich fragst.«

»Ich habe dich aber nicht gefragt«, erwiderte ich. »Ich hab' dich nur hergefahren.«

Bertha stemmte sich aus dem Wagen, und wir gingen hinein, fuhren mit dem Lift hinauf zum Apartment 283.

Wir hatten Glück. Josephine Edgar war zu Hause.

»Nanu, hallo, Donald«, sagte sie sirupsüß, dann wandte sie sich Bertha zu.

»Miss Edgar«, sagte ich sehr förmlich, »darf ich Ihnen Bertha Cool vorstellen. Sie ist meine Partnerin und möchte sich mit Ihnen unterhalten.«

Bertha sagte kein Wort. Sie drängte nur auf die Tür zu, und Jospehine machte Platz, um nicht niedergetrampelt zu werden.

Bertha stürmte durch die Diele in den Wohnraum, schaute sich dort um und wandte sich dann an mich. »Und was willst du von ihr?«

»Ich möchte alles über Melita Doon wissen«, sagte ich.

Josephine erklärte mit einer Andeutung von Angst in der Stimme: »Aber ich habe Ihnen schon heute vormittag alles gesagt, was ich weiß, Donald. Soweit ich das beurteilen kann, ist Melita Doon eine anständige junge Frau. Sie arbeitet schwer, um ihre kranke Mutter zu unterstützen, und es paßt mir nicht, wenn Sie einfach hier hereingeschneit kommen und mich auszuhorchen versuchen.«

»Meinetwegen paßt es Ihnen nicht«, begann Bertha. »Aber wenn Sie glauben, einen erfahrenen Detektiv mit solchem Quatsch abspeisen zu können, dann haben Sie sich geschnitten, ist das klar?«

»Was soll das heißen?« fragte Josephine.

»Die Geschichte mit dem armen kleinen Mädchen, das seine Mutter unterstützt und selbst von Wasser und Brot lebt«, sagte Bertha. »Wenn ich mich hier umsehe, rieche ich Geld, und zwar nicht wenig. Eine solche Wohnung bekommt man nicht umsonst. Zwei Mädchen wie Sie, zwei Krankenschwestern, könnten sich ein solches Apartment niemals leisten, schon gar nicht, wenn eine von ihnen auch noch eine kranke Mutter unterstützen muß.« Sie schaute sich um und fuhr Josephine dann an: »Wo, zum Teufel, ist denn nun Melitas Schlafzimmer?«

Josephine war sprachlos; sie deutete auf eine Tür.

»Dann ist das nebenan Ihr Schlafzimmer?« folgerte Bertha.

»Ja, das ist es.«

Bertha ging auf Josephines Schlafzimmer zu.

»He, Sie, da kommen Sie mir nicht hinein!« schrie Josephine.

Bertha ließ sich nicht beirren.

Josephine packte Bertha und versuchte, sie am Betreten des Zimmers zu hindern.

Bertha wischte nur mit ihrem Arm über Josephines Schulter und schleuderte sie damit quer durch den Wohnraum. Dann marschierte Bertha durch die halbgeöffnete Tür und schaute sich drinnen den Inhalt der Schränke an.

»Wem gehört diese Männerkleidung?« rief Bertha herüber.

»Sie . . . Sie . . . Verlassen Sie sofort meine Wohnung. Ich rufe die Polizei!«

Bertha warf einige Anzüge auf das Bett, schaute nach den Namensschildern des Schneiders, nahm ein Hemd aus einer Schublade und bemerkte den Buchstaben C, der auf die Brusttasche gestickt war.

»Das ist mein Vetter«, sagte Josephine verteidigend. »Er hat ein paar von seinen Sachen hiergelassen, als er auf eine Reise ging.«

Bertha filzte Josephines Schlafzimmer, ging dann in das andere Zimmer, das angeblich von Melita bewohnt wurde, schaute sich auch dort um, kam zuletzt wieder zurück und fragte: »Was hatte sie eigentlich damit vor?«

»Womit?«

»Mit den gestohlenen Röntgenaufnahmen?«

»Sie hat keine Röntgenaufnahmen gestohlen!« rief Josephine. »Ich sagte Ihrem Partner schon, das ist nur die Schuld von dieser Aufseherin.«

»Hat die Doon vielleicht einen reichen Freund?« fragte Bertha.

»Nein, ganz bestimmt nicht.«

»Blödsinn«, erwiderte Bertha.

Sie kam auf mich zu und sagte: »Sie wird von jemandem unterstützt, und zwar ziemlich großzügig – das steht einwandfrei fest.«

Josephine erklärte: »Ich weiß nicht, was für rechtliche Mittel mir in einem solchen Fall zustehen, aber ich werde auf alle Fälle meinen Anwalt einschalten. Vermutlich kann ich erreichen, daß man Ihnen die Konzession entzieht. Sie haben kein Recht, hier einzudringen und die Wohnung ohne Erlaubnis zu durchsuchen.«

»Du hast ganz recht, mein Herzchen«, erwiderte Bertha. »Mach nur zu, beklag dich bei der Polizei, und wir erkundigen uns, wer dieser mysteriöse Vetter ist, und . . . Vielleicht hat er eine Frau, die sich sehr dafür interessiert, wo er seine Anzüge aufbewahrt, wenn er auf Reisen geht.« Und damit ging Bertha wieder hinüber ins Schlafzimmer und begutachtete fachmännisch die Anzüge, die auf dem Bett lagen.

»Hier ist ein Zeichen einer Reinigungsfirma«, sagte sie triumphierend. »Donald, notier dir die Nummer. C vierdrei-sechseins-zweiacht.« Dann kam sie wieder heraus und watschelte in die Diele. »Ich glaube, das ist alles, was wir hier tun können.«

Josephine begann zu schluchzen. »Sie können das nicht gegen mich verwenden«, sagte sie. »Sie dürfen es nicht. Dieses Wäschezeichen von der Reinigung –«

»Ja, ja, ich weiß«, sagte Bertha beruhigend. »Ihr Vetter . . . Wir wollen Ihnen ja keine Schwierigkeiten machen, solange Sie uns in Ruhe arbeiten lassen.« Und damit war sie auch schon draußen auf dem Korridor.

Ich ging ebenfalls hinaus.

Als die Tür hinter uns geschlossen war, sagte ich: »Guter Gott, Bertha, du hast aber ganz schön auf den Putz gehauen. Und einiges riskiert obendrein – du hattest wirklich kein Recht, die Schlafzimmer zu durchwühlen.«

»Ach was, vergiß es«, sagte Bertha. »Es ist immer wieder das gleiche. Diese Weiber hypnotisieren dich, daß du nicht mehr klar denken kannst. Ich dagegen rieche von weitem, wenn eine versucht, uns reinzulegen.«

»Trotzdem könnte sie ein Verfahren gegen uns in Gang bringen.«

»Ich weiß«, erklärte sie. »Aber Mädchen wie diese haben ihre schwachen Punkte. Ich bin sicher, daß da einiges läuft, was sie nicht gern vor der Polizei ausposaunen würden. Was ist denn diese Melita Doon für eine?«

Wir drängten uns in den Lift, und ich antwortete: »Sie kommt mir vor wie ein schüchternes Ding, das keine Ahnung hat, welche Waffen ihm zur Verfügung stehen.«

»Quatsch«, sagte Bertha. »Entweder setzt sie ihren Sex ein, oder verkauft Röntgenbilder wie warme Semmeln. Sie ist vielleicht dezent gekleidet und wirkt auf dich recht tugendhaft, aber was ich in ihrem Schrank gesehen habe, ist nicht mit dem Gehalt einer Krankenschwester zu bezahlen, das garantiere ich dir. Und glaub bloß nicht, daß Josephine sich von ihrem Freund eine so teure Wohnung bezahlen läßt, nur damit sie ihrer Freundin einen angemessenen Lebensstil bieten kann.«

Wir fuhren hinunter ins Parterre. Bertha zwängte sich aus dem Lift, watschelte hinaus auf die Straße, klemmte sich auf den Beifahrersitz des Wagens, knallte die Tür zu, daß dabei fast die Scheibe 'rausflog, und erklärte: »Mein Gott, Donald, du hättest nicht meine kostbare Zeit mit solchem Unsinn verschwenden dürfen. Du hättest genau wie ich auf den ersten Blick sehen müssen, daß da einiges faul ist.«

»Ach, du bist ja nicht ganz dicht. Immer siehst du Gespenster.«

»Von wegen Gespenster. Was ich sehe, geht auf zwei Beinen und hat eine dicke Brieftasche über der rechten Hinterbacke stecken.«

Ich fuhr Bertha in ihre Wohnung, dann brauste ich davon, zu Breckinridges Villa.

Ich parkte den Wagen in der breiten Auffahrt, ließ genügend Platz, daß andere Wagen daran vorbeifahren konnten, und ging die paar Treppen zur Tür hinauf.

Breckinridge öffnete die Tür, bevor ich Gelegenheit bekam, den Finger auf den Klingelknopf zu drücken.

»Kommen Sie rein, Donald«, sagte er freundlich. »Ich habe den ganzen Nachmittag über versucht, Sie zu erreichen.«

»Das habe ich gehört«, erwiderte ich. »Aber ich dachte, Sie haben sich inzwischen von der Verantwortung in dem Fall freigekauft, so daß ich –«

»Ich habe einen schweren Fehler gemacht, Donald«, unterbrach er mich. »Und ich gebe zu, daß Sie recht hatten.«

Ich folgte ihm in das Wohnzimmer. »Na schön«, sagte ich. »Und was haben wir auf dem Herzen?«

»Ich habe einen Bericht aus Arizona erhalten.«

»Haben Sie einen Ihrer Leute hingeschickt?«

»Nein. Ich wurde angerufen, und danach war mir klar, daß es völlig sinnlos wäre, einen meiner Schadensregler hinzuschikken, damit er mit diesem Bruno verhandelt.«

»Warum?«

»Nun, um damit zu beginnen: Wenn man sich einen raffinierten Trick ausgedacht hat, der schon ein paarmal geklappt hat, heißt das noch lange nicht, daß er immer klappen wird.«

Ich wartete darauf, daß er das näher erläuterte.

»Setzen Sie sich, Lam. Machen Sie es sich bequem. Möchten Sie etwas trinken, vielleicht einen Scotch mit Soda, oder einen Bourbon mit Seven-up?«

»Ich fühle mich auch ohne Alkohol sehr wohl«, erwiderte ich. »Und wir haben, fürchte ich, nicht allzuviel Zeit, frei von der Leber weg zu plaudern, also schlage ich vor, wir kommen gleich zur Sache.«

»Ja, Sie haben recht«, gestand Breckinridge. »Eine gute Idee.«

Er setzte sich und begann: »Also, wir haben es mit folgender Situation zu tun. Die Idee mit dem angeblichen Preisausschreiben klappte bisher in zwei Fällen, die vor Gericht kamen, und in dreien, die wir ohne Prozeß regeln konnten. Sie klappte nicht mehr so gut, als unsere Detektivinnen allzu intim wurden – aber das habe ich Ihnen ja erzählt. Dennoch – es war eine großartige Idee. Aber die zwei Fälle, die vor Gericht kamen, haben sie verraten. Melvin kam uns auf die Sprünge, nicht nur, was die Preisausschreiben betraf, sondern auch im Hinblick auf unsere Verbindung mit der Gästeranch und alles andere. Und Melvin machte sich auf die Socken und schaute sich selbst da draußen um.«

»Wann?«

»Heute morgen. Ich glaube, er hat uns seinerseits eine Falle gestellt. Ich bin sicher, er hat von Anfang an mit diesem Bruno zusammengearbeitet.«

»Und wie stehen die Aktien jetzt?«

»Melvin ist auf der Gästeranch. Er weiß bereits von der Mordanklage gegen Foley Chester.«

»Wie konnte das passieren?«

»Ganz einfach«, sagte Breckinridge. »Als Melvin den Fall übernahm, wollte er natürlich auch Chester aushorchen. Er wußte, daß einiges von der Aussage Chesters abhing. Offensichtlich hat er sich mit dem Detektivbüro ins Benehmen gesetzt, das hier in Los Angeles für ihn arbeitet. Sie schauten sich nach Chester um und hatten natürlich bald rausgekriegt, daß seine Wohnung überwacht wurde. Damit hatten sie praktisch auch schon die ganze Geschichte. Und das war alles, was Melvin brauchte. Jetzt ist die Katze aus dem Sack. Melvin sitzt prächtig im Sattel, und er weiß es auch – während wir noch nicht einmal ahnen, wie wir uns mit ihm einigen werden.«

»Warum haben Sie dann nicht trotzdem Ihren Schadensregler hingeschickt auf die Ranch, damit er die Forderung von Bruno begleicht – ich meine, wenn es eine halbwegs vernünftige Forderung ist?« wollte ich wissen.

»Melvin kennt unseren Schadensregler von früheren Fällen, und unser Mann kommt gegen diesen raffinierten Anwalt einfach nicht zum Zuge.«

»Und was geschieht jetzt?«

»Jetzt sollen Sie dort hinfliegen. Ich habe vier Schecks vorbereitet, jeweils zahlbar an Helmann Bruno und A. B. Melvin. Sie lauten über Einzelbeträge von fünfzigtausend Dollar. Also insgesamt eine Summe von zweihunderttausend. Ich nehme an, damit können Sie Bruno und Melvin zufriedenstellen.«

»Sind Sie bereit, so hoch einzusteigen?«

»Natürlich, wenn mir nichts anderes übrigbleibt. Das zu ermessen, muß ich Ihnen überlassen.«

»Und dieser Melvin hat schon öfters seine Fälle gewonnen, indem er hart am Ball blieb?«

»O ja, er ist ein verdammt harter Bursche.«

»Glauben Sie auch, daß er dazu gefälschte Röntgenaufnahmen benützt?«

»Ich würde ihm alles zutrauen.«

»Dennoch sind Sie bereit, eine so wahnwitzige Summe zu bezahlen, nur um den Fall zu regeln?«

»Ich will diesen Fall endlich vom Tisch haben. Wenn ein Mann, der bei uns versichert ist, wegen Mordes gesucht wird, kommen auch wir in eine völlig unhaltbare Situation.«

»Und wenn Ihr sicherlich geübter und erfahrener Schadensregler nicht imstande ist, mit Melvin zurechtzukommen – wieso glauben Sie dann, daß ich es kann?«

»Weil ich Sie inzwischen genau durchleuchtet habe und weitgehend über Ihre Fähigkeiten Bescheid weiß.«

»Wie das?«

»Ich habe Ihre Sekretärin heute nachmittag hierher eingeladen und mich lange mit ihr unterhalten. Sie würden es doch früher oder später herausfinden, also kann ich es Ihnen gleich sagen. Trotz der Tatsache, daß ich gestern abend Ihnen gegenüber ein wenig schroff gewesen bin, und daß ich Ihnen befohlen habe, nicht mehr weiterzuarbeiten an unserem Fall, haben Sie auf eigene Faust weitergemacht. Ihre Sekretärin berichtete mir, daß Sie eine Krankenschwester aufgespürt haben, die Röntgenaufnahmen gestohlen hat, und daß Sie über diese Krankenschwester bereits einiges Material gesammelt haben. Ich glaube, ich brauche Ihnen nicht extra zu sagen, Donald, daß Sie mit einer auch für Sie überraschenden Belohnung rechnen können, falls es Ihnen gelingt, diesen Melvin in eine Lage zu bringen, in der er zugeben muß, daß er gefälschte Röntgenbilder oder ähnliches benützt . . . In einem solchen Fall arbeiten alle großen Versicherungsgesellschaften dieses Landes zusammen, und ich bin sicher, Sie könnten danach mit einer Fülle von Aufträgen für Ihr Detektivbüro rechnen. Ich war geradezu verblüfft über das, was mir Miss Brand mitteilte; es zeigte mir, wie geschickt Sie bei solchen kniffligen Fällen vorzugehen pflegen. Ich –«

Die Tür zum Wohnzimmer öffnete sich, und Mrs. Breckinridge kam herein.

Ich war schon auf den Beinen. »Guten Abend, Mrs. Breckinridge.«

»Guten Abend, Mr. Lam«, sagte sie. Dann schaute sie sich nachdrücklich um. »Wo haben Sie denn diesmal Ihre Sekretärin gelassen?«

Ich zeigte höfliche Überraschung und sagte: »Vermutlich zu Hause. Heute bin ich mit meinem Wagen hier. Gestern hatte sie mich mit dem ihren vom Flugplatz abgeholt, als ich aus Texas hier ankam.«

»Ach so«, sagte sie. »Und was macht unser Fall?«

Ich lächelte. »Diese Frage sollte besser Mr. Breckinridge beantworten. Er ist der Feldherr – ich bin nur sein Adjutant.«

»Ach was, Sie sind mindestens der Oberstleutnant«, erwiderte Breckinridge prompt. »Sie machen Ihre Arbeit großartig. Hier ist der Umschlag, von dem ich vorhin gesprochen habe. Und jetzt wäre ich Ihnen dankbar, wenn Sie morgen früh mit der ersten Maschine zurückfliegen und die Sache in die Hand nehmen würden.«

»Zurück – wohin?« fragte Mrs. Breckinridge.

»Nach Dallas«, sagte ich beiläufig.

»Haben Sie genügend Geld für die Spesen bei sich?« wollte

Breckinridge wissen.

»Klar.«

»Nun gut, dann gehen Sie und benützen Sie Ihr Verhandlungsgeschick und Ihren gesunden Menschenverstand. Ich werde Ihnen keine Grenzen nennen; die müssen Sie selbst festlegen.«

»Ich kann also bis zu der Summe gehen, die Sie vorhin nannten?«

»Wenn es die Situation erfordert, auch darüber hinaus.«

»Ich werde so früh wie möglich fliegen, damit ich mich zuvor noch auf die Verhandlungen vorbereiten kann«, sagte ich.

»Und Sie halten mich auf dem laufenden?«

»Selbstverständlich.«

Breckinridge schüttelte mir die Hand.

Mrs. Breckinridge schenkte mir ein freundliches Lächeln. »Ich fürchte, mein Mann beschert Ihnen eine höchst unangenehme Arbeitszeit mit vielen Überstunden«, sagte sie.

»Ach, das ist bei mir immer drin«, erwiderte ich.

»Arbeiten Sie allein, oder haben Sie einen Partner?«

»Einen Partner. Er besorgt in der Regel den Innendienst.«

»Es ist die Agentur Cool und Lam«, beeilte sich Breckinridge zu erklären.

»Und wer ist Mr. Cool?«

»Es ist eine Mrs. Cool.«

Augenblicklich wurden ihre Lippen eine schmale Linie.

»Bertha Cool«, erklärte ich, »ist um die Sechzig. Sie wiegt fast zwei Zentner und erinnert mich stets an eine Rolle Stacheldraht. Sie ist hartgesotten und läßt sich durch nichts beeindrukken. In der Regel leitet sie die Agentur vom Schreibtisch aus und schickt mich in die Schlacht.«

Jetzt lächelte Mrs. Breckinridge wieder. »Daraus ergibt sich sicherlich eine fruchtbringende Partnerschaft«, sagte sie.

»Das kann man wohl sagen. Wenn gewisse Sirenen mir manchmal den Kopf verdrehen, schreitet Bertha ein, und was sie mit den hübschen Dingern dann anstellt, ist wirklich sehenswert.«

Jetzt strahlte Mrs. Breckinridge. »Ich finde, das ist eine glänzende Partnerschaft. Ich bin froh, daß mein Mann Ihre Firma mit der Untersuchung beauftragt hat. Die Männer haben ja in der Regel keine Ahnung, wie sehr die Frauen sie um den Finger wickeln können, namentlich diese kleinen Vampire, die auch noch ihre körperlichen Fähigkeiten einsetzen, um das zu erhalten, was sie wollen. Von Zeit zu Zeit warne ich meinen Mann vor gewissen Leuten, die ihn ausnützen wollen. Ich weiß, daß er mich deshalb für eifersüchtig und argwöhnisch hält.«

»Ganz und gar nicht, meine Liebe«, beeilte sich Breckinridge zu sagen.

»Es wäre großartig, wenn mir gelegentlich jemand wie Ihre Bertha Cool zur Verfügung stände«, sagte sie zu mir.

»Es ist auch sehr beeindruckend, Bertha bei der Arbeit zuzusehen«, antwortete ich und mußte an die Szene in Josephines Wohnung denken.

»Ich hoffe, du arbeitest noch recht oft mit der Firma Cool und Lam zusammen«, fuhr Mrs. Breckinridge fort. »Aber nun will ich euch nicht länger bei eurer Besprechung stören. Ich darf Sie bitten, mich zu entschuldigen, Mr. Lam.« Sie reichte mir ihre Hand, lächelte noch einmal freundlich und verließ dann den Raum.

Breckinridge blickte ihr nach, schaute mir dann in die Augen und sagte: »Ich glaube, Elsie Brand hatte recht, Donald.«

»Wieso – was meinen Sie damit?«

»Daß Sie ein unglaublich schlauer Bursche sind«, sagte er. »Und jetzt machen Sie, daß Sie dorthinkommen und den Fall Bruno regeln. Ich will diese Last endlich los sein. Regeln Sie den Fall so, wie er für uns am günstigsten ist – aber regeln Sie ihn, ganz gleich, was es kostet.«

»Ich bin schon unterwegs«, sagte ich und verabschiedete mich von ihm.

13

Buck Kramer holte mich vom Flugplatz ab. »Ich glaube, wir müssen Ihnen demnächst extra Beförderungskosten berechnen«, sagte er und grinste dazu. »Oder wir holen Sie das nächste Mal mit dem Pferd ab. Sie scheinen ganz schön in der Weltgeschichte herumzukutschieren.«

»Kommen mit dieser Maschine keine weiteren Gäste?« fragte ich.

»Nein. Wir sind momentan belegt.«

»Als ich wegfuhr, waren aber noch einige Bungalows frei.«

»Aber jetzt ist Hauptsaison.«

»Nette Leute?«

»Ja – bis auf einen.«

Ich schaute ihm in die Augen. Schließlich kannte ich ihn gut genug, um zu wissen, daß er es sich zur Regel gemacht hatte, nie zu den Gästen über andere Gäste zu reden.

»Wieso?« fragte ich dann.

»Er hat sich für Sie interessiert«, antwortete Kramer.

»Was? Für mich?«

»Er hat natürlich Ihren Namen nicht genannt, aber er hat Sie recht gut beschrieben.«

»Ich verstehe noch immer nicht.«

»Er fragte, ob ein Mann auf der Ranch sei, der gelegentlich mit mir zum Flugplatz fährt – vermutlich, um zu telefonieren. Ein Mann, der nicht sonderlich an den Vergnügungen interessiert ist, die die Ranch bietet, sondern so tut, als ob er beruflich hier sei.«

»Und was haben Sie ihm geantwortet?« fragte ich.

»Gar nichts«, sagte Kramer. »Ich habe ihn ganz unschuldig angeschaut und ihm erklärt, die Leute kämen meines Wissens zum Reiten und zur Erholung hierher, nicht aus beruflichen Gründen. Ich glaube, der Bursche ist Rechtsanwalt, er kommt jedenfalls aus Dallas – und er hat sich mehrfach ausführlich mit dem anderen unterhalten, der dieses Bandscheibenleiden hat. Ich weiß nicht, ob das Zufall ist, aber ich hab' es komisch gefunden, daß er sich ausgerechnet für Sie interessierte.«

Ich lachte und sagte: »Ich glaube nicht, daß er es gerade auf mich abgesehen hat. Vielleicht wollte er nur wissen, ob noch ein Rechtsanwalt hier ist, der sich um den Fall von Mr. Bruno kümmert.«

»Schon möglich«, antwortete Kramer und fügte zu meiner Überraschung hinzu: »Und eine von unseren Gästen ist gestern überraschend abgereist. Melita Doon – sie sagte, es gehe ihrer Mutter nicht gut, aber am Flugplatz hat sie dann die Maschine nach Dallas genommen, nicht nach Los Angeles.«

»Ach, tatsächlich?«

»Mhm. Sagt Ihnen das etwas?«

»Sagt es Ihnen vielleicht etwas?« fragte ich.

Er grinste und erklärte: »Stille Wasser gründen tief.«

»Ich glaube, ich muß mich etwas mehr aufs Reiten konzentrieren«, sagte ich und lachte dazu.

Und Kramer erwiderte: »Ich muß ständig zum Flugplatz. Wenn Sie wollen, nehme ich Sie jederzeit mit. Ich hab' gern Gesellschaft. Und Sie sind mir sympathisch.«

»Danke, Buck«, sagte ich.

Wir fuhren noch eine Weile über die Feldstraße und bogen dann in die Ranch ein. Buck steuerte den Wagen zum Parkplatz und hielt an. Ich stieg aus und reichte ihm die Hand. »Danke, Buck.«

»Nicht der Rede wert«, sagte er. »Ich glaube, in meinem Beruf wird man den Pferden immer ähnlicher. Ich weiß auch schon ziemlich gut, wie es um die Leute bestellt ist, die mit mir fahren.«

Ich ging zu meinem Bungalow, machte mich frisch und wollte danach ein bißchen herumstrolchen und Dolores Ferrol begrüßen, bevor ich Kontakt mit Helmann Bruno aufnahm.

Aber Dolores war noch auf dem Morgenritt. Sie ritt häufig mit, namentlich wenn es darum ging, einigen Damen Mut zu machen. Als ich nach meinem Spaziergang wieder zu meinem Bungalow zurückkam, stand ein Mann vor der Tür. Er versuchte offenbar, einen Schlüssel in das Sicherheitsschloß zu stecken.

Als er mich bemerkte, drehte er sich um und lächelte mich freundlich an. »Der Schlüssel scheint zu klemmen«, sagte er, dann befaßte er sich wieder mit dem Schloß und rief plötzlich: »Na, kein Wunder! Das ist ja der falsche Bungalow. Wie kann man nur so dumm sein? Dabei habe ich sonst kaum Schwierigkeiten, mich zu orientieren.«

Ich trat hinauf auf die Veranda.

»Guter Gott, sagen Sie bloß, das ist Ihr Bungalow?«

»Das ist der meine, ganz richtig.«

»Na, dann sind wir ja Nachbarn. Ich bin A. B. Melvin aus Dallas; das A. B. bedeutet Alexis Bott. Können Sie sich vorstellen, daß es Eltern gibt, die Ihren Sprößling mit solchen verrückten Vornamen zieren?«

»Ich nehme an, Sie sind Rechtsanwalt, nicht wahr, Mr. Melvin?«

»Richtig – wie kommen Sie darauf?«

»Ich schließe es aus Ihrem Verhalten.«

»Ich habe Ihren Namen nicht verstanden«, sagte er, als hätte ich mich ihm bereits vorgestellt.

»Lam«, sagte ich. »Donald Lam.«

Er streckte mir seine Hand entgegen und pumpte an meinem Arm mit überschwenglicher Freundlichkeit.

»Ich nehme an, auf Urlaub, was, Mr. Lam?«

»Wie man es nimmt«, erwiderte ich. »Und Sie? Sind Sie geschäftlich hier?«

»Ja nun . . .« Er grinst und sagte dann: »Wie man es nimmt. Ja, da wohne ich nun direkt neben Ihnen, Lam, und wir werden uns oft sehen.«

»Ich dachte, der Bungalow ist besetzt«, sagte ich. »Eine Miss Doon aus Los Angeles. Was ist mit ihr?«

»Ich habe keine Ahnung«, erwiderte Melvin, »aber ich hörte, daß gestern eine junge Frau die Ranch sozusagen Hals über Kopf verlassen hat – ich glaube, sie bekam ein Telegramm, daß es ihrer Mutter nicht gutgeht. Wie hat diese Miss Doon denn ausgesehen? Blond und schlank?«

Ich nickte.

»Dann muß sie es wohl gewesen sein«, sagte Melvin. »Sie flog zurück nach Los Angeles, wegen ihrer Mutter.«

»Wie schade«, erwiderte ich. »Dabei war sie offenbar mit den Nerven ziemlich herunter und hätte etwas Erholung bitter nötig gehabt.«

Melvin ging darüber hinweg, als interessiere es ihn keineswegs. »Bleiben Sie länger hier, Mr. Lam?« fragte er.

»Ich weiß es nicht. Wie lange wollen Sie denn bleiben?«

»Ich bin praktisch schon wieder beim Aufbrechen. Ich sagte Ihnen schon, meine Reise war zum Teil beruflich. Ich habe erreicht, was ich wollte, und ich glaube, ich werde morgen abreisen. Aber ich habe dennoch das Gefühl, als ob wir einander in der nächsten Zeit öfters sehen würden.«

»Und wie wär's«, schlug ich vor, »wenn Sie aufhören, auf den Busch zu klopfen, und wir legen unsere Karten offen auf den Tisch?«

»Ich finde das durchaus in Ordnung«, sagte er. »Wie geht es Homer?«

»Homer?«

»Breckinridge«, ergänzte er. »Von der Versicherung ›Für alle

Fälle‹. Ein toller Hecht.«

Ich sperrte die Tür auf. »Kommen Sie doch rein«, lud ich ihn ein.

Melvin folgte mir in den Bungalow. »Es hat eine Weile gedauert, bis ich auf Sie gestoßen bin«, begann er, »aber sobald ich wußte, daß Sie damit zu tun hatten, war es nicht mehr schwierig für mich. Donald Lam, von der Firma Cool und Lam – Privatdetektive. Breckinridge versucht es diesmal offenbar mit einem anderen Dreh. Bis jetzt hat er immer seine eigenen Detektive benützt. Aber diesmal mußte es anscheinend eine unabhängige Agentur sein.«

»Setzen Sie sich«, sagte ich, »und machen Sie es sich bequem. Erzählen Sie mir mehr über Breckinridge. Das interessiert mich brennend.«

»Hab' ich mir gedacht. Breckinridge ist wirklich ein toller Hecht. Ganz würdig und vornehm, der wahre Boss einer Versicherung. Dabei hat er nur eingeheiratet. Seine Frau besitzt die Aktienmehrheit der Gesellschaft. Eine interessante Persönlichkeit, seine Frau. Und eine gute Versicherung, darüber besteht kein Zweifel. Sie machen nicht wenig Geld, und Breckinridge leitet die Firma mit viel Geschick. Trotzdem ist er ganz und gar davon abhängig, was seine Frau bestimmt.«

»Erzählen Sie mir das aus einem bestimmten Grund?« fragte ich.

»Natürlich. Sie sagten, wir sollten die Karten auf den Tisch legen. Nun gut, ich lege die meinen auf den Tisch. Und ich werde Ihnen verraten, was ich alles weiß. Breckinridge hatte eine recht schlaue Idee. Er veranstaltete Preisausschreiben – angeblich. Gewinner waren nur solche Leute, die gegen die Versicherung Schadenersatzforderungen erhoben hatten. Der Preis, den sie gewannen, war jedesmal ein zweiwöchiger Aufenthalt auf dieser Ranch. Die Frau, der die Ranch gehört, hat keine Ahnung davon, wozu sie in Wirklichkeit benützt wird. Und Homer hat natürlich auch eine Verbindung nach hier; dieses Glied in der Kette ist die hübsche Dolores Ferrol. Ein tolles Glied, möchte ich sagen. Mann, o Mann, wenn Homers Frau dahinterkäme! Sie ahnt, daß hier etwas vor sich geht, und daß Breckinridge einen weiblichen Detektiv beschäftigt, aber über die Details ist sie natürlich nicht informiert.«

»Die Details?« fragte ich.

»Haben Sie eine halbe Stunde Zeit?«

»Klar«, sagte ich. »Dabei fällt mir auf, daß ich noch gar nichts gesagt habe. Bisher haben nur Sie geredet.«

»Klar«, erwiderte Melvin. »Ich werde so viel reden, daß Ihnen danach gar nichts mehr übrigbleibt, als auszupacken. Dann können Sie Breckinridge anrufen, und wir versuchen, zu einer Übereinkunft zu kommen.«

»In welcher Sache?«

»In der Schadenersatz-Forderung Helmann Bruno. Was haben Sie denn gedacht?«

»Sind Sie sein Rechtsvertreter?«

Melvin lachte. »Natürlich vertrete ich ihn. Und Sie werden lachen: schon seit dem Moment, als der Unfall stattgefunden hat. Als Bruno mir später mitteilte, daß er ein Preisausschreiben gewonnen habe, war es nicht schwer für mich, dahinterzukommen, daß das Ganze nichts weiter als eine Falle sein sollte.«

»Wieso haben Sie das vermutet?«

»Da brauchte ich nicht viel zu vermuten. Breckinridge hat schon drei oder vier Fälle mit Hilfe von Material geregelt, das er sich hier auf der Ranch besorgte. Er hat die Geschädigten in zwei Fällen, bei denen es zum Prozeß kam, ganz schön blamiert und hochgehen lassen. Ich fand, damit war es genug. Der verdammte Narr sollte damit aufhören und sich was Neues ausdenken – aber nein, er machte einfach damit weiter. Ich war bei einem dieser Prozesse unter den Zuhörern. Man hatte mir einen Tip gegeben, daß die Versicherung einen Kläger hochgehen lassen würde, und das wollte ich mir doch einmal genauer ansehen. Es war wirklich raffiniert eingefädelt. Der Bursche, der gegen die Versicherung klagte, hatte angeblich eine Rückenverletzung, und dann zeigte die Versicherung Filme, wie er hier auf der Ranch ritt, schwamm und vor den hübschen Mädchen vom Sprungbrett mit Salto ins Wasser hüpfte. Danach zog sein Anwalt die Klage zurück. Es war ein enormer Skandal. Als mir dann Bruno sagte, er habe einen Preis gewonnen, einen zweiwöchigen Aufenthalt auf der Butte Valley-Gästeranch, da riet ich ihm, auf alle Fälle hierherzukommen und den Aufenthalt wahrzunehmen. Er solle nur vorsichtig sein und sich körperlich nicht überanstrengen.« Melvin zwinkerte mit dem rechten Auge. »Ich wollte sehen, was diesmal passierte. Ich wartete, bis sich Bruno hier ein wenig eingelebt hatte, und rechnete damit, daß er mir einen ausführlichen Bericht geben würde. Als der ausblieb, kam ich selbst hierher, um nach dem Rechten zu sehen. Und als ich mich hier etwas umhörte, erfuhr ich, daß es da einen Mann gab, der besonders viel telefonierte, namentlich, wenn man ihn mit in die Stadt nahm, und der dauernd hin und her fuhr. Sein Name war Donald Lam, also erkundigte ich mich nach ihm, und natürlich war er Privatdetektiv. So, Lam, und nun darf ich Sie bitten, in meinen Bungalow zu kommen. Jetzt möchte ich Ihnen nämlich ein paar interessante Filme zeigen.«

»Ich habe bis jetzt noch kein Wort sagen können«, bemerkte ich.

»Das ist vorläufig auch gar nicht nötig«, erwiderte er. »Kommen Sie erst mal 'rüber.«

Ich ging mit ihm in seinen Bungalow.

Er zog die Vorhänge zu, dann brachte er einen kleinen Filmprojektor und eine Leinwand zum Vorschein.

»Meine Filme sind zwar nicht so gut wie die von der Versicherung«, sagte er. »Aber die hat auch mit einer teureren Kamera und professionellen Kameraleuten gearbeitet. Ich habe diese Filme von einem Amateur gekauft – von einem dieser Touristen, die bei jeder sich bietenden Gelegenheit die Kamera zücken«, erklärte er. »Doch ich bin sicher, Sie finden die Filme recht interessant.«

Und Melvin schaltete das Licht aus und den Projektor an.

Die Leinwand wurde hell, dann huschten dunkle Zeichen darüber hinweg, und plötzlich waren farbige, bewegte Bilder zu sehen.

Homer Breckinridge in Badehose am Swimming-pool liegend, daneben Dolores Ferrol, die zu ihm hinunterblickte und einen Fuß im Wasser pendeln ließ.

Breckinridge hatte sich auf einen Ellbogen gestützt.

Er sagte etwas, was bei Dolores ein Lachen hervorrief. Sie beugte sich vor, tauchte nun auch eine Hand ins Wasser, schnippte dann mit den Fingern und spritzte Breckinridge einzelne Wassertropfen ins Gesicht.

Er versuchte, ihre Hand zu packen. Sie wich ihm aus, kam aber nicht schnell genug weg. Er faßte sie am Handgelenk, zog sie zu sich her, umspannte dann statt des Handgelenks ihren Fuß, tauchte mit der freien Hand in den Pool und schöpfte eine Handvoll Wasser daraus.

Sie versuchte, ihm das, was er offenbar vorhatte, auszureden, lächelte ihn an, und ihre Beine lagen über seinem Schoß. Langsam bewegte er die Hand mit dem Wasser über den Swimming-pool, öffnete sie, schüttelte die restlichen Tropfen ab und trocknete sich die Hand an seiner Badehose ab.

Dann tätschelte er Dolores' Bein.

Sie wand sich verführerisch, machte sich dann frei und stand vor ihm da.

Breckinridge stand ebenfalls auf und ging mit ihr weg.

Die Kamera zeigte, wie sie auf das Hauptgebäude zuschlenderten. Breckinridge hatte seinen Arm um ihre Schultern gelegt, ließ ihn dann langsam nach unten gleiten und gab Dolores zuletzt einen Klaps auf das Hinterteil.

Der Film ratterte und spuckte eine Weile, dann blendete eine neue Szene auf.

Diesmal war es eine Sequenz im Halbdunkel. Die Gestalten waren meist nur als Silhouetten zu sehen, aber man konnte Breckinridge und Dolores dennoch deutlich erkennen.

Sie unterhielten sich ernsthaft, drüben bei den Pferdeställen. Offenbar waren sie gerade von einem gemeinsamen Ritt zurückgekommen. Dolores trug ein Reitkostüm, das sehr eng am Körper anlag, während Breckinridge einen Pendleton trug, dazu einen Fünf-Gallonen-Sombrero, was ihm das Aussehen eines Westernhelden verlieh.

Dolores sagte etwas zu ihm, dann langte sie nach seinem Kopf, schnappte sich seinen Hut, setzte ihn sich selbst auf. Schließlich schaute sie ihn mit herausfordernden Blicken an.

Breckinridge packte und küßte sie, danach verschmolzen sie zu einer einzigen, dunklen Silhouette.

»Das Licht war nicht gut bei den Aufnahmen«, erklärte Melvin. »Es muß ganz kurz nach Sonnenuntergang gewesen sein.«

Wieder flackerte das Bild auf der Leinwand, und danach folgte eine Szene vom Frühstücksritt. Breckinridge schwang sich ziemlich umständlich vom Pferd, Dolores dagegen elegant, mit mühelosen Bewegungen.

Breckinridge nahm dann besitzerisch ihren Arm und führte sie hinüber zum Planwagen. Sie tranken Kaffee, aßen Schinken und Eier. Und sie sprachen wieder miteinander.

Als sie mit dem Frühstück fertig waren, streckte Breckinridge Dolores die Hand entgegen. Sie ergriff sie. Dann schlenderten sie Hand in Hand zu der Stelle, wo man die Pferde festgemacht hatte. Sie gingen um eines der Tiere herum, blieben dann auf der anderen Seite stehen, so daß sie vor den neugierigen Blicken der anderen Teilnehmer des Frühstücksritts gedeckt waren.

Die Leinwand wurde schwarz.

»Jetzt kommt eine neue Einstellung«, verkündete Melvin. »Auf der sieht man mehr.«

Und wieder kam das Paar ins Bild. Der Kameramann war offenbar unbemerkt um das Pferd herumgeschlichen, so daß er Breckinridge und Dolores von der anderen Seite filmen konnte. Diesmal umarmte Breckinridge das Mädchen mit großer Zärtlichkeit. Sie drückten sich ein paar Sekunden lang aneinander, trennten sich dann hastig, als einer der Pferdeknechte ins Bild kam.

Melvin schaltete den Projektor ab und ließ den Film zurückspulen.

»Haben Sie noch mehr von der Sorte?« fragte ich.

»Nach einer Weile wird es langweilig«, sagte Melvin. »Aber das, was Sie gesehen haben, setzt Sie vermutlich doch weitgehend ins Bild.«

»Und was haben Sie mit diesen Filmen vor?«

»Das liegt ganz an Ihnen«, sagte er.

»Was meinen Sie damit?«

»Diese Filme«, sagte Melvin, »gehören zum Fall Bruno.«

»Wie das?«

»Ich bin nicht sicher«, erklärte Melvin, »ob ich das ganze Material als Beweis bei einem Prozeß verwenden kann, aber ich werde nachweisen, daß die Versicherung, anstatt die Verletzungen und die Schmerzen meines Klienten zu verringern, versuchte, sie noch zu verstärken, indem sie ihn in eine Situation bringen wollte, in der er sich entgegen den Anweisungen des Arztes und trotz drohender Gefahr für seine Genesung körperlich über die ihm gesetzte Grenze verausgaben und anstrengen wollte. Um das zu beweisen, werde ich aufzeigen, daß dieses Preisausschreiben eine Falle ist, wie sie von der Versicherung gestellt wurde, um geschädigte Personen zu Übertreibungen herauszufordern. Dabei werde ich nicht die Mühe scheuen, die ganze Story darzulegen. Erst werde ich zeigen, wie eng Breckinridge mit Dolores Ferrol befreundet ist, dann werde ich ihn fragen, ob er mit Dolores eine Übereinkunft getroffen hat, bei der sie als Repräsentantin der Versicherung auftreten und ihren Sex appeal benützen sollte, damit diese armen Teufel sich über ihre Möglichkeiten verausgabten und ihre Männlichkeit unter Beweis zu stellen versuchten. Natürlich – ich bin offen mit Ihnen, Lam – ist mir bewußt, daß ich nicht das ganze Material als Beweismittel in den Prozeß einführen kann. Es geht mir nur um die Bestätigung meiner Theorie, daß die Versicherung, anstatt dem Geschädigten eine angemessene Behandlung zukommen zu lassen, eine hinterhältige Verschwörung inszenierte, die zur Folge haben sollte, daß der Geschädigte vor Gericht in schlechtem Licht dastehen würde. Ob sich sein Zustand durch das Vorgehen der Versicherung verschlechterte, war Breckinridge dabei völlig gleichgültig.

Gestern zum Beispiel hat Dolores sich ganz schön angestrengt, um Bruno aus der Reserve zu locken. Sie hat ihn ein paarmal aus seinem Rollstuhl aufstehen lassen und ist mit ihm bis zu den Pferdeställen gegangen. Das war natürlich gegen die Vorschrift seines Arztes – und auch gegen meine Anweisungen. Er darf auf keinen Fall ohne eine Krücke auf unebenem Gelände gehen. Aber das Mädchen ist schlau und weiß, wie man einen Mann dazu bringt. Bruno berichtete mir danach, daß er als Folge dieses mehr oder weniger erzwungenen Spaziergangs einen schweren Schwindelanfall erlitt. Ich glaube, daß das jedes Gericht als Versuch der Versicherung ansehen wird, den Zustand des Geschädigten zu verschlimmern.

Dennoch habe ich nicht die Absicht, diese Filme darüber hinaus zu benützen. Ich meine, ich denke nicht daran, sie dafür zu verwenden, um Breckinridge persönlich zu diffamieren.«

»Wenn Sie das täten, wäre das eindeutig Erpressung«, bemerkte ich.

»Vorausgesetzt, ich verlangte etwas dafür«, korrigierte er mich. »Aber keine Angst, ich benütze sie nur als Beweismittel für den Fall Helmann Bruno. Als Brunos Anwalt bin ich allerdings dazu verpflichtet.«

»Sie wollen damit also sagen, daß Sie die Filme, wenn der Fall Bruno geregelt ist, mir übergeben werden?«

»Genau.«

»Und wieviel fordern Sie?«

»Zweihunderttausend Dollar.«

»Da sind Sie aber weit von der Realität entfernt«, sagte ich. »Kein Gericht dieser Welt würde Bruno für einen Bandscheibenschaden eine Entschädigung von zweihunderttausend Dollar zubilligen.«

»Wie Sie meinen«, sagte er. »Ich bin bereit, in den Prozeß einzutreten. Ich rechne mir sehr gute Chancen dabei aus.«

»Ich garantiere Ihnen, daß Sie auf keinen Fall zu einem Schadenersatz in Höhe von zweihunderttausend Dollar kommen«, erklärte ich.

»Sie sind ein ziemlich vorwitziger junger Mann«, erwiderte Melvin. »Ehe Sie solche Erklärungen abgeben, würde ich mich in Ihrem Fall erst bei Breckinridge rückversichern. Wenn ich Klage erhebe, dann über die Summe von einer halben Million, und diese Klage erhebe ich spätestens in achtundvierzig Stunden. Dabei werde ich nicht versäumen, zu bemerken, daß mein Klient wegen der gegen ihn von der Versicherung angestellten Verschwörung mit einer deutlichen Verschlimmerung seines Zustandes zu rechnen hat. Es wird Ihnen übrigens wenig nützen, wenn Sie versuchen sollten, Bruno unabhängig von mir zu beschwatzen – er verläßt die Ranch zusammen mit mir.«

»Fliegen Sie mit ihm zurück nach Dallas?« fragte ich.

»Ich glaube nicht«, antwortete Melvin und lächelte. »Ich glaube, Bruno wird sich irgendwo verbergen, wo er nicht leicht zu erreichen sein dürfte, bis der Prozeß eingeleitet und Bruno bereit ist, der Presse Interviews zu geben.«

»Sehr schön«, sagte ich. »Und nun, glaube ich, bin ich an der Reihe, zu sprechen.«

»Nur zu«, forderte mich Melvin auf.

»Sie sind Rechtsanwalt«, begann ich. »Sie können Ihren Klienten vertreten, aber Sie können in Ihrer Position kein Verbrechen der Erpressung begehen. Dennoch versuchen Sie, Breckinridge zur Zahlung einer unerhörten Schadenersatzsumme zu erpressen, indem Sie ihm anbieten, falls er darauf eingeht, die Filme an ihn auszuhändigen.«

Melvin wurde wütend. »Was fällt Ihnen ein!« rief er. »Mich einer Erpressung zu beschuldigen!«

»Wenn Sie nicht die Filme in Händen hätten, würden Sie ganz gewiß keine so hohe Entschädigung fordern.«

»Ach, meinen Sie?« entgegnete er. »Nun, wenn Sie so verdammt schlau sind – wissen Sie auch, daß Ihr Klient momentan von der Polizei in Los Angeles gesucht wird – wegen Mordverdachts?«

»Was?« rief ich.

»Das ist eine Tatsache«, sagte er. »Sie können sie überprüfen. Ich hätte eigentlich die Katze noch nicht aus dem Sack lassen sollen, aber wenn Sie mir mit Erpressung kommen, komme ich Ihnen mit Mord! Ihr Mann, dieser Chester, der bei Breckinridge versichert ist, hatte schon seit längerem Schwierigkeiten mit seiner Frau. Als die Ehe noch glücklich war, haben die beiden eine gemeinsame Lebensversicherung über zweihunderttausend Dollar abgeschlossen. Aber die Liebe war bald erkaltet, und Chester argwöhnte, seine Frau würde ihn betrügen. Es kam zum Streit, und die Frau verließ das Haus. Er folgte ihr auf der Fahrt nach San Bernardino; von dort aus wollte sie nach San Francisco fahren. Er fuhr ihr nach und drängte sie oben auf dem Tehachapi-Paß von der Straße ab. Natürlich war er auf die Lebensversicherung aus. Unglücklicherweise aber stürzte der Wagen nicht so weit ab, wie Chester gehofft hatte, so daß er seine Frau, die wohl bewußtlos war, totschlagen und den Wagen dann hinunterstoßen mußte in die Schlucht, wo er ihn anzündete, ehe er den Tatort verließ.«

»Und woher wissen Sie das alles so genau?« fragte ich.

»Ich habe gute Verbindungen zur Polizei von Dallas«, erklärte er. »Die Polizei von Los Angeles erfuhr, daß Chester in Dallas einen Autounfall gehabt hatte, und wollte Näheres wissen, namentlich ob der Mann, den Chester bei dem Unfall geschädigt hatte, über dessen Aufenthaltsort in Kenntnis gesetzt worden sei. Also kam die Polizei auch zu mir und fragte, ob Bruno eine Adresse von Chester habe, und ich brachte sie dazu, mir zu berichten, weshalb sie sich dafür interessierten.

Also gut. Sagen Sie Breckinridge, daß wir, falls es zu einem Prozeß kommen sollte, eine Entschädigung von einer halben Million Dollar fordern werden. Sagen Sie ihm, daß wir beweisen werden, wie die Versicherung mit ihrem Verhalten die körperlichen Schäden meines Klienten noch verschlimmerte, daß wir zudem ein paar interessante Filme als Beweis vorzeigen werden und daß die Juroren erfahren werden, wen die Versicherung in diesem Fall vertritt: einen Mann, der wegen einer Mordanklage flüchtig ist.

So, und nun sagen Sie mir, daß zweihunderttausend Dollar

zuviel sind – in einem Fall, der so gelagert ist.«

»Wo sind Sie zu erreichen?« fragte ich.

»In meinem Büro in Dallas. Und wenn man Helmann Bruno erreichen will – er wird nur über mich zu erreichen sein. Bis auf weiteres wird er keine Papiere unterzeichnen und keine Erklärungen abgeben.« Melvin streckte mir die Hand entgegen. »War wirklich nett, Sie kennengelernt zu haben, Lam. Die Tatsache, daß wir in gegensätzlichen Lagern stehen, sollte die gute Beziehung zwischen uns nicht beeinträchtigen . . . Ich nehme an, Sie verlassen die Ranch, bevor Dolores zurückkommt?«

»Ja, ich verlasse die Ranch«, sagte ich.

»Und ich glaube nicht, daß Sie zurückkommen werden«, erklärte er und lächelte dazu. »Ich werde Dolores von Ihnen grüßen.«

»Tun Sie das«, bat ich ihn.

Dann ging ich hinaus und suchte Buck Kramer.

»Wie wär's mit einer Fahrt zum Flugplatz?« fragte ich, als ich ihn gefunden hatte.

»Schon wieder?« fragte er.

»Ja, schon wieder.«

»Warum kaufen Sie sich eigentlich nicht einfach einen Schlafsack und legen sich zwischendurch in die Wartehalle auf dem Flughafen?«

»Ich glaube, ich werde es demnächst tun müssen. Abgesehen davon – ich nehme nicht an, daß ich noch einmal zurückkommen werde.«

Das Grinsen verschwand von seinem Gesicht. »Hat es Ärger gegeben?« wollte er wissen.

»Ein wenig«, sagte ich.

»Der Rechtsanwalt aus Dallas?«

»Er hat zumindest damit zu tun.«

»Sagen Sie ein Wort«, erklärte er, »und ich lege Ihnen diesen Rechtsanwalt auf Eis.« Ich zog die Augenbrauen hoch.

»O nein«, sagte Kramer, »nichts Brutales, nicht, was Sie vermutlich denken. Das ist nicht meine Art, und ich habe außerdem nicht die Absicht, mir die Ungnade von Mrs. Gage zuzuziehen. Es könnte so elegant geschehen, daß der Anwalt selbst es kaum merken würde.«

»Nur, weil ich neugierig bin«, sagte ich – »was hätten Sie denn mit ihm vor?«

»Sie brauchen nur ein Wort zu sagen«, erwiderte Kramer, »und ich nehme ihn auf einen sehr interessanten Ritt mit. Ich sorge dann dafür, daß er das richtige Pferd bekommt.«

»Aber Sie würden ihm doch nicht ein Pferd geben, das ihn abwirft?«

»O nein, um Himmels willen! Aber wir haben ein paar Pferde, die ein bißchen steif in den Schultern sind, und bei einem Trab – nun ja, selbst ein guter Reiter hätte da seine Schwierigkeiten. Wenn wir also mal einen Gast hierhaben, der uns ganz besonders auf die Nerven fällt . . . Zum Teufel, Lam, ich weiß gar nicht, warum ich Ihnen das sage. Ich weihe Sie damit in unsere intimsten Geheimnisse ein.«

»Was mich betrifft, werden es Ihre Geheimnisse bleiben«, versprach ich ihm. »Ich war nur neugierig, das ist alles.«

»Nun, wir setzen denjenigen auf eines von diesen Pferden und reiten mit ein paar besonders schnellen Pferden in seiner Begleitung aus. Wenn der Gast dann zurückkommt, ist er zumindest für eine Weile nicht mehr in der Lage, sich auch nur auf den Beinen zu halten.«

Ich sagte: »Buck, ich vertrete eine große Versicherungsgesellschaft. Man hat mir gesagt, daß ich berechtigt bin, in dem Umfang Spesen zu machen, als es mir ratsam erscheint. Ich finde, Sie haben sich gut und gern zweihundert Dollar verdient, und was mich persönlich betrifft, wäre ich Ihnen sehr dankbar, wenn Sie Alexis Bott Melvin auf einen solchen Ausritt mitnehmen würden.«

»Wird gemacht«, versprach Kramer. »Ich werde ihm ein paar interessante Dinge zeigen. Unter diesen Umständen haben Sie vermutlich nichts dagegen, wenn Sie jemand anders zum Flughafen fährt – denn das ist eine Sache, die ich lieber selbst in die Hand nehme.«

»Es macht mir nichts aus«, erklärte ich.

Wir schüttelten uns die Hände.

»Kommen Sie zurück, wann immer Sie Lust haben«, sagte Kramer. »Es ist angenehm, Leute wie Sie hierzuhaben. Ich unterhalte mich gern mit Männern, die sich mit Pferden gut verstehen.«

Er drehte sich um und rief nach einem der Angestellten. »Hol den Wagen raus und fahr Mr. Lam zum Flugplatz, klar?«

»Klar«, sagte der Bursche.

14

Ich rief Breckinridge vom Flugplatz aus an.

»Sie melden sich sehr früh«, sagte Breckinridge. »Ich nehme an, daß Sie gute Nachrichten haben, Lam, daß die Angelegenheit endgültig geregelt ist und ich Ihnen gratulieren darf.«

»Gratulationen sind, fürchte ich, ein wenig verfrüht.«

»Sie meinen, Sie haben die Sache noch nicht geregelt?«

»Nein.«

»Und was gibt es diesmal für Schwierigkeiten?«

»Ich kann das nicht am Telefon besprechen«, sagte ich. »Ich nehme an, dieses Gespräch läuft über die Vermittlung in Ihrem Haus.«

»Was macht das schon?«

»Vielleicht hört jemand mit.«

»Ich habe gegenüber meinen Angestellten keine Geheimnisse«, erklärte Breckinridge. »Erzählen Sie mir ruhig alles, was Sie zu berichten haben.«

»Wenn es nicht impertinent ist, danach zu fragen«, begann ich, »wer hat denn den ersten Kontakt mit der Vertrauensperson der Versicherung hier auf der Butte Valley Ranch geschlossen?«

»Das gehört nicht hierher«, erwiderte er schroff.

»Waren Sie selbst draußen auf der Ranch?«

»Ja, ich habe dort Ferien gemacht«, erwiderte er kalt. »Aber ich vermag nicht einzusehen, was das mit unserem Fall zu tun hat.«

»Melvin hat einige Leute ausfindig gemacht, die damals ebenfalls dortgewesen sind. Namentlich eine Frau, die mit einer kleinen Amateurkamera alles filmte, was ihr vors Objektiv kam. Er ist daher im Besitz von Filmen, auf denen Sie und – eine gewisse andere Person zu sehen sind.«

Was danach folgte, konnte man nur als tiefes, schockiertes Schweigen am anderen Ende der Leitung bezeichnen.

»Sind Sie noch da?« fragte ich nach einer Weile.

»Ich bin noch da«, sagte Breckinridge.

»Melvin beabsichtigt, diese Filme für seinen Prozeß zu verwenden«, erklärte ich.

»Guter Gott!« war Breckinridges Antwort.

Ich erklärte: »Dieser Melvin ist offenbar ein ziemlich gefährlicher Gegner, und er hat nicht die geringsten Skrupel.«

»Skrupellos ist nicht das richtige Wort dafür«, sagte Breckinridge. »Er blufft doch nicht nur mit diesen Filmen, oder?«

»Er hat mir einen Teil davon gezeigt. Angeblich besitzt er aber noch mehr.«

»Was war darauf zu sehen?«

»Also, das ist nun wirklich etwas, was ich nicht übers Telefon diskutieren möchte.«

»Wo sind Sie jetzt?«

»Auf dem Flughafen von Tucson.«

»Und wo ist Bruno? Auf der Ranch?«

»Ja, aber Melvin wird zusammen mit ihm abreisen.«

»Und wo ist Melvin?«

»Er bleibt noch heute; morgen fliegt er zurück nach Dallas.«

»Regeln Sie den Fall!« fuhr mich Breckinridge ungeduldig an. »Setzen Sie sich mit ihm auseinander. Geben Sie ihm alles, was er verlangt.«

»Wir haben noch achtundvierzig Stunden Zeit«, sagte ich.

»Nein. Sie sind im Besitz der Schecks. Ich will, daß Sie die Angelegenheit ein für allemal regeln. Ein für allemal.«

»Heißt das, Sie wollen auch die Filme haben?«

»Manchmal sind Sie ganz schön verbohrt«, zischte Breckinridge.

»Nun gut«, sagte ich. »Ich bin heute abend in Dallas. Ich werde die Sache innerhalb der achtundvierzig Stunden regeln.«

»Sehen Sie zu, daß Sie es schaffen, Lam. Das ist ein Befehl.«

»Diese Krankenschwester«, berichtete ich weiter, »die ebenfalls hier war, hat die Ranch Hals über Kopf verlassen. Der Zustand ihrer Mutter hat sich angeblich sehr verschlechtert. Ich weiß nicht, ob wir sie finden, und vielleicht . . . Ja, ich glaube, sie könnte uns einige wichtige Informationen liefern. Vielleicht ist sie das schwache Glied in der Kette.«

»Schwaches Glied – nichts da!« schrie Breckinridge. »Ich will, daß dieser Fall endgültig geregelt wird. Kümmern Sie sich nicht um diese Krankenschwester, fliegen Sie statt dessen nach Dallas und bereiten Sie die Regelung vor . . . Dieser verdammte, erpresserische –«

»Hören Sie schon auf«, unterbrach ich ihn. »Das hilft uns nun auch nicht mehr.«

Ich hörte, wie er tief einatmete, dann sagte er: »Lam, ich

schätze es aufrichtig, wie Sie den Fall angepackt haben. Ich schätze auch Ihr Verhalten von gestern abend. Die wenigsten Leute würden kapieren, daß man, wenn man wirkliche Beweise haben will, sie eben so beschaffen muß, wie es am leichtesten geht – und daß es Fälle gibt, in denen man nicht darum herumkommt, weibliche Detektive einzusetzen.«

»Das stimmt«, sagte ich. »Aber das weiß wohl jeder, der in dem Geschäft tätig ist.«

»Na schön«, erklärte Breckinridge erschöpft. »Ich fürchte, wir sind also mindestens zweihunderttausend Dollar los. Sie wissen jetzt, was Sie zu tun haben, Lam. Sie haben meinen Auftrag, den Fall so zu regeln, daß es nicht zu einem Prozeß kommt.«

»Überlassen Sie das ruhig mir«, sagte ich.

Ich hängte ein und stellte fest, daß die nächste Maschine nach Dallas schon in einer halben Stunde startete.

15

Ich kam pünktlich in Dallas an, mietete mir einen Wagen, fuhr zu den Meldone Apartments, nahm den Lift in den sechsten Stock, ging zur Tür von Apartment 614 und klingelte.

Mrs. Bruno kam an die Tür. Sie war zum Ausgehen angezogen.

»Hallo«, sagte ich, »erinnern Sie sich noch an mich? Ich bin Mr. Donald, der Mann, der Ihnen die Nachschlagewerke verkaufte und Ihnen dafür die Prämien überreichte.«

»O ja«, erwiderte sie. »Die Geräte funktionieren einwandfrei.«

Ich schaute an ihr vorbei hinein in die Wohnung und sah einen gepackten Koffer auf einer Couch liegen.

»Ich möchte mich nur noch einmal erkundigen.«

»Sie werden feststellen, daß ich kein Kreditrisiko für Ihre Firma bin, Mr. Donald. Wir regeln unsere Verpflichtungen pünktlich und –«

»Das ist es nicht«, erklärte ich. »Das ist die Angelegenheit einer anderen Abteilung. Ich bin bei der Prämienabteilung beschäftigt. Meine Aufgabe ist es, die Prämien auszuwählen, die wir bei bestimmten Vertragsabschlüssen gewähren. Zum Beispiel bei Frauen, die unser Nachschlagewerk zum Hochzeitstag erwerben, Frauen, die wie Sie den hunderttausendsten Vertrag abschließen und so weiter. Ich kaufe eine ganze Reihe von Prämien ein und versuche danach herauszufinden, ob die Gegenstände, die wir sozusagen verschenken, dem Empfänger auch Freude machen.«

»Das kann man wohl sagen. Ich darf Ihnen noch einmal danken. Die Geräte, ich sagte es schon, funktionieren perfekt.«

»Können Sie mir vielleicht einen Rat geben, an was für Prämien Frauen besonders interessiert sind?«

»Meine Güte, nein, ich glaube, Sie hätten gar nichts Besseres auswählen können als den Mixer und den elektrischen Dosenöffner. Sie sind wundervoll.«

»Und sie funktionieren?«

»Tadellos.«

Sie zögerte, dann trat sie zur Seite. »Wollen Sie nicht reinkommen, Mr. Donald?«

»Danke«, sagte ich.

Dann deutete sie auf den Koffer. »Ich fahre zu meinem Mann nach Montana.«

»Ach, wirklich? Bleiben Sie länger weg?«

»Nein, nur für einen kurzen Besuch. Er ist auf einer Geschäftsreise dort. Und er hat mich angerufen und gefragt, ob ich ihm nicht eine Weile Gesellschaft leisten will.«

»Das ist großartig«, erklärte ich. »Wann fahren Sie?«

»Ich weiß es nicht. Morgen irgendwann. Ich muß noch mit ihm über den Flugtermin sprechen. Er wird mich im Lauf des Tages anrufen.«

»Ich verstehe. Nun, da wäre noch eine andere kleine Prämie, welche wir an Leute vergeben, die uns Auskunft über die Brauchbarkeit unserer Nachschlagewerke geben. Es sollen nur ganz kurze Bemerkungen sein, und wir zahlen für jede hundert Dollar.«

»Hundert Dollar!«

»Richtig. In bar. Sozusagen ein kleines Taschengeld für die Hausfrauen.« Ich lächelte und fuhr fort: »Wenn wir einen Scheck dafür ausstellen, steckt die Steuer die Nase hinein, und wer weiß noch. Aber das Ganze soll eine kleine, persönliche Belohnung für die Dame des Hauses sein, daher bekommt sie die Prämie in bar, in fünf Zwanzigdollarscheinen.«

»Warum haben Sie mir das nicht schon früher gesagt?«

»Wir können dieses Angebot, wie Sie verstehen werden, nur einer beschränkten Anzahl von Kundinnen machen. Und es ist natürlich vertraulich. Niemand soll erfahren, daß wir für Ihre Auskunft über unser Nachschlagewerk Geld bezahlen.«

»Natürlich, ich verstehe . . . Und wie geht es? Ich meine, was muß ich dabei machen?«

»Sie brauchen nur eine von uns vorbereitete Erklärung vorzulesen, in der steht, daß Sie das Nachschlagewerk gekauft haben und erstaunt seien, wie gut Sie es im täglichen Leben benützen können. Sie seien durch unser Werk zur Autorität in vielen Fragen geworden, und die Nachbarn kämen zu Ihnen, um sich in Zweifelsfällen Auskunft einzuholen.«

»Sie sagen, ich muß es vorlesen?«

»Richtig. Dabei nehmen wir Ihre Stimme auf Tonband auf«, erklärte ich.

»Aha«, sagte sie.

»Und dann werden Sie natürlich noch fürs Fernsehen gefilmt«, fuhr ich fort.

»Fürs Fernsehen?«

»Ja.«

»Ich . . . Ich glaube, das möchte ich nicht, Mr. Donald.«

»Nein?«

»Nein.« Sie schüttelte nachdrücklich den Kopf.

»Es würde nur ein paar Minuten dauern, und –«

»Wo würden Sie es senden? Nur hier, über den lokalen Sender?«

»Nein, vermutlich gehen diese Werbespots über das ganze Land – Sie wissen schon, diese kurzen Fünfzehn-Sekunden-Spots zwischen den Programmen.«

»Nein«, erklärte sie entschieden. »Daran bin ich nicht interessiert.«

»Ja, dann danke ich Ihnen trotzdem. Ich wollte Ihnen nur klarmachen, daß wir auch jetzt nicht das Interesse an unserer hunderttausendsten Kundin verloren haben – nur, weil wir den Vertrag unter Dach und Fach gebracht haben.«

Und damit verließ ich die Wohnung.

Mrs. Bruno schaute mir ein bißchen nachdenklich nach, als ich zum Lift ging.

Und ich bezog Wache vor dem Haus.

Es wurde eine lange Wache. Mrs. Bruno kam erst am nächsten Morgen um sieben Uhr heraus, kurz nachdem ein Taxi vorgefahren war. Der Taxifahrer mußte hineingehen und dann vier Koffer in seinen Wagen laden. Große, schwere Koffer.

Sie brachte das ganze Gepäck zum Flughafen, gab die großen Koffer per Luftfracht auf und behielt nur einen kleinen Reisekoffer bei sich.

Dann besorgte sie sich ein Flugticket nach Los Angeles.

Mit dem Beschatten ist das so eine Sache. Wenn man sich allzusehr bemüht, nicht aufzufallen, fällt man am ehesten auf. Wenn man dagegen lässig bleibt und so tut, als gehöre man zur Szenerie, werden die Leute selten auf einen aufmerksam.

Ich machte mir ein kleines Loch in meine Zeitung, damit ich sie hochhalten und so tun konnte, als ob ich lese. Und ich blieb auf dem Posten, bis der Flug nach Los Angeles aufgerufen wurde.

Mrs. Bruno flog Erster Klasse. Ich kaufte mir einen Flugschein für die Touristenklasse, ging dann an den Postschalter und schickte ein Telegramm an Sergeant Frank Sellers von der Kriminalpolizei Los Angeles. Es lautete:

PRIVATDETEKTIV DONALD LAM HIER STOP STELLT FRAGEN ÜBER MORDFALL DEN SIE VERMUTLICH IN LOS ANGELES UNTERSUCHEN STOP LAM FLIEGT LOS ANGELES AMERICAN AIRLINES FLUG 709 HEUTE VORMITTAG STOP HAT HIER VERSÄUMT STRAFZETTEL ÜBER ZEHN DOLLAR ZU BEZAHLEN STOP KÖNNEN IHN DAFÜR VORÜBERGEHEND FESTNEHMEN FALLS SIE INTERESSE DARAN HABEN STOP

Ich unterschrieb das Telegramm mit ›Sergeant Smith‹, schickte es ab, ging dann an Bord des Flugzeugs und machte es mir in der Touristenklasse bequem.

Es ist eine herrliche Sache, jemanden im Flugzeug zu beschatten, wenn er Erster Klasse fliegt und man selbst in der Touristenklasse sitzt. Die beiden Klassen sind nämlich streng voneinander getrennt. Die Erster-Klasse-Leute denken nicht daran, zu den Leuten von der Touristenklasse zu gehen, und die von der Touristenklasse erhalten meist keinen Zutritt in den vorderen Teil, der für die Erste Klasse reserviert ist.

Ich lehnte mich in meinen Sessel zurück. Die Maschine flog nonstop bis Los Angeles, und ich hatte nichts zu tun als zu dösen und mich zu fragen, wie ich es Breckinridge ausklamüsern sollte, daß ich mich nicht an seinen Befehl gehalten hatte.

Wir flogen westwärts mit den Wolken, und nachdem wir New Mexico hinter uns gelassen hatten, konnten wir hinunterschauen auf die Wüsten von Arizona, dann auf den Colorado River und das Imperial Valley.

Während wir über Arizona flogen, bildete ich mir ein, ich könnte von hier oben die Butte Valley-Gästeranch erkennen. Buck Kramer sattelte jetzt wahrscheinlich gerade die Pferde, und Dolores stellte ihren Charme an und verdrehte den Gästen damit die Köpfe.

Dann begannen wir den langen, langsamen Abstieg und landeten auf dem Flughafen Los Angeles so sanft, daß man kaum sagen konnte, ob wir noch in der Luft waren oder schon auf der Piste dahinrollten.

Ich war der erste in der Touristenklasse, aber nachdem ich ausgestiegen war und die Stelle erreichte, wo sich der Strom der Passagiere aus den beiden Klassen vereinigte, blieb ich ein wenig zurück, bis ich Mrs. Bruno erblickt hatte, die mit gesenktem Blick langsam und ruhig auf die Sperre zuging.

Dann plötzlich kamen uns Sergeant Sellers und ein Kriminalbeamter in Zivil durch den langen Gang entgegen.

Ich war sofort neben Mrs. Bruno. »Na, na«, sagte ich, »Sie haben mir gar nicht gesagt, daß Sie diese Maschine nehmen.«

Sie wandte sich mir zu und schaute mich völlig perplex an, dann versuchte sie, die Situation möglichst unauffällig zu überbrücken. »Ah, Mr. Donald«, sagte sie. »Sie haben mir ja auch nicht gesagt, daß Sie mit dieser Maschine fliegen.«

»Ich nehme an, Sie waren in der Ersten Klasse«, sagte ich. »Meine Firma erlaubt mir nicht, auch noch –«

»Schon gut, Winzling«, sagte Sergeant Sellers. »Hier geht's lang.«

»Ach nein!« rief ich. »Sergeant Sellers! Was für eine Überraschung! Darf ich Ihnen die Frau vorstellen, wegen deren angeblichem Tod Sie Foley Chester verhaften wollen? Mrs. Chester, das hier ist einer meiner nettesten Freunde, Sergeant

Sellers von der hiesigen Kriminalpolizei.«

Sie schaute uns an, als wolle sie im nächsten Augenblick davonlaufen, und dieser Blick verriet sie. Hätte sie nur ein wenig Theater gespielt, uns entrüstet angesehen und gefragt ›Was hat das zu bedeuten?‹, Sellers hätte sie bestimmt laufenlassen. Aber dieser kurze, entsetzte Blick verriet sie eindeutig.

»Wovon reden Sie eigentlich, Sie laufender Meter?« fragte mich Sellers, aber er wandte den Blick nicht von der Frau.

Ich stellte vor: »Mrs. Foley Chester, alias Mrs. Helmann Bruno.«

Sellers riß sich zusammen, nahm ein Foto aus seiner Brieftasche, schaute es an und sagte dann: »Ich will verdammt sein, wenn es nicht die gleiche ist.«

Und in dem Augenblick begann sie zu laufen.

Sellers und der Kriminalbeamte setzten ihr nach und hielten sie fest.

Inzwischen hatte sich eine Schar von neugierigen Reisenden um unsere kleine Gruppe gesammelt, und Sellers und der Kriminalbeamte scheuchten sie ziemlich barsch weg. »Weitergehen, Leute«, brüllte Sellers. »Weitergehen, nicht stehenbleiben. Wer sich meinen Anordnungen widersetzt, den lasse ich festnehmen. Also, ihr geht jetzt weiter, oder ich verspreche euch einen Freifahrtschein in der grünen Minna, ist das klar?«

Sie stoben laut gackernd auseinander wie erschreckte Hühner.

Sellers und der Kriminalbeamte führten die Frau nach unten in einen der leeren Abstellräume, den sie als Verhörzelle benützten.

»Na schön«, forderte Sellers sie auf. »Nun packen Sie mal aus.«

»Es nützt anscheinend nichts, wenn ich es abstreite«, erklärte sie. »Sie haben mich erwischt.«

Sellers schaute mich an. Ich erklärte: »Es mußte einfach so sein. Chester hat seine Frau nicht über den Abhang geschubst, und Melita Doon, die Krankenschwester, hatte nicht nur Kummer wegen ein paar gestohlener Röntgenbilder, sondern wegen einer gestohlenen Frauenleiche.«

»Eine Leiche?« fragte Sellers verblüfft.

»Klar. Sehen Sie doch im Bericht des Krankenhauses nach. Eine von den Patientinnen, die Melita Doon betreute, schien plötzlich in der Nacht aufgestanden und aus dem Krankenhaus abgehauen zu sein. Es war eine Frau, die wegen der Folgen eines Autounfalls behandelt worden war. Sie war aber in Wirklichkeit in dieser Nacht gestorben.

Chester alias Bruno hatte schon lange auf eine solche Chance gewartet. Melita hatte zuvor die Röntgenbilder für ihn gestohlen. Was sie jetzt noch brauchten, war die Leiche. Sie warteten wochenlang, bis endlich auf Melitas Station ein geeigneter Todesfall vorkam. Denn was sie brauchten, war eine Frau ohne Anhang, die ungefähr so gebaut war wie Mrs. Chester.

Sie schmuggelten den Leichnam aus dem Krankenhaus, zogen ihm Mrs. Chesters Kleidung an, ließen Melita eine Ausreißerin melden, setzten die Tote in das Auto und verbrannten den Leichnam bis zur Unkenntlichkeit, damit Chester die Versicherungssumme für seine Frau kassieren konnte.

Unglücklicherweise war die Polizei ein wenig zu tüchtig. Sie überprüfte den Leihwagen, den Chester gemietet hatte, fand ein paar Stellen, wo die Farbe abgeschabt war, als sie den anderen Wagen über den Abhang schubsten, damit es möglichst glaubhaft aussah – und damit wußte Chester, daß er jetzt in die Schußlinie kam. Er und seine Frau waren jederzeit auf eine Flucht vorbereitet. Sie hatten sich eine zweite Identität zugelegt, als Mr. und Mrs. Bruno in Dallas.

Und Chester hatte ja noch einen Trumpf in der Hand. Als Helmann Bruno hatte er der Versicherung einen Unfall gemeldet, der natürlich erfunden war. Er erklärte als Helmann Bruno, ein Wagen mit dem Kennzeichen von Chester habe ihn von hinten gerammt, und die Folge sei ein schwerer Bandscheibenschaden gewesen. Dann flog er nach Los Angeles, meldete den Unfall als Foley Chester seiner Versicherung, nahm alle Schuld auf sich und brachte die Versicherung damit in eine Position, daß sie gezwungen war, die Ansprüche dieses Mr. Bruno anzuerkennen.

Das war zunächst der Plan. Die beiden wären bereit gewesen, eine Entschädigung von zehn- oder fünfzehntausend Dollar anzunehmen, aber als Sie dann auf die Szene traten und aus Chester einen flüchtigen Mörder machten, witterte Bruno den großen Profit. Jetzt engagierte er einen gerissenen Anwalt, der für ihn auftreten konnte, so daß ihm selbst nicht mehr zu tun blieb, als ein paar Papiere zu unterschreiben.

Alles in allem ein netter, fast narrensicherer Betrug. Es gab nicht viel, was ihn verraten konnte. Aber es gab diese Spur im sandigen Bett des Canyons. Nachdem Chester hinuntergeklettert und den Wagen in Flammen gesetzt hatte, war er nicht auf demselben, mühsamen Weg zurückgegangen zu seinem Wagen, sondern durch den Canyon. Das bedeutete, daß er einen Komplicen haben mußte – und dieser Komplice war niemand anders als die Frau, die er angeblich ermordet hatte. Sie war mit dem Wagen zu der Stelle gefahren, wo die Straße fast das Flußbett berührt.

Chester hatte sich seinen Plan wirklich sehr genau überlegt. Sie werden feststellen, daß er noch zwei Komplicen hatte, Melita Doon und Josephine Edgar. Für die beiden spielte er dafür gelegentlich den Weihnachtsmann. Melita stahl für ihn Röntgenaufnahmen, und als er dann mehr haben wollte, brachte er sie dazu, daß sie fest in sein betrügerisches System verwoben war und gar nicht anders konnte, als auf seinen Befehl hin diese Leiche zu entführen.

Wenn Sie in die Wohnung der beiden Mädchen in den Bulwin-Apartments fahren, werden Sie dort Kleidungsstücke von Chester finden, mit etwas Glück sogar noch ein Hemd, das an der Brusttasche den Buchstaben C eingestickt hat.«

Sellers hatte mich, während ich berichtete, scharf gemustert. Nur von Zeit zu Zeit hatte er einen kurzen Seitenblick auf die Frau geworfen. Als sie zu weinen begann, wußte Sellers, daß ich mit meiner Theorie ins Schwarze getroffen hatte.

»Na schön, Madam«, sagte er, »ich nehme an, Sie kommen jetzt freiwillig mit mir ins Präsidium. Wenn Sie dafür bezahlen, können wir ein Taxi nehmen – dann vermeiden wir allzu großes Aufsehen.«

»Soll ich auch mitkommen?« fragte ich Sellers.

Sellers deutete mit dem Daumen auf die Tür. »Hauen Sie bloß ab!« fauchte er mich an.

Ich wußte, daß er schon an das Interview dachte, das er den Pressefritzen geben würde, und in dem er seine brillante Detektivarbeit beschrieb, dank derer er den ungeheuerlichen und raffinierten Betrug aufgedeckt habe.

Ich machte mir nicht erst die Mühe, Breckinridge anzurufen; ich hatte auch nicht die Zeit dazu. Ich mußte die letzte Maschine nach Dallas an diesem Abend erwischen. Breckinridge konnte

149

ich Bericht erstatten, wenn alles erledigt war.

Diesmal flog ich Erster Klasse. Die Stewardess, mit der ich schon von Dallas nach Los Angeles geflogen war, hatte wieder Dienst. Sie schaute mich neugierig an, sagte aber nichts, und ich ersparte mir ebenfalls einen Kommentar.

Ich lehnte mich zurück und schlief ein wenig. Schließlich hatte ich die Nacht zuvor kein Auge zugetan, sondern die bewußte Wohnung in Dallas bewacht.

Ich kam nach Dallas, holte meinen Leihwagen vom Parkplatz und fuhr damit zu Melvins Büro.

Melvin wartete schon auf mich. Er empfing mich in einer großartigen Flucht von Büros, zu denen auch eine umfangreiche juristische Bibliothek gehörte, wo er sich zweifellos Hinweise für seine Prozesse holte, die aber auch dazu diente, die Klienten zu beeindrucken.

Und eine seiner Sekretärinnen, ein hübsches Ding in einem hautengen Kleid, machte offenbar Überstunden.

Sie drückte auf einen Knopf, und Melvin selbst trat aus seinem Allerheiligsten, um mich hineinzugeleiten. Der Bursche war noch so steif und zerschlagen, daß er kaum gehen konnte; dennoch versuchte er, eine freundliche, unverbindliche Atmosphäre zu verbreiten.

»Hallo, Lam!« rief er gleich, als er mich sah. »Wie geht's? Ich hab' Ihr Telegramm bekommen und bin deshalb noch hiergeblieben. Kommen Sie doch rein. Ich nehme an, Sie sind bereit, den Fall Bruno gegen Chester abschließend zu regeln.«

Ich lächelte ihn an und erklärte: »Ja, ich glaube, ich habe alles beisammen, was ich brauche.«

»Wie schön. Setzen Sie sich doch, Lam. Ich sehe nicht ein, warum wir nicht auf freundschaftlichem Fuß miteinander verkehren sollten – aber Geschäft ist nun einmal Geschäft, und eine Versicherung ist dazu da, an die Geschädigten Geld zu zahlen. Dafür kassiert sie von den Versicherten hohe Prämien. Was sollten wir uns um ihr Wohlergehen Sorgen machen? Sie vertreten einen Klienten, und ich ebenfalls. Wissen Sie, es gibt für uns überall im Land viel zu tun, und nicht selten müssen wir uns von Zeugen in Los Angeles Auskünfte einholen. Ich freue mich, daß ich Sie kennengelernt habe. Ich bin überzeugt, daß wir einander in Zukunft viel helfen können. Sie verstehen schon: Eine Hand wäscht die andere . . .«

»Ja, das verstehe ich«, antwortete ich.

»Haben Sie die Schecks?« fragte er und warf einen Blick auf meine Aktenmappe.

»Ich habe sie«, antwortete ich. »Haben Sie die Filme?«

Er lächelte und nahm eine runde Blechdose aus seiner Schreibtischschublade. Er legte sie auf den Schreibtisch und sagte: »Wir können alles in einem Arbeitsgang erledigen, Lam.«

»Gut. Diese Schecks sind ausgestellt auf A. B. Melvin und Helmann Bruno, den Geschädigten.«

»Richtig, richtig. Ja, sehr gut«, sagte er und lächelte. »So wird es gemacht. Sehen Sie, deshalb arbeite ich so gern mit Versicherungen: Die sehen wenigstens zu, daß der Anwalt gleich zu seinem Anteil kommt. Sicher, wir können natürlich mit unseren Klienten zur Bank gehen, aber ich finde es wesentlich würdevoller, wenn erst der Klient, dann der Anwalt den Scheck girieren muß, und wenn die Sekretärin des Anwalts ihn dann zur Bank bringt.«

»Sie haben recht«, bestätigte ich ihm. »Deshalb haben wir die Schecks auch auf beide Namen ausgestellt. Dennoch zweifle ich daran, daß Sie sich sonderlich darüber freuen werden.«

»Warum denn nicht?«

»Weil Sie sich, wenn Sie den Scheck unterschreiben, ins Gefängnis bringen, Mr. A. B. Melvin!«

Sein Ausdruck war plötzlich gar nicht mehr so kameradschaftlich, wurde vielmehr hart und drohend.

»Hören Sie, Lam«, sagte er, »ich habe mit Ihnen von Anfang an offen und ehrlich verhandelt. Ich rate Ihnen, kommen Sie bloß nicht auf die Idee, mich irgendwie reinlegen zu wollen, denn das würde Ihnen und Ihrer verdammten Versicherung noch einmal sehr leid tun.«

»Ich denke nicht daran, Sie reinlegen zu wollen«, erwiderte ich und schaute ihn mit unschuldiger Entrüstung an. »Aber ich fürchte, Ihr Klient hat Sie reingelegt.«

»Was soll das heißen?«

»Helmann Bruno und Chester sind ein und dieselbe Person.«

»*Was*?« schrie er.

»Und ich bin sicher«, fuhr ich fort, »daß die Untersuchung noch einiges zutage fördern wird. So zum Beispiel, daß Bruno, wie ich vermute, schon seit langer Zeit seinen Lebensunterhalt mit solchen und ähnlichen Betrügereien verdient. Ich muß zugeben, es ist ein raffiniertes Schema, das er sich da ausgearbeitet hat. Er schließt eine hohe Versicherung ab, zieht dann in eine andere Stadt, schafft sich dort eine neue Identität, meldet der Versicherung einen imaginären Unfall, geht dann als der Versicherte zu seiner Versicherung und nimmt die Schuld ganz auf sich. Dann besorgt er sich einen Anwalt, und die beiden kochen einen Schadenersatzfall aus, wenn nötig mit Hilfe von gefälschten Röntgenbildern. Die Versicherung ist bereit, den Schaden zu begleichen, und Bruno alias Chester bereitet den nächsten Coup vor.«

Melvin schaute mich mit offenem Mund entgeistert an. Erst nach einer Weile gelang es ihm, zu fragen: »Und Sie sind sicher, daß es so gewesen ist?«

»Die Polizei«, erklärte ich, »hat heute vormittag Mrs. Bruno festgenommen. Es zeigte sich, daß sie mit Mrs. Foley Chester identisch war – der Frau, die nach anfänglicher Ansicht der Polizei von ihrem Mann ermordet worden war. Die beiden hatten diese Krankenschwester in der Hand, die ihnen schon zu den Röntgenbildern verholfen hatte – nur daß sie ihnen diesmal einen weiblichen Leichnam hatte beschaffen müssen. Sie zogen der Toten Mrs. Chesters Kleidung an, setzten den Wagen mit dem Leichnam in Brand und hofften, die Lebensversicherung für Mrs. Chester kassieren zu können. Wenn nicht, blieb ihnen immer noch der Schadenersatz, den die Versicherung für den Bandscheibenschaden von Mr. Bruno zu zahlen bereit war.«

»Und das können Sie alles beweisen?« fragte Melvin ungläubig.

»Sie haben doch eine so gute Verbindung mit der Polizei«, erinnerte ich ihn. »Lassen Sie doch einfach von dort aus Sergeant Sellers in Los Angeles anrufen und sich die neuesten Entwicklungen im Mordfall Chester geben.«

Melvin schob seinen Sessel zurück. »Entschuldigen Sie mich einen Augenblick«, sagte er. »Ich muß meiner Sekretärin einen Auftrag geben.«

Er war ungefähr zehn Minuten weg; als er zurückkam, zitterte er am ganzen Körper.

»Lam«, sagte er, »ich versichere Ihnen bei meiner Berufsehre, daß ich von alledem nicht die leiseste Ahnung hatte. Ich habe in gutem Glauben gehandelt.«

»Ach, wirklich?« fragte ich.

»Ja, wirklich.«

Ich deutete auf die Filmdose, die auf dem Schreibtisch lag.

»Was geschieht jetzt damit?« fragte ich ihn.

Er warf einen Blick darauf, atmete dann tief ein. Ich sah, wie er angestrengt darüber nachdachte. »Filme?« fragte er. »Sind das Filme?«

»Anscheinend.«

»Das ist mir neu. Ich habe sie nie gesehen. Vermutlich haben Sie sie mitgebracht.«

»Gut, dann nehme ich sie auch wieder mit«, bemerkte ich trocken.

Ich nahm die Filmschachtel, sagte dann: »Wie Sie kürzlich selbst erklärten – wir vertreten eben unsere Klienten, doch das soll uns nicht daran hindern, freundschaftlich miteinander zu verhandeln.«

»Ich habe noch nie einen Gauner vertreten«, sagte Melvin. »Das ist ein schwerer Schock für mich. Ich bin tief erschüttert.«

»Und woher, glaubten Sie, sind diese Röntgenbilder gekommen?« fragte ich.

»Mein Klient hat sie von sich anfertigen lassen.«

»Aber Sie haben nicht mit dem Arzt gesprochen?«

»Ich . . . Na ja, ich hatte zuviel um die Ohren«, sagte Melvin kleinlaut. »Sicher, wenn es zu einem Prozeß gekommen wäre, hätte ich den Arzt noch interviewt, aber . . . Sie wissen ja, wie es geht.«

»Ja, ich weiß, wie es geht, Mr. Melvin«, erwiderte ich und ging ohne Abschied hinaus.

16

Mit dem Nachtflug ging es zurück nach Los Angeles, und ich erreichte Breckinridges Büro gerade zu dem Zeitpunkt, als die Versicherungsgesellschaft ihre Tore öffnete.

Breckinridge kam herein und schaute sorgenvoll drein. Seine Augen lagen in dunklen Höhlen, und von seiner Jovialität war nichts zu spüren. Er wirkte weder jugendlich noch gesund. Im großen und ganzen erinnerte mich seine Erscheinung an ein verwelktes Salatblatt.

Als er mich sah, zeigte er großes Erstaunen.

»Lam!« rief er. »Was machen Sie denn hier? Sie sollten doch in Dallas sein und eine gewisse Angelegenheit regeln.«

»Die Angelegenheit ist geregelt.«

»Was?«

»Ich habe sie geregelt. Es gibt hier sicher einen Projektionsraum, oder?«

Er zögerte, dann sagte er: »Ja, sicher, aber ich möchte nicht, daß einer von meinen Angestellten die Filme sieht, die Sie mir bringen.«

»Ich selbst werde sie vorführen«, sagte ich.

»Wissen Sie denn, wie das geht?«

»Ja.«

Wir gingen in den Projektionsraum. Und dann sah Breckinridge die Filme. Als wir wieder in sein Büro gingen, zitterte er wie Espenlaub.

Ich händigte ihm die Filme aus. »Sie werden schon wissen, was Sie damit anfangen«, sagte ich.

»Wieviel haben Sie dafür bezahlt?« wollte er wissen.

»Ja, nun«, erwiderte ich. »Ich hatte einige Spesen . . . Ich mußte mehrmals nach Dallas fliegen und zurück. Und –«

»Ach, das«, entgegnete er geringschätzig. »Die Spesen sind mir egal. Wieviel haben Sie für die Filme bezahlen müssen?«

»Nichts«, sagte ich.

»Nichts?«

»Keinen Cent.«

»Wie – wie haben Sie das angestellt?«

»Wenn Sie die Zeitung lesen«, sagte ich, »finden Sie vermutlich einen Artikel, in dem berichtet wird, wie Sergeant Sellers und Jim Dawson vom Büro des Sheriffs im Kern County unter äußerster Pflichterfüllung einen der raffiniertesten Fälle gelöst haben, die in diesem Staat jemals vorgekommen sind. Zuerst sah es wie ein ganz gewöhnlicher Unfall aus. Als jedoch die umsichtigen Polizeibeamten nachhakten, stießen sie auf einen Mord, der einen Versicherungsschwindel decken sollte. Aber da ein paar Details nicht ganz ins Bild paßten, gruben die beiden tüchtigen Beamten weiter und enthüllten einen so bizarren Fall, daß man die alte Wahrheit bestätigt findet, nach der die Wirklichkeit unglaubwürdiger ist als jeder Kriminalroman.«

Breckinridge sagte: »Soll das heißen, daß diese beiden Beamten . . . Daß sie sich mit fremden Federn schmücken?«

»Klar«, erwiderte ich. »Warum nicht?«

»Das ist unfair«, erklärte Breckinridge. »Ich bin nicht ganz ohne Einfluß in politischen Kreisen. Einer der beiden Polizeipräsidenten unserer Stadt ist ein enger Freund von mir, und ich . . .« Plötzlich zögerte er, und ich sagte: »Aber Sie haben Ihre eigenen Probleme, nicht wahr?«

Er tastete nervös nach der Blechdose mit den Filmen. »Ich habe meine eigenen Probleme, ja. Aber wenn ich es nicht auf diese Weise gutmachen kann, Lam, dann will ich es auf eine andere versuchen. Ich kann Ihnen nicht nur die Belohnung meiner Firma versprechen, sondern auch einen Bonus vieler anderer Versicherungsgesellschaften. Dieser Melvin war uns schon lange ein Dorn im Auge.«

Breckinridge ging kurz hinaus ins Vorzimmer und kam mit einem Scheck zurück.

Ich warf einen Blick darauf, pfiff leise durch die Zähne und steckte ihn ein.

Breckinridge streckte mir die Hand entgegen. »Lam«, sagte er, »es war mir ein Vergnügen. Ein wahres Vergnügen.«

Ich konnte nichts dazu sagen.

17

Ich kam ins Büro. Bertha blinzelte ungläubig, dann sagte sie: »Mein Gott, kannst du denn nie an Ort und Stelle bleiben? Wie willst du einen Auftrag ausführen, wenn du ständig hin und her fliegst?«

»Der Auftrag ist ausgeführt«, verkündete ich.

»Du solltest drei Wochen daran arbeiten«, erklärte sie wütend. »Drei Wochen bei einem Satz von hundertfünfzig Dollar im Tag, das sind –«

Ich ließ wortlos Breckinridges Scheck auf den Schreibtisch segeln.

Sie wollte etwas erwidern, schaute dann darauf, und ihre

Augen wurden groß und rund.

»Mich laust der Affe«, sagte sie. Und nach einer Sekunde fügte sie hinzu: »Und zu denken, daß auch noch jemand anders die Spesen bezahlt hat . . .«

»Alle, bis auf einen Posten von fünfhundert Dollar«, erklärte ich.

»Fünfhundert Dollar? Um Himmels willen – wofür denn?« fragte sie.

»Eine Belohnung für Elsie Brand«, erwiderte ich und verließ das Büro, während Bertha noch an ihrer Antwort herumstammelte.

BILL KNOX

Der Tod des Sargmachers

Aus dem Englischen übertragen von
Tony Westermayr
Herausgegeben von Friedrich A. Hofschuster

Die Hauptpersonen

Colin Thane	Kriminal-Superintendent
Mary	seine Frau
Tommy	sein Sohn
Jack Hart	Kriminal-Chefsuperintendent
Sandra Craig	
Francey Dunbar	Kriminalbeamte
Joe Felix	
Phil Moss	Kriminal-Inspektor, mit Thane befreundet
Lord Mackenzie	ein hoher schottischer Richter
Peter Barry	Unternehmensberater und Computerfachmann
Shona Barry	seine Schwester
Anna Marshton	eine Handtaschendiebin
Malky Darvel	Sargmacher und Restaurateur von Antiquitäten

Der Roman spielt in Glasgow und Edinburgh.

Für Elizabeth

Ich muß noch einmal betonen, daß Organisation und Methoden der schottischen Crime Squad (Kriminalpolizei) sich von den hier geschilderten in Einzelheiten unterscheiden. Ich weiß es, die Scottish Crime Squad weiß es. Sie will es so, und ich danke ihr für ihre Hilfe.

B. K.

Kapitel

1

Annie Campbell war sechzig, grauhaarig, noch immer eine gutaussehende Frau, und hätte jedem eine auf die Nuß gegeben, der es gewagt hätte, sie einen Dienstboten zu nennen. Sie war Haushälterin von Drum Lodge, ihr Ehemann Donald war Chauffeur und Faktotum, und das Personal vervollständigte eine Putzfrau, die untertags vom Ort herüberkam.

Drum Lodge war ein mäßig großes schottisches Landhaus in den Vorbergen von Perthshire. Ihr Arbeitgeber, von seinen wenigen Bauernnachbarn Fergie Mackenzie genannt, war Witwer und lebte in der dritten Generation seiner Familie in der Lodge. Die Campbells arbeiteten seit sieben Jahren bei ihm.

Mit nur einem peinlichen Zwischenfall. Das war der Abend gewesen, an dem Donald Campbell von der Polizei angehalten worden war, weil er das Auto seines Dienstherrn steuerte, nachdem er ein Glas zuviel getrunken hatte. Ins Röhrchen blasen und alles übrige waren eine Formalität gewesen. Donald hatte für ein Jahr seinen Führerschein verloren. Fergie Mackenzie hielt sein eigenes Revisionsverfahren ab . . . dann kaufte er Donald ein Fahrrad und stellte fest, man müsse sich ohnehin mehr um den Garten kümmern.

Aber das war im Sommer gewesen, vor acht Monaten. Jetzt wollte Annie Campbell sich erholen. Ihre Küche war nach dem Abendessen aufgeräumt, ihr Arbeitgeber blieb die Nacht über in Edinburgh, Donald war mit dem Rad zum Ort gefahren, um Darts zu spielen.

Draußen war es dunkel und naßkalt, wie Abende in den Perthshire-Bergen im März es oft sind. Aber in der Küche war es warm, und sie hatte den tragbaren Fernseher mitgebracht. An diesem Abend lief eines ihrer Lieblingsprogramme, eine Ärzteschnulze.

Annie Campbell goß sich ein kleines Gläschen vom besten Whisky ihres Arbeitgebers ein, trank einen Schluck und wollte den

Fernseher einschalten.

Die Türglocke schrillte.

»Den soll doch der Kuckuck holen«, schimpfte Annie Campbell ärgerlich vor sich hin.

Sie verließ die Küche und ging durch das Haus zur Eingangstür. Durch die Glasscheiben sah sie eine Gestalt in Polizeiuniform im Schatten des Eingangs stehen.

Annie Campbell öffnete die Tür. Und schnappte nach Luft, als der »Polizist« ihr eine Schußwaffe in den Bauch stieß. Ein Gesicht, grotesk verzerrt durch eine Strumpfmaske, grinste sie an.

»Schön brav und vernünftig sein«, sagte die Gestalt leise.

Annie Campbell, unerschrocken vor Mensch und Teufel, war eine Bauerntochter. Sie blickte auf die Pistole hinunter, deren Mündung in ihre Magengrube gepreßt wurde, sah, daß der Sicherungshebel umgelegt war, und nickte.

Aus der Nacht tauchten noch zwei Männer mit Strumpfmasken auf. Sie trugen dunkle Pullover und Drillichhosen. Annie Campbell wurde durch das Haus in ihre Küche getrieben, auf ihren Stuhl gestoßen und mit einem Strick, den der »Polizist« aus seiner Hosentasche zog, gefesselt.

»Ihr vergeudet eure Zeit«, sagte Annie Campbell beherzt. »Hier ist kein Geld. Außer ihr wollt das, was in meiner Börse ist.«

Einer von den drei Männern gluckste. Dann verschloß er ihr mit Heftpflaster den Mund.

»Keine Sorge, Ma«, sagte der »Polizist«.

Er zog den Stuhl ein bißchen herum, bis er dem Fernsehgerät gegenüberstand. Dann schaltete er den Apparat ein und stellte ihn lauter.

Annie Campbell funkelte ihn böse an, als er mit den anderen hinausging. Der Kasten war auf den falschen Kanal eingestellt.

Als Donald Campbell über zwei Stunden später von seinem Pfeilwerfen im Dorfhotel durch den Regen zurückradelte, fand er die Tür von Drum Lodge offen und seine Frau immer noch an den Küchenstuhl gefesselt vor.

Sie waren beide praktisch gesinnte Menschen. Nachdem Annie Campbell losgebunden war, trank sie ihren Whisky auf einen Schluck aus. Donald Campbell genehmigte sich einen Kleinen, um ihr Gesellschaft zu leisten. Dann versuchten sie, die Polizei anzurufen. Die Leitung war zerschnitten.

»Ich radle wieder zum Ort hinunter«, sagte Donald gequält. Er dachte an den Regen, an die zwei Meilen Fahrt hin und an die zwei Meilen wieder zurück. »Annie, was, zum Henker, wollten die Kerle überhaupt?«

»Mich offenbar nicht. Nicht, daß dir das viel ausgemacht hätte«, erklärte Annie Campbell grimmig. »Sehen wir lieber nach.«

Das taten sie.

Das vordere Wohnzimmer von Drum Lodge wirkte ungewöhnlich nackt. Ein William-und-Mary-Beistelltisch, ein Chippendale-Schreibpult und die Sheraton-Stühle fehlten. Im Eßzimmer war ein komplettes Crown-Derby-Speiseservice aus seinem Glasschrank geholt worden, eine Anzahl von georgianischen Silberstücken fehlte, ebenso ein Silberkübel aus derselben Zeit.

Mit zusammengepreßten Lippen ging Annie Campbell voraus zum Arbeitszimmer ihres Dienstherrn. Dort stand es genauso schlimm. Eine Reihe hoher Schränke mit Glastüren war aufgebrochen worden. Fergie Mackenzies kostbare Sammlung alter Feuerwaffen von Brown-Bess-Musketen bis zu alten schottischen Sattelpistolen war verschwunden.

Annie versuchte, das Positive zu sehen. Das Schreibpult und die Sheraton-Stühle würden ihr fehlen. Das Silber dagegen war sehr mühsam zu putzen gewesen, und was nützte ein Speiseservice, das zu kostbar war für eine Verwendung? Bei den Waffen hatte sie zwar gewußt, daß sie ebenfalls wertvoll waren, aber gemocht hatte sie die Dinger nie.

»Ich mach' mich auf den Weg, Annie.« Donald Campbell räusperte sich, zögerte und fügte hinzu: »Äh . . . ich hab' gewonnen.« Er sah die verständnislose Miene seiner Frau. »Beim Werfen. Ich bin jetzt in der Endrunde.«

Annie Campbell sah ihn starr an.

»Scheiß-Pfeilwerfen«, sagte sie mit Bedacht.

Sie gebrauchte das Wort in ihrem Leben erst zum zweitenmal. Bei der ersten Gelegenheit – nun, davon wußte nicht einmal Donald.

Ihr ging erst jetzt ganz auf, was geschehen war.

Außerhalb von Drum Lodge und den Vorbergen von Perthshire

war Fergie Mackenzie besser bekannt als Lord Mackenzie, einer der dienstältesten Richter am Hohen Gerichtshof von Schottland. Dort wurde er als Schreck-Mac betitelt – ein Schrecken für Verteidiger, Polizei und Angeklagte zugleich. In seiner Richterrolle lächle er nur dann, so hieß es, wenn er ein Urteil verhänge.

Fergie Mackenzie würde nicht erfreut sein, wenn er hörte, daß er beraubt worden war. Ihr Blick erfaßte die nackten Bodendielen, und sie setzte im stillen noch einen handgewebten, cremefarbenen chinesischen Teppich auf die Liste des Beuteguts. Nein, er würde ganz und gar nicht erfreut sein.

Sie sah ihren Mann an.

»Bist du noch nicht fort?«

»Dachte bloß, ich erwähn' das mit dem Werfen«, sagte Donald. Er bereute schon, davon gesprochen zu haben. Er zog sich in Richtung Tür zurück.

Der Regen draußen schien immer stärker zu werden.

Die meisten Menschen in Glasgow fühlten sich an diesem Dienstagmorgen besser. Nach fast einer Woche Regen war die Sonne wieder herausgekommen, der Himmel klar und blau. Die Straßen trockneten, in den Stadtparks sprossen Frühlingsknospen, und selbst in den schlimmsten Slum-Wohnkasernen wurde das Leben ein klein wenig erträglicher.

Kriminal-Superintendent Colin Thane stand in der Zentrale der Scottish Crime Squad am Fenster seines Büros, schaute hinaus und war mit dem Leben einigermaßen zufrieden. Der Anblick, der sich ihm gerade bot, bestand hauptsächlich aus zwei weiblichen Beamten, die auf dem Parkplatz zu ihrem Auto gingen, das keine Beschriftung trug. Sie hießen Jill und Jean, beide waren Anfang Zwanzig, schlank und hübsch, und trugen weite Pullover zu engen, ausgewaschenen Jeans.

Er grinste. Zum Teil deshalb, weil sie, obwohl beide brünett, blonde Perücken trugen. Zum Teil auch deshalb, weil er wußte, wohin sie fuhren. Sie sollten vier Wochen verdeckter Ermittlungen mit der Festnahme eines gescheiterten Medizinstudenten abschließen, der Discjockey geworden war und sich nebenbei gewinnbringend als Erpresser betätigte. Vor allem aber grinste Colin Thane deshalb, weil er, schwarzhaarig, einsfünfundachtzig groß, zweiundvierzig Jahre alt, glücklich verheiratet, zwei Kinder, vielleicht nicht mehr ganz so schlank wie früher einmal, noch immer Mädchen in Pullis und engen Jeans zu schätzen wußte.

Jill und Jean stiegen in den Wagen. Thane wandte sich vom Fenster ab und ging zu seinem Schreibtisch zurück. Er setzte sich und blätterte weiter im Computerausdruck der vergangenen Nacht.

Zwei Messerstechereien, ein bewaffneter Raubüberfall, ein Vergewaltigungsversuch, ein ertrunkener Jugendlicher, der giftige Dämpfe geschnüffelt hatte, eine alte Frau beraubt und halbtot liegengelassen ... der Ausdruck erfaßte nur Glasgow und wurde von der Stadtpolizei weitergegeben. An sechs von sieben Tagen ließ der Inhalt sich voraussagen. Thane zog die Schultern hoch, blätterte um und stutzte, als er Millside erwähnt fand.

Millside war ein häßlicher Teil Glasgows, halb im Hafengebiet gelegen. Bis vor drei Monaten, als man ihn gleichzeitig befördert und von der gewöhnlichen Polizeiarbeit zur Crime Squad versetzt hatte, war Millside sein Arbeitsbereich gewesen. Eine Gegend, wo Chef der örtlichen Kriminalpolizei zu sein bedeutete, daß man die Fäuste mindestens ebensooft zu gebrauchen hatte wie das Gehirn.

Die ausgedruckte Meldung umfaßte nur vier Zeilen: die kurze Auflistung eines Lagerhaus-Einbruchs. Die Bande hatte ein Loch ins Dach geschnitten, war hinuntergesprungen und hatte etwa eine Tonne löslichen Kaffee weggeschleppt. Für das Dach hatte man eine Motorsäge verwendet. Das klang ganz nach Soldier Harris und seinen Söhnen ... Thane streckte die Hand nach dem Telefon aus, zog sie zurück und schüttelte den Kopf. Mindestens drei Kriminalbeamte von Millside waren fähig, selbst darauf zu kommen. Ein Ex-Chef hatte seine Nase dort nicht hineinzustecken, wo sie nicht gebraucht wurde.

Er schnitt eine Grimasse, zündete sich eine seiner streng rationierten Zigaretten für diesen Tag an und warf einen Blick auf die Digitaluhr aus rostfreiem Stahl an seinem Handgelenk. Er hatte sie zum Abschied von ihnen bekommen. An der Unterseite des Gehäuses war eingraviert: »Für den Chef von den Millside-Kollegen«.

Aber nun gehörte er zur Scottish Crime Squad und war amtierender Chefstellvertreter, bis Tom Maxwell vom Urlaub zurückkam.

Eine Versetzung zur Crime Squad war das, wovon jeder richtige Polizist träumte, auch wenn es nur bei den wenigsten wahr wurde. Eine kleine Gruppe, Auslese aus allen Polizeibehörden im Land, frei von örtlichen Bindungen oder Gebietsbegrenzungen, von der Regierung direkt finanziert, die sich die Fälle selbst aussuchen konnte – es waren stets wichtige. Man wendete seine eigenen Methoden an . . . und meistens wurde ein Fall abgeschlossen, bevor der örtlich zuständige Polizeibeamte recht viel mehr wußte, als daß man sich in seinem Bereich aufhielt.

Immerhin . . . für alle Fälle vermerkte er den Namen Soldier Harris auf seinem Notizblock.

Das Wechselsprechgerät auf seinem Schreibtisch summte leise, als er wieder nach dem Computertext griff.

»Kommen Sie, bitte«, sagte eine sanfte, beinahe träg wirkende Stimme. Im Gerät knackte es.

Thane drückte seine Zigarette aus. Die Bitte kam von Jack Hart, dem Chef der Dienststelle, und zwar nicht ganz unerwartet. Hart, Kriminal-Chefsuperintendent, vor der Übernahme dieses Postens Bereichsleiter Kriminalistik in Ayrshire gewesen, hielt an den meisten Vormittagen eine kleine Besprechung ab. Er erwartete, auf diese Art genau zu erfahren, was alles vorging. Stellte sich später heraus, daß das trotzdem nicht der Fall war, konnte der Teufel los sein.

Ein rascher Blick auf die beiden letzten Seiten des Ausdrucks zeigte, daß nichts weiter von Belang war. Thane stand auf und schaute sich kurz im Zimmer um. Er hatte sich noch immer nicht an den Teppichboden gewöhnt – erst vom Superintendenten ab gab es Teppichböden. Das Mobiliar war, wie das Gebäude, neu und modern – auch ein Gegensatz zu dem alten Gerümpel in Millside. Er hatte hier noch nicht viel getan, um dem Raum persönliche Züge zu verleihen, wenn man von dem frischen Kaffeefleck auf dem Teppichboden und dem abgebrochenen Kleiderhaken an der Tür absah. Aber das Zimmer wirkte langsam unaufgeräumter und behaglicher.

Er verließ den Raum, ging durch einen Korridor, drückte neben der Tür mit der Aufschrift »Commander« auf einen Knopf. Eine Aufschrift »Eintreten« blinkte auf. Er öffnete die Tür und trat ein.

»Setzen Sie sich erst mal.« Commander Hart, ein Mann Ende Vierzig mit hohen Backenknochen und faltigem, meistens traurig wirkendem Gesicht, saß an seinem Schreibtisch und nickte grüßend. Er zeigte mit dem Daumen auf die ältere, ein wenig mollige, adrett gekleidete Brünette, die sich neben ihm über Akten beugte. »Maggie und ich sind gleich fertig.«

Thane ließ sich in einem Sessel nieder. Maggie Fyffe, die Sekretärin des Commanders, trug einen Ehering. Sie war die Witwe eines Polizeibeamten. Sie lächelte Thane an und legte Hart erneut ein Schriftstück vor. Er gab einen Knurrlaut von sich, unterschrieb und schob ihr das Bündel hin.

»Sonst noch was?« fragte er.

»Nein.« Maggie Fyffe warf wieder einen Blick auf Thane und schien sich insgeheim über irgend etwas zu amüsieren. »Nichts, was nicht Zeit hätte.«

»Lassen wir es dabei«, sagte Hart dankbar. Er wies auf sein Telefon. »Vorerst keine Gespräche. Ich bin nicht da. Oder –«

»Sie organisieren ein Begräbnis?« meinte Maggie Fyffe sanft.

»Ja.« Hart lachte leise in sich hinein. »Kann man auch sagen.«

Sie ergriff die Unterlagen, ging hinaus und schloß die Tür hinter sich. Hart schob die Lippen vor, schlug den vor ihm liegenden roten Aktendeckel auf und starrte stirnrunzelnd hinein.

Thane wartete. Das Büro des Commanders war ungefähr doppelt so groß wie das seine, mit Aussicht auf Wiesen, die von Bäumen umsäumt waren. Hinter den Bäumen befand sich ein hoher Zaun. Am einzigen – bewachten – Tor hing ein Schild mit der Aufschrift: »Polizeiliches Übungsgelände«.

Was es auch war. Die Scottish Crime Squad teilte sich das Gelände mit der berittenen Polizei, die dort ihre Stallungen hatte, und den Hundestreifen. Die Tiere waren oft lärmende Nachbarn. Für die Öffentlichkeit war die Dienststelle im Telefonbuch mit einer Adresse in der Innenstadt von Glasgow eingetragen. Die höfliche Vortäuschung wurde durch ein kleines Büro aufrechterhalten, aber die Einsatzbasis war hier, südlich vom Fluß, am Stadtrand, nah bei der Fernstraße M 8 nach Greenock.

Die Dienststelle legte Wert auf Ungestörtheit. Ihre Kombination von Zielüberwachung und aggressiver Polizeitätigkeit hielt sich zwar an die Regeln, aber Aufsehen sollte möglichst vermieden werden.

»Fertig«, sagte Hart plötzlich und klappte die Akte zu. Er sah Thane ebenso merkwürdig, beinahe belustigt, an wie vorher Maggie Fyffe. »Was halten Sie von den Richtern des Hohen Gerichtshofs?«

»Als Schlag?« Thane zuckte überrascht mit den Schultern. »Sie sind menschlich, nehme ich an – jedenfalls ein paar.«

Hart lachte leise und legte beide Hände flach auf den Schreibtisch.

»Wie steht es mit dem gefürchteten Lord Mackenzie, auch Schreck-Mac genannt? Schon mal das Vergnügen gehabt?«

»Ja.« Thane verzog den Mund. »Ich kann Ihnen die Narben zeigen.«

Es war ein ganz unsensationeller Mordprozeß gewesen, mit wenig Komplikationen, aber Lord Mackenzies Laune hatte sich von Anfang an als äußerst schlecht erwiesen. Zusammengekauert hinter dem Richtertisch, eine kleine, verdrossen wirkende Gestalt mit Gerichtsperücke und roter Robe, hatte Schreck-Mac sowohl den Vertreter der Anklage für die Krone wie den Strafverteidiger zu nervösen Wracks gemacht, während er Geschworene und Zeugen gleichermaßen terrorisierte.

Als Thane als Zeuge auftreten mußte, beugte Seine Lordschaft sich wie ein hungriger Geier vor, lauschte mit steinerner Miene und kritisierte dann alle beteiligten Kriminalbeamten, bevor er andeutete, Thane lüge möglicherweise.

Später hatte Schreck-Macs unangreifbares Resümee das Plädoyer der Verteidigung zerpflückt, die Jury hatte auf Schuldig entschieden, und der Angeklagte war zu lebenslanger Haft verurteilt worden. Aber an jenem Tag hätte Colin Thane viel dafür gegeben, die Hände um eine ganz bestimmte magere Kehle legen zu können.

»Das dachte ich mir«, meinte Hart nachdenklich. »Wir sind so viele, daß wir einen Verein gründen könnten. Trotzdem –« Er wies mit dem Kinn auf die Akte. »Unser gemeinsamer Freund wohnt in Drum Lodge irgendwo in der Wildnis von Perthshire. Vor zwei Wochen bekam das Haus eines Samstagabends Besuch. Leider war Lord Mackenzie nicht zu Hause – aber die Haushälterin wurde mit vorgehaltener Pistole gefesselt, und eine Bande räumte Antiquitäten im Wert von dreißigtausend Pfund ab.«

»Sie haben Interesse daran?« fragte Thane. Er zog die Stirn ein wenig zusammen.

Hart nickte.

Thane war auf der Stelle argwöhnisch.

»Was ist an der zuständigen Dienststelle auszusetzen?«

»Nichts. Aber man hat nichts herausgefunden.« Hart machte eine kurze Pause, dann fügte er mit leichtem Sarkasmus hinzu: »Das kommt vor, selbst wenn es um einen hohen Richter geht.«

»Sie greifen also ein.« Thane fuhr mit dem Daumen an seinem Kinn entlang. Sein Argwohn wuchs. Eine der ersten Regeln, die er beim Eintritt in die Crime Squad gelernt hatte, war die, daß man sich von alltäglichen Verbrechen fernhielt, angefangen bei Raub. Er sah Commander Hart unschuldig an.

»Setzt uns jemand unter Druck, Sir?«

»Nein, nicht so, wie Sie meinen«, erwiderte Hart frostig. Sein Gesicht rötete sich ein wenig. »Selbst wenn es so wäre, meine ich, daß immer noch ich die Dienststelle leite. Ich -« Er brach mit einem Brummlaut und einer Grimasse ab und fuhr mit dem Drehsessel herum, als nah am Fenster wildes Kläffen laut wurde. Einen Augenblick später raste ein großer, junger Schäferhund über das Gras, verfolgt von einem wütenden uniformierten Hundeführer. Sie verschwanden, und der Lärm hörte auf.

»Die Hundestaffel hat neue Rekruten.« Hart drehte sich wieder nach vorn, immer noch frostig. »Mit als erstes bringen sie den Tieren bei, nicht zu früh zu bellen.« Er sah Thane bohrend an. »Sehr vernünftig.«

Thane nickte mit einem schiefen Lächeln.

»Übrigens würde auch Ihnen ein Halsband recht gut stehen.« Harts gute Laune stellte sich wieder ein. Er deutete mit einer Bewegung seines Kinns wieder auf die Akte. »Colin, es gibt keinen direkten Druck. Der Einbruch in Drum Lodge gehört einfach zu einem Einsatzpaket – zu einem, mit dem mich zu befassen ich schon vor Wochen gebeten worden bin, bevor Lord Mackenzie seine hübschen Sachen verloren hat.« Er zog die Schultern hoch. »Wenn ein Minister erklärt, er mache sich Sorgen, merke ich auf.«

Das konnte Thane sehr gut verstehen. Das Jahresbudget der Scottish Crime Squad würde bald zur Diskussion stehen.

»Antiquitätendiebstähle?« Das schien naheliegend zu sein.

»Genau.« Hart nickte grimmig. »Eine ganze Epidemie – und ein neues Team, das professionell arbeitet. Die Leute wissen, was sie tun.« Er schob Thane die Akte hin. »Drum Lodge ist nur einer von elf Fällen hier. Verstreut über das ganze Land, aber offenbar überall dieselbe Bande. Sie beachten wertloses Zeug nicht, nehmen nur das Beste, und in jedem einzelnen Fall haben sie nie unter zehntausend Pfund Werte erbeutet, ganz bescheiden gerechnet.«

Thane blickte auf die Akte.

»Mein Fall?«

»Ja.« Hart schob die Lippen vor – »Ach – wieviel verstehen Sie von Antiquitäten?«

»Nicht viel«, gestand Thane. »Es sei denn, Sie rechnen mein Auto ein.«

Eigentlich war das jetzt das Fahrzeug seiner Ehefrau Mary. Er hatte sich jeden Tag abwechselnd mit Mary in den alten Kombi geteilt, aber jetzt durfte sie die meiste Zeit damit fahren, weil ihm die Fahrbereitschaft zur Verfügung stand. Der Wagen rostete, die Reifen waren abgefahren, der Ölverbrauch nahm immer mehr zu.

»Das ist nicht gerade hilfreich«, meinte Hart düster. »Keine Kritik an Ihnen, aber es ist Pech, daß Tom Maxwell Urlaub hat.«

Thane wußte, was er meinte. Harts eigentlicher Stellvertreter, Kriminal-Superintendent Maxwell, hinkte, weil er bei der Verfolgung eines bewaffneten Verbrechers einmal von einem Dach gestürzt war. Maxwell, der von Edinburgh zur Dienststelle gekommen war, stöberte aber gern in Trödlerläden und bei Auktionen herum. Wenn er sie billig genug bekommen konnte, sammelte er Stiche von alten Segelschiffen.

»Könnten Sie ihn nicht zurückholen?« fragte er ruhig.

»Nein.« Harts Knurrton verriet, daß er daran gedacht hatte. »Er macht eine Rundreise durch Frankreich, erinnern Sie sich? Er hat seine Frau, ein Zelt und sein Auto mitgenommen – keine Adresse, wo man ihn erreichen kann.«

»Schade.« Er gab sich Mühe, nicht zu grinsen. Tom Maxwell war nicht dumm. Er wußte, daß Maxwell bei Maggie Fyffe in Wirklichkeit zwei Adressen für Notfälle hinterlassen hatte, aber unter haarsträubenden Drohungen, was passieren würde, wenn sie dem Commander davon erzählen sollte.

»Es bleibt also an Ihnen hängen.« Hart legte die schmalen Hände aneinander, als wolle er beten. Dann hellte sich seine Miene auf. »Ach was, Antiquitäten oder nicht, kommt es darauf an? Sie gehen auf Diebesjagd. Allerdings –« Er verstummte und betrachtete seine Hände.

»Ein Problem?« fragte Thane schicksalergeben.

»Nur, daß wir ein bißchen tiefer bohren wollen.« Hart gab die Gebetshaltung auf. »Der Verein braucht einen Markt, einen unsauberen Käufer. Gestohlene Antiquitäten werden stets schnell und weit weggebracht, gleich aus dem Land geschafft – das weiß man seit langer Zeit. Das ist wie bei einer Pipeline. Die gestohlenen Gegenstände gelangen an einem Ende hinein und kommen am anderen Ende als scheinbar einwandfreie Geschäfte heraus. Ich wette, daß Schreck-Macs Sachen inzwischen entweder in Amsterdam oder Paris oder unterwegs zu einem Ausstellungsraum in Manhattan sind.«

Thane nickte. Er fragte sich, wie er je hatte auf den Gedanken kommen können, das würde ein schöner Tag werden. Eines der Telefone auf Harts Schreibtisch summte leise. Hart nahm den Hörer ab, lauschte, murmelte etwas und legte auf.

»Richtig.« Er ging auf den Anruf nicht ein. »Sie sehen nicht gerade glücklich aus.«

»Ich versuche nachzudenken«, sagte Thane gequält. Eine Erinnerung hatte sich geregt, etwas, das einige Jahre zurücklag. »Ich habe einen Verbindungsmann zum Antiquitätenhandel – wenn er noch aktiv ist.«

»Ich kann Ihnen etwas Besseres liefern.« Hart strahlte ihn an. »Ich habe gestern abend davon gehört und heute früh die Zusammenfassung bekommen. Der Grund für unser Eingreifen.« Er wies auf die Akte. »Das erste Blatt.«

Draußen war wieder Gebell laut geworden, aber weiter entfernt. Eine kleine Kolonne von Polizeihunden und ihren Führern machte sich auf den Weg zum Übungsgelände. Sie wurde von einem Sergeanten geleitet, der den meisten Lärm zu machen schien. Hart drehte sich herum und sah ihnen finster nach, während Thane die

Akte aufschlug.

Obenauf lag ein Berichtsblatt von der kleinen Zweigstelle der Behörde in Edinburgh. Angeklammert waren mehrere Fernschreiben. Thane blätterte stirnrunzelnd. Die Fernschreiben stammten vom kriminalistischen Nachrichtendienst der Strathclyde-Polizei in Glasgow, von einer Polizeibehörde in Edinburgh und von einer Verkehrspolizei-Stelle in Nord-England.

Er warf einen Blick auf Hart. Der Commander war immer noch damit beschäftigt, den Aufmarsch der Hunde zu beobachten.

»Eine sonderbare Geschichte«, sagte Hart, ohne sich umzudrehen. »Übergehen Sie nichts – auch nicht die beteiligten Frauen.«

»Sir.« Thane zündete sich eine Zigarette an, begann zu lesen, wobei ihn die ersten Zeilen noch mehr verwirrten, dann erwachte langsam sein Interesse.

Es hatte vor ungefähr sechs Monaten begonnen. Mrs. Helen Morton, die Frau eines Zahnarzts in Edinburgh, hatte in einem Geschäft an der Princes Street ein neues Kleid anprobiert. Aus der Umkleidekabine war ihre Handtasche entwendet worden. Sie hatte Geld, Scheckheft, Kreditkarten und ihren Führerschein verloren.

Eine Woche später war eine Frau namens Anna Marshton, ledig, viermal vorbestraft, in einem Kaufhaus in Glasgow ertappt worden, als sie mit der Handtasche einer anderen Kundin das Weite hatte suchen wollen.

Anna Marshton war in Glasgow zu Hause. Zwei Kriminalbeamte waren mitgekommen, um ihre Wohnung routinemäßig zu durchsuchen, ein kleines Appartement in einem von der Kommune erbauten Hochhaus mit niedrigen Mieten, wo sie allein lebte. Sie hatten ein kleines Lager von Gegenständen gefunden, die Anna mit Handtaschendiebstählen in Glasgow und Edinburgh in Verbindung brachten. Darunter war Helen Mortons Scheckheft gewesen.

Anna Marshton hatte sechs Diebstähle eingestanden und war vor Gericht gestellt worden. Der Pflichtverteidiger hatte seinen Lieblingseinwand bei aussichtslosen Fällen vorgebracht, nämlich, daß seine Mandantin unter schwerer seelischer Belastung gestanden hätte. Zur Abwechslung einmal war er erfolgreich gewesen. Anna war zu bescheidenen drei Monaten Gefängnis verurteilt worden.

Das hieß, daß sie seit mindestens zwei Monaten wieder auf

freiem Fuß war. Thane zog die Brauen zusammen, bemüht, sich die Zeitangaben zu merken, und las weiter. Der nächste Abschnitt führte die Geschichte weiter zu einem Sonntagvormittag. Das Datum war mit Tinte unterstrichen. Jack Hart hatte in seiner leserlichen Handschrift daneben vermerkt: »Morgen nach dem Einbruch in Drum Lodge.«

Ein Lastwagen und ein Personenauto waren auf der Küstenstraße A1 nach Süden leicht zusammengestoßen, einige Meilen hinter der Grenze nach England. Ein ihnen nachfolgender kleiner VW-Transporter versuchte auszuweichen, rutschte von der Straße und blieb mit einem geplatzten Reifen liegen.

Niemand wurde verletzt. Die Besatzung eines Polizeifahrzeugs, die erschien, um den Unfall aufzunehmen, entdeckte, daß die Fahrerin des VW den geplatzten Reifen wechselte. Sie war eine Brünette Anfang Dreißig, im Bericht knapp als »attraktiv« bezeichnet. Einer der englischen Polizeibeamten hatte ihr geholfen. Er bemerkte, daß der Transporter mit alten Möbeln beladen war. Die Brünette erklärte, sie hätte das Fahrzeug gemietet und bringe für einen älteren Verwandten das Mobiliar nach Süden.

Der englische Beamte hatte nicht weiter auf die Ladung geachtet. Thane grinste. Der Mann war vermutlich mehr an den Beinen der Brünetten interessiert gewesen. Aber sie war eine mögliche Unfallzeugin. Der Verkehrspolizist hatte, bevor sie weggefahren war, ihren Führerschein überprüft.

Der Führerschein war auf Mrs. Helen Morton ausgestellt, mit einer Adresse in Edinburgh. Das kam in den Unfallbericht der Beamten, zusammen mit dem Kennzeichen des VW. Dort hätte beides in Vergessenheit geraten können. Nur war später an diesem Tag der in den eigentlichen Unfall verwickelte Lastwagenfahrer zu seiner Firma zurückgekommen, hatte über Übelkeit geklagt, war zusammengebrochen und gestorben. Die Obduktion ergab, daß er einen Haarriß-Schädelbruch erlitten hatte. Sein Tod war auf eine Gehirnblutung zurückzuführen.

Damit nahm der Unfall ein anderes Gewicht an. Von der englischen Dienststelle ging ein Fernschreiben nach Edinburgh. Zwei Wachtmeister dort wurden zu Mrs. Mortons Wohnung geschickt, um, wie es schien, ein ganz alltägliches Aussageprotokoll aufzunehmen.

Man wurde rasch eines anderen belehrt. Mrs. Morton erklärte, sie sei an diesem Sonntag nicht aus dem Haus gegangen. Sie könne das beweisen. Dann schickte sie mit Worten, die eine Zahnarztfrau bei Fremden im allgemeinen nicht zu gebrauchen pflegt, die Beamten fort, wobei sie darauf verwies, die polizeilichen Unterlagen müßten schließlich ergeben, daß Monate vorher ihre Handtasche gestohlen worden und mit ihr auch ihr Führerschein verschwunden war.

Die zwei verblüfften Polizisten spürten den VW anhand seines Kennzeichens bei einem Mietwagenunternehmen in Edinburgh auf. Die Unterlagen der Firma zeigten, daß das Fahrzeug von einer Frau angemietet worden war, die sich Helen Morton nannte, sich mit dem Führerschein ausgewiesen und bar bezahlt hatte.

Der VW-Transporter war am Samstag übernommen und drei Tage später zurückgebracht worden. »Mrs. Morton« hatte sich für den defekten Reifen entschuldigt, den Schaden bezahlt, wiederum bar, und war seitdem nicht mehr gesehen worden. Es war jedoch nicht das erstemal gewesen, daß sie einen der Transporter angemietet hatte – stets gegen bar, mit der Erklärung, sie sei Sekretärin einer Laientheatertruppe und müsse manchmal Kulissen und Requisiten befördern.

Und der unglückliche englische Verkehrspolizist, der dieser falschen Mrs. Morton geholfen hatte, den Reifen zu wechseln, konnte nur angeben, der Transporter sei mit alten Möbeln beladen gewesen. Es könnten auch Antiquitäten gewesen sein.

Mehr gab es nicht. Thane bemerkte plötzlich, daß seine Zigarette fast seine Finger versengte. Er drückte den Stummel in einem Aschenbecher aus, blickte wieder mit gerunzelter Stirn auf das Berichtsblatt und hörte Hart leise lachen.

»Na?« sagte Hart und beugte sich vor. »Was glauben Sie?«

»Paßt zusammen«, bestätigte Thane gedehnt. »Anna Marshton –«

»Ist klein, dick, sechsundvierzig, und sieht aus wie das Heck von einem Omnibus«, unterbrach ihn Hart finster. »Sie klaut Handtaschen, Ende.« Er sog gereizt an seinen Zähnen. »Die örtliche Kripo vernahm sie am Sonntag nachmittag – unser Pech. Sie behauptete, sie hätte den Führerschein der Morton in einer Bar für den Preis eines Getränks einem Fremden überlassen. Na gut, die Beamten nehmen an, daß sie lügt. Aber sie können sie nicht davon abbringen. Das sind vertraute Gesichter für sie, und sie läßt sich nicht leicht einschüchtern.«

»Ein fremder, böser Bulle hätte vielleicht mehr Glück«, meinte Thane nachdenklich.

»Lassen wir den fremden, bösen Bullen«, gab Hart spöttisch zurück. »Ihr üblicher Charme und Ihre Diplomatie genügen, um die meisten Leute zu erschrecken.« Er zuckte mit den Schultern. »Unsere Anna lügt zweifellos. Viel wahrscheinlicher ist, daß jemand sie dafür bezahlt hat, einen Führerschein zu beschaffen, und ihr genaue Anweisungen gegeben hat.«

Thane hatte derselbe Gedanke beunruhigt.

»Hat sie früher schon in Edinburgh gearbeitet?« fragte er.

»Nicht daß wir wüßten«, erwiderte Hart grimmig. »Aber sie hat bei diesem einen Ausflug zwei Handtaschen gestohlen, beide von etwa gleichaltrigen Frauen. Wenn ich das richtig sehe, hatte sie erst beim zweitenmal Glück – das andere Opfer fährt nicht Auto.«

Thane hatte gegen die Logik des Commanders nichts einzuwenden. Sie entsprach seiner eigenen. Der Transporter war in Edinburgh gemietet worden, und die meisten Verleihfirmen verlangten die Vorlage eines Führerscheins. Sie fühlten sich wohler, wenn der Mieter irgendwo in der Stadt oder nahebei wohnte.

Aber etwas anderes war von größerer Bedeutung. Alle britischen Führerscheine enthielten das Geburtsdatum des Inhabers, ein Stück Gleichberechtigung, das nicht alle Frauen schätzten. Die Information war zwar computerverschlüsselt, aber das Personal der Mietwagenfirmen konnte sie lesen und tat das in der Regel auch.

Damit er von Nutzen sein konnte, mußte der Führerschein von einer Frau stammen, die ungefähr so alt war wie die Frau, die den Transporter mieten wollte. Und der gestohlene Führerschein war für mehr als eine Anmietung bei derselben Firma verwendet worden.

»Ein Führerschein.« Er sah Hart an. »Wenn das unsere Antiquitäten-Bande ist, hat sie vielleicht noch mehr.«

»Versuchen Sie, das Anna Marshton zu fragen. Ich vermute, daß

sie den Führerschein der Morton nicht mehr verwenden werden.«
Hart schüttelte mit widerwilligem Respekt den Kopf. »Wenn die
Ladung ›alter Möbel‹ nicht aus Drum Lodge stammte, dann von ei-
nem anderen Einbruch. Einen Miet-Transporter zu nehmen, ergibt
Sinn – das ist viel sicherer als ein gestohlenes Fahrzeug oder ge-
fälschte Kennzeichen.« Er verstummte und blickte auf seine Uhr.
Thane verstand den Wink, griff nach der Akte und stand auf.

»Ich lese das noch einmal durch, dann besuche ich unsere Hand-
taschenräuberin.«

Hart hielt ihn auf.

»Ich möchte, daß Sie vorher noch mit jemand anderem reden.«

»Sir?« Thane sah das kaum verhüllte Grinsen um den Mund des
Commanders und erinnerte sich daran, wie Maggie Fyffe ihn angesehen hatte. Was jetzt auch kommen mochte, Hart hatte sich das
bewußt bis zum Schluß aufgespart.

»Lord Mackenzie glaubt, er könne behilflich sein.« Harts Miene
blieb ausdruckslos, aber daß er den Augenblick genoß, war unverkennbar. »Er hat da eine eigene Theorie entwickelt, die er besprechen möchte.«

»Mit mir?« sagte Thane dumpf.

»Mit dem leitenden Beamten in diesem Fall«, sagte Hart ruhig.
»Das sind Sie, und Sie haben Glück. Der Hohe Gerichtshof tagt
heute in Glasgow, und Mackenzie führt den Vorsitz im North-Senat. Ich habe das von Maggie erkunden lassen – er unterbricht die
Sitzung um elf Uhr für eine Kaffeepause und hat dann Zeit für Sie.«

»Nett von ihm«, sagte Thane traurig.

»Das dachte ich mir auch.« Harts Grinsen war nicht mehr zu-
rückzuhalten. »Ähm – er sagt übrigens, daß er sich an Sie erinnern
kann.«

Colin Thane ging nicht direkt in sein Büro zurück. Er marschierte
durch einen anderen Korridor und nickte einem Kriminalinspektor
zu, der gerade aus einem der Zimmer trat, als er vorbeiging.

Der Mann erwiderte den Gruß mit düsterer Miene. Seine zwei-
jährige Versetzung zur Crime Squad war zu Ende. Er kehrte zurück
zu seiner Dienststelle im Norden, mit einer Beförderung und einem
guten Posten in einer kleinen Provinzstadt in der Tasche. Das Sy-

stem funktionierte so. Trotz der Vorteile für die berufliche Laufbahn waren viele Angehörige der Crime Squad traurig, wenn es hieß, wieder Abschied zu nehmen.

Der große Bereitschaftsraum lag am hinteren Ende des Korridors. Die Tür stand offen. Thane ging hinein und schaute sich hoffnungsvoll um. Es war ein großer Saal, aber wie üblich zeigten sich nur wenige Schreibtische besetzt. Bunte Nadeln in den Wandkarten, die ganz Schottland erfaßten, verrieten einige der Gründe. Als er am hinteren Ende des Raumes ein hochgewachsenes, schlankes, rothaariges Mädchen alleine sitzen sah, gab er jedoch einen erfreuten Knurrlaut von sich.

Sie hatte ihn bemerkt und unternahm den halbherzigen Versuch, zwei zuckerbestreute Krapfen auf einem Papierteller wegzuschieben. Den Rest eines dritten hielt sie noch in der Hand.

»Bin hungrig geworden«, erklärte sie ernsthaft und klopfte die Zuckerkrümel weg, die auf ihrer Jeansjacke gelandet waren. Sie trug sie zu grauer Bluse und passender Hose. Mit einer Kopfbewegung in Richtung Teller sagte sie: »Nehmen Sie sich einen.«

»Ein andermal.« Thane grinste. Sandra Craig war Kriminal-Konstablerin, man sah sie fast immer essen, aber sie schien nie ein Gramm zuzunehmen. »Wissen Sie, wo Francey oder Joe Felix stecken?«

Sie nickte.

»Sie sind zur Elektronik-Werkstätte gegangen. Joe wollte ein neues Spielzeug vorführen.« Sie griff nach dem Telefon. »Brauchen Sie die beiden, Sir?«

»Nein.« Thane schüttelte den Kopf. »Vorerst nur Sie.«

»Das beste Angebot seit dem Frühstück«, gab sie fröhlich zurück. »Und Francey und Joe?«

»Sie sollen nicht weglaufen. Sagen Sie ihnen, ich brauche sie noch.« Thane beließ es dabei. Er wußte, daß das genügte. Sergeant Francey Dunbar war jung, konnte schwierig sein und sich manchmal auflehnen, war Thane aber zugeteilt worden. Joe Felix war ein Kriminal-Konstabler mittleren Alters in der Abteilung Überwachung und Technik. Er und Sandra Craig waren die beiden anderen Mitglieder von Thanes persönlicher Mannschaft, die sich mehr zufällig als planmäßig gebildet hatte. Das Team hatte sich allmählich von selbst eingespielt, obwohl die anderen schon vor Thanes Ankunft bei der Crime Squad gewesen waren. Er wußte, daß sie ihn deshalb bei manchen Gelegenheiten immer noch als den Neuen betrachteten.

»Was haben wir?« fragte Sandra Craig erwartungsvoll. »Was Gutes?«

»Vielleicht.« Thane warf einen Blick in seine Akte. »Wir fangen mit einer Handtaschendiebin an. Anna Marshton.«

»Die?« Das Mädchen zog eine Braue hoch. »Ich kenne sie von früher, als ich noch Streifendienst machte. Was soll sie angestellt haben?«

»Sie ist in schlechte Gesellschaft geraten«, erklärte Thane ernst. »Fragen Sie im Kriminalarchiv nach, was über sie vorliegt. Sie wohnt Harald Street 680. Wir treffen uns mittags dort. Ich möchte mit ihr reden.«

Sandra Craig sah ihn ein wenig erstaunt an, nickte aber. Als Thane gegangen war, biß sie in ihren Krapfen und griff nach dem Telefon.

Lord Mackenzie erwartete ihn um elf Uhr. Thane blieb also noch Zeit. Er kehrte in sein Büro zurück und las die Akte durch. Sie bestand zum größten Teil aus zusammenfassenden Berichten über die anderen Antiquitätendiebstähle, die der Commander erwähnt hatte. Gestohlen hatte man alles mögliche, von Gemälden über Porzellan zu Möbeln und Silber, sogar alte Musikinstrumente und manchmal so schwere Gegenstände wie Standuhren.

Die geographische Streuung war eine andere Sache. Ohne genau zu wissen, weshalb, spürte er, daß ein Element fehlte. Er schaute auf die Uhr. Das mußte warten. Er schob die Akte in eine Schublade und stand auf. Auf dem Hinausweg ging er durch den Empfangsbereich. Maggie Fyffe saß hinter einem Schalter. Im Hintergrund tippte eine Schreibkraft auf ihrer Maschine, während Maggie thronte wie eine gütige Königin, umgeben von Fernsehmonitoren und einem Computer-Bildsichtgerät mit Tastatur.

»Gehen Sie aus, Superintendent?« fragte sie mit Unschuldsmiene.

»Stimmt«, sagte er mürrisch. »Maggie, wenn es drei von Ihnen gäbe, könnten Sie als die drei Hexen in *Macbeth* glänzen.«

Ihr Lachen verfolgte ihn durch die Glastür nach draußen.

Auf dem Parkplatz standen alle möglichen Fahrzeuge, mittelgroße Modelle verschiedenster Art, alle ohne Beschriftung. Kein Auto verfügte über eine sichtbare Funkantenne, aber in alle waren spezielle Sende- und Empfangsgeräte im unteren Wellenbereich mit Zerhackereinrichtung eingebaut. Thanes Fahrzeug, ein älterer Ford Cortina in Blau, wirkte schmutzig und wurde in diesem Zustand gehalten, weil es Vorschrift war, die Autos im Monat nur einmal durch eine Waschanlage zu fahren. Schmutzige Autos fielen weniger auf ... und wenn das Fahrzeug dann gewaschen wurde, wechselte man oft die Nummernschilder aus. Das ging auf den Samstagabend zurück, an dem ein junger Autofan, der auch ein aufstrebender Jungkrimineller war, in einem Billardsaal im Stadtteil Gorbals dabei erwischt worden war, wie er getippte Listen aller Autokennzeichen der Crime Squad zu fünf Pfund das Stück verhökert hatte.

Colin Thane setzte sich ans Steuer und fuhr los. Auf dem Weg zum Haupttor fuhr er langsam, weil ihm berittene Polizei entgegenkam, mit klappernden Hufen und klirrendem, poliertem Zaumzeug. Es waren prachtvolle Tiere, zum größten Teil Irische Vollblüter. Die Reiter saßen lässig in ihren Sätteln. Sie trugen weiße Handschuhe. Das hieß, daß sie am Hohen Gerichtshof Ehrenwachdienst geleistet hatten. Er lächelte, als sie vorbeiritten. Die einzige Beschwerde, die er von einem Berittenen je gehört hatte, war die gewesen, daß in einem Lagerraum Kavallerielanzen aufbewahrt wurden, die nur bei Polizeifesten benutzt werden durften ... angesichts der Tumulte bei manchen Fußballspielen eine Verschwendung.

Hinter den Bäumen öffnete sich das Haupttor für ihn. Er winkte dem diensthabenden Uniformierten dankend zu, bog links ab und reihte sich eine Minute später in den stadteinwärts fließenden Verkehrstrom auf der M 8 ein.

Er hatte es nicht eilig. Die Skyline von Glasgow aus Stahl und Beton, vor ihm in der Sonne glitzernd, war etwas, womit er sich in Übereinstimmung, wobei er sich wohlfühlte.

Der hochgewachsene, gepflegte Mann mit grauen Augen, im Anzug aus weichem Donegal-Tweed, mit weißem Hemd und dunkler Uni-Krawatte, machte meistens den Eindruck, es nicht besonders eilig zu haben. Er hatte ein markantes, von Natur aus fröhlich wirkendes Gesicht und einen dunklen, dichten Haarschopf.

Vor Jahren, als er in der Stadt als junger Polizist Streifendienst getan hatte, war er auch Amateurboxer gewesen, ein mehr leidenschaftlicher als erfolgreicher zwar, aber er besaß immer noch die kräftige Figur und lockere Bewegungsart, die trainierte Boxer nie verlieren.

Was nicht so auffiel, bis Menschen mit ihm zusammenarbeiteten oder es auf andere Weise erlebten, war, daß es noch eine andere Seite von Thanes Charakter gab. Manchmal ließ er unter Belastung anscheinend den Instinkt das Kommando übernehmen, zeigte eine aggressive Neigung, einer Ahnung nachzugeben und danach zu handeln – eine unerhörte Mischung, manchmal die Regeln bis zum Äußersten zu strapazieren, und bereit zu sein, im Notfall unter die Gürtellinie zu gehen, um sie aufrechtzuerhalten.

Diese Neigung hatte er sich angeeignet, als er als junger Streifenpolizist in einem der Slumgebiete von Glasgow Dienst getan hatte, dort, wo es zu jeder Nachtschicht gehörte, daß man mindestens in eine Gassenschlägerei geriet.

Aber seine Ahnungen, seine Wagnisse zahlten sich gewöhnlich aus, denn sie waren meistens genau berechnete Risiken – und zu den Dingen, die er nicht wußte, gehörte, daß das der ausschlaggebende Faktor für seine Versetzung zur Crime Squad gewesen war.

In Millside war er der jüngste Bereichsleiter der Stadt gewesen. Als Superintendent war er seinen meisten Altersgenossen immer noch voraus. Es war typisch für ihn, daß er selten darüber nachdachte.

Während der verschmutzte blaue Ford über die Kingston-Brücke rollte und die Autostraße am Norufer des Clyde verließ, beschäftigten sich Thanes Gedanken mit ganz anderen Dingen. Lord Mackenzie würde vermutlich nicht mehr sein als eine Übung in Öffentlichkeitsarbeit. Aber wie sollte es weitergehen, wenn Anna Marshton nicht reden wollte?

Das Gebäude des Hohen Gerichtshofs von Glasgow ist ein gedrungener griechisch-dorischer Bau aus grauem Stein am Ufer des Clyde. Es steht Glasgow Green gegenüber, einer etwas heruntergekommenen Grünanlage, die der kluge Bürger nach Einbruch der Dunkelheit meidet und dem armseligen menschlichen Bodensatz der Stadt überläßt, der nirgends sonst hingehen kann, und vereinzelten kleinen Banden von bösartigen jungen Burschen, die leichte Beute suchen.

Am Fluß gab es eine Parklücke. Thane zwängte sich hinein und stieg aus dem Wagen. Ein Mann in Arbeitskleidung stand in der Nähe und schaute mit scheinbar beiläufiger Gleichgültigkeit zu, eine Gleichgültigkeit, die nicht ganz zu der kleinen Wölbung der Schußwaffe unter seiner Jacke oder zu den beiden anderen Männern paßte, die in einigem Abstand hinter ihm postiert waren.

Der Mann, ein Kriminalbeamter vom Präsidium, erkannte ihn und grinste.

»Spazierfahrt, Sir?« fragte er lässig.

»Gehalt verdienen.« Thane blickte zu seinen Kollegen hinüber. »Schwierigkeiten?«

»Eine Bombendrohung.« Der Mann zog die Schultern hoch. »Wir halten sie nicht für echt.« Er gähnte. »Wenigstens regnet es nicht.«

Thane nickte und ging zum Gerichtsgebäude hinüber. Zu der Schußwaffe hatte er nichts gesagt. Obwohl der normale schottische Polizeibeamte noch immer nichts Gefährlicheres trug als einen kurzen Schlagstock aus Holz und ein Notizbuch, war die Ausgabe von Handfeuerwaffen kein Thema mehr, das Zorn erregte oder Brauen hochsteigen ließ.

Vor allem rings um das Gerichtsgebäude. Vor kurzem erst hatte es einen Anschlag mit einem Molotow-Cocktail überstanden. Zwei bekanntgewordene Pläne, Strafgefangene mit Waffengewalt zu befreien, waren vereitelt worden. Es hatte weitere Bombendrohungen gegeben, eine Reihe von Prozessen gegen politische Terroristen der verschiedensten Färbung, ein Allgemeinklima, in dem die Sicherheitsbedürfnisse weit darüber hinausgegangen waren, ein paar uniformierte Beamte aufzustellen.

Der Hohe Gerichtshof hatte in seiner Funktion – und in seinen Traditionen – nicht gewankt. Noch immer eröffneten zwei Trompeter in farbenfrohen historischen Kostümen jede Sitzung mit einem Fanfarenstoß, ein Geistlicher flehte feierlich den Segen des Himmels herab, im Presseraum im Keller wurde um kleine Einsätze gepokert. Sollte sich die neue Tradition durchsetzen, einen Scharfschützen auf dem Dach zu postieren, hoffte Thane nur, daß jemand auch auf den Gedanken kam, ihn ab und zu zu verpflegen.

Ein Mädchen in einer Schafslederjacke sammelte vor den Stufen des Hauptgebäudes für wohltätige Zwecke. Sie war jung und hübsch. Das war vermutlich der Grund, warum die beiden Polizisten in ihren blauen Uniformen an der Eingangstür sie nicht weggeschickt hatten. Als er Münzen in ihre Sammelbüchse steckte, lächelte sie und steckte ihm eine kleine Flagge an.

Thane stieg die Stufen hinauf, ging an den Polizisten vorbei und trat durch die Türen im griechisch-dorischen Säuleneingang ein. In der Vorhalle mit ihrem Boden aus schwarzem und weißem Marmor hielten sich einige Juristen in Roben und Perücken, Anwälte, die sich unterhielten, und ein paar Presseleute auf. Die meisten erkannte er. Der Hohe Gerichtshof war ein Klub, wo man seine Beiträge in Form von Wartezeit entrichtete. Den Anzeichen entnahm er, daß der North-Senat sich eben vertagt hatte.

»Mr. Thane.« Der Mann in der schwarzen Robe, der auf ihn zukam, war Gerichtsbeamter und wirkte erleichtert. »Lord Mackenzie hat mich gebeten, Sie abzuholen. Er wartet.«

Thane folgte dem Mann, der mit weit schwingender Robe einen breiten Mittelkorridor entlangging. Die Wände auf beiden Seiten zeigten einen langen, in Tafeln aufgeteilten Fries, der aus einem noch älteren Gebäude stammte. Er erzählte die Geschichte des Rechts in athenischem Stil, von einem in Ketten vorgeführten Gefangenen über seinen Prozeß bis zum Richter, der das Urteil fällte, und einem Henker, der mit einem Beil bereitstand. Thane hatte im Vorbeigehen das Gefühl, Schreck-Mac bedauere es vermutlich, daß er keinen Mann mit Henkerbeil in den Seitenkulissen aufstellen konnte.

Am Ende des Korridors erreichten sie den Privatbereich der Richter. Der Mann in der Robe blieb vor einer Mahagonitür stehen.

»Wie ist seine Stimmung?« murmelte Thane, als der Gerichtsbeamte klopfte.

»Wenn er in einem Käfig säße, würden Sie ihn mit rohem Fleisch füttern«, sagte der Mann leise. Er verzog das Gesicht, als ein gedämpftes Knurren auf sein Klopfen antwortete. »Regen Sie ihn bloß nicht auf. Ich muß noch den ganzen Tag mit ihm auskommen.«

Er öffnete die Tür, ließ Thane mit einer Geste eintreten, folgte ihm aber nicht. Während die Tür sich wieder schloß, begegnete Thane dem Blick eines kleinen, schmächtigen Mannes Ende Sechzig, der wie ein zusammengekauerter Gnom in einem tiefen, großen Ledersessel hockte.

»Ja, ich dachte schon, daß ich mich an Sie entsinne«, sagte Lord Mackenzie mit tonloser Befriedigung und stand auf. »Der Fall Garrison. Sie haben interessante Aussagen gemacht – damals waren Sie Chefinspektor, nicht?«

»Sir.« Thane nickte. Er erwiderte den durchdringenden Blick der blauen Augen ausdruckslos. »Ich erinnere mich auch.«

»So?« Der Mann, den man Schreck-Mac nannte, lächelte frostig. Er hatte kurzgeschnittene graue Haare, ein schmales, wettergegerbtes Gesicht und ein Gebiß, das ab und zu beunruhigend knackte. Er trug einen einfachen, schwarzen Anzug mit steifem, weißem Kragen und weißem Binder. Seine mit Hermelin gesäumte Robe und die Perücke lagen auf einem Schreibtisch. Er war nicht allein.

Ein blonder Mann Anfang Dreißig stand an einem Tisch in der Nähe und schob Papiere in eine Aktentasche. Er sah Thane an und lächelte.

»Ich gehe grade«, sagte er munter. Sein Blick fiel auf die kleine Flagge an Thanes Revers, und er sah kurz zu Lord Mackenzie hinüber. »Noch ein Gönner?«

»Sie wissen Bescheid über die Ransom-Stiftung, Superintendent?« fragte Mackenzie.

»Ich habe davon gehört.« Thane warf einen Blick auf die Flagge. Sie zeigte einen leeren Rollstuhl, nichts sonst.

»Der Normalbürger. Man braucht nur mit einer Sammelbüchse zu rasseln, schon zahlt er, ohne zu fragen«, sagte der Fremde wehmütig. Er war mittelgroß, schlank und hatte ein beinahe jungenhaftes Gesicht. »Ich sage es ja immer. Wir müssen bekannter werden.«

»Gewiß.« Lord Mackenzie hob nachsichtig die Hand. »Superintendent, das ist Peter Barry. Ich – äh – bin der Vorsitzende der Stiftung für Schottland. Peters Schwester ist die Geschäftsführerin.«

»Und ich bin Ehren-Laufbursche«, sagte Barry mit gespieltem Ärger.

»Ransom –« Thane erinnerte sich dunkel. »Sie betreiben medizinische Forschung.«

»Wir fördern die Erforschung von Kinderkrankheiten«, erklärte Barry kurz. »Das ist nicht billig und auch nicht dramatisch genug, um großes Aufsehen zu erregen. Im Augenblick versuchen wir, in einer großen Aktion Geld aufzubringen – Straßensammlungen und Wohltätigkeitsveranstaltungen in ganz Schottland.« Er klappte die Aktentasche zu und wandte sich mit einem Nicken an Lord Mackenzie. »Das wäre dann erledigt, Sir. Shona macht das bis morgen alles fertig. Sonst noch etwas?«

Lord Mackenzie schüttelte den Kopf.

»Das ist alles. Fahren Sie jetzt nach Edinburgh zurück?«

»Ich habe vorher noch ein paar geschäftliche Termine.« Barry verzog vor Thane den Mund. »Zwischenhinein versuche ich meinen Lebensunterhalt zu verdienen – leicht ist es nicht.« Er nickte zum Abschied, griff nach der Aktentasche und ging. Als die Tür hinter ihm zuklappte, gab Lord Mackenzie einen bedauernden Brummlaut von sich.

»Das war unerwartet, aber notwendig. Peter ist oft – äh – etwas unberechenbar, was sein Erscheinen angeht.« Sein Gebiß schloß den Satz mit einem Klicken ab. »Ich hätte ihn aber beinahe bitten können, zu bleiben. Er weiß einiges über unser gemeinsames Interesse, Superintendent.«

»Die Welt der Antiquitäten?«

Lord Mackenzie nickte.

»Sein verstorbener Vater war eine Autorität, seine Schwester ist Kennerin in Silber – Peters Interessen gelten mehr den kommerziellen Dingen.« Er brach ab und wies mit einer Kopfbewegung auf Kaffeekanne und Tassen neben seiner Robe auf dem Schreibtisch. »Bedienen Sie sich. Ich verzichte, wenn ich an mein Alter, meine Blase und zwei Stunden Verhandlung vor der Mittagspause denke.«

Thane lachte leise. Lord Mackenzie zog die Brauen ein wenig zusammen, um zu zeigen, daß er keinen Grund zur Heiterkeit erkennen konnte, sah Thane zu, als dieser sich Kaffee eingoß, und wies auf einen Sessel, der seinem gegenüberstand. Während sie sich setzten, schaute Thane sich kurz im Zimmer um.

Es war groß, angemessen männlich – im Gegensatz zu unteren Gerichten hatten die Senatsmitglieder des Rechtskollegiums, des höchsten schottischen Gerichtshofs, es noch nicht für sinnvoll empfunden, eine Frau in ihre Reihen aufzunehmen – und geschmackvoll eingerichtet, von den Ledersesseln über Gemälde an den Wänden bis zu dicken Teppichen und einem kleinen Eßtisch. Aber alles wirkte ein wenig abgenutzt.

Es gab Pläne für ein neues Gerichtsgebäude. Es war längst fällig. Der Raum für die Geschworenen war ein enges Loch, die Zimmer für die Zeugen sahen noch ärger aus, die Verwahrungszellen im Keller standen eine Stufe über Verliesen. Aber in einer Zeit der Sparbeschlüsse würde das nötige Geld nicht leicht aufzutreiben sein.

»Sie wissen, weshalb Sie hier sind.« Lord Mackenzie zog einen schmalen Stumpen aus einer Westentasche und zündete ihn mit einem goldenen Feuerzeug an. »Meine Rolle –«, er sog an der Zigarre, bevor er sie als Zeigestab gebrauchte –, »meine Rolle in dieser Angelegenheit ist schlicht die eines gewöhnlichen, privaten Bürgers. Das möchte ich klarstellen.«

Thane schlürfte seinen Kaffee und schwieg.

»Verstehen Sie etwas von Antiquitäten?«

»Nein«, gab Thane zu. Er war neugierig darauf, wie oft man ihm diese Frage noch stellen würde, bis er den Fall abgeschlossen hatte.

»Damit sind Sie auch nicht schlimmer als viele, die etwas zu verstehen glauben«, sagte der kleine Mann ätzend. »Ein Ratschlag dazu, Superintendent. Die Antiquitätenwelt hat ihren Prozentsatz an – äh – empfindsamen Persönlichkeiten. Für manche davon wäre eine erhobene Stimme schon brutales Vorgehen der Polizei. Gleichzeitig könnte ich einige Leute nennen, die eisenhart sind, wenn sie etwas sehen, das sie haben wollen – ein paar Frauen eingeschlossen.«

»Das werde ich mir merken.« Thane sah ihn gelassen an. »Und die Kategorie für Sie?«

»Interessierter Dilettant.« Lord Mackenzies künstliches Gebiß klickte dazu, dann sog er wieder an seinem Stumpen. »Ich habe mich aus Liebhaberei damit beschäftigt, das ist alles – und ich rechne, ein Wunder ausgenommen, nicht damit, wiederzusehen, was ich verloren habe.«

»Vielleicht haben wir Glück«, meinte Thane nachdenklich.

»Sparen Sie sich das zur Beruhigung Ihres empörten Durchschnittsbürgers«, knurrte Mackenzie ungeduldig. »Wir wissen es beide besser. Ich nehme an, es ist Ihnen klar, daß diese Halunken bewußt sehr zurückhaltend zu sein scheinen?«

»Zurückhaltend?« Thane richtete sich überrascht auf. »Man hat Ihnen Werte von insgesamt dreißigtausend Pfund abgenommen!«

»Unterbrechen Sie nicht!« Sekundenlang trat der Schreck-Mac des Gerichtssaals voll in den Vordergrund. »Jeder Diebstahl von ihnen betraf irgendeine kleine, unbedeutende Sammlung, die meine eingeschlossen. Verdammt, Mann – ich könnte Sie mit beliebig vielen Privatsammlungen bekannt machen, die zehnmal soviel wert sind und immer noch nicht als außergewöhnlich gelten. Oder mit seltsamen kleinen Museen in Seitensträßchen, wo die Kuratoren sich den Kopf zerbrechen, wie sie das Gehalt des Hausmeisters bezahlen sollen, obwohl sie bei einem Verkauf höchste Beträge erzielen könnten.« Er zog die Nase hoch. »Das gehört zu den Dingen, die ich Ihnen mitteilen wollte.«

»Interessant.« Thane meinte es ernst. Er fuhr mit der Hand über sein Kinn. »Auf diese Art und mit weit über das Land verstreuten Einbrüchen – ja, sie erregen nicht allzuviel Aufmerksamkeit.« Oder hätten es nicht getan ohne das Schnüffeln und Vergleichen, das im Gebäude der Crime Squad stattfand.

»Es gibt eine Alternative«, erklärte Lord Mackenzie grimmig. »Vielleicht proben sie nur für größere Dinge.«

»Vielleicht.« Das schien ein ungefährliches, neutrales Wort zu sein.

»Einer von ihnen ist Experte.« Lord Mackenzie zögerte, schien tiefer in seinem Sessel zu versinken, und einen Augenblick lang schien sein Blick auf einem Landschaftsaquarell an der Wand gegenüber zu haften. »Damit meine ich, daß sie über mehr als nur gute Informationen verfügen.« Seine hageren Züge verzerrten sich kurz vor Verlegenheit. »Ich habe an der Wand meines Arbeitszimmers in Drum Lodge ein Bild hängen. Ich nenne es meinen Degas – sagt Ihnen der Name etwas?«

»Ich bin in Kunstgalerien gewesen«, sagte Thane ausdruckslos. »Da ich Polizist bin, in der Regel nur, um mich unterzustellen.«

»Das geschieht mir recht.« Der Mann gegenüber lächelte beinahe. »Nun, Leute kommen zu Besuch, sie bewundern meinen Degas – ein paar, die es besser wissen müßten, wollten ihn sogar kaufen. In Wahrheit ist mein Degas aber eine Fälschung, eine geschickte Kopie – und ich erwarte von Ihnen, daß Sie das für sich behalten. Das wissen nur sehr wenige. Meine Gründe dafür, den gefälschten Degas zu behalten, sein Geheimnis zu bewahren, sind – nun, persönlicher, sentimentaler Natur, wenn Sie so wollen.«

»Ich erwähne in meinen Berichten nicht alles«, gab Thane ruhig zurück.

»Daran scheine ich mich zu erinnern.« Lord Mackenzie lachte spröde. »Also – warum haben meine Besucher das Bild hängen lassen, obwohl alles andere von vermutlichem Wert in diesem Zimmer weggetragen wurde?«

Thane schüttelte den Kopf. Bei manchen Raubzügen waren Gemälde gestohlen worden. Das wußte er aus der Akte.

»Die Leute, die es wissen –«, meinte er vorsichtig.

»Ganz sicher?« Lord Mackenzies Stimme nahm einen spöttischen Unterton an. »Nur drei. Ich glaube, ich kann mich für sie verbürgen.« Er zählte an den Fingern ab, als er weitersprach. »Die Schwester meiner verstorbenen Frau – sie lebt in Neuseeland. Der Rechtsanwalt, der mein Testament verwahrt, ein Leben lang mein enger Freund. Und der Mann, der das Bild gemalt hat und jetzt aus Eigenem ein hochgeachteter Künstler ist.«

»Sonst niemand?« Thane zog die Brauen zusammen. »Irgendein Gast –«

»Es ist eine gute Fälschung«, sagte Lord Mackenzie nur.

Draußen ertönte irgendwo eine Glocke, das Signal, daß die Sitzungspause beendet war. Die Geschworenen würden hintereinander hereinkommen, Anwälte und Presseleute ein letztesmal an den Zigaretten ziehen, der Angeklagte in den Saal zurückgeführt werden. Jemand klopfte leise an die Tür, sie ging einen Spalt auf, und der Gerichtsbeamte streckte den Kopf herein. Bevor er etwas sagen konnte, blickte Lord Mackenzie finster und winkte ab. Die Tür schloß sich wieder.

»Justitia ruft«, sagte Lord Mackenzie streng. Er stand auf. »Ich habe morgen frei – ein vertagter Prozeß, weil ein Zeuge verschwunden ist. Ich möchte noch einmal mit Ihnen sprechen, Thane. Für Sie wird das vielleicht nützlich sein. Könnten Sie am späten Vormittag nach Drum Lodge kommen?«

»Ja.« Thane stand auf und sah zu, wie die schmächtige Gestalt in die Richterrobe schlüpfte. »Ich kann jede Hilfe gebrauchen.«

»Gut.« Mackenzie nickte zufrieden. »Außerdem schiebe ich mittags eine Ausschußsitzung der Ransom-Stiftung ein – daher die Wirrnis, als Sie kamen. Aber wir sollten vorher fertig werden.« Er griff nach der langen, altmodischen Richterperücke und drückte sie auf seinen kurzgeschorenen grauen Kopf. Die Verwandlung war furchteinflößend, und Schreck-Macs geringe Körpergröße fiel plötzlich nicht mehr ins Gewicht. »Noch ein Letztes, bevor Sie gehen, Superintendent –«

»Sir?« Thane kam es plötzlich so vor, als sei die Temperatur stark abgesunken, so verändert klang die Stimme des Mannes.

»Dieser Garrison – als Sie das letztemal vor meinem Senat ausgesagt haben«, sagte Lord Mackenzie leise. »Er war natürlich schuldig. Aber ich habe an Ihrer Aussage gezweifelt.«

»Ich erinnere mich«, gab Thane vorsichtig zurück.

»Eines gab mir Rätsel auf. In der Nacht, als er festgenommen wurde, hielt die Polizei sein Fahrzeug wegen einer defekten Heckleuchte oder irgendeinem solchen Unsinn an.« Das Gebiß von Schreck-Mac klickte höhnisch. »Ohne diesen – äh – glücklichen Zufall wäre er vielleicht ungeschoren davongekommen. Sonderbar, diese beschädigte Leuchte. Finden Sie das nicht auch?«

»Das kommt vor, Mylord«, sagte Thane ernsthaft. Er hatte die im Gerichtssaal übliche Anrede ohne Überlegung gebraucht. Ansonsten – Garrison würde er kaum jemals vergessen. Garrison hatte ein Vermögen unterschlagen und dabei einen Mann getötet. Er war im Begriff gewesen, sich abzusetzen, und die Polizei hatte noch einige Stunden gebraucht, um das Material zu beschaffen, mit dem er zu überführen war.

Es hatte in dieser Nacht heftig geregnet, als Thane über einen Parkplatz gerobbt war, um die Birne aus der Heckleuchte herauszuschrauben. Hinterher, als Garrison angehalten worden war – er unterdrückte ein Grinsen.

»Schicksal, nehme ich an.« Schreck-Macs Stimme klang frostig. »Aber mir wäre lieber, wenn das nächstemal solche Dinge bei einem anderen Gericht passieren. Sie wissen natürlich nicht, wovon ich rede, wie?«

»Nein, Mylord«, sagte Thane höflich. Er ging zur Tür und öffnete sie.

»Sie sind ein ziemlich überzeugender Lügner, Superintendent«, sagte Lord Mackenzie leise. »Um den beklagenswerten Slang unserer Jugend zu benützen: Es wird eine Show sein, zu beobachten, wie Sie sich als Elefant im Porzellanladen machen – ich hoffe nur, daß nichts allzu Wertvolles dabei zu Bruch geht.«

Das Mädchen mit der Sammelbüchse war fort, als Colin Thane das Gerichtsgebäude verließ. Ein leichter Wind strich durch Frühlingsblumenbeete am Eingang zum Glasgow Green, und er warf einen argwöhnischen Blick zu den unwillkommenen grauen Wölkchen hinauf, die am Himmel aufgetaucht waren.

Es war noch angenehm warm. Weiter unten an der Straße spielten kleine Kinder vor der Leichenhalle der Stadt lärmend auf dem Pflaster. Ein Fahrer, der seinen schweren Tanklastzug durch den dröhnenden Verkehr steuerte, hatte die Jacke ausgezogen. Ein junges Paar hielt sich bei den Händen, als es von einem Spaziergang durch den Park herüberkam. Nur eine Gruppe alter Frauen, wie üblich nah beim Haupteingang, für den Fall, daß etwas Interessantes vorgehen könnte, schien auf den Frühling nicht einzugehen. Sommers wie winters trugen sie ihre dicken Mäntel und Kopftücher und umklammerten die großen, leeren Einkaufstaschen, die ihrer Wache etwas Achtbares verliehen.

Thane ging zu seinem Auto zurück. Er ließ den Motor an, schaltete das Funkgerät ein und hörte gerade noch das Ende einer Durchsage. Am Mikrofon war eine Frau. Die Zwillingsschwestern hatten ihren Erpresser gefaßt und brachten ihn jetzt zur zuständigen Polizeistation.

Das war üblich. Die Crime Squad hatte keine eigenen Haftzellen. Festgenommene wurden beim nächstgelegenen Revier abgeliefert. Man bat die zuständige Dienststelle stets darum, im eigenen Bereich für Ordnung zu sorgen und den Papierkram zu erledigen. Die Besucher von der Crime Squad verzichteten gern auf jedes Aufsehen.

Das Funkgerät murmelte weitere Meldungen, während Thane durch die Stadt fuhr, Richtung Osten zur Gegend um die Harald Street. Er steuerte den Wagen eher instinktiv, während er darüber nachdachte, wie er Anna Marshton wegen ihrer Handtaschendiebstähle am besten anpacken sollte. Oft dachte er auch an sein Gespräch mit Lord Mackenzie.

Es war nutzbringender gewesen, als er erwartet hatte. Und auch leichter – er grinste, als er daran dachte, mit welcher Verlegenheit der Richter von seinem gefälschten Degas gesprochen hatte.

Wenn Mackenzie der Meinung war, ein weiteres Gespräch sei sinnvoll, hatte Thane dagegen nichts einzuwenden. Er war fasziniert gewesen von dem kurzen Blick auf die bisher verborgene Seite der Persönlichkeit des gefürchteten Richters.

Nicht, daß die Überraschung riesengroß gewesen wäre. Thane hatte andere scheinbare Geißeln der Menschheit kennengelernt, die sich außer Dienst ganz anders benahmen.

Jemand wie Peter Barry, der nur mit dem anderen Lord Mackenzie zu tun hatte, hätte ihn am Richtertisch vermutlich gar nicht wiedererkannt. Thane verzog den Mund. Barry mochte nur ein Teilzeit-Weltverbesserer sein, aber Mackenzie hatte erklärt, daß er auch etwas von Antiquitäten verstand.

Das galt für verflixt viele Leute. Lord Mackenzies gefälschter Degas, den man nicht angerührt hatte, bewies ganz eindeutig, daß die Diebe dazugehörten ...

Er unterbrach seinen Gedankengang mit einem Fluch, als vor ihm eine Frau plötzlich einen Kinderwagen auf die Straße schob. Thane bremste scharf, spürte beinahe, wie hinter ihm ein Omnibus ganz nah an seinem Auspuff ruckend zum Stehen kam, und sah finster zu, wie die Frau ungerührt den anderen Gehsteig erreichte und sich mit dem Kinderwagen rücksichtslos den Weg zwischen anderen Fußgängern hindurch bahnte.

Von Antiquitäten mochte er zwar nicht viel verstehen, aber es hatte ganz den Anschein, daß er einiges darüber lernen würde. Der Gedanke blieb haften, als er weiterfuhr, um das Geschäftsviertel der Stadt herum, vorbei am Kuppelmassiv der Kathedrale.

Mary hatte zu Hause zwei alte Messing-Kronleuchter vom Land, Familien-Erbstücke, die ihrer Großmutter gehört hatten. Sie waren der ganze Stolz seiner Frau und besaßen wahrscheinlich sogar erheblichen Wert. Er hatte sich schon ein paarmal gefragt, wie hoch er sein mochte.

Man könnte jeden einzelnen auf der Straße fragen: Der Normalbürger würde vermutlich eine Wette darauf eingehen, daß ein Polizist in Glasgow Kultur mit der Lektüre des Sportteils in den Zeitungen gleichsetzte. Der Normalbürger wollte es so glauben.

Glasgow war eine Stadt, wo man lieber über Fußball als über den Rang der Kunstgalerien und den Ruf der Universitäten sprach, wo man nicht recht wußte, ob man wirklich zugeben sollte, daß man eines der besten Opernhäuser in ganz Europa besaß. Man empfand einen widernatürlichen Stolz darauf, von Außenstehenden als nüchternes, rußiges Industriezentrum betrachtet zu werden – was die Stadt auch war. Allerdings besaß sie auch mit die schönsten Beispiele viktorianischer Architektur in Großbritannien.

Vierzig Meilen östlich davon und Hauptstadt von Schottland, verfiel die rivalisierende Stadt Edinburgh ins andere Extrem. Dort liebte man die bunte Vergangenheit und die Traditionen, das internationale Festival, die Touristenattraktionen, beginnend mit einer uralten Burg und einem königlichen Palast. Man wollte dort viel weniger von den Fabrikschornsteinen und Industriewerken hören, man wurde nervös, wenn davon die Rede war, daß es eine Verbrechensquote gab.

Die Folge: eine Generationen alte Fehde, niemals allzu ernst, aber durch einen überlegten Austausch von Beleidigungen stets in Gang gehalten.

Eingeschlossen eine höhnische Verleumdung, die Thane ein Grinsen entlockte, als sie ihm einfiel: Glasgow werfe sein Gerümpel weg, während Edinburgh einfach immer neue Antiquitätenladen eröffne.

Vor ihm tauchten die hohen Gebäude einer noch neuen Siedlung auf, sein Ziel. Kurz danach fuhr er an Bauten vorbei, die, obwohl noch nicht alt, schmutzig und verkommen wirkten. Die schrägen Sonnenstrahlen ließen einen dünnen Reifüberzug auf der Straße glitzern – zahllose Glassplitter, vom Verkehr zermahlen. An jeder Ecke lungerten Gruppen von arbeitslosen Jugendlichen herum, deren Blicke jedes Interesse für die Welt verneinten. Selbst die Ladenfronten sahen vernachlässigt und farblos aus.

Die Harald Street befand sich in der Mitte des Viertels. Thane lenkte den Ford hinein, fuhr im Schrittempo an geparkten Transportern und rostenden Autos vorbei, achtete aber nicht mehr auf die Hausnummern, als er weiter unten am Randstein einen kleinen, roten Mini stehen sah.

Er hielt am Straßenrand, stieg aus und sperrte unter den enttäuschten Blicken von zwei Jungen im Schüleralter, die ausgewaschene Jeans und Trikothemden trugen, den Wagen ab. Während sie achselzuckend davongingen, wobei einer von ihnen auffällig ein Kabel zum Kurzschließen schwang, steuerte Thane auf den Mini zu.

Die Beifahrertür ging auf. Er stieg ein und zog ein wenig erstaunt eine Braue hoch, als er den Fahrer sah.

»Wer hat vorgeschlagen, daß Sie mitkommen sollen?« fragte er argwöhnisch.

»Ich verstecke mich, Sir.« Sergeant Francey Dunbar schob den Kaugummi in die andere Backe und grinste ihn an. Dunbar war schlank, knapp über mittelgroß und Mitte Zwanzig. Er hatte eine kohlschwarze Haarmähne, eine kräftige Nase und einen breiten, stets zum Grinsen aufgelegten Mund, umrahmt von einem dünnen Schnauzbart. »Joe Felix wollte mir einen langen Vortrag über den Mikrochip halten – da ist sogar die Arbeit noch besser.«

Thane gab einen Knurrlaut von sich. Sobald Felix einen Zuhörer gefunden hatte und Technologisches zu erläutern begann, kam alles zum Stillstand.

»Wo ist Sandra?« fragte er.

»Da drinnen.« Francey Dunbar wies mit dem Kinn nach vorn, auf einen kleinen Laden weiter unten an der Straße. »Sie unterhält sich mit der Klatschtante für die Gegend.«

»Hat sie Ihnen gesagt, weshalb wir hier sind?«

»So kann man es auch nennen.« Dunbar fuhr mit den langen Fingern über das Lenkrad. Das schwere Silberarmband mit einem Namensschild klirrte leise an seinem Handgelenk. Auf dem Namensschild stand nichts. »Sie sagte, Sie hätten sich selber nicht so genau ausgelassen.«

»Stimmt.« Thane ließ sich von Dunbars unschuldiger Miene nicht täuschen. Sein Sergeant, der über dem schwarzen, dünnen Rollkragenpulli eine alte Wildlederjacke trug, dazu eine helle Cordhose und zerknautschte Lederstiefel, machte sich und anderen das Leben nicht eben leicht. Er konnte störrisch sein, setzte sich für Dinge ein, die von vornherein aussichtslos waren, und verbrachte zur rechten Zeit eine Nacht in einem Meditationscamp, wenn das richtige Mädchen dabei war. Aber Francey Dunbar vermochte auch loyal zu bleiben, bis es weh tat, und mit dem übrigen kam Thane auf seine Weise zurecht.

»Also?« Dunbar hörte auf, das Lenkrad zu streicheln. »Wann hören wir was?«

»Das hat Zeit.« Sandra Craig war aus dem kleinen Laden getreten. Sie kaute an einem Schokoladenriegel. Für einen Augenblick verschwand sie, als ein Müllfahrzeug von der Straße aus einbog und in einer Einfahrt an ihr vorbeirollte, die zur Rückseite des Gebäudes führte. Als sie wieder auftauchte und näher kam, griff Thane nach der Wagentür. »Bleiben Sie hier und halten Sie die Augen offen. Die Halbwüchsigen hier klauen einem die Räder unter dem Hintern weg. Und, Francey –«

»Sir?« Dunbar zog gefaßt eine Braue hoch.

»Die Akte liegt in meinem Schreibtisch, wenn Sie zurückkommen. Lesen Sie alles durch und weihen Sie Sandra und Joe Felix ein.«

»Gut.« Dunbar war erfreut.

Thane stieg aus und ging Sandra Craig entgegen, die den Rest der Schokolade in ihre Schultertasche schob.

»Da drüben, Sir – vierter Stock.« Sie zeigte auf den Wohnblock auf der anderen Straßenseite. »Anna Marshton sollte zu Hause sein. Die alte Hexe im Laden sagt, vor Nachmittag tauche sie nie auf.«

»Wir werden ja sehen.« Thane ging voran über die Straße. »Sonst noch etwas?«

»Nicht viel. Meine alte Hexe sagt, männliche Polizisten wären ihr lieber.« Sandra Craig lächelte belustigt. »Vielleicht hätte Francey sein Glück versuchen sollen. Aber sie hat Anna Marshton am frühen Sonntagnachmittag gesehen, als sie Zigaretten kaufte.« Sie warf einen Blick auf Thane. »Anna sprach davon, daß sie vielleicht Urlaub machen und fortfahren würde.«

»Sie will sich absetzen?« Thane war von der Möglichkeit nicht überrascht.

Sie erreichten den Eingang zum Wohnblock und traten ein. Auf dem Betonboden hallten ihre Schritte. Früher hatten solche Wohngebäude Wände mit Fliesen oder Anstrich besessen, aber die Harald Street war im Zeitalter des Betons entstanden, und die grauen

Wände waren über und über besudelt mit meist obszönen Worten, aufgetragen mit Farbspraydosen. Da gab es alles, von Beleidigungen für Religion und Polizei bis zu persönlichen Beschimpfungen.

»Begrenzter Wortschatz.« Sandra betrachtete die Inschriften eher enttäuscht. Sie wies mit dem Daumen auf einen Spruch, der eine Empfehlung dazu gab, wo jemand namens Big Andy seinen Kopf hinstecken sollte. »Schwierig«, meinte sie.

»Geradezu Akrobatik«, sagte Thane ernsthaft.

Sie gingen zum Treppenhaus, den muffigen Geruch des Hauses in der Nase. Eine magere, ältliche Frau kam die Treppe herunter, eine leere Einkaufstasche in der Hand. Sie ging rasch vorbei und warf ihnen kurz einen Seitenblick zu, aber ihr Gesichtsausdruck machte deutlich: Wenn sie nichts von ihr wissen wollten, dann sie auch nichts von ihnen.

Vier Treppen nach oben. Sandra Craig bewältigte sie mit ihren langbeinigen Schritten, und Thane hielt düster mit ihr mit. Es war eine alte, traurige, sonderbar wahre Mär der Polizei, daß es noch nie einen Kriminellen gegeben hatte, der im Erdgeschoß eines Hauses wohnte.

In jedem Stockwerk gab es vier Türen und eine Müllschluckerklappe. Das Fenster im ersten Stockwerk war zugemauert, die Wandbemalung hörte im zweiten Stockwerk auf, so, als sei den Sprühdosenkünstlern die Luft dort oben zu dünn geworden. Sie kamen an zwei leeren Verdünner-Dosen vorbei. Halbwüchsige Schnüffler bevorzugten oft Treppenabsätze. Man war dort sicherer als in Hinterhöfen.

Eine der Türen im vierten Stock öffnete sich, als sie hinaufkamen. Beim Klang ihrer Schritte wurde sie sofort wieder zugeworfen. Thane zeigte Sandra eine Grimasse, dann sah er sich die Namensschilder an. Anna Marshtons Schild befand sich an der dritten Tür. Er drückte auf den Klingelknopf daneben, hörte innen ein Schnarren, wartete ein Weilchen, versuchte es noch einmal. Nichts rührte sich.

»Vielleicht ist sie fort«, meinte Sandra hilfreich.

»Zu früh, außer sie arbeitet.« Die Stimme, die einer Frau, ertönte hinter ihnen. Sie drehten sich um. Die Tür, die vorhin zugeschlagen worden war, hatte sich einen Spalt geöffnet. Die Frau, die hindurchblickte, war Mitte Dreißig, hatte blond gefärbtes Haar und müde Züge. »Polizei?«

Thane nickte.

Die Tür wurde zugezogen, eine Sicherheitskette rasselte, dann trat die Frau heraus. Sie trug alte Jeans und einen ungewaschenen Pullover. Sie hatte für Sandra einen kurzen Blick übrig, bevor sie ihre Aufmerksamkeit Thane zuwandte. Ihr gezwungenes Lächeln wäre wirksamer gewesen, wenn sie bessere Zähne gehabt hätte.

»Was hat Anna denn diesmal gemacht?« fragte sie. »Das ist schon das zweitemal in zwei Tagen, daß die Polizei kommt.«

»Wir wollen mit ihr sprechen, das ist alles«, sagte Thane unverbindlich. Er drückte wieder auf den Klingelknopf.

»Ich bin Betty Fisher –« Die Frau machte eine einladende Pause und zuckte ein wenig die Schultern, als Thane nicht reagierte. Sie versuchte es statt dessen bei Sandra. »Anna könnte irgendwo über Nacht geblieben sein. Sie sagt mir das zwar meistens, aber –«

»Ist sie eine Freundin von Ihnen?« fragte Thane. Die Frau dachte nach.

»Nein. Aber wir sind beide alleinstehend – mein Mann ging vor zwei Jahren zu einem Fußballspiel und kam nicht wieder.« Sie sah Anna Marshtons Tür stirnrunzelnd an. »Sie nehmen sie nicht mit?« fragte sie.

»Diesmal nicht«, sagte Thane geduldig.

»Aber sie hat irgendwelche Schwierigkeiten?« Die Frau zögerte. »Ich mische mich nicht in ihre Angelegenheiten ein. Aber sie kennt ein paar ganz harte Männer – ab und zu bekommt sie Besuch.«

»Sie meinen, sie geht anschaffen?« fragte Sandra Craig rundheraus.

»Nur, wenn die Miete überfällig ist – Sie wissen, wie es ist.« Die schlechten Zähne waren kurz zu sehen, dann starrte die Blondine wieder mit zusammengezogenen Brauen auf die Tür. »Vielleicht sollte ich mich vergewissern, für den Fall, daß was passiert ist. Ich hab einen Schlüssel.« Sie verschwand in ihrer Wohnung und kam mit einem Schlüssel zurück. Sie schob ihn in Anna Marshtons Türschloß und sah Thane an. »Das ist für sie, nicht für die Polizei. Verstanden?«

Thane nickte.

Der Schlüssel drehte sich, die Tür ging auf, und die Frau steckte vorsichtig den Kopf hinein.

»Das machen wir«, sagte Thane entschieden und zwängte sich an ihr vorbei, gefolgt von Sandra.

»He –« Die Stimme der Frau wurde schrill. »Sie können doch nicht einfach –«

Sie beachteten sie nicht.

Anna Marshtons Wohnung wirkte heruntergekommen und unaufgeräumt. Sie schien seit der Fertigstellung weder Farbe noch Tapeten kennengelernt zu haben. Ein Schlafzimmer, ein Wohnraum, eine winzige Küche und ein noch kleineres Bad waren von der winzigen Diele aus zu erreichen. Das Fenster im Wohnzimmer ging auf den Hinterhof hinaus. Die Vorhänge waren zugezogen. Thane riß sie mit einem Ruck auf. Das Tageslicht flutete in den karg eingerichteten Raum.

Vor einem großen Fernsehapparat stand ein zerschlissenes Sofa, auf dem Gerät eine Glasvase mit verblaßten Kunstblumen. Auf einer abgestoßenen Anrichte eine fast leere Flasche Whisky und eine ungeöffnete Flasche Gin neben einem gerahmten Hochzeitsphoto. Thane griff nach der Aufnahme und sah die blonde Frau, die ihnen nachgegangen war, fragend an.

»Das ist sie«, bestätigte sie. »Sie haben sich vor Jahren getrennt – keine Kinder. Mehr Glück als ich. Ich hab' drei.«

Sandra Craig kam von einem Rundgang durch die anderen Räume zurück und schüttelte den Kopf.

»Das Bett ist nicht berührt«, berichtete sie. »In der Küche schmutziges Geschirr für eine Person, Sir. Und zwei benützte Trinkgläser.«

»Gut.« Thane griff nach einer Zeitung, die auf dem Sofa lag. Sie war zwei Tage alt, aufgeschlagen bei den Fernsehprogrammen. Er seufzte, hörte im Hinterhof einen Motor dröhnen und ging zum Fenster. Das Müllfahrzeug, das er vorhin gesehen hatte, stand jetzt hinter dem Gebäude. Er blickte hinunter, als die Hydrokolben des Fahrzeugs den Kipprahmen einer der Müllschluckeranlagen ergriffen, sie hochhoben, in den Müllwagen entleerten und wieder an ihren Platz zurückbeförderten. Als die Müllmänner die Hebearme lösten und weiterfahren wollten, drehte er sich um.

»Wann haben Sie sie das letztemal gesehen?« fragte er die Blondine.

»Gestern nicht.« Die Frau befeuchtete unsicher ihre Lippen. »Ich brachte die Kinder zu meiner Schwester und kam erst spät zurück. Vorgestern, Mister. Am Sonntag.« Sie warf Sandra einen beinahe angstvoll wirkenden Blick zu. »Zwei Gläser, sagten Sie. Wir haben zusammen einen Schluck getrunken –«

»Wann?«

»An dem Abend, gegen acht.« Sie biß sich auf die Unterlippe. »Ich bin nicht lange geblieben. Anna war in bester Laune, aber ich hatte das Gefühl, daß sie auf jemand wartete. Und – na ja, man versteht ja einen Wink, nicht?«

»Als guter Nachbar«, bestätigte Thane trocken. »Worüber hat Anna gesprochen?«

»Über die Bu–, die Polizei, die am Vormittag gekommen war.« Die Blondine strich mit einer Hand eine verirrte Haarsträhne aus ihrer Stirn. Ihre Fingernägel waren schmutzig. »Aber ich habe nicht viel verstanden. Sie sagte, es wär' das erstemal gewesen, daß ihr einer von denen etwas Gutes getan hätte.«

»Und das sollte heißen?«

Die Frau zuckte die Achseln.

»Ich hab' sie gefragt, Mister. Sie schenkte bloß nach. Aber irgendwo hing das mit Geld zusammen. Als ich ging, sagte sie noch, sie wollte vielleicht versuchen, eine Weile nach London zu ziehen.« Die Zähne wurden wieder sichtbar, als sie eine Grimasse schnitt. »London? Ich sagte noch zu ihr, daß das nichts für mich wär'. Für mich sind da zu viele Ausländer und –«

Thane unterbrach sie.

»Sonst hat sie nichts gesagt?«

»Nein.« Sie schaute sich wieder im Zimmer um. »Glauben Sie, daß sie –«

»Ich glaube, Sie können wieder in Ihre Wohnung zurückgehen«, sagte Thane grimmig. »Wir kommen noch vorbei, bevor wir gehen.«

Sie entfernte sich widerwillig. Sandra Craig begleitete sie zur Tür, schloß sie und kam ins Wohnzimmer zurück. Als sie Thanes nachdenkliche Miene sah, wartete sie stumm. Draußen dröhnte der

Motor des Müllfahrzeugs wieder auf, als der nächste Müllbehälter geleert wurde.

»Da ist etwas faul«, sagte Thane plötzlich. Er ging zur Anrichte und starrte düster auf das Hochzeitsfoto. Es zeigte Anna Marshton als mollige, dunkelhaarige Braut. Der Mann neben ihr war mager, flott gekleidet, und grinste ein wenig nervös. Die beiden wirkten glücklich, aber das war bei Hochzeitsfotos immer so. Was danach kam, war von Bedeutung. »Also gut, wir nehmen die Wohnung auseinander.«

Sandra Craig nickte.

»Was suchen wir?«

»Anna Marshton kennt einen Namen, einen, den wir brauchen. Zwei einfache Polizisten reden mit ihr und verpfuschen vielleicht etwas.« Das war ungerecht, was er auch wußte, aber er dachte eigentlich nur laut. »Wenn sie Anna auf den Gedanken gebracht haben, wie man mühelos Geld verdienen kann, wenn sie sich damit in die Nesseln gesetzt hat –« Er zögerte, weiterzudenken, aber eine Ahnung, die ihm nicht gefiel, wurde immer stärker. »Wir suchen nach Geld, nach einem Namen auf einem Zettel, nach einer Telefonnummer – na ja, nach allem, was nützlich sein könnte.«

Gemeinsam nahmen sie sich zuerst das Schlafzimmer vor. Während der Arbeit registrierte Thane die ruhige, gründliche Art, mit der das rothaarige Mädchen die Aufgabe anpackte. Francey Dunbar, der unten im Wagen wartete, wäre vielleicht nicht auf die Idee gekommen, in den Kappen der Schuhe nachzusehen, die unter dem Toilettentisch lagen. Sandra Craig fand zwanzig Pfund in Geldscheinen zusammengeknüllt in jedem Schuh.

Wenn man in einer Gegend wohnte wie dieser, wurde man vorsichtig.

Sie machten weiter. An einem Haken hinter der Tür hing ein brauner Mantel mit billigem Pelzkragen. Ein weißer Fleck am Revers fiel Thane auf. Es war eine Sammelflagge der Ransom-Stiftung, die gleiche, wie er sie am Aufschlag trug.

Er durchsuchte die Manteltaschen und zog gebrauchte Papiertaschentücher heraus, eine leere, zerknüllte Zigarettenpackung und ein schmutziges Taschentuch. Er drehte sich um, ging am Bett vorbei, und sein Fuß streifte etwas Weiches, Nachgebendes.

Er bückte sich und hob eine Kunstleder-Handtasche auf. Der Metallbügel war offen, der Inhalt nahe am Herausfallen. Er legte die Handtasche auf das Bett und kramte. Lippenstift und Puderdose, noch mehr gebrauchte Papiertaschentücher, eine Geldbörse mit ein paar Pfund und Kleingeld, und ein Röhrchen Aspirin.

»Sandra.« Er wartete, bis sie herangekommen war. »Glauben Sie, sie würde ihre Handtasche vergessen?«

»Eine normale Frau eigentlich nicht.« Sie setzte sich kurz auf das Bett und runzelte die Stirn. »Aber eine normale Frau hat mehr als eine. Wie steht's – na, mit einem Wohnungsschlüssel?«

Er suchte weiter, fand aber keinen Schlüssel.

Er überließ dem Mädchen den Rest des Schlafzimmers und ging in den Wohnraum. Er konnte draußen immer noch den Mülltransporter dröhnen hören. Irgendwo in der Nähe, in einer Wohnung, dudelte Radiomusik.

Auf der Anrichte stand neben dem Hochzeitsfoto eine alte Glasschale. Sie enthielt allerlei Kleinigkeiten, angefangen mit zusammengerollten Fäden – und einen Schlüssel. Er wußte, daß es vielleicht schon sehr spät war, an Fingerabdrücke zu denken, holte den Schlüssel aber mit seinem Taschentuch heraus, trug ihn zur Wohnungstür und probierte ihn aus. Er paßte.

Er schloß die Tür wieder, legte den Schlüssel in die Schale zurück und befaßte sich mit den Schubladen. Sandra kam aus dem Schlafzimmer. Er bat sie, in der Küche anzufangen.

Er durchsuchte die Anrichte, sah sich alles andere im Zimmer an und hörte ab und zu in der Küche ein Klappern oder Klirren. Sie wurden ungefähr zur selben Zeit fertig.

»Nichts.« Sandra kam herein und ließ sich enttäuscht aufs Sofa fallen. »Nur eine Ratte ist irgendwo hier zu Hause – ich habe sie rascheln hören.« Sie sah zu Thane auf. »Was nun? Warten wir?«

Er hatte sich das auch schon gefragt. So, wie die Dinge standen, war er schon über das hinausgegangen, was ein Gericht in der Regel billigte.

»Ich könnte noch einmal mit ihrer Nachbarin reden«, schlug Sandra vor, als er stumm blieb.

Er wollte schon zustimmen, aber es läutete an der Tür. Sie sahen einander an. Es läutete Sturm.

Thane ging zur Tür und öffnete sie. Francey Dunbar fiel beinahe in die Diele. Er atmete schwer, so, als sei er die Treppen hinaufgerannt. Sein schmales, sonnengebräuntes Gesicht wirkte fahl.

»Das Müllauto –« Er rang nach Atem und starrte Thane an. »Sie haben eine Leiche gefunden. Scheußlich. Einfach scheußlich.« Sergeant Francey Dunbar war nie glücklich, wenn er Blut sehen mußte, aber er schien dem Erbrechen so nahe zu sein, wie er sich anhörte. Thane hetzte durch das Wohnzimmer und starrte durch das Fenster hinunter in den Hinterhof.

Ein Müllcontainer war auf den Hebearmen des Müllfahrzeugs hochgekippt und halb in den klaffenden Schlund entleert. Aber der Motor war abgestellt worden. Zwei Müllmänner standen neben dem Container und glotzten wie hypnotisiert hinein.

Der herausflutende Müll hatte sich zerteilt und die Leiche einer Frau freigelegt. Eine Leiche, von den Hüften aufwärts sichtbar, noch umgeben von Gemüseresten, alten Zeitungen und dem anderen Abfall eines großen Wohnhauses. Es war aber leicht zu verstehen, weshalb Sergeant Francey Dunbar übel geworden war. Der Unterkörper der toten Frau war von den Stahlkiefern der Zerkleinerungsanlage im Müllfahrzeug erfaßt worden. Der Abfall wurde damit zusammengepreßt und grob zerkleinert, damit größere Mengen untergebracht werden konnten.

Eine neugierige Frau trat aus dem Haus. Sie ging auf den Müllwagen zu und erreichte ihn, bevor die Müllmänner sie bemerkten.

Sie schrie gellend auf. Selbst im vierten Stock drang das Kreischen noch bis ins Mark.

»Allmächtiger«, sagte Thane und wandte sich ab.

Es war Anna Marshton. Sie war gestorben, bekleidet mit einem grünen Baumwollkleid und einer wollenen Strickjacke. Ihre Augen quollen hervor, ihr Mund war durch eine verschobene Zahnplatte grotesk verzerrt, ihr dunkles Haar auf ekelhafte Weise verklebt durch schmierige Essensreste aus einem geplatzten Müllsack.

Die Obduktion zur Feststellung der Todesursache würde wohl eine Formalität sein. Man hatte eine dünne, blaue Nylonschnur so fest um ihren Hals zugezogen, daß sie im aufgedunsenen Fleisch fast verschwand.

Colin Thane stand neben dem Fahrzeug, während der Gestank des Inhalts in seine Nase drang, und hörte teilnahmsloser, als er sich fühlte, die Angaben des Fahrers.

Der Container, den die Müllmänner entleert hatten, gehörte zu der Müllschluckanlage für Anna Marshtons Wohngebäude. Einer der Arbeiter stand stets dabei, wenn ein Container gekippt wurde, und beobachtete, was durch die Zerkleinerungsanlage ging.

Er hatte Anna Marshtons Leiche auftauchen sehen. Nun war er unterwegs, um einen Schluck zu trinken, möglichst stark.

»Hat ihn ganz schön mitgenommen«, sagte der Fahrer, ein runzliger, kleiner Mann im Overall, ein Sechziger. Er kratzte sich die Bartstoppeln. »Ich mach' das schon zwanzig Jahre und hab' so was noch nie erlebt, kann ich Ihnen sagen.« Dabei fiel ihm etwas ein. »Eh . . . wer holt sie denn da raus? Will sagen –«

»Das machen unsere Leute.« Thane gab ihm eine Zigarette und Feuer.

»Danke.« Der Fahrer sog den Rauch ein wenig erleichtert ein. »Wird ja keiner von uns bezahlt dafür, oder? Und das könn'Se mir glauben, die Dinger machen ganz schön Ärger, wenn se mal klemmen.«

»Das glaube ich Ihnen aufs Wort«, sagte Thane tonlos.

Bis jetzt waren zwei Streifenwagen eingetroffen, deren Besatzungen die Neugierigen fernhielten. Bei den Wohnungsfenstern war ihre Macht zu Ende. Sie standen alle offen, und die Zuschauer drängten sich an ihnen. Vereinzelte hatten Fotoapparate und machten Aufnahmen.

Anna Marshtons blonde Nachbarin hatte die Leiche identifiziert und war dann beinahe ohnmächtig geworden. Sie sprach jetzt mit Sandra und Francey Dunbar, einige Meter vom Lastwagen entfernt, dem sie den Rücken zuwandte.

Thane sah den Fahrer an.

»Ist das Ihre übliche Tour?«

»Die Harald Street ist dienstags und freitags dran. Nach uns kann man die Uhr stell'n.« Der Fahrer sog wieder an seiner Zigarette und blickte düster zu den Fenstern hinauf. »Nicht, daß wir von denen mal'n Danke hören. Und der Dreck, den die so wegschmeißen –«

Der Mann murrte immer noch, als Thane zu Francey Dunbar hinüberging. Der junge, schwarzhaarige Sergeant starrte gebannt auf die hohe Rückseite des Wohngebäudes.

»Was ist denn da so interessant?« fragte Thane scharf.

»Das.« Dunbar wedelte mit der Hand. »Ergibt keinen Sinn.«

»Was meinen Sie?« fragte Thane ungeduldig.

»Tja.« Dunbar blickte wieder stirnrunzelnd hinauf. »Das da oben ist das Fenster der Marshton, nicht?«

Thane nickte. Es war leicht auszumachen, eines der ganz wenigen, wo nicht wenigstens eine Person hinausglotzte.

»Wie ist ihre Leiche dann hier heruntergekommen? Wie ist sie in die Müllkippe geraten?«

»Wir wissen nicht, wo sie getötet worden ist«, erwiderte Thane seufzend. »Noch nicht.«

»Aber alles spricht doch dafür, daß es in ihrer Wohnung war«, meinte Dunbar störrisch. »Ich hab' mir überlegt –« Er zögerte. »– na ja, nehmen wir an, der Mörder hat ihre Leiche einfach aus dem Fenster gekippt. Dann kam er herunter und –« Seine Stimme verklang vor Thanes Blick. »Nicht so besonders, was?«

»Nein.« Thane drückte die Schuhspitze in die weiche Erde des Hinterhofs. Selbst die Sonnenwärme hatte sie noch nicht ausgetrocknet. »Außer, Sie zeigen mir eine Stelle hier, die wie ein Granattrichter aussieht. Und den Müllschacht können Sie vergessen. Der ist zu eng.«

»Ich weiß. Hab' nachgesehen.« Dunbar versuchte, schief zu lächeln, dann saugte er an den Enden seines Schnauzbarts. Er war noch nicht fertig. »Aber warum sie hier runterschaffen, wenn sie oben umgebracht worden ist?«

»Woher soll ich denn das wissen?« gab Thane mißmutig zurück. Daran rätselte er selbst herum. »Vielleicht Panik – oder der Versuch, Zeit zu gewinnen.«

»Wenn er sie die Treppen hinuntergeschleppt hat, war das ein Mordsrisiko«, erklärte Dunbar beharrlich.

»Er?« Thane zog eine Braue hoch. »Das kann man noch gar nicht sagen.« Er war nicht so sicher, daß das besonders riskant gewesen wäre, nicht spät nachts. Er kannte zu viele Gegenden wie die Harald Street, wo vernünftige Leute nachts ihre Türen abschlossen und auf nichts achteten, was draußen vorging, wenn nicht gerade der Krieg ausbrach.

Theorien hatten Zeit. Im Augenblick war die kalte, gewohnte Routine einer Mordermittlung gefragt. Die örtlich zuständigen Kriminalbeamten und die Leute von der Spurensicherung würden unterwegs sein. Anna Marshtons Tod als solcher ging nur sie etwas an. Selbst im besten Fall würden sie nicht maßlos begeistert sein, wenn sie erfuhren, daß jemand von der Crime Squad ihre Wohnung durchsucht oder die Tote bei deren Ermittlungen eine Rolle gespielt hatte.

»Es gibt noch eine Möglichkeit«, meinte Francey Dunbar. »Warum sie so weggeschafft worden ist, meine ich.«

»Ja?«

»Irgend jemand hat sie einfach nicht leiden können«, sagte Dunbar nüchtern.

Thane starrte ihn an. Francey Dunbar meinte es völlig im Ernst. Und mochte sogar recht haben, dachte Thane.

»Vielleicht.« Thane schaute auf die Uhr. »Ich fahre. Holen Sie Sandra. Behindern Sie die Kripo nicht, wenn sie kommt. Aber sorgen Sie dafür, daß Sie alles erfahren, was man findet. Wenn man Sie nach Anna Marshton ausfragen möchte, sagen Sie, man soll sich an Commander Hart wenden.«

Francey Dunbar nickte düster.

»Wo wollen Sie hin?«

»Dahin, wo ich vielleicht mehr Glück habe«, antwortete Thane bitter. »Ich muß mit einem Sargmacher reden.«

Er ging davon, vorbei an dem Müllwagen mit seiner schrecklichen Ladung, durch den Eingang mit den Wandsprüchen, vorbei an dem uniformierten Polizisten, der die Tür bewachte, und über die Straße zu seinem Auto.

Der Lack an einer Tür des Fords war zerfurcht und zerkratzt. Ein verbogener Nagel lag im Rinnstein. Er verfluchte die ganze Welt, setzte sich ans Steuer und fuhr los.

Der Name klang vielversprechend, aber Glenan Gardens war nur eine schäbige, kleine Straße im Westen von Glasgow. Sie befand sich noch vor dem West Ende, das alt war, aber in Mode, und wo die Leute selbstgezogenen Wein mit Sherrygeschmack tranken und aus den chinesischen Lokalen warme Mahlzeiten holten. Statt dessen befand sich Glenan Gardens wie ein Niemandsland zwischen dieser Gegend und den Bingohallen, den Bars und den Familien, die sich Sorgen machten, ob es am kommenden Freitag eine Lohntüte geben würde und ob man jemals gegen den Gestank aus den Gullys etwas würde tun können.

Später würde Glenan Gardens einmal abgerissen werden. Man wollte dort einen Großmarkt errichten. Aber noch lebte die Straße. Ein paar von den großen, alten Häusern waren von Studenten bewohnt, die ihre Türen grellbunt anmalten und dort hausten, weil die Mieten niedrig waren. Aus den übrigen Gebäuden waren kleine Werkstätten oder anonyme Lagerhäuser geworden, wo nicht alles, was vorging, den neugierigen Steuerfahndern Ihrer Majestät bekannt wurde.

Es war Jahre her, seitdem Colin Thane das letztemal hier zu tun gehabt hatte, aber es schien sich nur wenig verändert zu haben. Er parkte den Ford am Straßenrand vor einem ehemaligen Wohnhaus. Über der Eingangstür war jetzt ein Schild mit der Aufschrift »Maldar Holzprodukte« angebracht.

Die Tür war nicht abgesperrt. Als Thane sie öffnete und eintrat, lag der Geruch nach frischgeschnittenem Holz in der Luft. Mit wenigen Schritten durch einen Korridor erreichte er die Werkstätte.

Überall standen Särge. Särge in allen Stufen der Fertigstellung, von frisch gesägten Brettern bis zu fertigen Exemplaren, an denen der Firnis trocknete. Weiter hinten, wo man eine der alten Innenmauern herausgebrochen hatte, lagen Särge fast bis zur Decke gestapelt.

Jetzt war Mittagszeit. Drei Gestalten in Overalls saßen an einem halbfertigen Sarg auf einem Holzbock und benützten ihn als Tisch für ihre Thermosflaschen und belegten Brote. Einer von ihnen, ein Halbwüchsiger mit karottenroten Haaren, bemerkte Thane und stieß den dicken Mann mit Mondgesicht an, der neben ihm saß. Der Mann schaute sich um, seine Augen weiteten sich. Er stand hastig auf und kam heran.

»Das ist aber eine Überraschung, Mr. Thane!« Malky Darvel, Eigentümer, Vorarbeiter und alles andere Notwendige bei »Maldar

Holzprodukte«, war in mittlerem Alter und hatte auf seinem fast kahlen Kopf die letzten Haarsträhnen glatt hingeklatscht. Obwohl sein kleiner Finger fehlte, die Folge einer Unvorsichtigkeit an der Bandsäge, schüttelte er Thane kräftig die Hand, bevor er einen Schritt zurücktrat. »Zugenommen, was?«

»Sie meinen, das sieht man?« Thane grinste, zog aber automatisch den Bauch ein. »Die Zeit läßt keinen ungeschoren, Malky. Es sind ein paar Jahre vergangen.«

»Im nächsten Monat sind es vier.« Darvels rundes, gerötetes Gesicht verkrampfte sich kurz. »Ich vergeß' das nicht so leicht.«

Als Colin Thane Darvel wegen Verdachts auf Brandstiftung festgenommen hatte, war das geschehen, weil alle Indizien in diese Richtung gewiesen hatten. Aber trotzdem schien irgend etwas nicht ganz zu stimmen, und daraus war ein nagender Zweifel geworden, so stark, daß Thane den Dingen noch einmal auf den Grund gegangen war. Schließlich hatte er Darvels Schwager abgeholt und ihm ein Geständnis entlockt.

Wie Malky Darvel damals gesagt hatte: Man konnte sich seine Freunde aussuchen, aber nicht die Verwandten – schon gar nicht die angeheirateten.

»Es heißt, daß Sie befördert worden sind.« Darvel brummte anerkennend und sah Thane ein wenig argwöhnisch an. »Wir bekommen nicht viel Besuch – bei uns kommt so leicht keiner zu einer Anprobe. Also?«

»Ich habe ein Problem. Ich glaube, Sie können mir vielleicht helfen, Malky.« Thane bemerkte wieder den Halbwüchsigen mit den karottenroten Haaren. Eine Erinnerung regte sich. »Wird das jetzt ein Familienunternehmen?«

»Richtig.« Darvel schaute um und grinste. »Mein Sohn Andy. Beim letzten Geburtstag siebzehn geworden. Ich habe ihn gleich von der Schule weg übernommen, damit er bei mir lernt.«

»Sargmacherei oder das andere?« fragte Thane tonlos.

»Das mit den Antiquitäten?« Darvel zuckte leichthin mit den Schultern. »Vielleicht später, wenn er älter ist – das wird sich zeigen. Aber die Sargmacherei ist ein guter Anfang, wenn auch nicht mehr das, was es mal war.«

Thane zog eine Braue hoch.

»Die Menschen sterben aber doch weiterhin, oder?«

»Soviel ich weiß.« Darvel war nicht belustigt. Sein Mondgesicht verfinsterte sich. »Das ist die Feuerbestattung, Mr. Thane. Will sagen, wer, zum Teufel, braucht einen gut geschreinerten Sarg oder macht sich große Gedanken um Ausführung und Holzart, wenn es nur zur Verbrennung ist? Bei denen geht's nur um die Kosten pro Einheit, wie am Fließband.« Er zeigte zu seinem Sohn und dem anderen Mann hinüber, die Tee tranken und sich unterhielten. »Der alte Fred dort ist einer der besten Sargmacher in der Branche. Ich muß mich manchmal bei ihm entschuldigen, wenn ich ihm einen Auftrag gebe.«

»Aber Sie haben ja noch das andere«, murmelte Thane. Er erwiderte Darvels Blick und nickte. »Deshalb bin ich hier.«

»Schon erraten. Na gut, aber vergessen Sie nicht, daß ich nichts Unrechtes tue.«

Darvel entfernte sich kurz, sprach ein paar Worte mit seinem Sohn und dem anderen Mann, dann kam er zurück und zog einen Schlüsselbund aus der Tasche. Er winkte Thane und ging mit ihm hinter einen Bretterstapel, wo er eine Tür aufsperrte. Der Raum dahinter lag im Dunkeln. Das Fenster war mit Läden verschlossen. Er knipste eine Neonröhre an und winkte Thane herein.

»Alles mittelmäßig«, sagte er entschuldigend, als er die Tür schloß. »Vergangenen Monat hätte ich Ihnen bessere Sachen zeigen können.«

An einer Wand standen mehrere alte, meistens große und schwere Möbelstücke aufgereiht, zum Teil auseinandergenommen. Ihnen gegenüber gab es, teilweise halb fertig, kleinere. Dazwischen stand eine große Werkbank mit einer vollständigen Werkzeugwand.

»Das ist Queen Anne.« Darvel wies mit dem Kopf auf eine lädierte Kommode, die fast völlig auseinandergenommen worden war. »Gibt ein bißchen Schwierigkeiten damit, bis ich altes Glas finde. Das andere ist zumeist viktorianisches Gerümpel – bis auf den Schrank da. Echt Sheraton.« Er zwinkerte Thane zu. »Wir nennen das ›unartig‹ – aber es ist legal, vergessen Sie das nicht.«

»Ich vergesse es nicht«, sagte Thane mürrisch. »Unsauber ist es trotzdem.«

»Aber ich habe einen zufriedenen Bankdirektor«, erwiderte Darvel ohne Wimpernzucken. »Das sind ja schließlich keine Fälschungen, oder? Strafbar ist, neue Stücke zu bauen und irgendeinem Holzkopf einzureden, sie wären alt. Das schädigt die Leute – richtig?« Sein Mondgesicht strahlte. »Aber nicht bei mir. Jeder, der bei mir was kauft, hat seine Antiquitäten eben nach Maß.«

Die Logik war irgendwo fehlerhaft, aber Thane beschloß, nicht weiter darauf einzugehen. Er ging in dem kleinen Raum langsam herum und sah sich die Möbelstücke an.

Malky Darvel war ohne jeden Zweifel ein Kunsthandwerker. Ursprünglich war er ein ausgezeichneter Kunsttischler gewesen. Später hatte er sich auf gewinnbringenderes Gebiet gewagt: neue Antiquitäten aus alten.

Man brauchte ihm nur etwa eine antike Kommode zu geben, zu groß für jedes moderne Haus, und er machte zwei kleinere Anrichten daraus – oder einen teuren Schreibtisch. Aus einem Kleiderschrank konnte ein Bücherregal werden, wobei noch soviel übrigblieb, daß etwas Zusätzliches entstehen konnte. Ein Himmelbett konnte sich verwandeln in seltene Kerzenständer und zwei Beistelltische.

Wenn man eine Antiquität auseinandernahm und anders wieder zusammensetzte, hörte sie dann auf, eine solche zu sein? Wenn selbst die Nägel, die Scharniere, die Beschläge aus der Zeit stammten und aus einem unbeliebten, billigen Stück zwei teure wurden, war der listige Ausdruck »unartig« vielleicht sogar völlig angebracht.

Er blickte auf die Werkzeugbank. Vor vier Jahren hatte Malky Darvel ihm vieles darüber erzählt, wie dergleichen gemacht wurde. Der betreffende Möbeltischler mußte wissen, wie Holz im, sagen wir, 18. Jahrhundert gesägt worden war. Er mußte die Werkzeuge dafür besitzen und die anderen alten Methoden kennen. Er mußte der Versuchung widerstehen, moderne Methoden der Abkürzung zu verwenden.

Gewiß, nicht das gesamte Material stammte dann von echtem Chippendale, Hepplewhite oder anderem. Gewöhnliche alte Stücke, in einem Trödlerladen billig erstanden, spielten bei der Wiedergeburt einer Antiquität oft eine Rolle. Malky Darvel pflegte über solche Dinge rasch hinwegzugehen.

Und dann, wenn der Tag zu Ende ging … Thane fuhr mit der Hand über die glatte Oberfläche einer ›neuen‹ Kleinkommode. ohne zu wissen, daß das einmal eine Schreibtischschublade und die Platte eines Nußbaum-Kartentischs gewesen waren.

Daß das legal war, lag an der Art, wie die Sachen verkauft wurden. Man stellte ein, zwei Stücke, niemals mehr, in der Wohnung eines Freundes auf. Ein Anruf von dort brachte den Besuch entweder eines Händlers oder eines Auktionssachverständigen. Bestehe Interesse an einem Kauf?

Kein Anspruch, die Möbel seien Antiquitäten oder wertvoll oder sonst irgend etwas.

Das überließ man dem Fachmann.

Der einen Blick darauf warf, schluckte, ein zweitesmal hinsah und schon am Haken hing. Meist kaufte er, zu einem Preis, bei dem er sich noch einen Gewinn ausrechnete. Oder er schlug vor, die Stücke in seinen nächsten Katalog aufzunehmen, auf Kommissionsbasis.

Wenn der Fachmann verkaufte, bezeichnete er die Stücke als echt – deshalb hatte er sie ja gekauft. Von diesem Augenblick an waren sie anerkannte Antiquitäten und wurden mit jedem Besitzerwechsel achtbarer.

Und nur der Mann, der sie umgebaut hatte, wußte es besser.

»Sie sagten, Sie hätten ein Problem, Mr. Thane«, meinte Malky Darvel, der ihn beobachtet hatte. »Etwas Dienstliches? Wenn ich behilflich sein kann, gern. Ich bin Ihnen etwas schuldig.«

»Gestohlene Antiquitäten – in größeren Mengen.« Thane stützte sich mit der Faust auf der Werkbank ab. »Sie haben Verbindungen, Malky. Was hört man?«

»Nicht viel.« Der andere sog unsicher an seinen Zähnen. »Das ist nichts für mich. Ich hatte nie etwas damit zu tun.«

»Aber Sie kennen Leute.«

»Ein paar.« Darvel lächelte kurz.

»Also, was tut sich?«

»Bei den Profis?« Darvel zog die Schultern hoch. »Vor ein paar Wochen waren zwei Teams aus dem Ausland an der Ostküste tätig – ein Trupp aus Holland, der andere aus Deutschland. Manchmal kauften sie, manchmal räumten sie ab. So gehen die vor.« Er zog die Brauen zusammen. »Der Brighton-Verein hat sich noch nicht blicken lassen – zu früh dafür.«

Thane nickte. Der Brighton-Verein war der Sammelname für eine ganze Anzahl halbseidener Leute, die jeden Sommer aus dem Süden Englands heraufkamen. Sie arbeiteten paarweise, waren eher Betrüger, die von Haus zu Haus gingen, und ihre ideale Beute waren meist leicht zu übertölpelnde alte Frauen, die eine alte Standuhr oder Schmuck aus Königin Viktorias Zeit besaßen.

»Was sonst?« drängte er.

»Hm –« Darvel zögerte. »Geredet wird immer, Mr. Thane.«

»Auch über eine neue Organisation, die hier zu Hause ist?« fragte Thane scharf. Er richtete sich auf, als Darvel stumm blieb. »Malky, Sie haben zugegeben, daß Sie mir etwas schuldig sind.«

»Und jetzt kassieren Sie.« Darvel nickte mit schiefem Mund. »Ein paar Leute würden gern mehr darüber wissen, glauben Sie mir. Sie sind schlau, das steht fest – und scheinen ihre eigenen Verbindungen zu haben. Sie gehen zu keinem der üblichen Händler.« Er verstummte kurz und zuckte die Schultern. »Man hat den Eindruck, daß sie von Edinburgh aus arbeiten. Einer von der holländischen Gruppe scheint ihnen in die Quere gekommen zu sein, und man brachte ihn auf einer Krankenbahre nach Hause. Harte Burschen sind das, Mr. Thane – wirklich gefährlich, wer sie auch sein mögen.«

»Das stimmt«, sagte Thane leise. »Und es scheint noch schlimmer zu werden.« Er sah Darvel hoffnungsvoll an. »Sie könnten Ihren Bekannten einen Gefallen tun, wenn Sie mir helfen.«

»Oder ich lande in einem meiner eigenen Särge, den meine Frau in ihrer Naivität auch noch im Einzelhandel kauft«, meinte Malky Darvel mißbilligend. Er fuhr mit der Hand über den kahlen Kopf und glättete die Haarsträhnen, die Brauen zusammengezogen. »Was ist nachher? Ich müßte doch nicht als Zeuge aussagen, oder?«

»Sie würden nicht existieren«, versicherte Thane.

»Wenn ich es täte, dann bestimmt nicht lange.« Darvel wandte sich ab und betrachtete das dunkle Mahagoniholz des Sheraton-Schranks, dann stieß er die Queen-Anne-Kommode mit der Schuhspitze leicht an. »Ich schätze, daß ich daraus einen schönen Bücherschrank mit Glastüren machen kann. Die sind gesucht. Äh – ich hab' schon erwähnt, daß das mit dem Glas ein Problem ist, nicht?«

»Ja.«

»Das Glas muß das richtige Alter haben.« Darvel atmete tief ein und wandte sich ihm wieder zu. »Vielleicht aus alten Bilderrahmen, Mr. Thane. Bilderrahmen bekommt man billig am besten in Edinburgh. Wie wär's, wenn ich da morgen hinfahre?«

»Morgen wäre gut«, sagte Thane leise. »Und sobald Sie Ihr Glas haben?«

»Bekommen Sie Bescheid.« Darvel führte ihn zur Tür. »Ich glaube, ich weiß, wo ich mich erkundigen muß.«

Die Sonne war immer noch dabei, die Stadt zu trocknen. Die Menschen wirkten heiterer, die Hunde fanden Laternenpfähle wieder interessant.

Und Colin Thane hatte Hunger. Als er die Sargmacherei hinter sich ließ, wurde ihm klar, daß seit dem Frühstück eine lange Zeit vergangen war. Er hielt an einer Tankstelle mit Rasthaus, aß ein Käsebrot und trank eine Tasse Kaffee. Das Lokal war gut besetzt. Während er den letzten Schluck nahm, ging eine ältere, mütterliche Frau von Tisch zu Tisch, eine Sammelbüchse der Ransom-Stiftung und eine kleine Schachtel Fähnchen in den Händen. Sie sah die Flagge in Thanes Rockaufschlag, lächelte und ging weiter.

Thane bezahlte seine Rechnung und stand auf, um zu gehen. Er kam auf einen Gedanken. Die Sammlerin beendete eben ihre Runde, und er ging zu ihr hinüber.

»Wie läuft es denn?« fragte er gelassen.

»Ganz gut.« Sie schüttelte die Sammelbüchse, die schon schwer war. »Bis jetzt ein guter Tag.«

»Wann hat die Sammlung angefangen?« fragte er.

»In Glasgow?« Sie unterbrach sich, um einem Fernfahrer zu danken, der Geld in ihre Büchse steckte, drehte sich um und strahlte Thane an. »Gestern. Sie geht die ganze Woche.«

»Gestern?« Thane bemühte sich um Gleichgültigkeit. »Ich dachte, schon früher.«

»Nicht in Glasgow«, erwiderte sie entschieden. »Edinburgh war vorige Woche an der Reihe – es ging gut, aber wir wollen das Ergebnis übertreffen.« Sie lachte leise. »Ich meine, wenn Glasgow Edinburgh nicht schlagen kann –«

Er nickte, seine Gedanken waren bei dem Fähnchen der Ransom-Stiftung, das er an Anna Marshtons Mantel gesehen hatte.

»Ich bin vorige Woche in Edinburgh gewesen«, log er. »Und heute hat es mich wieder erwischt. Deshalb war ich neugierig. War vorige Woche nur Edinburgh dran?«

»Glaub' schon«, sagte sie vage. »Ich kenn' mich da nicht so aus. Ich hab' eine Freundin. Ihr Junge wär' heut' nicht mehr am Leben, wenn die Leute von der Stiftung nicht gewesen wären. So bin ich dazugekommen.«

Er dankte ihr, steckte rasch noch zwei Münzen in ihre Sammelbüchse und ging zu seinem Wagen hinaus.

Eigentlich hatte er sich denken können, daß Edinburgh wieder eine Rolle spielen würde. Thane saß kurze Zeit im Ford und starrte mit gerunzelter Stirn vor sich hin. Er wußte, daß das Fähnchen allein nicht genügte. Aber es konnte bedeuten, daß Anna Marshton am Sonntag nach Edinburgh gefahren war, im Anschluß an den Besuch der beiden Beamten in Zivil.

Warum? Weil sie dort leicht zu Geld zu kommen hoffte?

Er schüttelte den Kopf und fuhr los, Richtung Dienststelle. Nach ungefähr einer Meile benutzte er eine Umgehungsstraße, die zur M 8 Richtung Süden führte. Als er sich der Kingston Brücke näherte, blickte er an einer Stelle unwillkürlich auf den Teerbelag.

Halb Glasgow glaubte, daß hier irgendwo eine Leiche begraben lag, beim Bau der Straße hierhergebracht. Die Legende war entstanden, nachdem der vierte Mann einer Bankräuberbande mit seinen Kumpanen Streit angefangen hatte. Er ist nie wieder gesehen worden.

Es hätte ein Vermögen gekostet, die ganze Straße wieder aufzureißen. Die vorherrschende Meinung sprach sich dafür aus, abzuwarten, bis eines Tages vielleicht überraschend ein Schlagloch entstand.

Realismus. Thane nickte unwillkürlich. Er würde auch hier Realist bleiben müssen. Commander Hart hatte von einer schlichten Diebesjagd gesprochen. Jetzt kam Mord hinzu. Antiquitäten und hohe Richter, alles andere war Beigabe.

Um drei Uhr fuhr er auf das Gelände. Neben der Parkfläche stellte ein Trupp Polizeirekruten fest, daß ein Pferd an jeder Ecke ein Bein hatte. Der unvermeidliche Sergeant brüllte sich heiser. Der Rekrut auf dem größten Pferd war ein Mädchen – so richtete man das immer ein.

Er grinste vor sich hin und betrat das Gebäude. Maggie Fyffe saß an ihrem Schreibtisch und winkte.

»Schöner Tag für Sie?« fragte sie unschuldig.

»Nein.« Er lehnte sich an die Holzschranke. »Noch eine solche

Bemerkung, und Sie können sich das Fenster aussuchen, zu dem Sie rauswollen.«

Sie lachte nicht ohne Mitgefühl.

»Manchmal geht eben was daneben. Commander Hart ist außer Haus bei einer Besprechung. Sie müssen bleiben, bis er wiederkommt.«

»Er weiß Bescheid?«

Sie nickte.

»Und Francey Dunbar hat angerufen. Der leitende Beamte der zuständigen Kripo ist ein Chefinspektor Kiesen.«

»Den kenne ich.« Thane brachte nicht viel Begeisterung auf. Er hatte schon früher mit Fred Kiesen zusammenarbeiten müssen, was für beide keine Freude gewesen war. Kiesen war ein mürrischer Mann kurz vor der Pensionierung, der sich streng an die Vorschriften hielt. Größeres Interesse brachte er nur noch dafür auf, wie hoch sein Ruhegehalt ausfallen würde. »Vielleicht auch eine gute Nachricht für mich – zur Abwechslung?«

»Heute nicht«, gab sie zurück. »Superintendent, wenn Sie das Dasein bejammern wollen, rufen Sie Ihre Frau an. Sie muß Ihnen zuhören, ich nicht – außerdem hat sie angerufen und Sie gesucht.«

»Setzen Sie sich wieder auf Ihren Besen«, sagte er müde und ging.

Er sah den verständnisvollen Blick nicht, den Maggie Fyffe ihm nachschickte. Aus Gründen, die darüber hinausgingen, daß sie Witwe eines Polizeibeamten war, hing Maggie Fyffe ohne jeden Vorbehalt an »ihren« Männern der Crime Squad. Es war Nebensache, daß sie lieber gestorben wäre, als sie das merken zu lassen.

Die Krawatte gelockert, das Jackett ausgezogen, griff Thane nach dem Telefonhörer und wählte seine private Rufnummer, nachdem er sein Zimmer betreten und sich an den Schreibtisch gesetzt hatte.

Das Freizeichen kam nur einmal, dann wurde abgenommen. Eine junge, eifrige Stimme meldete sich. Er grinste. Töchter im Alter von elf Jahren schienen Telefone als ihren Privatbesitz zu betrachten.

»Ich, Kate«, sagte er.

»Hallo, Paps.« Es klang ein wenig enttäuscht. »Mami ist unterwegs. Ich dachte, du bist Judy.«

»Bin ich nicht.« Judy war Kates Schulfreundin und hatte die gleiche Einstellung zum Telefon wie sie. Er schaute auf die Uhr. »Was ist mit der Schule?«

»Halber Tag, Lehrerbesprechung«, erwiderte seine Tochter lässig. »Judy glaubt, sie wollen streiken.«

»Fein«, sagte er zerstreut. »Und Tommy?«

»Bei dem auch.« Sie bevorzugte beim Reden die Kürze. »Er ist abgedampft.«

Thane schob die Lippen vor. Tommy war dreizehn und ließ Anzeichen für den Wunsch nach eigenen Wegen erkennen. Das und noch etwas mehr – manchmal ein beinahe aggressives Schweigen. Thane wußte, daß er mit ihm würde reden müssen, und zwar richtig, ohne selbst genau zu wissen, warum.

»Hat Mami für mich etwas hinterlassen?« fragte er.

»Ich soll dir sagen, daß Onkel Phil angerufen hat. Er kommt heute abend.« Die Stimme seiner Tochter klang ein wenig ungeduldig. »Paps, ich warte auf Judys Anruf.«

»Entschuldige«, sagte Thane demütig. Er legte auf, warf einen Blick auf den roten Aktendeckel vor sich und widerstand der Versuchung, sich eine Zigarette anzuzünden.

Es war ungefähr einen Monat her, seit er Phil Moss das letztemal gesehen hatte. Jahrelang war Moss sein Stellvertreter in Millside gewesen, aber nach Thanes Versetzung war Moss zuerst ins Krankenhaus gegangen, um sich einer längst fälligen Magenoperation zu unterziehen, und war dann auf eine Stelle im Polizeiamt Strathclyde versetzt worden, die zur Hälfte Verwaltungsarbeit vorsah.

Er vermißte Moss immer noch an seiner Seite. Er war nicht sicher, ob es mit Francey Dunbar jemals dieselbe Beziehung geben würde. Aber wenn Moss vorbeikam, wollte er auf dem Nachhauseweg eine Flasche mitnehmen.

Inzwischen . . . er griff wieder nach dem Hörer und wählte die Nummer der Direktverbindung zum Zweigbüro in Edinburgh, um mit dem diensthabenden Beamten dort zu sprechen.

»Was wissen Sie von einer holländischen Bande, die drüben bei Ihnen hinter Antiquitäten her ist?« fragte Thane ohne lange Vorrede.

»Davon hab' ich gehört, Sir«, bestätigte der Mann. »Wir waren nicht damit befaßt, aber die zuständigen Dienststellen waren hinter den Kerlen her.«

»Waren?«

»Sie sind schon wieder fort. Die arbeiten so, Sir – rund eine Woche klauen, dann bis zum nächstenmal sofort zurück nach Holland.«

»Sie bleiben nicht länger?«

»Bei den Beamten in Edinburgh heißen sie ›die fliegenden Holländer‹«, sagte der Mann resigniert. »Sie schicken einen voraus, der für sie auskundschaftet, wo es was zu holen gibt – Landhäuser, alte Damen mit Ming-Vasen.«

Den Rest konnte Thane sich denken. Die eigentliche Bande rückte an, ein halbes Dutzend Ortspolizisten war plötzlich mit Einbrüchen beschäftigt, die aufzuklären von vornherein aussichtslos war.

»Und das Afrikakorps«, fügte der Mann in Edinburgh hinzu. »Deutsche mit derselben Methode.«

»Das habe ich gehört.« Bis jetzt schien alles zu stimmen, was Malky Darvel ihm anvertraut hatte. Die Verbindungen des kleinen Sargmachers mit dem Mondgesicht schienen noch so gut zu sein wie früher. Thane sog an seinen Zähnen. »Es heißt, einer der holländischen Besucher sei in Ihrem Bezirk zusammengeschlagen worden. Er könnte Krankenhausbehandlung gebraucht haben.«

»Das prüfe ich nach«, versprach der Beamte. Er zögerte. »Äh – Commander Hart hat veranlaßt, daß wir Akten heraussuchen, Sir. Er schien der Ansicht zu sein, daß eine neue Antiquitätenbande am Werk ist, und zwar heimisches Gewächs.«

»Richtig«, sagte Thane tonlos.

»Die Holländer und die Deutschen haben nichts wirklich Großes gedreht, von dem ich wüßte.« Die Stimme des diensthabenden Beamten klang besorgt. »Wenn das eine neue Organisation ist, hat sie in Edinburgh noch nicht zugepackt.«

»Interessant, nicht?« meinte Thane unverbindlich. »Melden Sie sich wieder.« Er legte auf. Der Mann hatte recht. Das hatte an Thane genagt, ohne daß er sich dessen bewußt geworden wäre. Edinburgh war immun geblieben, was die Liste der Raubüberfälle anging. Vielleicht hielt die Bande nicht so viel davon, in nächster

Nähe tätig zu werden.

Er wollte noch einen Anruf hinter sich bringen. Die Ransom-Stiftung war im Telefonbuch von Glasgow nicht eingetragen, aber im Buch für Edinburgh fand er die Rufnummer für ein Büro. Als er nach dem Hörer greifen wollte, ging die Tür auf, und Francey Dunbar spazierte herein.

»Wie war Chefinspektor Kiesen?« fragte Thane.

»Nicht gerade freundlich, Sir.« Dunbar sagte es dumpf verdrossen und stieß die Tür mit der Ferse zu.

»Und?«

»Wir sind ihm aus dem Weg gegangen.« Dunbar kratzte sich am Schnauzbart. »Im Nebenhaus wohnt eine Mrs. Mulholland – verwitwet, über siebzig, die ihr Dasein am Fenster verbringt.«

»So eine gibt es überall.«

»Sie ist sehr aufmerksam.« Dunbar verzog anerkennend den Mund. »Zwei Männer, für sie von der Kripo, waren am Sonntag nachmittag in der Harald Street.«

»Stimmt«, sagte Thane. »Sie haben mit Anna Marshton gesprochen.«

»Aha.« Dunbar blinzelte. »Ich muß erst die Akte lesen. Jedenfalls kam eine Stunde nach ihrem Besuch ein Taxi. Anna Marshton stieg ein und fuhr davon. Am frühen Abend kam sie zurück, wieder mit einem Taxi.« Er wirkte enttäuscht, als Thanes Reaktion ausblieb. »Sie muß um die fünf Stunden weggewesen sein.«

»Haben Sie Kiesen das gesagt?« fragte Thane.

»Ja, aber es schien ihn nicht zu interessieren«, erwiderte Dunbar knapp. »Sandra ist mit mir zurückgefahren. Sie versucht, das mit den Taxis zu klären. Wenn die Marshton das erste telefonisch bestellt hat, müßte der Anruf registriert sein –«

»Sagen Sie Sandra, es könnte in die Stadt und dann mit dem Zug nach Edinburgh gegangen sein.« Er schilderte die Sache mit dem Fähnchen, sah, daß Dunbar große Augen machte, und fügte hinzu: »Das Taxi zur Rückfahrt könnte am Bahnhof gestanden haben. Versucht es jedenfalls.«

Dunbar nickte.

»Da ist – na ja, später noch was, Sir. Kiesen hält etwas davon.«

»Chefinspektor Kiesen«, verbesserte Thane ausdruckslos. »Ja?«

»Zwei Halbwüchsige, die in dem Ladeneingang gegenüber schmusten – Mrs. Mulholland hat sie gesehen. Sie sind aus der Gegend.« Dunbar scharrte ein wenig mit den Füßen. »Das Mädchen heißt Betty Campbell – aus einer fanatischen Protestantenfamilie. Ihr Freund ist irischer Katholik, also darf sie ihn nicht mit nach Hause bringen –«

»Francey.« Thane zog die Brauen zusammen. »Kommt da noch was? Das geht arg zäh.«

»Wir haben sie gefunden«, antwortete Dunbar unbeeindruckt. »Das Mädchen kennt Anna Marshton. Sie sagt, sie sei am Sonntag nachts gegen elf Uhr aus dem Haus gekommen. Sofort sei ein Auto vorgefahren, Anna sei eingestiegen, und der Wagen sei an ihrem Haus vorbeigefahren – am Steuer sei eine Frau gewesen, behauptet das Mädchen.«

Thane richtete sich auf.

»Was haben Sie noch?«

»Nicht sehr viel«, gab Dunbar zu. »Die Frau sah jung aus, lange, dunkle Haare – vermutlich brünett. Sie kann sich an das Auto nicht erinnern, und ihr Freund meint, es könnte ein Fiat gewesen sein.« Er zog die Schultern hoch. »Mrs. Mulholland war nicht auf dem Posten – spät nachts sieht sie sich im Fernsehen religiöse Sendungen an.«

»Wie schon erwähnt, Sie haben die Akte nicht gelesen«, erklärte Thane grimmig. »Eine langhaarige Brünette hat an dem Tag, nachdem Schreck-Macs Haus drangewesen war, eine Ladung antiker Möbel an einem Verkehrspolizisten vorbeigeschmuggelt.«

»Mensch«, sagte Francey Dunbar mit Nachdruck. Er schluckte. »Aber Anna Marshton ist wieder heimgekommen, nicht? Oder –«

»Oder es sollte so aussehen«, meinte Thane scharf. »Was hatte sie an, als die Campbell sie sah?«

»Keinen Mantel, eine Jacke – so, wie wir sie gefunden haben.«

»Mit Handtasche?«

»Ja.« Das schmale, junge Gesicht des Sergeanten verriet Unsicherheit. »Ihre Handtasche war in der Wohnung, nicht?«

»Handtasche und Schlüssel – es sei denn, Kiesen hat im Müll noch andere gefunden.« Dunbars Schweigen war Antwort genug. Thane stand auf und griff nach der Akte. »Wir wissen nicht, wo sie getötet worden ist, Francey. Vielleicht kommt es nicht darauf an. Aber irgend jemand ist in ihre Wohnung zurückgegangen, um sie zu durchsuchen und sich zu vergewissern, daß nichts Belastendes herumlag.«

Sie gingen miteinander in den Bereitschaftsraum und holten Sandra Craig und Joe Felix. Felix zeigte Ansätze zu einer Glatze, war Mitte Dreißig und stämmig gebaut. Sein Schreibtisch, den sie für ihre Besprechung benützten, war überladen mit elektronischen Bauteilen. Manche gehörten der Dienststelle, andere sahen verdächtig nach den Eingeweiden von privaten Kassettenrekordern aus. Wenn Kriminal-Konstabler Felix nicht Dienst tat, reparierte er nebenbei Haushaltsgeräte seiner Kollegen.

Die wenigen anderen Beamten im Raum warfen gelegentlich Blicke in ihre Richtung, ließen sie sonst aber ungeschoren, während Thane seine drei Untergebenen über den Stand der Dinge informierte. Er verschwieg nichts, zum Teil auch deshalb, weil sie, wie er wußte, dann besondere Anstrengungen unternommen hätten, es herauszufinden.

»Kommentare?« fragte er, als er fertig war.

»Ihr Sargmacher, Sir.« Felix rieb sich nachdenklich das Kinn. »Weiß er, daß die Marshton umgebracht worden ist?«

»Nein.«

»Wir lassen ihn also – äh – hineintappen, wie?«

»Wir brauchen ihn«, gab Thane zurück. »Er ist von Natur aus vorsichtig.«

Felix warf einen Blick auf Sandra und Dunbar. Auf ihr Schweigen antwortete er mit einem Achselzucken.

»Ich könnte ihm eine Wanze reinsetzen«, meinte er.

»Ihm ist wohler, wenn er allein ist.« Thane spürte ihre Mißbilligung, aber er kannte Malky Darvel. Er sah Sandra die Brauen zusammenziehen, kam ihr aber zuvor. »So ist das nun einmal.«

Einige Minuten später ging er. Jeder von den dreien hatte eine Liste mit dem, was zuerst anzupacken war. Jeder würde geraume Zeit an Schreibtisch und Telefon festsitzen. Er übertrug es Sandra, die Nachforschungen bei Anna Marshton zu übernehmen. Sergeant Dunbar und Felix sollten sich mit den einzelnen Raubüberfällen befassen, von der Frage nach der Deckung durch Versicherungen bis zu einer Beurteilung der vorhandenen Sicherheitssysteme, was in Felix' Zuständigkeit fiel. Langweilig, Routine – aber auch dabei gab es hier und da Überraschungen.

In seinem Büro fand Thane auf seinem Schreibtisch ein Fernschreiben vor. Es stammte vom Zweigbüro der Crime Squad in Edinburgh.

> Hans Rudolph Schilton, holländische Staatsangehörigkeit, 30 Jahre, vergangenen Monat hier im Krankenhaus behandelt. Armbruch, Gehirnerschütterung, multiple Schürfwunden. Gab vor, überfallen worden zu sein. Keine Bestätigung. Verließ Klinik nach drei Tagen auf eigenen Wunsch. Soweit bekannt, sofort nach Holland zurückgekehrt.

Malky Darvels Trefferquote war immer noch sehr hoch. Thane brachte einen Weitergabevermerk für Francey Dunbar an und legte das Telex beiseite, als das Telefon läutete. Er nahm den Hörer ab.

»Wir haben uns heute kennengelernt, Superintendent«, erklärte eine Männerstimme bestimmt und selbstsicher. »Peter Barry – als Sie bei Lord Mackenzie waren.«

»Ich entsinne mich.« Thane blinzelte ein paarmal überrascht. Als nächstes hatte er sich mit der Sammlung der Ransom-Stiftung befassen wollen. »Ich bin sogar –«

»Er hat mir von Ihnen erzählt«, sagte Barry, ohne ihn ausreden zu lassen. »Sind Sie morgen bei ihm?«

»Er hat mich darum gebeten«, erwiderte Thane vorsichtig.

»Dann möchte meine Schwester Shona Sie sprechen«, sagte Barry heiter. »Hier ist sie.«

Es gab eine kurze Pause, dann meldete sie sich, eine scheuere, etwas zögernde Stimme.

»Wegen morgen, Superintendent. Ich bin Geschäftsführerin der Stiftung, und wir haben eine Sitzung in Drum Lodge – ich habe mir jedenfalls überlegt, ob Sie uns helfen könnten.«

»Helfen?« fragte Thane. »Wie denn?«

»Mit Rat. Die Stiftung plant eine Antiquitätenmesse – eine reisende Ausstellung, die Geld einbringen soll. So, wie die Dinge stehen, machen wir uns Sorgen wegen der Sicherheitsmaßnahmen.«

»Ich bin kein Fachmann für Antiquitäten«, erklärte Thane trokken.

»Davon haben wir genug.« Sie lachte leise. »Vielleicht zu viele. Aber Sie kommen nach Drum Lodge. Wenn Sie zur Sitzung bleiben und mit ein paar Leuten sprechen könnten –«

»Bedaure«, sagte Thane entschieden. Diese Art von Einladung anzunehmen, hätte in jeder Dienststelle zu einem Zuständigkeitszwist führen können. »Das ist nicht mein Gebiet. Aber ich kann Ihnen einen guten Beamten der Verbrechensverhütung beschaffen – damit verdient er sich sein Brot.«

»Das wäre nützlich«, sagte sie resigniert. »Entschuldigen Sie die Belästigung.«

»Ich kümmere mich darum«, versprach Thane. Dann fügte er nachdenklich hinzu: »Ihre Sammler sind hier kräftig am Werk – Sie werden das von Ihrem Bruder gehört haben. Wann ging die Sammelaktion in Edinburgh zu Ende?«

»Am Sonntag«, antwortete Shona ohne Zögern. »Sie hat ihr Ziel erreicht und übertroffen.«

»War vorige Woche nur Edinburgh dran?«

»Ja.« Sie lachte. »Jeder Bezirksausschuß sucht sich die Woche selbst aus. Glasgow und Edinburgh streiten stets darum, wer als erster drankommt.«

Thane verabschiedete sich und legte auf.

Er hatte seine Bestätigung. Was den Rest betraf, so belustigte ihn das beinahe. Ob es ihm gefiel oder nicht, er geriet langsam in die Antiquitätenbranche. Die einzige Überraschung war die, daß Schreck-Mac Peter Barry einen Wink mit dem Zaunpfahl dazu gegeben zu haben schien, was sich abspielte – nicht gerade ein Beweis für die Diskretion eines hohen Richters.

Maggie Fyffe konnte das mit der Verbrechensverhütung am besten erledigen. Er schrieb eine Notiz für sie, überlegte es sich anders und brachte sie ihr selbst. Wie erhofft, kam er genau richtig. Sie hatte frischen Kaffee gekocht.

*

Jack Hart kam um fünf Uhr zurück. Minuten später wurde Thane gerufen.

»Ich habe einen unerfreulichen Nachmittag hinter mir«, sagte Hart grimmig. »Ich habe knauserige Verwaltungsbeamte abgewehrt, die Wirtschaftlichkeit, und uneinsichtige Politiker, die Wunder verlangen.« Er lehnte sich zurück und schloß die Augen. Sein schmales, faltiges Gesicht wirkte müde. »Also gut, Anna Marshton. Bitte die Grundzüge.«

Thane beschränkte sich auf das Wesentliche. Der Commander hörte mit geschlossenen Augen schweigend zu, abgesehen von einem gelegentlichen Knurrlaut. Am Ende öffnete er die Augen und beugte sich vor.

»Sie würden also wetten, daß sie nach Edinburgh gefahren ist?«

Thane nickte. Sandra Craig hatte das erste Taxi aufgespürt. Es hatte Anna Marshton direkt zum Bahnhof Queen Street gebracht, von wo die Züge nach Edinburgh abgingen. Das Taxi, mit dem sie heimgefahren war, hatte sie am Standplatz vor dem Bahnhof genommen.

»Das hilft beinahe«, sagte Hart mit einem Anflug von Befriedigung.

»Sir?« Thane sah ihn verwundert an.

»Diplomatie«, erklärte der Commander geduldig. »Fred Kiesen führt die Mordermittlungen und kann sehr ekelhaft sein, nicht?«

»Oft.« Thane wartete.

»Ich habe mit einem Ihrer alten Vorgesetzten von Strathclyde gesprochen.« Hart schloß wieder die Augen. »Wir haben eine Einigung gefunden. Kiesen behält die Mordsache, Sie befassen sich mit den Raubüberfällen.« Er gab einen Laut von sich, der als Glucksen zu deuten war. »Sie arbeiten natürlich zusammen, wo es Überschneidungen gibt – und von unserem Standpunkt aus gehört Anna Marshton nach wie vor zu den Raubüberfällen.«

»Weiß Kiesen Bescheid?« Thane erschien die »Einigung« eher als innerpolizeiliche Maßnahme zur Ausklammerung von Schwierigkeiten.

»Soviel, daß er zufrieden ist«, gab Hart zurück. »Aber besuchen Sie ihn und geben Sie beruhigende Laute von sich. Das ist ein kleiner Preis.«

68

Er ging zuerst zu Francey Dunbar und sagte, sie könnten für heute aufhören. Man würde sehen, wie es bis zum nächsten Morgen stand. Nachdem er seinen Schreibtisch aufgeräumt hatte, verließ er das Haus, setzte sich wieder in seinen Wagen und fuhr zur Harald Street.

Diesmal ging es langsamer, weil der Stoßverkehr fast seine Spitze erreicht hatte. Der verstaubte Dienstwagen rollte in den Kolonnen als ein anonymes Fahrzeug mit. Thane dachte an das, was ihm bevorstand. Er wußte, daß das Gespräch mit Chefinspektor Kiesen nicht leicht werden würde.

Commander Hart hatte den Weg wenigstens ein bißchen geebnet. Das brachte er meistens fertig, ob es sich um Verwaltungsprobleme oder um Auseinandersetzungen bei einer Chefbesprechung handelte.

Thane achtete auf das Auto vor sich, nahm den Fuß vom Gaspedal, als es abgebremst wurde, und schüttelte den Kopf. Jack Hart war immer noch ein guter Polizist, hatte sich aber in einen Verwaltungsfachmann verwandelt. Sollte dieses Schicksal eines Tages auch ihm, Thane, beschieden sein, wußte er nicht so recht, wie er damit fertig werden sollte.

Er fuhr langsam weiter, die Stirn gerunzelt, und stellte fest, daß es leichter fiel, an die Harald Street zu denken.

Viel leichter. Colin Thane kannte die Straßen dieser Art, er wußte, was dort vorging und warum, und empfand Mitgefühl für die Männer und Frauen, die dort festsaßen.

Diese Straßen waren geplant und errichtet worden, damit man die alten, schwärenden Slums von Glasgow abreißen konnte. Aber er hatte noch keinen Stadtplaner kennengelernt, der auch nur eine Nacht in einer Harald Street verbracht hätte.

Die Planer planten, die Menschen mußten mit den Folgen leben – und es war nicht leicht, in einem Hochhausdschungel wie der Harald Street existieren zu müssen. Nicht, wenn man Tapeten an Wände zu kleben versuchte, die schwitzten, während an den Decken der Schimmel sproß, weil die Planer Heizungsanlagen eingebaut hatten, deren Betrieb für die meisten Bewohner zu teuer war. Nicht, wenn »Infrastruktur« bedeutete, daß es ein paar verstreute Läden mit Stahlgittern vor den Fenstern und Stahlplatten vor den

Türen gab. Nicht, wenn ein Halbwüchsiger nichts anderes tun konnte, als an den Straßenecken herumzulungern – oder wenn die Aussicht auf eine ordentliche Beschäftigung flötenging, sobald man seine Wohnadresse angeben mußte.

Diese Straßen, die schon verschmutzten Ablagefächer für Menschen, mochten sanitär besser ausgestattet sein als die alten Slums, aber davon abgesehen, wies alles darauf hin, daß sie schlimmer werden würden als die abgerissenen Viertel.

Der Gedanke ließ ihn nicht los, bis er in die Harald Street einbog. Ein paar früh Betrunkene waren zu sehen, die üblichen Gassenköter liefen auf den Gehsteigen herum, ein paar größere Kinder versuchten, ein Lieferwagenwrack auseinanderzunehmen. Aber die Frauen, die an den offenen Fenstern lehnten, interessierten sich viel mehr für die kostenlose Darbietung weiter unten an der Straße – für das große Fahrzeug des Überfallkommandos, das vor Anna Marshtons Wohnhaus stand.

Thane hielt dahinter, stieg aus und ging zwischen den anderen Polizeifahrzeugen hindurch. An dem großen Wagen, der als fahrbares Büro und Fernmeldezentrale diente, stand ein uniformierter Polizist Wache.

Thane nickte ihm zu, stieg die Stufen hinauf und trat ein. Ein Kriminalbeamter sah von dem Schreibtisch auf, wo er auf einer Schreibmaschine herumhämmerte, erkannte ihn und wollte aufstehen.

»Schon gut.« Thane winkte ab. »Wo ist Ihr Chef?«

»Hinten, Sir.« Der Mann wies auf die Tür in einer Trennwand und unterdrückte ein Grinsen. »Er – äh –«

»Hat gehofft, daß ich vorbeikomme, wie?« Er ging zu der Tür, öffnete sie und trat in das winzige Büro. Es besaß einen eingebauten Schreibtisch mit Klappbank, aber Kriminal-Chefinspektor Kiesen, ein wuchtiger Mann mit grauen Haaren und Stirnglatze, stand mit finsterer Miene vor einem Stadtplan, den er an die Wand gepinnt hatte.

»Hallo, Fred«, sagte Thane resigniert und schloß die Tür hinter sich.

»Sind doch schon dazugekommen, wie?« Kiesen funkelte ihn böse an. Ein schlechtsitzender blauer Anzug, dazu weißes Hemd und schwarze Krawatte, seine übliche Kleidung, verliehen ihm das Aussehen eines Leichenbitters, und seine Stimme war ein seltsames, drohendes Zischen – seit dem Tag, als er, damals noch Streifenbeamter, einen Tritt in die Kehle bekommen hatte. Weniger Wohlgesonnene behaupteten, der Schaden wäre geringer gewesen, hätte Kiesen den Tritt an den Kopf bekommen. Sein Gegner hätte sich dann jedoch mit einem Knöchelbruch abfinden müssen.

»Schon gut, Fred, Sie sind sauer«, sagte Thane mit schiefem Lächeln. »Ich habe Ihnen einen Mord vor die Füße gelegt.« Er hoffte, daß eine Lüge hilfreich war. »Ich hatte meine eigenen Probleme – aber dann hörte ich, daß Sie unterwegs sind. Ich wußte, daß wir nicht beide gebraucht werden.«

»Da haben Sie einfach zwei von Ihrer Privatmafia dagelassen, damit sie mich behindern?« sagte Kiesen angriffslustig, die Daumen im zu weiten Hosenbund. »Sie mögen ja einer der Gesalbten geworden sein, Thane – höherer Rang und ein Posten bei der Crime Squad. Aber zuerst haben Sie die verdammte Wohnung durcheinandergebracht, und Ihr Sergeant und das Weibsbild entführen mir die Zeugen. Soll ich mich da auch noch bedanken?«

»Nicht Sie, Fred.« Thane versuchte den Sarkasmus zu verbergen. Es war besser, das Büßergewand anzubehalten. »Das war ein schlechter Anfang. Aber inzwischen ist ja alles geregelt. Sie wissen Bescheid?«

»Das Amt hat informiert«, sagte Kiesen mit seiner heiseren Stimme. Er rümpfte verächtlich die Nase. »Zusammenarbeit – bis jetzt sehe ich keine Notwendigkeit dazu.«

»Da könnten Sie recht haben«, murmelte Thane. Er trat an die Wandkarte und betrachtete sie. »Schon große Fortschritte?«

»Teils.« Kiesen gab sich ein wenig herablassend. »Der Obduktionsbericht wird erst morgen fertig, aber nach medizinischer Schätzung ist der Tod zwischen Mitternacht Sonntag und zwei Uhr früh Montag eingetreten.« Er zog die Unterlippe zwischen die Zähne. »Die Gerichtsmediziner sind wieder beim Tee und bei ihren Mikroskopen. Meine Leute sind hauptsächlich dabei, in der Straße von Haus zu Haus zu ermitteln – nicht, daß das viel einbringt. Der beliebte Mann von der Straße macht es den drei weisen Affen nach – nichts gesehen, nichts gehört, nichts wissen.«

»Persönlich irgendeine Vermutung?« fragte Thane.

»Ich halte mich an die Tatsachen«, erklärte Kiesen bedächtig.

»Versteht sich.« Thane nickte zustimmend. »Immerhin, bei Ihrer Erfahrung –«

»Tatsachen«, sagte Kiesen knapp, dann erlag er doch der Verlokkung. »Aber einen Zusammenhang zwischen Ihrer Sache und dem Mord seh' ich nicht.«

»Tatsachen?« meinte Thane.

Kiesen zog die Nase hoch.

»Sie ist Sonntag abends weggefahren, nicht?«

»Sehr spät«, sagte Thane. »Zwei Zeugen – das Paar, das mein Sergeant an Sie verwiesen hat.«

»Richtig.« Kiesens Gesicht rötete sich bei der Erinnerung daran. »Es heißt, Anna Marshton sei teilweise anschaffen gegangen. Da holt sie also einer an dem Abend ab, sie fahren in die Stadt und suchen Kunden. Anna findet einen Freier, nimmt ihn mit nach Hause – und erwischt den Unrechten.« Er machte eine bezeichnende Geste. »Adieu, Anna – kommt oft genug vor.«

Thane starrte ihn an.

»Das sehen Sie wirklich so?«

»Ein ganz gewöhnlicher Totmacher«, sagte Kiesen beharrlich. »Wer sonst macht sich die Mühe, sie in die Müllkippe hinunterzuschleppen?«

»Ich habe da oben nichts von einem Kampf bemerkt«, wandte Thane ein.

»Dann ist er eben ein ordentlicher Totmacher«, meinte Kiesen.

»Sie könnten recht haben.« Thane sah keinen Sinn darin zu widersprechen und hielt seine Ungeduld im Zaum. »Aber rücken Sie doch mal damit an, wenn Sie die andere Frau haben, die in dem Auto gesessen hat.«

»In Ordnung.« Kiesen grinste ihn an. »Gemacht, Superintendent. Bis dahin haben Sie Ihre eigenen kleinen Sorgen. Überlassen Sie den Fall den arbeitenden Kollegen, das ist mein Rat.«

»Ich bleibe in Verbindung, Fred«, sagte Thane halblaut, um den Rest seiner Beherrschung bemüht. Er drehte sich um und ging hinaus. Der Beamte an der Schreibmaschine machte sich plötzlich an die Arbeit, bis Thane das Büro verlassen hatte. Dann pfiff er halblaut vor sich hin. Die Trennwand war keineswegs schalldicht. Er hatte das meiste mitgehört, und die Kollegen würden sehr interessiert sein.

Selbst wenn die meisten Kiesen für einen Trottel hielten.

Colin Thane setzte sich wieder ans Steuer und gestattete sich den Luxus, mit der Faust wütend auf das Lenkrad zu hauen, um Dampf abzulassen, bevor er den Zündschlüssel herumdrehte. Er lavierte rückwärts aus der Parklücke heraus und fuhr davon. Kiesens Einstellung machte ihm immer noch zu schaffen.

An der nächsten Ecke bog er rechts ab und fuhr zur Stadt zurück. Der Ford rollte in eine schäbige Nebenstraße, auf der einen Seite unbebautes Gelände, auf der anderen ein aufgegebenes Schulgebäude. Er nahm diese Dinge kaum wahr, sondern fluchte laut, als er nach vorn blickte.

Ein Mädchen im Sommerkleid versuchte sich von drei Männern loszureißen. Sie standen am Randstein, fast genau vor dem Schuleingang. Ein Mann hatte sie bei den Haaren gepackt, ein zweiter versuchte ihr die Schultertasche aus den Händen zu reißen. Als Thanes Fuß das Gaspedal niederdrückte, hieb der dritte Mann mit der Faust zu, und das Mädchen ging zu Boden.

Sie hörten das Auto kommen. Einer der Kerle gab dem Mädchen einen Tritt und packte die Handtasche. Er hatte blonde Haare und war wie die anderen jung. Er trug Jeans und Trikothemd und zeigte sich völlig überrascht. Als Thane den Wagen mit quietschenden Reifen zum Stehen brachte und hinaussprang, zögerten sie.

»Pack ihn«, drängte einer, das Gesicht zu einem wilden Grinsen verzerrt. Seine Hand zuckte zu dem breiten Ledergürtel um seine Hüften und zog ein kurzes Messer mit breiter Klinge. »Mach den Hund fertig – los!«

Seine Begleiter zögerten noch. Thane nicht. Er stürzte hin, wich dem zustoßenden Messer aus, packte das Handgelenk des jungen Schlägers und trat ihm gleichzeitig wuchtig zwischen die Beine. Aus dem Schmerzensschrei des zusammenklappenden Burschen wurde ein Gurgeln, als Thane ihn mit der Handkante hinter dem Ohr traf.

Das Messer entfiel ihm klirrend, und er sackte auf das Pflaster. Thane fuhr herum. Die beiden anderen rannten davon, über die

Straße, auf das unbebaute Gelände zu. Der Blonde hatte immer noch die Schultertasche des Mädchens.

Thane hetzte ihnen nach, holte auf und bekam den Dieb mit einem Hechtsprung zu fassen. Sie stürzten gemeinsam zu Boden, der Blonde ließ die Tasche los, raffte sich auf und lief davon. Bis Thane auf den Beinen stand, hatten beide Gestalten die Häuser auf der anderen Seite des leeren Grundstücks erreicht und waren in einem Eingang verschwunden.

Thane klopfte sich den Staub aus den Kleidern, hob die Tasche auf, verzichtete auf eine weitere Verfolgung und ging zum Schultor zurück. Der Kerl, den er niedergeschlagen hatte, war verschwunden. Nur sein Messer lag noch da. Das überfallene Mädchen stand auf den Beinen und lehnte halb betäubt an einem Torpfosten.

»Wie fühlen Sie sich?« fragte Thane.

»Es geht schon, Mister.« Sie war dunkelhaarig, halbwegs hübsch, und schien ungefähr siebzehn zu sein. Ein roter Fleck unter einem Auge würde am nächsten Morgen blau und grün sein. Sie preßte die Hand auf die Rippen, wo sie getreten worden war, und nickte dankend, als Thane ihr die Schultertasche gab. »Polizei, was?«

»Ja.« Jetzt, wo alles vorbei war, gab es Zuschauer. Von irgendwo aufgetaucht, fünf oder sechs Leute, und noch mehr kamen dazu. Er wandte sich wieder an das Mädchen. »Wissen Sie, wer sie waren?«

Sie schüttelte den Kopf, aber er wußte, daß sie log.

»Würden Sie sie wiedererkennen?«

»Nein.« Sie erwiderte ruhig seinen Blick. »Vergessen wir's lieber, ja?«

Er seufzte und sah die Neugierigen an.

»Hat von Ihnen jemand sie gesehen?«

Jedes Interesse war aus ihren Gesichtern plötzlich wie weggewischt. Ein paar Leute gingen davon. Ein Mann mit narbigem Gesicht zwängte sich durch die Umstehenden und murmelte dem Mädchen etwas zu. Sie lauschte, dann wandte sie sich an Thane.

»Das ist ein Bekannter, Mister. Er bringt mich heim. In Ordnung?«

Thane bückte sich, hob das Messer auf und sah sie wieder an. Sie lächelte mit einer Erfahrung, die weit über ihre Jahre hinausging. Aber in der Harald Street galten eigene Gesetze.

Er nickte, drehte sich um und ging zum Wagen zurück.

»He, Freund.« Als er einstieg, kam der Mann mit dem Narbengesicht herüber. »Wie heißen Sie?«

»Thane.« Er blickte hinüber zu dem Mädchen, das von den Leuten umringt war. »Man hat sie mißhandelt. Sie sollte zum Arzt gehen.«

»Ja, ja.« Das narbige Gesicht verzog sich zu einem Grinsen. »Sie sagt, der, dem Sie eine verpaßt haben, braucht den Viehdoktor.« Der Mann entfernte sich wieder. Während Thane den Motor anließ und anfuhr, zerstreute sich die Menge. Das Mädchen und der Begleiter verließen den Schauplatz. Er beobachtete sie kurz im Rückspiegel, dann zog er die Schultern hoch und beschloß, das Ganze auf sich beruhen zu lassen.

Er kam nach sechs Uhr heim. Sein Zuhause war ein kleiner, ganz gewöhnlicher Bungalow in einer Vorortstraße, wo die meisten Häuser ganz gleich aussahen und es auch waren, sah man von dem einen oder anderen Anbau oder einem Eigentümer ab, der Zeit und Geld genug gefunden hatte, um sein Häuschen außen neu anzustreichen.

Colin Thane lenkte den Ford in die schmale Einfahrt, die nicht viel breiter war als das Fahrzeug. Das Tageslicht begann zu verblassen, am Himmel standen neue, schwere Wolken. Er stieg aus, die Flasche Whisky aus dem Supermarkt in der Hand, und sperrte die Wagentür ab. In den vergangenen zwei Wochen waren in der Straße drei Autos gestohlen worden; man hatte sie später wiedergefunden, die Radios und alles andere von Wert waren ausgebaut.

Die Haustür öffnete sich, als er dort ankam. Mary Thane begrüßte ihn mit einem Lächeln. Ihr Kuß zeigte, daß sie es immer noch ernst meinte.

»Wenigstens den Schnaps vergißt du nicht«, sagte sie, als sie die Flasche sah. »Phil will gegen neun hier sein.«

»Dann bekommt er anderswo zu essen.« Er folgte ihr ins Haus.

Kate lag im Wohnzimmer auf dem Sofa und sah fern, die Schulbücher neben sich am Boden verstreut. Zu ihren Füßen zuckte der scheckige Körper Clydes, ihres Boxerhundes, ein wenig, und er wedelte kurz mit dem Stummelschwanz, als Thane hineinschaute.

Er ging hinter Mary in die Küche. Sie war eine schlanke, attraktive, dunkelhaarige Frau, die immer noch dieselbe Kleidergröße trug wie bei ihrer Hochzeit. Übrigens auch noch dieselben Kleider, pflegte sie zu diesem Thema zu erklären. Er grinste und sah ihr zu, als sie sich mit dem Abendessen beschäftigte. Wenn er sie so beobachtete, fiel es schwer, zu glauben, daß sie bald wieder ein Hochzeitsjubiläum feiern sollten.

»Wo ist Tommy?« fragte er.

»Noch nicht zu Hause.« Sie sagte das mit einer Spur von Schärfe, ging aber nicht weiter darauf ein. »Mach dich lieber frisch. Essen ist gleich soweit.«

Er ging hinauf, wusch sich, zog Sporthemd und eine alte Cordhose an, dann ging er wieder hinunter. Als er die Küche betrat, ging die Hintertür auf, und Tommy kam herein. Seinem Sohn stieg das Blut ins Gesicht, als er seine Eltern sah.

»Du kommst spät«, sagte Mary.

»Tschuldige.« Er hatte ihre dunklen Haare und eine schmale, aber kräftige Statur. Bekleidet war er mit Pulli und Jeans. »Ich war bei Andy Lyall.«

»Schon wieder?« Thane zog die Brauen zusammen. Andy Lyall war einige Jahre älter als Tommy, schlaksig und voller Pickel, der Sohn eines Ehepaars, das einen Lebensmittelladen an der Ecke betrieb. »Wird langsam Gewohnheit – das und dein Zuspätkommen.«

»Hab' mich ja entschuldigt.« Tommys Miene verfinsterte sich beinahe feindselig. »Wollte ja daheim sein.«

»Dann achte das nächstemal darauf«, sagte Thane barscher, als er es im Sinn gehabt hatte. Er versuchte es von neuem. »Hör mal, hast du dir schon überlegt, daß wir uns Sorgen machen, wenn du ausbleibst?«

Er bekam keine Antwort.

Die Abendmahlzeit verging friedlich. Anschließend verließen Tommy und Kate das Haus. Sie hatten ihren Abend im Jugendklub.

Um neun Uhr begann es zu regnen. Kurz danach traf Phil Moss ein. Er beklagte sich über das Wetter, als er seinen tropfnassen Mantel in der Diele aufhängte, dann setzte er sich auf seinen Lieblingsplatz im Wohnzimmer. Er beschäftigte sich kurz mit Clyde und ließ sich zurücksinken, als der Boxer sich hinlegte.

»Hilft ein Gläschen?« fragte Thane.

»Schon möglich.« Moss' schmales Gesicht verriet Zustimmung. Er war etwa zehn Jahre älter als Thane und hatte sich, obwohl infolge der Operation sein schon magerer Körper vier Kilogramm verloren hatte, kaum verändert, Moss lief immer noch herum, als bekäme er seine Kleidung von der Fürsorge geschenkt. Er war eingefleischter Junggeselle, und seine ätzenden Ansichten zu den meisten Dingen, die rings um ihn vorgingen, waren kaum milder geworden.

»Ich höre, du bist mit Fred Kiesen aneinandergeraten«, sagte er, während Thane eingoß. Er griff nach seinem Glas, das Mary ihm reichte, und zwinkerte ihr zu. »Kiesen war nicht begeistert.«

»Das überleb ich«, murmelte Thane. Moss hatte seinen neuen Posten im Polizeiamt Strathclyde beim Stellvertreter des Polizeidirektors, Abteilung Kriminalistik, und er hörte fast alles, was vorging. »Was macht Kiesen jetzt?«

»Er stapft wütend herum.« Moss trank einen Schluck und nickte zufrieden. »Nicht übel. Der Haken ist nur: Ich sollte auf leeren Magen nicht trinken – jetzt jedenfalls noch nicht.« Er sah Mary bittend an. »Ich komme direkt von der Arbeit.«

Mary brachte ihm etwas zu essen, sie unterhielten sich noch eine Weile, dann ging sie, um zu bügeln. Thane schenkte Moss noch einmal ein, goß sich selbst nach und lehnte sich zurück.

»Was hast du sonst von Kiesen gehört?« fragte er.

»Daß er die Sache mit dem Sex bevorzugt.« Moss rülpste bescheiden, mehr aus Gewohnheit als aus Bedürfnis. »Bleibst du bei dem Zusammenhang mit den Antiquitäten? Ergibt auf jeden Fall mehr Sinn.«

Thane nickte.

»Wenn du irgendeine Unterstützung brauchst, durch die Hintertür –« Moss sprach den Satz nicht zu Ende.

»Damit ich Kiesen nicht direkt auf die Zehe trete?« Thane wußte, daß hinter dem Angebot mehr steckte als Freundschaft oder Diplomatie. Phil Moss wäre lieber aktiver Polizeibeamter geblieben, unterwegs auf den Straßen. »Wenn Labor oder Obduktion etwas Besonderes ergeben, möchte ich Bescheid wissen.«

»Gut.« Moss wirkte ein wenig enttäuscht, dann änderte er die Taktik. »Es hat heute abend bei der Harald Street wieder was gegeben – kein Zusammenhang, aber interessant. Ein paar Kraftkerle aus der Gegend nahmen sich drei Halbwüchsige vor und mischten sie gehörig auf.« Er verstummte kurz und zog eine Braue hoch. »Hatte mit einem Mädchen zu tun, das vorher mißhandelt und von einem Polizeibeamten gerettet worden war. Weißt du was davon?«

»Nichts von Bedeutung«, gab Thane gelassen zurück.

»Schade«, sagte Moss ernst. Er bückte sich und kraulte Clyde hinter dem Ohr. »Der Polizeibeamte gilt in der Umgebung als Held. Das Mädchen hatte Auszahlgelder vom Buchmacher der Gegend dabei – wenn sie beraubt worden wäre, hätte das als Sakrileg gegolten.« Er rutschte tiefer in seinen Sessel, ließ den Whisky im Glas kreisen und fragte ohne Vorrede: »Wie geht es bei den Antiquitäten weiter?«

Froh über eine Gelegenheit, mit einem Außenstehenden reden zu können, schilderte Thane, wie die Dinge standen. Moss hörte aufmerksam zu, brummte ab und zu kritisch dazwischen, nickte am Ende aber zustimmend.

»Wann fängst du an, in Edinburgh zu ermitteln?« fragte er.

»Morgen«, sagte Thane. »Aber ich brauche mehr, als ich bisher habe.«

»Bescheiden gesagt«, meinte Moss nachdenklich. Er kratzte sich an seiner mageren Brust. »Wenn der Verein bei seinem Vorgehen bleibt, ist bald wieder ein Raubüberfall fällig.«

»Danke«, sagte Thane verdrossen. »Das hat Schreck-Mac mehr oder weniger auch gesagt – und diesmal könnte es um mehr gehen.«

»Hübscher Gedanke.« Moss betrachtete den Hund zu seinen Füßen und nickte. »Ja, der alte Knabe könnte recht haben.«

Tommy und Kate kamen bald danach heim. Sie betrachteten Moss wie einen Onkel, aber Tommys Begrüßung wirkte diesmal sehr gedämpft. Moss sagte nichts dazu, wenn es ihm überhaupt auffiel, und später, als die zwei ins Bett geschickt worden waren, brachte Mary noch belegte Brote und eine Kanne Kaffee.

Es war fast Mitternacht, als Moss ging. Der Regen hatte aufgehört. Mary räumte gähnend auf, unterstützt von Thane, dann ging sie zu Bett.

Thane blieb noch. Er stand in der Küche, hörte Clyde schon in seinem Korb schnarchen, und sah ein paar Schulbücher von

Tommy bereitliegen. Beiläufig griff er nach dem obersten Lehrbuch und schlug es auf. Er preßte die Lippen zusammen. Tommys Name, den er innen hineingeschrieben hatte, war ausgestrichen. Darunter hatte jemand mit Kinderhand hingekritzelt: »Macht die Bullen tot.«

Er klappte das Buch zu, knipste das Licht aus und verließ die Küche. Auf dem Weg durch den Korridor öffnete er leise die Tür zu Tommys Zimmer. Der Raum lag im Dunkeln, aber vom Flur fiel genug Licht hinein, um zu zeigen, daß Tommy schlief.

Sein Sohn bewegte sich unruhig. Thane schloß leise die Tür.

Mary lag lesend im Bett, als er das Schlafzimmer betrat. Er sagte nichts von seinem Fund, aber der Gedanke beunruhigte ihn, und es dauerte lange, bis er einschlafen konnte.

Kapitel
4

Der Mord an Anna Marshton war den Morgenzeitungen am nächsten Tag nur wenige Zeilen wert. Im Nahen Osten war eine neue Krise ausgebrochen, ein Fernsehprominenter war in einen Londoner Sexskandal verwickelt, und der soundsovielte Fußballtrainer spielte in dem Stück »Ätsch, ihr könnt mich gar nicht rauswerfen, ich kündige selber« die Hauptrolle. Bei diesem Material konnte kein Redakteur an einem unwichtigen Mord in einem üblen Stadtviertel interessiert sein.

Colin Thane überflog die Zeitungen am Frühstückstisch, während Mary die Kinder zwang, Kaffee zu trinken und Toast zu essen, und sie zur Schule trieb. Kate ging als erste. Als Tommy ihr folgte, ging Thane ihm nach und hielt ihn an der Haustür auf.

»Warte mal.« Er lächelte seinen Sohn verlegen an und legte freundschaftlich die Hand auf seine Schulter. »Das ist kein guter Augenblick für die Frage, ich weiß, aber manchmal ist es nicht leicht, einen Polizeibeamten zum Vater zu haben. Irgendwelche Probleme in der Schule?«

»Nein.« Tommy wich seinem Blick aus und bewegte unruhig die Schultern. »Warum?«

»Nur so.« Thane atmete tief ein. »Wir könnten uns darüber unterhalten. Vielleicht heute abend.«

»Da ist nichts.« Tommy befeuchtete die Lippen. »Ich komme spät. Kann ich jetzt gehen?«

Thane nickte. Als die Haustür zufiel, ging er zurück in die Küche.

»Was war denn das?« fragte Mary stirnrunzelnd.

»Das nennt man Kommunikation«, sagte Thane mit schiefem Mund. »Einseitige.«

Er goß sich noch eine Tasse Kaffee ein und trank sie in Gedanken versunken aus, während er die Zeitung zu Ende las. Der Versuch war kein guter gewesen und hatte nichts eingebracht. Es mußte einen besseren Weg geben. Das nächstemal.

Die Fahrt vom Haus zur Crime Squad nahm zwanzig Minuten in Anspruch. Punkt neun Uhr hielt er seinen Ford auf dem Parkplatz an. In seinem Büro warteten schon Sandra Craig und Joe Felix auf ihn. Felix steckte eine Rennzeitung weg und grinste fröhlich. Die Rothaarige nickte, schluckte den Rest ihres Eibrots hinunter und wischte sich die Finger an einem Papiertaschentuch ab.

»Wo ist Francey?« fragte Thane sofort.

»Noch unterwegs.« Felix verstummte, als ein Motorrad auf den Parkplatz dröhnte. Durch das Fenster sahen sie Sergeant Dunbar die Maschine abstellen und zum Gebäude gehen, während er den Sturzhelm abnahm. Felix gluckste leise. »Das nennt man wohl Wiedereintritt in die Atmosphäre. Äh – vorhin hat ein Mann angerufen, Sir. Wollte Sie sprechen, nannte aber seinen Namen nicht.«

Thane zog die Brauen zusammen.

»Hat er etwas hinterlassen?«

Felix schüttelte den Kopf.

»Nur, daß er wieder anruft. Schien von hier zu sein.«

Dabei blieb es, als Francey Dunbar hereinkam. Er ließ den Helm auf Thanes Schreibtisch fallen und murmelte einen Gruß. Er hatte rotgeränderte Augen und war nicht rasiert.

»Lange Nacht, Sergeant?« fragte Thane ausdruckslos.

»Länger, als ich dachte.« Dunbar grinste schief. »Eine Bekannte tauchte wieder auf.«

»Bei Ihnen zu Hause oder bei ihr?« fragte Sandra. Sie zwinkerte Felix zu. »Für uns hat sie nicht viel übriggelassen.«

Thane unterband das Geplänkel und wandte sich an Felix.

»Fertig mit Sicherheit und Versicherungen?«

»Fast«, erwiderte Felix vorsichtig. »Nach dem Inhalt der Akte und den Ermittlungen fällt nichts besonders auf. Alle beraubten Häuser hatten recht gute Alarmsysteme, nichts Übliches –«

»Aber die Bande hat sie trotzdem geknackt?«

Felix nickte düster.

»Versicherungsdeckung?«

»Unterschiedlich.« Felix sah Francey Dunbar an, der zustimmend nickte. »Ein oder zwei Vertragserneuerungen, Neubewertung in üblicher Form, mindestens zwei entschieden unterversichert. Die jammern natürlich. Keine strittigen Ansprüche.« Er zog die Schultern hoch. »Ganz bin ich noch nicht fertig.«

»Dann erledigen Sie das und behalten Sie im Auge, was in Glasgow vorgeht – aber halten Sie sich von Kiesen fern.« Thane richtete seine Aufmerksamkeit auf das Mädchen. »Sie ermitteln in Edinburgh, Sandra. Lächeln Sie die dortigen Kollegen an, finden Sie mehr über den Holländer heraus, der verprügelt worden ist, und was es sonst so gibt. Francey und ich treffen uns dort mit Ihnen.«

Sie nickte. »Wann und wo, Sir? Wenn es um die Mittagszeit ist, abseits der Princes Street gibt es ein Weinlokal mit selbstgemachten Pizzen.«

»Kenn' ich«, murmelte Dunbar. »Aber wer kann sich das leisten, wenn jemand soviel ißt wie Sie?« Er starrte Thane plötzlich an. »Augenblick mal. Ich soll mit nach Drum Lodge?«

Thane nickte. »Ich brauche vielleicht ein Menschenopfer.«

»Das dachte ich mir«, sagte Dunbar bitter und griff nach seinem Helm. »Nur verschlingt Schreck-Mac keine Sergeanten – das lohnt sich bei uns nicht. Er kaut uns nur, um den Geschmack zu haben, dann spuckt er uns aus.«

Als erste machte Sandra Craig sich auf den Weg. Sie lenkte ihren roten, frisierten Mini zur Fernstraße nach Edinburgh. Einige Minuten später ging Thane nach einigen abschließenden Worten zu Joe Felix auf den Parkplatz hinaus. Francey Dunbar wartete neben dem Ford. Thane unterdrückte ein Lächeln.

Irgendwann in der kurzen Zwischenzeit hatte sein Sergeant sich rasiert und den schwarzen Rollkragenpulli gegen ein graues Hemd mit dunkler Krawatte vertauscht. Die Wildlederjacke und der Rest von Dunbars Aufzug mochten nicht dem entsprechen, was der gepflegte Polizist sonst trug, aber Dunbar gab sich immerhin Mühe.

»Wollen Sie Ihr Image ändern, Francey?« fragte Thane.

»Nein.« Dunbar wurde ein bißchen rot. »Nur das Ihre fördern. Glauben Sie, er erkundigt sich, ob wir uns gewaschen haben?«

Thane grinste, schüttelte den Kopf und bat Dunbar, das Steuer zu übernehmen. Er ließ sich auf dem Beifahrersitz nieder.

Sie fuhren los, das Auspuffgeräusch ein kräftiges, lebhaftes Brummen. Francey Dunbar steuerte jedes Auto lässig und mit einem Verständnis, das sich dem Gefährt mitzuteilen schien und es zu bester Leistung bewog.

Thanes Kenntnisse über Francey waren lückenhaft, trotz seiner Personalakte. Seine Eltern lebten in einem Dorf irgendwo bei Edinburgh, er hatte seine Junggesellenbude in Glasgow, und sein Motorrad war eine 750 ccm starke *Honda*, mit der er ein paar Amateurrennen bestritten hatte. Aber über das und die Fähigkeit hinaus, stets ein hübsches Mädchen zu finden, das bereit war, ihn zu verpflegen, war Dunbar außer Dienst ein unbeschriebenes Blatt.

Thane zuckte kurz die Schultern, hörte zu, wie Dunbar leise durch die Zähne pfiff, und verfolgte, wie der Wagen sich durch den Verkehr schlängelte und die Stadt Richtung Norden verließ.

Wenn man Polizist war, empfahl es sich manchmal, ein unbeschriebenes Blatt zu sein.

Die Fahrt dauerte eineinhalb Stunden, die erste Hälfte auf der Fernstraße, vorbei am Nationaldenkmal Bannockburn, wo die Schotten ein Mahnmal zur Erinnerung an eine uralte Schlacht gegen England gebaut, aber dann eine Ewigkeit gebraucht hatten, um das Geld dafür aufzubringen. Dann weiter über die alte Stadt Stirling mit ihrer Burg und hinein nach Perthshire, die ebenen Äcker der Lowlands hinter ihnen, während die bewaldeten Berge und die Glens der Highlands als dramatischer Gegensatz auftauchten.

Die letzte Strecke bestand aus schmalen, gewundenen Straßen. Sie begegneten landwirtschaftlichen Fahrzeugen, beladen mit Schafen, oder vereinzelten Tankwagen, die Whisky von den Brennereien in den Bergen transportierten. Drum Village tauchte auf, weit verstreute Landhäuser und ein einzelnes Hotel. Dahinter fuhren sie vorbei an Höfen, wo dichtbehaarte Langhornrinder auf kleinen Wiesen grasten. Dann sahen sie ein Schild nach Drum Lodge. Francey Dunbar bremste und bog in eine lange Zufahrtsstraße ein, gesäumt von hohen Rhododendronsträuchern mit rosaroten Blüten.

Dann tauchte Drum Lodge unmittelbar vor ihnen auf. Bei Tageslicht war Lord Mackenzies Heim ein altes, mäßig großes, zweistöckiges Steingebäude, davor ein kleiner, gepflegter Garten und ein mit Kies bestreuter Parkplatz, der leer war. Sie ließen den Ford stehen und gingen mit knirschenden Schritten zur Eingangstür.

»Sieht ganz normal aus«, murmelte Dunbar, während er das Haus angriffslustig in Augenschein nahm.

»Die Verliese sind nur am Wochenende geöffnet«, versicherte Thane. »Kommen Sie.«

Man hatte sie gesehen. Die Haustür öffnete sich. Eine dralle, grauhaarige Frau trat heraus und verfolgte ihr Näherkommen mit mißbilligendem Blick. Sie blickte über die Schulter, als Lord Mackenzie aus dem Haus kam und zu ihr trat.

»Schon gut, Annie«, sagte er munter. »Ich sagte schon, ich kümmere mich um die Besucher – Sie haben heute genug zu tun.«

Seine Haushälterin ging hinein. Schreck-Mac, der in kariertem Wollhemd, Tweedhose und braunen Stiefeln eher einem Bauern als einem Richter glich, begrüßte Thane mit einem Lächeln. Er drückte dem ein wenig beunruhigten Dunbar die Hand, dann führte er sie durch eine holzgetäfelte Diele in sein Arbeitszimmer.

»Nicht ganz so eingerichtet wie früher«, sagte er mit beißendem Humor, während er auf die nackten Bodendielen und die Reihe leerer Glastürschränke wies. »Setzen Sie sich, Thane. Sie auch, Sergeant.«

Sie ließen sich auf zwei von den um einen langen Tisch in der Zimmermitte aufgestellten Stühlen nieder. Lord Mackenzie blieb einen Augenblick stehen und sah sie mit seinem scharfen, funkelnden Blick der Reihe nach an.

»Darf man fragen, welche Fortschritte Sie gemacht haben?« fragte er rundheraus.

»Das hängt davon ab, was Sie gehört haben«, gab Thane bedächtig zurück.

»Gehört?« Lord Mackenzie zog eine Braue hoch. Dann begriff er. »Nein, ich sagte das gestern schon. In dieser Sache bin ich Privatmann.« Er sah Dunbars ungläubiges Gesicht. »Sie nehmen mir das nicht ab, Sergeant?«

»Wenn Sie es sagen, Sir«, erwiderte Dunbar vorsichtig.

»Verstehe.« Einen Augenblick lang verhärtete sich das Gesicht des kleinen Mannes, und Schreck-Mac trat in den Vordergrund. »Vor meinem Gericht sind Sie noch nicht aufgetreten, wie?«

Dunbar schüttelte den Kopf.

»Dann können wir das beide mit Interesse abwarten.« Noch immer frostiger Laune, setzte Mackenzie sich in einen Sessel den beiden gegenüber. »Also, Thane?«

»Wieviel wissen Sie wirklich?« fragte Thane ohne Umschweife.

»Sehr wenig.« Lord Mackenzie zog die Brauen zusammen. »Ich

habe erfahren, daß nach Ansicht Ihrer Kollegen die Antiquitätendiebstähle zusammenhängen, daß sie geworden sind, was Sie ein ›Eingreifthema‹ nennen – und daß es eine bestimmte Spur gibt.«

»So gut ist sie nicht mehr. Aber es gibt vielleicht andere.«

»Vielleicht?« Mackenzie seufzte und warf einen Blick auf seine leeren Schränke. »Einen guten Verkäufer würden Sie nicht abgeben. Es ist Ihnen wohl beiden klar, daß dieses Land das ideale Jagdgebiet für Antiquitäten darstellt?«

»Großbritannien?« Francey Dunbars Lider zuckten. »Warum treten wir da so hervor?«

»Großbritannien im allgemeinen, aber Schottland im besonderen, Sergeant«, sagte Lord Mackenzie geduldig. »Der legitime Antiquitätenhandel kauft seit Generationen in England. Schottland ist ein Gebiet, das erst erkundet wird. Haben sich die Herren schon einmal überlegt, warum dieses Land eine solche Schatzkammer des Alten und Wertvollen ist?«

Thane und Dunbar wechselten einen Blick, blieben aber stumm. Mackenzie stand auf und trat an das Fenster. Der Blick ging hinaus auf bewaldete Berge, im Hintergrund waren höhere Gipfel mit Schneeresten zu sehen.

»Als Nation hat Großbritannien Generationen lang in Übersee Kriege geführt und ein Empire aufgebaut«, sagte er grimmig. »Dabei hatten unsere Vorfahren, wo immer sie gewesen sein mögen, die praktische Gewohnheit, alles zu erwerben oder zu erbeuten, was von Wert erschien, und es nach Hause zu verfrachten.«

»Souvenirs?« fragte Thane sanft.

»So ungefähr«, gab Lord Mackenzie zurück. »Forschen Sie nicht zu genau nach dem Ursprung mancher Kronjuwelen. Oder woher ein Großteil der schottischen Aristokratie den anfänglichen Reichtum herhat.« Er zog die Schultern hoch. »Wir waren nicht die einzigen, die es so gemacht haben, und es ist auch nur ein Ausschnitt aus dem Bild. Aber unsere einzigartige Stellung beruht wohl darauf, daß wir fast neunhundert Jahre lang keine Invasion erlebt haben – nicht einmal in zwei Weltkriegen. Während das übrige Europa sich regelmäßig selbst zermürbte, sind wir vergleichsweise unberührt geblieben. Unsere Antiquitäten, ob erworbene oder eigenständige, blieben unbeschädigt und stiegen im Wert.«

Thane nickte.

»Und jetzt will jeder sie haben?«

»Jeder, der über Geld verfügt«, verbesserte Mackenzie. »Amerikaner, Europäer, arabische Ölscheichs – zumeist als Kapitalanlage.« Er schnitt eine Grimasse. »Dieser Aspekt hatte für mich seine Vorzüge, abgesehen davon, daß mir gefiel, was ich hatte.« Er machte eine Pause und sah Dunbar forschend an. »Ihr Sergeant ist aber nicht hergekommen, um sich einen Vortrag anzuhören.«

Thane nahm den Wink auf.

»Ich möchte, daß Sergeant Dunbar mit Ihrer Haushälterin und deren Ehemann redet.«

Lord Mackenzie nickte. Francey Dunbar stand auf und ging. Er schien froh über die Fluchtgelegenheit zu sein.

»Sie waren der Meinung, daß Sie mir noch mehr sagen können«, meinte Thane, als die Tür zum Arbeitszimmer zugefallen war.

»Ja.« Der Richter ging zu einem Schreibtisch am Fenster, zog eine Schublade heraus und brachte ein großes Album herüber. Er legte es auf den Tisch vor Thane und zeigte auf eine Seite mit mehreren Farbaufnahmen von Kristall- und Porzellanvasen. »Links – mit der Emaillierung: das ist Florentiner Kristall. Es wurde einem Mann namens Lennox in Fife gestohlen. Er war einer der ersten, den es bei dieser Serie von Raubüberfällen getroffen hat.«

Thane hob den Kopf und sah ihn an.

»Sind Sie sicher?«

Mackenzie nickte wieder.

»Das ist zufällig auch der Katalog einer Auktion, die im vorigen Monat in New York stattfand. Ich korrespondiere mit einem Freund drüben. Er hat ihn mir geschickt, und ich entdeckte die Vase – aber zu Lennox habe ich nichts gesagt.« Er verstummte mit einem Achselzucken. »Was sollte das nützen?« fuhr er nach einer Pause fort. »Nichts ist schwieriger, als den Anspruch auf eine Antiquität nachzuweisen. Die Auktionsfirma ist sehr solide und hat die Vase ganz gewiß guten Glaubens verkauft.«

Thane zog erstaunt die Brauen zusammen.

»Es gibt Interpol, die Polizei in New York –«

»Die beste Polizei der Welt würde sich in einem Irrgarten verrennen. Wer hat die Vase verkauft? Wo kommt sie her? Sie geraten auf juristisches Gebiet. Mein Gebiet.« Mackenzie schüttelte den Kopf. »Helfe ich Lennox wirklich, wenn ich dafür sorge, daß er rudelweise Anwälte beauftragt und weltweit Prozesse anstrengt, um zu versuchen, sein Eigentum zurückzubekommen? Ich glaube nicht.« Er tippte mit dem Finger auf den Katalog. »Aber das beweist immerhin, wo manche der Antiquitäten landen. Vielleicht tauchen auch meine Musketen und Sattelpistolen in der nächsten Ausgabe auf.« Er griff nach dem Katalog und legte ihn wieder in die Schublade. Thane stand auf und trat an die Wand gegenüber, um ein kleines Gemälde zu betrachten. Es war die Studie einer Ballerina, in zarten, kühlen Farben.

»Mein Degas«, sagte Mackenzie, der hinter ihn getreten war. »Mein – äh – gefälschter Degas. Interessiert?«

Thane nickte.

»Das Bild gefällt mir.«

»Eine wunderschöne Fälschung.« Der kleine Richter fuhr mit der Hand über sein kurzgeschorenes graues Haar und lächelte versonnen. »Nur ein Fachmann kann sie erkennen.«

»Ist das Bild als ein Degas versichert?« fragte Thane.

»Nein.« Lord Mackenzie verzog das Gesicht. »Die Richter Ihrer Majestät dürfen sich keine Täuschungen zuschulden kommen lassen – gewiß dort am wenigsten, wo Gewinne in Frage stehen.«

»Ein Durchschnittsgauner hätte es nicht hängen lassen.« Thane berührte das Bild leicht mit den Fingerspitzen, als ein Gedanke in ihm auftauchte, den für sich selbst zu behalten er für richtig hielt. »Angenommen, Sie haben in einer anderen Beziehung recht, daß diese Truppe sich vergleichsweise zurückgehalten und für eine große Sache praktisch nur geprobt hat. Wozu diese Methode?«

»Um Absatzmöglichkeiten zu finden, ihre Fähigkeiten unter Beweis zu stellen für – nun, für ausländische Interessen.« Mackenzie zeigte mit einem Schulterzucken das Ungewisse an. »Ein Gefühl, mehr nicht. Als Richter neigt man dazu, Straftaten in einem Muster zu sehen, als Aufeinanderfolge. Ich kann mich auch völlig irren. Oder sie könnten vorhaben, nächste Woche die ganze Nationalgalerie auszuräumen.« Er verzog den Mund, ging zu einem Schrank und öffnete ihn. »Sie trinken doch noch einen Schluck, bevor Sie fahren? Wenigstens mein Whisky ist unberührt geblieben – sonst hätte ich wohl auch noch eine Haushälterin verloren.«

Es gab eine große Auswahl, und die Malzwhiskies von Perthshire sind berühmt. Thane entschied sich für einen seltenen Glenturret mit Torfaroma, blinzelte bei den Mengen, die der kleine Richter einschenkte, und wußte, daß es eine Todsünde gewesen wäre, mit Wasser verdünnen lassen zu wollen.

»Auf das Böse«, sagte Lord Mackenzie höhnisch und hob sein Glas. »Es hält uns beide in Brot.«

Thane grinste und trank einen Schluck.

»Ihre junge Dame von der Ransom-Stiftung hat mir gestern einen Auftrag angeboten – Sicherheitsberater für ihre Antiquitätenmesse.«

»Shona?« Mackenzie zeigte sich überrascht und belustigt zugleich. »Eine unternehmungslustige junge Frau, wie ihr Bruder. Peter Barry ist Unternehmensberater – wie man trotz Gewerkschaft und Finanzamt Gewinne macht. Hat sie Sie überredet?«

»Ich besorge ihr jemanden.«

Mackenzie nickte dankend. Sie unterhielten sich noch ein paar Minuten, wobei eine andere Seite von Schreck-Macs Persönlichkeit zutage trat: Er war ein kluger Kenner von Whisky im allgemeinen und der hiesigen Perthshire-Brennereien im besonderen. Thane leerte schließlich sein Glas und verabschiedete sich.

Der Richter begleitete ihn zur Haustür. Der Garten lag in der Sonne. Francey Dunbar stand träge neben ihrem Auto.

»Thane.« Mackenzie lachte in sich hinein und legte die Hand auf seinen Arm. »Sie scheinen nicht ungeschoren davonzukommen. Hier ist jemand, den Sie begrüßen sollten.«

Ein kleines, dunkelgrünes Auto kam die Einfahrt herauf. Es ließ die Rhododendronsträucher hinter sich, bremste und kam nicht weit vor ihnen zum Stillstand. Es war ein Fiat. Am Steuer saß ein Mädchen mit langen, schwarzen Haaren. Die Beifahrertür ging auf. Peter Barry stieg aus. Er winkte zum Gruß, dann öffnete er eine der hinteren Türen.

Francey Dunbar richtete sich auf. Er blickte zu Thane hinüber, seine Miene zeigte Überraschung und Unsicherheit. Vor allem diese verstärkte sich, als Barry einen leichten, zusammenklappbaren Rollstuhl heraushob, ihn gekonnt auseinanderklappte und zur Fahrertür schob. Lord Mackenzie blieb an seinem Platz. Er lächelte immer noch.

»Lassen Sie«, sagte er leise. »Shona ist es so lieber.« Er warf Thane einen Blick zu. »Sie können das natürlich nicht wissen – Shona hatte in ihrer Jugend Kinderlähmung. Deshalb setzt sie sich für die Stiftung so ein, und ihr Bruder steht nicht viel zurück.«

Die Fahrertür ging auf. Ohne lange Umstände oder erkennbare Mühe schob Shona Barry sich hinter dem Lenkrad hervor und stemmte sich in den Rollstuhl. Sie sagte etwas zu ihrem Bruder, dann griff sie in die Räder und rollte sich im Stuhl über den Kies zur Eingangstür.

»Beide Beine gelähmt«, murmelte Mackenzie. »Bis dahin war sie eine sehr gute Sportlerin.« Er trat zwei Schritte vor und strahlte. »Wie immer die erste, Shona.«

»So wie sie auch fährt«, klagte Peter Barry, der hinter ihr herankam. Er hatte eine Aktentasche in der Hand und nickte Thane freundlich zu. »Superintendent, meine Schwester fährt wie eine Verrückte.«

Shona Barry lachte. Sehr schlank, mittelgroß, hatte sie ein hübsches Gesicht und weiße, gleichmäßige Zähne. Sie trug einen dunkelgrünen Hosenanzug mit schwarzer Bluse. Im offenen Kragen war eine dünne Goldkette zu sehen. Sie strich mit einer Hand ihre langen Haare zurück und schnitt mit gespielter Bußfertigkeit eine Grimasse.

»Nur ab und zu«, widersprach sie. »Hallo, Superintendent. Peter hat Sie schon bemerkt, als wir herankamen.«

»Und dich gewarnt«, meinte Barry trocken. Er wandte sich an Lord Mackenzie. »Wenn wir zu früh sind –«

»Nein, wir sind schon fertig«, sagte Mackenzie. Er legte die Hand auf Shona Barrys Schulter. »Was höre ich da von dem Versuch, die Polizei in unsere Reihen aufzunehmen?«

»Ich habe veranlaßt, daß jemand sich meldet«, sagte Thane. »Sie sollten bald von den zuständigen Leuten hören.«

»Ich melde mich, wenn wir nichts hören sollten«, warnte sie heiter. »So, wie die Dinge stehen, bei so vielen Raubzügen, halte ich das für sinnvoll. Bei der Antiquitätenmesse werden wir viele wertvolle Gegenstände dabeihaben.«

»Falls etwas daraus wird«, schränkte Peter Barry ein.

»Ich denke doch«, meinte Lord Mackenzie hoffnungsvoll.

»Worum geht es?« fragte Thane das Mädchen.

»Um viel«, erklärte sie. Ihre kräftigen Finger griffen nach den Radfelgen und drehten den Rollstuhl zu ihm herum. »Es wird eine Reisemesse – die Idee ist nicht absolut neu. Eine Sammlung ausgeliehener Antiquitäten frei zur Besichtigung, Fachleute anwesend, die alles schätzen, was die Leute mitbringen, Vorträge, eine Filmvorführung –«

Thane nickte.

»Wann?«

»Wenn alles gutgeht, fangen wir nächsten Monat in Ayrshire an«, sagte Peter Barry. »Aber es ist noch viel zu tun. Wenn die Versprechungen gehalten werden, wird das eine Wanderausstellung mit großen Überraschungen.« Er sah Thanes Reaktion und grinste. »Wir gehen keine Risiken ein, Superintendent.«

»Das dürften wir gar nicht«, murmelte Lord Mackenzie. »Nicht, wenn das ganze Zeug geliehen ist.«

»Viel Glück damit«, sagte Thane. »Wenn Sie nach Glasgow kommen, sehe ich mir das vielleicht an.« Er warf einen Blick auf seine Uhr und schaute hinüber zum Ford, wo Francey Dunbar jetzt am Steuer saß. »Ich melde mich«, sagte er zu Lord Mackenzie.

Der Richter nickte.

Thane verabschiedete sich und ging zu seinem Wagen. Als er einstieg, half Peter Barry seiner Schwester gerade dabei, den Rollstuhl über die Eingangsstufen hinaufzubefördern.

»Man überlegt sich das nie«, meinte Francey Dunbar ernsthaft, während er den Motor anließ. »Ich meine – na, man läuft herum, und ein anderer Mensch kann das nicht.« Er schüttelte den Kopf. »Aber als ich sie zuerst sah, in dem Wagen –«

»Ja.« Thane war ebenso verblüfft gewesen, als ihm die Beschreibung der Frau, die Anna Marshton abgeholt hatte, durch den Kopf gezuckt war. Er seufzte und sah zu, wie die Gruppe am Eingang im Haus verschwand. »Ich erzähle Ihnen von ihr. Fahren wir.«

Dunbar gab Gas. Als sie das Ende der Einfahrt erreichten, bogen dort zwei weitere Autos ein. Das Stiftungskomitee versammelte sich.

Die Fahrt Richtung Südosten nach Edinburgh dauerte eine Stunde, bei starkem Verkehr über den hohen Fahrstreifen der Forth-Road-Brücke auf Stahlträgern, tief darunter das Wasser des Forth mit Schiffen und die Nordsee als ergrauende Fläche bis zum Horizont.

Francey Dunbar kannte sich in der Hauptstadt gut genug aus, um die Hauptverkehrsadern meiden zu können. Er benützte Nebenstraßen, um die Stadtmitte zu erreichen, das Gewimmel der Princes Street, auf welche die mächtige mittelalterliche Burg hinabblickte.

Der Verkehr in der Princes Street kroch im Schneckentempo dahin. Sie bogen aber bald wieder ab. Dunbar brachte das Fahrzeug in einer Seitenstraße zum Stehen. Der einzige freie Platz war vor einem Halteverbotsschild zu finden, aber das Weinlokal lag nur einen Steinwurf weit entfernt. Als sie ausstiegen, dröhnte der traditionelle Ein-Uhr-Kanonenschuß von der Burg herab.

»Eines Tages machen sie einen Fehler«, sagte Dunbar ernsthaft, während die Luft noch vom Nachklang des Knalls erbebte. »Sie tun eine scharfe Granate rein und blasen ein Loch in ein sündteures Bauwerk.«

»Dann werden sie Glasgow die Schuld geben«, bestätigte Thane. Er bewunderte die eindrucksvollen georgianischen Gebäude ringsum, die im Sonnenlicht beinahe funkelten. Er schnupperte die ganz andersartige Salzluft der Ostküste und spürte, wie sich der Hunger meldete. »Also, dann los.«

Das Lokal war voll. Die Eichentäfelung reichte bis zur Decke, die Nischen waren abgeteilt, das Personal bestand aus Italienern. Auf einer schwarzen Tafel hinter der Theke war das Speiseangebot mit Kreide geschrieben. Sandra Craig und ein dunkelhaariger, stämmiger Mann saßen in einer Mittelnische. Sie nippte an einem Glas Wein, ihr Begleiter hatte einen Krug Bier vor sich stehen.

»Wir haben schon gegessen. Wir wußten nicht, wie lange Sie brauchen«, sagte sie entschuldigend, als Thane und Dunbar sich auf der anderen Bank niederließen. Sie zeigte auf ihren Begleiter. »Sergeant Brownlea, Kripo Edinburgh.«

»Dave Brownlea, Sir.« Der dunkelhaarige Mann gab den beiden Männern die Hand und wies mit dem Daumen auf Sandra. »Ich bin gekidnappt worden. Ein Kollege von Ihrer Dienststelle in Edinburgh hat sie geschickt, und von da an weiß ich nichts Genaues mehr.«

»Bei ihr ist es entweder Charme oder ein Ringergriff«, knurrte Francey Dunbar. Er blickte auf das Speiseangebot. »Was gibt es noch Eßbares, das ihr übriggelassen habt?«

»Probieren Sie die Tortellini«, schlug Sandra mit frostigem Blick vor. »Aber für Ihren Gaumen sind die wahrscheinlich zu gut.« Sie beugte sich zu Thane vor, daß ihr Pullover sich straffte und die Augen des Sergeanten aus Edinburgh sich anerkennend weiteten. »Dave hat den Fall mit dem Holländer bearbeitet, Sir – und er kennt die Antiquitätenbranche hier.«

Sergeant Brownlea nickte.

»Deshalb bekam ich auch mit Hans Schilton zu tun. Wir hatten ihn als einen der ›Fliegenden Holländer‹ ausgemacht, und alles, was hier mit Antiquitäten zu tun hat, landet bei mir. Wenn ich behilflich sein kann –«

»Wir sind für jede Hilfe dankbar«, sagte Thane. Er unterbrach sich, als ein Kellner kam, und bestellte Risotto, während Dunbar sich für die Tortellini entschied, gab noch eine Karaffe Wein und ein Bier für Brownlea in Auftrag, dann sah er den Sergeanten an. »Wie war das bei Schilton?«

»Er behauptete, er sei überfallen und beraubt worden«, sagte Brownlea stirnrunzelnd. »Ein Taxifahrer fand ihn gegen ein Uhr nachts und brachte ihn ins Krankenhaus. Die Notaufnahme verständigte uns.« Er trank einen Schluck Bier und schüttelte den Kopf. »Aber wenn man hier ausgeraubt wird, hat man hinterher nicht die Brieftasche und eine goldene Armbanduhr bei sich. Schilton ist zusammengeschlagen worden, Sir – aber fragen Sie mich nicht nach dem Grund.«

Thane warf einen Blick auf Sandra. Sie nickte kaum merklich.

»Und wenn Sie laut denken würden, Sergeant?« sagte er leise und ruhig.

Brownlea verzog das Gesicht.

»Ich kann mich auf keine Fakten stützen.«

Francey Dunbar grinste.

»Dave, von solchen Dingen leben wir.«

»Versuchen Sie es mal«, schlug Thane vor. Der Wein war gekommen. Er überließ Francey das Einschenken aus der Karaffe und schob Brownlea den vollen Krug hin.

»Man hat ihn sich vorgeknöpft«, sagte Brownlea. »Zur Warnung.«

»Weil die Holländer anderen ins Handwerk pfuschen wollten?« Brownlea blinzelte.

»Schon, aber –«

»Wo ist er denn gefunden worden?«

»In einer Straße nicht weit von der Royal Mile.« Brownlea sah sie traurig an. »Bei einem Trödlerladen, der von einer Frau namens Tante Rose geführt wird – wir haben sie zweimal wegen Hehlerei im Zusammenhang mit gestohlenen Antiquitäten festgenommen, aber nichts beweisen können. Ich hab' es bei ihr versucht, aber –« Er beließ es dabei und zog die Schultern hoch.

Thane nickte verständnisvoll.

»Und jetzt? Sind die Holländer wieder da?«

»Keine Spur von ihnen«, erwiderte Brownlea trocken. »Vielleicht hat uns jemand einen Gefallen getan. Jedenfalls ist es in Edinburgh ruhig.«

»Keine Unbekannten in der Antiquitätenszene?«

Brownlea grinste und warf einen Seitenblick auf Sandra.

»Das hat sie mich auch schon gefragt. In der Stadt ist ein amerikanischer Händler, der wie wild einkauft – er ist schon zwei Wochen hier. Wir haben ihn gleich überprüft, als er bekanntgab, daß er als Käufer hier sei – das ist üblich.«

»Er ist in Ordnung«, stellte Sandra fest. »Bei seinen Bankreferenzen muß er es sein.« Sie seufzte. »Edward Sarraut, aus Los Angeles, einsfünfundachtzig groß, sonnengebräunt, will mich zu einem Steak-Essen einladen –«

»Sie haben mit ihm gesprochen?« fragte Francey Dunbar erstaunt.

»Vor ungefähr einer Stunde«, gab sie zurück. »In seinem Hotel – ich behauptete, ich könnte ihm etwas Interessantes anbieten.«

Dunbar stammelte: »Was denn?«

»Denken Sie mal weniger schmutzig«, sagte sie gelassen. »Ich habe eine alte Jade-Halskette, die meiner Großmutter gehört hat. Er sagte, das sei zwar nicht ganz seine Richtung, aber das Angebot mit dem Steak-Essen bleibe bestehen.«

Die bestellten Speisen kamen, und das Gespräch versickerte, während Thane und Dunbar aßen. Das Essen war gut, aber Thane hatte sein Risotto erst zur Hälfte verzehrt, als der Kellner wiederkam und Brownlea etwas ins Ohr flüsterte. Der Sergeant beugte sich über den Tisch.

»Anruf für Sie aus Glasgow«, sagte er zu Thane. »Ein gewisser Felix – er hätte gewußt, daß Sie hier sind.«

Thane ließ seufzend seinen Teller stehen und folgte dem Kellner in eine Ecke mit einer Telefonzelle. Er schloß die Tür, griff nach dem Hörer und sprach mit Joe Felix. »Inspektor Moss sagte, Sie wollten Bescheid wissen.«

»Nur zu.« Thane lächelte vor sich hin und klemmte den Hörer mit der Schulter ein. Phil Moss war ein Verbündeter, auf den er sich verlassen konnte.

»Eintritt des Todes nach wie vor zwischen Mitternacht und zwei Uhr morgens. Sie ist wirklich erdrosselt worden, bekam aber vorher einen Hieb auf den Kopf, stark genug, um ihr das Bewußtsein zu rauben. Sonst ist nicht viel, außer, daß sie ein paar Stunden vorher Alkohol getrunken und nicht viel gegessen hatte.« Felix schien zu blättern. »Das Gerichtslabor hat praktisch nichts gefunden, steht da. Die Wohnung der Marshton brachte nichts. Allerdings sieht es so aus, als sei jemand herumgegangen und hätte Fingerabdrücke abgewischt. Sie haben nur ein paar gefunden, die von Anna Marshton stammen, die übrigen sind – äh – von Ihnen oder Sandra.«

»Da werden sie sich gefreut haben«, meinte Thane sarkastisch. Er schob die Lippen vor. »Bei Ihnen etwas Neues?«

»Nein. Der Mann, der sich schon einmal gemeldet hat, rief wieder an. Er will immer noch nicht sagen, worum es geht«, berichtete Felix.

»Was ist mit Malky Darvel?« fragte Thane.

»Ihr Sargmacher?« Felix gab einen bedauernden Brummlaut von sich. »Tut mir leid – hat sich nicht gemeldet.«

»Gut.« Thanes Blick blieb an der Zellenwand haften. Mitten zwischen hingekritzelten Rufnummern hatte jemand geschrieben: ›Selbst wenn ich jung denke, komme ich nicht unter die Fünfzig‹. Er grinste. »Joe, bei dem Einbruch in Schreck-Macs Haus ist etwas merkwürdig«, sagte er. »Sie haben die Akte. Wer trug das Versicherungsrisiko?«

»Augenblick, Chef.« Felix entfernte sich kurz. »Sie sind am richtigen Ort«, sagte er schließlich. »Er ist versichert bei der Clanmore-Mutual in Edinburgh. Zentrale in der George Street. Aber – äh –« Seine Neugier war unverkennbar.

»Wir übernehmen das.« Thane verabschiedete sich ohne weitere Erklärungen und hängte ein.

Er verließ die Zelle, ging durch das überfüllte Lokal und setzte sich wieder zu den anderen. Sein halbvoller Teller stand noch da, das Risotto war kalt und sah wenig reizvoll aus. Er schob den Teller weg und beschloß, hungrig zu bleiben.

»Das war ein Lagebericht von Joe«, erklärte er trocken. »Keine Fortschritte.« Das kam der Wahrheit nah genug. Er beschloß, es dabei zu belassen. »Dave –«

»Sir?« Der Sergeant aus Edinburgh sah ihn mit wachsamem Blick an.

»Ich möchte diese Tante Rose in ihrem Trödlerladen kennenlernen. Aber es ist vielleicht besser, wenn Sie dabei draußen bleiben – verstanden?«

Dave Brownlea wirkte beunruhigt, nickte aber.

»Und wir?« fragte Francey Dunbar.

»Ihr verdient euch euer Gehalt.« Er lächelte seinen Sergeanten kurz an. »Sandra fährt mit mir. Sie können ihren Wagen nehmen. Zunächst prüfen Sie eine Versicherungsfrage. Die Zentrale der Clanmore-Mutual befindet sich in der George Street. Wenden Sie sich an jemand, der etwas zu sagen hat. Stellen Sie fest, wie viele von ihren Leuten an Einzelheiten über eine Police herankommen können.«

Dunbar sog an seinen Zähnen. Er addierte zwei und zwei.

»Drum Lodge?«

Thane nickte.

Am Scheibenwischer des Ford steckte ein Strafzettel, als sie herauskamen. Drei Paar Augen richteten sich auf Brownlea, der rot wurde, nach dem Strafzettel griff und ihn einsteckte.

»Wohin danach?« fragte Dunbar.

»Zu unserem Laden«, sagte Thane. Die Zweigstelle der Crime Squad in Edinburgh war klein und immer mit Arbeit ausgelastet, sie stellte eine günstige Anlaufstelle dar. »Aber melden Sie sich über Funk, wenn es Probleme gibt.«

Dunbar nickte und ging davon.

Thane steuerte den Ford selbst, Sandra Craig saß neben ihm, Brownlea hinten.

Sie fuhren durch die verstopfte Princes Street, ein Hinderniskurs von Verkehrsampeln und Scharen von Fußgängern. Brownlea gab Hinweise. Der Wagen bog an der Ecke des Postamts rechts ab, fuhr über die North-Brücke und bog links in die historische Royal Mile ein, Kern der Altstadt mit ihren vielen Touristen.

Auf beiden Seiten der schmalen Straßen standen hohe, Jahrhunderte alte Gebäude aus grauem Stein mit Maßwerkfenstern und steilen Dächern. Autos mit Kennzeichen aus einem Dutzend Ländern verstopften die Straßen auf ganzer Länge, Touristen aus aller Welt schienen die Schaufenster der kleinen, alten Läden zu inspizieren. Die Royal Mile war in Stein gehauene Geschichte, jeder schmale Durchgang und Innenhof traditionsgeweiht.

»Für Sie wohl eine Abwechslung«, meinte Brownlea und beugte sich vor. »Ich meine, Glasgow gehört ja kaum zum Programm von Pauschalreisen.«

»Wir bemühen uns auch, daß das so bleibt«, sagte Thane unschuldig. Er zwinkerte Brownlea im Rückspiegel zu. »Na schön, ihr seid eben der rätselhafte Osten. Aber nun erzählen Sie mal etwas mehr über Tante Rose.«

»Sie ist noch gar nicht so alt – Ende Vierzig, vielleicht.« Brownlea überlegte. »Blondgefärbt, Engländerin – kam mit ihrem ersten Mann von London herauf. Er war Safeknacker. Nach seinem Tod heiratete sie wieder und wurde zu Rose Gadden. Sie warf den neuen Ehemann nach sechs Monaten hinaus und eröffnete den Laden – das liegt Jahre zurück.«

»Klingt interessant«, sagte Sandra.

»Wenn man sie so eisenhart mag«, erklärte Brownlea mit Nachdruck. »Ihre Methode ist, daß sie sich nur mit ein paar Dieben einläßt – mit echten Profis, die meisten Spezialisten für alten Schmuck. Keine schweren Sachen.« Er wies mit dem Kinn nach vorn. »Hier links einbiegen, dann halten.«

Sie fuhren in einen Durchgang fast im Schatten des alten Zollhauses von Canongate, stellten den Wagen ab, und Brownlea zeigte nach vorn auf einen kleinen Laden mit rosarot gestrichenem Fachwerk.

»Das ist es. Soll ich wirklich nicht mitkommen?«

»Nein«, sagte Thane rundheraus.

Sie ließen ihn stehen und gingen über das Kopfsteinpflaster der Gasse auf das Haus zu.

Aus der Nähe gesehen, war der Laden mit dem rosaroten Anstrich noch kleiner, als sie gedacht hatten. Auf dem Schild über der Tür stand nur »Tante Rose«, und im Schaufenster war von alten Bügeleisen über Messinggefäße bis zu einer Schatulle mit militärischen Orden und einem schäbigen, alten Schaukelpferd alles zu sehen.

Eine Glocke schlug an, als sie die Tür öffneten und eintraten. Es gab keinen Ladentisch, und der Boden war vollgestellt mit gestapelten Gemälden, schwarz lackierten Möbelstücken und Kupfergeschirr. An der Rückseite bewachte ein ausgestopfter Braunbär einen verhängten Durchgang. Als die Tür hinter ihnen zufiel, wurde der Vorhang zur Seite gerissen, und eine Frau trat heraus.

»Ja?« Sie zeigte ein uninteressiertes, eingeübtes Lächeln. »Sie suchen etwas Bestimmtes?«

Thane atmete tief ein. Brownleas Beschreibung war einigermaßen zutreffend. Aber er hatte nicht erwähnt, daß Tante Rose amazonenhaft gebaut war, und auch einige andere Einzelheiten waren unerwähnt geblieben. Das blondierte Haar gehörte zu einem grobknochigen Gesicht, stark geschminkten Mund und einem dunkelgrünen Kleid, so eng geschnitten, daß die volle Büste noch auffälliger hervortrat.

»Nur Sie, glaube ich«, sagte er tonlos. »Polizei.« Er zeigte seinen Ausweis. »Ein paar Minuten, Rose.«

Sie fluchte, zwängte sich an ihnen vorbei und sperrte mit grimmiger Ergebung die Ladentür ab.

»Also?« Sie sah zuerst Sandra, dann Thane von oben bis unten an. »Sie sind neu, alle beide.«

»Crime Squad«, sagte Thane. »Ausflug von Glasgow.«

»Die Bonzen.« Sie grinste ungerührt. »Und?«

»Hans Schilton«, sagte Thane. »Wer hat ihn zusammengeschlagen und warum?«

Sie zog die Schultern hoch.

»Woher soll ich denn das wissen?«

»Bettgeflüster«, meinte Sandra gelassen. »Er ist gegen Mitternacht hier weggegangen, nicht?« Sie lächelte, als die Frau sie böse anfunkelte. »Ganz scheinen Sie's noch nicht hinter sich zu haben.«

»Danke«, sagte die Frau sarkastisch. Sie klopfte mit den Fingern zornig auf den Deckel eines Kupfertopfs. »Sie vergeuden meine Zeit, ich kann Ihnen nichts sagen.«

»Das haben Sie Sergeant Brownlea auch erklärt«, meinte Thane. Er lehnte sich gegen eine häßliche Kommode und seufzte. »Wir sind da anders, Rose. Wir können gemein sein.«

»Soll heißen?« fragte sie angriffslustig.

»Dies und das«, sagte er vage. »Etwa ausstreuen, daß Sie von der Crime Squad überwacht werden. Einen Mann mit großen Stiefeln und Kamera vor Ihrer Tür aufstellen, der jeden fotografiert, der geht und kommt.«

»Alles ein paarmal durchsuchen und auf den Kopf stellen«, meinte Sandra. »Wir sind gut darin.«

»Aber für das Geschäft ist das sehr schlecht«, sagte Thane leise. »Wir könnten Ihnen das Geschäft als Hehlerin vermasseln, Rose. So schnell.« Er schnippte mit den Fingern. »Nicht, daß sich die Mühe bei Ihnen lohnt. Aber bei Hans Schilton sieht es anders aus. Also?«

Die Frau fluchte, packte den Kupfertopf und wollte ihn auf ihn niedersausen lassen. Er wich aus, der Topf streifte seine Schulter und krachte gegen die Kommode.

Rose holte ein zweites Mal aus, aber Sandra Craig kam ihr zuvor. Tante Rose schrie vor Schmerzen auf, als die rothaarige Kriminalbeamtin ihr den Arm auf den Rücken drehte. Die ältere Frau ließ den Topf fallen und versuchte sich loszureißen, schrie wieder auf, als sich der Griff verstärkte, dann gab sie auf.

»Sie soll aufhören«, stieß sie hervor. »Hans war hier.«

Thane nickte. Sandra ließ den Arm los. Die Frau richtete sich auf, rieb ihren Arm, warf die Haare zurück und schnitt eine Grimasse.

»Na gut. Ich kann auf den zusätzlichen Ärger verzichten«, sagte sie mißmutig. »Was wollen Sie wissen?«

»Warum es passiert ist, wie es passiert ist«, sagte Sandra.

Tante Rose funkelte sie an.

»Ich rede mit dem Leierkastenmann, nicht mit seiner Äffin«, zischte sie und sah Thane an. »Ich habe aber nichts damit zu tun, damit das klar ist. Hans kam oft her, aber ich habe für seine Gruppe nichts übernommen. In Ordnung?«

»Rein gesellschaftlich«, bestätigte Thane.

»Das letzte Mal sind sie aus zwei Gründen nach Schottland gekommen, wie Hans sagte. Der eine war – na ja, der übliche. Klar?«

»Die ›Fliegenden Holländer‹ unterwegs«, sagte Thane trocken. »Der andere?«

»Sie setzen ihr Zeug über ein halbes Dutzend Antiquitätenhändler in Europa ab.« Sie grinste kurz. »Gute Leute, an die kommt ihr nie ran. Einer der Händler, ein Franzose, erklärte ihnen, er kaufe bei neuen Leuten hier in Edinburgh. Kleine Lieferungen, aber gute Qualität, und –«

»Und die Aussicht auf einen großen Coup?« sagte Thane grimmig.

»Ja.« Sie starrte ihn überrascht an. »Soll das heißen –«

»Sie sollen erzählen«, sagte Thane knapp.

Die Frau zog die Schultern hoch.

»Der Neue wollte eine Abmachung haben. Es sollte tatsächlich eine große Sache werden – so groß, daß der Franzose Bedenken bekam. Der Neue schien aber interne Kenntnisse zu haben und zu wissen, was er tat.« Sie machte eine Pause, aggressiv noch in der Niederlage. »Der Franzose schlug jedenfalls vor, Hans und seine Freunde sollten die Sache übernehmen und den Neuen als Juniorpartner mitnehmen.«

»Aber –« Sandra verstummte, als Thane rasch den Kopf schüttelte.

»Sie haben Verbindung aufgenommen?« fragte er.

»Ja.« Die Frau nickte grimmig. »Hans bekam den Auftrag, stellte die Verbindung her und bekam zu hören, er sollte sich zum Teufel scheren. Er läßt sich von einem Nein nicht abbringen – ich weiß das. Also versuchte er es noch einmal. Anschließend kam er hierher und –«

»Und wurde zusammengeschlagen, als er ging?«

»Richtig.« Das grobgeschnittene Gesicht verkrampfte sich. »Ich habe ihn noch einmal gesprochen, bevor er nach Holland zurückgebracht worden ist. Es waren zwei, mit großen Stiefeln und Totschlägern. Als sie fertig waren, sagten sie, er solle sich ja nicht wieder blicken lassen – beim nächstenmal würden sie ihn zum Krüppel machen oder umbringen.«

»Liebe Menschen«, sagte Thane ätzend. Er fuhr mit der Hand über sein Kinn. »Wer steuert sie, Rose?«

»Das hat er mir nicht gesagt«, erwiderte sie dumpf. »Bei Hans fragt man nicht, wenn er nicht reden will.«

Thane sah sie kurz an, kam zu dem Schluß, daß sie es ernst meinte, und nickte.

»Glauben Sie, daß er wiederkommt?«

»Irgendwann.« Sie lächelte kaum merklich. »Ja, ich glaube schon. Aber sein Verein hält nichts von Gewalt. Der Neue muß das allein machen, ob mit oder ohne Erfolg.«

»An Ihrer Stelle wäre ich froh, wenn es ihn erwischt«, sagte Sandra beinahe mitfühlend.

»Männer«, sagte Rose vernichtend. »Die machen einem alles kaputt.«

Sandra nickte versonnen.

»Was ist mit dem Verein hier in Edinburgh? Wissen Sie etwas über die Leute?«

»Nein. Nur, daß sein Verbindungsmann hier war, in Edinburgh.« Sie wandte sich an Thane. »Aber eines will ich Ihnen verraten. Die Sache mit den Antiquitäten ist bald, egal, was es sein soll. Hans hat gesagt, noch vor Ende des Monats. Und wissen Sie was? Es wär' mir beinah' recht, wenn Sie das Schwein schnappen.«

Thane und Sandra wechselten erstaunte Blicke. Der Monat würde in wenigen Tagen zu Ende sein. Thane hatte trotzdem den Eindruck, daß die große, blondierte Frau die Wahrheit sagte und alles verriet, was sie wußte.

»Fangen wir wieder von vorne an«, sagte er langsam. »Ganz von vorne – und ich kassiere Ihre Freunde aus Holland nicht. Ich will den Neuen, Rose.«

Sie gingen ihre Aussage zweimal durch. Sie wich nicht ab, wollte aber auch nichts hinzufügen.

»Das wär's dann«, sagte Thane schließlich. »Danke.«

Sie reagierte mit einem Achselzucken und schwieg. Er nickte Sandra zu, ging zur Tür, öffnete sie und schaute wieder zurück.

»Etwas anderes, Rose«, sagte er ruhig. »Sie sind vom Fach. Was bringen alte Kerzenhalter aus Messing?«

»Kerzenhalter?« Ihre Lider zuckten.

»Ich habe zwei Stück zu Hause«, erklärte er. »Haben Sie eine Vorstellung, wieviel die wert sein könnten?«

Tante Rose holte tief Luft. Sie erläuterte noch immer mit großer, klinischer Genauigkeit, was Thane mit seinen Kerzenhaltern anfangen konnte, als sie hinausgingen und die Tür hinter sich schlossen.

Dave Brownlea saß auf dem Beifahrersitz des Ford, als sie zurückkamen. Er wies auf das Funkgerät.

»Ein Ruf für Sie ist durchgekommen«, sagte er zu Thane. »Ich hab' ihn angenommen. Sergeant Dunbar läßt sagen, Sie möchten zur Clanmor-Mutual kommen.«

»Gut.« Thane setzte sich ans Steuer, ließ den Motor an, fuhr aber nicht an. Er überlegte. »Sandra, ich setze Sie in der Princes Street ab. Besuchen Sie Ihren Händler aus Amerika noch einmal – diesmal richtig. Fragen Sie nach Gerüchten der Branche, nach irgendwelchen Hinweisen auf Ungewohntes, das zur Versteigerung kommen könnte – alles, was uns weiterbringt.«

»Und meine Einladung zum Essen ist im Eimer«, sagte sie wehmütig.

Er lenkte den Wagen langsam auf die Straße hinaus, fuhr wieder die Royal Mile entlang, fluchte plötzlich, bremste und fuhr scharf an den Randstein heran.

Eine vertraute, kahlköpfige Gestalt kam ihnen auf dem Gehsteig entgegen. Thane stieg aus und vertrat Malky Darvel den Weg.

»Sie!« Der dicke Sargmacher war erschrocken und schien nicht eben erfreut zu sein. »He, hören Sie, das kann meinem Ruf nur schaden –«

»Ich entschuldige mich ein andermal«, erwiderte Thane. »Wohin wollen Sie? Zu Tante Rose?«

»Zu der?« Darvel wurde schon bei dem Gedanken blaß. »Niemals. Vor der hab' ich Angst. Warum?«

»Sie ist nicht in der Stimmung für Besuch.« Thane verstummte kurz, als eine plappernde Gruppe von Touristen vorbeiging. »Ich komme Ihnen nicht in die Quere, Malky. Wir mußten vorankommen. Schon Glück gehabt?«

»Bilderrahmenglas, wie ich's brauche, ist schwer zu finden«, sagte Darvel ausweichend. Dann blinzelte er. »Ich bin unterwegs zu – na, zu jemand anderem in der Branche, ja?« Er zeigte vage nach vorn. »Sie wollen gar nicht wissen, wo das ist, Mr. Thane.«

In Steinwurfweite gab es mindestens vier Antiquitätenläden, im näheren Umkreis sicher noch viele mehr.

»Ihre Sache«, erwiderte er. »Aber –«

»Ich hab' das eine oder andere gehört«, gab der Sargmacher zu. »Muß mir erst selber klarwerden, ja?« Er schaute sich vorsichtig um. »Aber eines will ich Ihnen sagen. Aus Glasgow sind ein paar harte Burschen hergeholt worden, die mehr kosten als ein paar Bierchen.«

»Irgendwelche Namen?«

»Lassen Sie mir Zeit, ja?« Darvel ließ sich nicht drängen. »Hirn aus Edinburgh, die Muskeln aus Glasgow – gibt kein schlechtes Buch, nicht, Mr. Thane?« Er zog die Brauen zusammen. »Hab's nie gelesen, wohlgemerkt. Aber es heißt ›Eine Geschichte aus zwei Städten‹ – oder so ähnlich.«

»Ich glaube nicht, daß das die gleiche Geschichte ist, Malky«, sagte Thane geduldig.

Darvel grinste breit. »Hören Sie, wir sehen uns später, bevor ich nach Glasgow zurückfahre. In Ordnung?«

»Wo?«

Der andere überlegte kurz.

»Auf der Burg. Da rührt sich was, und es sind doch nur Ausflügler und Soldaten da. Sagen wir, gegen sechs, bei den alten Kanonen.«

»Bei der Half-Moon-Battery.« Thane nickte.

»Aber allein«, sagte Darvel. »Das ist sicherer.« Er ging davon.

Aus irgendeinem, nur dem Himmel, den Stadtvätern von Edinburgh und vielleicht der Tourismusbehörde von Schottland bekannten Grund – nicht unbedingt in dieser Reihenfolge - paradierte in der Princes Street eine Dudelsackkapelle in Kilts. Das Ergebnis war eine gewaltige Verkehrsstauung, die Dudelsackpfeifer wirkten unter ihren mit Federn geschmückten Schottenmützen verschwitzt und unbehaglich, und die Trommler rasselten mit einem unübersehbaren Mangel an Begeisterung ihr Pensum herunter. Sie wurden dennoch von einem Schwarm hocherfreuter Touristen verfolgt. Dergleichen steigerte den Umsatz an Kamerafilmen erheblich.

Thane blieb im Verkehr stecken und brauchte bis zur Verwaltung der Clanmore-Mutual-Versicherung doppelt so lange, wie er angenommen hatte. Er setzte unterwegs Sandra Craig und Dave Brownlea ab. Der Sergeant hatte Eigenes zu erledigen. Brownlea hatte stoisch darauf verzichtet, zu fragen, was bei ihrem Gespräch mit Tante Rose herausgekommen sei, und außer der Bemerkung, es sei nützlich gewesen, hatte Thane es dabei belassen.

Aber »nützlich« war untertrieben. Thane lenkte den Ford in eine eben freigemachte Parklücke und seufzte verstohlen, als er ausstieg. Er sperrte die Tür ab und warf Münzen in die Parkuhr.

Er machte sich keine Illusionen darüber, warum die Frau den Mund aufgetan hatte. Damit, daß sie unter Druck gesetzt worden war, hatte das wenig zu tun. Der Druck hatte nur dazu verholfen, daß sie ihre angeborene Antipathie gegen alles, was einen Polizeiausweis trug, überwand und den Weg freimachte für das, was sie wirklich wollte: eine Gelegenheit zur Rache.

Die Bande der Antiquitätenhändler war also in der Hauptstadt zu Hause, und die Schlußfolgerung Schreck-Macs war richtig – der »große Coup« stand erst noch bevor, und zwar sehr bald, wenn Tante Rose recht hatte. Colin Thane blickte auf das hohe, vornehme Gebäude, in dem die Clanmore-Mutual-Versicherung untergebracht war, und konnte die düstere Ahnung, daß alles nur noch schlimmer werden würde, nicht unterdrücken.

*

Wenn es darum ging, sich darzustellen, bot die Clanmor-Mutual Kunden zu Besuch eine Mischung von dezentem Komfort und flotter Leistungsfähigkeit. Die Schalterhalle war mit Teppichboden ausgelegt, für den Fall, daß wirklich jemand warten mußte, gab es bequeme Polstersessel, dazu Grünes in Töpfen überall und eine Reihe geschickt aufgehängter Drucke mit Seemotiven. Die Schaltertheke war mit dunklem Kunstleder gepolstert, und die Mädchen dahinter, offenkundig für die erste Siebung zuständig, schienen nach der Hübschheit und ohne Rücksicht auf das Maß der Intelligenz nach ihrer Bereitschaft zum Lächeln ausgesucht worden zu sein.

Thane wurde erwartet. Eines der Schaltermädchen kam heraus und führte ihn zu einem Lift, der hinter Topfpalmen verborgen war. Sie fuhren zum fünften Stockwerk hinauf.

Dort herrschte eine andere Atmosphäre. Alles war auf Effizienz ausgerichtet, so, als hätten die Direktoren des Unternehmens ein Gegengewicht zu der Eleganz der Schalterhalle schaffen wollen, um ihr Schottengewissen zu beruhigen. Thane folgte dem Mädchen durch einen Korridor. Die Wände waren hell gestrichen, der Boden mit Linoleum belegt. Sie blieb an der letzten Tür der Reihe stehen, klopfte, öffnete und bat ihn mit einer Geste, einzutreten.

Als die Tür hinter ihm zufiel, schaute Thane sich in dem großen, einfach eingerichteten Büro um. Das Fenster ging auf die George Street hinaus und bot weite Aussicht auf die Dächer von Edinburgh. Francey Dunbar, der davorstand, nickte ihm zu, während der andere Mann im Zimmer herankam und die Hand ausstreckte.

»Superintendent.« Der Händedruck war von der Sorte »fest und aufrichtig«, aber feucht. »Ich bin John Talbot, Leiter der Schadensabteilung. Ihr Sergeant hat mir von Ihrem – äh – kleinen Problem berichtet.«

»Gut.« Thane grinste ohne Heiterkeit. Der Versicherungsdirektor war ein großer, dicker Mann in dunklem Geschäftsanzug mit weißem Hemd und gedeckter Krawatte. Er verriet einen Anflug von Besorgnis oder auch Gereiztheit. »Alles, was Sie uns sagen können, bleibt unter uns – jedenfalls vorerst.«

»Das hoffe ich.« Talbot runzelte kurz die Stirn. »Aber was Ihr Sergeant meinte, kann nicht vorkommen. Vertrauliche Kenntnisse über Kunden können von hier nicht nach außen dringen.«

»Francey?« Thane sah Dunbar mit hochgezogener Braue an.

»Alle Daten hier sind in einem Computer«, sagte Dunbar knapp. »Alles auf Band, Terminals für jeden, bis auf die Putzfrau.« Er zog die Schultern hoch. »Ich traue Computern nicht, das ist alles.«

»Und ich habe erklärt, daß das System völlig abgesichert ist«, erklärte John Talbot, dem das Blut in den Kopf gestiegen war. »Ich habe den Ausschuß geleitet, der darüber beschlossen hat – verflixt, ich zeig's Ihnen.« Er führte Thane zu seinem Schreibtisch. Francey Dunbar folgte den beiden. In den Schreibtisch war ein Datensichtgerät mit Tastatur eingebaut. Talbot setzte sich davor. »Also.« Er sah sie selbstsicher an. »Ich übergehe die Grundzüge, daß ein Computer ein Werkzeug ist und nicht mehr. Die meisten unserer Angestellten haben Zugang zu einem Datensichtgerät wie diesem hier. Sie verwenden sie dazu, Policendaten anzufordern, das Neugeschäft für den Ausdruck einzugeben, Schadensfälle zu speichern, Prämienzahlungen – das Übliche.«

»Das Übliche«, sagte Thane. Er zog einen Stuhl heran und setzte sich.

»Ihr Sergeant interessiert sich für Lord Mackenzies Hausratversicherung«, sagte Talbot. »Er hatte die Policennummer –«

»Und noch zwei andere«, murmelte Dunbar. Er sah Thane an. »Ich habe mich bei Joe Felix erkundigt. Auf der Liste der Raubüberfälle stehen drei Kunden der Clanmore.«

»Er hatte die Policennummer«, wiederholte Talbot unbeirrt. »Sie ist nicht notwendig.« Mit seinen kurzen Fingern tippte er auf der Tastatur. Auf dem Bildschirm erschienen Zahlen. »Wenn wir Name und Adresse haben, können wir den Policeninhalt abfragen – voran die Policennummer.« Er drückte auf zwei Tasten. Die Zahlreihe verschwand, auf dem Bildschirm zuckte es, dann war er mit Text ausgefüllt. »Da – die Deckung für Lord Mackenzie. Das sind allerdings nur die grundsätzlichen Angaben.«

Thane blickte stirnrunzelnd auf den Bildschirm. Ein Teil des Textes war unverschlüsselt, von der Jahresprämie bis zur Versicherungssumme, aber darunter gab es drei Gruppen Schlüsselzahlen.

»Wollen Sie mehr?« fragte Talbot selbstzufrieden. »Das geht nicht. Jedenfalls dann nicht, bis der jeweilige Angestellte ermächtigt wird, die erste Stufe der Verschlüsselung anzuwenden. So.« Er drückte wieder auf Tasten. Der Text auf dem Bildschirm wechselte.

Sie hatten nun eine genaue Inventurliste vor sich. Schreck-Macs Sammlung alter Waffen, seine antiken Möbel und sein Silber, alles war aufgeführt, jeder Gegenstand mit einem festgesetzten Wert. Thane ging die Liste durch. Ein Degas-Gemälde war nicht dabei.

»Wie viele Leute kennen die Entschlüsselung?« fragte Dunbar.

»Die höheren Angestellten der Abteilung, sonst niemand«, gab Talbot kurz zurück. Er zeigte auf eine Schlüsselzahlgruppe am unteren Rand. »Und nicht einmal sie kommen da heran – Einzelheiten der Sicherungsmaßnahmen. Das bedarf einer weiteren verschlüsselten Anfrage. Sie ist nur Schadensprüfern und höheren Rängen zugänglich.«

»Zeigen Sie mir das«, bat Thane.

»Das kann ich nicht«, erwiderte Talbot triumphierend. »Nicht, daß ich nicht will – ich kann nicht. Wir beschränken den Zugang auf ein Mindestmaß. Wenn ich etwas wissen muß, rufe ich eine Person, die Zugang hat.« Er strahlte die beiden an. »Na?«

Francey Dunbar blickte finster.

»Also gut, dann erzählen Sie«, sagte er knapp. »Wieviel können Sie gespeichert haben?«

»Alles, was auf das Risiko Einfluß hat – oder auf die Prämie«, stellte Talbot fest und lehnte sich zurück. »Manchmal bestehen wir darauf, daß bestimmte Sicherungsanlagen eingebaut werden. Vorige Woche etwa habe ich einem Diamantenhändler, der zu Hause tätig ist, empfohlen, mehreren Anforderungen von uns zu entsprechen, bevor sein Vertrag verlängert werden kann.« Er lachte leise. »So geht das natürlich nicht immer. Manchmal ist es sicherer, nur eine Teildeckung anzubieten und damit das Syndrom der ›moralischen Gefährdung‹ auszuräumen.«

Thane sah ihn verständnislos an.

»Eine Wirtschaftstheorie, Superintendent«, sagte Talbot nachsichtig. »Sie erweist sich oft als sinnvoll. Der Durchschnittsmensch schätzt Besitz nur dann richtig, wenn er ihn Geld oder echte Mühe gekostet hat.« Er warf Dunbar einen listigen Blick zu. »Ihr Sergeant würde dazu vielleicht sagen: Wie gewonnen, so zerronnen. In der Versicherungsbranche übersetzen wir das so: Gewisse Leute achten auf ihre Besitztümer viel weniger, wenn sie voll versichert sind.«

»Sie packen also so zu, daß es weh tut«, meinte Dunbar dumpf.
Talbot zuckte die Achseln.

»Versicherung ist ein Risikogeschäft, aber ein Geschäft. Wir sind
vorsichtig.«

»Oder auch eisenhart«, knurrte Dunbar enttäuscht.

»Nein, das sind unsere Kunden«, murmelte Talbot. Er winkte ab.
»Aber wir lassen uns auf nichts ein – und das gilt auch für unsere
Daten.«

»Aber zumindest einige Ihrer Angestellten, die Zugang zur Ent-
schlüsselungsmethode haben, könnten den Computer nach Alarm-
systemen abfragen«, stellte Thane fest. »Und eine größere Anzahl
könnte sich über hohe versicherte Werte informieren.«

»Richtig«, Talbot und preßte die Lippen zusammen. Er starrte
eine Weile vor sich hin und nickte schließlich.

»Ich möchte eine Liste der Namen mit Zugang zur Sicherheits-
verschlüsselung.«

Talbot preßte die Lippen zusammen und starrte eine Weile vor
sich hin. Dann nickte er.

»Ist auch im Computer, Superintendent. Ein Teil der Personalak-
ten – gesperrt, nur für die Direktion abrufbar. Ich kann sie Ihnen
hier geben.«

»Ich lasse Sergeant Dunbar hier.« Thane stand auf. »Wir brauchen außerdem die Namen des Wartungspersonals, der Techniker,
und aller Leute, die sonst damit zu tun haben.«

»Was Sie wollen«, sagte Talbot. Er sah ihn verwundert an. »Aber
warum gerade diese Gesellschaft, Superintendent?«

»Einer muß der erste sein«, erwiderte Thane trocken. »Aber Sie
werden nicht die einzigen bleiben.«

Die schottische Crime Squad in Edinburgh war ähnlich organisiert
wie die Zentrale im Westen. In den Polizeirevieren der einzelnen
Distrikte war man nominell vertreten, aber die eigentliche Dienststelle befand sich in einem unauffälligen Gebäude in einer Nebenstraße bei den Leith Docks.

Colin Thane kam dort gegen vier Uhr an und wurde von dem
diensthabenden Beamten empfangen, einem schlaksigen Kriminal-

inspektor namens Malcolm, der ihn mit freundlicher Neugierde begrüßte.

»Die übliche Geschichte, Sir«, sagte Malcolm. »Meine Leute haben gern das Gefühl, daß sie mit dem, was bei ihnen passiert, selbst fertig werden. Als wir erfuhren, daß Ihr Team aufgetaucht war –«

»Sind sie böse geworden?« Thane schnitt eine Grimasse. »Sagen Sie ihnen, daß mir das zugewiesen worden ist. Heute Edinburgh, morgen weiß der Teufel wo.«

»Ich beklage mich nicht«, erklärte Malcolm ruhig. »Wir sind ohnehin unterbesetzt. Ich bin ganz dafür.«

Der einzige verfügbare Raum war eine kleine Bürokabine mit Tisch, Stuhl, Telefon und kaum mehr. Ein Bürogehilfe brachte Thane eine Kanne Kaffee und zwei Fernschreiben, die schon auf ihn gewartet hatten, dann wurde er allein gelassen.

Thane zündete sich eine Zigarette an, trank den Kaffee und las die Fernschreiben.

Das eine stammte von Joe Felix und enthielt die Bestätigung der Policennummern, die er Francey Dunbar schon durchgegeben hatte. Das andere kam überraschenderweise von Maggie Fyffe und bestand aus nur einem Wort.

ANRUFEN

Er zog die Brauen zusammen, nahm den Hörer ab und wählte die Direktleitung. Kurze Zeit danach sprach er mit ihr.

»Ärger?« fragte er.

»Nein, nein. Ich versuche nur dafür zu sorgen, daß alles weiterläuft. Joe Felix hat Ihnen von dem Mann erzählt, der immer wieder anruft?«

»Ja, aber –« Thane verstummte.

»Beim letzten Mal war ich am Apparat.« Sie legte eine Pause ein. »Er nannte seinen Namen nicht und wollte mir nicht verraten, worum es geht. Ich habe aber ein Treffen für Sie vereinbart.«

»Hören Sie, Maggie –«

»Ich habe es vereinbart«, wiederholte sie mit Nachdruck. »Morgen früh, sieben Uhr vor dem U-Bahnhof Shields Road. Geben Sie nicht mir die Schuld – Zeit und Ort hat er bestimmt.«

»Was soll ich tun, eine rote Rose im Knopfloch tragen?« fragte Thane spöttisch.

»Er sagt, er kennt Sie schon«, gab Maggie zurück. »Und noch etwas, das Sie interessieren wird. Joe Felix hatte eine Fangschaltung angelegt, weil er damit rechnete, daß er wieder anrufen würde. Der Anruf kam aus einer Telefonzelle bei der Harald Street.«

Das fiel ins Gewicht, und zwar sehr. Thane bedankte sich und legte auf.

Er trank seinen Kaffee und rauchte die Zigarette zu Ende, während er nachdachte. Falls das, was er bisher getan hatte, eine Lücke aufwies, war sie nicht ohne weiteres erkennbar. Und so, wie sich die Dinge anließen – er drückte seine Zigarette grimmig in dem Dosendeckel aus, der als Aschenbecher diente.

Er war auch früher schon in ähnlichen Situationen gewesen. Das war das Stadium, das Phil Moss einmal so beschrieben hatte: Mit einer Binde vor den Augen eine Stecknadel im Heuhaufen suchen, während man Boxhandschuhe trägt. Aber über die Hälfte aller Polizeiarbeit war so. Man machte einfach weiter, man schied aus und klärte, um rasch handeln zu können, wenn es endlich voranging.

Und falls Malky Darvel wirklich liefern konnte – er warf einen Blick auf die Armbanduhr. Noch fast zwei Stunden, bis er sich mit dem kleinen Sargmacher treffen sollte.

Wie der Abend weiter verlaufen würde, mußte sich zeigen. Das brachte ihn auf einen anderen Gedanken. Er griff nach dem Hörer und rief zu Hause an.

Es dauerte einige Zeit, bis Mary sich meldete. Ihre Stimme klang ungewöhnlich gepreßt.

»Was macht Edinburgh?« fragte sie.

»Es steht noch. Bei mir ist es ähnlich. Aber es kann spät werden.«

»Was nun?« fragte sie resigniert. »›Wartet mit dem Essen nicht auf mich‹ oder ›Bleib nicht auf, bis ich komme‹?«

»Ich weiß es nicht«, gab er zu. »Jetzt noch nicht.«

»Wenn nur –« Sie verstummte.

»Ist etwas nicht in Ordnung?« fragte er.

»Schon wieder Tommy. Ich könnte Hilfe bei ihm gebrauchen, Colin. Ich –« Er hörte im Hintergrund die Türglocke. Sie entfernte sich kurz und kam wieder. »Eine Nachbarin. Ich muß erst sehen, was sie will. Aber über Tommy müssen wir uns unterhalten.«

»Abgemacht. Ich komme zurück, sobald ich kann.« Er legte auf, fluchte halblaut, zündete sich unbewußt die nächste Zigarette an und betrachtete sie finster. Er hatte schon viele Polizeibeamte über Probleme mit ihren Kindern reden hören, aber nie sonderlich darauf geachtet. Nun schien er selbst an der Reihe zu sein.

Aber es gab nicht viel, was er tun konnte, jedenfalls nicht, bis er zu Hause war und erfuhr, was sich ereignet hatte.

Kriminalinspektor Malcolm schaute später herein und blieb ungefähr zehn Minuten. Der Beamte war zum Plaudern aufgelegt und schien das Neueste aus der Zentrale wissen zu wollen. Thane wurde ihn schließlich los, indem er die Ausrede gebrauchte, er müsse in den Fernmelderaum, um nachzusehen, ob weitere Fernschreiben eingegangen seien.

Er war auf dem Rückweg von dort, als Sandra Craig hereinkam. Hinter ihr erschien ein junger, kräftig gebauter Mann mit blonden Haaren, ebensolchem Vollbart und gebräuntem Gesicht. Er schaute sich interessiert um und folgte Sandra, die auf Thane zuging.

»Ich habe Besuch mitgebracht«, sagte Sandra tonlos. Sie warf einen Blick auf den Fremden. »Sie wollten meinen Chef sprechen. Hier ist er.«

»Edward Sarraut«, sagte der Mann aufgeräumt und streckte die Hand aus. »Werfen Sie mich hinaus, wenn Sie keine Zeit haben, Superintendent, aber die junge Dame sagt, Sie hätten nachgeprüft, ob ich in Ordnung sei.«

»Sie und ein paar andere Leute, Mr. Sarraut.« Thane gab dem amerikanischen Händler die Hand. Sarraut trug eine dunkle Hose, eine helle Sportjacke und ein Hemd mit offenem Kragen. »Beunruhigt Sie das?«

»Nein.« Sarraut gluckste. »Es macht mich nur neugierig.« Er sah Sandra wohlwollend an. »Beim ersten Mal bin ich ihr nicht draufgekommen, wissen Sie. Als sie wieder auftauchte und mir den Ausweis zeigte, sagte ich, daß ich den leitenden Mann sprechen möchte.«

»Statt ›möchte‹ muß es heißen, ›ich bestand darauf‹«, sagte Sandra und verzog den Mund, aber sie zwinkerte den Amerikaner an.

»Richtig.« Sarraut nickte ernsthaft. »Hören Sie, Superintendent, ich kann mir ein Bild machen. Sie jagen hinter einer Bande von Antiquitätendieben her, die Ware wird ins Ausland verbracht, also muß jeder von meiner Sorte überprüft werden.« Er machte eine kurze Pause. »Ich weiß, womit Sie es zu tun haben. Deshalb bin ich hier.«

Thane sah Sandra an und zog eine Braue hoch. Sie nickte knapp. Er führte die beiden in sein kleines Büro.

»Setzen Sie sich«, sagte er zu Sarraut und ließ sich auf der Tischkante nieder. »Also, erzählen Sie.«

Sarraut schob die Lippen vor.

»Superintendent, zu Hause betreibe ich eine Reihe kleiner Galerien an der Westküste. Um sie zu versorgen, fliege ich fünf-, sechsmal im Jahr nach Europa. Es gibt viele Leute wie mich, die völlig seriös sind.« Er zuckte hilflos die Schultern. »Es spricht natürlich alles dafür, daß ich ein paarmal gestohlene Ware gekauft und wieder verkauft habe, ohne es zu wissen. Das ist in dieser Branche unvermeidlich. Aber ich möchte nicht, daß die Unterwelt noch stärker eingreift, als das bisher schon der Fall war – das will keiner von uns.«

»Wenn es dazu kommt, haben Sie nur zu verlieren«, murmelte Thane.

»Richtig.« Sarraut grinste entwaffnend. »Selbstschutz, Superintendent. Sonst wäre es eines Tages aus mit mir. Der Haken dabei ist: Antiquitäten sind eben genau das – etwas Altes, meistens mit einer recht unklaren Vorgeschichte. Die meiste Zeit weiß man nicht, ob es noch ein zweites Stück davon gibt oder gleich ein paar hundert.«

»Aber Sie hoffen das erstere?« fragte Thane. Er beugte sich vor. »Wie war es bei dieser Reise?«

»Bis jetzt ganz normal«, erwiderte Sarraut achselzuckend. »Ich habe viel privat gekauft, bin bei ein paar Versteigerungen gewesen – das Übliche. Nichts Besonderes.« Er wies mit dem Daumen auf Sandra, die an einer Wand lehnte. »Die junge Dame hat meine Einkaufsliste gesehen.«

»Nichts dabei, was wir suchen«, bestätigte sie. Sie sah Sarraut von der Seite an. »So sieht es jedenfalls aus.«

»Danke«, sagte Sarraut sarkastisch. Er kratzte sich kurz am Bart und sah Thane an. »Ihr anderer Gedanke, Superintendent – daß es die Bande auf etwas wirklich Großes abgesehen haben könnte –« Er schüttelte den Kopf. »Das ist ein weites Feld. Aber bis weit nach

Monatsende ist an Auktionen und Ausstellungen wirklich nichts Bedeutendes zu erwarten.«

»Aber –« begann Sandra.

Sarraut grinste.

»Beharrlich, die junge Dame, nicht? Also gut, strapazieren Sie den Zeitfaktor, und es gibt eine ziemlich ausgefallene Möglichkeit.« Er schaute auf die Uhr. »Ich müßte eigentlich schon fast im Hotel sein, um deswegen mit ein paar Leuten zu sprechen. Es handelt sich um eine Wanderausstellung von Antiquitäten, um eine wohltätige –«

»Die Ransom-Stiftung?« fragte Thane scharf.

»Ja.« Sarraut sah ihn erstaunt an. »Tja, wenn Sie davon wissen –«

»Nur wenig.«

»Sie haben große Pläne«, meinte Sarraut nachdenklich. »Miss Barry und Ihr Bruder lassen sich nicht so schnell abweisen. Sie haben ganz erstaunliche Leute in der Zange und bekommen enorm wertvolle Dinge ausgeliehen. Das wird wie Aladins Schatzhöhle auf Rädern sein.«

Thane kam es vor, als sei der kleine Raum noch enger geworden.

»Was wollen sie von Ihnen?« fragte er scharf.

»Mich mit Haut und Haaren, sozusagen«, sagte Sarraut mit einer Grimasse. »Amerikanischer Fachmann zu Besuch verschweigt nichts – ich stelle fest, ob es steuerlich abzugsfähig ist.« Er schaute wieder auf die Uhr und stand auf. »Ich muß gehen. Mein Hotel liegt am anderen Ende der Princes Street.«

»Da muß ich auch vorbei«, erklärte Thane. »Ich nehme Sie mit.«

»Ich – äh –« Sarraut sah zu Sandra Craig hinüber. »Na ja, ich hatte da schon etwas vereinbart.«

»Miss Craig hat zu tun«, sagte Thane ausdruckslos. Die Rothaarige blinzelte. Dann begriff sie und murmelte etwas Zustimmendes.

»Wie wär's mit später?« fragte Sarraut hoffnungsvoll. »Wie gesagt, ich kenne da ein gutes Lokal –«

»Sagen wir um acht«, erwiderte Sandra. Vorsichtshalber fügte sie aber hinzu: »Ich esse sehr viel.«

»Das ist ihr Ernst«, warf Thane ein. Sarraut war draußen, bevor eine entrüstete Kriminalbeamtin protestieren konnte.

*

Edward Sarraut wohnte im Hotel *Ravenwood*. Es war nur von bescheidener Größe, aber teuer, und lag an einem ruhigen Platz ganz am Ende der Princes Street, wo es Bäume gab, georgianische Reihenhäuser und in den Parkbuchten nicht wenige Rolls Royce.

Mit dem Gefühl, daß das Dienstfahrzeug hier wie ein armer Verwandter wirken mußte, lenkte Thane den Ford in eine Lücke zwischen einem Camargue und einem niedrigen Ferrari, dann stieg er zusammen mit Sarraut aus.

»Kann ich kurz mit reinkommen?« fragte er.

»Gern.« Sarraut wies auf einen dunkelgrünen Fiat vor dem Hoteleingang. »Sie scheinen schon dazusein.«

Sie gingen hinein. Sarraut sprach kurz mit dem Empfangschef, dann winkte er Thane, mit ihm in die Bar zu kommen. Grinsend führte er ihn zu einem Tisch, an dem Shona Barry in ihrem Rollstuhl saß.

»Ich habe einen Bekannten von Ihnen mitgebracht«, sagte er und zeigte auf Thane, bevor er sich verwundert umschaute. »Wo ist denn Ihr Bruder?«

»Der kommt noch. Er mußte geschäftlich noch etwas erledigen.« Sie lächelte zu Thane auf. »Sie sind aber wirklich tief in die Welt der Antiquitäten eingedrungen, Superintendent. Vielleicht laufen Sie uns doch noch in die Falle.«

»Das wird nicht leicht sein.« Thane setzte sich, schüttelte den Kopf, als Sarraut ihn fragte, ob er etwas trinken wolle, und betrachtete Shona Barry, während der Amerikaner sich entfernte, um für sie und sich selbst Drinks zu bestellen. Das schwarzhaarige Mädchen besaß an Aussehen und Ausstrahlung alles, was eine Frau sich wünschen konnte. Die Bedeutung des Rollstuhls schrumpfte in der einen Beziehung und weckte in einer anderen Bitterkeit.

»Machen Sie sich da keine Gedanken«, sagte sie plötzlich, so, als könnte sie seine Gedanken lesen. Sie lachte leise, als sie seine Verlegenheit sah. »Ich gehöre noch zu den Glücklicheren – das ist mein Ernst.« Sie machte eine Pause. »Muß ich immer Superintendent zu Ihnen sagen?«

»Colin Thane.« Er atmete tief ein. »Sie setzen sich voll für die Ransom-Stiftung ein, wie?«

Sie nickte.

»Ich nenne das, sich wehren.«

»Und Ihr Bruder?«

»Genauso. Da müssen wir natürlich wie Fanatiker wirken.« Ihr Blick wurde ernst. »Möchten Sie raten, wie viele medizinische Forschungsprojekte die Stiftung finanziert?«

»Keine Ahnung«, gab er zu.

»Fünfzehn. Vergessen Sie den Wohlfahrtsstaat. Ohne uns würden die meisten Projekte eingestellt werden müssen. Aber wenn selbst nur eines eine Art Durchbruch erzielt und ein paar Kindern die Möglichkeit bietet, wieder auf die Beine zu kommen –« Sie verstummte und zog die Nase hoch. »Entschuldigen Sie. Das klingt nach der guten Tat der Woche. Wollen Sie etwas drüber lesen?«

Thane nickte. Sie beugte sich vor, griff in die geöffnete Aktentasche neben ihrem Stuhl, zog eine Broschüre heraus und schob sie über den Tisch.

»Da steht alles. Wir haben im vergangenen Jahr über eine halbe Million Pfund aufgebracht – dieses Jahr soll die Million voll werden.«

»Eingeschlossen die Antiquitätenmesse«, meinte Thane nachdenklich, als er nach der Broschüre griff. »Sarraut meint, das sei wie Aladins Schatzhöhle auf Rädern. Und ebenso gefahrvoll.«

»Deshalb will ich ja den besten Schutz«, sagte sie lächelnd. »Etwa eine hübsche Lampe in Gestalt eines Polizisten.«

»Und volle Versicherungsdeckung«, sagte Thane mit Betonung. Er verstummte, als er Sarraut mit den Getränken zurückkommen sah, und fragte beiläufig: »Wer übernimmt das?«

»Das wissen wir noch nicht. Peter hat Verbindungen. Wir hoffen, daß irgendeine Gesellschaft den Versicherungsschutz kostenlos spendet.« Sie griff nach dem vollen Glas, das Sarraut mitgebracht hatte, und lächelte dankend. »Das übliche Thema, Ed – aber ich habe nicht damit angefangen.«

»Mal was anderes.« Der bärtige Kunsthändler ließ sich auf einem Stuhl nieder. »Bevor Sie fragen, ich weiß immer noch nicht, ob ich rechtzeitig aus den Staaten zurück sein kann. Das hängt davon ab, wie es mit dem Geschäft steht und wem ich alles einen Tritt verpassen muß.«

»Aber Sie werden es versuchen?«

»Jawohl doch.« Er lachte, als sie ihn besorgt ansah.

»Sie fliegen bald?« fragte Thane.

»Richtig.« Sarraut trank einen Schluck und lehnte sich zurück. »Ich habe mein Budget für diese Reise fast schon verbraucht. Sobald der Rest verpackt und unterwegs ist, fliege ich nach.« Er schaute sich in der Bar um und zog die Brauen zusammen. »Wissen Sie, wann Ihr Bruder kommt, Shona? Ich möchte nicht drängen, aber –«

»Wir können anfangen.« Sie griff wieder nach der Aktentasche. «Ich kann Ihnen unseren Plan zeigen.«

Thane räusperte sich und stand auf.

»Zuhörer brauchen Sie wohl nicht«, meinte er. »Und ich werde anderswo erwartet.«

Sie verabschiedeten sich, und er ging. Er verließ das Hotel, ging zu seinem Wagen, stieg ein und steckte den Zündschlüssel ins Schloß. Als ein Wagen die schmale Straße herauffegte, hob er den Kopf. Es war ein gelber Jaguar. Er hielt gegenüber dem Hotel. Peter Barry stieg auf der Beifahrerseite aus, sprach kurz mit dem Fahrer, warf die Tür zu und eilte ins Hotel.

Der Wagen brauste davon. Als er an Thane vorbeifegte, konnte er den Fahrer deutlich sehen. Es war ein dunkelhaariger Mann mit groben Gesichtszügen, Anfang Dreißig, breitschultrig. Er trug eine dunkle Sonnenbrille. Aber sein Gesicht war Thane von irgendwoher bekannt.

Woher nur? Thane zerbrach sich eine ganze Minute lang den Kopf und hatte entschieden das Gefühl, daß ihm die Antwort nicht behagen würde. Die Erinnerung entzog sich ihm. Er beschloß zwar, den Punkt nicht zu vergessen, gab dann aber auf. Er ließ den Motor an und fuhr los.

Die Burg wurde für Besucher um sechs Uhr abends geschlossen. Als Thane endlich einen Parkplatz gefunden hatte und zum Haupttor gegangen war, kam ihm ein Strom Touristen entgegen. Sie wanderten die lange Esplanade der Burg hinunter, unterhielten sich, lachten, machten ein paar letzte Aufnahmen mit ihren Fotoapparaten, zogen an den Statuen und Denkmälern vorbei, die an längstvergangene Schlachten und ferne Kriege erinnerten.

Ein Soldat von einem der Highland-Regimenter stand im Kilt als Wachtposten vor dem Eingang, zwei seiner Kameraden hielten sich in der Nähe auf und beobachteten unauffällig die abwandernden Besucher. Das Militär benützte die Burg zum Teil immer noch, auch wenn es sich um ein geschütztes Nationaldenkmal handelte, aber der Wachdienst war in der Hauptsache Zeremonie. Einer der Soldaten blickte betont auf die Uhr, als Thane durch das Tor hineinging, hielt ihn aber nicht auf.

In der riesigen alten Festung gab es viele Hinweisschilder. Ein paar verwiesen auf die Half-Moon-Battery. Thane ging über das alte Kopfsteinpflaster aus Granit und dachte an seinen letzten Besuch hier.

Er und Mary hatten einen Tagesausflug mit den Kindern gemacht, und es hatte nicht aufgehört zu regnen. Trotzdem hatten sie es genossen und den ganzen Rundgang gemacht – die winzige St. Margaret's-Kapelle, dann die schottischen Kronjuwelen, die stille Zuflucht des War Memorial mit den Büchern der Gefallenen, von dort weiter, um Tommy zu fotografieren, der auf dem Lauf von Mons Meg stand und in den Regen grinste. Was Tommy und Kate anging, so war das Riesengeschütz, angeblich in Belgien gegossen, als die meisten Schlachtfelder noch von Ritterrüstungen beherrscht wurden, der Höhepunkt des Tages gewesen.

Tommys zehnter Geburtstag, damals. Da hatten sich noch keine Probleme angekündigt.

Er preßte die Lippen zusammen und beschleunigte seine Schritte. Die alten Kanonen der Half-Moon-Battery tauchten vor ihm auf, nicht weit von dem modernen Feldgeschütz, das den Schuß um ein Uhr mittags abgab. Die Brüstungen wirkten verlassen, aber als er näher kam, sah er auf einer Bank eine zusammengesunkene Gestalt. Der kahle Kopf glänzte im Sonnenlicht.

Er ging hinüber. Seine Schritte hallten laut auf dem Pflaster. Malky Darvel sah nicht auf. Er saß mit dem Kinn auf der Brust, als döse er.

Aber seine Augen standen offen und starrten bewegungslos auf die grauen Pflastersteine zu seinen Füßen. Colin Thanes Mund war plötzlich wie ausgetrocknet, als er den Mann an der Schulter berührte.

Der Sargmacher begann sich zu bewegen und sank seitwärts auf die Bank. Seine Jacke ging auf. Auf dem Hemd darunter war ein Blutfleck zu sehen, rund um einen kleinen Riß im Stoff, wo etwas sehr Dünnes und Scharfes hineingestoßen worden war.

»Verdammt«, sagte Thane leise. »Ich hab' dir doch gesagt, du sollst aufpassen.«

Er schluckte krampfhaft, atmete tief ein und schaute sich wieder um. Die leeren Brüstungen schienen ihn zu verspotten und zu raunen, das hätten sie alles schon oft genug gesehen, viel zu oft im Lauf der Jahrhunderte.

Thane zündete sich eine Zigarette an. Er drehte sich um und ging zurück zum Tor und der Wachmannschaft.

Es spielte keine Rolle, daß sie in einer anderen Stadt waren, der Ablauf blieb gleich. Drei Minuten nach dem Anruf des Sergeanten im Kilt traf das erste Polizeifahrzeug ein. Bis dahin hatte nicht einmal der Polizeiausweis Thanes für den Soldaten eine Rolle gespielt, der ihn bewachen mußte. Sein Karabiner mit dem aufgepflanzten Bajonett war plötzlich mehr als der Teil einer Touristenattraktion.

Mit der zweiten Welle traf ein aufgeregter Chefinspektor der Kriminalpolizei ein, sagte zu Thane ein paarmal »Sir« und sorgte dafür, daß Gewehr und Bajonett verschwanden. Die Soldaten wirkten enttäuscht.

Mehr Autos trafen ein. In einem davon saßen Leute der Crime Squad, angeführt von Francey Dunbar und Malcolm, dem Diensthabenden.

Die Polizei von Edinburgh schickte mit der nächsten Welle einen Chef-Superintendenten, wie um rangmäßig einen Ausgleich herzustellen. Thane kannte ihn. Er hieß Allison. Sie hatten einmal gemeinsam einen Schießlehrgang besucht.

»Pech«, sagte Allison mitfühlend. Die Burg war längst von Besuchern geräumt. Keiner von ihnen wußte, was geschehen war. Eine kleine Gruppe von Soldaten sah neugierig zu, als die Polizei sich an die Arbeit machte. »Sie haben nichts angerührt, oder?«

»Nein«, sagte Thane dumpf.

»Verzeihung.« Allison gab einen verlegenen Brummlaut von sich. Sie standen neben einem der alten Geschütze. Drüben vor der Bank machte ein Polizeifotograf immer noch Aufnahmen, während der Arzt geduldig wartete. Hinter ihnen standen die anderen Spezialisten, ganz am Ende der Fahrer des Leichenwagens. »Was die Presseverlautbarung angeht, ist er von einem Besucher gefunden worden.«

»Danke«, sagte Thane. Er berichtete Allison von den Hintergründen, jedenfalls, soweit sie von Belang waren. Sein Blick wanderte wieder zur Bank hinüber. »Ich hätte ihn nicht einsetzen sollen.«

»Hinterher ist man immer klüger«, meinte Allison schulterzukkend. »Ich hätte es genauso gemacht. So ist das nun einmal, nicht? Man verwendet, was man hat, so gut es eben geht.« Er entfernte sich.

Francey Dunbar kam heran. Sein Gesicht wirkte ernst. Er hatte die Hände tief in die Taschen geschoben und saugte an seinem Schnauzbart.

»Wenn mich wieder jemand zu warnen versucht, dann sorgen Sie dafür, daß ich hinhöre«, sagte Thane bitter. »Ich habe Darvel dazu überredet.«

»Nicht, daß er sich umbringen lassen soll. Er muß unaufmerksam gewesen sein.« Sein Sergeant schnitt eine Grimasse und wies auf die Gruppe der wartenden Crime Squad-Beamten. »Als wir es erfuhren, hat Inspektor Malcolm alle verfügbaren Leute zusammengeholt. Sollen wir bei den anderen mittun?«

»Wenn die es wünschen. Aber zuständig sind sie für den Fall.« Thane bemerkte, daß jemand fehlte. »Wo ist Sandra?«

»Sie ist fortgegangen. Sie hätte später eine Verabredung und müßte sich noch feinmachen.« Dunbar zog die Brauen zusammen. »Ich kann sie vielleicht finden.«

Thane schüttelte den Kopf.

»Lassen Sie nur.« Er atmete tief ein. »Was ist mit der Liste der Clanmore?«

»Keine Namen, die uns etwas sagen«, erwiderte Dunbar. »Ich bin noch nicht fertig damit.«

Die Zeit schien sich dahinzuschleppen, aber endlich bekamen sie den provisorischen Bericht des Polizeiarztes. Malky Darvel war erst kurz vor Thanes Eintreffen gestorben. Getötet hatte ihn ein einziger Stich, der tief zwischen seine Rippen gedrungen war, genau ins Herz.

»In Frage kommt etwas Langes, Dünnes und Abgerundetes, vielleicht eine zugefeilte Fahrradspeiche. Keiner von den Kriminellen hier hat in letzter Zeit diesen Stil bevorzugt.« Chef-Superintendent Allison sah Thane an und zog fragend eine Braue hoch. »Wie ist das bei Ihnen in Glasgow?«

»Nicht anders.« Thane fiel nur ein einziger Kandidat ein, der war aber aus dem Verkehr gezogen und würde es noch mindestens zehn Jahre bleiben.

»Tja, jemand muß ihm hier herauf gefolgt sein«, sagte Allison nachdenklich. »Vielleicht saßen sie beieinander, unterhielten sich sogar, dann – ffft.« Er rieb sich den Nacken. »Ihr Mann wird kaum gezuckt haben. Wenn andere Leute in der Nähe waren, braucht ihnen nichts aufgefallen zu sein.«

»Da haben Sie ein schönes Problem«, bestätigte Thane.

»Mir wäre wohler, wenn Sie ›wir‹ sagen würden.« Allison grinste Thane ein wenig an. »Ich bin nicht zu stolz, um Hilfe zu bitten. Können Ihre Leute hier mitarbeiten?«

»Ich hatte schon gehofft, daß Sie das fragen«, räumte Thane ein.

»Ich denke an die Antiquitätenbranche«, erklärte Allison. »Genaue Rekonstruktion, wo Darvel überall gewesen sein könnte.« Er machte eine ausholende Handbewegung. »Die Formalitäten vergessen wir, ja? Sie haben das ganze verdammte Puzzle. Das ist nur ein Teilstück davon.«

Sie verstummten. Zwei Polizisten halfen dem Leichenfahrer, den Toten auf eine Bahre zu heben. Als die Leiche fortgetragen wurde, seufzte Allison.

»Was ist mit seiner Familie?«

Thane wußte, was er meinte.

»Sie zu unterrichten, ist meine Aufgabe. Das schulde ich ihm.«

»Ihre Entscheidung.« Allison trat an die Brüstung heran und blickte auf die Straße hinunter. »Einer muß es tun. Ja, irgendeiner muß es immer tun.«

Bis Thane gehen konnte, verging fast noch eine Stunde. Der Sonnenuntergang versprach, prächtig zu werden. Die Burg stand wie ein schwarzer, mittelalterlicher Gobelin aus Stein vor einem rotgoldenen Himmel, als er an den bewaffneten Wachen vorbei zu seinem Wagen ging.

Er hatte sich gerade hinter das Steuer gesetzt, als er eilige Schritte kommen hörte. Francey Dunbar tauchte fast außer Atem auf und klopfte an die Scheibe.

»Soll ich mitkommen?« fragte er.

Thane schüttelte den Kopf.

Dunbar widersprach nicht.

»Und morgen?«

»Um acht in meinem Büro«, sagte Thane schulterzuckend. »Dann machen wir weiter.«

Dunbar trat einen Schritt zurück. Der Ford fegte mit quietschenden Reifen davon.

Drei Stunden später, kurz vor Mitternacht, war Colin Thane zu Hause. Der Himmel hatte sich bewölkt, und es nieselte, so, als wollte sich das Wetter seiner Stimmung anpassen.

Malky Darvels Ehefrau und sein Sohn hatten sich sehr zusammengenommen. Die Nachricht von seiner Ermordung war bei ihnen auf anfängliche Ungläubigkeit gestoßen, bevor dann Tränen und Bestürzung folgten.

Er hatte gehofft, das Wissen, daß der Sargmacher für die Polizei tätig gewesen war, würde sie ein wenig aufrichten . . . und er hatte nur »für die Polizei« gesagt, nicht »für Superintendent Colin Thane«.

Es hatte nichts geholfen. Vielleicht kam das später. Und beide wußten auch nichts über Darvels Verbindungen zur zwielichtigen Welt der Antiquitätenfälscher.

Thane stellte den Wagen vor seinem Haus ab und ging hinein. Mary war aufgeblieben und hatte auf ihn gewartet.

»Ich hab's gehört«, sagte sie, bevor er ein Wort herausbrachte. »Francey Dunbar hat von Edinburgh aus angerufen. Er hielt es für besser, daß ich es erfuhr.« Sie griff nach seinen Händen. »Wie hat seine Familie es aufgenommen?«

Er schüttelte den Kopf, ging zum Barschrank, holte den Whisky heraus, den er am Vorabend für den Besuch von Phil Moss mitgebracht hatte, und füllte ein Glas.

»Ich hab' Essen warmgehalten. Du wirst es brauchen.« Mary brachte das Essen, während er den Whisky trank. Als sie das Tablett auf den Tisch stellte, leerte er sein Glas. Ihn beschäftigte noch etwas anderes.

»Was war mit Tommy?« fragte er.

»Das hat Zeit.« Sie zeigte auf das Tablett. »Zuerst wird gegessen.«

Der Hackbraten war ein bißchen zu lang im Bratrohr warmgehalten worden, um noch wirklich gut zu schmecken, aber er aß ihn hungrig, spülte zum Nachtisch ein paar Kekse und Käse mit Kaffee hinunter, dann lehnte er sich zurück.

»Also«, sagte er. »Tommy.«

»Ich will nicht, daß er geweckt wird«, sagte sie mahnend. »Es – na ja, es ist nicht so wichtig. Ich bin nur aus der Haut gefahren.« Sie ging zu einer Anrichte, zog die oberste Schublade heraus und kam zurück. »Das habe ich in seinem Zimmer gefunden.«

Colin Thane starrte das verbogene Stück Metall an, das sie vor ihn hinlegte. Es war eine Eßgabel gewesen. Der Griff war entfernt, die vier Zinken hatte man stark nach außen gebogen, die Enden ein wenig nach innen gekrümmt. Er griff danach, starrte das Ding an, sah Mary ins Gesicht.

»Nicht eine von unseren schönen Gabeln«, sagte sie beinahe abwehrend, weil sie sein Schweigen mißverstand. »Aber warum mußte er das tun?«

Thane befeuchtete die Lippen.

»Hast du ihn gefragt?«

Sie nickte.

»Er sagte, er hätte damit etwas an seinem Rad richten wollen. Einen Schraubenzieher hätte er nicht gefunden.«

Thane blickte wieder auf die verbogene Gabel. Er wußte ganz genau, was das war. Tommy hatte sich einen »Filzer« gemacht, eines der neuesten und einfallsreichen Werkzeuge der halbwüchsigen Kriminellen.

Die vier Zinken der Gabel entsprachen dem Spezialschlüssel, mit dem die Geldboxen in öffentlichen Telefonzellen oder die Schlösser von Münz-Stromzählern geöffnet werden konnten. Das erste Gerät führte man auf den Einfall eines gelangweilten Insassen einer

Jugendstrafanstalt bei London zurück. Seitdem waren die »Filzer« überall im Land aufgetaucht. Alle Polizeibehörden hatten ein Mitteilungsblatt darüber herausgegeben.

»Keine von unseren ganz schönen Gabeln«, wiederholte Mary. »Aber trotzdem –«

»Ich weiß.« Er konnte es ihr nicht sagen, jetzt noch nicht. Erst, wenn er Zeit zum Nachdenken gefunden und mehr über die Sache in Erfahrung gebracht hatte. Er atmete tief ein. »Morgen abend. Da unterhalten wir uns.«

Sie preßte die Lippen ein wenig zusammen. Er wußte, daß sie sich Gedanken machte. Sie nickte aber trotzdem.

Ein wenig später, als sie zu Bett gehen wollten, behauptete Thane, er müsse für morgen etwas bereitlegen, und ging in die Garage. Ihr alter Kombi nahm fast den ganzen Platz ein. Er knipste die Deckenlampe an und ging zur Werkbank.

Dort bückte er sich, griff unter den Arbeitstisch und zog einen kleinen Holzkasten hervor, dessen Deckel durch ein kleines, billiges Vorhängeschloß gesichert war.

Der Kasten gehörte Tommy. Er hatte ihn schon seit Jahren und nannte ihn seine »Schatztruhe«. Er hatte das Vorhängeschloß von seinem Taschengeld gekauft, als er seine Schwester beim Herumkramen ertappt hatte.

Das Schloß war abgesperrt. Thane stellte den Kasten auf den Tisch. Während er tief atmete, griff er nach einem Stück starren Drahts.

Er brauchte ungefähr eine Minute, um das Schloß zu öffnen. Wieder zögerte er, dann klappte er den Deckel auf.

Er blickte auf eine alte Schleuder, eine Trillerpfeife der Polizei, eine kaputte Uhr und all die anderen Dinge, die Tommy im Lauf der Zeit gesammelt hatte. Darunter war etwas in ein schmutziges Tuch eingewickelt.

Er hob es heraus, hörte ein Klirren und wickelte das Tuch auseinander. Eine Sammlung von Autoschlüsseln, alle verschieden, an einem Drahtring zusammengefaßt, glänzte im Lampenlicht.

Thane starrte sie lange an. Er steckte die Schlüssel endlich in die Tasche, sperrte den Kasten wieder ab und schob ihn in sein Versteck.

Als er ins Haus zurückkam, sagte er nichts. Aber später, als er wach im Bett lag, Mary schlafend neben sich, starrte er an die Decke.

Das einzige, was er genau wußte, war, daß er hier Hilfe brauchte. Daß kein vernünftiger Vater das alleine anpackte.

Schon gar nicht, wenn er Polizeibeamter war.

Selbst der Hund schlief am nächsten Morgen noch, als Colin Thane aufstand und sich anzog. Er ging hinunter, goß heißes Wasser über Pulverkaffee und trank ihn, während er eine Zigarette rauchte und hinausstarrte ins Zwielicht. Es nieselte immer noch.

Um 6.20 Uhr ging er. Im Haus war noch alles still. Er setzte sich in seinen Wagen und fuhr zu dem Treffpunkt, den Maggie Fyffe mit der geheimnisvollen Stimme am Telefon ausgemacht hatte. Die feuchten Straßen waren noch fast völlig leer, abgesehen von einem vereinzelten Omnibus, der nur halb besetzt war, oder einem ratternden Milchauto.

Die Fahrt zur U-Bahnstation Shields Road dauerte nur zwanzig Minuten. Das Treffen war für sieben Uhr vereinbart. In solchen Fällen kam er aber gern zu früh, um kein Risiko einzugehen. Der U-Bahnhof Shields Road, südlich vom Fluß, in einer Gegend von Fabrikgebäuden, Lagerhäusern und Wohnblöcken gelegen, sah so trostlos aus, wie er es erwartet hatte.

Thane brachte seinen Ford vor dem kleinen Backsteingebäude zum Stehen, der Ein- und Ausgang für die U-Bahn war. Man hatte die Station schon geöffnet. Als er ausstieg, vibrierte der Boden unter seinen Füßen. Er hörte einen Zug kommen und wieder abfahren. Zwei Arbeiter kamen aus dem Gebäude und stapften an ihm vorbei durch den leichten Regen.

Er schaute sich um. Niemand sonst war zu sehen, das einzige andere Fahrzeug war ein alter Lieferwagen, ungefähr fünfzig Meter von der Station entfernt. Er ging hin und berührte den Kühler. Er war kalt, das Fahrzeug tropfnaß, als hätte es die ganze Nacht im Freien gestanden.

Thane ging zurück zu seinem Wagen, stieg ein und rauchte seine zweite Zigarette an diesem Tag. Das Problem zu Hause kam ihm immer wieder in den Sinn, aber dann hörte und spürte er zugleich den nächsten U-Bahn-Zug ein- und wieder abfahren. Diesmal kamen mehrere verschlafene Fahrgäste aus dem Gebäude und gingen vorbei. Ab und zu hörte er ein Zischen, wenn ein Wagen auf der nassen Straße vorbeifuhr. Dann rollte ein Auto heran und hielt. Er spannte die Muskeln an. Ein Mädchen sprang heraus und eilte in den U-Bahnhof.

Ihre Haare waren zerzaust, sie trug über einem Partykleid einen offenbar ausgeborgten Regenmantel. Thane drückte seine Zigarette im Aschenbecher aus und grinste. Man konnte sich denken, wo sie gewesen war und was sie jemandem würde erklären müssen.

Punkt sieben Uhr stieg er wieder aus und stellte sich vor den Stationseingang. Den Kragen hochgeschlagen, blieb er stehen. Er spürte wieder das Zittern des Bodens und sah eine Reihe von Personen die Treppe heraufkommen. Sie beachteten ihn nicht und gingen an ihm vorbei.

Wieder verstrichen ein paar Minuten. Der Verkehr auf der Straße nahm langsam zu. Er seufzte und verlagerte ungeduldig das Gewicht. Plötzlich hörte er hinter sich ein auffälliges Räuspern.

Er drehte sich um. Ein kleiner Mann in Arbeitskleidung mit Stoffmütze war aus dem Eingang getreten und stehengeblieben. Sein schmales, unrasiertes Gesicht wirkte argwöhnisch.

»Guten Morgen«, sagte Thane ausdruckslos.

»Wirklich?« Der Mann hatte die Hände tief in die Jackentaschen geschoben und gab einen Knurrlaut von sich. »Gut ist was andres. Und so was kommt bei mir selten vor.«

»Sind Sie aus der Harald Street?« fragte Thane rundheraus. Die Augen des Mannes weiteten sich ein wenig, aber er nickte. »Sie haben vor ein paar Tagen einem Mädchen geholfen. Meine jüngste –«

»Ich erinnere mich«, sagte Thane gelassen. »Und ich habe gehört, daß man sich später um den Fall gekümmert hat. Ihre Sache, nicht die meine.«

»Alle drei sind so hergenommen worden, daß sie's nicht so schnell vergessen.« Der kleine Mann grinste schief und wurde wieder ernst. »Ich hab' einen Namen für Sie, Mister. Jemand, der Anna Marshton gut gekannt hat – wenn Sie ihn haben wollen.«

Thane nickte.

»Allerdings.«

»Goldie Boyd.« Scharfe Augen warteten auf eine Reaktion. »Kennen Sie den?«

»Ja.« Er hatte sich überrascht aufgerichtet. Goldie Boyd war Berufsverbrecher, hart und skrupellos dazu. Er war Mitte Dreißig und hatte den Spitznamen »Goldie«, weil er ein kleines Vermögen an Goldfüllungen in seinem Gebiß herumtrug. Seine Vorstrafenliste war nicht sehr eindrucksvoll, frühe Verurteilung wegen bewaffneten Raubüberfalls und noch eine Strafe wegen Sprengstoffbesitzes. Aber jeder Polizeibeamte, der mit Boyd in Berührung gekommen war, wußte, daß er ein Spitzbube war und genau ausgeklügelte Unternehmungen ausführte. Wehe dem, der ihn im Stich ließ! Thane holte tief Luft. »Ich hätte Anna nicht in Goldies Spielklasse vermutet.«

»Sie waren verwandt – weitläufig.« Der kleine Mann zog gleichgültig die Schultern hoch. »Es heißt, daß sie für ihn gearbeitet hat. Nicht ständig, nur als Aushilfe.«

»Kommt vor.« Thane hatte mit Goldie Boyd nur einmal zu tun gehabt. Aus der Sache war nichts geworden. Er wußte aber, daß Boyd nur eine kleine Truppe um sich zu scharen pflegte und Gehilfen nach Bedarf anwarb und wieder fortschickte. »Was hat Anna gemacht?«

»Keine Ahnung, Mister.«

»Aber vielleicht ist sie deshalb umgebracht worden?« setzte Thane nach.

Der kleine Mann blickte finster.

»Hab' ich nicht gesagt – Mensch, ich weiß nichts. Ich kann Ihnen den Namen geben, das ist alles. Weil Sie meiner Jüngsten geholfen haben.« Er zog eine billige Taschenuhr heraus und runzelte die Stirn. »Das wär's. Ich arbeite drüben im Norden, und wenn ich zu spät dran bin, wird einer vielleicht neugierig.«

»Ich könnte noch einen Namen gebrauchen – den Ihren«, sagte Thane.

»Den meinen? Nicht zu machen.« Der kleine Mann grinste spöttisch. »Ich hab' Probleme genug. Aber Sie wissen, was meine Kleine dabeihatte?«

Thane nickte. »Und Buchmacher zahlen nicht zweimal aus.«

»Richtig«, sagte der andere. Er lauschte kurz. »Suchen Sie nicht nach mir«, fügte er hinzu. »Ich hab' Sie nämlich nie geseh'n.« Er drehte sich um und lief die Stufen hinunter.

Augenblicke später begann der Boden zu beben, als der nächste Zug kam. Er hielt unten, Thane hörte das Seufzen der aufgehenden

Türen, dann gingen sie wieder zu, und der Zug rollte davon.

Goldie Boyd. Thane trat zur Seite, als eine Gruppe von Fahrgästen herauskam. Er blieb stehen, ohne den Nieselregen zu beachten.

In der Unterwelt von Glasgow gab es keinen eigentlichen König. Jeder, der auf diesen Titel Anspruch erhob, landete irgendwann tot in einem Graben oder zumindest hinter Gittern. Aber Boyd gehörte gewiß zu den Titelanwärtern. Auch wenn er nicht an der Spitze der Kriminellen stand, lag er doch nicht weit zurück. Sein Name war mit mehr als einem unaufgeklärten Todesfall in Verbindung gebracht worden.

Wenn Goldie Boyd der Mitwirkende hier in Glasgow war . . .

Thane starrte zu dem abgestellten Lieferwagen hinüber. Die Hintertür stand offen. Francey Dunbar kam heraus, gefolgt von Joe Felix.

»Sollen wir ihn festnehmen, Sir?« fragte Dunbar, als er vor Thane stand. Er grinste, als er Thanes Miene sah. »Boyd, meine ich. Klingt recht gut.«

»Woher, zum Teufel, wissen Sie das, und was macht ihr hier, zum Donnerwetter?« fuhr Thane auf.

»Maggie hat uns einen Tip gegeben«, erwiderte Dunbar ungerührt. Er wies mit dem Daumen auf Felix. »Joe hat den Wagen gestern abend hier abgestellt, gegen sechs Uhr sind wir hergekommen und haben gewartet.« Er fröstelte. »Verdammt ungemütlich.«

»Aber es hätte auch nicht gut ausgesehen, wenn unser Boss in die Mangel genommen worden wäre, oder?« meinte Felix. »Und da hielten wir es für besser, in der Nähe zu sein.«

Thane sah ihn argwöhnisch an.

»Und das andere?«

Felix wirkte erfreut. Er zeigte auf das Dach der U-Bahnstation.

»Ferngesteuertes Mikro da oben, Sir – nagelneu, richtbar, große Reichweite. Ich wollte es immer schon mal ausprobieren. Während Sie sich mit ihm unterhielten, habe ich ein Richtmikro im Lieferwagen benutzt.« Er strahlte. »Wir haben alles auf Band.«

»Falls es Probleme gibt«, sagte Francey Dunbar, ohne Thane aus den Augen zu lassen.

»Gebt mir Bescheid, wenn ihr alles vertont habt«, erklärte Thane mürrisch. »Wer hat entschieden, daß ich zwei Kindermädchen brauche?«

»Nun ja, Maggie dachte –« Dunbar verstummte, machte ein Schafsgesicht und versuchte es noch einmal. »Sie hätten in etwas hineinlaufen können.«

»Das nächstemal laufen Sie mir in die Stiefelspitze.« Thane ärgerte sich immer noch. Der Regen wurde stärker, und das Wasser lief ihm zum Kragen hinein. »Wo kann man hier frühstücken?«

Dunbar zog die Brauen zusammen.

»Und was ist mit Goldie Boyd?«

»Das hat Zeit, bis wir mehr wissen.« Thane meinte es ernst, aber gleichzeitig nagte etwas an ihm, das mit Boyd zusammenhing. »Ich sprach vom Frühstück. Oder wollt ihr hierbleiben und ersaufen?«

Ungefähr eine Stunde später kamen sie zur Crime-Squad-Zentrale zurück. Sandra Craig war schon da und wartete im Bereitschaftsraum.

»Wegen gestern abend –« begann sie reumütig, als sie Thane sah.

»Schon gut.« Er wußte, was sie bedrückte, aber das belustigte ihn auch ein wenig. Sandra schien eine lange, anstrengende Nacht hinter sich zu haben. Sie hatte dunkle Ränder unter den Augen, ihre roten Haare wirkten ungepflegt. »Sie sind ja keine Hellseherin. Und auf Freizeit hatten Sie Anspruch.«

»Trotzdem –«

Er schüttelte den Kopf.

»Wann sind Sie zurückgekommen – oder darf man das nicht fragen?«

Sie verzog den Mund.

»Wir sind in einem Jazzklub gelandet. Darf ich es dabei belassen?«

Thane nickte.

Ein Fernschreiben aus Edinburgh wartete schon auf ihn. Die Suche nach Malky Darvels Mörder ging weiter, aber erkennbare Fortschritte waren nicht erzielt worden.

Auch andere hatten beschlossen, an diesem Tag früh anzufangen. Commander Hart erschien einige Minuten später und rief Thane nicht lange danach zu sich.

»Setzen Sie sich, Colin.« Die Morgenzeitung lag noch unaufgeschlagen auf seinem Schreibtisch. Das war ungewöhnlich genug und verriet, daß er sich ernste Sorgen machte. Hart begann den Tag meist mit der Lektüre der Comics und befaßte sich erst später mit der ernsthaften Lektüre. Er sah Thane prüfend an. »Sie sitzen ein bißchen im Dreck, wie?«

Thane schoß das Blut ins Gesicht, obwohl er etwas Ähnliches erwartet hatte.

»Sieht so aus.«

»Ist auch so«, sagte Hart mit Nachdruck. Er brummte trotzdem mitfühlend. »Gut, bis jetzt sind nicht gerade große Erfolge zu verzeichnen. Ich kritisiere Sie nicht – noch nicht.« Er legte die Hände auf den Schreibtisch und beugte sich vor. »Aber ich möchte wissen, wie die Dinge jetzt stehen – Ihre Version, nicht das, was ich in den Berichten lese.«

Thane berichtete. Es dauerte nicht lange. Als er fertig war, schwieg der Commander eine Weile, während die Falten in seinem Gesicht sich tiefer einzugraben schienen.

»Sie dehnen die Ermittlungen bei den Versicherungen aus?«

Thane nickte.

»Wenn wir eine Vorstellung, auch nur eine Ahnung davon hätten, worauf sie jetzt zielen –« Hart verstummte. Nach einer Pause fragte er. »Was ist mit Goldie Boyd?«

»Ich möchte mehr Material sammeln«, erwiderte Thane knapp. »Selbst wenn er mitmacht, das Kommando führt er nicht.«

»Nein.« Hart kaute an seiner Unterlippe, dann nickte er widerstrebend. »Also vorerst nach Ihrer Methode. Wenn Sie zusätzliche Hilfe brauchen, sagen Sie es mir. Das ist alles.« Er hob den Kopf, als Thane aufstand. »Außer –«

»Sir?«

»Dieser Darvel«, sagte Hart leise. »Den haben nicht Sie umgebracht, sondern die anderen. Denken Sie daran.«

Im Bereitschaftsraum versammelte Thane sein kleines Team wieder um sich.

»Wir stehen noch nicht unter Druck«, teilte er mit. »Aber Orden haben wir uns auch keine verdient. Wir müssen rasch vorankommen, bei allem, was wir haben – eingeschlossen die Listen der Versicherung.«

Francey Dunbar stöhnte.

»Computerzeug.«

Thane nickte.

»Gehen Sie alles genau durch. Wenn Sie auf Probleme stoßen oder Rat brauchen, holen Sie sich einen Fachmann von außerhalb – jemand von der Universität, was weiß ich.«

»Sie haben einen Fachmann«, sagte Sandra Craig ruhig.

»Wen?« Thane sah sie verständnislos an.

»Peter Barry.« Sie sah seine Verwunderung und nickte. »Er hat viel mit Computern zu tun, Programmieren und Software.«

Thane schluckte. Francey Dunbar und Joe Felix blickten entgeistert.

»Wer sagt das?« fragte Felix schließlich.

»Ed Sarraut – er hat es mir gestern abend erzählt. Ich dachte, das wüßten Sie alle.«

»Jetzt weiß ich es«, erwiderte Thane. »Ich dachte, er hat eine Unternehmensberatung.«

Sandra nickte.

»Stimmt – Bürosysteme auf Computerbasis.«

»Wie gut ist er?«

»An der Spitze.« Sie machte eine Pause. »Deshalb glauben die Leute von der Ransom-Stiftung, daß es mit dem Versicherungsschutz für die Antiquitätenmesse keine Schwierigkeiten geben wird. Er hat für einige schottische Versicherungen die Computerprogramme mit aufgestellt.«

Francey Dunbar fluchte leise vor sich hin. Thane sagte nichts. Er dachte an ein Mädchen mit langen, schwarzen Haaren, das zur Drum Lodge gefahren war. Und an den Fremden, der Peter Barry vor dem Hotel in Edinburgh abgesetzt hatte, ein Gesicht, das ihn nicht ruhen ließ.

»Peter Barry stand nicht auf der Clanmore-Liste«, sagte Dunbar langsam. Er rieb sein Kinn. »Aber wenn der Name nun dazugehört hätte –«

Thane nickte und blickte auf die Uhr. Es war neun Uhr vorbei, die meisten Büros würden schon geöffnet sein.

»Fragen Sie nach«, sagte er. »Aber kein Aufsehen.« Dunbar ging zum Telefon, und Thane wandte sich Sandra zu. »Hat Sarraut über Barry sonst noch etwas gesagt – etwa, wie sie sich kennengelernt haben?«

»Über Barrys Schwester. Sie wollte erreichen, daß Ed bei der Antiquitätenausstellung mithilft.« Sandra Craig wirkte unsicherer als sonst. »Aber glauben Sie wirklich, daß Barry beteiligt sein könnte? Ich meine –«

»Wenn ich anfange, Persilscheine auszustellen, sage ich Ihnen das«, stieß er hervor. »Merken Sie sich das in Zukunft.«

Sie nickte, die Lippen zusammengepreßt. Felix warf Thane einen empörten Blick zu, sagte aber nichts.

»Also gut.« Sein Zorn verflog so schnell, wie er gekommen war, und er bedauerte bereits, daß er sich hatte hinreißen lassen, nur, weil er ein Ventil gebraucht hatte. »Das ist also kein erfreulicher Tag – für keinen von uns. Wie steht es mit den Antiquitäten, die Sarraut mit in die Staaten nimmt? Ist das so viel, daß es ins Gewicht fällt?«

»Für uns?« Sie schüttelte den Kopf. »Das meiste davon, vor allem die schweren Sachen, hat er schon per Schiff vorausgeschickt. Das andere geht als Luftfracht, aber es ist nicht viel.«

»Klein, aber wertvoll?« warf Felix ein.

»Er sagt nein, nicht nach den Maßstäben der Branche. Vielleicht insgesamt sechzigtausend Dollar – die zerbrechlichen Sachen wie Porzellan, altes Silber und dergleichen.« Sie zog die Schultern hoch. »Das reicht nicht, oder?«

»Nein«, bestätigte Thane. Er lächelte sie schief an. »Aber es ist gut zu wissen.«

Sandra war wieder etwas versöhnt, grinste und zog eine Tafel Schokolade heraus. Als sie ein Stück abbiß, kam Dunbar vom Telefonieren zurück.

»Ich habe Talbot bei der Clanmore erwischt«, sagte er, als er sich auf der Schreibtischkante niederließ. »Nachdem ich an seiner Sekretärin vorbeigekommen war.«

»Was ist mit Barry?« fragte Thane ungeduldig.

»Peter Barry war Berater der Organisationsgruppe, die das System bei der Clanmore einführte – und die Verschlüsselung.« Das silberne Armband Dunbars klirrte, als er die Hand hob und sein

Kinn rieb. »Man kann es kaum fassen. Die Namen der Leute stehen nicht auf unserer Liste, weil sie nicht im Computer sind – das sei nicht nötig, hat Barry erklärt.«

»So einfach ist das?« stöhnte Thane.

»Mhm.« Dunbar war noch nicht fertig. »Barry kommt noch gelegentlich vorbei, um festzustellen, wie alles läuft. Die Leute bei Clanmore sind begeistert von ihm.«

»Wir doch auch«, sagte Thane bitter. »Überprüfen Sie Barry und seine Schwester. Edinburgh soll dabei mitwirken. Ganzheitstherapie, Francey. Aber ich will nicht, daß er etwas davon merkt, jedenfalls jetzt noch nicht.«

Dunbar nickte.

»Und hier – was ist mit Goldie Boyd?«

»Darum kümmere ich mich.« Thane steckte eine Zigarette zwischen die Lippen und ließ sie unangezündet baumeln, während er die drei ansah. »Barry und seine Schwester erscheinen vielleicht unbelastet, ihrer Verbindung mit der Ransom-Stiftung wegen. Aber die Nächstenliebe beginnt ja wohl zu Hause, nicht?«

Es gab mehrere Möglichkeiten, Informationen über Goldie Boyd zu beschaffen. Thane wählte den direktesten Weg, vorbei an amtlichen Kanälen, und verließ sich auf seine Verbindungen.

Zum Teil deshalb, weil das am schnellsten ging, aber auch aus dem Grund, weil ihn noch etwas völlig anderes bewegte, das mindestens ebenso wichtig war.

Er fuhr mit dem Ford in die Stadt und bog zehn Minuten später in den Parkplatz hinter dem Polizeiamt Strathclyde ein. Er ließ den Wagen auf einem Besucherplatz stehen, nickte dem Mann am Eingang zu und betrat das Gebäude.

Es war reines Pech, daß er fast sofort auf Chefinspektor Kiesen stieß. Kiesen kam ihm im Korridor entgegen, und seine finstere Miene zeigte zusätzlichen Argwohn, als er Thane bemerkte.

»Was führt Sie hierher, zum Henker?« fragte Kiesen mit seiner rauhen Stimme. »Wenn es der Fall Anna Marshton ist –«

»Sie kümmern sich um Ihr Geschäft, ich mich um das meine«, gab Thane kurzangebunden zurück. »Lassen Sie mich in Ruhe, Fred. Ich habe Sorgen genug.«

Kiesens Lider zuckten, dann grinste er verächtlich.

»Schon gehört. In Edinburgh drüben ist Ihnen jemand weggestorben, was? Das nenne ich unvorsichtig.«

»So?« Thane packte ihn an der Schulter und funkelte ihn böse an. »Fred, treiben Sie es nicht zu weit, ja?«

Kiesen schluckte, dann nickte er und trat einen Schritt zurück, als Thane ihn losließ.

»Bevor Sie gehen, Chefinspektor.« Thanes Stimme klang tonlos. »Sie sprachen von Anna Marshton. Sie sind der Mann, der an einen Sexualmord glaubt. Haben Sie das andere Mädchen schon gefunden – die Dame im Auto?«

»Nein«, sagte Kiesen. Er sah Thanes Gesichtsausdruck, schluckte wieder und verbesserte sich. »Nein, Sir.«

Thane drehte sich auf dem Absatz um und ging davon.

In seiner neuen Stellung hatte Phil Moss ein kleines Büro für sich, einen der Räume knapp vor dem Bereich, der bei den Polizisten von Glasgow »Heilige Stadt« hieß – der kurze, mit einem Läufer ausgelegte Korridor, von dem jede Tür in ein Büro eines zumindest stellvertretenden Polizeidirektors führte.

Moss saß in Hemdsärmeln am Schreibtisch, die Krawatte gelockert, eine Tasse Kaffee vor sich. Als Thane hereinkam, blickte er auf und lächelte erfreut.

»Willkommen im Wunderland.« Er wies auf den Wust von Papieren. »Ich zerbreche mir den Kopf, wie ich das bewältigen soll. Nimm dir einen Stuhl und setz dich.«

Thane schloß die Tür, holte sich einen Stuhl und setzte sich Moss gegenüber.

»Bist du wegen der Marshton hier?« fragte Moss. Er zeigte zur Wand. »Der Direktor hat eben Fred Kiesen hiergehabt. Er kommt nicht voran.«

»Hab' ihn gesehen.« Thane atmete tief ein. »Ich bin nicht deshalb hier, Phil. Es geht um – tja, es geht um Tommy.«

»Um deinen Tommy?« Moss' Unterkiefer klappte vor Staunen herunter. Er trank rasch einen Schluck Kaffee und starrte Thane an. »Was ist passiert?«

»Das gehört dazu.« Thane griff in die Tasche und legte den Bund Autoschlüssel auf den Schreibtisch. »Und noch mehr.«

»Mensch.« Moss stellte die Tasse langsam ab. Er griff nach den Autoschlüsseln und drehte sie hin und her. »Was noch?«

Thane berichtete. Es fiel nicht leicht, nicht einmal bei Moss. Aber als er alles erzählt hatte, fühlte er sich doch ein bißchen wohler.

»Jeder Halbwüchsige kann Autoschlüssel in die Hand bekommen«, meinte Moss. Er kaute an seiner Unterlippe. »Aber ein selbstgemachter Filzerschlüssel – fällt dir da was ein?«

Thane schüttelte den Kopf.

»Was ist mit Mary?«

»Ich muß es ihr sagen. Sie hat ein Recht darauf, es zu wissen. Aber es geht darum, was geschehen soll.«

»Ja.« Moss pfiff tonlos durch die Zähne. »Du brauchst jemand, der die eigentliche Schmutzarbeit übernimmt. Weiß Tommy, daß die Autoschlüssel fort sind?«

»Ich glaube nicht. Er sucht sie vielleicht heute nachmittag nach der Schule.« Thane zog hilflos die Schultern hoch. »Phil, ich glaube nicht, daß er tief drinsteckt, aber –«

»Laß nur«, sagte Moss leise. »Sag es Mary, aber unternimm nichts, sag nichts zu ihm – noch nicht. Okay?« Er wog die Schlüssel in der Hand, dann zog er eine Schublade heraus und warf sie hinein. »Und ich mache das auf meine eigene Weise. Freie Hand, ja?«

Thane nickte.

»Gut.« Moss grinste kurz. »Danke. Daß du damit zu mir gekommen bist, meine ich. Und wenn ein gewisser junger Mann plötzlich den Hintern in der Schlinge trägt, steht er trotzdem auf meiner Weihnachts-Geschenkliste.« Er stand auf und wies auf seinen Schreibtisch. »Und jetzt tu' zweierlei für mich, ja? Versuch das Ganze zu vergessen, bis du mit Mary sprichst – und hau endlich ab. Ich muß arbeiten.«

Thane verließ das Büro mit wenigstens halb erhobenem Haupt. Seine Gedanken waren um einiges klarer als vorher.

Der Kriminal-Nachrichtendienst lag zwei Etagen tiefer, ein Großbüro mit Aktenschränken, flackernden Datensichtgeräten und wenigen Schreibtischen. Das Personal bestand aus altgedienten Beamten, Experten im Umgang mit Gerüchten und Klatsch und im Auffinden von Ungereimtheiten. Was sie wußten und an den Tag brachten, hätte das Selbstvertrauen manches Verbrechers erschüttert – und vieler anderer Leute, die nah am Abgrund standen, aber nie auf den Gedanken gekommen wären, es könnte Unterlagen über sie geben.

Der Mann, den Thane sprechen wollte, saß an einem der Schreibtische, hinter Grünpflanzen halb verborgen. Sam Paxton war Kriminal-Sergeant, blond, still, mit der Königlichen Polizeimedaille für Tapferkeit ausgezeichnet. Tomatenpflanzen waren sein Stolz und seine Freude. Er trug ein Stützkorsett und würde es immer tragen müssen, eine Erinnerung an seinen letzten Tag im Außendienst, als ein betrunkener Jugendlicher mit einem Bajonett alles versucht hatte, um ihm den Bauch aufzuschlitzen.

»Was halten Sie davon?« fragte er und zeigte auf die Pflanzen. »Vor zwei Wochen waren sie am Absterben und ich habe sie hierhergeschafft. Zigarettenrauch, Kaffeesatz und ein paar nette Worte – das ist alles, was sie brauchten.«

»Das gilt bei den meisten von uns«, meinte Thane. »Sam, ich brauche Hilfe.«

»Inoffiziell?« Paxton grinste, als Thane ihm zunickte. Der Sergeant griff unter den Schreibtisch und stellte einen Sammelkasten auf die Tischplatte. »Das kostet aber.«

»Weiß ich.« Auf dem Kasten klebte das Rollstuhl-Symbol der Ransom-Stiftung. Thane steckte ein paar Münzen hinein. »Ich brauche alles, was Sie über Goldie Boyd haben.«

»Kein Problem.« Paxton stand auf, ging zum nächsten Datensichtgerät, bediente es und trat an die Karteischränke. Als er zurückkam, legte er eine Akte auf den Tisch. »Boyd, Roy Eastam, auch Goldie genannt. Bedienen Sie sich.«

Goldie Boyds Fotografie klebte auf dem ersten Blatt. Er hatte ein schmales Gesicht mit hohen Backenknochen und Geheimratsecken. Seine Lippen waren fest geschlossen, so daß man sein Gebiß mit den Goldzähnen nicht sehen konnte. Darunter stand sein Lebenslauf in Stichworten. Thane blätterte in der Akte, die über vieles berichtete, sogar über Boyds Trinkgewohnheiten und seinen Geschmack bei Frauen.

»Bringen Sie ihn mit einer Sache in Verbindung?« fragte Sam Paxton beiläufig.

»Ich hoffe es.« Thane überflog eine Mitteilung, wonach ein Beamter der Hafenpolizei Boyd beim Winterurlaub in einem Fünf-Sterne-Hotel auf Mallorca entdeckt hatte. Der Beamte war in einer kleinen Pension ohne Sterne untergebracht gewesen. Schließlich fand Thane, was er suchte, ein halbes Dutzend Namen unter der Überschrift »Derzeitige Mitarbeiter«. »Können Sie mir die Helden hier ziehen?«

Paxton nickte. Diesmal dauerte es länger, und als er zurückkam, brachte er nur vier Aktendeckel.

»Schenken Sie sich die anderen zwei«, sagte Paxton knapp. »Die sind unten im Süden im Knast.« Er fächerte die Akten auf seinem Schreibtisch auseinander. »Trotzdem noch ein brauchbarer Haufen. Willie Laird und Tam Amos sind Einbrecher, seit sie laufen können. Mule Pearson ist ein erstklassiger Tresorspezialist, und Shug Gordon – na ja, man braucht immer einen, der genau das tut, was man ihm anschafft.«

»Ich kenne ihn.« Thane schob die Akte über Shug Gordon beiseite und öffnete die Akte Mule Pearson.

Die Fotografie eines dunkelhaarigen Mannes mit grobknochigem Gesicht starrte ihn an. Der Mann, der Peter Barry in Edinburgh zum Hotel gebracht hatte . . .

»Haben Sie was?« fragte Paxton und trat näher heran.

Thane nickte. Mule Pearson, mit einer langen Liste von Vorstrafen wegen Diebstahls und Raubüberfällen, ein Fachmann für Schlösser und Alarmanlagen. Die direkte Verbindung zwischen Goldie Boyd und Peter Barry.

Boyd und Barry. Hörte sich an wie eine Varieté-Nummer. Aber kombiniert, Boyds rücksichtsloses Vorgehen vereinigt mit Barrys Kenntnissen auf dem Gebiet von Antiquitäten und Computern, das konnte überaus gefährlich sein.

War überaus gefährlich. Die lange Reihe von Raubüberfällen, zwei Morde und eine Anzahl kleinerer Straftaten – und der große Coup, um den es eigentlich ging, der erst noch kommen sollte. Er befeuchtete die Lippen.

»Sam, noch ein Name. Peter Barry. Er ist aus Edinburgh, ein Computerfachmann – alles spricht dafür, daß nichts vorliegt. Versuchen Sie es, ja?«

»Klar. Und die hier?«

»Lassen Sie gleich da.«

Paxton entfernte sich und bediente ein Terminal. Niemand gab jemals zu, daß er wußte, welcher Prozentsatz der Bevölkerung in den Polizeicomputern erfaßt war. Das gab nur Schwierigkeiten. Der Jahresbericht eines Polizeiamtes im Bereich Strathclyde hatte aber einmal erwähnt, daß allein dort im Jahr 170 000 Datenfälle erfaßt wurden.

Wenn Peter Barry jemals mehr auf dem Kerbholz gehabt hatte als eine Übertretung der Verkehrsregeln, wenn er auch nur am Rande von Ermittlungen aufgetaucht war, mußte er erfaßt sein.

Es dauerte siebzig Sekunden, allein fünfzehn davon deshalb, weil Sam Paxton wußte, daß ein Name wie Barry ganz verschieden geschrieben werden konnte. Dann kam er mit trauriger Miene und einem schmalen Streifen Papier zurück.

»Das könnte er sein. Widerstand gegen die Staatsgewalt und ungebührliches Benehmen vor sechs Jahren – bei einer Demo gegen Atomwaffen. Zwei Pfund Geldbuße. Er war schon vorher bei anderen Protestmärschen ein paarmal erkennungsdienstlich behandelt worden, aber nur diesmal kam er vor einen Richter. Das ist alles, was wir haben.«

»Schon gut.« Thane verbarg seine Enttäuschung. Er hatte aber kaum anderes erwarten können. Sonst wäre es zu einfach gewesen. Er wies mit dem Kinn auf Paxtons Telefon. »Darf ich?«

»Sicher.«

Auf Paxton wartete noch jemand, eine Inspektorin vom Betrugsdezernat. Als Paxton zu ihr ging, nahm Thane den Hörer auf und rief Francey Dunbar in der Zentrale an.

»Ich habe Neuigkeiten für Sie«, sagte Dunbar sofort. »Bis jetzt haben wir noch drei Versicherungen, wo Freund Barry mit den Computeranlagen zu tun hatte. Bekomme ich eine Prämie, wenn wir bei fünf sind?«

»Auf jeden Fall einen kostenlosen Haarschnitt«, sagte Thane grimmig. »Und Edinburgh?«

»Die arbeiten dran – bis jetzt ist noch nichts gekommen«, berichtete Dunbar. »Äh – Sie wundern sich nicht?«

»Jetzt nicht mehr«, sagte Thane. »Die Verbindung zu Goldie Boyd ist erwiesen.« Er hörte seinen Sergeanten am anderen Ende der Leitung leise durch die Zähne pfeifen und lächelte. »Wir sind im Geschäft, Francey. Sagen Sie Edinburgh, Barry soll ab sofort überwacht werden – und seine Schwester auch.«

»Und was ist mit Goldie Boyd?« fragte Dunbar ungeduldig. »Abholen?«

»Noch nicht. Wir brauchen mehr. Wenn wir sie packen, muß das unangreifbar sein, und ich will sie alle.« Er gab Dunbar die Namen aus der Akte durch und legte auf. Bevor er ging, bat er Sam Paxton, einen Ausdruck der Computerdaten an die Crime Squad zu schicken.

Minuten später, als er das Gebäude verließ, sah er von weitem Phil Moss. Er verzichtete darauf, ihn zu rufen. Moss würde sein Bestes tun, was Tommy anging, und er brauchte keine Anregungen. Thane wußte, daß er selbst im Augenblick nichts weiter tun konnte. Ein stilles Stoßgebet konnte nicht schaden.

Bevor er zurückfuhr, mußte er noch etwas anderes erledigen. Es war eigentlich ein hoffnungsloses Unternehmen und bedeutete eine erneute Fahrt durch die ganze Stadt – zu Malky Darvels Sargmacherei.

Das Gebäude sah verlassen aus, als er davor hielt. Er klopfte an die große Tür. Sie wurde von dem älteren Tischler geöffnet, den er bei seinem früheren Besuch gesehen hatte. Der Mann erkannte ihn und ließ ihn herein.

»Allein?« fragte Thane.

Der Mann nickte. Er hatte Sägemehl am Overall. Auf einem Arbeitstisch nahm ein Sarg aus feingemaserter Eiche Gestalt an.

»Mrs. Darvel war einverstanden«, sagte der Mann und deutete mit bärbeißiger Verlegenheit auf den Sarg. »Malky hat immer gesagt, er will was Besseres.« Er sah Thane an. »Was wollen Sie?«

»Einen Schlüssel zum Hinterzimmer«, gab Thane zurück. »Haben Sie einen?«

Der Mann griff in eine Tasche und zog einen einzelnen Schlüssel mit Plastikanhänger heraus.

»Viel werden Sie nicht finden, Mister«, sagte er ironisch. »Wenn etwas wichtig war, behielt Malky es für sich – und im Kopf.«

Thane schlängelte sich zwischen den Särgen hindurch und sperrte die Tür zum Hinterzimmer auf. Er knipste das Licht an und betrat den Raum.

Die halbfertigen alten Möbel wirkten beinahe unheimlich. Es kam ihm beinahe so vor, als stünde Malky neben ihm. Er preßte die Lippen zusammen, ging zur Werkbank und begann zu suchen.

Es gab nicht einmal einen Fetzen Papier mit Angaben darüber, wen Darvel gekannt, für wen er gearbeitet hatte. Thane gab schließlich auf, sperrte die Tür ab und versuchte es in dem kleinen Büro. Die Geschäftsunterlagen waren wirr verstreut.

Auch hier nichts, keine Hinweise auf die Nebenbeschäftigung des Sargmachers. Thane trat hinaus in die Werkstätte. Der ältere Mann schliff das Sargholz mit feinem Schmirgelpapier.

»Hab' ich doch gesagt, oder?« Er schmirgelte weiter, nachdem er den Schlüssel eingesteckt hatte. »Malky ist immer auf Nummer Sicher gegangen.«

»Bis auf gestern«, sagte Thane dumpf.

»Ja.« Der Tischler zog die Schultern hoch und griff nach einem frischen Blatt Schmirgelpapier. »Ganz schlecht. Wer stirbt schon gern in Edinburgh?«

Es war noch lange nicht Mittag, als Colin Thane nach Norden fuhr, zurück zur Dienststelle. Ein böiger Wind schüttelte den Wagen manchmal, aber am Himmel standen keine Wolken, und die Temperatur stieg. Er befand sich südlich vom Fluß, die Augen vor dem grellen Sonnenlicht zusammengekniffen, als er über Funk gerufen wurde.

Er meldete sich, während er mit einer Hand weitersteuerte.

»Sofort zurückkommen«, sagte die ruhige Sprechstimme. »Vorrang Chef. Geben Sie mutmaßliche Ankunftszeit an.«

»Vier Minuten.« Er meldete sich erstaunt ab und trat auf das Gaspedal. »Vorrang Chef« hieß, daß die Mitteilung direkt von Jack Hart kam. Der Commander tat dergleichen nur sehr selten.

Als er das Gelände erreichte, war nichts Besonderes erkennbar. Auf einer der Wiesen übte die Hundestaffel, gegenüber marschierten Polizeirekruten.

Auf der Parkfläche hinter dem Gebäude sah es anders aus. Er sah, daß mehrere Autos gekommen waren. Zwei andere trafen gerade ein, als er hielt und ausstieg.

Und die Monitorschirme wurden offenkundig genau überwacht. Als er hereinkam, empfing ihn Commander Hart vor Maggie Fyffes Schreibtisch. In der Nähe trieb sich Francey Dunbar mit sorgenvoller Miene herum.

»Der Topf ist am Kochen«, sagte Hart ohne Vorrede. Er winkte Dunbar heran. »Sagen Sie es ihm, Sergeant.«

»Peter Barry ist in Aktion.« Dunbar nagte kurz an einem Ende des Schnauzbarts und warf Hart einen Seitenblick zu. »Sieht ganz danach aus. Kann nichts anderes sein.«

»Mensch, sparen Sie sich die Kommentare, Francey«, fuhr Hart gereizt dazwischen. »Sie sollen berichten.«

»Sir.« Dunbar schnitt verletzt eine Grimasse. »Barry kam heute früh mit einem Koffer in sein Büro in Edinburgh. Er ging nach ungefähr einer Stunde.« Er zuckte mit den Schultern. »Seine Sekretärin weiß nur, daß er geschäftlich nach London will und irgendwann nächste Woche zurückkommt.«

»Weiter.« Thane verengte die Augen. »Und die Überwachung?«
Dunbar schüttelte den Kopf.

»Das war schon, bevor die anfing.«

»Woher wissen wir es dann?«

»Das war Glück. Der Beamte für Verbrechensbekämpfung, den Sie Shona und Barry versprochen haben, brachte die Dinge ein bißchen durcheinander und dachte, er sollte zum Bruder kommen. Er fuhr heute früh zu Barrys Büro, wollte ihn sprechen und erfuhr, daß er fort war. Als er ging, kamen die Leute von der Überwachung.«

»So ist das«, sagte Hart. Er verschränkte die Hände und rieb sie ein wenig. »Laut Edinburgh ist Barrys Schwester noch da und verhält sich normal. Aber wenn wir alles zusammennehmen –«
Thane nickte.

»Was er auch plant, es läuft.« Er erriet, was nun kommen würde. »Wollen Sie Goldie Boyds Leute kassieren?«

»Wir müssen«, erwiderte Hart. »Entweder das, oder abwarten, bis weiß-Gott-was passiert.« Er schüttelte den Kopf. »Zu gefährlich. Vielleicht kommen wir schon viel zu spät, aber versuchen können wir es. Und wenn wir auch nur einen von ihnen erwischen –« Er ließ den Rest unausgesprochen, aber sie wußten schon, was er meinte.

Man setzte alle Kräfte ein. In der nächsten Stunde unternahmen die Besatzungen der Crime-Squad-Fahrzeuge Razzien auf vierzehn verschiedene Adressen in ganz Glasgow. Man berief sich auf einen bewaffneten Raubüberfall in Greenock. Festgenommen wurden ein Deserteur, der wegen schwerer Körperverletzung gesucht wurde, und zwei Einbrecher, die ihre Kaution hatten verfallen lassen. Außerdem mußte Shug Gordons Schwester festgenommen werden, nachdem sie entschlossen versucht hatte, mit einer zerbrochenen Flasche das Gesicht eines Beamten dauerhaft zu verändern.

Goldie Boyd und seine vier Mitarbeiter dagegen waren spurlos verschwunden, und das konnte höchstens ein paar Stunden her sein, wenn man dem wenigen, was in Erfahrung zu bringen war, glauben durfte.

Eine halbe Stunde später rasten auf einen anonymen Tip durch das Telefon hin zwei Autos zu einer fünfzehnten Adresse, wo sich angeblich Tam Amos aufhielt.

Es war eine enge Straße mit baufälligen Wohnhäusern nahe bei den Docks. Und es handelte sich um einen bewußt gelegten Hinterhalt. Als die Beamten ausstiegen, regnete eine Flut von Ziegelsteinen, Flaschen und Steinbrocken von den Fenstern auf sie herab. In den Eingängen tauchten kurz Gestalten auf, um andere Wurfgeschosse zu schleudern – und als die überraschten Polizisten wieder hinter ihre Autos hechteten und einer über Funk ein Notsignal durchgab, explodierte in der Straße ein Molotow-Cocktail.

Ein Eingreiftrupp erschien im Überfallwagen, und mit Hilfe der Hunde wurden die Gebäude durchkämmt. Man holte den Anführer und zwei Kumpane von ihm heraus, allesamt Jugendliche, allesamt Mitglieder von Straßenbanden.

Mit Tam Amos hatte das Ganze nichts zu tun, aber ein Beamter lag mit gebrochenem Arm im Krankenhaus, zwei andere waren ebenfalls verletzt, eines der Fahrzeuge mußte abgeschleppt werden.

Sie hatten eine Niederlage einstecken müssen. Um drei Uhr nachmittags mußte man das zugeben und hinnehmen. Commander Hart war in düsterer Stimmung, als Thane zu ihm gerufen wurde.

»Vielleicht ist noch nicht allzuviel Schaden passiert«, meinte Hart schwerfällig. Er zeigte auf ein Schriftstück. »Greenock hat eben drei ortsbekannte Kerle im Zusammenhang mit dem Raubüberfall festgenommen. Wir können ausstreuen, daß wir damit zufrieden sind und uns für Boyds Leute nicht mehr interessieren.« Er wirkte älter und erschöpfter als sonst, während er sein Kinn rieb. »Aber auftauchen werden sie trotzdem nicht. Wir haben praktisch nur noch Barrys Schwester.«

Darauf hatte Thane gewartet. Im Verlauf der vergangenen Stunden war man nicht untätig gewesen. Die Dienststelle in Edinburgh hatte ziemlich ausführliche Hintergrundinformationen über Peter Barry und seine Schwester beschafft. Während der Essenszeit war Barrys Büro gründlich durchsucht worden. Seine Sekretärin ahnte nichts davon.

Die beiden Kriminalpolizisten, die das übernommen hatten, würden keinen schriftlichen Bericht vorlegen, aber sie hatten Peter Barrys Terminkalender Seite für Seite fotografiert, sobald sie leere Seiten oder den handgeschriebenen Vermerk »verreist« sahen.

Meistens stimmten die Daten mit jenen überein, an welchen Antiquitätendiebstähle stattgefunden hatten. Auf ähnliche Weise, durch Ausquetschen aller verfügbaren Informanten, durch Versprechungen und Drohungen, hatte man klären können, daß Goldie Boyds Truppe gerade dann auch verschwunden gewesen war.

Etwa zur selben Zeit kam die entscheidende Bestätigung. Barry hatte seiner Sekretärin mitgeteilt, daß er von Edinburgh fliegen würde. Sein Wagen, ein schwarzer BMW, stand auf dem Parkplatz am Flughafen. Der Koffer war nicht an Bord.

Aber niemand, der Peter Barrys Beschreibung entsprach, hatte eine Maschine bestiegen.

»Also«, sagte Hart. »Barrys Schwester. Was machen wir mit ihr?«

Sie sahen einander stumm an. Beide wußten, daß sie sich auf ein Wagnis einließen, gleichgültig, was sie unternehmen mochten.

»Ich fahre hin und rede mit ihr«, sagte Thane gedehnt. Er stand auf. »Wieviel ich ihr sage, entscheide ich an Ort und Stelle.«

»Tun Sie das.« Hart verzog den Mund. »Wenn sich hier etwas ergibt, bekommen Sie Bescheid – verlassen Sie sich drauf.«

Thane verließ das Zimmer und ging zum Bereitschaftsraum. Vorher hatte dort rege Geschäftigkeit geherrscht, nun war es wieder ruhig geworden. Er sah Joe Felix an seinem Schreibtisch sitzen.

»Wo ist Francey?« fragte Thane.

»Äh – unterwegs«, sagte Felix vage und hob den Kopf von den Elektronikbauteilen, die er auf dem Schreibtisch liegen hatte. »Irgend jemand hat angerufen. Ich soll Ihnen sagen, daß er wegmußte.« Er griff nach einem winzigen Schraubenzieher. »Wahrscheinlich Polizeigewerkschaft.«

»Jetzt?« Thane funkelte ihn böse an.

»Er vertritt die Crime-Squad«, erinnerte ihn Felix.

»Ist mir bekannt«, sagte Thane ätzend. Die neueste Forderung der Polizeigewerkschaft betraf höhere Schichtzuschläge und Überstundenausgleich. Aber Superintendenten wurden nicht aufgenommen. »Wenn unser Gewerkschaftsheld zurückkommt, sagen Sie ihm, daß ich nach Edinburgh gefahren bin.« Er schaute sich um. »Wo ist Sandra?«

»Etwas zu essen holen«, erwiderte Felix automatisch. Dann hellte sich sein Gesicht auf. »Da kommt sie.«

Thane drehte sich um. Sandra Craig kam auf sie zu, frisch und schlank wie immer. Sie kaute an einer Bulette. In der freien Hand trug sie eine volle Papiertüte.

»Arbeit«, sagte Thane. »Wir fahren nach Edinburgh.« Er zeigte auf die Tüte. »Die brauchen Sie nicht.«

»Nein, Sir.« Sie stellte die Tüte auf Felix' Schreibtisch und lächelte Thane unschuldig an. »Wer kann bei Ihrer Fahrweise schon essen?«

Das Haus war ein kleiner, moderner Bungalow im Stadtteil Barnton von Edinburgh, die nächsten Nachbarn wohl oberes Management . . . Obwohl es in Barnton Doppelgaragen und Privatschulen genug gab, war es nicht ganz so auserlesen wie andere alte und vornehme Stadtteile, aber es war viel bequemer.

Um halb fünf Uhr hielt Thane vor dem Bungalow. Er stieg aus und wartete auf Sandra Craig. Es war ein sonniger Nachmittag. Der Wind fuhr raschelnd durch den kleinen Garten und fegte Laub in die große, offene Garage neben dem Haus.

Shona Barrys dunkelgrüner Fiat nahm nur knapp die Hälfte der Garage ein. Sie war also zu Hause. Sie wußten das auch durch ein Funkgespräch mit dem Überwachungsteam, das in einem grauen Lieferwagen weiter unten an der Straße wartete. Der Aufschrift nach gehörte das Fahrzeug den Wasserwerken, der Fahrer trug einen Overall, und für alle Fälle hatte man einen Schachtdeckel in der Straße herausgehoben. In Barnton sprach kaum jemand mit Arbeitern.

»Sir.« Sandra Craig wirkte nicht gerade glücklich. Sie berührte Thane am Ärmel, als er sich in Bewegung setzen wollte. »Wie stark setzen wir sie unter Druck? Ich meine –«

»Ich habe es doch schon gesagt«, unterbrach er sie. Sie hatten sich während der Fahrt schon über die Frage unterhalten. »Alles, was wir wirklich wissen, ist, daß sie Geschwister sind.«

»Aber Sie halten sich zurück?«

»Nein, ich verprügle sie mit dem Gummischlauch«, sagte Thane gereizt. »Das ist doch meine Art, nicht?«

Sie gingen zur Eingangstür. Anstelle von Stufen führte eine leicht geneigte Schräge hinauf. Durch eine Glasscheibe konnte man eine Diele mit Teppichboden sehen. Auf einem kleinen Tisch stand eine Vase mit Blumen. Thane läutete. Kurze Zeit später erschien Shona Barry in ihrem Rollstuhl. Sie lächelte überrascht durch die Glasscheibe und öffnete die Tür.

»Kommen Sie rein, Superintendent.« Ihre Stimme klang erfreut. Sie drehte den Rollstuhl herum. »Haben Sie es sich anders überlegt?

Wollen Sie uns nun doch noch helfen?«

»Vielleicht eher umgekehrt.« Er ließ Sandra vorangehen und wartete, bis Shona Barry die Tür wieder geschlossen hatte. »Allein?«

»Ja.« Sie trug Jeans und eine hellbraune Bluse. Ihre Füße steckten in Sandalen. Das schwarze Haar war mit einem roten Stirnband festgebunden. Sie sah fragend zu Sandra auf. »Im Gegensatz zu Ihnen.«

»Oh, Entschuldigung.«

Er stellte sie einander vor. Sie tauschten einen Händedruck. Menschen wie Shona Barry wünschten kein Mitgefühl, und sein Auftrag sah dergleichen auch nicht vor, aber sekundenlang verspürte er unsinnigen Zorn – die beiden waren gleich alt, hübsch, aufgeweckt, in vieler Beziehung einander sehr ähnlich. Bis auf den Rollstuhl.

»Was gibt es für ein großes Geheimnis?« Shona Barry drehte sich zu ihm herum und lächelte. »Sie sind so groß, daß man Sie nicht stehen lassen kann. Da wird mein Hals steif.«

Sie schob sich voraus und bog durch einen Eingang. Das Zimmer dahinter war hell und geschmackvoll eingerichtet. Über dem Kamin hingen zwei hübsche Aquarelle, in einer Glasvitrine lagen silberne Schnupftabakdosen und andere kleine Stücke.

»Setzen Sie sich doch.« Sie wies auf zwei bequeme Ledersessel. Als sie sich niederließen, fuhr sie zu einem niedrigen Arbeitstisch. Zwischen den Lumpen und Reinigungsmitteln dort lagen zwei schwarze Gegenstände, die nach Untertellern aussahen; das Silber schien hier und dort schon durch. Sie schnitt eine Grimasse. »Entschuldigen Sie, daß es hier so aussieht. Die habe ich in einem Trödlerladen gefunden. Jetzt versuche ich herauszubekommen, ob ich einen Fehler gemacht habe.«

»Und wenn nicht?« fragte Sandra.

»Dann habe ich vom Haushaltsgeld zwei Bonbonteller aus dem 19. Jahrhundert erworben.« Sie lachte leise. »Es könnten natürlich auch portugiesische sein – zu der Zeit hatten portugiesische Silberschmiede die unerfreuliche Angewohnheit, englische Prägestempel nachzumachen. Auch eine Art Detektivtätigkeit.«

Thane nickte.

»Lord Mackenzie sagte, daß Silber Ihre Spezialität ist.«

»Wäre, wenn ich Geld hätte«, verbesserte sie munter. »Also worum geht es, Superintendent? Wenn es nicht mit der Ransom-Stiftung zusammenhängt –«

»Shona.« Thane wußte, daß es keinen Sinn hatte, weiter auszuweichen. »Wo sind Sie letzten Sonntag abend gewesen?«

Ihre Lider zuckten.

»Warum?«

»Beantworten Sie meine Frage.«

Sie zog die Schultern hoch.

»Also gut. Ich war hier.«

»Allein?«

Sie nickte verwirrt.

»Könnten Sie das beweisen?« fragte Sandra Craig leise. »Auf irgendeine Weise?«

»Wenn es sein müßte, ja.« Ihre Stimme klang ein wenig empört. »Ich habe verschiedene Leute im Namen der Ransom-Stiftung angerufen. Bis um – na, nach Mitternacht, glaube ich. Sie werden sich gewiß erinnern.«

Thane nickte.

»Sie haben Ihren Wagen an diesem Abend also nicht benützt?«

»Nein. Das hätte ich ohnehin nicht tun können. Peter borgte ihn sich aus, weil sein eigener in der Werkstatt war, und –« Sie verstummte und seufzte resigniert. »Was hat er getan? Zu schnell gefahren oder was?«

»Sagen Sie mir nur, wie lange er den Wagen hatte«, drängte Thane.

»Von Mittag bis – na ja, als er eben zurückkam.« Sie zuckte die Achseln, mit ihrer Geduld offenbar am Ende. »Ich weiß nicht. Gut, er kam spät, und ich lag schon im Bett. Aber das ist seine Sache. Ich bin seine Schwester, nicht seine Ehefrau – und schon gar nicht seine Hüterin.« Sie drehte den Rollstuhl herum und schien sich hinter dem Arbeitstisch verschanzen zu wollen. »Was ist los? Weshalb die Fragen?«

»Es geht um Peter.« Thane beobachtete sie scharf. »Wir suchen ihn, Shona. Ihr Bruder scheint mit der Bande zusammenzuarbeiten, die für diese Antiquitätendiebstähle verantwortlich ist.«

Sie blieb kurze Zeit stumm und starrte ihn an. Ihre Hände legten sich unwillkürlich auf die Rollstuhlräder und packten zu, bis die Knöchel hervortraten.

»Sie –« Sie befeuchtete die Lippen. »Ist das Ihr Ernst?«

»Ja.« Thane griff in die Tasche und holte die Aufnahmen heraus, die ihm das Archiv mitgegeben hatte. Er stand auf und legte sie der Reihe nach auf den Tisch. »Diese fünf Männer hier, Shona – erkennen Sie einen davon?«

Einen Augenblick lang starrte sie wie blind auf die Gesichter von Goldie Boyd und seinen Leuten. Dann schüttelte sie langsam den Kopf.

»Sind sie das?« fragte sie fast flüsternd. Sie war leichenblaß. Thane nickte.

»Aber Sie können doch keine Gewißheit haben. Bei Peter, meine ich –« Sie wandte sich an Sandra. »Es könnte doch auch ein Irrtum sein, nicht wahr?« Sie sah Mitgefühl im Gesichtsausdruck Sandras. Es war Antwort genug. Sie befeuchtete ihre Lippen ... »Ich glaube das einfach nicht.«

»Sie glauben, er sei in London«, sagte Thane ruhig. »Wir nicht. Wissen Sie, wo Sie ihn erreichen können, wenn er diese Reisen macht, meldet er sich da?«

»Nein. Das ist nicht nötig«, erwiderte sie gepreßt. »Er muß viel auf Reisen sein. Er weiß, daß ich allein zurechtkomme.«

»Ich möchte sein Zimmer sehen«, sagte Thane. »Brauche ich einen Durchsuchungsbefehl?«

»Die Mühe können Sie sich sparen.« Sie hob trotzig den Kopf. »Bedienen Sie sich. Gleich gegenüber, die zweite Tür.«

»Danke.« Er forderte Sandra durch eine Geste auf, hierzubleiben, und ging hinaus.

Peter Barrys Schlafzimmer war mäßig groß, sauber aufgeräumt, und auf dem Frisiertisch stand ein gerahmtes Foto, das ihn und seine Schwester zeigte. Thane holte tief Luft und machte sich an die Arbeit.

Er durchsuchte alles gründlich und verlor keine Zeit. In einer Schublade lagen Familiendokumente, sonst fand er nur säuberlich zusammengefaltete Hemden und Unterwäsche, ordentlich aufgehängte Anzüge, alles völlig normal. Er hob einmal kurz den Kopf und hörte Stimmengemurmel von gegenüber. Er schnitt eine Grimasse. Sandra war um ihre Rolle nicht zu beneiden.

Auf dem Schrank lag eine Reisetasche. Er mußte den Hocker holen, um sie zu erreichen und herunterzuheben. Sie war abgesperrt.

Es war ein gutes Schloß, aber auf Leder. Er zog sein Taschenmesser heraus, schnitt das Leder rings um das Schloß auf, klappte die Tasche auseinander und erstarrte.

Obenauf lag eine Frauenperücke, langhaarig, schwarz. Darunter ein zusammengefaltetes Kleid, Schuhe und andere Kleidungsstücke. Er trug die Tasche zum Frisiertisch und blickte wieder auf das Foto von Peter Barry und seiner Schwester. Sie sahen einander sehr ähnlich. Mit der Perücke, in Frauenkleidern, dazu ein wenig Schminke – er nickte sich im Spiegel zu.

Es blieb nichts Rätselhaftes um die Frau, die Anna Marshton in Glasgow abgeholt hatte. Oder auch um jene, die sich auf der Straße nach Süden an den Verkehrspolizisten vorbeigemogelt hatte.

Er trug die Reisetasche in das andere Zimmer. Shona Barry war immer noch blaß, wirkte aber gefaßter. Sie rauchte eine Zigarette und legte sie weg, als er hereinkam.

»Das lag auf dem Kleiderschrank.« Er zeigte ihr die Tasche. »Bekannt?«

Sie nickte.

»Sie gehört Peter.«

»Haben Sie eine Ahnung davon, was sie enthält?«

»Sportausrüstung, denke ich.« Ihre Stimme klang bitter. Sie zeigte auf ihre gelähmten Beine. »Ich kann nicht so gut herumstöbern, selbst wenn ich es wollte.«

Thane legte die Tasche stumm auf ihren Schoß. Er trat zurück und warf Sandra einen warnenden Blick zu.

»Danke«, sagte Shona Barry dumpf. Sie klappte ungeduldig die Tasche auf. Ihr Atem stockte.

Sie starrte den Inhalt lange an. Als sie den Kopf hob, zeigte ihr Gesicht völlige Verwirrung und eine Spur von Angst.

»Ich verstehe nicht.« Sie unterbrach sich, schluckte, stellte die Tasche neben sich und lachte gekünstelt. »Hören Sie, mit Peter ist alles in Ordnung. Ich – ich kenne viele Frauen, die das bestätigen können.«

»In Glasgow hat es einen Mord gegeben«, stellte Thane tonlos fest. »Zeugen glauben eine Frau gesehen zu haben. Und dazu kommen andere Vorfälle.«

Shona Barry schien in ihrem Rollstuhl zusammenzuschrumpfen. Sie begann plötzlich zu zittern. Sandra eilte zu ihr, legte den Arm um ihre Schultern und versuchte sie zu trösten. Gleichzeitig warf sie Thane einen bösen Blick zu.

Thane fand den Barschrank, goß Whisky in ein Glas und veranlaßte Shona dazu, ihn zu trinken. Er wartete geduldig. Schließlich hob sie den Kopf und sah ihn an.

»Können Sie sich nicht irren?« fragte sie flehend. »Sind Sie wirklich ganz sicher?«

»So sicher, wie wir es sein können, bis wir ihn finden«, sagte Thane. Nach einer Pause fuhr er leise fort: »Er hat sich nichts – anmerken lassen?«

Sie schüttelte stumm den Kopf.

»Haben Sie eine Ahnung, wo er sein könnte?«

»Nein.« Sie fuhr mit der Zunge über die Lippen und stieß plötzlich hervor: »Selbst wenn –«

»Würden Sie es uns nicht sagen?« Thane lächelte verständnisvoll. »Denken Sie nach, Shona.« Er schaute sich um. »Ich kann Sie nicht allein lassen. Sandra wird bei Ihnen bleiben, bis wir eine bessere Möglichkeit finden.«

Das Mädchen nickte dumpf. In ihren Augen standen keine Tränen. Thane hatte das Gefühl, daß sie später kommen würden. Ein Mensch wie Shona Barry würde seine Gefühle nicht offen zeigen.

Er berührte kurz ihre Schulter, dann ging er in die Diele zum Telefon.

Es war sieben Uhr abends vorbei, als Colin Thane nach Glasgow zurückkam und seinen Wagen auf dem Parkplatz hinter der Dienststelle abstellte. Im Gebäude war es ruhig. Maggie Fyffe war heimgefahren, die Tür von Jack Harts Büro war geschlossen und abgesperrt.

Die Tür zu seinem eigenen Büro stand offen. Francey Dunbar lehnte am Fenster und grinste schief, als Thane hereinkam.

»Willkommen daheim«, sagte der Sergeant gelassen. »Ich habe

von Shona Barry gehört. Wie hat sie es aufgenommen?«

»Sie war tief betroffen. Was gibt es hier Neues?«

»Nichts. Commander Hart sagte, wir sollten für heute Schluß machen.«

»Richtig.« Thane hatte nichts einzuwenden. Es war mehr als genug für einen Tag. Er ließ sich in seinen Sessel fallen, lehnte sich zurück und starrte Dunbar mürrisch an. »Wo, zum Teufel, sind Sie heute nachmittag gewesen?«

»Ich hatte etwas zu erledigen.« Dunbar winkte vage ab. »Ich bin zurückgekommen, so schnell ich konnte. War es wichtig?«

»Nein«, sagte Thane müde. »Aber beim nächsten Mal fragen Sie vorher und verschwinden nicht einfach.« Er schaute auf die Uhr. »Gut, gehen Sie.«

»Sir.« Dunbar grinste, richtete sich auf und ging zur Tür. Dort blieb er stehen und schaute sich um. »Sie sollen Inspektor Moss anrufen. Persönlich, hat er gesagt – er wartet im Büro, bis Sie zurückkommen.«

Thane nickte. Seine Müdigkeit war plötzlich verflogen. Als Dunbar gegangen war, zündete er sich eine Zigarette an und griff nach dem Telefon.

Phil Moss meldete sich sofort. Seine Stimme klang einigermaßen heiter.

»Ich dachte, du hörst gern, daß wir vorankommen«, sagte er zu Thane. »Kannst du sprechen?«

»Ja.« Thanes Finger umklammerten den Hörer ein wenig fester. »Was tut sich, Phil?«

»Dein Junge hat einen Freund namens Andy Lyall.« Moss räusperte sich. »Auf den könnte er verzichten. Lyall hat andere Freunde. Zwei waren Lehrlinge in Autoreparaturwerkstätten, bis sie entlassen worden sind. Jetzt scheinen sie sich auf Autodiebstähle verlegt zu haben.«

Thane seufzte.

»Davon hat es in unserer Gegend eine Menge gegeben. Bist du sicher, Phil?« Er wartete und erinnerte sich daran, daß ihm kurz vorher jemand ganz genau dieselbe Frage gestellt hatte.

»So sieht es jedenfalls aus«, erwiderte Moss vorsichtig. »Ich habe so eine Ahnung, welche Rolle Tommy dabei spielt. Du könntest

Glück gehabt haben.«

»Glück?«

»Daß du früh genug dahintergekommen bist. Ich mußte mir hier ein bißchen helfen lassen – es war doch zu viel. Aber wir haben Tommys Verbindung zu Lyall und dessen Verbindung zu den beiden anderen.«

»Wie geht es weiter?« fragte Thane.

»Ich habe freie Hand, ja?« Moss lachte leise. »Das nütze ich.« Er wurde ernst. »Tommy ist vermutlich nicht der einzige Junge, der am Rande in die Sache verwickelt ist, Colin. Aber es könnte sein, daß die Kerle es ausgerechnet auf ihn abgesehen haben. Verstehst du?«

»Halbwegs.« Thane kaute an seiner Unterlippe. »Weil er der Sohn eines Polizeibeamten ist?«

»Richtig. Wenn er seinen Kasten in deiner Garage sucht, der ist fort. Ich habe ihn geholt, als Mary aus dem Haus war. Wenn er glaubt, er sei gestohlen worden, auch gut – immer noch besser, als wenn er weiß, daß jemand hineingeguckt hat. Halt dich an meine Vorschläge. Ich melde mich morgen wieder.«

Thane bedankte sich und legte auf.

Er blieb sitzen, drückte seine Zigarette aus und schloß kurz die Augen. Schließlich verzog er den Mund, stand auf und verließ das Haus.

Es war Zeit, nach Hause zu fahren.

Mary war, wie üblich, an der Tür. Er gab ihr einen Kuß. Das Gedudel des Plattenspielers, der einen Song aus der Hitliste abspielte, verriet ihm, daß Kate zu Hause war.

»Wo ist Tommy?« fragte er.

»Er ist da.« Sie zog die Schultern ein wenig hoch. »Vorhin war er in seinem Zimmer. Ich glaube, er ist wieder in der Garage.«

Sie hatte den Kindern schon ihr Abendbrot gegeben, selbst aber mit dem Essen gewartet.

»Geh dich waschen, dann essen wir«, sagte sie. »Es gibt Forelle gebacken – wenn du später gekommen wärst, hätte ich sie im Rohr verbrennen lassen müssen.«

»Hätte man den Unterschied gemerkt?« fragte er unschuldig und wich dem spielerisch gemeinten Rippenstoß aus. »Ein paar Minuten, ja?«

Er machte sich auf die Suche nach Tommy und fand seinen Sohn hinter dem Haus, wo er einen Ball an die Garagenmauer kickte.

»Hallo«, sagte Thane. »Wie war's in der Schule?«

»Ach – immer dasselbe.« Tommy lächelte vorsichtig.

»Hat heute abend keiner von deinen Freunden Zeit?« fragte Thane.

Tommy schüttelte den Kopf. Er schien abzuwarten.

»Du überlebst es.« Thane trat den Ball an die Wand, fing ihn ab, schlug beim zweiten Mal daneben. »War mal besser – glaube ich.«

Er ging ins Haus zurück. Tommy sah ihm nach.

Die Forelle war nur außen herum ein wenig trocken. Er unterhielt sich mit Mary über belanglose Dinge, während sie aßen, half ihr hinterher beim Aufräumen und blieb in der Küche, bis sie fertig war. Durch das Fenster konnte er Tommy immer noch Fußball spielen sehen.

»Mary.« Er wartete, bis sie sich umgedreht hatte. Dann wies er mit dem Kopf zum Fenster. »Du hast recht gehabt. Wir haben ein Problem. Kein schweres, wenn wir Glück haben. Aber ich bin noch nicht sicher.«

Sie wurde blaß.

»Sag es mir lieber.«

Thane tat es, ruhig und überlegt, ohne etwas zu verschweigen. Als er fertig war, bemerkte er zum erstenmal, daß sie immer noch ein Spültuch in der Hand hielt. Es war völlig zusammengeknüllt. Sie wandte sich kurz ab, dann richtete sie sich auf.

»Ich bin froh, daß Phil das macht.« Sie schaute zum Fenster hinaus und atmete tief ein. »Und wir – wir tun gar nichts und sagen nichts?«

Thane nickte. Das Telefon schrillte, aber er wußte, daß Kate den Hörer abnehmen würde.

»Bis wir Bescheid bekommen.« Er nahm ihr das Tuch aus der Hand und legte es weg. »Phil weiß, was er tut.«

Sie nickte. Kates Stimme tönte von oben herunter. Der Anruf war für Thane. Er murrte vor sich hin, als er zum Apparat ging.

»Thane?« sagte eine scharfe Stimme. »Mackenzie – Ihre Leute in Edinburgh haben mir Ihre Privatnummer gegeben. Sie können sich vielleicht denken, weshalb ich anrufe.«

»Ja.« Thane war trotzdem überrascht. Er hatte gewußt, daß Schreck-Mac früher oder später auf dem Plan erscheinen würde, aber der hohe Richter hatte keine Zeit verloren. »Sie haben gehört, was mit Barry ist?«

»Ich habe Shona angerufen, wegen der Stiftung. Sie – tja, sie hat genug gesagt.« Lord Mackenzie wählte seine Worte mit Bedacht. »Sie sind der Meinung, daß es keine vernünftigen Zweifel mehr gibt?«

»Fast gar keine«, sagte Thane trocken.

»Verstehe.« Es blieb kurze Zeit still. »Könnte Shonas Position als – äh – Schutzhaft bezeichnet werden?«

»Nur von einem Juristen«, sagte Thane rundheraus. »Aber ich lasse sie nicht allein.«

»Sie haben keinen Grund zu der Vermutung, daß sie in die Sache verwickelt ist?«

»Keinen«, sagte Thane müde. »Wir haben ein Auge auf sie, das ist alles. Haben Sie eine bessere Idee?«

»Ja. Ich könnte sie nach Drum Lodge bringen lassen. Meine Haushälterin ist dort. Sie könnte bleiben, bis die Sache – äh – vorbei ist.«

Thane überlegte. Es war ein vernünftiger Vorschlag, einer, der ihm gefiel.

»Also gut«, sagte er gedehnt. »Meinetwegen. Solange sie einverstanden ist.«

»Fein. Sagen Sie Ihren Leuten, ich habe Verständnis, wenn hier und da bei der Lodge ein Polizeifahrzeug auftaucht.« Er verabschiedete sich und hängte ein.

Der Rest des Abends verging friedlich. Tommy kam herein, um fernzusehen. Er sprach wenig und wirkte ungewohnt sorgenvoll. Schon ziemlich früh ging er schlafen.

»Was hat er denn?« fragte Kate und sah ihrem Bruder stirnrunzelnd nach. »Ist er krank oder was?«

»Nein.« Mary wechselte einen Blick mit Thane. »Hat er zu dir etwas gesagt, Kate?«

»Tut er doch nicht, ist ja'n Junge«, sagte Kate.

Es war unvermeidlich, daß sie wieder darüber sprachen, als Kate zu Bett gegangen war. Danach blieb nichts anderes übrig, als abzuwarten.

Thane schlief in dieser Nacht schlecht. Er war froh, als der Morgen kam, wo alles, wie immer, ganz schnell gehen mußte. Er verließ zusammen mit Kate und Tommy das Haus.

Sein Büro erreichte er kurz vor neun Uhr. Das Wetter war trocken, aber wolkig und kühl, gewissermaßen unentschlossen, wie es weitergehen sollte.

Die über Nacht eingegangenen Berichte blieben im Rahmen des Üblichen. Die Suche nach Peter Barry, Goldie Boyd und den übrigen hatte nichts ergeben, die Mordermittlungen in Glasgow und Edinburgh schleppten sich dahin.

Francey Dunbar und Joe Felix kamen zur gewohnten Zeit. Sandra Craig erschien ein wenig später. Thane sprach kurz mit ihnen, dann wurde er zu Commander Hart gerufen.

»Lesen Sie das«, sagte der Commander und schob ihm ein Fernschreiben hin. »War ein Einfall von mir – wenigstens eine Unklarheit beseitigt.«

Die Mitteilung stammte vom Kriminalarchiv. Man hatte sich mit der kleinen Vorstrafe Peter Barrys befaßt und festgestellt, daß er es abgelehnt hatte, die Geldbuße für seine Teilnahme an der nicht genehmigten Demonstration zu bezahlen. Er war zu dreißig Tagen Haft verurteilt worden.

Mule Pearson hatte genau zur selben Zeit in derselben Anstalt eine Haftstrafe verbüßt.

»Da stammen seine Verbindungen her«, sagte Hart. »Irgendwo mußten sie schließlich zu Goldie Boyd geführt haben.«

Sie diskutierten alles noch einmal durch. Schließlich sprach Hart aus, woran Thane die ganze Zeit dachte.

»Wir können in Wirklichkeit nichts anderes tun, als auf dem Hintern hocken und abwarten, bis es passiert.« Er machte ein finsteres Gesicht und legte die Fingerspitzen aneinander. »Aber wenn es soweit ist, müssen Sie sofort zupacken, hart und schnell. Ob das noch heute, in der kommenden Nacht, morgen oder –« Er zuckte mit den Schultern.

Thane nickte. Das hieß, sie mußten ständig in Bereitschaft sein und alles andere unbeachtet lassen. Diese Art von Warten fiel schwer.

»Und ich wünsche, daß Sie und Ihre Leute bewaffnet sind«, sagte Hart grimmig. »Boyds kleine Armee zögert keinen Augenblick, sich den Weg freizuschießen. Machen Sie das allen klar.«

Er tat es, als er wieder im Bereitschaftsraum war. Sie zeigten sich nicht sonderlich überrascht, aber Joe Felix schnitt eine Grimasse. Sein Geschick im Umgang mit Elektronik wurde wettgemacht durch seine Unfähigkeit, irgendein Ziel auch nur zu streifen.

»Da war ein Anruf für Sie«, sagte Francey Dunbar, als Thane fertig war. Er unterdrückte ein Grinsen. »Schreck-Mac möchte Sie wieder sprechen, im Gericht. Zur Kaffeepause, sagte er.«

Thane zog den Kopf ein. Darauf hätte er gern verzichtet, aber es war nicht klug, einen hohen Richter abzuweisen, auch wenn er sich ungefragt einmischte.

»Sonst noch etwas?« fragte er scharf.

»Hm –« Dunbar hob bedauernd die Hand. »Ich brauche wieder ein bißchen Zeit, wie gestern.« Er sah Thane von der Seite an. »Ich bin erreichbar, wenn Sie mich brauchen. Kein Problem.«

»Ich kann Goldie Boyd ja immer noch bitten zu warten«, meinte Thane sarkastisch. »Muß das heute sein?«

Sein Sergeant nickte.

»Na gut«, sagte Thane widerstrebend. »Aber Sie sind dran, wenn etwas schiefgeht.«

»Danke«, sagte Dunbar ruhig. »Das werde ich mir merken.«

Eine Stunde später, als Thane in die Stadt fuhr, gab es ein kurzes Gewitter. Es zog ab, als er vor dem Gerichtsgebäude hielt, und am Himmel zeigten sich schon wieder blaue Fleckchen.

Wieder hatte Lord Mackenzie den Vorsitz im North-Senat. Thane betrat den Gerichtssaal, fand einen freien Platz in der hintersten Reihe und hörte den monotonen Aussagen zu. Angeklagt waren zwei Männer, die nach einem Streit an einem Samstagabend einen Mann, den sie gar nicht kannten, zu Tode getreten haben sollten. Der Schädel des Toten war als Beweisstück vorgelegt worden, der Zeuge war ein Pathologe, der mit dem Verteidiger Haarspalterei betrieb.

Es war ein Spiel, das die Profis liebten, selbst wenn ein Totenschädel vor ihnen lag. Thane hatte das oft genug gehört, zu oft, um es noch wichtig zu finden. Er blickte zum Richtertisch hinauf und begegnete Mackenzies Blick. Der Richter nickte kaum merklich. Er wirkte beinahe gelangweilt.

Der Pathologe beendete seine Aussage und führte gegenüber dem Verteidiger leicht nach Punkten. Als nächste Zeugin trat eine Bardame auf, aber als sie vereidigt wurde, beugte Lord Mackenzie sich zu seinem Schriftführer hinüber und murmelte etwas.

Die Verhandlung wurde unterbrochen. Man führte die Zeugin hinaus. Ein Gerichtsdiener kam auf Thane zu. Er begleitete ihn zu den Privaträumen an der Rückseite des Gebäudes.

»Setzen Sie sich, Superintendent«, sagte Lord Mackenzie, als sie allein waren. »Dieser verdammte Pathologe – manche finden überhaupt kein Ende mehr.« Der kleine Richter wirkte gereizt. Er hatte seine Perücke abgenommen, trug aber noch die Robe, die sich um ihn bauschte, als er sich im Sessel zurücklehnte.

»Wie geht es Shona?« fragte Thane.

»Sie hat sich ein wenig gefaßt.« Lord Mackenzies Miene wurde ein wenig freundlicher. »Ich habe sie gestern abend natürlich nach Drum Lodge gebracht. Aber es ist ganz unübersehbar ein schwerer Schlag für sie –« Sein Gebiß klickte. »Für uns alle. Mich eingeschlossen. Keine Spur von ihrem Bruder?«

Thane schüttelte den Kopf.

»Das wird kommen. Unausbleiblich.« Mackenzie schüttelte den Kopf. »Haben Sie das Motiv bedacht?«

»Sir?« Thane zog eine Braue hoch.

»Nicht bei den Leuten, mit denen er sich zusammengetan hat«, sagte Mackenzie beinahe ungeduldig. »Bei Barry.«

Thane zog die Schultern hoch.

»Geld – das ist naheliegend.«

»Nebenher zwei Morde. Ich habe davon gehört.« Mackenzie zog die Brauen zusammen. »Ich habe gestern abend mit dem Mädchen gesprochen – vor allem, weil sie es wollte. Vielleicht kann ich Ihnen ein Motiv nennen, Superintendent. Eines, das Sie vielleicht überrascht.«

»Ich höre.«

»Auf einen ganz gewöhnlichen Bürger?« Der Richter grinste spöttisch. »Sie sprach von Barrys ›Geschäftsreisen‹. Wie oft er es geschafft hat, für die Ransom-Stiftung tätig zu werden, während er unterwegs war.«

»Unter anderem«, murmelte Thane.

»Gewiß.« Mackenzie war von der Unterbrechung nicht erbaut. »Ich habe mir hinterher aber die Bücher der Stiftung angesehen. Im Lauf des letzten halben Jahres fällt etwas auf: eine erstaunliche Zahl von anonymen Barspenden. Große Spenden, Superintendent – direkt an unseren Schatzmeister überwiesen, kein Brief dazu, keine Erklärung.« Er legte eine kurze Pause ein. »Ich habe die Daten nachgeprüft. Die Beiträge trafen zumeist etwa zwei Wochen nach den Raubüberfällen ein.«

Thane starrte ihn an.

»Wissen Sie, was Sie damit sagen?«

Mackenzie nickte.

Es kam nicht oft vor, daß Thane sprachlos war, aber es fiel ihm schwer, mit dieser Neuigkeit zurechtzukommen.

»Zwei Morde und all das andere?« Er verbarg seinen Zynismus nicht. »Warum nicht Kaffeekränzchen?«

»Wohltätigkeit braucht Geld«, sagte Mackenzie düster. »Es gibt so etwas wie Inflation, Superintendent. Man kann sich da die Finger wundarbeiten und doch zurückfallen – wie es bei der Ransom-Stiftung der Fall war.« Er schob die schmalen Lippen vor. »Peter Barry geht durch das Leben mit einer Schwester, die an den Rollstuhl gefesselt ist, weil die Medizin noch nicht weit genug war, ihr zu helfen. Er hat sich schon immer für die gute Sache eingesetzt.«

»Ich soll Ihnen abnehmen, daß er Robin Hood mit Computer ist?« Thane schüttelte den Kopf. Er wollte das weder glauben, noch rundweg ablehnen. »Selbst wenn man unterstellt, daß es so wäre –«

»Würde das an Ihrer Aufgabe nichts ändern«, murmelte Mackenzie. Er stand auf, trat an einen Bücherschrank und fuhr mit dem Finger an den Bänden entlang. »Sie werden ihn finden, festnehmen und vor Gericht bringen – nicht vor das meine. Ich bin nicht beteiligt. Aber Motive spielen eine Rolle.«

Thane sah ihn verschlossen an. Der Richter drehte den Kopf, betrachtete ihn und schien ihn zu verstehen.

»Nein, Sie irren sich«, sagte er leise. »Wenn Barry schuldig ist, dann verdient er ein gerechtes Verfahren – nicht mehr, nicht weniger, kein Entgegenkommen.« Der kleine Mann, den viele Menschen fürchteten, sah Thane prüfend an. »Vor langer Zeit hat ein gelehrter schottischer Richter das so ausgedrückt: Ein Mensch kann sehr böse sein, ohne den Verstand verloren zu haben, sagte er. Ich halte das Gegenteil für ebenso möglich, und es gibt auch einen Bereich dazwischen.« Er streckte plötzlich die Hand aus und lächelte unerwartet. »Das ist alles, Superintendent. Viel Glück.«

Thane stand auf und drückte ihm die Hand, dann ging er.

Er hatte eine Seite von Lord Mackenzie gesehen, die wohl nicht vielen Menschen bekannt war. Und Einblick in die Einsamkeit gewonnen, die Männer wie ihn umgab.

Vielleicht würde das auch auf ihn selbst mäßigend wirken. Er war nicht so sicher.

Viel hatte sich nicht verändert, als er zurückkam. Im Bereitschaftsraum waren von einer der Wandkarten Stecknadeln entfernt worden. Eine Ermittlungsaktion im Nordosten war abgeschlossen. Abgesehen von zwei Fehlalarmen, wonach Goldie Boyd gesichtet worden sei, hatte sich jedoch nichts getan.

Die Zeit verging quälend langsam. Nach ungefähr einer Stunde kam Francey Dunbar von seinem Privatausflug zurück. Ein wenig später erhielt Sandra einen Anruf und erklärte anschließend, sie gehe zum Mittagessen. Sie hinterließ die Rufnummer des Lokals. Thane zog die Brauen hoch, als er den Namen las.

Um ein Uhr hatte Joe Felix das Gerät auf seinem Schreibtisch repariert. Er verließ zusammen mit Francey Dunbar das Gebäude. Sie brachten Kaffee und belegte Brote mit.

Thane teilte das Essen mit ihnen. Als er fertig war, kam Maggie Fyffe mit einem Wust von Unterlagen und kippte die Papiere auf seinen Schreibtisch.

»Sie haben doch sonst nichts zu tun, oder?« sagte sie spitz.

Es war beinahe eine Erleichterung, sich damit zu befassen, denn jede Unterbrechung war willkommen.

Er trat ans Fenster, als er ein Auto kommen hörte. Es war ein weißer MG, einen, den er noch nie gesehen hatte. Er sah belustigt zu, als Ed Sarraut auf der Fahrerseite ausstieg, um das Auto herumging und die Beifahrertür öffnete. Sandra stieg aus dem Wagen. Sie bemerkte Thane am Fenster, winkte ihm zu und wandte sich an den bärtigen amerikanischen Kunsthändler, um sich mit ihm zu unterhalten.

Thane kehrte an seinen Schreibtisch zurück. Nach zwei Minuten hörte er den MG davonfahren, kurz darauf kam Sandra in sein Arbeitszimmer, immer noch lächelnd.

»Gutes Mittagessen?« fragte er.

»Ideal.« Ihre Augen glänzten. »Habe ich hier etwas versäumt, Sir?«

»Arbeit oder Essen?« Er schüttelte den Kopf. Dann bemerkte er an ihrem Handgelenk ein schmales Jade-Armband. »Hat er das mitgebracht?«

»Ja.« Sie drehte an dem Armreif. »Gefällt es Ihnen?«

»Ich möchte zu gern wissen, was es kostet.« Thane legte die Spesenabrechnungen weg, die er nachgeprüft hatte. »Sehen Sie ihn wieder?«

Sie nickte.

»Bevor er heimfliegt. Und er sagt, er kommt zum Wanderzirkus der Stiftung wieder.«

Thane zog die Brauen zusammen.

»Hat er gefragt –«

»Nicht nach Peter Barry.« Sie schüttelte den Kopf. »Und ich habe ihm nichts gesagt.«

»Dabei soll es auch bleiben.« Er sah sie an und unterdrückte ein Lächeln. »Hat er irgend etwas erwähnt – was hier von Belang wäre, meine ich?«

Das war nicht der Fall gewesen. Thane ließ sie gehen.

Er bearbeitete die restlichen Unterlagen, trug sie zu Maggie Fyffe zurück und luchste ihr eine Tasse Kaffee ab. Er betrat sein Büro, als das Telefon läutete.

Es war Phil Moss.

»Neuigkeiten für dich«, sagte Moss knapp. »Wir haben zwei ganz bestimmte junge Burschen festgenommen, denen eine Reihe von Autodiebstählen zur Last gelegt wird. Sie reden. Sie geben zu, daß sie ein paar Jungen aus Tommys Schule als Werkzeuge benützt haben.«

Thane biß sich auf die Unterlippe.

»Und Tommy?«

»Sagen wir, er dürfte ein paar Freunde vermissen«, gab Moss zurück. »Wir haben in der Mittagspause vier von der Schule geholt – darunter Andy Lyall.«

»Phil –« Thanes Geduld war überfordert.

»Nicht Tommy«, erwiderte Moss beruhigend. »Er gehörte zu den Jungen, die sie unter Druck setzten und zu bestimmten Hilfstätigkeiten zwangen – etwa, diese Schlüssel zu verstecken.« Er lachte leise in sich hinein. »Jeder glaubte, er sei der einzige, mit dem man so umsprang. Jetzt wissen sie es besser.«

»Danke, Phil.« Thanes Stimme klang heiser. Er hatte nur noch eine Sorge. »Da war der Filzerschlüssel –«

»Marys Gabel?« sagte Moss gelassen. »Freund Andy hat so etwas benützt. Tommy räumt ein, daß er einen angefertigt hat, behauptet aber, er hätte ihn nie benützt. Ich glaube ihm. Und nun tu' mir einen Gefallen. Mach es ihm leicht. Gib dich als verständnisvoller Vater, ja?«

»Einverstanden«, sagte Thane mit Nachdruck. »Komm bald wieder zum Essen, Phil.« Er legte auf und schaute auf die Uhr. Tommy mochte von der Schule schon zu Hause sein, aber vielleicht erwischte er zuerst Mary. Seine Finger waren ein wenig unsicher, als er seine Rufnummer wählte.

Mary meldete sich. Er kam kaum zu Wort.

»Ich weiß schon.« Er wußte nicht, ob sie lachte oder weinte. »Er ist zu Hause. Er hat mir alles erzählt.« Sie verstummte kurz. »Er will mit dir reden. Und – na ja, er hat ein blaues Auge, die Lippe ist aufgeplatzt, die Fingerknöchel sind abgeschürft, aber das einzige, was ihm Sorgen macht, ist, was du sagen wirst.«

Es blieb kurze Zeit still.

»Paps?« klang es zögernd aus der Muschel.

»Im Krieg gewesen?« fragte Thane gelassen.

»Hab' nur was bereinigt.« Tommy zögerte. »Paps, ich –«

»Na?« Thane grinste vor sich hin.

»Es tut mir leid.«

»Das genügt schon. Sauberer Kampf oder mit Haken und Ösen?«

»Mit Haken und Ösen.« Die junge Stimme klang ein wenig stolz.

»Ich hab' mich gehalten.«

»Sauber oder nicht, ich bring' dir ein paar Raffinessen bei«, erklärte Thane. »Nur für den Fall, daß so etwas noch mal vorkommt.«

Dann meldete Mary sich wieder.

»Kannst du heimkommen?« fragte sie.

Er zögerte. Daß er eigentlich zu Hause sein sollte, war ihm klar, aber er hatte eine gewisse Ahnung, was den bevorstehenden Abend betraf. Darüber konnte er nicht hinweggehen.

»Ich komme zurecht«, sagte Mary. Sein Schweigen war Antwort genug. Sie schien damit gerechnet zu haben. »Tommy ist ja hier.«

»Richtig«, sagte Thane. Er verabschiedete sich und legte auf.

Colin Thane war nicht der einzige bei der Crime Squad, der sich seine Gedanken über den bevorstehenden Abend und die Nacht machte.

Abgesehen von der normalen Schichteinteilung wurde niemand angewiesen, im Dienst zu bleiben. Aber viele taten es trotzdem. Andere kamen und gingen mit vagen Ausreden. Sein eigenes Team versammelte sich in Thanes Büro. Francey Dunbar unternahm wieder einen seiner geheimnisvollen Ausflüge und kam mit einem zusammengerollten Schlafsack und einem tragbaren Fernsehapparat wieder. Joe Felix und Sandra besorgten in einem nahen chinesischen Restaurant so viel zu essen, daß es für eine ganze Kompanie gereicht hätte.

Commander Hart war auch einer von denen, die nicht nach Hause fuhren. Maggie Fyffe ging zwar zur gewohnten Zeit, kam aber am späten Abend wieder. Ab halb elf Uhr konnte jeder, der Bedarf hatte, bei ihr frischgekochten Kaffee bekommen.

Ab und zu läutete ein Telefon. Jedesmal wurde es ganz still, bis der Angerufene den Hörer auflegte.

Als die Zeiger der Uhr auf Mitternacht zugingen, gaben jedoch einige auf und verließen das Haus. Nach zwölf Uhr begann sich sogar Thane zu fragen, ob sie nicht die Klügeren gewesen waren.

Um ein Uhr gingen ihm die Zigaretten aus. Er borgte sich bei Maggie Fyffe ein Päckchen.

Drei Minuten später kam wieder ein Anruf. Hart nahm ihn an, weil er neben dem Apparat stand.

Sie sahen, wie er sich plötzlich aufrichtete. Er stellte ein paar Fragen, legte auf, sah Thane an und nickte.

»Es geht los.« Das Gesicht des Commanders war ausdruckslos. »Ein Container-Lastzug ist vor dem Flughafen Prestwick überfallen und entführt worden. Fahrer und Wachmann wurden niedergeschlagen und in einen Graben geworfen, ein dritter Mann wurde niedergeschossen.«

»Ein Lastzug?« Thane starrte ihn an. »Aber –«

»Ein Lastzug«, sagte Hart dumpf. »Fahren Sie hin. Er beförderte Antiquitäten im Wert von zwei Millionen Dollar, wie die Flughafenpolizei mitteilt. Die Antiquitäten waren auf dem Weg nach New York. Fragen Sie mich nicht, warum, oder wo sie herkamen.«

»Zwei Millionen –« Francey Dunbar schluckte. »Wieviel ist das in unserem Geld?«

»Genug«, sagte Thane tonlos.

Hart nickte.

Eines schien festzustehen. Peter Barry und Goldie Boyd hatten ihren großen Coup gelandet.

Bis zum Internationalen Flughafen Prestwick waren es zweiund-
dreißig Meilen, zumeist auf einer autobahnähnlichen Fernstraße.
Drei Autos voll Beamten der Crime Squad legten die Strecke in
dreiundzwanzig Minuten zurück, ein kleiner Konvoi, der durch die
dunkle, windige Nacht jagte.

Colin Thane saß im ersten Wagen, den Francey Dunbar steuerte.
Sie überholten ein paar Zeitungslaster, die um diese Zeit schon unterwegs waren. Ab und zu kam ihnen ein Flughafenbus entgegen, in
dem müde wirkende Flugreisende saßen. Zu dieser Stunde war abgesehen davon aber nur vereinzelt ein Auto unterwegs, auf der
Rückfahrt von einer Party, der Fahrer vermutlich angetrunken.

Thanes Funkgerät verbreitete unterwegs ein paarmal Mitteilun-
gen. Commander Hart hatte am »Kleebatt Monkton«, nah beim
Flughafen, einen Treffpunkt vereinbart.

Ein Fahrzeug der Landpolizei wartete an der Ausfahrt. Das blaue
Blinklicht auf dem Dach zuckte wie ein Leuchtfeuer vor den Lich-
terschleiern des Flughafens. Dahinter breitete sich Schwärze aus –
das Meer.

Der Konvoi hielt. Von dem anderen Fahrzeug eilte eine uniformierte Gestalt herüber. Thane kurbelte sein Fenster herunter. Der
Mann steckte den Kopf herein.

»Chefinspektor Williamson, Sir«, sagte er kurz. Sein Gesicht
wirkte angespannt. »Das war ungefähr eine Meile von hier.«

»Sie fahren voraus«, sagte Thane.

Williamson kehrte zu seinem Wagen zurück, und der Konvoi
setzte sich wieder in Bewegung, fuhr hinter dem blauen Blinklicht
her.

Zunächst blieben sie auf der Umgehungsstraße, die um den Flughafen herumführte, dann bogen sie ab auf eine Nebenstraße, die
unmittelbar auf die Lichter der Rollbahnen zuzuführen schien.
Plötzlich kam jedoch eine scharfe Kehre – und als sie durch die
Kurve fuhren, sah Thane Polizeifahrzeuge an einem Parkplatz vor
sich.

Die Kolonne hielt. Thane stieg aus. Hinter sich hörte er Türen klappen. Er ging zu Williamson und schaute sich dabei rasch um.

Gesäumt von jungen Bäumen, ausgestattet mit Mülltonnen aus Beton, war der Parkplatz mit gelbem Rollband abgesperrt worden. Hinter der Absperrung, nah bei den Bäumen, stand ein weißer Sportwagen, die Fahrertür halb geöffnet, ohne Licht.

Er kannte das Auto. Wenn er noch eine Bestätigung gebraucht hätte, kam sie von Sandra Craig, die entsetzt aufstöhnte.

»Ed Sarrauts Auto?« fragte er.

Sie nickte, die Lippen zusammengepreßt. Er wandte sich an Williamson und wies auf den weißen MG.

»Was ist mit dem Fahrer?«

Der Inspektor schnitt eine Grimasse.

»Von zwei Schüssen getroffen – Schulter und Brustkorb.« Er sah Sandra kurz an. »Auf seinem Führerschein steht der Name Sarraut. Wir haben ihn ins Krankenhaus gebracht. Er wird eben operiert. Hat 'ne Chance.«

»Und die beiden anderen?« fragte Thane.

Er mußte auf die Antwort warten, weil ein großer Transatlantik-Jet über sie hinwegdonnerte. Er setzte mit kreischenden Reifen auf, und die Luft erzitterte, als der Umkehrschub einsetzte, um die schwere Maschine abzubremsen.

»Der Fahrer und sein Beifahrer –« Williamson schrie zunächst, senkte aber die Stimme, als der Lärm der Düsen verebbte »– denen fehlt nichts. Niedergeschlagen und gefesselt.«

Er zeigte auf die Beamten, die auf Spurensuche waren. »Eine unserer Streifen bemerkte den MG und wollte nachsehen. Der Mann, den man niedergeschossen hatte, lag neben dem Fahrzeug, die beiden anderen hatte man bei den Müllbehältern abgeladen.«

»Haben Sie jemand ins Krankenhaus mitgeschickt für Sarraut?« Williamson nickte.

Die Nacht war kalt. Thane schob die Hände in die Taschen und stieg über die Absperrung. Er erreichte den MG zugleich mit einem Polizeifotografen. Der Mann grinste schief und trat zur Seite.

Von den anderen Fahrzeugen kam genug Licht, so daß er das Innere sehen konnte. Auf dem Beifahrersitz lag eine offene Schachtel Pralinen; von der oberen Lage fehlten ein paar.

Der Zündschlüssel steckte noch, die Handbremse war angezogen, der Gangknüppel auf den Leergang geschaltet.

»Haben Sie das gesehen?« fragte Williamson, als er sich aufrichtete. Der uniformierte Inspektor wies auf ein kleines Loch in der Karosserie des MG neben der Fahrertür. »Der Lastzugfahrer und sein Kollege haben drei Schüsse gehört – das da ist wohl der Fehlschuß.« Er zog die Schultern hoch. »Wir fahndeten nach dem Lastzug – ein großer Volvo-Sattelschlepper mit Anhänger. Aber die Kerle hatten mindestens eineinhalb Stunden Vorsprung, bevor wir überhaupt davon erfuhren, so daß –« Er verstummte.

»Wie sieht es aus?« fragte Thane.

»Gemischt«, räumte Williamson ein.

»Nur heraus damit«, sagte Thane grimmig. Hinter ihnen wurde das ganze Gelände mit Stablampen abgesucht. Einige Polizisten legten Plastikhüllen über Reifenspuren. »Mich kann nichts mehr erschüttern.«

»Der Lastzug hielt das letzte Mal in Edinburgh –«

»Das letzte Mal?«

Williamson nickte.

»Wir haben eine Liste. Sie hatten Antiquitäten, in Kisten verpackt, an verschiedenen Stellen abgeholt, angefangen in Aberdeen. Verschiedene Händler, aber alles unterwegs in die Staaten.«

Thane verdrehte die Augen. Er hatte endlich begriffen, was geschehen war.

»Und in Edinburgh?«

»Man verlud die Sachen von Sarraut. Er sagte, er wolle ihnen bis Prestwick nachfahren und die Verladung selbst überwachen.« Williamson brach ab, als ein Sergeant herankam. Sie sprachen leise miteinander, dann wandte Williamson sich wieder an Thane. »Das hat er dann auch getan – sich ihnen angeschlossen, meine ich. Sie wurden nicht weit vom »Kleeblatt« angehalten, dem Anschein nach von einem Polizeiauto, ungefähr dort, wo ich Sie abgeholt habe.«

»Und die Männer im Wagen trugen Polizeiuniformen?« sagte Thane tonlos. Er dachte an den Überfall auf Drum Lodge. »Guten Abend, bitte folgen Sie mir?«

Williamson nickte bedrückt.

»Man sprach von einer Umleitung wegen Straßenschäden. Sie wären hergeschickt worden, um den Lastzug auf Umwegen zum

Frachtabfertigungsgebäude zu lotsen.« Er kratzte sich an der Brust und machte ein finsteres Gesicht. »Als der Lastzug hier ankam, wurde er wieder gestoppt. Die anderen Kerle überfielen die Fahrer.«

»Und Sarraut?«

»Er hielt hinter ihnen, sie hörten die Schüsse, wie ich schon sagte«, wiederholte Williamson geduldig. »Vermutlich wollte er den Helden spielen. Ich halte es eher mit dem Fernfahrer. Man rammte ihm eine abgesägte Schrotflinte in die Rippen, und er entschied sich dafür, sein Pensionsalter gesund zu erreichen.«

Thane verzog den Mund.

»Hat sie niemand am Flughafen vermißt?«

»Nein. Die Fluggesellschaft wußte, daß der Lastzug unterwegs war, aber die Frachtmaschine startet erst, wenn es hell wird – und außerdem macht die Nachtschicht um Mitternacht Pause.«

Sie gingen gemeinsam das Gelände ab. Die Beamten der Crime Squad hatten sich den anderen Polizisten angeschlossen und halfen mit, wo es ging. In erster Linie suchte man jeden Quadratzentimeter Boden mit den Lampen ab. Zwei bedauernswerte Polizisten hatten den Auftrag erhalten, die Abfalltonnen zu leeren.

Am Rand des geteerten Parkstreifens sah man tiefe Reifenspuren, nahebei weniger auffällige, die von dem falschen Polizeiauto stammen mochten. Sicher war auch das nicht. Im weichen Boden zwischen den Bäumen hatte man immerhin einige Fußabdrücke und offenbar frische Zigarettenstummel entdeckt.

»Sergeant Dunbar –« Thane wartete, bis der Sergeant herüberkam. »Sagen Sie Felix, er soll Sandra zum Krankenhaus hinüberbringen. Sie sollen an Sarrauts Bett sitzen, sobald er aus der Narkose erwacht. Vielleicht erfahren sie etwas von ihm.«

»Wenigstens Sandra«, meinte Dunbar.

»Falls er zu sich kommt«, warf Williamson ein. »Garantiert ist das nicht.«

»Aber wenn –« Thane kaute an seiner Unterlippe und berührte Dunbar am Arm. »Machen Sie Joe lieber darauf aufmerksam, daß es vielleicht keine zweite Gelegenheit geben wird.«

»Joe warnen, nicht Sandra.« Francey Dunbar nickte ausdruckslos. »Und wir anderen, Sir?«

»Lassen Sie einen Wagen hier. Die Leute sollen mithelfen. Die anderen fangen im Flughafen an. Bleiben Sie bei ihnen, Francey. Wir wollen Bescheid wissen über alle fremden Personen im Bereich der Frachtabfertigung, über alles aus dem Rahmen Fallende.«

»Und Sie?« fragte Dunbar ein wenig unzufrieden.

»Ich spreche mit jemand über diesen Frachtflug«, sagte Thane leise.

Über den Flug und den Lastzug voll Antiquitäten.

Zwei Millionen Dollar, nicht viel weniger als eine Million Pfund Sterling, waren durch die Dunkelheit zum Flughafen gerollt. Ohne richtige Begleitung, ohne Vorwarnung für die Polizei. Er wollte den Grund wissen.

»Routine, Superintendent. Glatte Routine«, wandte der kleine Mann mindestens zum dritten Mal ein. »Die Fracht wird hier angeliefert, wir schaffen sie mit einer Maschine fort, klar?«

George Markson war Stationschef der Globe-West-Air im Flughafen Prestwick und offenbar weit eher daran gewöhnt, Anweisungen zu erteilen, als sie zu erhalten – falls sie nicht aus einem Fernschreiber ratterten. Man hatte ihn jedoch aus dem Bett geholt und mit einem Polizeifahrzeug hierhergebracht. Er war vernünftig genug gewesen, die Einladung anzunehmen.

Noch immer verschlafen, in dem dicken Wollpullover, den er über dem Hemd trug, beinahe untergehend, saß er in seinem Büro im Frachtgebäude und hielt eine Tasse Kaffee in den Händen. Er gab sich alle Mühe, seine Würde zu wahren, und funkelte Thane und Williamson an.

»Das war also kein besonderer Flug?« fragte Thane noch einmal.

»Eine unserer ganz normalen DC-8-Frachtmaschinen auf der Strecke Prestwick-New York«, sagte Markson mißmutig. »Gemischte Fracht, alles, was daherkommt und legal ist.«

»Antiquitäten im Wert von zwei Millionen Dollar«, murmelte Chefinspektor Williamson. »Das ist normal?«

»Wir befördern manchmal Goldbarren. Vorige Woche war es ein Rennpferd.« Markson gähnte die Frachtliste auf dem Schreibtisch an. »Wir haben einen Lastzug mit vierzehn Kisten erwartet, Gesamtgewicht um die drei Tonnen. Sie sollten nach Boston, Chicago und Los Angeles gehen.«

Thane rieb sich die Stirn. Ein dumpfer Kopfschmerz machte sich bemerkbar. Das Büro des Stationschefs war überheizt und muffig, irgendwo in der Nähe ließ eine Düsenmaschine die Motoren warmlaufen, und Marksons Einstellung war keine große Hilfe.

Aber das Bild fügte sich endlich zusammen. Er hatte bereits mit dem Fernfahrer und seinem Kollegen gesprochen, die nicht nur durch die Schläge, die sie eingesteckt hatten, geknickt waren. Sie hießen Collins und Ritchie, arbeiteten bei der Spezialfracht-Spedition Gordon-Vreit, und hatten die in Kisten verpackten Antiquitäten auf der Strecke von Aberdeen über Dundee, Perth und schließlich zweimal in Edinburgh eingesammelt.

Auch für sie war das Routine gewesen. Bei Gordon-Vreit kam alle sechs Wochen eine Fahrt mit Antiquitäten zustande. Die Abholadressen mochten sich ändern, aber die Fahrt endete stets am Frachtdepot von Globe-West-Air im Flughafen Prestwick. Der Wert ging sie nichts an. Wenn sie vierzehn Kisten abzuholen hatten, dann war damit der Fall für sie erledigt.

Der Name Ed Sarraut hatte zum ersten Mal auf ihrer Liste gestanden. Aber zu der Entführung konnten sie nicht mehr sagen, als sie schon bei Williamson angegeben hatten. Selbst ihre Beschreibung der falschen Polizisten war vage.

Thane seufzte und beugte sich vor. Er konnte es nur immer wieder von neuem versuchen.

»Sie müssen doch irgenwelche Angaben über den Inhalt der Kisten haben«, sagte er zu Markson. »Wer bucht den Frachtraum bei Ihnen?«

»Das machen Gordon-Vreit direkt.« Markson blätterte widerwillig in seinen Unterlagen. »Sie kümmern sich auch um die Versicherung –«

»Welche Gesellschaft?«

Markson zog die Schultern hoch.

»North British General – das bleibt stets gleich und geht ganz automatisch. Gordon-Vreit gehört ihnen zu hundert Prozent.«

Thane schwieg. Er kannte die Gesellschaft. Er war privat selbst dort Kunde, aber die Versicherung hatte nicht zu den Unternehmen gehört, die von den bisherigen Diebstählen betroffen gewesen waren. Das konnte kein Zufall sein. Es mußte bedeuten, daß Peter Barry es bislang bewußt vermieden hatte, sie miteinzubeziehen.

»Da ist es.« Markson hatte einige Blätter gefunden, dicht betippt. »Wir bekommen das von Gordon-Vreit, eine allgemeine Aufstellung dessen, was angeliefert wird.« Er fuhr mit dem Finger auf der Liste entlang, blätterte weiter. »Meißener Porzellanfiguren, chinesisches Porzellan, Silbergeschirr, Goldgeschirr, Schmuck, viktorianisch, Miniaturen, Kristall, Tazzen mit Juwelen –« Er hob den Kopf. »Was ist denn das?«

Thane sah Williamson an. Sie schüttelten beide die Köpfe.

»Jedenfalls teuer. Zwei Stück, je zwanzigtausend Dollar.« Markson ging die Liste weiter durch und gab schließlich auf.

»Jedenfalls ist das nicht die Sorge von Globe-West. Nicht, wenn die Ware uns nicht erreicht hat.«

»Freut mich für Sie«, sagte Thane bissig.

»Danke.« Der Stationschef nickte ungerührt und schob die Liste über den Schreibtisch. »Nehmen Sie, wenn Sie wollen – uns nützt sie nichts mehr.« Er stand auf und gähnte wieder.

»Wenn sonst nichts ist, was nicht Zeit hat, kann ich dann wieder in mein Bett?«

Sie ließen ihn gehen.

Man fand den Volvo-Sattelzug leer und verlassen bald nach dem Morgengrauen. Ein Bauer bei Kirkconnel, einem Ort in Dumfriesshire, dreißig Meilen hinter der Landkreisgrenze, wollte seine Kühe zum Melken hereinholen und fand die Straße zwischen seinem Hof und der Weide von dem großen Lastzug versperrt.

Er rief die Polizeistation in Kirkconnel an, um sich zu beschweren. Er nannte dem schläfrigen Polizisten am Telefon das Kennzeichen des Fahrzeugs. Unrasiert, noch nicht ganz angekleidet, war der Polizist in zehn Minuten an Ort und Stelle, dann hetzte er zu seinem Funkgerät im Wagen.

Colin Thane traf eine Stunde später ein. Francey Dunbar und Joe Felix saßen bei ihm im Wagen. Chefinspektor Williamson und ein paar seiner Leute folgten ihnen in einem anderen.

Ein Sergeant aus Dumfriesshire salutierte stramm, als sie ausstiegen und auf der schmalen, von Schlaglöchern übersäten Landstraße herankamen. Der Dorfpolizist, immer noch unrasiert, wartete im Hintergrund mit dem Rest seiner Kollegen, die er eilends herbeigetrommelt hatte.

»Wo ist der Bauer?« fragte Thane.

»Beim Melken, Sir.« Der Sergeant grinste schief. »Er führte sich auf wie ein Wilder, bis wir ihm halfen, seine Tiere über eine andere Wiese heimzutreiben.« Er sah Thanes Frage kommen und schüttelte den Kopf. »Er hat nichts gehört und nichts gesehen.«

Thane nickte. Er starrte den staubigen Lastzug eine Weile an. Der Sattelschlepper war schwarz und weiß lackiert, der lange Container-Anhänger mattgrau. Die Hecktüren standen offen, das Innere gähnte leer.

Er hatte, als der Anruf gekommen war, auf einem geliehenen Feldbett im Büro der Flughafenpolizei zwei Stunden geschlafen. Auch seine Leute hatten sich hingelegt.

Seit sie zu dem Schluß gekommen waren, daß am Frachtterminal nichts mehr zu erreichen sei, war nur eine Sache von Bedeutung geschehen. Ed Sarraut hatte die Operation überlebt. Die Chirurgen holten zwei 38er-Geschosse aus ihm heraus. Er war aus der Narkose noch nicht erwacht – aber er schwebte nicht mehr in Lebensgefahr. Sandra Craig war noch im Krankenhaus und wartete. Joe Felix war zurückgekommen, abgelöst von einem Kollegen.

»Sehen wir uns alles an?« fragte Francey Dunbar ungeduldig.

Thane warf einen Blick auf Williamson.

»Wann kommt Ihre Spurensicherung?«

»Das dauert höchstens eine halbe Stunde«, gab der Chefinspektor zurück. »Sie sind schon unterwegs, Sir.«

»Wir sind vorsichtig«, versprach Thane. Er ging voran und bestieg den leeren Trailer. Der Metallboden war schmutzig, bestreut mit Sägespänen und Stroh. Er bückte sich, als er etwas glänzen sah. Es war das Vorhängeschloß für die Hecktüren. Man hatte den dikken Metallbolzen durchgesägt.

Er stieg achselzuckend hinaus, ging zum Sattelschlepper und öffnete die Fahrertür mit dem Taschentuch. Im Führerhaus hing ein Hündchen als Talisman vom Rückspiegel. Im Türfach auf der Beifahrerseite steckte eine Thermosflasche.

Thane stieg hinauf, setzte sich ans Steuer, ohne es zu berühren, und starrte das Armaturenbrett finster an. Er zog die Brauen zusammen und befaßte sich genauer mit den zwei Anzeigeskalen.

»Was gefunden?« fragte Dunbar, der aufs Trittbrett gestiegen war.

»Vielleicht.« Mehr wollte Thane nicht sagen. »Holen Sie Joe.«

Dunbar zog eine Braue hoch, nickte aber und sprang hinunter. Kurz danach nahm Joe Felix seinen Platz ein.

»Ihr Gebiet«, sagte Thane knapp. Er wies auf die beiden Instrumente. »Was ist das?«

»Äh –« Felix blinzelte. »Tacho und Fahrtenschreiber, Chef – bei solchen Riesenkästen vorgeschrieben.«

»Gut.« Thane schob die Lippen vor. »Und ein Fahrtenschreiber tut was?«

»Das Gerät zeigt an, was ein einzelner Fahrer unterwegs gemacht hat.« Felix sah ihn ein wenig verwirrt an. »Wie lange er gefahren ist Ruhezeiten, Geschwindigkeiten auf der Fahrt und –« Seine Stimme verklang, als ihm ein Licht aufging.

»Und zeichnet alles auf«, sagte Thane leise. »Auf den Blättern ist es abzulesen – fast wie bei einer Landkarte, wenn jemand es so sehen will.«

Felix biß sich auf die Unterlippe, dann nickte er.

»Wäre zu machen. Nicht einfach, aber – rücken Sie mal, ja?«

Thane rutschte auf den Beifahrersitz, und Felix nahm seinen Platz hinter dem Lenkrad ein. Er starrte eine Weile auf den Fahrtenschreiber, dann zog er ein kleines Taschenmesser heraus, löste einen Verschluß, klappte einen Hebel um, und die Vorderseite des Geräts ließ sich öffnen.

»Das hier wollten Sie.« Felix griff hinein und zog eine Papierscheibe heraus. In der Mitte befand sich ein rundes Loch, umgeben von konzentrischen Ringen. Auf jedem Ring war in Zacken und Linien von der Fahrtenschreibernadel der Fahrtverlauf eingeritzt. Er starrte die Scheibe an. »Bei manchem ist es ja ganz einfach.«

»Nämlich?«

»Diese Grundlinien hier.« Felix zeigte auf eine Stelle. »Da stand das Fahrzeug eine Weile. Beim nächsten Ring kann man die Zeit erkennen – das läuft alles auf einen 24-Stunden-Rhythmus hinaus, auch wenn das Fahrzeug steht.« Er schaute genauer hin. »Danach ist der Zug hier gegen halbzwei Uhr abgestellt worden. Wenn man zurückgeht, hat er gegen Mitternacht eine halbe Stunde gestanden –«

»Als er entladen wurde«, sagte Thane.

Felix nickte. Er fuhr mit dem Finger rund um die Scheibe.

»Und da ist er auf dem Parkplatz überfallen worden.« Er wurde gesprächiger. »Es gibt drei Anzeiger, die Entfernung, Geschwindigkeit und Fahrweise registrieren, in erster Linie vom Getriebe her.«

»Können Sie erkennen, wo der Zug gewesen ist?« unterbrach ihn Thane. »Darauf kommt es an.«

»Ja, aber nur mühsam – indem man feststellt, wo er nicht gewesen ist.« Felix sog an seinen Zähnen. »Wo eine gleichmäßige Geschwindigkeit erkennbar ist, war der Fahrer auf einer Hauptstraße unterwegs. Wenn viele Zacken auftreten, mußte er an einer Kreuzung halten oder vor einer engen Kurve zumindest herunterschalten. Wir bringen alles mit Zeit und Entfernung in Übereinstimmung, versuchen auf einer guten Karte zurückzurechnen –« Er verstummte grinsend. »Geben Sie mir Zeit, Landkarten und eine Lupe, dann mache ich das.«

»Genau?« fragte Thane.

»Ziemlich genau«, gab Felix zurück. »Die Apparate registrieren so ziemlich alles, nur nicht, wenn der Fahrer sich schneuzt.« Er sah Thanes zweifelndes Gesicht. »Im Ernst. Ein richtiger Fachmann könnte Ihnen vielleicht auch noch sagen, wie auf einer oft befahrenen Strecke das Wetter war.«

»Das Wetter kennen wir«, sagte Thane grimmig. »Und wie stellt man fest, wo das Fahrzeug war?«

»Das erfordert eben Zeit«, erwiderte Felix geduldig. »Angenommen, die Auswertung zeigt, daß der Zug gehalten hat, nachdem er hundert Meter weit gefahren war – und wir können sogar noch genauer sein. Wir gehen zurück zu einem Zacken, der ein Anhalten oder Herunterschalten an einer Straßenkreuzung anzeigt. Wir finden die Kreuzung, fein. Aber der Zug hätte an diesem Punkt aus zwei verschiedenen Richtungen kommen können, ja? Und die vorher ohne Schalten zurückgelegte Strecke betrug dreihundert Meter –«

»Sie gehen also wieder zurück.« Thane nickte verständnisvoll.

»Sie vermessen umgekehrt entlang der Reihe der Möglichkeiten –«

»Und finden das Passende, eine Kreuzung, die dreihundert Meter zurückliegt«, bestätigte Felix strahlend. »Das ist grob gesprochen, Chef. Sie müssen an starke Steigungen denken, an enge Kurven und dergleichen. Trotzdem, es ist ganz einfach – nicht?«

»Ich glaub's.« Thane wies auf die Fahrertür. »Los. Im Flughafen muß es Landkarten und alles andere geben, was Sie brauchen.«

Er stieg aus und rief Chefinspektor Williamson zu sich, um ihm möglichst knapp zu erklären, worum es ging. Zu behaupten, Williamson hätte Zweifel erkennen lassen, wäre milde ausgedrückt gewesen, aber er war durchaus bereit, mit der Durchsuchung des Lastzugs noch zu warten. Inzwischen hatte Francey Dunbar mit dem Dienstfahrzeug gewendet. Joe Felix saß bereits neben ihm auf dem Beifahrersitz. Thane stieg ein, und Dunbar schoß mit Vollgas davon.

Ein paar Meilen später begegneten sie den Fahrzeugen der Spurensicherung. Dunbar fegte vorbei, ohne langsamer zu werden, und hupte nur anhaltend.

Über dem Motorenlärm hörte Thane hinter sich ein sonderbares Geräusch. Er schaute sich um. Joe Felix lungerte auf dem Rücksitz und sang laut und falsch.

Ein gutes Zeichen. Thane grinste, befahl ihm, den Mund zu halten, und wunderte sich nicht, als der Befehl unbeachtet blieb.

Was den Passagierverkehr angeht, so steht der Flughafen Prestwick auf der Liste der internationalen Plätze weit unten. An diesem Morgen hatte es aber im Bereich von London starken Nebel gegeben, als die Nachtflüge von Amerika einzutreffen begannen – und ein Grund für das Vorhandensein von Prestwick war eben diese Situation.

Ein steter Strom von Maschinen aus Ländern auf beiden Seiten des Atlantik wurde von Heathrow und Gatwick hierher umdirigiert. Sie landeten hintereinander auf der langen Hauptrollbahn nah am Meer und stauten sich auf dem Vorfeld. Gepäckfahrzeuge rollten, Zoll- und Einwanderungsbeamte schwitzten, um mehrere tausend unerwartete Fluggäste abzufertigen.

Es war neun Uhr morgens, als Thanes Wagen das Flughafengebäude erreichte. Inzwischen drängten sich Scharen von Reisenden um die Auskunfsschalter. Die Angestellten der Fluglinien besorgten Busse und Hotelzimmer und wußten nicht, wo ihnen der Kopf stand.

Die drei Polizeibeamten zwängten sich durch das Gewühl und erreichten die vergleichsweise Stille des Büros, in dem die Flughafenpolizei residierte. Der diensthabende Sergeant dort hörte sich an, was sie wollten, nickte und machte sich ans Werk. Er stellte einen leeren Raum und einen großen Tisch für Joe Felix zur Verfügung. Er brachte eine Reihe von Meßtischblättern, verschwand kurz und kam mit einer Lupe zurück, die er sich bei der Sanitätsstation ausgeliehen hatte.

Joe Felix war zufrieden. Thane und Francey Dunbar überließen ihn seiner Arbeit und machten die Tür hinter sich zu, als sie gingen.

Sie lehnten sich an ein Geländer und blickten auf das Chaos in der Haupthalle hinunter. Dunbar stieß Thane plötzlich an und zeigte hinunter. Thane bemerkte zunächst nur rotes Haar, dann kam Sandra Craig eine von Menschen wimmelnde Treppe herauf, entdeckte sie und ging auf sie zu.

»Ich hab' versucht, Sie zu finden«, sagte sie anklagend und blickte auf das Gedränge. »Wer hat sich denn das ausgedacht?«

»Das Wettermännchen«, sagte Dunbar trocken. »Was macht Ihr Patient?«

»Es geht ihm besser.« Sie sah Thane an. »Ed ist vor ungefähr einer Stunde zu sich gekommen – jetzt schläft er.«

»Fein.« Thane wußte, daß Sandra fast die ganze Nacht auf den Beinen gewesen war. Man sah es ihr kaum an. »Haben Sie mit ihm sprechen können?«

»Ja.« Sie lächelte kurz. »Jedenfalls kurz. Er war zuerst nicht sicher, ob er überhaupt noch lebt.«

»Aber dann hat er Sie gesehen?« meinte Dunbar.

»Sie können mich mal, Sergeant«, sagte sie eisig und wandte sich Thane zu. »Ich mußte ihm sagen, wieviel die Waren in dem Lastzug wert waren – er wußte es nämlich nicht. Er hatte nur gehört, daß auch andere amerikanische Händler diese Frachtverbindung nutzen, und beschlossen, sich anzuhängen.«

»Trotzdem beschloß er plötzlich, als Begleitung mitzufahren«, sagte Thane stirnrunzelnd.

»Er sagt, das sei aus Neugier geschehen.« Sie zog die Schultern hoch. »Ich glaube, er fing an, sich Sorgen zu machen, aber das will er nicht eingestehen.«

»Das hat Zeit.« Thane preßte die Lippen zusammen. »Und wie war das mit dem Hinterhalt?«

Sandra verzog den Mund.

»Ed sah, was vorging, und dachte nicht lange nach. Er sagt, er hätte einen von den Kerlen angefahren, aber dann sah er einen Mann mit einer Schußwaffe auf sich zukommen, der schoß auf ihn.« Sie schwieg kurze Zeit. »Er war einer von den beiden, die Polizeiuniformen trugen, und er tauchte direkt vor Eds Scheinwerfern auf.«

Thane richtete sich auf.

»Sarraut hat ihn also genau gesehen?«

Sie nickte.

»Schmales Gesicht, hohe Backenknochen, den Mund voller Goldzähne.«

»Goldie Boyd.« Thane nickte langsam und legte die Hand auf ihren Arm. »Ruhen Sie sich lieber aus. Das haben Sie sich verdient.«

»Ausruhen?« Sie sah ihn erstaunt an. »Ich habe noch gar nicht gefrühstückt. Bekomme ich denn vorher nichts zu essen?«

Thane hörte Dunbar leise lachen. Von ihrem Platz aus konnte er erkennen, daß die Flughafen-Cafeteria dicht belagert war. Aber im Obergeschoß gab es ein Restaurant, wo die Preise dafür sorgten, daß es ruhiger zuging. Er dachte kurz und traurig daran, wie sich das auf seine Spesenabrechnung auswirken würde, dann seufzte er und ging voran.

Im Lauf des Vormittags ließ der Strom der ankommenden Maschinen nach, und im Flughafen kehrte wieder Normalbetrieb ein. Ein paar Nachzügler beklagten sich noch an den Auskunftsschaltern, und die Flughafenpolizei hatte sich nur mit Anzeigen von verschwundenem Gepäck und mit einem verirrten Kind zu befassen, auf das niemand Anspruch zu erheben schien.

Da der Druck aufgehört hatte, gestand man den Beamten der Crime Squad mehr Platz zu. Joe Felix war immer noch mit seinen Landkarten beschäftigt, sah aber von seinem Taschenrechner kurz auf und bat Thane, ihm einen Streifenwagenfahrer aus der Gegend zu schicken. Anschließend machte er deutlich, daß er keine Besuche wünsche, und ging wieder an die Arbeit.

Es dauerte an die zehn Minuten, bis der Fahrer kam. Der Beamte verschwand in Joe Felix' Zimmer. Gleichzeitig kam ein Anruf für Thane von Commander Hart in Glasgow.

»Halte Sie nur auf dem laufenden«, sagte Hart düster. »Die North British teilt mit, daß Peter Barry auch bei ihr an der Einrichtung des Computersystems mitgewirkt hat. Wie bei den anderen. Diese verdammte Sammelfahrt von Gordon-Vreit wird dort auch schon seit zwei Jahren versichert.«

»Aber niemand ist auf die Idee gekommen, uns davon etwas zu sagen?« meinte Thane verärgert.

»Nein.« Hart lachte kurz und trocken auf. »Ich zitiere: ›Wir legen größten Wert auf Zurückhaltung.‹ Ende des Zitats. Jetzt natürlich nicht mehr. Was läuft bei Ihnen?«

»Keine Veränderung«, sagte Thane. Er beendete das Gespräch und legte auf. Keine Veränderung – das hieß, daß alle Polizeistellen im Land jetzt Beschreibungen von Peter Barry, Goldie Boyd und den übrigen hatten – mit dem Hinweis, daß sie bewaffnet und gefährlich waren. Es bedeutete, daß an Hauptverkehrsadern wie der Seeverbindung über Stranraer nach Irland Fahrzeuge angehalten und durchsucht wurden. Es bedeutete Kontrollen an Durchgangsstraßen, Aktionen in Transporthöfen – ein ganzes, weites Gebiet praktisch abgesperrt. Für sechs Männer und drei Tonnen Antiquitäten, die vom Erdboden verschluckt waren.

Er zündete sich eine Zigarette an. In einer Ecke saß Francey Dunbar in einem Sessel. Er war in Hemdsärmeln. Die Smith and Wesson, Kaliber 38, an seinem Gürtel wirkte ungewohnt.

»Kaffee?« fragte Dunbar.

Thane nickte. Dunbar stand auf. Als er zur Tür kam, ging sie auf. Chefinspektor Williamson kam herein. Seine Schuhe waren verdreckt. Er schnitt eine Grimasse, als Thane ihn fragend ansah.

»Die Spurensicherung ist mit dem Lastzug fertig«, sagte er. »Nichts.« Er ließ sich in den Sessel sinken, den Dunbar freigemacht hatte. »Wie läuft es mit dem Fahrtenschreiber?«

Thane schüttelte den Kopf.

Es dauerte noch eine halbe Stunde, bevor sie etwas erfuhren. Dann wurde die Tür aufgerissen, und Joe Felix steckte den Kopf herein.

»Wollen Sie mal bei mir hereinschauen?« fragte er. Er brauchte die Einladung nicht zu wiederholen. Sandra tauchte ebenfalls auf, als sie sich in sein Zimmer drängten.

Auf dem Tisch waren drei große Landkarten ausgebreitet. Die anderen hatte er weggelegt. Der Streifenwagenfahrer stand mit aufgeknöpftem Uniformrock in der Ecke und grinste zufrieden.

»Ich hatte ein Problem.« Felix ließ den Blick im Kreis herumwandern. »Aber das ist wohl unvermeidlich.« Er strahlte Thane an. »Ich kann noch einmal das Prinzip erklären und –«

»Nein.« Thane zügelte seine Ungeduld. »Zeigen Sie uns nur, was Sie herausgefunden haben.«

Felix seufzte, griff nach einem Bleistift und benützte ihn als Zeigestab für eine der Karten.

»Wir fangen hier an, wo der Lastzug abgestellt worden ist. Durch die Auswertung des Tachographenblatts konnten wir feststellen, wie sie da hingekommen sind –« Der Bleistift glitt durch ein Labyrinth von Nebenstraßen und Kreuzungen. Der Weg führte weiter zur zweiten Karte. Felix hob den Kopf. »Das war der leichtere Teil der Arbeit.«

Thane hörte kaum hin. Er beobachtete den Bleistift. Der Weg, den er beschrieb, führte in weitem Bogen nach Westen und näherte sich der Umgebung des Flughafens.

»Hier.« Felix zeigte auf eine Stelle auf dem zweiten Kartenblatt. »Da ist es kritisch geworden. Die Scheibe zeigte, was man als Halt an einer Einmündung auffassen konnte, aber auf der Karte war da nichts. Wenn ich falsch lag, stimmte das Ganze nicht.« Er grinste den uniformierten Fahrer an. »Unser Freund hat weitergeholfen – er kennt die Stelle. Das ist keine Kreuzung oder Einmündung. Hier finden Straßenarbeiten statt, mit provisorischen Ampeln und Einbahnverkehr. Deshalb –« Er befaßte sich mit der dritten Karte. »Danach gab es noch ein paar kleinere Schwierigkeiten, hier und dort –« Der Bleistift glitt weiter. Er grinste und ließ den Bleistift niedersausen. »Da sind wir. Der einzige echte Halt nach dem Überfall, eine halbe Stunde lang. Da haben sie entladen.«

Thane beugte sich über den Tisch. Die Stelle, auf die Felix' Bleistift zeigte, befand sich im Süden, hinter Prestwick und der Nachbarstadt Ayre, an der Küste. Die Karte zeigte eine kurze Nebenstraße, die zum Meer führte.

»An der Culzean-Bucht«, sagte Williamson, der zu Thane getreten war. Ein zweiter Blick genügte ihm. »Die sind im alten Cairnrig.«

»Sie kennen das?« fragte Thane scharf.

»Ja.« Williamson und der Streifenwagenfahrer grinsten sich kurz an. »Wir mußten im vorigen Sommer einen Haufen von ausgeflippten Jugendlichen dort rausholen. Viel ist es nicht – zwei verfallene Landhäuser und ein alter Lagerschuppen. Ein Bauer hat ihn früher als Scheune benutzt, aber er steht seit Jahren leer. Da waren die Jugendlichen eingezogen.« Er überlegte. »Würde passen. Im Umkreis von einer Meile wohnt niemand dort.«

»Wie weit von hier?«

»Fünfzehn, sechzehn Meilen.« Williamson zog erwartungsvoll die Braue hoch. »Also?«

»Wir versuchen es«, sagte Thane mit einem Nicken.

Eine halbe Stunde später lag Thane, die Sonne warm auf dem Rükken, auf dem Bauch hinter Ginsterbüschen und drehte an seinem Fernglas. Unmittelbar vor ihm fiel das Gelände ab und zog sich dann in einer sanften Schräge hin zum Meer hinunter. Die Entfernung betrug etwa eine Viertelmeile. Ganz unten, kaum einen Steinwurf weit vom Strand entfernt, lag Cairnrig.

Williamson hatte den Ort richtig beschrieben. Die verfallenen Überreste von zwei kleinen Häusern wurden von Unkraut überwuchert. Nicht weit davon stand ein Lagerschuppen, ein verrostender Wellblechbau, groß und baufällig, dem Anschein nach kaum wind- und wasserdicht. Das große Doppeltor und eine kleine Tür daneben waren geschlossen. Die Fenster in der Wand schienen mit Sackrupfen verhängt zu sein.

Er hörte einen unterdrückten Fluch neben sich. Francey Dunbar stieß noch eine Verwünschung hervor und hieb nach einem Insekt, das sich auf seinem Arm niedergelassen hatte.

»Die stechen«, klagte Dunbar. Er blickte erbost auf den Schuppen hinunter. »Was meinen Sie?«

Thane zog kurz die Schultern hoch. Er drehte den Kopf, das Fernglas vor den Augen, ohne die Landschaft oder die unter dem klaren blauen Himmel glitzernde See zu beachten. Die Straße, die er das erste Mal auf der Karte gesehen hatte, auf der sie hierherunter gekommen waren, führte in einem Bogen das Gefälle hinunter zum Schuppen und von dort aus zu einem alten gemauerten Landungssteg am Wasser.

»Sie könnten schon wieder fort sein«, murmelte Dunbar. »Ich – verdammt!«

Thane hatte die Bewegung am Rand seines Blickfelds schon bemerkt. Er richtete das Fernglas darauf. Die kleine Tür im Schuppen ging auf. Ein Mann kam heraus und schaute sich rasch um. Er trat ein paar Schritte zur Seite und erleichterte seine Blase, bevor er wieder hineinging. Es war Mule Pearson. Thane konnte sein Gesicht genau erkennen, bevor die Tür wieder zufiel.

»Oh, ihr Kleingläubigen«, murmelte Dunbar reumütig. Er grinste Thane an. »Tut mir leid.«

Sie krochen zurück, bis das Gelände eben wurde, und liefen zu der Stelle, wo zwei Fahrzeuge der Crime Squad und ein Auto der Landpolizei standen. Der dritte Wagen der Crime Squad war zusammen mit der Besatzung als Reserve am Flughafen geblieben.

Thane zählte die Köpfe. Mit Williamson und seinen drei Leuten waren sie insgesamt zwölf Mann. Sein Blick blieb kurz an Sandra Craig haften. Er wußte, daß sie nicht freiwillig zurückbleiben würde. Er kam bei ihrem Anblick aber auf einen Gedanken, der sich weiterentwickelte, während er berichtete, was sie soeben gesehen hatten.

Es gab ein Problem, das Williamson noch vor Thane zur Sprache brachte.

»Ist nicht einfach. Egal, wie man versucht hinunterzukommen, Deckung gibt es keine.« Der Chefinspektor runzelte die Stirn. »Wir wissen, daß sie bewaffnet sind. Wenn sie einen Posten aufgestellt haben –« Er verstummte.

Thane nickte.

»Ich dachte auch nicht an einen Kavallerieangriff. Aber wir könnten sie auf andere Weise beunruhigen.« Er sah Dunbar und

Sandra an. »Etwa mit euch beiden.«

»Und was sollen wir tun?« fragte Dunbar argwöhnisch.

»Ihnen eine Freude machen. Hand in Hand den Strand entlangschlendern, auf sie zu.« Thane sah Sandra fragend an. »Also?«

»Warum nicht?« Sie sah Dunbar schief an. »Ich bin einverstanden. Aber nicht frech werden, sonst gibt's was.«

Am Ufer tummelten sich Seeschwalben, kleine, schrill pfeifende Vögel, die eher verärgert als ängstlich reagierten, als zwei Gestalten den Strand entlangkamen. Die Vögel erhoben sich kurz in die Luft und schrien zornig, dann ließen sie sich wieder nieder.

Joe Felix, der hinter dem Ginster lag und hindurchschaute, lachte leise, als er Francey und Sandra kommen sah. Durch das Fernglas war zu erkennen, daß Dunbar den Arm um die Hüfte des Mädchens gelegt hatte und ihr Kopf an seiner Schulter lag. Sehr überzeugend, dachte er.

Plötzlich machte Sandra sich los. Francey verfolgte sie rufend und lachend und holte sie vor dem Landungssteg ein.

Felix hatte das Fernglas inzwischen auf den Schuppen gerichtet. An einem Fenster bewegte sich der Rupfen, ein Gesicht spähte hinaus. Francey und Sandra lagen jetzt auf dem Sand und umarmten sich leidenschaftlich.

Joe Felix drehte sich um und hob den Arm.

Colin Thane saß allein im ersten Fahrzeug. Er fuhr langsam die schmale Straße hinunter. Die beiden anderen Polizeiautos folgten.

Er befeuchtete die Lippen vor dem langen Gefälle, dann umklammerte er das Lenkrad fester, als sein Wagen schneller wurde. Sein Blick registrierte kurz die beiden Gestalten am Strand, dann achtete er nur noch auf das Auto und den langen Schuppen unten.

Die Tachometernadel kletterte immer noch, als er die letzte Kurve erreichte. Der Rückspiegel zeigte die beiden anderen Fahrzeuge knapp hinter ihm.

Die letzte Kurve. Hundert Meter vor dem Schuppen schaltete Thane auf den zweiten Gang herunter und trat das Gaspedal durch.

Der Wagen schoß vorwärts. Kies spritzte von den Reifen, der Motor heulte auf, Thane zielte auf die Mitte des Doppeltors.

Dann der Anprall, knirschend und krachend, die Torflügel wurden eingedrückt, halb von den Scharnieren gerissen, der Wagen fegte ins Halbdunkel. Thane bremste scharf, sah zwei Gestalten, die wegzuspringen versuchten. Eine davon schaffte es nicht. Sie wurde angefahren und weggeschleudert, kurz bevor das Auto zum Stillstand kam.

Inzwischen hatte er die Fahrertür aufgerissen und war hinausgehechtet, rollte über den Boden.

Durch den Schuppen hallten Flüche und Schreie, dann gingen sie im Doppelknall einer Flinte unter. Eine Scheibe des Wagens zersplitterte, Schrotkugeln pfiffen über Thanes Kopf hinweg, und von draußen war das Quietschen von Bremsen zu hören, als die anderen Autos hielten und ihre Besatzungen in den Schuppen stürmten.

Thane riß die Pistole aus dem Gürtel, richtete sich halb auf und suchte ein Ziel. Aber es war schon vorbei – so schnell, wie es angefangen hatte.

Der Mann, den er angefahren hatte, stöhnte leise und regte sich schwach. Ein zweiter stand wie erstarrt, die abgesägte Schrotflinte noch in einer Hand, zwei neue Patronen in der anderen, es war Shug Gordon. Der Mann am Boden war Mule Pearson, die beiden anderen, denen man schon die Handschellen anlegte, waren die Einbrecher Tam Amos und Willie Laird.

»Wo ist Goldie?« fauchte Thane.

Shug Gordons häßliches Gesicht grinste trotzig. Er spuckte Thane vor die Füße.

Thane drehte sich halb herum. Am anderen Ende des Schuppens standen im Schatten zwei Autos, aber einige seiner Leute waren schon dort.

Er hörte einen Warnschrei, erkannte Sandras Stimme, und schaute nach vorn. Shug Gordons rechte Hand war an seinen Nacken gezuckt und zog ein langes, dünnes Stück Stahl aus einem versteckten Futteral unter seinem Jackenkragen hervor.

Die zugefeilte Fahrradspeiche, an einem Ende mit Heftpflaster umwickelt, zuckte vor. Gleichzeitig fiel ein Schuß aus einer Pistole. Das Geschoß zerfetzte den Ellenbogen des Verbrechers. Gordon stieß einen gellenden Schrei aus und taumelte zurück.

Zwei uniformierte Polizisten packten ihn. Thane hob die Speiche auf und sah zu Sandra Craig hinüber. Ihre Fingerknöchel waren noch weiß, so fest umklammerte sie mit beiden Händen ihre Pistole.

»Danke«, sagte Thane tonlos.

Sie atmete tief ein, nickte und ließ die Waffe sinken. Bevor Thane sich abwandte, konnte er sehen, daß ihre Hände zu zittern begannen.

Williamson hatte sich mit Mule Pearsons Verletzungen befaßt. Er richtete sich unbeeindruckt auf und winkte einem seiner Leute.

»Ein gebrochenes Bein, mehr nicht«, sagte er zu Thane. »Immerhin, zwei Fälle fürs Krankenhaus. Wir brauchen eine Ambulanz.« Er zog die Brauen zusammen, als Thane ihm die nadelspitze Speiche gab. »Übel.«

»Damit ist in Edinburgh ein Mensch umgebracht worden«, sagte Thane gepreßt. Er konnte seine Verbitterung kaum verbergen. »Mal sehen, was wir haben.«

Er wartete, bis die vier Gefangenen zusammengetrieben worden waren, und starrte sie grimmig an. Als Williamson fragend eine Braue hochzog, nickte er. Sie durften nichts übersehen. Er trat zwei Schritte vor und zitierte den formellen, unvermeidlichen Hinweis.

»Ich werde Beschuldigungen gegen Sie erheben. Ich muß Sie darauf hinweisen. Machen Sie sich nichts vor. Sie brauchen auf keinen der Vorwürfe zu antworten, wenn Sie nicht wollen. Aber jede Antwort, die Sie geben, wird schriftlich festgehalten und kann gegen Sie verwendet werden. Haben Sie das verstanden?«

Mule Pearson stöhnte immer noch, aber die anderen, selbst Shug Gordon, der seinen zerschossenen Arm umklammerte, zeigten keine Reaktion.

»Vorgeworfen werden Ihnen Mord, Verabredung zum Mord, tätlicher Angriff und räuberischer Diebstahl – fürs erste«, sagte Thane tonlos. »Haben Sie etwas zu sagen?«

Sie blieben stumm. Er hatte nichts anderes erwartet. Das würde sich ändern. Früher oder später würde zumindest einer von ihnen reden. Und Zeit war ein Luxus, den er sich leisten konnte.

»Machen Sie weiter«, sagte er zu Williamson und ging zur Rückseite des Schuppens, wo die zwei Autos standen.

Francey Dunbar und Joe Felix untersuchten die Fahrzeuge, einen dunkelblauen Ford und einen roten Austin-Kombi. Der Ford war der falsche Polizeiwagen – auf dem Rücksitz lagen noch die Plastikstreifen, einige mit der Aufschrift »Polizei«, daneben eine abmontierte blaue Dachblinklampe.

»Möchten Sie sich das ansehen?« fragte Dunbar verwundert.

Thane trat an die hochgeklappte Hecktür des Austin. Dunbar kramte in einem großen Karton. Er hatte eine Reiseschreibmaschine, ein Etikettiergerät und eine Dose schwarze Farbe herausgeholt. Er warf Thane stumm einen Blick zu und legte einen kleinen Pinsel daneben. Die Pinselhaare waren noch feucht und klebrig von der Farbe.

»Schaut euch um«, sagte Thane halblaut. »Ihr wißt, was wir suchen.«

Es war Joe Felix, der in der Nähe im gestampften Erdboden eine weiche Stelle fand. Er stocherte darin herum und zog eine Plastiktüte mit zerknüllten Frachtaufklebern der Spedition Gordon-Vre von den verschwundenen Kisten heraus. Ganz unten fanden sie eine Schablone, zerfetzt, noch klebrig von Farbe. Sie fügten zusammen. Der Text lautete: »Maschinenteile. Von Intercast, Schottland«.

»Alles hübsch ummontiert«, murmelte Francey Dunbar. »Und jetzt stehen sie in irgendeinem Lastzug.« Er starrte finster zu den Gefangenen hinüber. »Kein Glück mit ihnen?«

»Haben Sie etwas anderes erwartet?« erwiderte Thane zerstreut, zog seine Zigaretten heraus und zündete sich eine an. Er dachte an die Schreibmaschine, und aus einem Grund, den er erst Augenblicke später begriff, fielen ihm plötzlich ein sorgenvoller Junge und ein Bund Zündschlüssel ein. »Francey, angenommen, Sie müßten diese Kisten rasch loswerden. Wie würden Sie das anstellen?«

»Keine blasse Ahnung«, gestand Dunbar.

»Und wenn es nun einen Weg gibt?« meinte Thane leise. »So ausgefallen wie – nun, wie wenn ein Dieb seine Beute in der Garage des Ortspolizisten versteckt?«

»Ja?« Dunbar starrte ihn an.

»Per Luftfracht verschicken, von dort, wo sie gestohlen worden sind. Frühzeitig gebucht, der Schriftkram fast ganz erledigt – und Sie nehmen eine Schreibmaschine mit, um den Rest zu bewältigen. Alle Polizisten, die wir haben, suchen nach Ware, die aus diesem Gebiet fortgeschafft wird, und nicht nach Kisten, die hier ankommen.« Er warf seine Zigarette auf den Boden, zertrat sie und ging zu den Gefangenen zurück.

»Intercast –« sagte er knapp und sah sie an. »Glaubt Barry wirklich, daß man ihm das am Flughafen abnimmt?«

Shug Gordon, den man provisorisch verbunden hatte, starrte vor sich hin. Mule Pearson hob nicht einmal den Kopf. Er lag immer noch am Boden. Die beiden anderen Männer wechselten aber einen verblüfften Blick. Thane wußte, daß er richtig getippt hatte.

»Seit wann sind sie fort?« fauchte Thane. Er sah, daß sich Tam Amos mit der Zunge über die Lippen fuhr, und konzentrierte sich auf ihn. »Wie lange ist das her?«

»Ungefähr eine Stunde«, sagte Amos resigniert. Er sah seine Kumpane achselzuckend an. »Mensch, was wollt ihr denn noch?« Niemand antwortete ihm. Er sah Thane an. »Die Kisten sind für einen Frachtflug nach Amsterdam vorgesehen.«

»Ich mach' das hier schon«, sagte Chefinspektor Williamson, der aufmerksam zugehört hatte. Er lächelte Thane verständnisvoll an. »Nur zu.«

Thane winkte Francey Dunbar. Gefolgt von Joe Felix und Sandra Craig, gingen sie zum nächsten Auto.

Die wenigen Meilen zum Flughafen Prestwick reichten zeitlich kaum für die Folge von Funkgesprächen zwischen dem Fahrzeug und der Crime Squad-Reserve im Büro der Flughafenpolizei.

Als die Abfertigungsgebäude auftauchten, wußte Thane, daß der Frachtbereich in aller Stille abgesperrt worden war – und seine letzten Zweifel waren behoben.

Ein gemieteter Lastwagen entlud Kisten mit Maschinenteilen für eine Frachtmaschine nach Amsterdam. Die beiden Männer, die das Fahrzeug gesteuert hatten und sich nun um die Abfertigung bemühten, entsprachen der Beschreibung von Peter Barry und Goldie Boyd.

Im Wagen wurde nichts gesprochen. Francey Dunbar steuerte mit hochgezogenen Schultern und voller Konzentration. Ab und zu saugte er an einem Ende seines Schnauzbartes. Einmal warf er Thane einen Blick zu und grinste schief, aber das war alles.

Sie kamen vor der Zufahrt zur Frachtabfertigung zum Stehen. Ein Beamter der Crime Squad wartete schon. Das Haupttor war geschlossen. In der Nähe standen Flughafenpolizisten, um dafür zu sorgen, daß das so blieb.

Der Beamte hieß Powell. Erleichtert trat er auf Thane zu. In der Hand trug er ein Sprechfunkgerät.

»Wir haben das Frachtbüro verständigen können, Sir.« Er führte sie durch eine kleine Nebentür hinein. »Man hält sie mit der Abfertigung hin. Die meisten Kisten sind aber schon abgeladen.«

Er begann zu laufen, gefolgt von Thane und den anderen. Sie eilten an einem Gebäude vorbei, passierten seitlich ein zweites, dann blieb Powell stehen, als ein langes Lagerhaus vor ihnen auftauchte.

»Das da?« sagte Thane.

Powell nickte.

»Auf der anderen Seite. Wir haben zwei Mann in der nächsten Ladebucht. Aber – tja, wenn es Ärger gibt –«

Thane wußte, was er meinte. In der Nähe würden Verladearbeiter sein, die von der Gefahr nichts ahnten.

»Ihr zwei«, er zeigte auf Joe Felix und Sandra, »ihr übernehmt die linke Seite. Francey bleibt bei mir. Wir fangen an.«

Sie nickten und begannen zu laufen.

»Geben Sie durch, daß wir kommen«, sagte er zu Powell.

Als der Beamte in sein Funkgerät zu sprechen begann, hetzten Thane und Dunbar an der rechten Seite des Lagerhauses entlang. Sie erreichten das Ende, blieben stehen und schauten um die Ecke.

In dreißig Metern Entfernung stand ein großer, blauer Lastwagen an einer Plattform. Einige Holzkisten waren schon auf die Plattform gehoben worden. Einige Arbeiter luden mit Hilfe eines Gabelstaplers die nächste Kiste aus.

Thane beachtete sie vorerst nicht. Neben dem Führerhaus standen zwei Männer in Overalls. Der eine davon war Peter Barry. Der andere hatte ein schmales, scharfgeschnittenes Gesicht, hohe Backenknochen und Geheimratsecken.

Peter Barry sagte etwas zu ihm. Goldie Boyd nickte beinahe gelangweilt.

»Jetzt«, sagte Thane leise.

Er hatte die Pistole in der Hand, als er hinaustrat, Francey Dunbar neben sich.

Sie hatten fünf oder sechs Schritte zurückgelegt, bevor Barry beiläufig zur Seite blickte und sie sah. Er schrie überrascht auf und packte Boyd am Arm.

Dann schrie plötzlich jemand den Arbeitern zu, sie sollten sich in Sicherheit bringen. Sie stürzten auseinander.

Boyd reagierte als erster. Er stürmte zum Lastwagen und zog dabei eine Schußwaffe aus dem Overall. Plötzlich erstarrte er, als von der anderen Seite Gestalten auf ihn zueilten.

Er zögerte, während Thane und Dunbar unbeirrt weitergingen, dann warf er fluchend die Waffe weg.

Das Geräusch, als sie auf den Beton fiel, schien Peter Barry aus der Erstarrung zu reißen. Er begann zu laufen, ohne sich umzusehen, stürzte blindlings davon.

»Francey.« Thane wies auf Boyd und jagte dem jungen, blonden Mann nach, der verzweifelt vor ihm davonrannte.

Er hörte Rufe und wußte, daß man ihnen folgte, aber niemand war in der Nähe, und der Abstand blieb gleich, als sie, Verfolgter und Verfolger, zwischen den Gebäuden dahinhetzten, an einem Hangar entlang.

Vor ihnen standen Flugzeuge. Wartungsmonteure, die an der ersten Maschine arbeiteten, rissen die Augen auf und schrien. Ihre Stimmen gingen im Heulen und Dröhnen unter, als die Motoren einer zweiten Maschine angelassen wurden.

Barry sah sie. Er warf über die Schulter einen Blick auf Thane, machte eine halbe Drehung und rannte auf die Ecke des Hangars zu. Als er sie erreicht hatte, schien er zu zögern, dann stürmte er auf die Rollbahn hinaus.

Das Quietschen der Bremsen war trotz des Motorenlärms zu hören, aber nichts konnte den großen Tanklastwagen rechtzeitig zum Stehen bringen. Einen Augenblick lang war Peter Barry davor zu sehen, im nächsten war er unter den Rädern verschwunden, bevor das Fahrzeug zum Stillstand kommen konnte.

Thane legte keuchend die letzten Meter zurück. Der Fahrer des Tankfahrzeugs stieg bleich aus dem Führerhaus.

»Ich hatte keine Chance, Mister.« Der Fahrer war jung. Er hatte blaue Augen. Es schien ihm den Magen umzudrehen, als er den zerquetschten, leblosen Leib auf dem Beton unter seinem Fahrzeug sah. »Er –« Er schluckte krampfhaft und packte Thanes Arm. »Er hat mich gesehen. Er hat mich angesehen und – und ist einfach weitergerannt. So, als wollte er es.«

»Vielleicht war es so«, sagte Thane dumpf.

Er steckte die Pistole ein. Die anderen kamen heran. Joe Felix war unter ihnen. Thane überließ ihm das Weitere und ging kurz darauf langsam zurück zum Lagerhaus.

Die Nachricht war ihm bereits vorausgeeilt, aber Goldie Boyd, mit Handschellen gefesselt, saß mit gleichgültiger Miene auf der Laderampe. Francey Dunbar, der neben ihm stand, nickte grimmig, als Thane herankam.

»Das wär's dann«, sagte Dunbar. Er wandte sich Boyd zu. »Aufstehen.«

»Eilt nicht.« Boyd grinste ihn zynisch an. Seine Goldzähne blitzten. »Hätt' es ja besser wissen müssen, Freund. Man soll sich nie mit einem lausigen Amateur zusammentun.«

Dunbar sah Boyd ausdruckslos an, als der Mann aufstand. Dann hieb er ihm die Faust in den Magen.

»Sagen Sie nicht Freund zu mir«, murmelte er, als Boyd sich zusammenkrümmte. »Das mag ich nicht.«

Es war früher Abend, als Thane nach Hause kam. Er hatte den Kopf zurückgelegt und die Augen fast ganz geschlossen, als Francey durch die Straßen zu seinem Haus fuhr.

Es gab noch viel zu tun. Protokolle, formelle Anschuldigungen, ein Berg von Papier. Am Flughafen Prestwick lief immer noch auf höherer Ebene eine Diskussion über die Frage, ob man die Kisten nach Amsterdam fliegen lassen sollte, um festzustellen, wie sie abgeholt, wo sie hingebracht wurden und wer dort drüben die Käufer waren.

Er war zu dem Schluß gekommen, daß er Shona Barry nicht gegenübertreten konnte. Das sollte Schreck-Mac übernehmen.

Und das Übrige – er seufzte. Peter Barry war tot, vielleicht, weil er es so gewollt hatte. Man würde nie feststellen können, woher die anonymen Geldspenden an die Ransom-Stiftung gekommen waren. Goldie Boyd und seine Leute wußten es ganz bestimmt nicht.

Er richtete sich auf, als Francey ihn anstieß und der Wagen abgebremst wurde.

Tommy war im Vorgarten und schob mit entschlossener Miene

den Rasenmäher hin und her. Er blickte auf, als er das Fahrzeug kommen hörte, und trat ans Gartentor.

Thane stieg aus und schloß die Wagentür. Tommy grinste ihn an. Dann blickte er an ihm vorbei und lächelte schüchterner.

»Hallo, Francey.«

»Hallo«, sagte Francey durch das offene Wagenfenster. »Wie geht's denn so?«

»Alles in Ordnung«, sagte Tommy bestimmt.

Sergeant Dunbar lachte leise, zwinkerte ihm zu und fuhr weiter.

»Seit wann kennst du ihn denn?« fragte Thane argwöhnisch. Sein Sohn sah ihn überrascht an.

»Na, der hat doch das Ganze bereinigt. Du weißt schon, in der Schule.«

»So?« Thane legte den Arm um die Schulter seines Sohnes und sah dem davonfahrenden Auto nach. »Erinnerst du dich, daß ich versprochen habe, dir ein paar Tricks beizubringen – saubere und weniger saubere? Ich glaube – ja, ich glaube, da könnten wir Unterstützung bekommen. Von einem Fachmann.«

Sie gingen miteinander ins Haus.

ARTHUR W. UPFIELD

Gefahr für Bony

Aus dem Englischen übertragen von
Heinz Otto

Die Hauptpersonen des Romans sind:

Inspektor	
Napoleon Bonaparte	wird von seinen Freunden
alias Edward Bonnay	›Bony‹ genannt
Commander a. D. Joyce	Viehzüchter
Eric Maidstone	Lehrer
Jack Levvey	Verwalter
Fred Newton	Zaunwart
›Bohnenstange‹ Kent	Zaunarbeiter
Nugget Early	
Old Moses	Häuptling
Charlie der Spinner	Medizinmann

Der Roman spielt an der Grenze der Bundesstaaten
Südaustralien und Neusüdwales.

I

Ein schwacher Schimmer am Horizont kündigte den neuen Tag
an. Da zerriß das Peitschen eines Schusses die Stille, und die
Wildvögel, die rings um den See in den Bäumen hockten, flatter-
ten erschrocken auf. Minutenlang schwirrte der Himmel von er-
regtem Flügelschlagen. Es war noch zu dunkel, um die Känguruhs
zu sehen, die mit gewaltigen Sprüngen in den nahen Busch flüch-
teten. Dann senkte sich erneut die Stille der unermeßlichen,
menschenleeren Weite Inneraustraliens über das Land östlich des
Lake Frome.

Ein einsamer Brachvogel ließ seinen melancholischen Ruf er-
klingen, aber der Mann, der neben dem Bach auf dem Gesicht lag,
hörte ihn nicht. Er war tot. Aus dem Kochgeschirr sickerten die
letzten Wassertropfen in den Sand. Einige hundert Meter entfernt flackerte das Lagerfeuer, erlosch langsam, ohne das Teewasser zum Sieden gebracht zu haben. Erst zwei Tage später näherten sich erneut Schritte den Mulgabäumen, bei denen der Mann
sein Lager errichtet hatte.

Der Verwalter der Quinambie-Station war ein praktisch ver-
anlagter Mann. Am Morgen des zwölften Juni rief ihn der Eigentümer der großen Rinderfarm, Commander a. D. Joyce, zu sich,
um ihm zu sagen, daß Eric Maidstone, der kürzlich auf Quinambie
zu Gast gewesen war, nicht auf der Lake-Frome-Station angekommen sei. Der Verwalter hatte sofort vermutet, daß sich Maidstone
noch an einem der beiden Brunnen aufhielt, die er auf dem Weg
zum Lake Frome passieren mußte.

Maidstone war am Spätnachmittag des siebten Juni auf der
Quinambie-Station eingetroffen. Er sei Lehrer, hatte er erklärt,
und habe gerade Ferien. Joyce hatte neugierig das schwerbeladene
Motorrad betrachtet. Er benützte seinen Urlaub dazu, hatte Maid-

stone die stumme Frage beantwortet, einige Zeitschriftenartikel zu schreiben. Er fotografiere auch und habe kürzlich den Auftrag erhalten, an den Wasserstellen im Inneren Australiens Tiere aufzunehmen, die während der Nacht zur Tränke kamen. Joyce hatte ihn sofort eingeladen, auf Quinambie zu übernachten. Als Maidstone erwähnte, daß er beabsichtige, die Lake-Frome-Station zu besuchen sowie die Wasserstellen der Umgebung und den Lake Frome zu fotografieren, hatte ihm der Verwalter ausführlich Auskunft über die Landschaft und die einzuschlagende Route geben müssen.

Der Landstrich, den Maidstone passieren mußte, war in gewisser Hinsicht selbst für australische Verhältnisse ungewöhnlich.

Die Quinambie-Station lag auf der Ostseite des dingosicheren Zauns, der die Bundesstaaten Südaustralien und Neusüdwales trennte. Dieser Zaun war rund 375 Meilen lang und endete am Murray River. Zwischen dem Stammsitz von Quinambie und dem Zaun lag ein artesischer Brunnen, der allgemein als ›Brunnen 9‹ bezeichnet wurde. Fast unmittelbar auf der anderen Seite des Zauns befand sich ›Brunnen 10‹. Ungefähr 50 Meilen westlich davon lag der Stammsitz der Lake-Frome-Station, und nach weiteren 15 Meilen gelangte man zu dem See, dem diese Rinderfarm ihren Namen verdankte. Quinambie umfaßte ein Gebiet von 100 Quadratmeilen, die Lake-Frome-Station 60 Quadratmeilen. Doch nicht nur große Entfernungen spielten in dieser Gegend eine Rolle.

Die hier ansässigen Eingeborenen berichteten von einem mordenden Kamel, das bereits legendär geworden war. Nun sind fast alle Kamele widerspenstig und übellaunig, aber dieses verwilderte Kamel sollte so erbost auf alle menschlichen Wesen sein, daß es ohne jeden Anlaß sofort angriff. Es hieß, daß es sich um das größte Kamel handle, das je im Innern Australiens gesehen worden sei. Die Eingeborenen sprachen vom ›bösen Geisterkamel‹, und diejenigen, die westlich des Zauns wohnten, achteten darauf, bei Sonnenuntergang in ihrem Camp zu sein.

Die Farmarbeiter auf der Ostseite des Zauns hielten derartige Geschichten allerdings für reichlich übertrieben und hatten das Kamel scherzhafterweise ›Das Ungeheuer von Lake Frome‹ getauft. Die Bewohner der rings um das fragliche Gebiet liegenden Viehstationen berichteten allerdings übereinstimmend, das fürchterliche Brüllen des wilden Kamels gehört zu haben. Besonders durch die nächtliche Stille wurde es weit getragen, und die Viehhirten in ihren einsamen Hütten vernahmen dann deutlich das Gebrüll.

Nachdem der Verwalter von Joyce gehört hatte, daß Maidstone vermißt wurde, fuhr er mit dem Lastwagen los und holte zunächst aus dem Eingeborenencamp von Quinambie zwei Schwarze. Sie sollten als Tracker fungieren und die Spur von Maidstones Motorrad verfolgen. Bis zum ersten Brunnen war die Spur deutlich zu erkennen. Die Eingeborenen erklärten, daß der Lehrer hier angehalten und auf einem Lagerfeuer Tee bereitet habe. Vermutlich hatte Maidstone bei dieser Gelegenheit auch einige Aufnahmen gemacht. Nach dem Brunnen war die Spur nur noch schlecht zu erkennen, trotzdem folgten ihr die schwarzen Tracker ohne Schwierigkeit. Sie führte zum Tor im Dingozaun und von dort zum nächsten Brunnen. Gleich hinter dem Gattertor waren die im Sand deutlich sichtbaren Reifenspuren von den Hufen einer großen Rinderherde zertrampelt worden, doch als sich der Lastwagen dem Brunnen näherte, entdeckten die Männer am Rand einer Gruppe von Mulgabäumen das Motorrad. In der Nähe der Maschine fanden sie Überreste eines Lagerfeuers, und an einem Ast hingen Maidstones Kamera und der Wassersack.

Ungefähr auf halbem Weg zwischen dem Motorrad und dem kleinen See, in den das Wasser des artesischen Brunnens floß, stießen sie auf Maidstones Leiche. Der Mann lag, mit dem Gesicht nach unten, im Sand. Der Westwind, dessen Gewalt von Stunde zu Stunde zunahm, hatte die Beine bereits teilweise zugeweht.

Der ältere der beiden Eingeborenen wandte sich an den Verwalter.

»Böses Geisterkamel weißen Mann umgerannt und totgetrampelt«, sagte er.

Der Verwalter schnaubte verächtlich und wies die beiden Schwarzen an, die Leiche umzudrehen. An der Windjacke klebte Sand, und der große dunkle Fleck auf der Brust ließ nicht den geringsten Zweifel, auf welche Weise Maidstone ums Leben gekommen war.

»Kamele haben keine Gewehre«, erklärte der Verwalter.

Er befahl den Eingeborenen, eine Plane von dem Kleinlaster zu holen und den Toten zuzudecken. Die Polizei hatte es nicht gern, wenn Krähen und Adler die Ermittlungen allzu sehr erschwerten. So schnell es das Gelände zuließ, fuhr der Verwalter mit seinen beiden schwarzen Begleitern zum Herrenhaus zurück. Dann wurde die Funkanlage – bei der wie bei einem Fahrraddynamo der Strom durch Betätigung von Pedalen erzeugt wurde – in Betrieb gesetzt und die Polizei von Broken Hill verständigt.

Die Polizeibeamten machten sich sofort mit einigen schwarzen Spurensuchern auf den Weg. Am Tatort angekommen, errichteten sie ein Zeltlager, und die Eingeborenen umrundeten die Leiche in immer größeren Kreisen, um die Spur des Mörders aufzunehmen. Als die Dämmerung hereinbrach, kehrten sie zum Lager zurück, ohne etwas gefunden zu haben. Der Westwind hatte inzwischen eine solche Stärke erreicht, daß an ungeschützten Stellen sogar die tiefen Hufeindrücke der Rinder mit Sand zugeweht worden waren.

Obwohl dadurch die Arbeit der schwarzen Tracker praktisch unmöglich geworden war, meldete doch einer von ihnen, zwischen weiter entfernt stehenden Bäumen und Salzdornbüschen Kamelspuren gefunden zu haben. Er war der Ansicht, daß sich das Kamel dem Brunnen von Norden genähert und anscheinend an der Stelle gesoffen habe, wo der Sand des Bachbetts den größten Teil des Salzgehalts aus dem Wasser herausgefiltert hatte. Außer dieser Kamelspur und den Hufeindrücken der Rinder entdeckten die Schwarzen keine brauchbaren Spuren. Die Polizeibeamten verhörten alle Zaunarbeiter und Viehhirten, die sich in der Umgebung aufgehalten hatten, aber weder diese Ermittlungen noch die gerichtliche Untersuchung konnten das Rätsel um Maidstones Tod lösen. Die Familienangehörigen des Ermordeten vermochten sich beim besten Willen nicht vorzustellen, daß es einen Menschen geben sollte, der dem Lehrer nach dem Leben getrachtet hatte. Es war deshalb kein Wunder, daß der Untersuchungsrichter lediglich verkünden konnte, Maidstone sei von einer oder mehreren unbekannten Personen ermordet worden.

Fred Newton war als Zaunwart für die Instandhaltung des Nordabschnitts des Dingozauns verantwortlich. Dieser Abschnitt war 200 Meilen lang und begrenzte auch die Lake-Frome-Station. Für die zwölf Männer, die den Zaun laufend zu kontrollieren hatten, war Newton nicht nur der Vorgesetzte, sondern auch die einzige Verbindung zur Außenwelt. Er war ein großer schlanker Mann Anfang Fünfzig, und sein pechschwarzer Bart war weiß gestreift. Gewöhnlich kniff er die Augen zusammen, denn das Sonnenlicht war grell, und der Wind trieb Sandschleier vor sich her. Newton war einer von jenen Männern, mit denen ein Untergebener prinzipiell keinen Streit beginnt.

Genau wie seine Leute benutzte auch er zum Transport des Gepäcks Kamele. Drei Wochen nach Auffindung von Maidstones Leiche machte er sich mit seinen drei Tieren auf den Weg, um die fällige Inspektion des Zaunabschnitts beim Lake Frome vorzunehmen. Auf dem Weg nach Norden entließ er den Fencer, der für den Unterabschnitt südlich von Quinambie verantwortlich war. Gemeinsam machten sie sich zum Stammsitz der Viehstation auf, wo der Mann von Newton den ihm noch zustehenden Lohn erhielt, so daß er noch das Postauto nach Broken Hill erreichen konnte.

Diesmal erwartete Newton nicht nur den Postsack, sondern auch einen Passagier. Er musterte aufmerksam den Mann, der aus dem Postomnibus kletterte.

Der Ankömmling war das pure Gegenteil von Newton. Er war glatt rasiert, hatte einen elastischen Gang und leuchtend blaue Augen, die alles zu durchdringen schienen. Der Straßenanzug und die Schuhe verrieten den Städter, doch die dicke Deckenrolle, die er aus dem Bus holte, zeigte gleichzeitig, daß er mit dem Leben im Busch wohlvertraut war. Er legte das Bündel auf das Gerüst eines Wasserbehälters, damit es vor den herumschnüffelnden Hunden geschützt war. Als er sich umdrehte, stand Fred Newton vor ihm.

»Sie sind der neue Fencer?« fragte Newton bedächtig.

»Ja, ich bin der neue Zaunarbeiter. Sie sind vermutlich Fred Newton. Mein Name ist – vorübergehend – Bonnay, Edward Bonnay.«

»Im Moment ist man mit der Post und den Aufträgen für den Busfahrer beschäftigt. Da können wir zunächst in Ruhe einen Becher Tee trinken, bevor Sie Ausrüstung und Proviant fassen. Die Kamele liegen dort drüben.«

Der Mann, der sich im Augenblick Edward Bonnay nannte, besah sich die Farmgebäude von Quinambie. Da war das aus Holz errichtete Herrenhaus mit der riesigen Veranda. Ein Maschendrahtzaun schützte Haus und Garten vor Vieh und Kaninchen. Hinter dem Herrenhaus lagen die Maschinenschuppen, die Vorratslager, Scheunen und Arbeiterbaracken. Dicht beim Herrenhaus, zwischen einigen Mulgabäumen, waren die Hundehütten der zahlreichen Kelpies untergebracht. Kein australischer Viehzüchter würde sich je von seinen treuen und fleißigen Schäferhunden trennen. Wie auf den meisten Farmen, genossen auch hier einige das wohlverdiente Gnadenbrot und das Vorrecht, im Kombiwagen mitfahren zu dürfen, während ihre jüngeren Artgenossen nebenher rannten. Alles wirkte sauber, zeugte von der Tüchtigkeit des Besitzers. Das Herrenhaus war erst kürzlich frisch gestrichen worden. All dies erfaßte der Fremde mit einem kurzen Blick, während er neben Newton zur Rückseite des Herrenhauses schritt.

Hinter dem Maschinenschuppen lagen fünf Kamele und käuten

zufrieden ihr Futter wieder. Sie waren mit Reit- und Packsätteln versehen. Einige Meter weiter brannte ein Lagerfeuer. Die Flammen leckten an einem mit Wasser gefüllten Feldkessel. Es war ein herrlicher Tag, frei von Staub und Hitze. Während die beiden Männer darauf warteten, daß das Wasser zu sieden begann, zog Edward Bonnay einen Umschlag aus der Tasche.

»Das Original dieses Schreibens haben Sie vermutlich erhalten?« fragte er.

Newton nickte. Vor einer Woche hatte er den Brief bekommen.

»Der Polizeichef von Broken Hill sagte mir, daß ich mit Ihrer vollen Unterstützung rechnen könne«, fuhr Bonnay fort und warf das Schreiben ins Feuer. Und daß Sie absolutes Stillschweigen bewahren würden. Er sagte mir ferner, Sie würden es so einrichten, daß ich an dem östlich des Brunnens gelegenen Zaunabschnitt arbeiten kann. Also ganz in der Nähe der Stelle, an der Maidstone ermordet wurde. Ich bin auf derartige Fälle spezialisiert, muß mich aber genauestens mit dem Tatort vertraut machen.«

»Wenn ich Sie recht verstehe, möchten Sie inkognito bleiben«, meinte der Zaunwart mit seiner näselnden Stimme. »Okay. Von mir wird kein Mensch erfahren, daß Sie Kriminalbeamter sind. Ja, ich habe alles veranlaßt. Der Mann am Südabschnitt hat nicht viel getaugt. Ich habe ihm kurzerhand gekündigt. Ihn lasse ich durch den Mann ablösen, der jetzt beim Brunnen arbeitet, so daß Sie seinen Abschnitt übernehmen können. Verstehen Sie etwas von Kamelen?«

»Ich habe eine gewisse Erfahrung mit Kamelen«, erwiderte Kriminalinspektor Napoleon Bonaparte mit ungewohnter Bescheidenheit. »Sie erwarten vermutlich, daß ich am Zaun arbeite?«

»Und ob! Es ist der schlimmste Abschnitt des ganzen Zauns. Aber wenn Sie den Fall bis zum August aufklären, kommen Sie um die schlimmsten Stürme herum. Der Wind ist unser größter Feind. Wie lange werden Sie, Ihrer Meinung nach, für die Aufklärung des Mordes benötigen?«

»Das kann eine Woche dauern, aber ebensogut ein Jahr.«

»Oho, Sie gehören zu den Leuten, die niemals aufgeben!« Newton musterte Bony abschätzend. »Nun, wenn Sie Ihre Arbeit nicht machen, kann ich Sie am Zaun nicht gebrauchen. Für mich kommt zuerst der Zaun und dann nochmals der Zaun. Der Mord interessiert mich nicht.« Er warf eine Handvoll Teeblätter in den Kessel, ließ das Wasser noch eine volle Minute sieden, dann nahm er den Kessel vom Feuer. »Haben Sie schon einen Verdacht?«

»Nein. Sie vielleicht?«

»Ich habe beim besten Willen keine Ahnung. Mir ist die ganze Sache schleierhaft. Dieser Mann hat keinem Menschen etwas zuleide getan. Warum sollte ihn also jemand erschießen?« Newton rührte den Tee um, wartete, bis sich die Blätter gesetzt hatten, und füllte zwei Becher. Dann nahm er aus seiner Lebensmittelkiste eine Dose Milch und eine Büchse Zucker. »Es heißt, daß er zum Lake Frome wollte. Ich verstehe nur nicht recht, was er dort wollte. Angeblich wollte er Fotos machen. Aber dort draußen gibt es nur Sand, Salz und Schlamm, und man muß schon eine riesengroße Geduld aufbringen, um überhaupt einmal ein Tier zu sehen. Waren Sie schon mal am Lake Frome?«

»Nein. Aber ich habe einmal mitten im Lake Eyre einen Mörder gestellt.« Bony lächelte. »Ich kann mir nicht vorstellen, daß der Lake Frome schlimmer sein sollte. – Was ist eigentlich der Fencer, dessen Abschnitt ich übernehmen soll, für ein Mensch?«

»Mit den Abos kommt er sehr gut aus, denn er ist selbst zu drei Vierteln Eingeborener. Er hat Frau, Kinder und einige Verwandte dabei, die für ihn arbeiten. Er kommandiert lediglich. Heute müßte er mit seinen Leuten zum Basislager kommen. Sie übernehmen das Gerät und zwei von seinen Kamelen, weil die Tiere an diese Gegend gewöhnt sind.«

»Wo liegt dieses Basislager?«

»Von hier aus zwei Meilen in Richtung zum Zaun. Der Zaun ist fünf Meilen entfernt. Einmal im Monat holen Sie sich Fleisch und Proviant. Das Fleisch erhalten Sie kostenlos, alles übrige wird in Rechnung gestellt. Haben Sie ein Gewehr mitgebracht?«

Bony schüttelte den Kopf. Daß er einen Dienstrevolver bei sich hatte, erwähnte er wohlweislich nicht.

»Sie müssen unbedingt ein Gewehr haben. Man weiß nie, ob man es nicht plötzlich braucht. Ich besitze eine Winchester und eine Savage. Ich werde Ihnen die Winchester leihen. Die Munition müssen Sie sich drüben im Store kaufen. Ich bin im Moment etwas knapp damit. – Übrigens, ich habe gehört, daß Maidstone mit einer vierundvierziger Winchester erschossen wurde. Die Polizei hat sich für alle Winchesterbüchsen interessiert.«

Bony ging über diesen Punkt geflissentlich hinweg.

»An den Grenzzäunen von Westaustralien müssen die Fencer über den zurückgelegten Weg und die ausgeführten Arbeiten genau Tagebuch führen«, fuhr er statt dessen fort. »Ist das hier auch so?«

»Nein. Haben Sie denn schon mal am Zaun gearbeitet?«

»Ja. An der Grenze nach Westaustralien. Mein Abschnitt hatte eine Länge von hundervierundsechzig Meilen.«

»Hier ist Ihr Abschnitt nur elf Meilen lang. Sobald Sie den Zaun gesehen haben, wissen Sie auch, warum er so kurz ist.«

»Sie besitzen also keinerlei Aufzeichnungen, wo sich Ihre Fencer jeweils aufgehalten haben – zum Beispiel an dem Tag, an dem Maidstone erschossen wurde?«

»Nein, leider nicht.«

»Wo waren Sie denn am neunten Juni?«

»Rund sechzig Meilen weiter unten. Ich kontrollierte den Zaun in nördlicher Richtung.«

»Einer Ihrer Fencer, Nugget Early, konnte seine genaue Position nicht angeben, als er von der Polizei verhört wurde«, fuhr Bony fort. »Vermutlich hat er in der Mitte seines Abschnitts kampiert, also südlich des Tatorts und einiger Sandhügel. Der Fencer, der an dem nördlich anschließenden Zaunabschnitt arbeitete, befand sich angeblich am sogenannten Zehnmeilenpunkt. Könnten diese Angaben stimmen?«

»Ich kann sie nicht widerlegen«, antwortete Newton. »Übrigens, Early ist der Mann, den Sie ablösen. Worauf wollen Sie eigentlich hinaus?«

»Beide Männer besitzen Winchesterbüchsen. Maidstone wurde mit einer Winchester erschossen. Es ist weiter nicht wichtig, aber ich möchte möglichst alle gemachten Aussagen von Zeugen bestätigt haben. Aus den Akten konnte ich ersehen, daß der zehnte Juni und fast der ganze folgende Tag nahezu windstill waren. Wir haben keinen Beweis dafür, ob Maidstone während des Tages oder während der Nacht getötet wurde. Der Mond ging spät auf – der Mord könnte also auch in der Nacht verübt worden sein.«

»Warum mußte Maidstone eigentlich nachts herumlaufen?«

»Er hatte von einer geographischen Zeitschrift den Auftrag, Nachtaufnahmen von Tieren zu machen, die zur Tränke kommen. Im Augenblick interessiert man sich sehr für das Innere Australiens. Deshalb. kann er durchaus auch bei Nacht am Bach gewesen sein. Die Aufklärung des Mordes ist nur deshalb so schwierig, weil scheinbar jegliches Motiv fehlt. Meine Kollegen aus Broken Hill, die die ersten Ermittlungen angestellt haben, fanden nicht den geringsten Hinweis, obwohl sie volle vierzehn Tage nachgeforscht haben. Aber irgend jemand muß geschossen haben.«

»Da haben Sie allerdings recht. – So, und nun besorgen wir den Proviant. Ich werde Sie im Store einführen. In den Packtaschen am Sattel müssen Proviantsäcke stecken.«

Bony nahm ein halbes Dutzend kräftige Kalikosäcke mit und ließ sich Mehl, Tee und Zucker geben, dazu Preßtabak und Zündhölzer. Er kaufte außerdem ein feststehendes Messer mit Lederscheide und eine Schachtel mit fünfzig Schuß Gewehrmunition. .Damit kehrte er zu den Kamelen zurück und verstaute alles in den Packtaschen. Nachdem dies erledigt war, begleitete ihn der Verwalter zum Stationskoch. Der packte ihm in die mitgebrachten Säcke vierzig Pfund frisches Rindfleisch und ein Quantum grobes Salz. Nun hatten sie auf dem Stammsitz der Quinambie-

Station alles erledigt und machten sich auf den Weg zum Basislager.

Newton beobachtete zufrieden, wie Bony die Packtaschen festschnallte und die Kamele zum Aufstehen brachte. Dieser Mann kennt sich aus! dachte er.

Am Hals des letzten Kamels baumelte ein Glöckchen, das während des Marsches in gleichmäßigem Rhythmus anschlug. Auf diese Weise brauchte man nicht immer wieder nachzusehen, ob der Strick, der die Tiere miteinander verband, gerissen war.

Die beiden Männer schritten nebeneinander her. Newton hatte die Nasenleine des Leitkamels über dem Arm gehängt. Sobald sie die zum Stammsitz gehörende eingezäunte Weide hinter sich gelassen hatten, wurden die Futterverhältnisse besser. Statt des spärlichen Gestrüpps wuchsen nun saftige Büsche. Der Kamelpfad wand sich über die Sanddünen, und schließlich tauchte in der Ferne eine Gruppe von Eingeborenen auf.

Die Schwarzen umringten vier am Boden kniende Kamele. Sie befanden sich in einer schmalen, flachen Mulde, hinter der sich ein mit Mulgabäumen bestandener Hang erhob. Zwischen den Bäumen war ein an der Vorderseite offener, mit Bambusgras gedeckter Schuppen errichtet.

Die Eingeborenenfrauen nahmen den Kamelen gerade die Reit- und Packsättel ab. Die Kinder tollten umher. Der Herr und Gebieter aber saß auf einer Kiste und rauchte gemütlich seine Pfeife. Unter heftigem Gekläff stürmten vier Hunde auf Newton und Bony zu und begrüßten die Ankömmlinge. Jetzt erhob sich der Schwarze würdevoll und rief die Hunde zur Ordnung. Inzwischen führten die Kinder die Kamele einige Meter zur Seite, fesselten ihnen die Vorderbeine und nahmen ihnen die Nasenleinen ab.

Fred Newton schritt bedächtig den Hang hinauf zu dem Schuppen, wo er die Kamele niederknien ließ. Jetzt erst kam der Eingeborene herüber. Er war untersetzt und hatte kurze, stämmige Beine. Man sah ihm nicht an, daß er weiße Ahnen hatte, aber seine Aussprache war akzentfrei. Zu seiner Hose aus grobem Baumwollstoff trug er ein zerfetztes Hemd. Die Füße waren nackt.

»Guten Tag, Boss.«

»Tag, Nugget. Nun, wie steht es bei dir?« fragte Newton.

Diesmal half Nugget beim Abladen der Lasten, während er bei seinen eigenen Kamelen diese Arbeit Frauen und Kindern überlassen und statt dessen Pfeife geraucht hatte.

»Gut, Boss.« Er lachte laut auf. »Mary hat zwei Dingos erwischt. Für das Geld will sie die Kinder neu einkleiden.«

Wenn man bedachte, daß es für einen Dingoskalp nur zwei Pfund gab, würde sie den Kindern nicht sehr viele Sachen kaufen können. Aber da diese Leute auch im Norden Fallen stellten, erbeuteten sie vielleicht noch einige Felle.

»Nugget, dies ist Ed Bonnay. – Ed, ich möchte Sie mit Nugget bekannt machen.«

Die Männer reichten sich feierlich die Hände.

»Nugget, ich habe diesen Nichtsnutz am Südabschnitt entlassen. Ich möchte, daß du diesen Abschnitt übernimmst und in Ordnung bringst. Ed übernimmt inzwischen deinen Abschnitt.«

»Ist mir recht«, meinte Nugget ohne den geringsten Einwand, dann fügte er – wie um seine Gleichgültigkeit zu erklären – hinzu: »Ed wird schnell merken, was es dort zu tun gibt, wenn er erst einmal Sibirien gesehen hat.«

2

Newton unterrichtete Bony, daß er sich für jeden Sonntag, an dem er arbeitete, einen freien Tag nehmen könne. Normalerweise schlage man dann sein Lager in der Nähe einer Wasserstelle auf. Nugget würde aus diesem Grund mit seinen Leuten zwei Tage hier bleiben. Einen Tag mußte er allerdings gemeinsam mit dem

Zaunwart Gerät aussortieren und notwendige Reparaturen ausführen.

Bony war von Nugget nicht beeindruckt, und er ließ sich auch von der zur Schau gestellten Fröhlichkeit nicht täuschen. Dieser Mann hatte zuwenig weißes Blut in seinen Adern, um sich verstellen zu können, dafür aber zuviel schwarzes Blut, um sich vom Aberglauben der Eingeborenen zu lösen. Als es dunkel wurde, hockte er sich an das Lagerfeuer, das Newton und Bony angezündet hatten.

Am Fuße des Abhangs glühte rot das Feuer der Eingeborenen. Es warf die langen Schatten der umherlaufenden Frauen und Kinder über das verdorrte Stachelgras vom vergangenen Jahr, das nur darauf wartete, von einem kräftigen Wind entwurzelt und davongetragen zu werden. Etwas weiter, in der Dunkelheit, ertönte das melodische Geläut der Glöckchen. Dort grasten die Kamele.

»Hast du in letzter Zeit das Ungeheuer gehört, Nugget?« fragte Newton gleichgültig.

»Nein, seit mindestens zwei Monaten nicht mehr.«

»Glaubst du auch, daß das Ungeheuer den Lehrer totgetrampelt hat?«

»Nein«, erwiderte Nugget verächtlich. »Das Ungeheuer ist ja gar kein Kamel. Das Ungeheuer ist ein Tier, wie man es bisher noch nicht zu sehen bekommen hat. Eine Kreuzung zwischen einem Esel und einer verwilderten Kuh, denn es schreit wie ein Esel, brüllt wie eine Kuh und galoppiert wie ein Pferd. Vielleicht hat es sogar Flügel, weil bisher niemand nahe genug herankommen konnte, um es abzuschießen.«

»Wenn das Ungeheuer fliegen kann, warum ist es denn dann noch nie auf dieser Seite des Zauns gewesen?«

»Ich wäre nicht überrascht, wenn es eines Tages herüberkommt«, meinte Nugget verdrießlich. »Die Geschichte, das Ungeheuer sei auf dem Lehrer herumgetrampelt, hat Frankie in Umlauf gebracht. Sie kennen Frankie ja, Boss. Er hat eine rege Phantasie. In Wirklichkeit ist nichts weiter passiert, als daß ein Kamel, das sich irgendwo losgerissen hatte, die Leiche fand und nach ihr getreten hat. Kamele sind nun einmal sehr neugierig.« Er wandte sich an Bony. »Kampieren Sie ja nicht auf der anderen Seite des Zauns, drüben in Südaustralien. Und wenn Sie sich von Brunnen zehn Wasser holen, dann halten Sie die Augen offen!«

»Wurde Maidstone nicht bei Brunnen zehn getötet?« warf Bony ein.

»Jawohl, Ed. Und wie gesagt, lassen Sie sich nicht im freien Gelände überraschen. Bleiben Sie auf dieser Seite des Zauns. Es sei denn, Sie müssen drüben arbeiten.«

»Ich vermute, daß es sich um ein wildes Kamel handelt und nicht um irgendein phantastisches Ungeheuer mit Flügeln«, sagte Newton. »Du erinnerst dich doch, Nugget, wie Billy, der Raufbold, mit seinen Kamelen draußen in der Steppe von zwei wilden Kamelen angegriffen wurde. Es gab ein gewaltiges Durcheinander, bis er eins erschoß und das andere durch einen Streifschuß außer Gefecht setzte, so daß er sich mit seinen Tieren aus dem Staub machen konnte.«

Wehmütig dachte Bony daran, wie sich die Verhältnisse im Innern von Australien geändert hatten. Als sich die afghanischen Kameltreiber eine andere Arbeit suchen mußten, weil ihre Tiere durch das billigere und schnellere Auto verdrängt wurden, ließen sie die Kamele frei. Sie hofften, daß sich eines Tages die Verhältnisse wieder ändern würden, und dann wollten sie die Kamele aufs neue einfangen. Doch die Verhältnisse änderten sich nicht mehr, und niemand kümmerte sich um die Kamele. Die Tiere streiften durch die unermeßlichen Weiten Zentralaustraliens, vermehrten sich enorm und entwickelten sich schließlich zu einer regelrechten Landplage. Man machte Jagd auf sie, um das Problem auf diese Weise zu lösen, doch in den riesigen Wüsten entgingen viele Kamele den Jägern.

»Aus welcher Gegend kommen Sie denn, Ed?« stellte Nugget die unvermeidliche Frage. Die Tätowierungsnarben auf seinem

Gesicht verrieten, daß sein Stamm zum Volk der Orabunna gehörte.

»Aus Queensland. Von der Küste nördlich von Brisbane«, antwortete Bony, ohne von der Zigarette aufzublicken, die er sich gerade drehte.

Die schwarzen Augen des Eingeborenen beobachteten den Fremden scharf.

»Ich bin viel herumgekommen«, fuhr Bony fort. »Ich habe in allen australischen Bundesstaaten gearbeitet – nur auf Tasmanien noch nicht. Ich machte gerade in Broken Hill Urlaub, und da hörte ich, daß man am Zaun vielleicht Arbeit finden könnte.«

Bony hoffte, daß diese Erklärung genügte. Als er aufblickte, sah er, wie er von Nugget gemustert wurde. Der Gesichtsausdruck des Eingeborenen verriet deutlich, daß er zu gern gewußt hätte, ob der Oberkörper dieses fremden Mischlings die Tätowierungsnarben der Reiferiten aufwies. Sie befanden sich auf Bonys Rükken, doch der Inspektor hatte keine Lust, sie vorzuzeigen.

»Sie sprachen vorhin von Sibirien. Was ist das?«

Nugget lachte laut auf. Etwas zu laut, dachte Bony.

»Warten Sie nur ab, bis Sie hinkommen, Ed. Warten Sie ab, bis Sie den Everest sehen. Der Boss nennt ihn so, aber dieser Sandberg ist ununterbrochen in Bewegung. Bei einem ordentlichen Sturm verfangen sich die Stachelgrasbüschel im Zaun, und der Sand türmt sich auf, bis der Zaun kaum noch einen halben Meter hoch ist. Dann müssen Sie die alten Pfosten aufstocken und Draht ziehen, damit der Zaun wieder die vorgeschriebene Höhe erhält. Und wenn Sie das nächste Mal an diese Stelle kommen, sehen Sie, daß ein neuer Sturm den ganzen Sandberg weggeweht hat und der Zaun fünf Meter hoch ist. Also reißen Sie alles wieder runter, was Sie beim letztenmal aufgestockt haben.«

»Das ist ja ein wundervoller Job«, meinte Bony, der annahm, Nugget übertreibe maßlos.

»Ja, das kann man wohl sagen.«

»Na ja, aber oft kommt es nicht vor«, beruhigte Newton.

»Nugget wird bald herausfinden, daß der Südabschnitt so wenig Arbeit macht, daß er mit seinen Leuten sechs Tage in der Woche faulenzen kann.«

Die Unterhaltung wandte sich allgemeineren Themen zu. Die Männer sprachen über die vorhandenen Wasserstellen und tauschten Neuigkeiten aus. Bony rauchte schweigend und hörte aufmerksam zu. Auf diese Weise erfuhr er, daß der neue Verwalter der Lake-Frome-Station Jack Levvey hieß. Levvey war erst kürzlich in diese Gegend gekommen. Seine Frau war eine Eingeborene und hatte ihm bereits zwei Söhne geschenkt. Außerdem erfuhr Bony, daß der Mann am nördlichsten Zaunabschnitt ›verrückter Pete‹ genannt wurde, ein Frömmler war und oft seinen Hut auf einen Zaunpfosten stülpte und ihm dann lange Predigten hielt. Außerdem hatte dieser Sonderling die Angewohnheit, am obersten Ende seines Zaunabschnitts, beim sogenannten Dreistaateneck, das Lagerfeuer in New South Wales anzuzünden, die ausgelaugten Teeblätter hinüber nach Queensland zu werfen, Knochen und leere Konservendosen über den Zaun nach South Australia. Leider erfuhr Bony im Verlauf der Unterhaltung nichts, was ihn im Mordfall Maidstone weitergebracht hätte.

Nach dem Stand des südlichen Dreiecks – dem markanten Sternbild am australischen Himmel – zu schließen, war es zehn Uhr, als sich die drei Männer schlafen legten. Obwohl es eine kalte Nacht mitten im Winter war, rollten sie lediglich neben dem Lagerfeuer ihre Deckenbündel auf.

Durch ein Geräusch aufgewacht, hob Bony den Kopf. Er sah, daß Newton sich die Pfeife stopfte. Da aber noch nichts von der Morgendämmerung zu sehen war, drehte sich der Inspektor wieder um und schlief weiter.

Bei Tagesanbruch stocherte Bony in der noch glühenden Asche. Er legte frisches Holz auf, und bald loderten helle Flammen. Eine Stunde später sah er, wie eine von Nuggets Frauen Holz auf das Lagerfeuer der Eingeborenen legte. Kurz danach stand Nugget auf, zündete sich die Pfeife an und wärmte sich, während seine Leute das Frühstück bereiteten und die Decken zusammenrollten. Als die Sonne am Horizont erschien, kam Nugget den Abhang herauf.

»Meine Leute möchten heute nach Quinambie«, verkündete er. »Da Sie mich nicht benötigen, werde ich sie begleiten. Die Kamele brauchen sowieso Wasser. Soll ich Ihnen vielleicht etwas mitbringen?«

Nein, er habe alles, was er benötige, erwiderte Newton.

Die Kamele wurden geholt. Das Leitkamel trug einen Reitsattel, an dem man die Proviantkiste und verschiedene Pakete befestigte, in denen Bony die Dingofelle vermutete. Die Kamele wurden aneinandergebunden, und die Karawane setzte sich in Bewegung. Die beiden Frauen übernahmen die Führung, die Kinder rannten vergnügt hin und her. Nugget aber bildete würdig schreitend den Schluß. Hier war er der Boss.

Newton und Bony verbrachten den Vormittag damit, die Gerätschaften zu sortieren. Reit- und Packsättel wurden untersucht, ob Reparaturen nötig waren, dann kamen die Werkzeuge an die Reihe. Zu Bonys Verwunderung befanden sich eine Heugabel und ein Gartenrechen darunter. Sämtliche Gerätschaften waren von dem Mann benützt worden, den Newton am Vortag entlassen hatte.

Nachdem dies erledigt war, backten die beiden Männer in der heißen Asche des Lagerfeuers das flache, ungesäuerte Buschbrot, dann zerteilten sie die Hälfte des frischen Rindfleisches und salzten es ein.

Bony trug heute seine Arbeitskleidung: einen alten Drillichanzug und elastische Reitstiefel. Der breitkrempige Filzhut sah aus, als habe man damit schon den heißen Kessel vom Lagerfeuer gehoben.

Kurz nach Sonnenuntergang kehrten die Eingeborenen zurück. Die Kinder waren müde, einige klammerten sich an die Höcker der Kamele. Die Packtaschen des Leittiers waren dick aufgebauscht. Offensichtlich hatten die Schwarzen eine Menge eingekauft. Einer der Hunde humpelte. Er war wohl in eine Rauferei verwickelt gewesen. Kurzum – es schien für alle ein herrlicher Tag gewesen zu sein.

Am nächsten Morgen um sieben Uhr führten Bony und der Zaunwart ihre Kamele über den Trampelpfad zum Zaun. Bony standen zwei Tiere zur Verfügung: Rosie war das Leitkamel mit dem Reitsattel, Old George trottete mit dem schweren Packsattel hinterdrein. Sobald die Männer den Zaun erreicht hatten, wandten sie sich nach Norden. Der Grenzzaun war hier 1,80 Meter hoch und schien nirgends zu enden. Er führte über flache Steppe, und die blaugrauen Blätter der Salzdornbüsche ragten in einen graublauen Himmel, der Wind ankündigte. An seinem oberen Ende wurde der Maschendrahtzaun von zwei Reihen Stacheldraht abgeschlossen. Ein kaum überwindbares Hindernis.

Der dingosichere Zaun sollte, wie bereits sein Name verriet, die Wildhunde abhalten, nach New South Wales einzudringen; er sollte aber ebenso die Heerscharen von wilden Kaninchen abwehren. Bony besaß genügend Erfahrung, um mit einem Blick zu erkennen, daß dieser Zaun in tadelloser Verfassung war. Die flache Steppe wurde von niedrigen Sanddünen abgelöst, das frische Stachelgras schimmerte in sattem Grün. Nirgends waren die abgestorbenen Büschel vom vergangenen Jahr zu sehen. Die Mulgabäume waren verkümmert, genau wie die übrigen Akazienarten. Sie boten also keinen Schutz vor den Westwinden, die aus dem unwirtlichen Gebiet des Lake Frome kamen.

Kurz vor Mittag erreichten die beiden Männer im dichten Busch eine von Nuggets Lagerstellen. Der Eingeborene hatte aus Zweigen einen Windschutz errichtet und mit Draht einige Pfähle zusammengebunden, mit deren Hilfe er jedesmal in kürzester Zeit das Zelt aufbauen konnte. Östlich davon – damit Zelt und Gerät nicht durch Funkenflug gefährdet werden konnten – war die Feuerstelle angelegt. Zwei an den Enden gegabelte Äste steckten

senkrecht in der Erde, quer darüber lag eine Stange, an der Draht-
schlingen befestigt waren, an denen man das Kochgeschirr über
das Feuer hängen konnte.

Newton führte seine Kamele einige Meter weiter und band sie
an Bäumen fest.

Bony folgte Newtons Beispiel, ließ Rosie niederknien und nahm
seine Proviantkiste vom Vorderende des eisernen Reitsattels.

Newton hatte inzwischen das Lagerfeuer angezündet und füllte
den Kessel aus seinem Wassersack.

»Vor einer Stunde sah ich auf der anderen Seite des Zauns
Hundespuren«, sagte Bony, während die Männer darauf warteten, daß das Wasser zu sieden begann. »Vermutlich stellt Nugget
seine Fallen drüben auf, damit seine eigenen Hunde nicht hinein-
geraten.«

»So ist es«, pflichtete Newton bei. Dann fügte er lachend hinzu:
»Sie werden doch wohl auf unserer Seite des Zaunes keinen Dingo
fangen wollen. Der Zaun soll nämlich dingosicher sein ... Was
halten Sie eigentlich von Nugget?«

»Ein Durchschnittstyp. Für einen Abo, der überwiegend
schwarzes Blut in den Adern hat, redet er etwas zuviel. Das deutet
auf Verschlagenheit. Hat man eigentlich ihn und seine Leute zum
Spurensuchen herangezogen, nachdem Maidstone gefunden worden war?«

»Ich glaube nicht. Er hatte gerade sein Lager bezogen, als es
passierte.«

»Wie viele schwere Stürme gab es seit dem Mord?«

»Einen. Er kam gerade, als Maidstone gefunden wurde. Die
schwarzen Tracker konnten kaum die Spurensuche beenden, da
wehte der Sturm alles zu.«

»Hm! Dann werde ich wohl auch nichts mehr finden.«

Kurz nach dem Mittagessen erreichten sie Sibirien. Das leicht
wellige Gelände endete am Fuße einer hohen Sanddüne. Der Zaun
führte hinauf und auf der gegenüberliegenden Seite wieder hinunter zu einer schmalen Bodensenke, an die sich die nächste Düne

anschloß. Als sie den Kamm dieser Düne erreichten, sah Bony, daß alle Sanddünen in ost-westlicher Richtung und völlig parallel zueinander verliefen. Je weiter die beiden Männer nach Norden gelangten, desto höher und wilder ragten die Dünen auf. In den Bodensenken wuchs nicht ein einziger Busch, aber die Sandhänge waren mit frischem Stachelgras überzogen, und auf den Kämmen standen Salzdornbüsche und windzerzauste Bäume. Diese Dünen wanderten nicht mehr, sie waren längst zur Ruhe gekommen.

Einige hundert Meter weiter erhob sich der Everest mit seiner flachen Kuppe. Nicht ein einziger Baum wuchs dort. Der untere Teil des Zaunes war frei von Gras und Gestrüpp. Hier war der Zaun aufgestockt, der ursprüngliche Zaun längst vom Sand verschlungen. In der Bodensenke, die sie gerade passiert hatten, lagen Ersatzpfosten und Rollen mit Maschendraht.

»Es sind im ganzen sechzehn Dünen«, erklärte Newton. »Ihre Aufgabe ist es, den Boden zu beiden Seiten des Zauns von Pflanzenwuchs freizuhalten. Hacken Sie die Stachelgrasbüschel aus dem Boden und harken Sie das Zeug beiseite, damit der Sand ungehindert durch den Maschendraht geweht werden kann. Sonst verfängt er sich, und im Handumdrehen wächst der Berg weiter.«

»Nugget scheint gute Arbeit geleistet zu haben«, bemerkte Bony.

»Seine Frauen und Kinder machen die ganze Arbeit. Er lümmelt sich nur und raucht Pfeife. Ein behäbiges Leben für einen Familienvater. Sind Sie verheiratet? Haben Sie Kinder?«

»Ich habe Frau und drei Kinder, aber die werde ich nicht herkommen lassen. Der Karnickelzaun Nummer eins in Westaustralien ist noch gewaltiger. Das alte Spinifexgras läßt sich beseitigen, aber Stachelgras gibt es da nicht.«

»Die Grasbüschel verfangen sich in den Maschen des Zauns, türmen sich höher und höher und werden schließlich hinüber nach New South Wales geweht. Sie müssen das Zeug mit der Heugabel über den Zaun werfen, damit es der Wind weitertragen kann.« Newton stopfte sich die Pfeife und zündete sie an. Sein Blick wanderte am Zaun entlang. »Ich hatte drei Jahre lang diesen Abschnitt, bevor ich zum Zaunwart befördert wurde. Es gibt hier nicht einen einzigen Zentimeter, an dem ich nicht im Schweiße meines Angesichts geschuftet hätte. Und wenn Sie bei uns wieder Schluß machen, werden auch Sie jeden Quadratzentimeter Boden bearbeitet haben.«

Sibirien! Eine einmalige Landschaft! Eine Hölle auf Erden, wenn der Sturm jegliche Sicht nahm. Dann wurde man mit Stachelgrasbüscheln überschüttet: Büschel jeder Größe – bis zum vierfachen Umfang eines Fußballes. Und diese Bälle bestanden aus hartem, ausgetrocknetem, messerscharfem Stachelgras.

»Wenn Sie hier draußen allein sind, benötigen Sie unbedingt ein Gewehr«, riet Newton. »Man weiß nie, was einen in der nächsten Senke erwartet. Vielleicht ein Buschtruthahn. Einmal hatte es geregnet, und eine der Senken hatte sich in einen riesigen See verwandelt. Sofort hatten sich dort Hunderttausende von Enten versammelt. Ein andermal habe ich zwei Dingos erwischt. Haben Sie schon mal ein Penentie gesehen?«

»Das ist doch ein Fabeltier, oder?«

»Durchaus nicht. Es hat den Rachen eines Krokodils und den Leib eines gewaltigen Leguans. Wenn Sie einem Penentie begegnen, dann machen Sie einen großen Bogen. Falls Sie schießen wollen, dann nur von der anderen Seite des Zauns. Aber wenn sich Ihre Kamele auf der gleichen Seite wie das Penentie befinden, versuchen Sie es lieber gar nicht erst. Sie können Gift darauf nehmen, daß Sie Ihre Kamele los sind. Die rennen nämlich bis Sydney.«

»Na ja, Sydney liegt doch nur achthundert Meilen weiter östlich«, meinte Bony lachend.

Immer wieder stiegen sie mühsam einen Sandhang hinauf und auf der anderen Seite wieder hinab. Die Kamele bewegten sich mit ihrem schlingernden Gang vorwärts. Als Bony und Newton die letzte Düne erklommen hatten, lag eine weite Ebene vor ihnen, und ein Tor führte durch den Zaun.

»Hier schlagen wir das Lager auf«, erklärte Newton, nachdem

sie am Fuß der letzten Düne angelangt waren. »Vermutlich wollen Sie sich zunächst einmal Brunnen zehn ansehen.«

Sie suchten sich eine Stelle, an der viel trockenes Holz herumlag. Dort ließen sie die Kamele niederknien, nahmen ihnen Lasten und Sättel ab. Die Tiere wurden an den Vorderfüßen gefesselt, und die Nasenleinen, die mit hölzernen Pflöcken in den Nüstern befestigt waren, entfernt. Die Säcke mit dem eingesalzenen Fleisch wurden an Aststümpfen aufgehängt, dann marschierten die Männer zum Gattertor.

Auf dieser Seite des Zauns war die Ebene mit Buschwerk bestanden, doch sobald die beiden Männer das Gattertor passiert hatten, hörte der Busch auf. Von einigen Bäumen abgesehen, dehnte sich die Landschaft in wüstenhafter Unendlichkeit. Da lag der Brunnen, und die Sonne brach sich wie in einem funkelnden Diamanten in dem Wasser, das aus dem Stahlrohr sprudelte. Die Luft war so klar, daß man aus dem schmalen Bach den Dunst aufsteigen sah. Die Oberfläche des Sees, in den der Bach mündete, kräuselte sich leicht unter dem Wind.

»Da drüben, gegen diesen Baum hatte Maidstone sein Motorrad gelehnt. Kamera und Wassersack hingen gemeinsam an einem Ast. Die Pflöcke markieren die Stelle, an der die Leiche gefunden wurde. Es sah eigentlich nicht so aus, als ob er bei Nacht erschossen worden ist.«

Newton wartete auf eine Bemerkung Bonys, doch er wartete vergebens. Er beobachtete, wie Bony den Schauplatz des Verbrechens betrachtete und schließlich die Lagerstelle besah.

»Kehren wir zu unserem Campingplatz zurück, Ed«, sagte Newton nach einer Weile. »Die Sonne geht bald unter. Die Kamele tränken wir morgen am Brunnen.«

3

Die Viehherden hatten die Landschaft beim Brunnen 10 verändert. Zuerst hatten die Rinder Gras und niedrige Büsche gefressen, dann waren die Akazien darangekommen – die Blätter hatten als Nahrung gedient, an den abgestorbenen Stämmen hatten sich die Tiere gescheuert. Das Land war gezeichnet. Über toten Tieren und Baumstümpfen hatten sich kleine Sandhügel gebildet. Die Westwinde sorgten dafür, daß die Sandhügel nicht weiter anwuchsen, trugen den Sand zu den hohen Dünen, über die der Zaun verlief. Der Brunnen und der kleine See, in den das Wasser abfloß, schienen kaum zweihundert Meter entfernt zu sein, doch Bony wußte genau, daß die Entfernung in Wirklichkeit eine volle Meile betrug. Auf dem ansteigenden Gelände jenseits des Sees weidete braun-weiß geflecktes Vieh.

Bony folgte mit seinen zwei Kamelen dem Zaunwart, der wie üblich seine drei aneinandergekoppelten Tiere führte. Der Mischling fühlte sich frisch und war bei bester Laune. Tief atmete er die trockene, saubere Luft ein. Der sandige Boden war für die Füße eine Wohltat. Genau wie Newton zog auch er es vor, zu laufen und nicht zu reiten. Er hatte Rosie deshalb gar nicht erst gesattelt. Am meisten aber freute er sich über die schwierige Aufgabe, die ihn hierhergeführt hatte. Hier war Maidstone ermordet worden, und in dieser Gegend mußte etwas zu finden sein, was anderen Augen entgangen war.

Newton blieb neben zwei in den Boden getriebenen Pflöcken stehen. Bony trat zu ihm. Diese Pflöcke markierten die Stelle, an der vom Verwalter von Quinambie die Leiche gefunden worden war. Irgendwelche Spuren waren nicht zu entdecken – weder von einem Menschen noch von einem Tier.

»Maidstone lag mit dem Gesicht nach unten, der Kopf dort beim östlichen Pflock«, erklärte der Zaunwart, während er sich Preßtabak für seine Pfeife zurechtschnitt. »Er muß auf dem Rückweg zum Lager gewesen sein.«

27

»Das läßt sich aus seiner Lage nicht ohne weiteres schließen«, widersprach Bony. »Er kann sich im Fallen umgedreht haben. Er kann also ebensogut zum Brunnen gegangen sein.«

»Die Polizei ist der Ansicht, daß er am See war.«

»Sicher, irgendeine Feststellung mußte man ja schließlich treffen«, meinte Bony sarkastisch. »Mein Hauptgrundsatz lautet: Nichts allein nach dem äußeren Anschein beurteilen. Ich kann mich erst zufriedengeben, wenn ich durch einen Beweis erhärtet habe, in welcher Richtung Maidstone ging, als er erschossen wurde. Wir können natürlich aus unseren Vermutungen eine Theorie aufbauen – und damit lediglich Zeit verschwenden. Die Polizei glaubt, daß er vom See ein Kochgeschirr voll Wasser geholt hat, um den mitgeführten Wasservorrat zu schonen. Das Kochgeschirr wurde neben der Leiche gefunden – selbstverständlich leer, denn Maidstone war ja zu Boden gefallen. So glaubt man. Ich aber will den Beweis.«

»Wird schwer werden«, erwiderte Newton bissig. »Immerhin sind seit dem Mord einige Wochen vergangen.«

Der Zaunwart marschierte weiter. Bony wartete einige Sekunden, damit seine Kamele besser parierten, dann folgte er Newton. Die Glöckchen an den Hälsen der Trampeltiere läuteten, und hoch am Himmel zogen Adler ihre weiten Kreise. Bony war in Hochstimmung, denn dieser komplizierte Fall versprach interessant zu werden.

Als die beiden Männer den Brunnen erreichten, hielten sie an und sahen zu, wie das Wasser aus dem gebogenen Rohr sprudelte. Eine tiefe Kuhle hatte sich gebildet, von der aus das Wasser durch einen Graben zu dem See floß, der sich mit der Zeit gebildet hatte. Dieser artesische Brunnen funktionierte nun schon seit Jahren, und obwohl der Druck etwas nachgelassen hatte, würde er noch viele Jahre Wasser spenden.

»Warum heißt er Nummer zehn?« fragte Bony.

»Der Mann, der die Brunnen gebohrt hat, erhielt den Auftrag, zehn Stück anzulegen. Dies war der letzte. Es ist natürlich nicht die offizielle Bezeichnung.«

Sie zogen mit ihren Kamelen am Nordrand des Baches weiter und folgten dem Seeufer. Sowohl am Rande des Baches als auch am Ufer des Sees hatten sich Mineralsalze niedergeschlagen. In dem klaren Wasser waren Algen zu erkennen. Nachdem sie eine Viertelmeile am Ufer des Sees entlangmarschiert waren, bat Bony den Zaunwart, stehenzubleiben.

»Sie können sich vermutlich nicht mehr erinnern, welches Wetter an dem Tage herrschte, an dem Maidstone ermordet wurde?« rief Bony.

Newton schüttelte den Kopf. »Aber wenn wir ins Lager zurückkommen, kann ich es Ihnen sagen. Ich führe Tagebuch.«

Sie folgten weiter dem Ufer des Sees. Der Boden war feucht, und bald stießen sie auf Viehspuren. Newton hielt an und führte seine Kamele zum Wasser. Sie schienen ängstlich darauf bedacht zu sein, sich nicht die Füße naß zu machen, und zeigten auch keinen allzu großen Durst. Bony bemerkte, daß Rosie zunächst verächtlich den Kopf zurückwarf, aber Old George soff sofort in langen Zügen.

»Ein Stück weiter dürfte der See gut sechshundert Meter breit sein«, meinte Bony. »Ist das Wasser in der Mitte sehr tief?«

»Nur in der Verlängerung des Grabens. Dort reicht es bis zum Hals. So hörte ich jedenfalls von Nugget. Seine Kinder haben es ausprobiert.«

»Das Ufer ist also ganz flach. Dann kann der Wind allerdings das Wasser ein ganzes Stück weitertreiben. Diese vertrockneten Algen beweisen es. Sie sind – wie am Meer der Tang – angeschwemmt worden.«

»Ihnen scheint nichts zu entgehen«, mußte Newton zugeben. »Manchmal sind viele Enten hier, sogar Schwäne. Viel Futter finden sie ja nicht, aber wenn sie auf dem Durchflug sind, ruhen sie sich gern hier aus.«

Bony hätte diesen künstlichen See gern näher untersucht, doch das mußte warten, bis er allein war. Er stellte auch kaum noch Fragen – nur, wenn er eine Vermutung bestätigt haben wollte. Schließlich erklärte er, daß er bei dieser Gelegenheit auch gleich die Wasserfässer füllen wollte. Es sei nicht nötig, dem Seeufer noch weiter zu folgen.

»Maidstone dürfte sich also ungefähr an dieser Stelle sein Kochgeschirr gefüllt haben?« fragte er. »Oder was denken Sie?«

»Ja, ungefähr hier. Er brauchte nicht weiterzugehen. Das meiste Salz hat sich abgelagert, das Wasser ist nun überall gleich. Man kann damit gerade noch Tee aufbrühen.«

Nach dem Mittagessen packte Newton seine Sachen zusammen und marschierte in nördlicher Richtung davon, an ›seinem‹ Zaun entlang. Bony nahm Rechen und Heugabel, passierte das Gattertor und arbeitete einige Stunden lang. Er harkte Blätter und Zweige beiseite, hackte Stachelgrasbüschel heraus. Schließlich hatte er sich über drei gigantische Sanddünen hinweggearbeitet und am Zaun entlang eine meterbreite Bahn gerodet. Eine Stunde vor Sonnenuntergang kehrte er ins Lager zurück, fesselte die Vorderbeine der Kamele und ließ sie laufen, damit sie sich ihr Futter suchen konnten. Er zündete Feuer an, und nach dem Abendessen backte er in der Feuerstelle des Camps Brot und kochte für den nächsten Tag gesalzenes Fleisch vor.

Es war ein herrlicher Tag gewesen. Die Fliegen waren nicht zu aufdringlich, die Luft war von einer herben Frische, und die tiefe Stille wurde nur vom Läuten des Glöckchens unterbrochen, das jetzt an Rosies Hals hing. Wenn jeder Tag so erholsam wäre wie dieser, würde ich hundert Jahre alt werden, ging es Bony durch den Kopf. Aber leider ist nicht jeder Tag derart erholsam, und außerdem ist er wie jeder andere um Mitternacht zu Ende, dachte er traurig.

Doch der nächste Tag war genauso schön. Bony setzte seine Arbeit in den Dünen fort. Am darauffolgenden Tag brachte er die Kamele zum See, um sie saufen zu lassen. Nugget hatte ihn darauf aufmerksam gemacht, daß Rosie ungenießbar würde, wenn sie vier Tage lang kein Wasser bekommen hatte, und Old George würde dann während der Nacht trotz der gefesselten Vorderbeine zum nächsten Brunnen humpeln.

Bony beabsichtigte, bei dieser Gelegenheit eine Runde um den See zu machen. Am artesischen Brunnen angekommen, folgte er diesmal dem Ostufer des Baches. Einen Stock in der Hand, das Gewehr umgehängt, entging nichts seinen scharfen Augen. Ab und zu stocherte er mit dem Stock in den Algen, die stellenweise meterweit an Land geschwemmt worden waren – ein Beweis, daß der Wind gelegentlich mit großer Gewalt über die Wasserfläche gefegt war.

Newton hatte anhand seines Tagebuchs festgestellt, welches Wetter am neunten Juni und an den folgenden Tagen geherrscht hatte. Der Wind sei der große Feind für den Grenzzaun, hatte er hinzugefügt, und deshalb interessiere er sich vor allem für die Windverhältnisse. Der Wind sei das große Problem, mit dem er und seine Leute sich herumzuschlagen hätten. Wind und Regen spielten auch bei Bonys Ermittlungen eine große Rolle. In dieser menschenleeren Wildnis hatte es keinen Zweck, nach Fingerabdrücken zu suchen. Wenn er wirklich brauchbare Spuren finden wollte, mußte er vor allem die klimatischen Verhältnisse kennen.

Bony hatte sich in Newtons Tagebuch genau über die Windverhältnisse informiert, und nun stand sein Entschluß fest, den See zu umrunden.

Das Tagebuch hatte folgende Angaben enthalten:

9. Juni: Leicht böiger Südwind.
10. Juni: Brise aus Nordost.
11. Juni: Windstill.
12. Juni: Gegen Abend kommt kräftiger Westwind auf.
13. Juni: Weststurm.
14. Juni: Windstill.

*

Nachdem Bony die Kamele getränkt und die beiden je zwanzig Liter fassenden Eisenfässer, die Old George auf dem Rücken trug, mit Wasser gefüllt hatte, nahm er sich seine Notizen vor. In der fraglichen Zeit hatte nur an einem einzigen Tag Sturm geherrscht, und zwar Weststurm. Er war stark genug gewesen, um am Ostufer das Wasser mehrere Zentimeter landeinwärts zu treiben. Die Salzablagerungen und die vertrockneten Algen zeigten deutlich, daß an manchen Stellen das Wasser sogar bis zu zwei Metern über das Ufer getreten war. Bony setzte seinen Weg fort, stocherte immer wieder in den Algen herum. Aber er fand nichts – nicht einmal Wasserwanzen oder Fliegenlarven.

Die Rinder, die zur Tränke gekommen waren, hatten zahllose Spuren hinterlassen. Auch Pferdespuren waren zu erkennen. Doch diese ganzen Spuren waren nicht sehr alt, waren bestimmt erst nach dem Weststurm entstanden. Bony fand nicht die geringste Kleinigkeit, die auf die Anwesenheit eines Menschen hätte schließen lassen. Keine Flasche, keinen Korken, keine Zigarettenpakkung – nichts. Als Bony zum westlichen Ausläufer des Sees gelangte, wurde seine Geduld belohnt. Er fand zwei Blitzbirnen. Er betrachtete sie, und nachdem er festgestellt hatte, daß sie benützt worden waren, wickelte er sie sorgfältig ins Taschentuch.

Diese Blitzlampen waren äußerst aufschlußreich.

Die schwarzen Tracker, die vom Verwalter der Quinambie-Station mitgebracht worden waren, hatten erklärt, Maidstone habe am gleichen Tage, an dem er von der Quinambie-Station aufgebrochen sei, hier sein Lager aufgeschlagen und sei am nächsten Morgen zum See gelaufen, um das Kochgeschirr mit Wasser zu füllen. Aber warum sollte er mit dem kleinen Kochgeschirr Wasser holen? Von den beiden beim Motorrad hängenden Wassersäcken war einer voll und einer leer gewesen. Der Lehrer hätte also auf jeden Fall den leeren Wassersack mitgenommen und das Kochgeschirr höchstens dazu benützt, ihn zu füllen.

Die Kamera des Lehrers hatte neben dem Motorrad an einem Zweig gehangen, und die Polizei hatte festgestellt, daß sie keinen

Film enthielt. Bei den sichergestellten Effekten des Toten hatte man zwei belichtete Filme gefunden. Maidstone hatte unter anderem Bilder vom Stammsitz der Quinambie-Station gemacht und eins vom Brunnen 9.

Die benützten Blitzlampen bewiesen, daß er zum See beim Brunnen 10 gegangen war und dort zwei Nachtaufnahmen gemacht hatte. Die Eingeborenen aber, die zur Spurensuche eingesetzt worden waren, hatten nichts von diesem nächtlichen Ausflug erwähnt. Sie mußten jedoch zweifellos die Stelle entdeckt haben, wo der Lehrer auf die zur Tränke kommenden Tiere gewartet hatte. Wenn er nun mit seiner Kamera ins Lager zurückgekehrt wäre, hätte er entweder den belichteten Film herausgenommen und zu den anderen beiden gelegt, oder der nur teilweise belichtete Film hätte sich noch in der Kamera befinden müssen.

Wer also hatte den nur zum Teil belichteten Film aus der Kamera genommen? Was hatte Maidstone in der fraglichen Nacht fotografiert? Und das leere Kochgeschirr! Was hatte er damit gewollt, als er erschossen wurde?

Die möglichen Antworten warfen allerdings neue Fragen auf, die noch schwerer zu beantworten sein würden.

Bony vollendete die Umrundung des Sees, ohne weitere Blitzlampen gefunden zu haben. Aber er sah nun schon bedeutend klarer. Er sah einen Mann, der zum Nordufer gekommen war – mit Kamera und einem Kochgeschirr voll Tee oder Kaffee, um sich während der langen Nacht erfrischen zu können. Lautlos hatte er in der Dunkelheit gesessen, hatte darauf gewartet, einen Dingo oder einen Fuchs, vielleicht auch ein paar Rinder fotografieren zu können, die am See trinken wollten. Zwei Aufnahmen hatte er gemacht, dann war er mit Kamera und leerem Kochgeschirr zum Lager zurückmarschiert. Und auf dem Weg dorthin war er erschossen worden. Der Mörder hatte den Film aus der Kamera genommen und den Apparat an den Zweig gehängt. Aber die Eingeborenen hatten nichts von der Anwesenheit eines zweiten Mannes berichtet, obwohl auch er in dem sandigen Gelände zweifellos Spuren hinterlassen hatte.

Vielleicht hatte Maidstone diesen Unbekannten fotografiert, doch er wollte unbedingt verhindern, daß seine Anwesenheit am See bekannt wurde, so daß er selbst vor einem Mord nicht zurückgeschreckt war. Warum? Dies war ein freies Land. Es konnte keine Rede davon sein, daß Maidstone ein fremdes Grundstück betreten hatte. Außerdem hatte der Lehrer in aller Öffentlichkeit erklärt, bei Nacht an dem See fotografieren zu wollen. Was also konnte der Unbekannte zu verbergen haben, daß er selbst vor einem Mord nicht zurückschreckte?

Bony ging nun zu der Stelle, an der Maidstone sein Lager aufgeschlagen hatte. Ohne zu erwarten, noch einen wichtigen Fund zu machen, suchte er auch hier Meter um Meter sorgfältig ab.

Schließlich kehrte er in sein eigenes Lager zurück, nahm den Kamelen die Lasten ab und marschierte zu den im Süden seines Zaunabschnitts gelegenen Dünen. Es gab viel zu tun, und so war es bereits vier Uhr, als er endlich die Stelle erreichte, an der er – in der Nähe von Nuggets Lager – mit Newton Tee gekocht hatte. Sechs Meilen vom Gattertor entfernt hatte er sich von dem Zaunwart getrennt, und bis zum Brunnen 10 mußte es ungefähr ebenso weit sein.

Er fesselte die Vorderbeine seiner Kamele, zündete ein Feuer an und setzte sich auf die Proviantkiste. Er trank Tee und rauchte eine Zigarette. Es war Spätnachmittag, und die Sonne spendete angenehme Wärme. Aber es würde eine kalte und klare Nacht geben.

Der Besuch am See hatte zwei Ergebnisse gezeitigt: Bony hatte die beiden Blitzlampen gefunden, und er war in seinem Verdacht bestärkt worden, daß die schwarzen Tracker ganz bewußt alle Spuren des Mörders übersehen hatten. Dies deutete darauf hin, daß ein Stammesangehöriger an dem Verbrechen beteiligt war. Nugget hatte zum überwiegenden Teil Eingeborenenblut in seinen Adern.

Einem Mann wie Nugget würde es nicht viel ausmachen, nach Eintritt der Dunkelheit sechs Meilen zum See zu laufen, dort einige Stunden zu warten und trotzdem noch vor Tagesanbruch wieder in seinem Lager zu sein. Newton, der Zaunwart, hielt sich zu diesem Zeitpunkt viele Meilen weiter südlich auf. Wenn er bis Sonnenuntergang nicht bei Nuggets Lager aufgetaucht war, konnte der dunkelhäutige Fencer mit Sicherheit annehmen, daß der Zaunwart an diesem Tag auch nicht mehr kommen würde.

Bony erhob sich und schlenderte zu dem verlassenen Camp.

Neben den Pfosten, die bei Regen zum Errichten des Zeltes dienten, hatte Nuggets Familie bei der Feuerstelle einen Windschutz gebaut. Allerlei Abfall lag herum: Papier, leere Konservendosen, zerbrochenes Spielzeug, Känguruhknochen. Ein Weißer würde hier kaum kampieren. Plötzlich entdeckte Bony eine zerbrochene Kamera, aus der ein Stück Film herausragte. Gebißspuren verrieten, daß die Kamera achtlos herumgelegen und einer von Nuggets Hunden darauf herumgekaut hatte.

Der Film hätte nicht in Maidstones Kamera gepaßt.

4

Auf seiner Wanderung nach Süden durchstöberte Bony sämtliche Campingplätze von Nugget, aber außer einer Stoffpuppe und leeren Patronenhülsen fand er nichts Interessantes. Fast alle Eingeborenen hielten ihren Lagerplatz nicht sauber, und Nuggets Familie machte keine Ausnahme.

Bony befand sich bereits ganz in der Nähe des am Südende seines Abschnitts gelegenen Tors, als er von Newton eingeholt wurde. Gemeinsam brachten sie die Tiere zum Brunnen und richteten das Nachtlager her. Zunächst unterhielten sie sich über allgemeine Dinge, doch nach dem Essen machten sie es sich am Lagerfeuer bequem und rauchten.

»Nun, haben Sie bei Brunnen zehn etwas gefunden?« fragte der Zaunwart und strich sich mit dem Pfeifenstiel durch den Bart.

»Nein. Sie haben also bemerkt, daß die Kamelspuren durchs Gattertor führten?«

»Ganz recht. Übrigens, ich habe einmal mit Bohnenstange Kent über den Mord gesprochen. Er arbeitet an dem nördlich anschließenden Zaunabschnitt. Ich habe ihm natürlich nicht gesagt, wer Sie sind, aber was er mir da erzählt hat, wird Sie interessieren. Auf Quinambie ist man seit einiger Zeit der Ansicht, daß Vieh abhanden kommt. Man kann es zwar nicht beweisen, aber man glaubt, daß die Leute aus Yandama das Vieh stehlen. Die Yandama-Station liegt nördlich von Quinambie und reicht hinauf bis zum Dreistaateneck. Früher war es üblich, daß die Leute von Quinambie drüben auf Yandama Vieh stahlen, und die Leute von Yandama haben sich die Rinder zurückgeholt – dazu noch ein paar Tiere als Zinsen. Das war damals in der Pionierzeit gang und gäbe.«

»Also eine Art Sport, wie?« murmelte Bony.

»O nein, Ed. Es war tödlicher Ernst. Nun, Bohnenstange Kent erinnert sich, daß er in der fraglichen Zeit eines Nachts rund zehn Meilen nördlich vom Tor beim Brunnen zehn kampiert hat. Mitten in der Nacht wurde er wach, weil auf der anderen Seite des Zauns eine große Viehherde nach Süden zog. Im allgemeinen rührt sich das Vieh nachts nicht von der Stelle, aber es kommt schon mal vor, daß eine Herde ganz plötzlich weiterzieht. Die Tiere werden unruhig und suchen sich einen neuen Weidegrund.«

Newton lachte dröhnend.

»Bohnenstange ist eine komische Nummer«, fuhr er fort. »Wenn er seinen Job nicht bald wechselt, wird er noch so wie der verrückte Pete. Dann stülpt auch er seinen Hut über einen Zaunpfosten und fängt mit ihm Streit an. Kurzum: Er liegt also unter seinen Decken, das Lagerfeuer ist längst erloschen – da hört er, wie eine Herde vorbeizieht. Vermutlich zum Brunnen zehn. Als alle

Rinder vorüber sind, vernimmt er Hufschläge und das Klirren von Metall. Er glaubt, daß Reiter dabei waren und die Pferde Hobbelketten um den Hals hängen hatten. Es war völlig dunkel, aber er ist fest überzeugt, daß es sich um mehrere Pferde handelte.«

»Viehdiebe?«

»Möglich. Auf unseren Viehstationen wird nachts nicht gearbeitet und erst recht nicht bei diesen Faulpelzen vom Lake Frome. Die vorüberziehende Herde befand sich ja auf dem Gelände der Lake-Frome-Station.«

»Bohnenstange Kent hat diesen Vorfall aber bei der Vernehmung durch die Polizei nicht erwähnt. Außer mit Ihnen scheint er überhaupt mit niemandem darüber gesprochen zu haben.«

»Er hat lediglich keine Lust, sich die Rache der Viehdiebe zuzuziehen und sich umlegen zu lassen wie Maidstone. Schließlich ist nicht von der Hand zu weisen, daß Maidstone von Viehdieben erschossen worden sein könnte. Ich kenne zwar den Grund nicht, aber vielleicht hat er sie gesehen, und sie hatten Angst, er könnte sie wiedererkennen. Dies nur zu Ihrer Information, Ed.«

Bony zupfte nachdenklich an der Unterlippe. Er mußte zugeben, daß ein solches Motiv für den Mord durchaus denkbar war.

»Wie lang ist der Zaunabschnitt von Bohnenstange?«

»Zwanzig Meilen. Nördlich von ihm arbeiten noch zwei Fencer. Einer davon ist der verrückte Pete. Ich habe bei beiden das Gespräch unauffällig auf diese Viehgeschichten gelenkt, aber sie behaupten übereinstimmend, bei ihren Gattertoren keine Viehspuren gesehen zu haben. Es scheint sich also um Quinambie-Vieh gehandelt zu haben. Wenn es tatsächlich Viehdiebe gewesen sind, werden sie die Rinder bis Tagesanbruch zum Brunnen zehn getrieben haben. Dort haben sie die Tiere getränkt und sind anschließend sofort weitergezogen. Dann haben sie die Tiere aussortiert, mit ihrem Brandmal versehen und nach Süden gebracht.«

»Interessant«, mußte Bony zugeben. »Ich werde bestimmt nicht vergessen, was Sie mir da erzählt haben. Um noch einmal auf

Nugget zu sprechen zu kommen: Was macht er eigentlich mit dem Geld, das er verdient?«

»Er hat mehr Geld als ich«, antwortete Newton. »Nugget ist ein seltsamer Bursche, ein richtig eingebildeter Laffe. Hat sich ein Bankkonto eingerichtet. Dort reicht er seinen Lohnscheck ein, und wenn er etwas bezahlen muß, schreibt er fleißig Schecks aus. Hat Ihr Interesse für Nugget einen dienstlichen Grund?«

»Lediglich, weil er von Ihren Leuten derjenige war, der in der fraglichen Zeit dem Tatort am nächsten war. Sein Lager war nur sechs Meilen entfernt. Bohnenstange war ebenfalls in der Nähe, doch schon etwas weiter entfernt. Nugget scheint seinen Frauen und Kindern gegenüber sehr großzügig zu sein.«

»Er fährt nie nach Broken Hill. Da kann er sich diese Großzügigkeit leisten. Alle sechs Monate kommt ein syrischer Händler nach Quinambie. Bei ihm erhält man alles, was man hier im Busch braucht. Dort kauft Nugget seinen Frauen und Kindern die Kleidung, und die wird getragen, bis sie vom Leib fällt. Die Kinder bekommen eine Menge Spielzeug. Es ist jedesmal ein Fest, wenn dieser Hausierer kommt. Außer Nugget tragen ja auch die anderen Eingeborenen, die auf dem Gebiet von Quinambie leben, ihr Geld zu dem Syrer, und dann geht es hoch her. Ich habe gesehen, wie Nugget eine riesige Zigarre geraucht hat. Mir hat er mal eine geschenkt. Ich habe sie geraucht, aber hinterher war mir schrecklich übel.«

Der Zaunwart stand auf und füllte den Kessel, um noch einen letzten Becher Tee aufzubrühen. Bony sammelte inzwischen Kleinholz, das am nächsten Morgen zum Feueranzünden dienen sollte. Nachdem dies erledigt war, nahmen die beiden Männer wieder am Lagerfeuer Platz.

»Manchmal scheint Nugget sein Geld etwas leichtsinnig auszugeben«, meinte Bony nachdenklich. »Bei seinem Stammlager sah ich eine kaputte Kamera – eine Box.«

»Nugget geht nur mit zwei Dingen pfleglich um: mit seinem Gewehr und seiner Kamera. Zunächst kam er mit seiner Kamera überhaupt nicht zu Rande. Es war ein teurer Apparat, aber er konnte nicht damit umgehen, bis sich schließlich der Verwalter von Quinambie erbarmte und ihm alles genau erklärte. Dann brachte er allerdings ganz ordentliche Fotos zustande. Die Box hat er wohl seinen Kindern geschenkt. Ich finde oft kaputtes Spielzeug.«

Bony wechselte das Thema und fragte Newton, wie oft er Urlaub nähme, während Newton sich nach Bonys Arbeit und den persönlichen Verhältnissen erkundigte.

»Sie scheinen mehr über diesen Mord zu wissen als wir«, bemerkte der Zaunwart schließlich.

»Das muß ja wohl auch so sein«, erwiderte Bony lächelnd. »Sehen Sie, ich habe die Polizeiakten gründlich studiert. Wie Sie vermutlich wissen, blieb der Sergeant mit seinem Assistenten eine volle Woche lang bei Brunnen zehn und führte von dort aus seine Ermittlungen. Dann erst erfolgte die gerichtliche Untersuchung, doch die Verhandlung führte auch zu keinem Ergebnis. Deshalb bat man mich, den Fall zu übernehmen. Ich glaube, ich sagte Ihnen bereits, daß ich auf Ermittlungen im Busch spezialisiert bin – im Busch, wo andere Polizeibeamte zwangsläufig versagen müssen.«

»Und Sie glauben tatsächlich, Sie werden den Mörder finden?«

»Selbstverständlich werde ich den Mörder finden! Jeder Fall, der von mir übernommen wurde, ist von mir auch aufgeklärt worden.«

»Sind Sie schon lange bei der Polizei?«

»Ich ging sofort nach Beendigung meines Hochschulstudiums zur Polizei. Geduld ist meine stärkste Waffe. Einmal benötigte ich zur Aufklärung eines Mordes eine Woche, ein andermal dauerte es zwei Jahre. In gewisser Hinsicht ähnelt meine Arbeit auch der Ihren am Zaun: Sie wird niemals enden. – Übrigens, woher bezieht Bohnenstange eigentlich seinen Proviant?«

»Normalerweise aus Quinambie. Aber sehr oft kommt er nicht zum Stammsitz. Jeden zweiten Donnerstag kampiert er in der Nähe von Brunnen zehn. Da kommt der Lastwagen vom Lake

Frome vorbei, wenn die Post geholt wird. Der Fahrer erhält von Bohnenstange die Bestelliste und liefert das Gewünschte, wenn er zurückkommt. Warten Sie – ja, am nächsten Donnerstag kampiert Bohnenstange wieder am Gattertor bei Brunnen zehn. Wollen Sie sich bei dieser Gelegenheit mit ihm unterhalten?«

»Ja, ich möchte gern mal mit ihm sprechen.«

»Verstehe!«

»Was für ein Mensch ist eigentlich der Verwalter von der Lake-Frome-Station?«

»Er ähnelt Nugget, ist aber ein Weißer. Das heißt, wenn er jemals seine Sonnenbräune verlieren würde. Rasiert sich einmal in der Woche. Er ist das pure Gegenteil von Commander Joyce, dem Besitzer von Quinambie. Aber schließlich sind die beiden Herrenhäuser auch nicht miteinander zu vergleichen. Levvey wohnt eigentlich nur in einem auf Dauer eingerichteten Buschlager. Scheint ihm nichts auszumachen. Als ich ihn zum erstenmal sah, habe ich mich ehrlich gewundert, daß er den Job als Verwalter erhalten hat.«

»Ist die Lake-Frome-Station größer als Quinambie?«

»Nicht ganz so groß. Und bei weitem nicht so gut geführt. Soll einer englischen Viehzuchtgesellschaft gehören.« Newton zündete sich die Pfeife an. »Levvey kommt mit den Eingeborenen sehr gut aus, während Commander Joyce auf Quinambie einige Schwierigkeiten hat. Mit seinen weißen Arbeitern kommt Joyce ausgezeichnet aus, und außerdem hat er einen tüchtigen Verwalter.« Er lachte dröhnend. »Uns einfache Leute bittet man auf Quinambie natürlich nicht ins Herrenhaus.«

»Joyce scheint sehr zurückgezogen zu leben.«

»Da haben Sie recht! Das liegt wohl zum Teil an seiner Frau. Ich habe den Eindruck, daß es ihr hier nicht besonders gefällt. – »So, jetzt gehe ich schlafen.«

Am nächsten Morgen, bei Sonnenaufgang, trennten sich Bony und Newton. Bony überlegte kurz. Bis zum kommenden Donnerstag waren es noch fünf Tage. Newton hatte ihm gesagt, er werde in ungefähr vierzehn Tagen zurück sein.

»Machen Sie's gut!« meinte der bärtige Zaunwart zum Abschied.

Bony marschierte nach Norden. Er hatte Rosie und Old George noch getränkt, und die beiden Kamele käuten zufrieden ihr Futter wieder. Mit ihrem schaukelnden Gang erinnerten sie an zwei Schiffe auf hoher See.

Bony kannte die Gewohnheiten der beiden Tiere nun schon recht gut. Keins war bösartig, und sie wußten in dieser Gegend genau Bescheid. Sie machten wenig Schwierigkeiten, solange man daran dachte, sie spätestens am vierten Tag zur Tränke zu führen. Sonst wurde Rosie unruhig, und Old George begann zu schmusen.

Jedesmal, wenn Bony die Tiere getränkt und ins Camp zurückgebracht hatte, stand Old George unbeweglich da und beobachtete alles. Das Kamel trug zwei Eisenfässer, von denen jedes zwanzig Liter faßte. Dieser Wasservorrat mußte manchmal fünf Tage reichen. Deshalb durfte Bony im allgemeinen täglich nicht mehr als acht Liter zum Kochen und Waschen verwenden.

Als Old George zum erstenmal mit seiner Schmuserei anfing, fühlte sich Bony geschmeichelt. Der Inspektor hatte sich drei Becher Wasser in die Waschschüssel geschüttet. Sobald Old George dies sah, schlurfte er trotz der gefesselten Vorderbeine näher und wartete geduldig, bis Bony sich gewaschen hatte und ihm das seifige Wasser reichte. Diese Brühe soff das Kamel gierig, dann warf es den Kopf zurück und begann sein Futter wiederzukäuen. Danach war es den ganzen Tag zufrieden.

Rosie verschmähte ein derartiges Gesöff. Nach vier Tagen machte sie ganz einfach Schwierigkeiten beim Satteln und Beladen. Sie preßte sich so fest an den Boden, daß Bony die Sattelgurte nicht unter ihr hindurchziehen konnte. Es blieb ihm dann nichts anderes übrig, als die Schaufel zu nehmen und unter Rosies Bauch eine Vertiefung zu graben. Während der ganzen Zeit stöhnte sie mitleiderregend, versuchte sich tiefer in den Boden zu pressen, und wenn alles nicht half, streikte sie schließlich und wollte nicht aufstehen. An dem eisernen Sattel, der wegen des Höckers unterteilt war, trug sie am vorderen Ende die Proviantkiste und zu beiden Seiten Drahtrollen. Old George schleppte mit seinem schweren Packsattel rund fünf Zentner Gerät.

Australien hat dem Kamel, das im Jahre 1866 von Sir Thomas Elder auf den fünften Erdteil geholt wurde, viel zu verdanken. Mit Kamelen konnte man die weiten wasserlosen Gebiete durchqueren, mit Pferden war dies hingegen nur nach heftigen Regenfällen möglich. Es ist verbürgt, daß während einer solchen Expedition ins Innere des Kontinents die Kamele vierundzwanzig Tage lang ohne Wasser aushielten. Später wurden diese Tiere in immer größerer Zahl zusammen mit ihren afghanischen Treibern ins Land geholt. Da die Treiber die Kamele aber schlecht behandelten, war es kein Wunder, daß die Tiere widerspenstig und bösartig wurden.

Folglich war es mit einem gewissen Risiko verbunden, mit den Kamelen allein unterwegs zu sein. Deshalb behandelten die Männer, die am Zaun arbeiteten, ihre Tiere mit der größten Rücksichtnahme und bewiesen damit gleichzeitig, daß auch ein Kamel lammfromm sein kann, wenn man richtig mit ihm umgeht.

Nur selten ritten die Männer auf dem Leitkamel, denn es wäre für das Tier zuviel gewesen, fortwährend niederzuknien und wieder aufzustehen. Statt dessen marschierten die Fencer am Zaun entlang, den Zügel des Leitkamels über den Arm gestreift, die Leine des Packtiers am Sattel des Leitkamels befestigt. Das rhythmische Läuten des Glöckchens bot die Garantie, daß sich das Packtier nicht losgerissen hatte.

Die täglichen Routinearbeiten am Zaun kamen Bony sehr gelegen. Während er mit seinen Kamelen unterwegs war und die notwendigen Handgriffe erledigte, hatte er Zeit zum Nachdenken. Viel zu tun gab es in dieser Jahreszeit ohnehin nicht. Er hackte die Stachelgrasbüschel aus dem sandigen Boden, rechte sie zusammen und schaufelte sie über den Zaun auf das Gebiet von

New South Wales. Schon bald hatte er gelernt, über den Zaun zu klettern, ohne sich am Stacheldraht die Kleidung zu zerreißen. So vergingen die Tage auf angenehme Weise.

Vier Tage, nachdem er sich vom Zaunwart verabschiedet hatte, erreichte Bony das nördliche Ende seines Abschnittes beim Gattertor am Brunnen 10. Er hatte kaum sein Lager aufgeschlagen, als sich ein Mann näherte, in dem er sofort Bohnenstange erkannte. Der Spitzname paßte hundertprozentig, denn dieser Mann war 1,80 Meter groß und dürr wie eine Bohnenstange. Dazu ging eine hektische Unruhe von ihm aus.

Bevor Bohnenstange das Gattertor erreichte, winkte er mit beiden Armen.

»Tag, Ed!« rief er. »Wie steht's? Freue mich, dich zu treffen.«

Er überquerte die Straße und ließ seine Kamele in der Nähe von Bonys Lager niederknien.

»Black Newton hat mir von dir erzählt«, fuhr er mit voller Lautstärke fort, obwohl dies völlig überflüssig war. »Er sagte mir, daß er Nugget mit seinen Leuten weiter nach Süden geschickt hat. Hat er dir eigentlich verraten, daß man dir den miesesten Abschnitt vom ganzen Zaun aufgehalst hat?«

»Er hat so etwas angedeutet«, erwiderte Bony.

»Bei Sturm ist es einfach scheußlich. Ich weiß es aus eigener Erfahrung. Ich habe nämlich einen Sommer lang hier gearbeitet. Von mir aus kannst du diesen Abschnitt geschenkt kriegen!«

Er lud die Lasten ab, fesselte die Vorderbeine seiner Kamele und brachte die Proviantkiste zum Lagerfeuer. Bony hatte gerade frischen Tee aufgebrüht. Bohnenstange sprach jetzt leiser, dafür sehr schnell. Seine Worte überstürzten sich förmlich, wie es oft bei Menschen der Fall ist, die lange einsam waren.

»Hast du in der vergangenen Nacht das Ungeheuer gehört? Drüben im Gebiet vom Lake Frome. Kurz vor Tagesanbruch hat es gebrüllt und geschrien, als ob es ein brennendes Holzscheit verschluckt hätte. Ich hatte den Eindruck, daß es sich immer weiter vom Zaun entfernte. War mir nur lieb. Du hast vermutlich schon vom Ungeheuer gehört?«

»Hoffentlich bleibt es, wo es ist«, entgegnete Bony, füllte den Becher für Bohnenstange und reichte ihm die Zuckerbüchse. »Nein, ich habe nichts gehört.«

»Wie gefällt dir eigentlich die Arbeit?« fragte Bohnenstange.

»Bis jetzt ganz gut.«

»Die Jahreszeit ist günstig. Ich hab' diesen Job schon viel zu lange. Fange schon an, mit mir selbst zu quasseln. Schlimm genug, wenn man den ganzen Tag mit den Kamelen spricht. Wie ich sehe, hast du Old George übernommen. Ein ulkiges Vieh. Kampierst du hier länger?«

»Ich wollte bis morgen hierbleiben«, antwortete Bony. »Ich muß die Tiere tränken und die Wasserfässer auffüllen. Außerdem muß ich Wäsche waschen.«

»Geht mir genauso. Das besorgen wir morgen vormittag. Sobald Levvey vorbeigekommen ist. Er fährt nach Quinambie. Hast du ihn schon mal gesehen?«

Bony schüttelte den Kopf.

»Ein komischer Kerl, dieser Jack Levvey. Kommt prima mit den Abos aus. Bringt mir meine Lebensmittel mit und alles, was ich sonst noch brauche. Morgen früh gegen acht kommt er hier vorbei. Anschließend gehen wir zum Brunnen.«

5

Am nächsten Morgen, kurz nach acht Uhr, näherte sich Motorengeräusch, und die beiden Männer gingen zum Gattertor, um es für den Lastwagen zu öffnen. Neben dem Fahrer saß eine junge Eingeborene, die ein Kleinkind stillte. Auf der Ladefläche hockten noch eine junge Eingeborene, zwei kleine Kinder und ein Junge. Nach der allgemeinen Begrüßung stellte Bohnenstange Bony vor.

Jack Levvey hatte ungefähr die Statur von Nugget. Obwohl er ein Weißer war, hatte er eine fast genauso dunkle Hautfarbe wie Nugget Early. Levvey war etwas zu dick, sein Hals etwas zu kurz, um auf ein langes Leben hoffen zu können. Obwohl er beim Sprechen oft Silben verschluckte, verriet seine Stimme eine rasche Auffassungsgabe. Er war ein intelligenter Mann. Seine blauen Augen musterten Bony aufmerksam.

»Freut mich, Sie kennenzulernen«, sagte er. »Soll ich Ihnen was mitbringen?«

»Vielleicht etwas frisches Fleisch«, meinte Bony, dessen Augen schmale Schlitze bildeten.

»Das bringen wir Ihnen mit. Und natürlich auch die Post.«

»Wenn welche da ist.«

»Ganz recht. Na, Bohnenstange, wo ist deine Liste? Kannst du sie mir zeigen?«

»Hier, Jack.«

Levvey sah die Aufstellung durch. Neben ihm stillte die junge Lubra ungeniert ihr Baby. Die Kinder, die auf der Ladefläche hockten, verhielten sich ruhig und hatten große, ernste Augen. Der junge Eingeborene starrte auf seine Stiefelspitzen. Er trug Sporen, und die grellbunte Kleidung entsprach ganz dem Geschmack der Schwarzen.

Der Lastwagen schien nicht mehr gewaschen zu sein, seit er den Ausstellungsraum des Autohändlers verlassen hatte. Außer den Passagieren waren auf der Ladefläche noch einige stählerne Pfosten, eine Rolle Stacheldraht, Zangen und Drahtspanner untergebracht: die Standardausrüstung jedes Farmers, der – oft völlig unerwartet – den Zaun reparieren mußte.

Nach einer lautstarken Verabschiedung fuhr Levvey weiter. Bony und Bohnenstange kehrten zu ihren Kamelen zurück. Sie beluden die Packtiere mit den Wasserfässern, schnallten Handtücher und frische Kleidung darüber. Wie üblich, wurden die Kamele mit Stricken aneinandergebunden, dann marschierten die beiden

Männer los. Bony hatte bisher ganz absichtlich Maidstone nicht erwähnt.

»Ich möchte zu gern wissen, warum man diesen Mann erschossen hat«, begann Bohnenstange ganz von selbst und deutete mit einer Kopfbewegung hinüber zu dem Baum, bei dem Maidstone sein Lager aufgeschlagen hatte. »Meines Erachtens muß er jemanden getroffen haben, der nicht gesehen oder wiedererkannt werden wollte. Ausgeraubt wurde Maidstone nicht. Aber erschossen. Hast du schon von der Geschichte gehört?«

»Ja. In Broken Hill bildete der Mord das Stadtgespräch. Newton hat mir auch davon erzählt. Bist du auch von der Polizei vernommen worden?«

»Die war noch da, als ich hier ankam. Da drüben stand ihr Wagen. Zwei Kriminaler. Der eine war Sergeant. Wollten wissen, wo ich gesteckt habe, als der Mann erschossen wurde.«

»Und was hast du geantwortet?«

»Sagte, daß ich oben beim Zehnmeilenpunkt war. Dann wollte der Sergeant noch wissen, was ich für ein Gewehr besitze. Ich sagte ihm, daß ich nur eins habe, und zwar eine Winchester. Da wurde er sofort munter. Ob ich in letzter Zeit damit geschossen hätte? Worauf ich geschossen hätte? Ich bitte dich – es war fast eine Woche nach dem Mord! Und ich wußte überhaupt nichts davon, Ed. Ich war wie vor den Kopf geschlagen, als ich dicht beim Gattertor unter den Bäumen den Polizisten entdeckte.«

Das stimmte im wesentlichen mit dem Untersuchungsbericht überein, den Bony gelesen hatte. Noch am Tage vor der Ermordung Maidstones hatte Bohnenstange den Brunnen 10 besucht.

»Jedenfalls war ich hier. Ich habe drüben am Brunnen die Tiere getränkt und meinen Wasservorrat ergänzt. Dann habe ich hier gearbeitet. Zwei Tage später muß der Lehrer gekommen und umgebracht worden sein.«

»Hast du dir bei dieser Gelegenheit von Jack Levvey etwas besorgen lassen?«

»Nein. Er hatte mir beim letztenmal gesagt, daß ich diesmal

nicht auf ihn warten soll. Er hätte draußen am See zu arbeiten. Ich brauchte auch nichts, und als ich das nächstemal zurückkam, war Jack da, drüben bei den Polizisten im Camp. An diesem Tag hat er mir wieder Proviant besorgt.«

»Wer hat dir eigentlich von dem Mord erzählt?«

»Die Polizisten, nachdem sie mir eine Unmenge Fragen gestellt hatten. Als Jack von Quinambie zurückkam, erfuhr ich dann noch einige Einzelheiten von ihm.«

»Hm, du hast schon recht, Bohnenstange – das ist eine komische Geschichte. Die Polizei scheint bisher im dunkeln zu tappen.«

»Diese Polizisten sind nur in der Stadt zu gebrauchen, Ed. Ein Strafmandat zu verpassen wegen Überschreitung der Höchstgeschwindigkeit oder jemanden einzubuchten, weil er etwas zuviel getrunken hat – darin sind sie ganz groß. Aber hier draußen im Busch? Nichts zu wollen! Einen Tag, bevor sie herauskamen, hat ein wenig der Wind geweht, und alle Spuren waren vernichtet. Durch diesen Wind hatte auch ich ziemlich viel Arbeit. Bei mir ist das Stachelgras genauso übel wie bei dir.«

Inzwischen hatten Bony und Bohnenstange den See erreicht. Die Kamele soffen gierig, dann legten sie sich nieder, und die Eisenfässer wurden gefüllt. Bony äußerte den Wunsch zu baden, und Bohnenstange erklärte sich sofort bereit, auf die Kamele achtzugeben. Bony entkleidete sich und spazierte ins Wasser. Nach fünfzig Metern blieb er stehen und kauerte sich nieder. Das Wasser reichte ihm nun bis an die Brust. Er seifte sich gründlich ab, und als er schließlich ans Ufer zurückkehrte, fühlte er sich wie neugeboren. Auch Bohnenstange nahm ein Bad.

Anschließend gingen sie – Bohnenstange hatte diesen Vorschlag gemacht – zum Brunnen und wuschen ihre Kleidung. Sie hängten die zu waschenden Kleidungsstücke an das Ende einer langen Stange und hielten sie unter das aus dem Rohr sprudelnde Wasser.

»Höchstens eine halbe Minute für die Unterwäsche, Ed. Sonst zerfällt sie dir am Leibe.«

Bei dem stark salzhaltigen Wasser genügte eine halbe Minute, und die Kleidungsstücke waren fast so weiß wie neu. Die Baumwollhosen wurden auf die gleiche Weise gewaschen, lediglich einige Sekunden länger. Mit den nassen Sachen über dem Arm kehrten die beiden Männer in ihr Camp zurück, wo sie alles an den Ästen der Mulgabäume zum Trocknen aufhängten.

»Wäschewaschen ist kein Problem, wenn ein Brunnen in der Nähe ist«, meinte Bony.

»Das ist aber auch das einzige, was in dieser Gegend kein Problem ist«, erwiderte Bohnenstange. »Wie wär's, wenn wir uns zu Mittag ein Stew kochen? Ich habe Zwiebeln und Trockengemüse. Hast du vielleicht Kartoffeln? Wir müssen allerdings gesalzenes Fleisch nehmen, denn das Frischfleisch werden wir erst am Abend erhalten. Ich bin zum Mittagessen drei Gänge gewohnt: Bouillon, dann gesalzenes Rindfleisch, Trockengemüse à la Mildura. Dazu Buschbrot – und Marmelade als Dessert.«

»Ein prächtiges Menü«, pflichtete Bony bei. »Dazu noch äußerst nahrhaft. Ja, ich habe genügend Kartoffeln und auch noch ein paar Dosen mit Tomaten. Da wird die Farbe schöner. Dann wollen wir uns gleich an die Arbeit machen. Bist du verheiratet?«

»Nur wenn ich in die Stadt komme. Aber dann passe ich auch auf, etwas Anständiges in den Magen zu kriegen. Meist gehe ich in die Wirtschaft oder eines von den Cafés unten in der Argent Street. Aber es ist alles nicht mehr so wie früher. In Broken Hill, meine ich. Heute geht es dort viel zu spießerhaft zu.«

»Ja, das glaube ich wohl«, sagte Bony.

Die beiden Männer gaben die Zutaten des Stews in den Kochkessel, fügten Wasser, Salz und Pfeffer hinzu und hängten den Kessel über das Feuer. Für sie spielte es keine Rolle, daß das Fleisch doppelt so lange kochen mußte wie die Tomaten.

»Was einem genau wie in Adelaide auch in Broken Hill den Aufenthalt verleidet, ist der Umstand, daß die Kneipen schon um zehn Uhr schließen«, fuhr Bohnenstange fort. Anscheinend war er mit dem modernen Stadtleben durchaus nicht einverstanden. »Als die Kneipen bereits um sechs Uhr schlossen, machte es wenigstens noch Spaß, eine zu suchen, in der heimlich Schnaps ausgeschenkt wurde. In Adelaide muß man allerdings gewaltig auf die Polizei aufpassen. In Broken Hill ist es nicht ganz so schlimm. Ich fahre nur selten nach Adelaide, aber wenn man dort jemanden nach einer heimlichen Kneipe fragt, sieht er sich sofort verstohlen nach einem Polizisten um. So mißtrauisch sind die Leute dort.«

»Das liegt an den vielen Stromern und Unholden, Bohnenstange«, entgegnete Bony. »Ich habe in Sydney gehört, daß man es dort gar nicht mehr gern sieht, wenn man im Park schläft. Kommst du oft nach Adelaide?«

»Wenn ich in Broken Hill bin, fahre ich gelegentlich einmal rasch hinunter. Meist komme ich am gleichen Tag zurück. Man kann sich ja dort mit keinem Menschen anständig unterhalten. In Broken Hill ist das anders. Da kann man mit jedem reden.«

»Ja, in Broken Hill sind die Leute bedeutend zugänglicher.« Bony drehte sich eine Zigarette. »Kannte dich der Sergeant eigentlich schon von deinen Besuchen in Broken Hill?«

»Und ob! Die Welt sei klein, meinte er, und dann wollte er sofort wissen, wo ich in der Nacht vom neunten zum zehnten Juni gewesen bin. Was ihn das anginge, erwiderte ich. Selbst wenn ich es ihm sagen würde, wäre er auch nicht klüger. Doch er meinte nur, wenn ich ihm im Sand eine kleine Karte skizzieren würde, wüßte er sehr wohl Bescheid. Ich nahm also ein Stöckchen und zeichnete die Karte, aber wie ich mir's dachte – er hatte natürlich keine blasse Ahnung und war zum Schluß keinen Deut klüger. Am nächsten Tag hat er es dann aufgegeben und ist nach Broken Hill zurückgekehrt.«

»Und wo warst du nun am neunten Juni?« wollte Bony wissen. »Mir geht es nämlich genau wie dem Sergeant. Ich finde mich hier einfach nicht zurecht. Immer heißt es: ›Den Zaun hinauf‹ und: ›Den Zaun hinunter‹. ›Nach Norden‹ oder: ›Nach Süden‹ wäre doch bedeutend einfacher.«

»Hör mal zu!« entgegnete Bohnenstange ernst. »Ich will dir

etwas sagen, was dich sehr überraschen wird. Am Morgen des neunten Juni kampierte ich nicht weit von hier jenseits der Straße im Busch. An diesem Tag tränkte ich die Kamele und füllte meinen Wasservorrat auf. Gegen zehn war ich wieder hier, und da ich an diesem Tag Jack – der mir ja sonst immer meine Rationen mitbringt – nicht erwartete, packte ich zusammen und machte mich auf den Weg zaunaufwärts. Oder nach Norden, wenn du das besser verstehst. In der Nacht schlug ich mein Lager beim Zehnmeilenpunkt auf. Ich hatte Reparaturen zu erledigen. In dieser Nacht habe ich gehört, wie Viehdiebe vorbeizogen. Es muß gegen zwei Uhr morgens gewesen sein.«

»Viehdiebe? Was für Viehdiebe?«

Bohnenstange spie ins Feuer und zuckte mit den schmalen Schultern.

»Ich hätte überhaupt nicht darüber sprechen sollen, Ed. Ich wollte auch weiterhin schweigen. Möchte nicht in solche Geschichten verwickelt werden. Kurzum, zwei Tage später wehte ein scharfer Wind, und ich hatte beim Vierzehnmeilenpunkt eine Menge Arbeit. Als ich dann nach Süden zurückkam, gab es nicht viel zu tun, und ich wollte ja am Donnerstag wieder hier sein, um Jack zu treffen. Aber statt dessen war die Polizei da.«

»Hast du dem Sergeant von den Viehdieben erzählt?«

»Keine Angst. Dem werde ich doch so was nicht erzählen. Newton habe ich es gesagt, aber der kann seinen Mund halten. Und du hoffentlich auch, Ed.«

»Ich bin die Diskretion in Person.«

»Diskretion! Darauf würde ich sofort ein paar Pfund wetten! In welchem Rennen läuft das Pferd denn? Du bist vielleicht ein ulkiger Bursche, Ed. Manchmal verwendest du Ausdrücke, wie ich sie bisher von keinem Fencer gehört habe. Ja, es waren Viehdiebe. Sie nahmen Richtung auf Brunnen zehn. Führten eine große Herde mit. Nach den Geräuschen zu schätzen, dürften es rund zweihundert Tiere gewesen sein. Sie wurden am Zaun entlanggetrieben.«

»Aber die Viehdiebe wußten doch bestimmt, daß auf dieser Seite des Zauns Fencer kampieren?«

»Sicher. Aber sie wissen auch, daß eine Herde manchmal ganz von selbst weiterzieht. Das ist durchaus nicht ungewöhnlich, Ed. Ich hätte überhaupt nicht weiter darauf geachtet, wenn ich nicht das Klirren von Hobbelketten gehört hätte, die die Pferde um den Hals trugen. Genau wie unsere Kamele.«

Die Tiere lagen am Boden und ruhten sich aus. Wie immer, wenn die Hobbelketten nicht benötigt wurden, waren die beiden Ketten zusammengeschnallt und am Hals des Leitkamels befestigt.

»Die Hobbelketten waren entweder am Hals eines Packpferdes oder eines Reservepferdes befestigt, das die Viehdiebe mitführten. Es war so dunkel, daß ich nichts erkennen konnte, und ich hatte auch keine Lust, an den Zaun zu rennen und ihnen auf die Nase zu binden, daß sie beobachtet werden. Was geht die ganze Geschichte mich an! Schließlich sind es nicht meine Rinder!«

»Das war also in den frühen Morgenstunden des zehnten Juni?«

»Gegen zwei Uhr morgens. Aber die Zeit ist nur geschätzt. Wie gesagt, es war stockdunkel. Keine Sterne am Himmel. Nichts.«

»Hast du keine Uhr?«

»Ich habe nicht auf die Uhr geschaut«, entgegnete Bohnenstange. »Warum sollte ich? Schließlich ging es mich doch gar nichts an, und wenn man das gesamte Vieh von Quinambie gestohlen hätte. Aus solchen Geschichten halte ich mich heraus, wie ich bereits sagte. Und wenn ich dir einen guten Rat geben kann, Ed: Was ich nicht weiß, macht mich nicht heiß! Daran solltest du dich ebenfalls halten.«

»Ist die Herde schnell weitergezogen?« wollte Bony noch wissen.

»Durchaus. Ich hatte den Eindruck, daß die Viehdiebe vor Tagesanbruch am Brunnen sein wollten. Um diese Zeit ist kein Mensch dort. Für Jack und seine Leute war es zu früh, und auch ein Fencer würde sich um diese Zeit kein Wasser holen. Die Vieh-diebe wollten die Tiere bestimmt vor Tagesanbruch tränken und dann sofort nach Südosten weiterziehen, damit sie nach Sonnen-aufgang weit genug vom Zaun entfernt waren.«

»Mit den Daten irrst du dich nicht?«

»Ich bin ganz sicher.«

»Dann müßten sie ungefähr achtzehn Stunden, nachdem Maid-stone von Quinambie weggefahren war, das Tor passiert und auf der anderen Seite des Zaunes die Straße überquert haben.«

»Das nehme ich an, Ed.«

»Du glaubst doch aber nicht, daß diese Viehdiebe etwas mit dem Mord zu tun haben, oder?«

»Nein, das glaube ich nicht«, antwortete Bohnenstange. »Die wollten lediglich die Rinderherde so schnell wie möglich weiter-treiben. Ein Viehdieb müßte ja von allen guten Geistern verlas-sen sein, wenn er etwas unternimmt, was die Polizei auf den Plan ruft. Auf dem Weg zum Brunnen konnten sie nicht einmal Maid-stones Leiche entdecken. Ich nehme an, daß er zu diesem Zeitpunkt schon tot war.«

»Dann wollen wir diesen Viehdiebstahl ruhig vergessen.«

»Ganz richtig.« Bohnenstanges Stimme verriet Erleichterung. »Das Stew riecht schon recht gut. Es müßte bald fertig sein.«

Er gab noch etwas Mehl dazu, um das Eintopfgericht einzu-dicken, und nahm den Kessel vom Feuer. Das Stew war ausge-zeichnet gelungen. Nach dem Essen legten die beiden Männer den Kamelen die Hobbelketten an, dann streckten sie sich lang aus und unterhielten sich. Als Bohnenstange auf Nugget zu sprechen kam, wollte Bony die ungeschminkte Meinung über diesen Mann hören, doch der Fencer hielt nicht viel von ihm.

»Ich kann Nugget nicht leiden, Ed. Er ist ein Besserwisser. Und er schwatzt zuviel. Ich habe gehört, daß er dauernd mit der Polizei zusammengesteckt hat, während jeder anständige Kerl diesen Leuten aus dem Weg gegangen wäre. Nugget behauptet, in der Mitte seines Zaunabschnitts gewesen zu sein, als der Mord passiert ist. Zum oberen Ende seines Abschnitts, also hier zu diesem Gattertor, sei er erst einen Tag nach dem Eintreffen der Polizei gekommen. Er hat sich zwei oder drei Tage hier aufgehalten und sogar mit seinen Lubras nach Spuren gesucht. Das war natürlich vergebens, denn in der Zwischenzeit war Sturm aufgekommen.«

»Hast du ihn hier oft getroffen – so, wie wir uns zufällig begegnet sind?«

»Nein. Nur sehr selten. Es ist schon Monate her, seit wir zufällig gleichzeitig hier waren. Wie gesagt, ich habe für ihn nichts übrig. Schmeißt mit dem Geld um sich, als ob er der Boss wäre. Und weil er eine Stellung als Fencer hat, bildet er sich ein, etwas Besseres zu sein als die übrigen Abos. Dabei sitzt er die ganze Zeit auf seinem dicken Hintern und läßt die Lubras und die Kinder arbeiten. Deshalb hatte Newton ihn auf deinem Abschnitt eingeteilt. Newton hat dir keinen Gefallen getan, als er dich an seine Stelle gesetzt hat.«

»Wie kommst du mit Newton aus?«

»Gut! Solange du deine Arbeit ordentlich machst, kommst du gut mit ihm aus. Aber wehe, du wirst nachlässig. Dann wird er ungemütlich. Es ist sein Zaun! Vergiß das nie!«

»Das hat er mir bereits sehr deutlich zu verstehen gegeben«, erwiderte Bony.

»Und noch etwas, Ed. Wenn du den Verwaltern auf den Viehstationen einen Gefallen tun kannst, dann tue es. Du weißt schon – wenn dir etwas Ungewöhnliches auffällt oder wenn du verlaufenes Vieh findest. Du mußt immer daran denken, daß du dein Fleisch kostenlos bekommst. Da soll man sich mit diesen Leuten immer gut stellen. Man muß Diplomat sein.«

»Wie steht es da mit dem Viehdiebstahl?« konterte Bony.

»Das ist etwas anderes. Die züchten ihr Vieh, und ich repariere meinen Zaun.« Bohnenstange wirkte verärgert. »Ich bin nur ein kleiner Fencer. Was mit den Rinderherden der Viehstationen passiert, geht mich nichts an. Ich meine etwas anderes: wenn sich zum Beispiel ein Tier im Zaun verfangen hat oder in einen Graben gestürzt ist, dann befreie ich es. Und wenn man mich fragt, wie an dieser oder jener Stelle im Augenblick die Futter- oder Wasserverhältnisse sind, dann gebe ich Auskunft. Du verstehst doch – oder?«

»Ja, ich glaube schon«, erwiderte Bony mit ausdruckslosem Gesicht.

6

Als Bony den Punkt seines Zaunabschnitts erreicht hatte, der dem Herrenhaus von Quinambie am nächsten lag, entschloß er sich, Commander Joyce einen Besuch abzustatten. Normalerweise konnte er nur einmal im Monat zur Stammfarm gehen, um sich Fleisch zu holen und die Vorräte zu ergänzen. Sein Besuch würde also zweifellos auffallen. Er bog vom Zaun ab und übernachtete bei Newtons Bambusgrasschuppen.

Am nächsten Morgen ließ Bony seine Kamele hinter der Schmiede von Quinambie niederknien und tränkte sie kurz nach neun. Dann besuchte er den Koch. Der Koch war ein großer, gemütlicher Mann. Er besaß nur noch wenige dunkle Haarsträhnen, die den Eindruck erweckten, als seien sie auf den kahlen Schädel geklebt. Sobald der Koch den Mund aufmachte, merkte man, daß er aus London stammte.

»Herr im Himmel! Was ist denn mit dir los, Ed?«

»Ich habe fürchterliche Leibschmerzen«, erwiderte Bony. »Vermutlich bin ich das salzige Brunnenwasser nicht gewohnt. Es macht mir schwer zu schaffen. Hast du Chlorodyne?«

»Ja. Einen Moment. Ich hole dir etwas.«

»Ich glaube, fünfzehn bis zwanzig Tropfen wäre die richtige Dosis«, fügte Bony vorsichtshalber hinzu.

»So lautet die Vorschrift, Ed. Ich habe mich bisher stets daran gehalten.«

Bony grinste.

»Na ja, nicht immer«, gab der Koch achselzuckend zu. »Einmal brachte man mir einen Betrunkenen. Er war blau wie eine Strandhaubitze. Er war einfach schrecklich. Ich habe ihm eine halbe Flasche Chlorodyne eingetrichtert und der Kerl wurde prompt blau im Gesicht. Die ganze Nacht bin ich mit ihm herummarschiert, aber am anderen Morgen war er stocknüchtern.«

»Da hattest du Glück – und das ist kein Trost für mich«, meinte Bony und nahm die vorgeschriebene Dosis. »Ist der Boss zu Hause?«

»Drüben im Büro. Ich gebe dir etwas Chlorodyne mit. Ich habe stets etwas hier. – Magst du eine Tasse Tee?«

»Ich möchte zunächst mit dem Boss sprechen, Harry. Die Arznei tut mir bereits gut. Macht den Magen richtig warm. Also dann bis später.«

Commander a. D. Joyce war knapp siebzig und sehr schlank. Er hatte noch die aufrechte Haltung und den elastischen Gang des Berufssoldaten. An diesem Morgen saß er an seinem mit Papieren und Kontobüchern überladenen Schreibtisch. Obwohl eine Viehstation von der Größe Quinambies normalerweise nicht ohne Buchhalter auskommt, mußte sich Joyce selbst um diese Dinge kümmern. Als er von seinen Aufstellungen aufsah, erblickte er Bony in der offenen Tür.

»Hallo! Was wünschen Sie?«

Der Commander hatte eine ruhige Stimme und einen offenen Blick. Bony musterte die tiefliegenden dunklen Augen und trat näher.

»Ich arbeite momentan als Fencer und habe hier einen Brief des Polizeichefs von Broken Hill, der Ihnen erklären wird, warum ich mich in dieser Gegend aufhalte. Außerdem benötigte ich Clorodyne.«

Commander Joyce öffnete den Umschlag und begann zu lesen.

Plötzlich stutzte er und bat Bony höflich, Platz zu nehmen. Nachdem er den Brief zu Ende studiert und von der Bitte des Polizeichefs Kenntnis genommen hatte, Kriminalinspektor Bonaparte jede gewünschte Unterstützung zuteil werden zu lassen, spitzte er die Lippen, nahm seine Pfeife und zündete sie an. Dann blickte er Bony fragend an.

»Ich heiße Ed Bonnay«, erklärte Bony.

»Gut. Und was kann ich für Sie tun?«

»Vielleicht können Sie mir einige Informationen geben«, erwiderte Bony und zündete sich eine Zigarette an. »Wäre es möglich, daß man uns belauscht? Darf ich die Tür schließen?«

»Ja, besser ist besser. Es könnte jemand den Morgentee bringen. Im übrigen bin ich froh, einmal für eine Weile diesen verflixten Papierkram beiseite legen zu können. Die ewige Viehzählerei hängt mir schon zum Halse 'raus. Ich nehme an, Sie bearbeiten den Fall Maidstone?«

»Richtig«, antwortete Bony, und nachdem er die Tür geschlossen hatte, setzte er sich wieder. »Derartige Fälle werden mir übertragen. Wenn im Busch oder in einer einsamen Gegend ein Mord passiert, sind die meisten meiner Kollegen völlig hilflos.«

»Hm«, meinte Joyce sarkastisch. »Einsam dürften Sie es ja wohl hier finden. Trotzdem muß Ihre Arbeit ganz interessant sein. Sie sind tatsächlich Kriminalinspektor?«

»Ja. Es war für mich allerdings nicht ganz leicht, es so weit zu bringen. Ich verdanke meine Beförderung hauptsächlich dem Umstand, daß ich bisher jeden Fall aufgeklärt habe, den man mir übertragen hat. Ich hoffe, daß es diesmal nicht anders ist. Seit ich am Zaun arbeite, habe ich mit Nugget, mit Bohnenstange Kent und natürlich auch mit Newton gesprochen. Sie kennen diese Leute ja gut genug, um zu wissen, daß man sie mit Samthandschuhen anfassen muß. Sobald man ihnen dienstlich kommt, hüllen sie sich in Schweigen. Deshalb bin ich inkognito hier, und ich werde wohl auch noch eine Weile bleiben. Ich hoffe, Sie verraten niemandem, wer ich in Wirklichkeit bin.«

»Selbstverständlich. Sie dürfen sich in jeder Hinsicht auf mich verlassen – äh, Ed.« Joyce lächelte grimmig.

»Danke. Haben Sie eigentlich Kummer mit Viehdieben gehabt, seit Sie Quinambie übernommen haben?«

»Offen gestanden, Ed – ich weiß es nicht. Mein Vorgänger hatte sehr unter Viehdiebstählen zu leiden. Früher muß es schlimm gewesen sein. Wissen Sie, ich habe mich nie um diese Dinge gekümmert. Aber in letzter Zeit hatte ich das Gefühl, daß nicht alles in Ordnung ist. Deshalb plage ich mich jetzt mit diesen Viehaufstellungen herum.«

»Ich habe Informationen, daß in den frühen Morgenstunden des zehnten Juni eine große Viehherde auf der Westseite des Zauns entlanggetrieben worden ist. Bohnenstange Kent hat es gehört. Es dürfte gegen zwei Uhr gewesen sein, als die Tiere sein Camp passierten.«

»Zum Teufel! Ist Bohnenstange sicher?«

»Es klang überzeugend. Die Nacht sei sehr dunkel gewesen, sein Lagerfeuer habe nicht mehr gebrannt. Er konnte zwar nichts sehen, hörte aber die vorbeiziehenden Rinder und später das Klirren von Hobbelketten, die am Hals eines Pferdes befestigt gewesen sein müssen.«

»Davon hat er mir nie etwas gesagt. Und ich glaube, auch bei der Polizei nicht, als man ihn verhört hat.«

»Er will nicht in irgendwelche Geschichten hineingezogen werden«, erklärte Bony. »Obwohl ich bezweifle, daß diese Sache mit der Ermordung Maidstones in Zusammenhang steht, habe ich sie in meinem Bericht doch erwähnt. Der Chefinspektor wird zweifellos im Süden ausführliche Nachforschungen anstellen lassen, ob dort Vieh verkauft wurde. Deshalb möchte ich Sie bitten, weder mit Levvey noch sonst jemandem darüber zu sprechen. Einverstanden?«

Joyce nickte, und seine Augen funkelten gefährlich. Offensichtlich wünschte er sich, den Viehdieben persönlich ihr schmutziges Handwerk zu legen.

»Am zehnten Juni?« murmelte er.

»In den frühen Morgenstunden. Am achten hat Maidstone Sie verlassen, um zur Lake-Frome-Station zu fahren. Ihr Verwalter fand am zwölften die Leiche. Sie erinnern sich? Hat Ihr Verwalter vielleicht jenseits des Gattertors die Spuren einer Viehherde gesehen? Könnte eine Herde die Straße überquert haben?«

»Falls er etwas bemerkt haben sollte, hat er mir nichts davon erzählt.«

»Soviel ich weiß, hatte er zwei schwarze Tracker mitgenommen.«

»Das ist richtig«, pflichtete Joyce bei. »Er fuhr mit dem Lastwagen los. Die Schwarzen hockten hinten auf der Ladefläche. Da können sie besser abspringen, um die Gattertore zu öffnen und zu schließen.«

Bony war sich klar darüber, daß der Verwalter ein ausgezeichneter Viehkenner war und deshalb wußte, daß Rinder manchmal in der Nacht weiterziehen. Diesen Umstand machten sich die Viehdiebe ja zunutze, um die Diebstähle zu tarnen. Ein Buschmann, der sah, daß eine Herde die Straße überquert hatte, würde zwangsläufig annehmen, daß sie von selbst weitergezogen war – es sei denn, er entdeckte auch die Spuren der Begleitpferde.

»Erzählen Sie mir doch bitte etwas von Maidstone«, bat Bony. »Welchen Eindruck hat er auf Sie gemacht?«

»Ach, er war ein netter Mensch«, erklärte Joyce ohne Zögern. »Er zeigte uns einige seiner Fotos und brachte sein Gerät in Ordnung. Sehr intelligent, und er konnte gut erzählen. Es war für mich ein Schock, als ich hörte, daß er tot ist.«

»Können Sie sich erinnern, wann Sie zum erstenmal den Leuten vom Lake Frome von ihm erzählten?«

»Das muß am Abend vor seiner Weiterfahrt gewesen sein. Da unterhielt ich mich über Funk mit Levvey und erzählte ihm, daß Maidstone die Absicht habe, ihn am nächsten Tag zu besuchen.«

»Wie ich höre, versteht sich Levvey sehr gut mit den Abos.«

»Ja. Er scheint ein intelligenter Bursche zu sein. Mit seiner schwarzen Frau hat er Glück gehabt. Nicht, daß ich deshalb mit einer solchen Ehe einverstanden wäre. Levvey entstammt eben keiner alten Familie, ist praktisch ohne Herkunft, und sein ganzes Leben dreht sich nur um Pferde und Rinder. Aber von Kultur keine Spur.«

»Sie verkehren über Funk miteinander, nehme ich an?«

»Ja, jeden Abend um neun Uhr unterhalten wir uns. Sie wissen ja – der übliche Klatsch. Als ich weg war, hat meine Frau die Funkverbindung aufrechterhalten. Die Lake-Frome-Station ist für uns der nächste Nachbar. Der letzte Verwalter und seine Frau paßten besser zu uns. Mit denen haben wir sogar ab und zu Bridge gespielt. Aber seit Levvey den Posten übernommen hat, benützen wir den Funkapparat eigentlich nur noch, um Nachrichten durchzugeben und uns ein wenig zu unterhalten. Vor allem über das Wetter und das Vieh.«

»Nun möchte ich zum Schluß noch einen Wunsch äußern.« Bony drehte sich eine seiner seltsam geformten Zigaretten – an den Enden spitz, in der Mitte aber unförmig dick. »Ich hätte mich gern mal mit Ihrem Verwalter unterhalten.«

»Selbstverständlich«, erwiderte Joyce. »Er wird im Maschinenschuppen sein. Er läßt nämlich gerade den Traktor überholen.«

Bony stellte sich dem Verwalter als Ed Bonnay vor und zog ihn außer Hörweite des Mechanikers, der am Traktor arbeitete. Im Schatten eines Kalebassenbaums setzten sie sich.

»Ihr Boss sagte mir, daß ich mit Ihnen über die Auffindung von Maidstone sprechen könnte. Ich habe ein persönliches Interesse an dem Fall. Ihr Boss kennt den Grund dafür. Er weiß auch, warum ich Sie bitte, meine Fragerei schleunigst wieder zu vergessen, sobald ich mich von Ihnen verabschiede. Genügt Ihnen das?«

Der Verwalter musterte den Mischling neugierig, dann grinste er verständnisvoll.

»Okay, Ed. Wenn es der Boss so möchte, habe ich Sie heute überhaupt nicht gesehen. Was wollen Sie wissen?«

»Denken Sie doch einmal zurück an den Tag, an dem Sie Maidstone gefunden haben. Sie kamen mit zwei schwarzen Trackern zum Gattertor und passierten es. Da Sie den Weg zum Lake Frome kennen, fuhren Sie weiter, bis Sie das Motorrad entdeckten, das an einem Baum lehnte. Was geschah dann?«

»Was dann geschah? Ich sah, daß sich beim Brunnen Krähen zu schaffen machten. Einer der Abos meinte, es sähe ganz so aus, als liege dort ein Mensch. So war es auch. Maidstone lag auf dem Gesicht, das Kochgeschirr einen Meter entfernt. Wir entdeckten Kamelspuren, und sofort mußte ich mir diesen Unsinn über das Ungeheuer vom Lake Frome anhören. Der eine Abo meinte, das Ungeheuer habe den Mann zu Tode getrampelt. Der ältere Eingeborene schwieg allerdings. Wir drehten Maidstone um und sahen sofort den Blutfleck im Sand. Nun wies ich die Abos an, nach Spuren zu suchen. Inzwischen holte ich eine Plane vom Wagen, um den Toten zuzudecken. Die Abos suchten zwischen Brunnen und See alles ab. Dann fuhr ich im Eiltempo nach Quinambie zurück und erstattete Meldung.«

»Hatten Sie den Eindruck, daß sich die Abos nicht recht wohl in ihrer Haut fühlten?« fragte Bony weiter.

»Nur wegen des Ungeheuers. Anscheinend mochten sie sich nicht gern westlich vom Zaun im freien Gelände aufhalten. Das gleiche gilt für die Schwarzen vom Lake Frome. Wie mir Levvey sagte, reiten sie gern das Gelände ab, aber sie hassen es, zu Fuß arbeiten zu müssen.«

»Ihre Tracker haben also keine verwertbaren Spuren gefunden?«

»An diesem Tag nicht. Am nächsten aber kam heftiger Wind auf, der alles zuwehte und auch die letzte Hoffnung zunichte machte.«

»Das war der Tag, an dem die Polizei eintraf?«

»Richtig. Ein Sergeant und zwei Wachtmeister in Zivil. Der

eine Wachtmeister brachte die Leiche nach Broken Hill. Den anderen beiden Beamten stellte ich Campingausrüstung zur Verfügung. Sie führten ihre Ermittlungen von Maidstones Lager aus. Es ist die undurchsichtigste Geschichte, die ich je erlebt habe.«

»Besten Dank für Ihre Auskünfte.«

Bony verabschiedete sich und schlenderte zum Herrenhaus zurück, wo er noch einmal Commander Joyce aufsuchte.

»Ich habe mit dem Verwalter gesprochen«, sagte er. »Nochmals besten Dank für Ihre Unterstützung. Vielleicht weisen Sie ihn auch noch einmal darauf hin, daß er mit niemandem über meine Ausfragerei sprechen soll. So, und nun mache ich mich wieder auf den Weg. Zur Tarnung habe ich erklärt, Chlorodyne zu benötigen. Ich bitte Sie deshalb, mir eine Flasche zu verkaufen. Vielleicht brauche ich das Zeug tatsächlich einmal. Außerdem habe ich hier einige Briefe, die ich weiterzuleiten bitte. Wie ich bereits erwähnte, ist ein Schreiben für den Chefinspektor in Broken Hill bestimmt. Sollten tatsächlich Viehdiebe am Werk sein, wird er tun, was er kann.«

»Gut, das will ich gern besorgen.« Commander a. D. Joyce zögerte kurz. »Tut mir leid, daß Sie sich als Zaunarbeiter tarnen müssen. Meine Frau und ich hätten uns sehr gefreut, wenn Sie bei uns hätten wohnen können. Doch bei einem Fencer würde das zwangsläufig Verdacht erregen.«

»Sehr nett von Ihnen. Aber ich muß vom Zaun noch eine ordentliche Portion Stachelgras entfernen.«

Das Chlorodyne wurde vom Lager besorgt, dann schlenderte Bony zu der ans Herrenhaus angebauten Küche zurück. Der Koch musterte ihn mit einem fragenden Lächeln.

»Na, wie findest du den alten Knaben?« wollte er wissen.

»Ganz umgänglich«, antwortete Bony. »Er wollte wissen, wie das Wasser bei Brunnen neun ist. Und noch einige andere Dinge. Ich habe das Chlorodyne gekauft. Wenn ich ins Camp zurückkomme, nehme ich gleich noch eine Dosis. Hast du vorhin nicht von einer Tasse Tee gesprochen?«

»Allerdings. Er ist frisch aufgebrüht. Setz dich doch. Ich schenke dir gleich ein. In der Dose da drüben sind noch ein paar Kuchen. Gefällt dir deine Arbeit?«

»Bis jetzt schon. Ich habe gehört, daß es nur übel wird, wenn der Willy-Willy bläst.«

»So ist es, Ed. Wenn der Sandsturm tobt, ist es wüst. Ich habe den Zaun noch nie gesehen. Habe auch keine Sehnsucht danach. Hast du schon das Ungeheuer gehört?«

»Nein. Ich bezweifle, daß es überhaupt existiert.«

»Tja, sowohl Nugget als auch Bohnenstange Kent haben es schon mehrmals gehört. Die Schwarzen haben eine Heidenangst vor dem Biest. Der alte King Moses hat seine Leute angewiesen, sich nicht zu nahe an den Zaun heranzuwagen und bei Nacht nicht umherzuwandern.«

»King Moses ist der Boss der Abos?«

»Ja. Und tatsächlich ein richtiger Boss.«

»Ist er der Medizinmann?«

»Nein. Medizinmann ist Charlie der Spinner. Es wird behauptet, daß er noch mit dem Deutebein arbeitet – und was es an derartigem Zauber noch mehr gibt. Nicht daß ich daran glaube. Meines Erachtens ist alles nur Humbug. Herr im Himmel, wenn die Abos tatsächlich einen Menschen umbringen könnten, indem sie einfach mit einem Knochen auf ihn deuten, könnten wir uns gleich begraben lassen.«

»Wo haben die Eingeborenen ihr Camp?«

»Ihr festes Lager ist bei Brunnen sechs. Der Boss will die Abos nicht beim Herrenhaus haben. Höchstens, wenn der Hausierer kommt. Hier, trinke noch eine Tasse.«

»Danke gern. Mein Magen ist schon wieder in Ordnung. Kannst du mir etwas Fleisch mitgeben?«

»Klar. Und nimm auch gleich noch einen Laib Brot mit. Schmeckt doch besser als Damper. Mir ist immer schleierhaft, wie man von diesem ungesäuerten Buschbrot leben kann.«

»Nett von dir. Für wie viele Leute mußt du eigentlich kochen?«

»Für drei Weiße und zwei Schwarze. Dann natürlich noch für den Boss und seine Frau und für einen Buchhalter – wenn einer da ist. Ab und zu kommen Besucher. Kein schlechter Job. Meine Frau hält das Herrenhaus in Ordnung.«

»Dann stimmt die Kasse also. Fährst du oft weg?«

»Wir machen jedes Jahr sechs Wochen Urlaub.«

Zwei Männer traten in die Küche und wurden vom Koch freudig begrüßt. Sie nickten Bony zu, bedienten sich aus der Teekanne und der Kuchendose. Der Koch stellte sie als den Tischler und den Mechaniker der Viehstation vor. Der Mechaniker war schmächtig und trug einen khakifarbenen Overall. Er wollte sofort wissen, ob Bony davon gehört habe, daß man am Lake Eyre einen Versuch unternehmen wolle, den Geschwindigkeitsrekord zu Lande zu brechen. Gewiß, erwiderte Bony, davon habe er in Broken Hill gerüchtweise gehört, doch entschieden sei noch nichts.

»Was macht denn mein alter Freund Bohnenstange?« fragte der Tischler. »Hast du ihn schon getroffen?«

»Ja. Vor einigen Tagen haben wir gemeinsam bei Brunnen zehn kampiert«, antwortete Bony. »Wie sein Spitzname ja andeutet – Kent ist wirklich reichlich dürr.«

»Wenn er noch dürrer wäre, würde ihn der nächste Sturm davonwehen«, meinte der Koch. »Der größte Lügner in der ganzen Gegend. Er denkt sich die tollsten Dinge aus, während er am Zaun arbeitet. Na ja, schließlich ist es seine einzige Abwechslung.«

»Zum Beispiel diesen Unsinn über das Ungeheuer vom Lake Frome«, fügte der Tischler grinsend hinzu.

Da sei er anderer Ansicht, meinte der Mechaniker. An dieser Geschichte sei bestimmt etwas Wahres daran.

»Mir hat er erzählt, das Ungeheuer hätte mitten in der Nacht mal aus dieser, dann wieder aus jener Richtung gebrüllt«, fuhr der Tischler fort. »Ein andermal hat er behauptet, fünf Reiter hätten das Ungeheuer verfolgt, aber kein Mensch hat ein Wort davon erzählt. Er ähnelt immer mehr dem verrückten Pete. Wird Zeit, daß Bohnenstange am Zaun Schluß macht und sich in der Stadt einen Job sucht. Wie lange ist er eigentlich schon Fencer?«

Der Verwalter, der gerade hinzukam, erklärte, daß Bohnenstange seit sechs Jahren am Zaun arbeite und seinen Urlaub stets in Broken Hill verbringe. Er war allerdings ebenfalls der Ansicht, daß Bohnenstange Kent noch verrückt würde, wenn er so weitermache.

Bony verabschiedete sich. Er war froh, daß ihm der Koch frisches Fleisch und einen Laib Brot mitgegeben hatte. Andererseits waren ihm nun gelinde Zweifel gekommen, ob Bohnenstange die Geschichte mit den Viehdieben vielleicht nur erfunden hatte.

7

Einige Tage nach der Unterredung mit Commander Joyce und dessen Verwalter konnte Bony seine erste Erfahrung mit dem anstürmenden Stachelgras sammeln. Bereits Stunden vorher kündigte der weißliche Himmel den aufkommenden Wind an. Er wehte zunächst von Nordwesten und dann von Westen her, wobei seine Gewalt immer mehr zunahm. Bony war bisher mit seinem Abschnitt zufrieden gewesen, denn nirgends hatten sich Unkraut oder abgebrochene Zweige festsetzen können.

Zunächst zauste der Wind die Akazien, riß das trockene Laub von den Eukalyptusbäumen, und die Blätter verfingen sich im Maschendraht. Der Wind zerrte an dem dürren Stachelgras, bis die Filigranbälle von den Stengeln abbrachen und auf den Zaun zurollten. Im Handumdrehen war rings um Bony alles in Bewegung geraten. Stachelgraskugeln, Laub und Zweige wurden gegen den Maschendrahtzaun getrieben, wo sie das Fundament eines rasch anwachsenden Sandwalls bildeten.

Bony befand sich in dem gewellten Land südlich der Dünen.

Mit der Heugabel schaufelte er die Stachelgraskugeln hinüber nach New South Wales, wo sie vom Wind weitergetragen wurden. Aber es war ein aussichtsloser Kampf, denn sobald er sich einen Schritt vorangearbeitet hatte, klebten hinter ihm bereits wieder die Stachelgrasbüschel am Zaun. Schließlich kapitulierte er und führte seine Kamele in den Schutz einiger Kohlpalmen. Er nahm ihnen die Lasten ab und befreite sie von den Hobbelketten. Die Tiere wandten dem heranfauchenden Wind ihre Hinterteile zu und legten sich flach auf den Boden.

Auf der dem Wind abgewandten Seite blieb das Stachelgras unbehelligt, aber die Luft war mit rötlichem Staub angefüllt, und die Sonne verwandelte sich in einen glutroten Ball. Es war, als ob der Westrand von New South Wales am Fuß eines endlosen Dammes lag. Stundenlang wurden die Stachelgraskugeln an Bony vorübergetrieben, und als der Inspektor zum Zaun blickte, sah er lediglich einen gelben Wall, über den ganze Knäuel der stachligen Bälle angesegelt kamen. Sie prallten gegen die Kohlpalmen, gegen die Leiber der Kamele. Den ganzen Tag über, bis tief in die Nacht hinein heulte der Sturm.

Gegen Morgen ließ die Gewalt des Sturmes rasch nach. Das Läuten des Kamelglöckchens verriet, daß die Tiere auf Futtersuche gegangen waren. Als es hell wurde, wälzte sich Bony unter der mit einer dicken Sandschicht beladenen Plane hervor, zündete das Lagerfeuer an und stellte das Teewasser auf.

Im Westen schien eine dunkle Sandwand aufzuragen, die sich bei näherem Hinschauen als gigantischer Graswall entpuppte. Die ganze Arbeit, die Nuggets Leute und Bony bisher geleistet hatten, war umsonst gewesen.

Den ganzen Tag lang schaufelte der Inspektor die Stachelgrasballen über den Zaun auf das Gebiet von New South Wales. Am nächsten Tag mußte er seine Kamele zur Tränke führen. Nachdem dies erledigt war, rechte er die Überreste an Gras, Laub und Zweigen zu großen Haufen zusammen und zündete sie an. Als

Newton zur gewohnten Kontrolle auftauchte, hatte Bony den Zaun auf eine Länge von zwei Meilen gesäubert.

»Na, wie gefällt Ihnen der Job?« fragte der Zaunwart, und seine braunen Augen funkelten schelmisch.

»Ich glaube kaum, daß er mir auf die Dauer gefallen könnte«, stellte Bony sarkastisch fest. »Wie sieht der Zaun südlich meines Abschnitts aus?«

»Dort ist es nicht ganz so schlimm. Der Everest kann natürlich verschüttet worden sein. Genausogut ist es möglich, daß sein Gipfel weggeweht wurde. Wie steht es bei Ihren Kamelen mit Wasser?«

»Sie wurden vorgestern getränkt.«

»Dann werde ich heute nacht bei Ihnen kampieren.«

Bei Sonnenuntergang hörte Bony mit seiner Arbeit auf und ging zu Newton, der gerade ein Buschbrot backte. Gemeinsam kochten sie für den nächsten Tag gepökeltes Fleisch vor. Das Nachtmahl bestand aus kaltem Fleisch und Kartoffeln. Sie unterhielten sich über die vermutlichen Viehdiebstähle. Newton erklärte mit Nachdruck, daß kein einziges der gestohlenen Rinder – falls es sich tatsächlich um Diebstahl handelte – durch ein zu seinem Zaunabschnitt gehörendes Gattertor getrieben worden sei.

»Ich hielt es für besser, den Polizeichef von Broken Hill von dem Vorfall zu unterrichten, und da ich außerdem verschiedene Dinge mit Joyce zu besprechen hatte, besuchte ich den Viehzüchter neulich in seinem Wohnhaus. Ich benützte die Ausrede, mir den Magen verdorben zu haben. Joyce weiß nun, wer ich bin, und versprach jede Unterstützung. Auch den Verwalter habe ich eingeweiht. Dieses Risiko mußte ich eingehen. Der eine Abo, der den Verwalter begleitete, war Frankie. Leider habe ich vergessen, mich zu erkundigen, wie der zweite hieß, der beim Auffinden der Leiche dabei war. Wissen Sie zufällig, wer das war?«

»Ja, das war Charlie der Spinner.«

»Also der Medizinmann der Abos?«

»Ganz recht, Ed.«

»Von einem der Farmarbeiter erfuhr ich, daß Bohnenstange Kent sich oft die tollsten Geschichten ausdenkt. Halten Sie es für möglich, daß auch die Geschichte mit den Viehdieben ein Phantasieprodukt ist?«

»Möglich wäre es. Bohnenstange hat eine rege Phantasie. Ich will nicht behaupten, daß er vorsätzlich lügt, aber er sollte ganz einfach mit der Arbeit am Zaun aufhören und sich einen Job in Broken Hill suchen. Er geht noch nicht einmal zur Stammfarm von Quinambie, um seine Rationen zu holen. Auf diese Weise bekommt er – von den kurzen Zusammenkünften mit Levvey abgesehen – oft monatelang nur mich zu sehen und sonst keinen Menschen.«

»Ich habe es so eingerichtet, daß ich am oberen Ende meines Abschnitts mit ihm zusammentraf. Einen Tag lang war ich mit ihm zusammen.« Bony hob den Deckel von seinem Feldbackofen, um nachzusehen, wie das Buschbrot gedieh. »Bohnenstange könnte sich auch ganz einfach in mancherlei Hinsicht getäuscht haben. Er kann die Daten verwechselt haben und er kann sich eingebildet haben, Hobbelketten klirren gehört zu haben. Er weigerte sich standhaft, die Sache zu melden, und gab mir den guten Rat, die Geschichte sofort wieder zu vergessen. Er habe überhaupt nicht darüber sprechen wollen – es sei ihm nur eben so herausgerutscht.«

»Nun, ich kümmere mich nicht allzuviel um ihn«, meinte Newton. »Ich kann mich nicht einmal darauf verlassen, daß alles stimmt, was er mir über seine Arbeit erzählt. Das einzige, was zu seinen Gunsten spricht, ist der Umstand, daß tatsächlich quer über die Straße Viehspuren führten, als der Verwalter von Joyce Maidstone suchte. Aber das besagt natürlich nicht, daß die Rinderherde während der Nacht weitergetrieben worden ist.«

»Joyce ist nicht sicher, ob im Augenblick überhaupt Vieh gestohlen wird. Bohnenstange behauptet aber, daß dies hin und wieder vorkäme.«

»Da würde ich eher Joyce Glauben schenken.«

»Was ist eigentlich dieser Charlie der Spinner für ein Mensch?« fragte Bony nachdenklich.

»Na ja, er ist der Durchschnittstyp des Eingeborenen. Wenn es auf Quinambie viel Arbeit mit dem Vieh gibt, hilft er. Die übrige Zeit lungert er herum.«

»Aber seine Stammesangehörigen hält er in Zucht.«

»Das stimmt, Ed. Die Abos in dieser Gegend stehen noch auf einer reichlich niedrigen Kulturstufe. Sie leben völlig isoliert und halten draußen bei Brunnen sechs ihre Zeremonien ab. Ab und zu gibt es eine Rauferei, aber niemals ernsthafte Scherereien. Vor reichlich zehn Jahren gab es einmal zwei Tote, und die Polizei hatte größte Mühe, etwas Licht in die Geschichte zu bringen.«

»Wurde jemand verhaftet?«

»Ein junger Eingeborener wurde verhaftet und erhielt drei Jahre Gefängnis. Seitdem hat sich kein derartiger Zwischenfall mehr ereignet.«

»Ist der Medizinmann jung oder alt?«

»Ungefähr fünfzig – würde ich sagen. Häuptling Moses könnte hundertfünfzig Jahre alt werden, ohne sich ein einzigesmal in seinem Leben gewaschen zu haben. Sollten Sie ihm einmal begegnen, dann halten Sie sich auf der Luvseite. Bevor das Ungeheuer auftauchte, besuchten sie manchmal die Eingeborenen vom Lake Frome. Anscheinend wurde der Stamm auseinandergerissen, als seinerzeit der Zaun gebaut wurde. Daraufhin haben sich die in Südaustralien lebenden Abos ihren eigenen Häuptling gewählt. Wissen Sie über die Eingeborenen Bescheid?«

»Nur wenig«, log Bony. »Ich hatte nicht viel Zeit, mich mit den Abos zu beschäftigen. Ich bin in einer Missionsstation aufgewachsen und ging später nach Brisbane auf die Universität.«

Die Unterhaltung trieb allgemeineren Dingen zu, und am nächsten Morgen setzte Newton seinen Weg nach Norden fort, während Bony wieder an seine Arbeit zurückkehrte. Der Nachmittag war halb vorüber, als zwei Besucher auftauchten.

Sie kamen am Zaun entlang von Norden, und wegen der hohen Wand aus Stachelgras sah Bony sie erst, als sie bereits ganz in der Nähe waren. Ein alter Eingeborener saß auf einem Pferd, das von einem jungen Abo geführt wurde.

»Guten Tag!« grüßte Bony.

Er lehnte die Heugabel an den Zaun und drehte sich eine seiner sogenannten Zigaretten. Der Reiter zügelte das Pferd und musterte Bony durch den Maschendraht. Der junge Mann kam ebenfalls heran. Für einen Eingeborenen sah er recht gut aus.

»Gib Tabak«, verlangte der Alte mit befehlsgewohnter Stimme, und Bony reichte ihm nachdenklich ein kleines Quentchen durch den Maschendraht.

»Old Moses beherrscht praktisch nur unseren Stammesdialekt«, erklärte der junge Mann. »Hätten Sie wohl eine Zigarette für mich übrig?«

Bony reichte ihm etwas Tabak und ein Blättchen Papier. Streichhölzer hatten die Schwarzen selbst.

»Wir suchen ein Pferd«, fuhr der junge Mann fort. »Sie haben im Süden keine Spuren gesehen?«

»Nein. Wie heißen Sie?«

»Ich bin Frankie. Ich arbeite auf Quinambie und mache gerade ein paar Tage blau. Hab' schon von Ihnen gehört. Sie sind Ed Bonnay.«

Moses murmelte etwas. Frankie grinste und übersetzte.

»Moses möchte wissen, ob Sie in letzter Zeit das Ungeheuer gehört haben.«

»Nein, ich habe es überhaupt noch nicht gehört.«

»Aber seine Spuren gesehen?« fragte Frankie weiter.

Bony schüttelte den Kopf. »Die würde ich überhaupt nicht erkennen. Wie sieht das Ungeheuer denn aus?«

»Keine Ahnung.«

Der junge Mann sprach mit Häuptling Moses. Der Alte murmelte etwas, kaute einige Sekunden lang Tabak, dann murmelte er erneut und deutete auf Bony.

»Der Alte möchte wissen, woher Sie kommen«, sagte Frankie nicht eben ehrerbietig.

Mit ernster Miene zog Bony sein Hemd und das Unterhemd aus. Er drehte sich um, damit Moses seinen Rücken betrachten konnte, der die Tätowierungsnarben von den Initiationsriten aufwies. Dann zog er Unterhemd und Hemd wieder an und fragte Frankie, ob Old Moses nun klüger sei.

Die Frage wurde übersetzt, und der Häuptling schüttelte heftig sein altersgraues Haupt. Dann verlangte er noch etwas Tabak. Bony erwiderte, er sei sehr knapp. Daraufhin zog Moses einen schönen Priem Kautabak aus der Tasche und reichte ihn seinem Begleiter, damit der ihm eine Scheibe abschneiden konnte, denn der Alte besaß keine Zähne mehr, um sich etwas abzubeißen.

»Schlauer Bursche«, meinte Bony. »Sagen Sie ihm, ich käme aus North Queensland – obwohl er kaum wissen dürfte, wo das liegt.«

Urplötzlich riß der Häuptling das Pferd herum und ritt vom Zaun weg. Frankie folgte ihm, und die beiden verschwanden in nordöstlicher Richtung. Das war eine ganz nette Abwechslung, dachte Bony. Vielleicht nicht ohne Bedeutung für meine Ermittlungen. Dann griff er nach der Heugabel und arbeitete weiter.

Als die Sonne unterging, suchte er seine Kamele. Sie hatten sich eine volle Meile entfernt. Bony brachte sie zum Lager zurück und gab Old George sein Waschwasser zu saufen, um ihn zu beruhigen, denn das Kamel hatte sich bereits in Richtung auf einen Brunnen entfernt, als die beiden Tiere von Bony eingeholt wurden. Zwei Tage später brachte er die zwei Kamele zum Brunnen neun, der am günstigsten zu erreichen war.

Der See, der sich durch das abfließende Brunnenwasser gebildet hatte, war nicht so groß wie bei Brunnen zehn. Nachdem sich die Kamele niedergekniet hatten, band Bony ihre Vorderbeine am Boden fest und unternahm einen Rundgang um den See. Keinerlei Viehspuren waren zu entdecken und nicht eine einzige Pferdespur. Und doch war Häuptling Moses in dieser Richtung davongeritten, aber weder er noch Frankie hatten es für nötig befunden, den See zu umrunden, um nachzusehen, ob das vermißte Pferd vielleicht hier seinen Durst gelöscht hatte. Die Geschichte von dem vermißten Pferd war also offensichtlich erfunden. Old Moses hatte mit seinem Besuch einen anderen Zweck verfolgt. Bony hätte zu gern gewußt, ob der Häuptling sich vielleicht lediglich den fremden Mischling einmal hatte ansehen wollen.

Der Sandsturm hatte hier auch die letzten Spuren verwischt, so daß Bony nichts Wichtiges entdecken konnte, was auf Maidstones Aufenthalt hingewiesen hätte. Aber hartnäckig, wie er nun einmal war, drehte er eine zweite Runde um den See – diesmal dicht am Busch entlang. Der Weg am Rand der kahlen Fläche, die von den zur Tränke kommenden Rindern getrampelt worden war, mochte ungefähr zwei Meilen lang sein.

Der von Maidstone benützte Buschpfad berührte den See auf der dem Brunnen gegenüberliegenden Seite. Hier fand Bony eine leere Streichholzschachtel, die, am Fuße eines Baumes liegend, halb mit Sand zugeweht war. Vielleicht hatte Maidstone sie weggeworfen, während er hier haltgemacht hatte, um den Brunnen zu foto-grafieren. Sie konnte aber auch vom Verwalter oder einem der beiden Schwarzen, die ihn begleitet hatten, weggeworfen worden sein. Die Überbleibsel eines Lagerfeuers waren nicht zu entdecken. Sollte Maidstone tatsächlich hier abgekocht haben, war die Asche längst vom Sand zugeweht worden.

Gewohnheitsmäßig steckte Bony die Zündholzschachtel ein. Es handelte sich um eine andere Marke als die, welche er im Lager von Quinambie erstanden hatte. Die Schachtel war also zweifellos von Maidstone weggeworfen worden.

Der Verwalter hatte vor der Polizei ausgesagt, daß Maidstone an dieser Stelle ein Feuer angezündet habe, um sich das Mittages-sen zu bereiten. Die Überreste dieses Lagerfeuers habe er gesehen. Der Wind hatte zwar die Asche zugeweht, aber Bony war ent-schlossen, die Angaben des Verwalters nachzuprüfen. Er holte des-halb seinen Rechen und harkte den Boden auf, wobei er den kleinen sandigen Erhebungen besondere Beachtung schenkte. Nachdem er einige Baumstümpfe freigelegt hatte, fand er die Überreste von Maidstones Feuer. Der Sand war streifenförmig geschwärzt, denn auch die Asche war davongetragen worden. Halbverbrannte dünne Zweige lagen da, aber auch die nur angesengten Enden dicker Äste. Es hatte sich also um ein großes Feuer gehandelt – viel zu groß, um lediglich im Kochgeschirr das Teewasser zu erhitzen.

Diese Entdeckung warf verschiedene Fragen auf. Die Überreste des Lagerfeuers bewiesen eindeutig, daß es eine ganze Nacht gebrannt hatte.

Bisher hatte man angenommen, daß Maidstone an diesem Brunnen haltgemacht hatte – und zwar an dem Tag, an dem er Quinambie verlassen hatte. Man glaubte, er habe hier fotografiert, sich für das Mittagessen Tee gekocht und sei dann zu Brunnen zehn weitergefahren. Hatte er aber an dem Tag, an dem er von Quinambie abgereist war, hier sein Lager aufgeschlagen, konnte er Brunnen zehn nicht schon am achten, sondern frühestens am neunten Juni erreicht haben.

Bony erinnerte sich an die Geschichte, die Bohnenstange Kent über die vorüberziehende Viehherde erzählt hatte. Angeblich hatte Bohnenstange zwei Meilen nördlich des Gattertors kampiert und am Morgen des zehnten Juni, gegen zwei Uhr, die vorbeiziehende Rinderherde gehört. Die Viehdiebe wären also mit der Herde nicht – wie bisher angenommen wurde – vierundzwanzig Stunden nach Maidstones Ermordung bei Brunnen zehn eingetroffen, sondern in den frühen Morgenstunden des Tages, an dem der Lehrer an dieser Stelle eintraf.

In diesem Fall war es durchaus möglich, daß die Viehdiebe etwas mit der Erschießung Maidstones zu tun hatten. Trotzdem fehlte bis jetzt immer noch ein Motiv. Und vermutlich hatten die Viehdiebe Brunnen zehn bereits wieder verlassen, bevor Maidstone dort eintraf. Die Zeitdifferenz war allerdings bereits beträchtlich zusammengeschrumpft.

Es war durchaus möglich, daß der Verwalter von Quinambie die Größe des Lagerfeuers nicht erkannt hatte – die beiden Eingeborenen aber mußten zweifellos die richtigen Schlüsse gezogen haben. Bony hätte nun zu gern gewußt, warum die Abos den Verwalter nicht darauf hingewiesen hatten, daß Maidstone am achten Juni hier übernachtet hatte. Vielleicht waren sie dazu einfach zu faul gewesen. Vielleicht hatte der Verwalter die Schwarzen nicht ausdrücklich danach gefragt, weil er überzeugt gewesen war, daß Maidstone nicht schon hier sein Lager aufschlagen, sondern bis Brunnen zehn weiterfahren würde.

Bony nahm den Rechen und harkte Sand über die Asche. Dann verwischte er mit einem Zweig die Spuren, die der Rechen hinterlassen hatte, löschte auch seine eigenen Spuren aus. Als er zum Zaun zurückmarschierte, war er überzeugt, daß die Abos sich absichtlich dumm gestellt hatten. Zweifellos waren sie Mitwisser des Mordes und hatten Anweisung, weder den Verwalter noch die Polizei in irgendeiner Weise zu unterstützen.

8

Bony war sich klar darüber, daß er es mit einem gerissenen Gegner zu tun hatte, wenn tatsächlich Eingeborene an der Ermordung Maidstones beteiligt gewesen waren. Es wäre allerdings nicht das erstemal, daß er es mit einem schwarzen Gesetzesbrecher zu tun hätte. Zwar war es bisher nichts weiter als eine Theorie – aber wenn die Eingeborenen von Quinambie tatsächlich Maidstones Mörder kannten, war leicht zu erklären, warum die bisherigen polizeilichen Ermittlungen ergebnislos bleiben mußten.

Diese Frage beschäftigte Bony auch noch, als er seine Arbeit am Zaun fortsetzte. In den letzten Tagen war es klar und windstill gewesen. In den kalten Nächten spendete das Lagerfeuer wohlige Wärme, während die Sterne am Firmament funkelten. Manchmal wunderte sich Bony, warum die Fencer unter derart rauhen Bedingungen ihre schwere Arbeit verrichteten. Gewiß, die Bezahlung war gut. Es gab auch keine Stechuhr und keine Akkordarbeit. Hier draußen war man ein völlig freier Mensch. Die Männer, die an den Grenzzäunen Dienst taten, wurden von keiner Fabriksirene kommandiert. Ein Mensch aber, der normalerweise im Büro arbeitete, mußte hier draußen noch viel schneller überschnappen als Bohnenstange Kent.

Acht Tage später, nachdem Bony mit King Moses und dessen Adjutanten gesprochen hatte, sah er Newton mit seinen Kamelen einen langen Abhang herunterkommen. Während dieser acht Tage hatte der Inspektor außer einem Dingo und seinen beiden Kamelen kein lebendes Wesen zu Gesicht bekommen, und er war froh, den Zaunwart zu sehen.

»Na, wie steht's?« fragte Newton.

»Der Zaun ist in einer nicht ganz so guten Verfassung wie damals, als Nugget mit seinen Leuten von hier weggegangen ist.«

»Viele Hände machen die Arbeit leicht, Ed. Sie haben durchaus nicht schlecht gearbeitet. Den Mount Everest hat es diesmal nicht erwischt. Wie steht es mit Ihren Rationen?«

»Ich habe keine Kartoffeln mehr und seit vierzehn Tagen kein frisches Fleisch. Ich wollte nach Quinambie gehen, sobald ich den Abzweig zu Ihrem Bambusgrasschuppen erreiche.«

»Dann können wir gleich zusammen gehen. Der Zaun kann jetzt schon mal für zwei Tage allein gelassen werden. Hat sich was ereignet? Haben Sie schon etwas herausgefunden?«

»Ich erhielt Besuch von Old Moses und Frankie«, erwiderte Bony und berichtete nähere Einzelheiten.

»Die beiden wollen nach einem Pferd gesucht haben? Dieser alte Halunke würde doch nie im Leben einem Pferd nachreiten. Da schickt er stets seine Leute. Der wollte Sie nur mal beäugen. Das war der Grund! An welcher Stelle des Zaunes traf er Sie denn so ›ganz zufällig‹?«

Bony erklärte es ihm, so gut er konnte. Dann koppelten sie

Bonys Kamele mit der Nasenleine an das letzte Tier von Newton und machten sich auf den Weg nach Süden. Bony nahm seine Heugabel und marschierte auf der anderen Seite des Zauns entlang, warf einzelne Stachelgrasbüschel hinüber auf das Gebiet von Quinambie. Bei Sonnenuntergang schlugen die beiden Männer am Abzweig zum Schuppen ihr Lager auf.

Als sie sich rauchend an dem hell lodernden Feuer niederließen, entschloß sich Bony, Newton weiter ins Vertrauen zu ziehen. Er berichtete ihm, was er beim Brunnen 9 entdeckt und welche Schlußfolgerungen er daraus gezogen hatte.

»Wenn Sie an der Stelle des Verwalters gewesen wären – hätten Sie dann nicht erwartet, daß Ihnen die Schwarzen ihre Ansicht über das Lagerfeuer mitteilen?« wollte Bony wissen.

»Doch, das hätte ich erwartet. Sie mußten ja gemerkt haben, daß der Verwalter eine falsche Schlußfolgerung zog. Komisch, Ed – Frankie ist sonst immer sehr hilfsbereit. Daß keiner der Abos der Polizei gegenüber etwas erwähnt hat, mag seinen Grund darin haben, daß der Sergeant und seine Leute davon ausgingen, Maidstone sei geradewegs zum Brunnen zehn gefahren. Sie verließen sich auf die Aussage des Verwalters, daß Maidstone bei Brunnen neun lediglich Tee gekocht und einige Fotos gemacht habe.«

»Kommen Häuptling Moses oder sein Medizinmann viel in der Gegend herum? Geht der Stamm manchmal am Zaun entlang auf Wanderschaft?«

»Seit das Ungeheuer aufgetaucht und ihnen Angst eingejagt hat, nicht mehr sehr oft. Natürlich, zu gewissen Zeiten unternehmen sie auch heute noch ihre Wanderzüge.« Newton benützte einen meterlangen Zweig als Fidibus und zündete sich die Pfeife an. »Hier in dieser Gegend habe ich sie zum letztenmal vor ungefähr drei Monaten gesehen.«

»Besitzen viele von ihnen Gewehre?« fragte Bony.

»Schwer zu sagen. Ich kenne einige, die ein Gewehr besitzen.

Als sie vor drei Monaten hier in der Gegend waren, schoß einer der Abos auf einen Adler. Er verfehlte ihn, traf aber um ein Haar Nugget, der oben auf einer Düne stand. Nugget wurde fuchsteufelswild und beschwerte sich bei mir. Als ich dann Moses das nächstemal traf, beschwerte ich mich meinerseits bei ihm. Es ist eben so: Die jungen Abos arbeiten ab und zu auf den Viehstationen, und für ihr Geld kaufen sie sich dann bei dem syrischen Hausierer ein Gewehr. Man sollte das unterbinden. Bei uns kann man genauso leicht ein Gewehr kaufen wie eine Dose Milch – auch wenn man in seinem ganzen Leben noch kein Gewehr in Händen hatte.«

»Die Kugel muß aber dicht bei Nugget eingeschlagen sein, wenn er Ihnen davon berichten konnte«, meinte Bony. »Er hätte genausogut umkommen können. Vielleicht ist auch Maidstone einem derartigen Unfall zum Opfer gefallen, weil jemand leichtsinnig in der Gegend herumgeknallt hat. Damit wäre die Verschwiegenheit der Abos erklärt. Sie handeln ja niemals grundlos. Selbst, wenn sie eine Lubra mit dem Schweigebann belegen, haben sie einen guten Grund dafür. Wir müssen immerhin einräumen, daß alle Handlungen der Eingeborenen einer gewissen Logik entsprechen.«

»Ja, es könnte sich natürlich um einen Unfall gehandelt haben. Ich kann mir nicht vorstellen, daß sie Maidstone lediglich aus Übermut abgeknallt haben.«

Ein neuer Gesichtspunkt, und auch gleichzeitig eine Erklärung für die geringe Hilfsbereitschaft der Eingeborenen bei den Ermittlungen. Es dürfte sich lohnen, in dieser Richtung weitere Nachforschungen anzustellen. Es war ja Bony bisher nicht gelungen, ein Motiv für einen Mord zu finden.

»Wenn man einem Abo befiehlt, sich dumm zu stellen, dann ist er ein sehr guter Heuchler«, fuhr Newton fort. »Und ich wette, daß man diesen Abos befohlen hatte, sich dumm zu stellen. Nicht nur die beiden, die der Verwalter von Quinambie mitgenommen hatte, sondern auch die Eingeborenen vom Lake Frome. Wer aber kann allen Schwarzen einen Schweigebann auferlegen? Nur Charlie der Spinner natürlich! Und er war bei dem Verwalter von Quinambie, als die Leiche Maidstones gefunden wurde.«

»Richtig. Der Medizinmann brauchte nur die Stirn zu runzeln, und schon verstummten sämtliche Abos vom Lake Frome.« Bony nickte. »Dies würde er allerdings bestimmt nicht getan haben, um einen Weißen zu decken. Damit werden wir in unserer Vermutung bestärkt, daß ein Eingeborener Maidstone erschossen hat. Und in diesem Fall ist kaum daran zu zweifeln, daß es ein Unfall war. Raub liegt nicht vor. Jedenfalls fehlte von Maidstones Besitz nichts von irgendwelchem Wert.«

»Durchaus möglich. Trotzdem kann ich nicht recht verstehen, wie es zu einem solchen Unfall kommen konnte – es sei denn, ein kurzsichtiger Abo hat Maidstone für ein Känguruh gehalten.«

»Nun, ganz gleich, ob es ein Unfall war oder nicht – ich muß den Todesschützen finden. Seit der Tat sitzen die Abos auf beiden Seiten des Zauns tatenlos herum. Sie sprechen nicht einmal miteinander über den Mord. Das Thema ist ganz einfach tabu, und keine Macht der Erde wird die Schwarzen zum Reden bringen. Nun, ich habe auch früher schon einer derartigen Wand des Schweigens gegenübergestanden – nicht nur bei Eingeborenen. Ein kluger Mörder taucht ganz einfach unter und verhält sich still. Das gilt auch, wenn mehrere an der Tat beteiligt sind. Wie Karnickel sitzen sie im Bau. Ich muß nun dafür sorgen, daß sie ihren Bau verlassen, obwohl sie das Tageslicht scheuen. Die müssen etwas unternehmen. Und nun möchte ich gern, daß Sie etwas für mich tun.«

»Schießen Sie los, Ed.«

»Wenn wir nach Quinambie kommen, lassen Sie ein paar Bemerkungen fallen, daß Sie vermuten, ich sei ein Detektiv, der den Fall Maidstone aufklären möchte. Sorgen Sie vor allem dafür, daß die Eingeborenen es hören. Übertreiben Sie ruhig, und verkünden Sie, daß ich schon bald den Täter verhaften werde. Wie Sie vorgehen, überlasse ich Ihnen.«

»Ich soll also lediglich Andeutungen machen?«

»Ganz recht. Erzählen Sie, daß ich Sie dauernd über den Mord ausfrage. Und daß ich mich schrecklich für die Eingeborenen interessiere, auch für Nugget. Sie werden sich schon eine glaubhafte Geschichte ausdenken.«

Newton lachte leise. Plötzlich brach er ab und wurde sehr nachdenklich.

»Könnte das aber nicht recht gefährlich werden für Sie?« meinte er schließlich. »Bei dem einsamen Leben, das wir führen, könnte man Sie leicht aus dem Weg räumen. Niemand kann Ihnen den Rücken decken, und wenn Ihnen plötzlich ein ›Unfall‹ zustößt, würde kein Mensch Verdacht schöpfen.«

»Dieses Risiko muß ich eingehen. Sie dürfen mir glauben, daß es mir nicht leichtfällt, aber ich bin nicht nur hierhergekommen, um Stachelgrasbüschel über Ihren Zaun zu schaufeln.«

»Schon gut. Ich werde diese Gerüchte in Umlauf setzen. Aber wenn ich an Ihrer Stelle wäre, würde ich mehr nach hinten als nach vorn schauen. Und wie steht es mit den Nächten?«

»Machen Sie sich keine Sorgen. Ein vorsätzlicher Mord will wohl überlegt sein. Und gerade während der Vorbereitungen kann das ausersehene Opfer seine Gegenmaßnahmen treffen.«

Bony erhob sich, um das Kochgeschirr mit Wasser zu füllen und eine letzte Tasse Tee aufzubrühen. Das Läuten des Kamelglöckchens verriet, daß die Tiere sich zur Nacht niederlegten. Eine Sternschnuppe huschte über den Himmel, und eine Eule stieß ihren klagenden Schrei aus. Danach trat tiefes Schweigen ein, und als die Männer schließlich ihre Planen ausbreiteten und sich in die Decken wickelten, unterbrach lediglich ein leises Rascheln die nächtliche Stille der unendlichen Landschaft.

Commander a. D. Joyce hatte immer noch keinen Buchhalter gefunden. Er mußte deshalb Bony und Newton persönlich zum Lager begleiten und ihnen die gewünschten Sachen aushändigen. Bei dieser Gelegenheit weihte Bony den Commander in seinen Plan ein, und Joyce war ebensowenig davon begeistert wie Newton. Als Bony später mit seinem Fleischsack den Koch aufsuchte, trödelte der Zaunwart absichtlich noch etwas herum.

»Guten Tag, Ed!« begrüßte der Koch den Mischling. »Was macht der Magen?«

»War bereits am nächsten Tag völlig in Ordnung. Und wie steht's bei dir?«

»Okay, Ed. Du plagst dich also immer noch am Zaun ab. Wie gefiel dir denn neulich der Willy-Willy? Hat ganz schön Sand und Stachelgras durch die Gegend gewirbelt.«

Der Koch nahm das feuchte Tuch weg, das die Rinderhälfte zudeckte, und säbelte höchst sachkundig ein ordentliches Stück Fleisch ab.

Mit ungefähr zwanzig Pfund frischem Rindfleisch kehrte Bony zu den Kamelen hinter dem Maschinenschuppen zurück, und gleich darauf machte sich Newton auf den Weg, um sich seine Fleischration abzuholen. Bony sah, wie Frankie die Pferdekoppel verließ und hinter Newton zur Küche schlenderte. Der Zaunwart benötigte ziemlich lange, und ein grimmiges Lächeln glitt über das Gesicht des Mischlings. Er konnte sich lebhaft vorstellen, wie Newton seine Köder auswarf

Auf dem Rückweg zum Bambusgrasschuppen sprachen die beiden Männer kein Wort miteinander. An ihrem Ziel angekommen, nahmen sie den Kamelen die Lasten ab und ließen die Tiere frei. Dann wurde der größte Teil des Fleisches eingesalzen.

»Frankie hat die Ohren gespitzt und nicht ein einziges Wort verpaßt«, berichtete Newton schließlich. »Hat so getan, als interessiere er sich überhaupt nicht für den Koch und mich. Als der Koch von mir wissen wollte, wie Sie mit der Arbeit am Zaun fertig würden, hakte ich gleich ein. Sie seien ein richtiges Greenhorn am Zaun, erwiderte ich. Und obendrein würden Sie fortwährend Fragen stellen. Darauf meinte der Koch, Sie seien auch viel zu gebildet für einen Fencer. Nun konnte ich unauffällig meinen Köder werfen. Ich sei überzeugt, daß Sie ein Kriminalbeamter seien, der sich als Fencer getarnt hat, sagte ich. Darauf würde ich jede Wette eingehen. Der Koch meinte sofort, er sei ebenfalls der Meinung, daß die Polizei den Fall Maidstone nicht einfach auf sich beruhen lasse. – Hat doch prächtig geklappt, wie?«

»Ausgezeichnet«, entgegnete Bony. »Frankie ist bestimmt sofort wie ein geölter Blitz zu Moses und dem Medizinmann gelaufen.«

»Der Koch hat mir meine Aufgabe sehr erleichtert. Ich habe allerdings nicht erwähnt, daß Sie schon bald eine Verhaftung vornehmen wollen. Ich halte das auch gar nicht mehr für nötig. Glauben Sie, daß die Abos schon bald etwas unternehmen?«

»Nein, so schnell nicht. Die Stammesältesten werden zunächst am Lagerfeuer des Häuptlings eine Beratung abhalten, und dann wird Charlie der Spinner in Aktion treten und sich mit dem Medizinmann vom Lake Frome in Verbindung setzen. Sie werden es nicht für möglich halten, aber das geschieht durch Rauchsignal und Gedankenübertragung. Ich denke, die nächsten Tage werden für mich recht interessant werden.«

»Interessant ist gut.« Newton lachte. »Ich würde eher ›gefährlich‹ sagen.«

»Warum heißt der Medizinmann eigentlich Charlie der Spinner?«

»Keine Ahnung. Habe mich nie danach erkundigt. Wahrscheinlich haben ihn die Weißen so genannt, weil er Dinge treibt, die sie nicht verstehen.«

Am nächsten Morgen trennten sich die beiden Männer wieder. Newton marschierte nach Süden, um Nugget und seine Sippschaft zu inspizieren. Dem dunkelhäutigen Fencer gegenüber würde er allerdings keine Andeutungen machen, daß Bony Kriminalbeamter sei.

Bony setzte seine Arbeit am Zaun fort, hatte aber von nun an das Gewehr stets griffbereit.

Nach zwei Tagen unternahm Häuptling Moses den ersten Schritt. Es war ein windstiller Morgen, und Bony, der auf dem Rücken einer Düne arbeitete, sah, wie weit hinter Brunnen 9 ein Rauchsignal aufstieg. Die Eingeborenen vom Lake Frome würden zwar nur das obere, bereits leicht zerflossene Ende der Rauchsäule erblicken, aber das würde genügen, um den Häuptling oder den Medizinmann zu veranlassen, sich niederzuhocken und in tiefe Meditation zu versinken. Dann würde an zwei weit voneinander entfernten kleinen Feuern ein eifriges Gemurmel beginnen.

Bony gab den ersten Schuß ab, jedoch nicht auf ein menschliches Wesen. Er überquerte gerade die gewaltigen Sandberge und war auf einem Gipfel angelangt, da entdeckte er in der dahinterliegenden Senke einen Dingo, der von zwei Adlern angegriffen wurde. Der Dingo war in schwerer Bedrängnis. Ein Raubvogel, der im Tiefflug über die Ebene strich, konnte den Hund mühelos umwerfen, und bevor es dem Dingo gelang, aufzuspringen und weiterzurennen, war der zweite Adler da und traktierte ihn mit einem heftigen Flügelschlag. So nahm das grausige Spiel seinen Fortgang. Ununterbrochen griffen die beiden Adler mit ihren kräftigen Schwingen den Hund an, ohne ein einziges Mal mit ihren Fängen den Boden zu berühren.

Irgendwo in der näheren Umgebung mußte sich das Adlernest befinden. Am oberen Ende eines abgestorbenen Baumes in einer Astgabel gebaut, hatten die Raubvögel von ihrem hochgelegenen Nest einen prächtigen Ausblick. Und ihre Augen waren so scharf, daß sie noch auf eine Entfernung von zwei Meilen eine Buschratte erkennen konnten.

Der Hund hätte sich bei hellem Tageslicht nicht erwischen lassen dürfen. Sollte es ihm gelingen, seinen Verfolgern zu entkommen, würde er sich bestimmt nie wieder überraschen lassen. Doch so, wie die Dinge standen, war es für Bony klar, daß er den beiden Adlern nicht entwischen konnte. Sie würden ihre Angriffe fortsetzen, bis der Dingo qualvoll vor Erschöpfung starb. Bony zielte sorgfältig und gab dem geschwächten Tier den Gnadenschuß. Die beiden Adler zogen in weiten, majestätischen Spiralen davon.

Der Schuß hallte in den Senken, die die Dünen voneinander trennten, laut wider, und Bony hätte zu gern gewußt, ob er von jemandem gehört worden war.

Da der Wasservorrat knapp wurde und auch die Kamele getränkt werden mußten, wartete er mit dem Errichten des Nachtlagers und marschierte zunächst mit den beiden Tieren durchs Gattertor hinüber nach Südaustralien. Auf halbem Weg zum Brunnensee verriet ihm das Gebimmel von Old Georges Glöckchen, daß sich das Tier losgerissen hatte. Offensichtlich wollte das Kamel noch vor Bony den See erreichen; denn das Glöckchen läutete stürmisch, als das Tier davoneilte. Bony versuchte gar nicht erst, Old George einzufangen, denn dann hätte er Rosie freilassen müssen.

Als der Inspektor den See erreichte, stand Old George mit weit gespreizten Hinterbeinen am Ufer und soff immer noch. Bony führte Rosie zu George, und nachdem sich die beiden Kamele sattgetrunken hatten, ließ er sie niederknien, damit sie in Ruhe wiederkäuen konnten. Anschließend mußte er George die Lasten abladen, um an die nahezu leeren Wasserfässer zu gelangen. Nachdem die Eisenfässer gefüllt waren, mußte er für George eine neue Nasenleine anfertigen. Er hatte gerade die benötigte Länge von einem dünnen Seil abgeschnitten und eine Schlinge gemacht, die er über den Nasenknebel schieben wollte, als beide Tiere urplötzlich aufsprangen. Sie fuhren herum, kehrten nun dem See das Hinterteil zu. Bony hatte gerade noch Zeit, nach seinem Gewehr Ausschau zu halten. Es lehnte an einem Wasserfaß, aber Old George versperrte ihm den Weg.

Mit ungeheurer Geschwindigkeit näherte sich ein Kamel. Es war das größte Kamel, das Bony bisher gesehen hatte. Ein Schauer lief dem Inspektor den Rücken hinab, denn es bestand kein Zweifel: Das war das Ungeheuer vom Lake Frome!

9

Das Tier durchpflügte schaukelnd die Sandwüste und erinnerte unwillkürlich an ein Schiff bei rauher See. Es sah aus, als besitze es nicht vier, sondern nur zwei Beine. Kaum hatten sich die rechten Beine vom Boden gelöst, stampften sie bereits wieder auf, und die linken Beine lösten sich vom Boden. Der obere Teil des Körpers war dunkelbraun, wurde aber zu den Beinen hin immer heller. Das Kamel hatte den Kopf gesenkt und wirkte außergewöhnlich bösartig.

Bony wollte zu seinem Gewehr springen, doch in diesem Moment bewegte sich Old George und behinderte ihn. Als sich der Inspektor wieder umdrehte, war das Ungeheuer da.

Mit erstaunlicher Leichtigkeit kam es zum Stehen und blies seinen warmen Atem Bony ins Gesicht. Das Kamel stieß ein langes, gurgelndes Stöhnen aus, das den Mischling und seine zwei Kamele einhüllte. Bony hatte keine Zeit, lange zu überlegen, aber er besaß den Instinkt des Kameltreibers. Blitzschnell ließ er die Schlaufe der soeben angefertigten Nasenleine über die Schnauze des Tieres gleiten, packte das Leinenende und zog nach unten.

»Hoosta! Hoosta!« rief Bony und zerrte mit aller Gewalt an der Leine.

Das Kamel zog die aus dem Maul ragende Hautblase des Gaumensegels ein, und der Ausdruck des Hasses schwand aus seinen Augen. Es sank in die Knie, verstaute die Hinterbeine unter dem Bauch. Dann warf es den Kopf zurück und begann eifrig sein Futter wiederzukäuen.

Bony vernahm in seinem Rücken zufriedenes Brummen. Seine beiden Kamele hatten ebenfalls den Befehl zum Hinlegen befolgt. Der Schreck saß ihm noch in den Gliedern, und er hatte das Gefühl, als überkäme ihn Schüttelfrost. Aber er wußte genau, daß er nun keine Angst mehr zu haben brauchte.

»Was meinst du nun?« wandte er sich an das Ungeheuer vom Lake Frome. »Das Glück ist mir auch diesmal treu geblieben. Und du hattest ebenfalls Glück. Denn wenn ich an mein Gewehr gekommen wäre, lägst du jetzt tot im Sand. Ich glaube, du wolltest weiter nichts als Gesellschaft. Nette Gesellschaft. Du bist schlecht behandelt worden. Man hat dich ausgesetzt und hat auf dich geschossen und dich schließlich zum Ungeheuer gestempelt. Nun, warten wir's ab. Du hast deinen Nasenknebel verloren. Ich werde dir also Zaumzeug anfertigen, damit ich dich an einen Baum binden kann, um dir einen neuen Nasenknebel anzulegen. Aber laß dir eines gesagt sein: Wenn du dich schlecht benimmst oder gar bösartig wirst, erschieße ich dich, so wahr ich hier stehe.«

Das Kamel käute weiter sein Futter wieder und bewegte nicht einmal den Kopf, als Bony mit geschickten Händen aus der Nasenleine Zaumzeug flocht. Der Mischling lehnte sich versuchsweise gegen den Höcker, doch das Fell zuckte nicht einmal.

Bony zündete sich eine Zigarette an und versuchte, sich über seine Lage klarzuwerden. Er benötigte kein drittes Kamel. Die beiden, die ihm zur Verfügung standen, waren lammfromm – es sei denn, sie benötigten Wasser, um ihr Futter anzufeuchten. Andererseits war das zugelaufene Kamel ein kräftiges Tier in den besten Jahren, während Old George beinahe schon zu alt war, um die ihm aufgebürdeten Lasten zu tragen. Newton würde mit dem Zuwachs keineswegs einverstanden sein, zumal dieses Kamel – ob zu Recht oder Unrecht – als mordendes Ungeheuer hingestellt wurde. Immerhin, wenn es gelang, dieses Wildkamel abzurichten und ihm einen Packsattel aufzuschnallen, ließ sich der Zaunwart vielleicht umstimmen. Es gab zwar noch viele andere Wenn und Aber, doch Bony war entschlossen, dem Ungeheuer vom Lake Frome eine Chance zu geben.

Es war natürlich nicht vorauszusehen, wie sich das Ungeheuer benehmen würde, sobald man es allein ließ, doch Bony mußte es riskieren. Er mußte sein Gewehr holen und Old George die Wasserfässer aufladen. Er nahm die Hand vom Höcker des Kamels und langte nach seinem Gewehr, doch das fremde Tier käute weiterhin zufrieden sein Futter wieder. Nachdem auch die Wasserfässer verladen waren, erhielt Old George eine neue Nasenleine. Dann befahl Bony dem Packtier, aufzustehen. Rosie erhob sich ebenfalls, und der Mischling befestigte das Ende von Georges Nasenleine an ihrem Reitsattel. Das ›Ungeheuer‹ stand ebenfalls ganz bedächtig auf, immer noch kauend, und ließ widerstandslos die provisorisch am Zaumzeug angebrachte Leine an Georges Packsattel festbinden. Auf dem Weg zu dem Platz, an dem Bony übernachten wollte, benahm es sich vorbildlich.

An der Stelle angelangt, an der er mit Bohnenstange Kent kampiert hatte, ließ er die Kamele niederknien, lud die Lasten ab und ließ die Tiere wieder aufstehen. Er fesselte Rosie und Old George die Vorderbeine, und da er Ersatzriemen und Hobbelketten hatte, holte er einen Satz und näherte sich dem Ungeheuer, um auch ihm die Vorderbeine zu fesseln.

Dies war bei einem fremden Tier stets äußerst gefährlich, denn man mußte sich tief bücken und war den schwieligen Sohlen und den scharf bewehrten Zehen hilflos ausgeliefert. Und wenn ein Kamel biß oder zutrat, konnte es einen Menschen fürs ganze Leben zum Krüppel machen – in einer einsamen Gegend wie hier konnte es sogar den Tod bedeuten.

Das Ungeheuer stand ruhig da. Bony durfte jetzt nicht zögern, durfte keine Unsicherheit zeigen. Er klopfte dem Tier beruhigend auf die Schulter, seine Hand glitt immer tiefer, am Bein entlang. Nun mußte er sich bücken, während das riesige Kamel wie ein Turm über ihm aufragte. Mit geschickten Griffen befestigte er die Riemen an den Vorderbeinen. Das Ungeheuer hatte sich nicht ein einziges Mal gerührt.

»Ich muß sagen, du bist ein vollendeter Gentleman«, murmelte Bony, während er zurücktrat. »Man könnte denken, daß du fleißig Lasten getragen hast, statt seit Monaten oder sogar seit Jahren den östlichen Teil von Südaustralien unsicher zu machen. Aber ich warne dich noch einmal: Solltest du bösartig werden, erschieße ich dich auf der Stelle.«

Als Bony später Rosie und George suchte, graste das Ungeheuer friedlich mit ihnen. Es folgte auch sofort George, als Bony seine beiden Kamele zum Lager zurückführte. Dort ließ Bony das Ungeheuer neben einem großen Baum niederknien, um es endgültig zu unterwerfen. Mit einem Packseil zog er den Kopf des Kamels fest gegen den Baumstamm, führte mit einigen geschickten Griffen den Nasenknebel in die Nüstern ein. Das Ungeheuer wehrte sich nicht, nur der Brüllsack erschien kurz aus dem Maul. Doch im nächsten Moment lockerte Bony die Leine, und das Tier konnte sich vom Baumstamm lösen.

Das Ungeheuer besaß nun ein ordentliches Zaumzeug und machte nicht die geringsten Schwierigkeiten, als es, mit der Leine an Georges Packsattel befestigt, die Karawane beschloß. Bony arbeitete auf den Sanddünen und ließ das Ungeheuer den ganzen Tag über nicht aus den Augen. Es zeigte nicht die geringsten Absichten, ihm nach dem Leben zu trachten. Deshalb machte sich Bony schließlich auch keine Sorgen mehr.

Es war am frühen Nachmittag. Bony war über den Zaun auf das Gebiet von Südaustralien geklettert und arbeitete dort am Zaun, als er drei Reiter entdeckte, die sich ihm näherten. Eine Minute später konnte er erkennen, daß einer der Reiter ein Weißer war. Es war Levvey, der Verwalter der Lake-Frome-Station.

Die beiden Eingeborenen, die ihn begleiteten, blieben etwas zurück, während Levvey zu Bony ritt. Er hatte die Augen zusammengekniffen, und wie üblich umspielte ein leichtes Lächeln seine wulstigen Lippen.

»Tag, Ed. Haben Sie hier draußen Vieh gesehen?«

»Schon seit längerer Zeit nicht mehr«, antwortete Bony und zog Tabaksdose und Zigarettenpapier aus der Tasche.

Levvey stieg ab und folgte dem Beispiel des Mischlings.

»Waren am Brunnen ein paar Rinder, als Sie dort waren?« fragte Levvey.

»Habe keine gesehen. Ich war vor vier Tagen dort.«

»Vielleicht sind sie weiter südlich. Wir möchten sie nach Westen treiben.« Die blauen Augen musterten den Fencer berechnend. »Wie gefällt die Arbeit?«

»Nicht schlecht. Ich habe alle Hände voll zu tun.«

Levvey blickte durch den Maschendrahtzaun zu den drei Kamelen, die am Boden lagen, machte aber keinerlei Bemerkung über das dritte Tier. Er lehnte sich mit dem Rücken gegen einen Zaunpfahl und sah nicht viel anders aus als Bony oder Newton. Er lächelte viel und schien mit seinem Leben zufrieden.

»Na, ein besonders schöner Job ist diese ewige Schaufelei am Zaun aber nicht«, meinte er beiläufig, und Bony wartete gespannt, was nun kam. »Nach jedem Sturm arbeiten Sie sich die Finger wund. Und in dieser Einsamkeit würde ich verrückt werden. Sollten Sie einen anderen Job suchen, kommen Sie zu mir. Haben Sie schon auf einer Viehfarm gearbeitet?«

»Von Zeit zu Zeit. Sie haben schon recht: Nach einem Sturm gibt's viel Arbeit, aber die Bezahlung ist gut. Und ich beabsichtige sowieso nicht, lange hier zu bleiben.«

»Na schön, Ed. Überlegen Sie sich meinen Vorschlag. Ich muß mit Abos arbeiten, aber die sind nicht sehr zuverlässig. Einen Mann wie Sie könnte ich brauchen. Aber erzählen Sie Newton nichts davon. Die Abos haben Angst vorm Ungeheuer vom Lake Frome. Ich bezweifle allerdings, daß es überhaupt existiert. Und nachdem sich nun auch noch ein Lehrer hat umbringen lassen, haben die Abos noch mehr Angst gekriegt. Jetzt muß man ihnen erst einen Tritt geben, damit sie überhaupt etwas tun.«

»Vielleicht war es ein Unfall. Die Geschichte mit dem Lehrer, meine ich.«

»Ein Unfall! An diese Möglichkeit habe ich überhaupt noch nicht gedacht.« Levvey warf den Zigarettenstummel weg und drehte sich eine neue Zigarette. »Wie kommen Sie auf diese Idee?«

»Ist denn Nugget nicht um ein Haar von einem Abo erschossen worden? Newton erzählte mir von dem Vorfall.«

»Ja, das stimmt. Wir haben sogar darüber diskutiert. Wenn man es recht bedenkt, ist es für die Abos viel zu leicht, sich ein

Gewehr zu beschaffen. Einem von meinen Abos habe ich schon gesagt, daß ich ihm das Gewehr wegnehme, wenn er sich nicht besser in acht nimmt. Leichtsinnige Burschen sind das. Wäre durchaus möglich, daß Maidstone durch Unvorsichtigkeit ums Leben kam. Ich sehe jedenfalls keinen Grund, warum ihn jemand hätte erschießen wollen. Er ist ja auch nicht beraubt worden.«

Levvey schien es nicht eilig zu haben, weiterzukommen.

»Ich war in Broken Hill, als die Geschichte passiert ist«, meinte Bony. »Die Zeitungen waren voll davon. Die Polizei glaubt nicht, daß es sich um einen Unfall handelt. Aber was sollte es denn sonst gewesen sein?«

»Ganz richtig, Ed – was sollte es sonst gewesen sein. Niemand wird ohne Grund ermordet, und für diesen Mord gibt es doch kein Motiv. Haben Sie schon mal für die Polizei gearbeitet?«

»Ja, zweimal habe ich Spuren gesucht. Hätte auch zur Polizei gehen können, aber ich bin eben nicht seßhaft genug. Bei dem Lehrer haben die Abos nicht viele Spuren gefunden, wie?«

»Allerdings. Sie haben lediglich Maidstones Spuren gefunden, aber sonst nichts. Tja, es kann natürlich ein Unfall gewesen sein. Außerdem muß man den Abos Gerechtigkeit widerfahren lassen: Sie hatten nicht viel Zeit zur Spurensuche. Dann kam der Sturm und wehte alles zu.«

»Ein interessantes Thema.«

»Ganz recht«, pflichtete Levvey bei. »Tja, jetzt muß ich weiter. Wann werden Sie Newton vermutlich wiedersehen?«

»Schwer zu sagen.«

»Natürlich, Ed. Aber nochmals – wenn Sie einen Job suchen, wenden Sie sich an mich. Meine Frau ist eine gute Köchin. Und die Unterkunft ist auch gut.«

Levvey stieg in den Sattel, nickte und winkte. Dann ritt er mit seinen beiden Begleitern davon. Bony war an dieser Stelle mit der Arbeit fertig. Er kletterte über den Zaun, ließ seine schläfrigen Kamele aufstehen und entfernte sich ebenfalls in südlicher Richtung.

Er grübelte über Jack Levvey nach, zu dem das Leben im Busch durchaus paßte. Levvey hatte sich hart nach oben gearbeitet, verstand seine Arbeit und konnte ausgezeichnet mit den Eingeborenen umgehen. Zweifellos war er genau wie die Abos in der Lage, Spuren zu lesen, doch im Ermittlungsbericht hatte nichts darüber gestanden, ob er am Tatort nach Spuren gesucht hatte. Vermutlich hatte er es nicht getan, denn er hatte ja gewiß gegenüber Commander Joyce sein Gesicht wahren wollen.

Levvey hatte die Theorie, daß es sich um einen Unfall gehandelt haben könnte, sofort ernsthaft in Betracht gezogen, da sie zweifellos zu allen ihm bekannten Tatsachen paßte. Bony kam langsam zu der Ansicht, daß es sich vielleicht wirklich um einen Unfall gehandelt hatte. Wenn die Eingeborenen zwischen Zaun und Brunnensee keine Spuren eines zweiten Mannes gefunden hatten, waren vielleicht tatsächlich keine zu sehen gewesen. Der Schuß konnte durchaus östlich des Gattertors abgegeben worden sein – entweder von einem Eingeborenen, aber ebensogut von Nugget oder Bohnenstange Kent. Besonders die letzten beiden konnten durch den Maschendraht geschossen haben. Anschließend waren sie dann, um beim See und dem Toten keine Spuren zu hinterlassen, zum Brunnen 9 gegangen, der mehrere Meilen vom Zaun entfernt auf dem Gebiet von New South Wales lag.

Nugget konnte nicht einfach als Tatverdächtiger ausgeschieden werden, weil er ein Savage-Gewehr besaß. Deshalb war noch nicht erwiesen, daß er nicht auch noch eine Winchester unter seinen Sachen versteckt hatte. Der Unfalltheorie mußte unbedingt weiter nachgegangen werden.

Schließlich gelangte Bony zum Abzweig, der zur Stammfarm von Quinambie führte. Der Mischling ging bis zum unteren Ende seines Zaunabschnitts weiter, und als er dort sein Lager aufschlug, kam Nugget mit seinen Leuten von Süden und schlug die Richtung zum Bambusgrasschuppen ein.

»Na, wie geht's, Ed«, begrüßte Nugget Bony.

»Ganz gut. Nach dem Sturm gab's ein wenig Arbeit, aber der Mount Everest hat alles ohne Schaden überstanden.«

Nugget und seine Leute interessierten sich mächtig für das Ungeheuer.

»Es gesellte sich beim Brunnen zehn zu uns und wollte uns partout nicht mehr verlassen, und da habe ich es einfach mitgenommen«, erklärte Bony. »Es ist völlig friedlich. Vermutlich ist es ein besseres Arbeitstier als Old George, der jedesmal Späne macht, wenn er nicht genügend Wasser hat.«

»Das habe ich dem Boss ja auch schon gesagt«, pflichtete Nugget bei, der sich für seine Pfeife Tabak zurechtschnitt. »Hätte Old George schon vor Jahren pensionieren sollen. Levvey sagt, er habe Sie getroffen. Sie hätten einen kleinen Schwatz gehalten.«

Die dunklen Augen musterten Bony. Offensichtlich hätte er zu gern gewußt, worüber man sich unterhalten hatte.

Bony erfüllte die unausgesprochene Bitte und berichtete, daß Levvey Vieh gesucht habe, das nach Westen getrieben werden sollte. Dabei allerdings beließ er es. Die Lubras gingen mit den Kamelen weiter, folgten Bonys Zaunabschnitt bis zum Abzweig. Die eine war ungefähr vierzig, die andere in den Zwanzigern. Die Kinder folgten den Frauen. Bony hatte ein Gewehr bemerkt, das in einem Segeltuchfutteral am Sattel des Leitkamels hing. Vermutlich das Savage-Gewehr, dachte Bony.

Dem Inspektor war nicht entgangen, daß das Ungeheuer beim Näherkommen von Nuggets Gruppe immer unruhiger geworden war. Zunächst hatte er den Grund dafür bei den fremden Kamelen, später bei den Frauen gesucht. Bony hatte einmal ein Kamel gekannt, das jedesmal wild wurde, wenn es nur von weitem einen Rock sah. Und ein zweites hatte jedesmal die Flucht ergreifen wollen, sobald ein Reiter in Sichtweite kam.

»Jack Levvey erzählte mir, Sie halten es für möglich, daß es sich nicht um einen Mord, sondern um einen Unfall gehandelt haben könnte. Er meinte, Sie hätten da vielleicht recht.«

»Sind Sie nicht selbst einmal um Haaresbreite erschossen worden?« fragte Bony.

»Stimmt, Ed. Die Kugel flog so dicht an mir vorbei, daß ich sie pfeifen hörte. Am liebsten hätte ich den Kerl ordentlich verprügelt, der geschossen hatte.« Nugget lachte, obwohl Bony keinen Grund dafür erkennen konnte. »Man sollte diesen Schwarzen gar nicht erlauben, Gewehre zu kaufen. Newton ist ganz meiner Ansicht.«

10

Wieder am nördlichen Ende seines Zaunabschnitts angelangt, setzte Bony seine Ermittlungen fort, um herauszufinden, ob es sich um einen Mord oder doch nur um einen Unfall gehandelt hatte. Er blieb am Gattertor stehen und stellte fest, daß man über das freie Gelände hinweg zwischen den Bäumen hindurch zu der Stelle blicken konnte, an der Maidstone zusammengebrochen war. Weder der Brunnen noch der See waren vom Gattertor aus zu sehen, denn auf der linken Seite, am Fuße der Sanddüne, standen die Bäume zu dicht. Er ging vom Tor aus nach Norden weiter, und nach hundert Metern konnte er die Pflöcke an der Fundstelle der Leiche noch besser erkennen. Außerdem war von dieser Stelle aus der See zu sehen.

Angenommen, Maidstone hatte sich auf dem Rückweg zu seinem Lager befunden, dann hätte von dieser Stelle aus der Schütze den Lehrer keinesfalls übersehen können. Es sei denn, seine Aufmerksamkeit hätte einer Känguruhherde gegolten. Hätte der Schütze allerdings beim Gattertor gestanden und zwischen den Bäumen hindurch auf ein Känguruh gezielt, konnte er den Lehrer glatt übersehen haben. Der Schütze brauchte den Gewehrlauf lediglich durch den Maschendraht zu schieben, sorgfältig zu zielen und abzudrücken. Hatte er allerdings nur wenig Zeit gehabt, weil die Känguruhs vorbeigezogen waren, konnte er durchaus versehentlich Maidstone getroffen haben. Bony kam zu dem Schluß, daß ein Unfall möglich, wenn nicht sogar wahrscheinlich war.

Am Vorabend des Tages, an dem Bohnenstange Kent dem Verwalter von der Lake-Frome-Station seine Rationsliste mitgeben wollte, traf der Fencer bei Bony ein. Schon von weitem begann er mit seiner lautstarken Begrüßung. Nachdem er den Becher Tee, der bereits auf ihn wartete, getrunken hatte, machten er und Bony sich mit ihren Kamelen auf den Weg zum See. Neugierig erkundigte sich Bohnenstange nach dem hinzugekommenen Kamel, und Bony gab ihm die gleiche Erklärung, die er Nugget gegeben hatte. Sie tränkten die Tiere, füllten die Wasserfässer und nahmen ein Bad. Als sie wieder an ihrer Lagerstelle zurück waren und es sich anschließend am Feuer bequem machten, ging die Sonne unter.

Die beiden Männer hatten sich eine Menge zu erzählen. Zunächst berichtete Bony von seinem Zusammentreffen mit Levvey und später mit Nugget. Anschließend schilderte Bohnenstange Kent, nachdem er sich über seine Arbeit am Zaun ausgelassen hatte, ausführlich, wie ihm ein Leguan die Überreste eines kalten Stews gestohlen hatte, das er nicht zugedeckt hatte. Als die Sterne am Himmel erschienen und die Glöckchen der weidenden Kamele leise läuteten, stellte Bony die Fragen, die ihn am meisten interessierten.

»Hast du hier in der Gegend schon mal durch den Maschendrahtzaun auf Känguruhs geschossen?«

»Ich könnte mich nicht erinnern. Warum?«

»Vielleicht zu dem Zeitpunkt, zu dem Maidstone erschossen wurde?«

»Ich glaube nicht. Nein, sogar ganz bestimmt nicht. Worauf willst du hinaus?«

»Ach, nur so. Was treibst du eigentlich abends, bevor du dich schlafen legst?«

»Dann führe ich Selbstgespräche, backe Brot für den nächsten

Tag, bereite ein Stew fürs Frühstück – und was es eben sonst noch zu tun gibt.«

»Du tust also das gleiche wie ich. Selbstgespräche führe ich allerdings noch nicht. Aber wenn ich noch lange am Zaun arbeite, werde ich auch noch mit mir selbst reden. Ich habe mich hier überall gründlich umgesehen und viel über den Fall Maidstone nachgedacht. Ich glaube, es war ganz einfach ein Unfall. Nur möchte ich es gern beweisen. Das wäre eine kleine Abwechslung bei unserer eintönigen Arbeit.«

Bohnenstange benötigte einige Zeit, dann schien ihm klargeworden zu sein, daß man sich mit einem derartigen Problem auch nach vollbrachtem Tagwerk beschäftigen konnte. Bony drehte sich inzwischen eine Zigarette, nahm einen brennenden Zweig vom Lagerfeuer und zündete sie an.

»Vom Gattertor aus kannst du die Holzpflöcke sehen, die die Fundstelle von Maidstones Leiche markieren«, sagte er schließlich. »Dort befand er sich also, als er auf dem Rückweg zu seinem Lager war. Angenommen, jenseits des Gattertors stand gerade ein schönes fettes Känguruh. Der Mann mit der Winchester braucht Fleisch, und er ist so darauf erpicht, das Känguruh zu erlegen, daß er Maidstone überhaupt nicht wahrnimmt. Er schießt also, verfehlt aber das Känguruh und trifft statt dessen den Lehrer.«

»Könnte so gewesen sein«, meinte Bohnenstange, und seine hohe Stimme klang vor Aufregung noch etwas heller. »Soviel ich weiß, hat die Polizei an diese Möglichkeit überhaupt nicht gedacht. Aber es muß so gewesen sein, Ed. Niemand hat sich bisher Gedanken darüber gemacht. Es gibt doch kein Motiv für einen Mord. Maidstone war hier in der Gegend völlig fremd, konnte also hier unmöglich Feinde haben. Ja, Ed, du kannst mit deiner Vermutung recht haben.«

»Ich glaube, die Polizei hat zuviel für erwiesen angesehen«, murmelte Bony. »Zunächst haben sie die Daten verwechselt, und außerdem haben sie auf dieser Seite des Zaunes keine Tracker nach Spuren suchen lassen. Angenommen, ein paar der auf Quinambie lebenden Abos waren hier. Einige von ihnen besitzen Gewehre. Angenommen, einer von ihnen schoß durch den Zaun, verfehlte sein Ziel und traf versehentlich Maidstone. Würde das nicht erklären, warum die Spurensucher nichts fanden, bevor der Sturm kam? Angenommen, du wärst der Abo mit dem Gewehr: Was würdest du getan haben?«

»Ich hätte mich aus dem Staube gemacht«, antwortete Bohnenstange prompt.

»Würdest du nicht erst hinübergegangen sein und nachgesehen haben, ob der Mann, den du getroffen hast, auch wirklich tot ist?«

»Ich hätte vom Zaun aus beobachtet, ob er sich bewegt, und dann wäre ich verschwunden. Genau das hätte ich als Abo getan. Außerdem mußt du bedenken, daß die Tracker schon deshalb keine Spuren finden konnten, weil die am Zaun entlangziehende Rinderherde alle Spuren ausgelöscht hatte. Ich war mit meinen Kamelen am See, und diese Spuren waren ebenfalls ausgelöscht.«

»Du glaubst, daß die Rinder an der Stelle gesoffen haben, an der wir unsere Kamele tränken?«

»Ungefähr hier würden sie sich vom Zaun entfernen und zum See laufen. Sie würden praktisch denselben Weg nehmen wie wir. Außerdem war es dunkel, und die Viehdiebe haben weder Maidstones Lager noch Maidstone selbst gesehen – ob er nun noch lebte oder bereits tot war.«

»Ich glaube, jetzt reden wir ein wenig aneinander vorbei«, meinte Bony vorsichtig. »Ich glaube nämlich, daß du dich in deinen Daten geirrt hast.«

»Wieso?«

»Betrachten wir die Sache doch so, Bohnenstange: Maidstone fuhr am achten Juni nach dem Mittagessen von der Quinambie-Stammfarm ab. Joyce glaubte, der Lehrer fahre sofort zum Stammsitz der Lake-Frome-Sation. Statt dessen übernachtete er am Brunnen neun. Am nächsten Tag fuhr er weiter zum Brunnen zehn und blieb auch dort über Nacht. In den frühen Morgenstunden des zehnten zog bei dir jenseits des Zauns eine Viehherde vorüber, und wie du sagst, muß diese Herde hier zum See abgebogen sein. Da die Viehdiebe Maidstones Lagerfeuer nicht gesehen haben, müssen wir annehmen, daß es ausgegangen war. Maidstone lag also am Morgen des zehnten Juni in der Nähe von Brunnen zehn neben dem erkalteten Lagerfeuer, und die Viehdiebe trieben die Rinderherde zum See. Dann hätten wir den Mann mit der Winchester. Sollte unsere Unfalltheorie stimmen, müßte er am Gattertor gewesen sein, als Maidstone am Morgen mit dem Kochgeschirr vom See zurückkam – bevor die Viehherde Maidstones und deine Spuren auslöschte.«

»So müßte es gewesen sein«, murmelte Bohnenstange und mußte gleichzeitig zugeben, gelogen zu haben, als er behauptet hatte, beim Zehnmeilenpunkt übernachtet zu haben, als die Viehdiebe vorbeigezogen waren. Er gab die Lüge unumwunden zu. »Ja, ich war in dieser Nacht beim Fünfmeilenpunkt. Nun möchte ich nur wissen, ob der Abo mit der Winchester sich mit den Viehdieben treffen wollte.«

»Möglich, Bohnenstange, aber unwahrscheinlich. Wenn er Maidstone aus Versehen erschossen hätte, wäre er sofort zu seinen Leuten zurückgekehrt und hätte Moses oder Charlie den Spinner über den Vorfall unterrichtet. Wir kommen also wiederum zu dem Schluß, daß es sich um einen Unfall gehandelt haben muß.«

Bohnenstange Kent nickte, zog seine Pfeife aus der Tasche und stopfte sie mit Zigarettentabak.

»Du bist vielleicht gebildet«, stellte er fest. »Alles gut kombiniert.«

»Zu gut, Bohnenstange. Ich möchte nicht, daß du mit Newton oder Levvey oder irgend jemandem darüber sprichst. Soll die Polizei doch selbst dahinterkommen. Diese Leute werden schließlich dafür bezahlt. Außerdem wollen wir uns nicht in diesen Viehdiebstahl verwickeln lassen, oder?«

»Keinesfalls, Ed.«

»Du hast ja nur mit Newton über die Viehdiebe gesprochen,

und er hat zugesichert, es für sich zu behalten. Zumindest hat er versprochen, dich aus der Geschichte herauszuhalten.«

Daß Bohnenstange durchaus nicht auf den Kopf gefallen war, wurde deutlich, als er Bony fragte, wieso er wisse, daß Maidstone bei Brunnen neun übernachtet habe. Bony erwiderte, daß er Wasser gebraucht und bei dieser Gelegenheit die Überreste eines großen Lagerfeuers gefunden habe. An dieser Stelle habe auch eine leere Streichholzschachtel gelegen, die man auf Quinambie nicht erhalten könne, weil dort eine andere Sorte verkauft würde.

»Wenn ich diese Streichholzschachtel nicht gefunden hätte, könnte man ebensogut annehmen, Nugget habe dieses Lagerfeuer angezündet«, erklärte er. »Aber behalte das alles unbedingt für dich. Es ist ja auch gar nicht weiter wichtig.«

»Kannst dich auf mich verlassen, Ed. Wirklich, du hast das alles prima ausgedacht. Du solltest zur Kripo gehen. Ein Cousin von mir war unten in Melbourne Polizist. Hat's bis zum Kriminalsergeant gebracht. War begabt dafür.«

Während Bohnenstange von seinem Cousin erzählte, studierte Bony den dürren Mann nachdenklich. Bisher war er sich nie recht schlüssig gewesen über diesen seltsamen Menschen, doch nun sah er bereits viel klarer. Bohnenstange hatte die unterschiedlichsten Angaben über die Stelle gemacht, an der er in der Nacht zum zehnten Juni übernachtet haben wollte. Offensichtlich in der Absicht, die Geschichte der vorbeiziehenden Viehherde zu verwirren, weil er nichts mit den Viehdieben zu tun haben wollte.

Die Situation war nun klar, die bekannten Tatsachen ergaben einen logischen Zusammenhang. Maidstone war am neunten Juni bei Brunnen zehn angekommen, und er hatte sich entschlossen, in der Nacht am See zu fotografieren. Bohnenstange Kent hatte fünf Meilen nördlich des Gattertors übernachtet – und nicht etwa zwei oder gar zehn Meilen entfernt. Gegen zwei Uhr morgens, als das Lagerfeuer Bohnenstanges erloschen war, trieben Viehdiebe eine Rinderherde vorbei. Die Rinder mußten fünf Meilen bis zum Gattertor und eine weitere Meile bis zum See getrieben werden. Sechs

Meilen südlich des Tors hatte sich Nugget mit seinen Leuten aufgehalten – wenn man Nugget glauben konnte.

Das war die große Frage: Ob man Nugget glauben konnte! Nachdem Bony festgestellt hatte, wo sich Bohnenstange in der für die Ermittlung so wichtigen Nacht aufgehalten hatte, mußte er nun noch herausfinden, ob er Nuggets Worten glauben konnte oder nicht.

Bisher sah es tatsächlich so aus, als handle es sich um ein Verbrechen ohne Motiv. Deshalb war die Versuchung groß, das Ganze für einen Jagdunfall zu halten. Bony wußte, daß es schon öfter vorgekommen war, daß im Busch ein Mensch irrtümlich für ein Känguruh gehalten worden war – besonders bei schlechten Lichtverhältnissen. Sogar bei Jagdausflügen, wo doch jeder damit rechnete, einem Partner zu begegnen, waren derartige Irrtümer passiert. Hier draußen aber rechnete man normalerweise nicht damit, einem Menschen zu begegnen. Des Rätsels Lösung war deshalb so schwierig, weil es praktisch keinen Verdächtigen gab. Da kommt ein Fremder in diese Gegend, und keiner der wenigen Menschen, die in der Nähe waren, hat einen erkennbaren Grund, ihn zu töten. Daß die Viehdiebe mit dem Mord zu tun hatten, war unwahrscheinlich. Sie würden es vermeiden, jede Aufmerksamkeit zu erregen. Ihre Aktionen mußten so heimlich und so schnell geschehen wie ein nächtlicher Bankraub.

Die Viehdiebe wußten genau, daß sie ungestört zu Brunnen zehn gelangen konnten, und von dort aus zu einer Stelle, wo die Rinder von keinem Fencer mehr gesehen werden konnten. Levvey hatte Bohnenstange gesagt, daß er an diesem Tag nicht nach Quinambie fahren würde, weil er westlich der Stammfarm zu tun habe. Er hatte sich also mit seinen Leuten weit vom Zaun entfernt aufgehalten, an dem die gestohlenen Rinder entlanggetrieben worden waren. Die Entfernung dürfte ungefähr neunzig Meilen betragen haben. Irgend jemand mußte die Viehdiebe also informiert haben, daß in dieser Nacht die Luft rein war. Zunächst einmal hatte Bohnenstange davon gewußt, zweifellos aber auch der Verwalter von Quinambie, außerdem Charlie der Spinner, Häuptling Moses und schließlich Nugget und seine Sippe.

Mr. Kent beendete die Lebensgeschichte seines Cousins, stand auf und goß Wasser ins Kochgeschirr, um Tee aufzubrühen. Durch dieses Geräusch wurde Bony aus seinen Grübeleien aufgeschreckt. Er ließ eine angemessene Zeit verstreichen, um den Eindruck zu erwecken, aufmerksam zugehört zu haben.

»Du führst nicht zufällig Tagebuch?« fragte er dann. »Wieso weißt du dann, wann es Zeit ist, hier auf Levvey zu warten und ihm die Bestelliste mitzugeben?«

»Das ist ganz einfach, Ed. Ich habe mal von einem Mann gelesen, der keinen Kalender besaß. Er behalf sich mit einem Stock, in den er jeden Tag eine Kerbe schnitt. Und jeden Abend, bevor ich schlafen gehe, mache ich ebenfalls eine Kerbe in einen Stock. Ich beginne stets an dem Tag, an dem ich hier losmarschiere. Zweimal habe ich es vergessen, und da mußte ich nach Quinambie gehen und mir meine Rationen selbst holen.«

»Dann folgst du dem Buschpfad, der an Brunnen neun vorbeiführt. Wie weit entfernt von diesem Pfad ist Brunnen sechs?«

»Wenn man sich ungefähr vier Meilen vor der Stammfarm befindet, liegt er sieben Meilen seitlich ab.«

»Bist du schon mal bei Brunnen sechs gewesen?« bohrte Bony weiter.

»Nein, dazu bestand kein Grund. Außerdem kampieren dort meist die Schwarzen.«

»Weißt du, wie lange Nugget seine Savage besitzt?«

»Die hat er sich bei dem Hausierer gekauft, als der das letztemal in Quinambie war. Laß mich überlegen. Das muß einen Monat vor dem Mord gewesen sein. Zuvor besaß er eine Winchester – genau wie ich.«

In diesem Augenblick begann das Teewasser zu kochen, und wenig später breiteten die beiden Männer ihre Schlafdecken aus. Erst am nächsten Morgen kam Bony erneut auf Nuggets Gewehr zu sprechen.

»Was hat Nugget mit seiner Winchester gemacht?«

»Keine Ahnung, Ed. Vielleicht hat er sie an die Schwarzen verkauft. Die treiben ja mit allem möglichen Handel. Wirklich komisch mit den Abos. Man kauft sich eine Hose, und in der nächsten Woche trägt sie bereits ein anderer. Und genauso geht es mit den Gewehren. Man kauft sich ein Gewehr, und alle möglichen Kerle ballern damit herum.«

»Und einer von ihnen hat um ein Haar Nugget erschossen?«

»Ja, Nugget hätte es beinahe erwischt. Er hat sich fürchterlich aufgeregt.«

»Wann war das?«

»Ach, einige Zeit, bevor sich Nugget die Savage kaufte.«

»Meinst du nicht, daß sich Nugget dann hüten würde, seine Winchester an die Schwarzen zu verkaufen? Ich glaube, Newton hat mir erzählt, Nugget habe sich bitter beklagt. Man solle den Schwarzen überhaupt keine Waffen verkaufen.«

»Dann müßte Nugget seine Winchester noch besitzen. Aber wie gesagt, genau weiß ich das nicht. Ich brühe jetzt Tee auf. Vielleicht hat er die Büchse Mary gegeben. Ich weiß nicht, ob dir bekannt ist, daß Mary die Schwester seiner Frau ist. Eine gut aussehende Lubra von ungefähr Fünfundzwanzig. Wenn ich ihr mal allein begegnen würde, würde sie mir wohl kaum entwischen.«

»Sie könnte dich erschießen.«

»Möglich wär's. Es heißt, sie sei eine gute Schützin.« Bohnenstange überlegte kurz, dann lachte er. »Ich würd's trotzdem darauf ankommen lassen. Es klingt, als käme Jack Levvey.«

Der Lastwagen von der Lake-Frome-Station rumpelte durch das Gattertor und hielt wenige Meter vor dem Lagerplatz an. Bohnenstange reichte Levvey die Liste, und der Verwalter winkte Bony zu. Auf der Ladepritsche saßen drei männliche Abos. Sie sprachen kein Wort, aber als der Wagen auf dem Buschpfad nach Quinambie davonrollte, hatten sie nur Augen für Bony.

11

Der Nachmittag war halb vorüber, als es seltsam dunkel wurde.
Seit Tagen hatte nicht eine einzige Wolke am Himmel gestanden.
Bony glaubte, die Sonne habe sich überzogen, und blickte nach
oben. Doch die Sonne strahlte so hell wie gewöhnlich, obwohl
das Tageslicht abgenommen hatte. Es lag nicht daran, daß sich die
Landschaft geändert hatte – man erlebt es gelegentlich, wenn man
aus offenem, mit Blaubusch bestandenem Gelände in eine graue
Ebene gelangt, in der man außer vertrocknetem Gras nur noch einzelne Buschbäume findet.

Bony marschierte am Zaun entlang, die Nasenleine des Leitkamels über den Arm gehängt. In gleichmäßigen Abständen schlug
das Glöckchen, das am Hals des letzten Tieres befestigt war, an.
Der Tag war normal, die Gegend bekannt, nichts schien ungewöhnlich. Ein Pfosten mußte erneuert werden, und Bony ließ die
Kamele niederknien. Er fällte einen Mulgabaum, löste den mor-
schen Pfosten vom Drahtgeflecht, richtete den neuen Pfosten auf
und befestigte den Maschendraht und die beiden Stränge Stacheldraht. Nach dreißig Minuten war alles erledigt.

Nachdem diese Arbeit getan war, lehnte sich Bony gegen den
Höcker des Ungeheuers und drehte sich eine Zigarette. Der Tag
war strahlend wie zuvor, und doch schien die gewohnte Hellig-
keit zu fehlen. Obwohl die ganze Welt in ein schwaches Dämmer-
licht getaucht schien, hoben sich die Schatten scharf ab wie immer.

Nachdenklich, ohne jede Eile, rauchte Bony seine Zigarette. Als
er fertig war, drückte er die Glut aus und steckte den Stummel
in die Tasche. Gewiß lag die Ursache für die veränderten Lichtverhältnisse bei ihm selbst, entsprang einer Depression. Vielleicht
kündigte sich auch eine Magenverstimmung an. Bis jetzt hatte er
das salzige Brunnenwasser allerdings gut vertragen. Immerhin
mußte er damit rechnen, eine psychische Krise durchzumachen.

Er setzte seinen Kontrollgang fort, musterte automatisch den endlos vorüberziehenden Zaun. Immer wieder fragte er sich, ob die Eingeborenen vielleicht den Angriff eröffnet hatten. Irgendwo in diesem riesigen Gebiet, wo auf einen Bewohner zehn Quadratmeilen und mehr entfielen, würde ein Mann vor einem kleinen Feuer hocken. Vielleicht waren es auch zwei oder drei Schwarze. Alte Männer, denen man nicht zutraute, daß sie noch aktiv an der Führung des Stammes beteiligt sein könnten. Diese Männer kannten die Geheimnisse, die seit Tausenden von Generationen weitervererbt waren. Sie besaßen Fähigkeiten, die sie nur aus Furcht vor den Gesetzen der Weißen und auch aus Bequemlichkeit hatten verkümmern lassen.

Als Bony nach Ouinambie und zum Grenzzaun gekommen war, hatten sich die Eingeborenen völlig ruhig verhalten. Nun aber hatte er durch Newton verbreiten lassen, er – Bony – sei in Wirklichkeit kein Fencer, sondern ein Kriminalbeamter. Und damit hatte er die Schwarzen aufgescheucht. Mehrere Tage und Nächte hatten sie diskutiert, und sie waren zu dem Schluß gekommen, daß man den Mischling loswerden mußte. Denn sie hatten ein Geheimnis zu wahren, das er nicht aufdecken durfte.

Was würden die alten Männer an den Feuern über ihn gesprochen haben? Wie betrachteten sie die Lage? Wie die Weißen war dieser Mischling ein umherreisender Farmarbeiter. So schien es wenigstens. Man hielt ihn zwar für einen Polizeibeamten, aber dafür gab es keinen Beweis. Deshalb würde man nicht Gewalt anwenden, sondern es mit Überredungskunst versuchen. Wenigstens am Anfang.

So hockten sie also an ihren kleinen Feuern und vereinigten ihre Willenskraft, um Bony durch Fernhypnose das seelische Gleichgewicht zu rauben. Zunächst einmal versuchten sie, ihn einzuschläfern, wie es jeder Hypnotiseur tut, um die Versuchsperson für seine Befehle empfänglich zu machen.

Vorausgesetzt, das seltsame Unwohlsein war nicht auf das Brunnenwasser zurückzuführen, dann war Bony überzeugt, daß die Schwarzen mittels Gedankenübertragung den ersten vorsichtigen Angriff einleiteten. Damit wäre der Beweis erbracht, daß die Eingeborenen etwas zu verbergen hatten, und dieses Etwas mußte mit dem Tod von Maidstone zusammenhängen. Eine Möglichkeit, allerdings eine sehr schwache Möglichkeit, mußte ebenfalls in Betracht gezogen werden: Vielleicht paßte es Nugget ganz einfach nicht, von ›seinem‹ Zaunabschnitt an einen anderen versetzt worden zu sein, und er hatte seinen Stamm gebeten, etwas zu unternehmen. Eins stand einwandfrei fest: Bony war ein Mischling, und wenn er auch je zur Hälfte schwarzes und weißes Blut besaß, so war das von seinen schwarzen Vorfahren Ererbte doch stärker als das Erbteil, das er von seinem weißen Vater mitbekommen hatte. Deshalb war er für die Abos auch ein leichteres Opfer als ein weißer Mann.

Bony wußte, daß es die Angst war, die tötete. Trotz aller ärztlichen Kunst starben viele Leute aus reiner Angst. Längst hatte man erkannt, daß zwischen physischen Erkrankungen und seelischen Konfliktsituationen ein Zusammenhang bestand. Er wußte ebenso, daß Gedankenübertragung möglich war. Es war erwiesen, daß es sogar über große Entfernungen telepathische Übertragungen gab.

Bony war sich außerdem klar darüber, daß das Erbgut der schwarzen Rasse in ihm dominierte, und die Überlieferung besagte, daß ein Mann sterben mußte, wenn das Deutebein auf ihn gerichtet wurde. Hier handelte es sich nicht nur um einen Aberglauben wie bei den Weißen, die nicht unter einer Leiter hindurchgingen, weil ihnen von den Eltern gesagt worden war, daß dies Unglück bringe. Bony hatte schon früher unter dem Konflikt zwischen Intellekt und Gefühl zu leiden gehabt. Er hatte einmal schwer gelitten, als die fünf Knochen und die Adlerkrallen des Deutebeins auf ihn gerichtet worden waren, als er sich die Feindschaft des Stammes der Kalchut zugezogen hatte. Und dies nur, weil er den Mörder eines Mannes gesucht hatte, der verschiedenen Stammesangehörigen übel mitgespielt hatte. Diesmal war Bony nicht bereit, sich von den Eingeborenen mit dem Puder bestreuen zu lassen, mit dem symbolisch der Körper des Opfers geöffnet wurde, damit der vom Deutebein ausgehende Zauber eindringen konnte. Er war diesmal auch nicht bereit, den inneren Konflikt, dieses ewige Pendeln zwischen Leben und Tod mitzumachen, das damals nur durch einen glücklichen Umstand zu seinen Gunsten entschieden worden war. Gewiß, freiwillig würde er den Willen zum Leben nicht aufgeben, aber allein die Depression, die Mattigkeit, die das Anfangsstadium bildeten, wenn das Deutebein auf jemanden gerichtet wurde, mußten ihn bei seinen Ermittlungen behindern.

Er hatte allerdings einen Vorteil. Die Eingeborenen wußten genau, daß der Tod eines Menschen hier draußen im Busch polizeiliche Ermittlungen auslöste. Ja, womöglich machten man ihnen einen Mordprozeß! Man würde es sich also sehr genau überlegen, würde erst nach tagelangem Palaver an den Lagerfeuern sich entschließen, einen der heiligen Mauia-Steine zu holen. Sie enthielten die Zauberkraft und waren sorgfältig versteckt. Man würde an einem dieser Steine schaben, bis man genügend Staub gewonnen hatte, den man über den schlafenden Inspektor Bonaparte streuen konnte.

Mir bleibt nur eine Möglichkeit! dachte Bony. Ich muß die Aktion der Eingeborenen sofort unterbinden. Eines habe ich in meinem Leben auf jeden Fall gelernt: Einer Gefahr muß man ins Auge sehen – man darf sie nicht ignorieren.

Tief in Gedanken versunken saß er eine Weile da. Plötzlich fiel ihm ein, daß er am Tag seiner Abreise von zu Hause etwas unterlassen hatte. Er öffnete seinen schäbigen Koffer und tastete die Taschen des Sportsakkos ab, das er bei seiner Ankunft auf Quinambie getragen hatte.

Bony benötigte nur wenige Minuten, dann hatte er Rosie gesattelt, und nach einigen weiteren Vorbereitungen machte er sich auf den Weg nach Quinambie. Es war ein langer, ermüdender Ritt, der deshalb besonders schwierig war, weil er nicht genau wußte, wo das Camp der Eingeborenen lag. Er wollte sich aber auf der Stammfarm nicht erkundigen, denn dann hätte er die Abos vorzeitig gewarnt. Er war wichtig, daß er im Dunkeln eintraf. Deshalb war es doppelt schwierig, das Eingeborenencamp zu finden. Und hatte er das Lager gefunden, mußte er bestimmt noch Old Moses und den Medizinmann suchen; denn er war überzeugt, daß diese beiden die Hauptverantwortlichen für das waren, was man gegen ihn plante.

Bony ritt in einem weiten Bogen um die Stammfarm herum, bis er einen Pfad erreichte, der von den auf der Viehstation arbeitenden Eingeborenen benützt wurde. Einen gewissen Abstand haltend, ritt er parallel zu diesem Pfad weiter. Schließlich gelangte er zu einer Ansammlung von primitiven Hütten, die aus Baumrinde und Zinkblech errichtet worden waren. Dies mußte das Eingeborenencamp sein.

Es war kurz vor Vollmond. Außer einigen Hunden, die zwischen den Hütten umhertrotteten, regte sich nichts in dem Lager. Bony hielt an und blickte sich um. Schließlich entdeckte er eine Gruppe von Mulgabäumen, die für seine Zwecke geeignet war. Er ritt hinüber, stieg ab und band Rosie fest. Bony hatte gesehen, daß hinter dem Lager einige Felsen aufragten. Dort befand sich zweifellos der geheime Schlupfwinkel des Medizinmannes und seiner Helfer. Vorsichtig schlich der Inspektor davon. Nachdem er die erste Felsenplatte überquert hatte, stand er am Rande eines ausgetrockneten Bachbettes, das hinter dem Felsen verschwand.

Bony schlich weiter. Das Mondlicht war so hell, daß er trockenen Zweigen und Rindenstückchen ausweichen konnte, um sich nicht durch lautes Knacken vorzeitig zu verraten. Obwohl die Nacht kalt war, wurden seine Handflächen feucht. Er konnte die Furcht, das Erbe seiner schwarzen Vorfahren, noch immer nicht abschütteln. Plötzlich blieb er stehen. Hinter einem großen Felsen stieg der Rauch eines kleinen Feuers auf. Lautlos setzte Bony seinen Weg fort, bis er sehen konnte, ohne selbst gesehen zu werden. Drei Eingeborene hockten um ein kleines Feuer. Sie waren völlig nackt. Nur um die Fußgelenke trugen sie Bänder aus Vogelfedern. Ihre schwarzen Körper glänzten im Feuerschein.

Versunken starrten sie in die Flammen. Einer von ihnen – Bony vermutete, daß es Charlie, der Medizinmann war – schabte an einem kleinen Stein und sammelte den herunterrieselnden Staub auf einem Stück Baumrinde. Kein Muskel regte sich in den drei Gesichtern, die wie aus Stein gemeißelt wirkten. Ihre Konzentration war von einer derartigen Gewalt, daß Bony kaum noch zu atmen wagte. Er kam sich plötzlich albern vor. Hier stand er nun und war Zeuge einer uralten Zeremonie, die weder er noch die Weißen, für die er arbeitete und unter denen er lebte, je verstehen konnten.

Sein Plan erschien ihm auf einmal kindisch und trivial, aber er mußte die Konzentration dieser Eingeborenen unterbrechen, mußte – ohne Rücksicht auf die Konsequenzen – ihre Zeremonie ins Lächerliche ziehen. Bony hatte das Gefühl, seine Glieder seien aus Blei, und er konnte sich nur mit größter Willensanstrengung bewegen. Lautlos ging er weiter, bis er sich hinter einem großen Stein, der nur knapp fünf Meter von dem Feuer entfernt war, verstecken konnte.

Die drei wie in Trance um das Feuer sitzenden Eingeborenen hatten sich nicht geregt. Bony zog ein kleines Päckchen aus der Tasche und warf es über die Köpfe der Schwarzen hinweg ins Feuer, wo es mit einem dumpfen Laut landete. Die drei Eingeborenen sprangen erschrocken auf. Doch da explodierte bereits der erste Kanonenschlag, wirbelte die brennenden Zweige in alle Richtungen. Das war zuviel! Noch saß den Eingeborenen die Furcht vor den Geistern der Finsternis, die sie soeben beschworen hatten, in den Herzen. In panischem Schrecken ergriffen sie sofort die Flucht.

Bony spürte, wie die nervöse Spannung, unter der er so gelitten hatte, wie weggeblasen war. Das Päckchen mit Feuerwerkskörpern, das er seinem Jüngsten versprochen, aber vergessen hatte, ihm zu geben, hatte die bösen Geister mitsamt den Überresten des

Feuers in alle Winde zerstoben. Durch Lächerlichkeit war der Bann gebrochen worden. Jetzt fühlte sich Bony sicher vor jedem Versuch, das Deutebein auf ihn zu richten. Nun war es ihm gleichgültig, ob er beobachtet wurde – er kehrte geradewegs zu Rosie zurück und ritt zu seinem Lagerplatz.

12

Auf dem Rückweg zum Lagerplatz schoß Bony ein Känguruh, damit er für den nächsten Tag Frischfleisch hatte. Von morgens bis abends arbeitete er am Zaun. Bei Sonnenuntergang richtete er sich das Lager ein und zündete wie üblich ein Feuer an. Er wusch sich und gab die seifige Brühe Old George. Dann aß er Pökelfleisch, Buschbrot und Marmelade. Die Kamele suchten sich ihr Futter, und Bony backte noch ein Buschbrot für den nächsten Tag. Die Sterne standen reglos am Himmel, ein kühler Wind wehte aus Süden, und nichts störte den Frieden dieser Nacht. Zufrieden seufzend machte Bony es sich bequem. Er fühlte sich nicht mehr deprimiert, und keine Zauberkräfte bedrohten ihn mehr.

Old George hatte den ganzen Tag lang seine schwere Last zu schleppen, und als er sich am Abend sattgefressen hatte, legte er sich nieder. Rosie wäre gern noch weiter durchs Gelände gestreift, doch sie mochte George nicht allein lassen, und das Ungeheuer wiederum blieb treu und brav bei Rosie. So fand Bony seine drei Kamele am anderen Morgen selten weiter als eine halbe Meile vom Lager entfernt.

Armer Old George! Bony entschloß sich, ihm einen freien Tag zu gönnen und dafür die Lasten vom Ungeheuer schleppen zu lassen. Es war allerdings reichlich ungewiß, wie das fremde Kamel reagieren würde, nachdem es so lange in Freiheit gelebt hatte. In mancher Hinsicht benahm es sich untadelig.

Bony ließ das Ungeheuer neben dem Packsattel niederknien,

hob ihn langsam und vorsichtig über den großen Höcker. Das Kamel brummte, und die Spitze des Brüllsacks erschien aus dem Maul. Bony beruhigte es mit lautem Zischen, und das Tier schüttelte sich, so daß der Sattel in die richtige Lage rutschte. Das Ungeheuer wühlte sich nicht tief in den Boden ein, wie es Rosies Angewohnheit war, wenn sie verstimmt war. Es bereitete auch keinerlei Schwierigkeiten, als Bony die Gurte unter Brust und Bauch hindurchzog und den Sattel festschnallte. Während der Mischling die Lasten auflud, protestierte das Kamel nur noch schwach.

»Wenn sich unser neuer Freund gut benimmt, werden wir eine glückliche Familie sein«, sagte Bony zu Old George und ließ das Ungeheuer aufstehen. Es erhielt das Warnglöckchen um den Hals gehängt und wurde an George festgebunden.

An diesem Tag klappte alles prächtig, doch am nächsten Tag wurde das Ungeheuer unruhig. Das Läuten des Warnglöckchens hörte plötzlich auf, und als sich Bony umschaute, sah er, daß sich das Kamel von George losgerissen hatte. Es stand reglos da und starrte zurück. Es wollte sich auch nicht von der Stelle rühren, als Bony zu ihm trat und die Nasenleine wieder bei Old George anband, diesmal allerdings fester als zuvor.

Eine halbe Stunde später begann das gleiche Theater. Bony befand sich auf offenem, leicht gewelltem und mit einzelnen Bäumen bestandenem Gelände. Er sah keinerlei Bewegung, war aber nun mißtrauisch geworden. Da der Wind aus der verkehrten Richtung wehte, konnte er auch nichts Verdächtiges riechen. Die anderen beiden Kamele waren völlig ruhig.

»Ich glaube, ich muß einmal nachschauen, was los ist«, murmelte Bony. »Legt euch schön brav nieder.«

Er fesselte die Vorderbeine der Kamele, damit sie nicht aufstehen konnten, nahm sein Gewehr und ging am Zaun entlang zurück. Kein unerklärlicher Schatten lag mehr über dem Land. Der Himmel war wolkenlos. Ein kühler Wind wehte von Süden. Bony marschierte eine Meile weit zurück, ohne ein einziges Lebewesen auf der Erde zu sehen. Hoch am Himmel kreisten ein paar Adler.

Er kletterte über den Zaun und kehrte zu seinen Kamelen zurück. Schon nach wenigen Schritten fand er im Sand die Abdrücke von nackten Fußsohlen. Zwei Eingeborene waren in der gleichen Richtung wie er gegangen. Er folgte der Spur und fand die Stelle, wo sie vom Zaun abgebogen und in einem Mulgawäldchen verschwunden waren. Sie hatten das Wäldchen passiert und waren in westlicher Richtung verschwunden.

Die Spuren waren ganz frisch, und Bony würde die typischen Fußformen mindestens ein Jahr deutlich vor Augen haben. Was hatten die beiden Abos hier gesucht? Hatten sie lediglich einen harmlosen Spaziergang unternommen, oder waren sie Bony und den Kamelen gefolgt? Hatten sie nur deshalb den Zaun verlassen und waren in westlicher Richtung verschwunden, weil sie beobachtet hatten, daß Bony umkehrte und Nachforschungen anstellte? An den Spuren war deutlich zu erkennen gewesen, daß sich die Eingeborenen nicht beeilt hatten, als sie das Mulgawäldchen durchquerten. Bony wußte allerdings, daß es keinen Sinn hatte, ihnen weiter nachzugehen. Denn wenn sie gemerkt hatten, daß er ihnen folgte, würde sich ihre Spur urplötzlich wie in Luft auflösen.

Vermutlich hatte es sich um Eingeborene vom Lake Frome gehandelt. Bony hielt es jedenfalls nicht für wahrscheinlich, daß die Abos bereits jetzt erneute Schritte gegen ihn unternahmen.

Der Vorfall konnte wohl kaum Teil eines neuen Plans sein, dem fremden Fencer das Leben schwerzumachen. Aber offensichtlich war man entschlossen, Bony von den Ermittlungen im Mordfall Maidstone abzuhalten. Der Inspektor hatte allerdings keine Ahnung, ob die Eingeborenen ihn direkt angreifen würden. Er kletterte über den Zaun zurück, befreite die Kamele von ihren Fesseln und ließ sie aufstehen. Dann setzte er seinen Weg nach Süden fort.

*

Der nächste Zwischenfall war ernsterer Natur. Bony hatte seine Schlafstelle neben dem Lagerfeuer aufgesucht und rauchte eine letzte Zigarette, als ihm das Glöckchen, das Old George am Hals hängen hatte, verriet, daß das Kamel abrupt aufgestanden war. Die drei Tiere waren höchstens eine Viertelmeile vom Lagerfeuer entfernt und hatten sich bereits vor einer Stunde zur Ruhe gelegt. Jetzt war es zehn Uhr.

Die Glocke am Hals eines Kamels verrät dem Eingeweihten, wie die Stimmung des Tieres ist und was es gerade unternimmt. Das Glöckchen verkündet, wann die Kamele sich ihr Futter suchen und wann sie sich für die Nacht zur Ruhe legen. Bony wußte genau, wann Old George nach den Läusen in seinem Fell biß, wann er lästige Ameisen abschüttelte oder wann er aufstand, um wieder zu fressen. Und alles, was Old George unternahm, taten auch seine beiden Artgenossen. Vor allem aber verriet das Glöckchen, in welcher Richtung sich die Kamele entfernten.

In dieser Nacht verriet das Glöckchen, daß Old George abrupt aufgestanden war. Gleich darauf verstummte es wieder. Offensichtlich stand das Kamel nun da und käute sein Futter wieder. Mehrere Minuten vergingen, ohne daß das Glöckchen wieder anschlug. Daß George reglos dastehen sollte, war allerdings höchst merkwürdig.

Bony lauschte aufmerksam, aber das Glöckchen schwieg weiterhin. Vielleicht war beim Aufstehen der Strick gerissen, mit dem es am Hals des Kamels befestigt worden war, oder der Klöppel hatte sich verklemmt. Ohne Glocke würde es am nächsten Morgen sehr schwer werden, die Tiere zu finden. Ohne sich erst anzuziehen, gleich im Pyjama, machte Bony sich auf den Weg, um nach den Kamelen zu sehen. Vorsichtshalber nahm er eine Ersatzglocke mit.

Die Nacht war dunkel und still. Die spärlichen Büsche wirkten höher als am Tage. Bony lief, vorsichtig Ausschau haltend, zwischen den Bäumen hindurch in die Richtung, aus der er zuletzt das Läuten des Glöckchens vernommen hatte. Nachdem er eine halbe Meile zurückgelegt hatte, kam er zu dem Schluß, daß er die Kamele verfehlt hatte. Er ging in einem weiten Kreis weiter und suchte noch eine Stunde lang, dann gab er es auf und kehrte zu seinem Lager zurück. Bei Tageslicht würde er zweifellos die Spuren der Tiere finden.

Als es hell wurde, war Bony bereits angezogen und trank einen Becher Tee. Sobald die Lichtverhältnisse es gestatteten, die schwachen Spuren zu erkennen, die die gepolsterten, großen Füße der Kamele zurückgelassen hatten, machte er sich auf die Suche. Ohne Schwierigkeit fand er die Stelle, wo sich die Tiere Futter gesucht und schließlich zur Ruhe gelegt hatten. Die flachen Kuhlen, die von den schweren Tieren in den Sand gepreßt worden waren, waren deutlich zu sehen. Aber ebenso deutlich waren die Spuren einer Lubra zu sehen, die sich den Kamelen genähert und sie zum Aufstehen veranlaßt hatte. Die im Sand klar erkennbaren Eindrücke ihrer nackten Füße verrieten alles.

Die Eingeborene hatte zweifellos Gras in die Glocke gestopft, damit diese nicht mehr läuten konnte. Sie hatte den Tieren die Fesseln gelöst, hatte eins von ihnen bestiegen und die anderen beiden in nordöstlicher Richtung davongeführt. Es bestand kein Zweifel, die Frau war auf einem der Kamele geritten; denn ihre Fußspuren waren von nun an nicht mehr zu sehen. Nach vier Meilen war die Lubra wieder abgestiegen, hatte den Tieren die Hobbelketten angelegt und das Gras aus den Glöckchen entfernt. Dann war sie in östlicher Richtung verschwunden. Bony lauschte aufmerksam. Weiter im Norden war das Glöckchen ganz schwach zu vernehmen.

Die Kamele suchten sich zwischen zwei mit Bäumen bestandenen Sandhügeln Futter, volle fünf Meilen vom Lager entfernt. Die gleiche Entfernung mußte Bony mit den Tieren zurückmarschieren. Dann erst konnte er frühstücken und mit der Arbeit beginnen.

Auch wenn man den Tag nicht mit einem Marsch über zehn Meilen beginnen mußte, waren die Arbeitsbedingungen am Grenzzaun hart genug. Kein normaler australischer Arbeiter würde sich so etwas bieten lassen. Schließlich gab es genügend andere freie Stellen. Das wußte der Initiator dieses Sabotageakts ganz genau. Noch einige derartige Niederträchtigkeiten, und der unerwünschte Fencer würde den Posten räumen, auf dem man ihn nicht haben wollte.

Wer konnte daran ein Interesse haben? Wer hatte die Eingeborenen zu ihrer feindseligen Haltung aufgestachelt? Für Nugget schien es keinen erkennbaren Grund zu geben, warum er ausgerechnet seinen alten Zaunabschnitt zurückhaben wollte. Immerhin war es möglich, daß die Lubra, die die Kamele entführt hatte, die junge Frau war, die mit Nugget verwandt war und mit am Zaun arbeitete. Vielleicht hatte Nugget tatsächlich ein für Bony nicht erkennbares Motiv. Dann Levvey, der einen Oberhirten suchte und dem Mischling den Job angeboten hatte. Durchaus denkbar, daß er zur Taktik der kleinen Nadelstiche griff, um Bony zu bewegen, die Arbeit am Zaun aufzugeben und dafür den angebotenen Job auf der Lake-Frome-Station anzunehmen. Bony konnte die Geschichte drehen und wenden, wie er wollte, er kam keinen Schritt weiter. Vielleicht ergab sich ein brauchbarer Hinweis, wenn man die Anschläge fortsetzte.

Das Ungeheuer fühlte sich an diesem Tag nicht recht wohl. Fortwährend blickte es sich mißtrauisch um, bis Bony schließlich das Gefühl hatte, er werde beobachtet. Er fand allerdings nichts, was seinen Verdacht bestätigt hätte. Im Laufe des Nachmittags befreite er das Ungeheuer vom Packsattel und ließ Old George die Lasten tragen. Dann nahm er dem Ungeheuer die Nasenleine ab und ließ es laufen. Das Kamel blieb zeitweilig weit zurück, holte aber immer wieder die Karawane ein, als fürchte es, den Anschluß zu verlieren. Daß es beunruhigt war, merkte Bony deutlich an der Art, wie es sein Futter wiederkäute, denn die Kiefer mahlten mit einer geradezu wütenden Entschlossenheit.

Trotz allem ereignete sich kein Zwischenfall, und als Bony schließlich sein Nachtlager aufschlug, wirkten die Kamele zufrieden und gut gelaunt. Nach Sonnenuntergang fesselte er ihre Vorderbeine mit den Hobbelketten und ließ sie laufen. Während er sich das Abendessen zubereitete, lauschte er aufmerksam auf das Läuten des Glöckchens. Als die Dämmerung herabsank, merkte er sich genau die Position der Kamele.

Später schlug er in einiger Entfernung vom Feuer die Schlafstelle auf. Er legte nichts mehr nach, sondern hockte sich an das heruntergebrannte Feuer und rauchte. Nun hatte er Zeit zum Nachdenken. Nach einer Weile verriet ihm das Glöckchen, daß sich Old George zur Nachtruhe niedergelegt hatte.

Jetzt nahm Bony die Nasenleinen und schlenderte zu der Stelle, an der die drei Kamele lagen. Er näherte sich mit dem leichten Wind, und als er sich schließlich auf den Boden legte, sah er die Höcker, die sich deutlich gegen den Himmel abhoben. Er ging noch etwas näher heran und setzte sich mit dem Rücken gegen einen Baumstamm.

13

Es war eine Kohlpalme – ein Baum, der sich in der Sommerhitze am besten eignet, um Schatten zu spenden. Seine Form ähnelt dem Apfelbaum. Das Laub war dicht, von einem hellen Grün, und die kräftigen Äste ragten waagerecht aus dem Stamm. Nicht lange blieb Bony, mit dem Rücken gegen den Stamm gelehnt, sitzen.

Er hatte nichts gehört, aber sein Instinkt warnte ihn vor einer Gefahr. Es war der gleiche Instinkt, der ein Wache haltendes Känguruh seine schlafenden Artgenossen aufwecken ließ. Bony legte sich lang auf den Boden und suchte den Horizont ab. Old George hob den Kopf, und das Glöckchen schlug einmal an.

Gegen den Himmel hob sich ein schlankes Objekt ab, und dieses Objekt bewegte sich auf Bonys Baum zu, wurde rasch größer. Bony richtete sich vorsichtig auf und preßte sich hart an den

Stamm. Im schwachen Licht der Sterne sah er, daß jemand an seinem Baum vorbeigehen wollte.

Wie ein Gespenst, mit einem Satz sprang Bony den Mann von hinten an, packte ihn am Hals und bohrte ihm die Daumen ins Genick. Dem Geruch nach handelte es sich um einen Eingeborenen. Der Schwarze stieß einen Schreckensschrei aus. Das Glöckchen klingelte hektisch, die Hobbelketten klirrten, als die Kamele aufsprangen. Die nächtliche Ruhe war jäh gestört.

Der Eingeborene wand und drehte sich, doch Bonys Daumen preßte sich auf die Nervenstränge im Nacken des Abos. Er bückte sich und schüttelte den Kopf, bog ihn zur Seite, aber der Druck im Nacken wurde immer stärker, und kräftige Finger umspannten seinen Hals. Bony hatte allerdings nicht die Absicht, dem Mann die Luft abzuschnüren – er wollte ihn lediglich durch Schmerz und Luftmangel gefügig machen.

Laut klirrten die Hobbelketten, und die großen Füße eines Kamels stampften wütend den Boden. Ein diabolisches Brüllen klang durch die Nacht. Der Eingeborene spürte, wie der Druck auf seinen Hals ruckartig aufhörte.

»Los, 'rauf auf den Baum!« rief Bony. »Das Ungeheuer kommt!«

Instinktiv sprang der Abo in die Höhe, erwischte einen Ast und zog sich hoch. Bony hatte ebenfalls eine Sekunde gezögert, kletterte ebenfalls blitzschnell auf den Baum. Er hatte das Gefühl, das Ungeheuer sei mit weit aufgerissenem Maul bereits dicht hinter ihm. Vor Erregung würde das Kamel den Brüllsack weit aus dem Maul stoßen, würde wiedergekäutes Futter spucken.

Erneut erscholl wütendes Gebrüll, ging in ein enttäuschtes, schrilles Gezeter über. Der ganze Baum erbebte, als sich das Tier voller Zorn gegen den Stamm warf. Der Ast, an den sich Bony und der Eingeborene festklammerten, schwankte und knackte gefährlich. Die beiden Männer hofften, daß das Ungeheuer endlich seine wütenden Angriffe einstellte und nicht noch die Kohlpalme entwurzelte. Trotz der Dunkelheit konnten sie das Kamel deutlich erkennen, das immer noch zornig stampfend und mit Gebrüll den Baum umkreiste.

»Das ist das Ungeheuer vom Lake Frome«, erklärte Bony. »Jetzt weiß ich, daß es seinen Namen zu Recht trägt. Es muß dein Stamm sein, der das Tier quält, so daß es von Zeit zu Zeit Amok läuft. Ich habe große Lust, dich vom Ast zu stoßen, damit du dich mit dem Biest auseinandersetzen kannst. Und wenn du nicht deinen Mund aufmachst, werfe ich dich hinunter. Wie heißt du?«

Er konnte die weißen Augäpfel des Eingeborenen sehen. Die Zähne leuchteten in dem vor Furcht verzogenen Mund. Das Ungeheuer stöhnte, aber es klang bereits weniger wütend. Doch es wich nicht von der Stelle, würde noch eine ganze Weile warten.

»Komm schon! Wie heißt du?« fragte Bony barsch.

»Bin Blackfeller von Quinambie. Boss sagen, ich nach Vieh suchen. Ich nur gegangen heim.«

»Du Lügner. Ohne Pferd willst du Vieh gesucht haben? Und obendrein mitten in der Nacht! Wie nennt man dich? Jetzt 'raus mit der Sprache, sonst werfe ich dich vom Ast.«

»Ich nichts Böses getan«, jammerte der Eingeborene.

»Natürlich nicht! Du wolltest lediglich meine Kamele vier oder fünf Meilen weit treiben. Vergangene Nacht hat es eine Lubra getan. Das Ungeheuer mag Frauen, aber es hat etwas gegen Abos, die mitten in der Nacht Vieh suchen. Ich habe dich nach deinem Namen gefragt.«

Der Schwarze wurde wieder stumm wie ein Fisch. Bony langte nach einem höheren Ast, stand nun auf dem, auf dem er bisher gesessen hatte.

»Wenn du nicht antwortest oder versuchst, dich von der Stelle zu rühren, bekommst du von mir einen Tritt in dein verlängertes Rückgrat, kapiert? Dort unten wartet das Ungeheuer auf dich, falls du es vergessen haben solltest!«

Das Ungeheuer war tatsächlich noch da, rüttelte wieder am Stamm. Georges Glöckchen schlug hin und wieder an, er war offensichtlich ein interessierter Zuschauer.

»Nun?« Bony ließ nicht locker.

»Ich heißen Luke«, erwiderte der Eingeborene kläglich. »Ich draußen gesucht nach Vieh. Boss mich geschickt. Ich nicht aufgepaßt, und Pferd mich abgeworfen. Pferd davongelaufen. Großer Bastard! Und es war schon spät.«

»Und du bist lediglich nach Hause gegangen?«

»Ganz recht, Ed. Sie doch sein Ed, oder?«

»Jawohl. Und wo hat dich das Pferd abgeworfen?«

»Unten im Süden bei Brunnen vier.«

Nach den Sternen zu schließen, mußte es bereits Mitternacht vorbei sein. Wäre Luke tatsächlich von seinem Pferd geworfen worden, hätte er bereits eine viel größere Strecke zurückgelegt haben müssen, hätte sich längst nicht mehr bei den Kamelen aufgehalten. Aber noch wahrscheinlicher wäre es gewesen, daß sich der Eingeborene einen Unterschlupf gesucht und geschlafen hätte, sobald es finster wurde. Bei Tagesanbruch hätte er dann den Weg zur Stammfarm fortgesetzt. Und die Behauptung, er habe verstreutes Vieh gesucht, ließ sich ja ohne weiteres nachprüfen, wenn sich Bony in Quinambie seine Rationen holte.

Die Zeit verging nur langsam, und nach einer Weile setzte sich der Abo auf den Ast und drehte sich mit beiden Händen eine Zigarette. Bony, der sich gegen den darüber befindlichen Ast lehnte, folgte dem Beispiel, und nachdem er seine Zigarette geraucht hatte, war er der Ansicht, daß sich das Ungeheuer einigermaßen beruhigt hatte. Old George legte sich wieder hin. Wie ein Betrunkener lehnte das Kamel an einem Baumstamm.

Der Abo drehte sich eine zweite Zigarette, und Bony setzte sich auf den Ast, um sich das Gesicht anzusehen, sobald das Streichholz aufflammte. Es war ein junger Mann, und Bony würde dieses Gesicht nicht vergessen, ebensowenig die Fußspuren, die er sich bei Tagesanbruch ansehen wollte.

»Wo haben Sie gefunden böses Geisterkamel?« fragte der Schwarze nach einer Weile.

Bony erklärte es ihm und meinte zum Schluß: »Das Ungeheuer

suchte weiter nichts als die Gesellschaft meiner Kamele. Es hat seinen Wunsch erfüllt bekommen, und gleichzeitig haben wir es nun unter Kontrolle.«

»Wie lange müssen wir noch hier bleiben?«

»Bis das Ungeheuer Hunger bekommt und sich Futter sucht. Dann kannst du von Baum zu Baum laufen. Aber gnade dir Gott, wenn es dich im freien Gelände erwischt. Trotz seiner Hobbelketten läuft es schneller, als ein Lastwagen fahren kann.«

»Warum mußten Sie es bringen auf diese Seite von Zaun?« beklagte sich der Schwarze verbittert.

»Um Lubras und Kerle wie dich abzuhalten, mir während der Nacht meine Kamele zu entführen.«

»Ich wollte sie nicht entführen. Ich habe bereits gesagt. Wieso wissen Sie, daß Lubra Kamele weggeführt?«

»Weil ich Spuren lesen kann, du Dummkopf. Sie war barfuß. Es könnte die junge Lubra gewesen sein, die zu Nugget gehört. Ich werde es genau wissen, sobald ich ihre Spuren erneut sehe.«

Ab und zu mußte der Eingeborene seine Lage verändern, weil ihm die Glieder einzuschlafen drohten. Das Ungeheuer legte sich schließlich nieder. Es wurde eine lange, aber noch ganz friedliche Nacht. Doch jede Nacht geht einmal zu Ende, und als die Dämmerung anbrach, benahmen sich die Kamele genau wie Bony vorhergesagt hatte.

Old George stand auf und schlurfte mit den Hobbelketten an den Vorderbeinen in Richtung Lager davon, wo er Bonys Waschwasser zu ergattern hoffte. Das Ungeheuer stöhnte, stand ebenfalls auf und blickte George nach. Es schlurfte hinterher, doch nach zehn Metern machte es kehrt und kam im Eiltempo zum Baum zurück. Rosie gähnte, brummte und erhob sich würdevoll. Dann folgte sie George. Nun war das Ungeheuer auch nicht mehr zu halten. Es schlurfte hinter Rosie her, und bald waren die drei Kamele den Blicken der beiden Männer entschwunden.

»Jetzt können wir verschwinden«, sagte Luke.

»Besser, wir warten noch ein paar Minuten. Und vergiß nicht, immer wieder nach hinten zu schauen«, riet Bony. »Richte Old Moses und Charlie dem Spinner aus, daß sie in Zukunft meine Kamele in Ruhe lassen sollen. Ich mag es nicht, wenn man die Tiere in der Nacht entführt. So etwas ärgert mich, und wenn ich verärgert bin, kann ich genauso toben wie das Ungeheuer. Jetzt verschwinde, aber nimm deine Beine unter die Arme!«

»Und du geh zur Hölle!« knurrte Luke – allerdings erst, als er vom Baum gesprungen war. Er blickte sich ängstlich um, dann sprintete er los.

Bony sprang ebenfalls vom Baum, reckte sich und marschierte hinter seinen Kamelen her.

Sie erwarteten ihn bereits am Lagerplatz. Rosie und das Ungeheuer suchten sich Futter. Old George aber stand mit gespreizten Hinterbeinen reglos da und wartete auf das Waschwasser. Das Ungeheuer beachtete Bony überhaupt nicht. So gut es bei dem knappen Wasservorrat möglich war, wusch sich der Mischling und gab Old George die heißersehnte Flüssigkeit. Dann aß er zum Frühstück Pökelfleisch und Buschbrot, dessen Krustenüberreste er dem Ungeheuer brachte.

Man soll nicht glauben, daß man sich bei einem Kamel einschmeicheln kann, und man kann auch nicht sagen, daß es sich eng an den Menschen anschließt. Man kann es nicht unterwerfen, aber man kann es wie den Elefanten abrichten, gewisse Arbeiten zu verrichten. Wenn man genügend Geduld aufbringt, kann man es sogar soweit zähmen, daß es einen Reiter trägt, Lasten schleppt oder – zusammen mit einem zweiten Kamel – einen Wagen zieht.

Das Ungeheuer vom Lake Frome war offensichtlich ein Lasttier, kräftig gebaut, älter als die leichtere Rosie, und es hatte seine festen Gewohnheiten. Jetzt aber benötigte Bony ein ausdauerndes Reittier.

Er band Rosie und Old George an zwei Bäume und ließ das Ungeheuer neben dem Reitsattel niederknien. Es schien darüber nicht erfreut zu sein. Es war unruhig und schnüffelte an dem langen Eisensattel. Immer wieder tat es so, als ob es von Ameisen belästigt werde, und versuchte aufzustehen. Doch Bony war unerbittlich, und da versuchte es schließlich, auf den Knien vorwärtszurutschen. Nun band Bony das Tier kurzerhand fest, warf den Sattel über den Höcker und zog die Gurte fest.

Die Leine, mit der das zurückgebogene Vorderbein gefesselt war, wurde entfernt. Sofort wollte das Ungeheuer aufstehen, doch Bony fuhr es scharf an, und es legte sich wieder hin. Jetzt stellte der Mischling vorsichtig den Fuß in den Steigbügel, aber bevor das Kamel überhaupt das Gewicht spüren konnte, sprang es auf.

Bony ließ das Ungeheuer erneut niederknien, stellte ganz sanft den Fuß auf den Steigbügel – schon stand das Tier. Nun kam es nur darauf an, das Kamel so zu ermüden, daß es schließlich nachgab. Das Schauspiel ging weiter – auf und nieder, auf und nieder. Und jedesmal, bevor das Ungeheuer aufspringen konnte, verstärkte sich der Druck im Steigbügel. Bony mußte allerdings äußerst vorsichtig vorgehen, denn er konnte sich leicht den Fuß brechen oder anderweitig verletzen. Doch schließlich gelang es ihm, den Steigbügel mit dem ganzen Körpergewicht zu belasten, und nach einigen Versuchen konnte er sich mit dem anderen Bein abstoßen – dann saß er auch schon im Sattel. Als das Ungeheuer endlich stand, mußte es verwundert feststellen, daß es sich hatte überrumpeln lassen.

Es legte die Ohren zurück, versuchte den Reiter in die Beine zu beißen. Bony schlug unerschrocken auf die langen weichen Lippen, wartete gespannt, ob eine erneute Trotzanwandlung folgte. Nachdem das Tier fünf Minuten lang ruhig geblieben war, drehte er sich eine Zigarette.

Der Mischling rauchte in aller Ruhe die Zigarette, dann ruckte er sanft am rechten Zügel. Sofort drehte sich das Ungeheur in die gewünschte Richtung und setzte sich ohne den geringsten Widerstandsversuch in Bewegung. Als Bony die Kohlpalme erreichte, auf der er die halbe Nacht verbracht hatte, ritt er einmal um den Stamm, bis er Lukes Spur fand, der er folgte. Der Schwarze hatte Stiefel getragen, deren Eindrücke deutlich zu erkennen waren.

Luke hatte nicht gelogen: Er war tatsächlich vom Pferd geworfen worden. Ungefähr eine Meile von Bonys Camp entfernt war der Sandboden von Hufen aufgewühlt. Hier hatte ein Pferd gescheut. Offensichtlich war es erschrocken und hatte sich aufgebäumt. Mit Lukes Reitkünsten schien es nicht weit her zu sein, denn eine tiefe Kuhle im Sand verriet, wo er gelandet war. Allerdings auf eine Art, die ein richtiger Reiter als unsportlich bezeichnen würde.

Bony wußte natürlich, daß in der Nacht Geräusche weit getragen werden. Vermutlich hatte das Ungeheuer ein Gebrüll ausgestoßen – und da mußte das Pferd unweigerlich erschrecken.

Bony traute sich noch nicht, aus dem Sattel zu steigen. Er beugte sich deshalb tief herab, um der Spur des Pferdes zu folgen. Sie führte nicht direkt zur Stammfarm von Quinambie, sondern verlief ungefähr parallel zum Zaun. Und zwar in der Richtung, in der Nuggets Zaunabschnitt lag.

Die Sonne stand bereits hoch am Himmel, und Bony bedauerte, daß er die Feldflasche vergessen hatte. Er hatte angenommen, daß die Spur geradewegs nach Quinambie führen würde, hatte gehofft, die Eingeborenen ein für allemal zur Vernunft bringen zu können. Er hatte bereits unterbunden, daß man heimlich das Deutebein auf ihn richtete, doch die Schwarzen waren offensichtlich entschlossen, ihm nun den Aufenthalt in dieser Gegend mit anderen Mitteln zu verleiden. Tief in Gedanken versunken, merkte er plötzlich, daß die Spur in ein mit Fieberbäumen und niedrigen Büschen bestandenes Dickicht führte. Es war jetzt bedeutend schwieriger, der Spur zu folgen, und als Bony eine Lichtung erreichte, sah er, daß sich Luke hier offenbar mit einem anderen Reiter getroffen hatte. Er brachte das Kamel zum Stehen. In diesem Moment pfiff eine Kugel an seinem Ohr vorbei, schlug gegen einen Fieberbaum und schwirrte als Querschläger davon. Fast gleichzeitig war in der Ferne ein Schuß zu hören.

Jetzt konnte Bony nicht lange überlegen, ob er aus dem Sattel klettern sollte oder nicht. Mit einem Satz war er am Boden und warf sich hinter einen Fieberbaum, zog den Dienstrevolver aus der Achselhalfter, die er an diesem Morgen instinktiv zum erstenmal umgeschnallt hatte. Kein verdächtiges Geräusch war zu hören. Das Ungeheuer genoß die unerwartete Freiheit und zupfte geschäftig an einigen Kräutern, die es zwischen den Bäumen gefunden hatte. Ringsumher lärmten die Vögel.

Vorsichtig schlich Bony von Baum zu Baum, bis er den Rand des Dickichts erreicht hatte. Ungefähr eine Viertelmeile entfernt war ein zweites Dickicht. Es war bedeutend größer, verlief ungefähr eine halbe Meile weit parallel zum Zaun. Offensichtlich hatte sich der Heckenschütze in dieses Wäldchen zurückgezogen. einige Minuten lang beobachtete Bony die Gegend, konnte aber keine Bewegung entdecken. Es fiel auch kein weiterer Schuß. Der Inspektor zweifelte keinen Moment, daß ein guter Schütze ihn ohne weiteres hätte töten können. Offensichtlich handelte es sich lediglich um eine sehr ernste Warnung, da er die bisherigen Warnungen nicht hatte beherzigen wollen. Bony betrachtete den Vorfall ganz nüchtern: Wenn er nicht endlich aufhören würde, Ermittlungen im Fall Maidstone anzustellen, würde auch er ein toter Mann sein. Dies allein wollte man ihm eindringlich klarmachen. Mit dem Revolver in der Hand kehrte er zum Kamel zurück, das sich noch immer an der alten Stelle Futter suchte.

Ob die große Hitze dem Ungeheuer so zusetzte, daß es auf große Eskapaden verzichtete, konnte Bony nicht sagen. Jedenfalls ließ es sich ohne große Umstände einfangen, und der Reiter konnte aufsitzen. Nach einer vorsichtigen Runde folgte Bony zunächst der Spur von Lukes Pferd. Der Schwarze war nur kurze Zeit bei dem unbekannten Reiter geblieben, dann führte seine Spur direkt zur Stammfarm von Quinambie. Bony folgte ihr noch ungefähr eine Meile weit, um sich zu vergewissern, und kehrte dann zu der Stelle zurück, an der Luke auf den Unbekannten gestoßen war. Dessen Spur interessierte Bony bedeutend mehr. Luke war zweifellos nur ein unbedeutender Bauer in diesem gefährlichen Schachspiel. Wie gefährlich es war und um welchen hohen Einsatz es ging, mußte Bony allerdings erst noch herausfinden.

Der Unbekannte war direkt auf den Zaun zugeritten. Bony folgte der Spur, wobei er allerdings um jeden Baum, hinter dem sich ein Schütze verstecken konnte, einen weiten Bogen machte. Das Ungeheuer erklomm einen Steilhang, und als Bony auf dem Rücken der Sanddüne ankam, riß er scharf an den Zügeln, und das Kamel blieb stehen. Keine dreihundert Meter entfernt lag die Hütte, die Nugget an seinem jetzigen Zaunabschnitt als Hauptquartier diente! Die Bretterbude wirkte verlassen, doch die dünne Rauchfahne, die aus dem Blechschornstein stieg, deutete darauf hin, daß noch vor kurzem jemand dort gewesen war. Tief in Gedanken versunken saß Bony auf dem Rücken des Kamels. Er kehrte um und ritt zu seinem Lager zurück.

Nugget – immer wieder stieß er auf Nugget. Nugget hatte sich – nach seiner eigenen Aussage – näher bei Maidstones Lager befunden als jeder andere. Nugget gehörte zum Eingeborenenstamm auf Quinambie. Nugget sollte eine Winchester besessen haben, bevor er sich die oft zitierte Savage gekauft hatte. Nugget könnte leicht mit Viehdieben zusammengearbeitet haben. Aber das Motiv? Weshalb könnte Nugget Maidstone erschossen haben? Maidstone kannte den Schwarzen doch gar nicht. Selbst wenn der Mord mit den Fotoaufnahmen des Lehrers zusammenhängen sollte, gab alles noch keinen Sinn. Ja, selbst, wenn Nugget eine ellenlange Vorstrafenliste hatte und Maidstone ihn fotografiert haben sollte, hätte doch keine Gefahr für ihn bestanden. Als sich Bony seinem Camp näherte, fühlte er sich ausgelaugt. Zu viele Steinchen fehlten noch in diesem Puzzlespiel.

Immerhin war er nunmehr überzeugt, daß Maidstone nicht einem Unfall zum Opfer gefallen war. Jemand mußte einen schwerwiegenden Grund gehabt haben, den Lehrer zu beseitigen. Aber noch war kein Motiv zu erkennen. Ganz gleich, von welcher Seite Bony den Fall betrachtete, alle Spuren schienen im Sand zu verlaufen – genau wie die Wasserläufe, die in dieser Gegend in der Sommerhitze urplötzlich austrockneten. Der Inspektor war mutlos und erschöpft, als er das Ungeheuer auf dem Rückweg zum Camp fütterte und tränkte.

14

Am nächsten Morgen wachte Bony zeitig auf. Die Morgenbrise wehte das Laub durch die Bäume, die rings um das Camp standen, doch die Kälte der Nacht war immer noch deutlich zu spüren. Der Mischling hatte sich Tee aufgebrüht. Plötzlich stellte er den Becher ab und starrte in die Ferne, doch sein Blick war nach innen gekehrt. Maidstone! Maidstone war ermordet worden. Das Motiv dafür konnte nur sein, daß Maidstone etwas gesehen, etwas getan oder etwas gewußt hatte, was für den Mörder eine Gefahr bedeutet hätte. Was wußte er aber schon über Maidstone? Zweifellos war Maidstones Fotosafari eine völlig harmlose Angelegenheit gewesen. Wie nun, wenn dem Lehrer etwas bekannt gewesen wäre, dessen er sich überhaupt nicht bewußt war? Je länger Bony darüber nachdachte, um so mehr war er überzeugt, daß er die fehlenden Steine des Puzzlespiels bei Maidstone suchen müsse. Aber das war wirklich keine leichte Aufgabe.

Er überlegte, welche Reaktion man wohl von ihm erwartete, nachdem man auf ihn geschossen hatte. Wenn er den Vorfall überhaupt nicht erwähnte, würden die Eingeborenen und alle, die noch gewisse Zweifel hegten, überzeugt sein, daß der neue Fencer tatsächlich Polizeibeamter war. Die Mauer des Schweigens wäre dann unüberwindlicher als zuvor. Ein Zaunarbeiter aber – und als den gab er sich ja aus – würde den Zwischenfall nicht so ruhig hinnehmen. Er würde einen gewaltigen Krach schlagen und sich bei Newton beschweren. Und er würde zweifellos darauf dringen, daß die Geschichte der Polizei gemeldet wurde.

Nach gründlicher Überlegung kam Bony zu dem Schluß, daß es beim derzeitigen Stand der Ermittlungen das Beste sei, den steuerzahlenden Fencer zu spielen und sich gewaltig über den leichtsinnigen Schützen aufzuregen. Er mußte also mit Newton sprechen und versuchen, noch mehr über Maidstone herauszufinden. Dann erinnerte er sich, daß Maidstone ja bei Commander Joyce im Herrenhaus gewohnt hatte. Joyce hatte seine volle Unterstützung angeboten. Nun mußte Bony versuchen, von dem Commander jedes Wort, das Maidstone im Verlauf der Unterhaltung gesagt hatte, in Erfahrung zu bringen. Zweifellos hatte der Lehrer irgend etwas gesagt, was bei den Ermittlungen weiterhelfen würde.

Newton machte ein grimmiges Gesicht, als er vor seinem Bambusgrasschuppen Bonys Bericht anhörte.

»Am Anfang glaubte ich nicht, daß viel dahintersteckt«, meinte der Zaunwart. »Aber jetzt bin ich überzeugt davon. Ich werde für Sie zur Polizei in Broken Hill gehen. Offen gestanden bin ich der Meinung, daß Sie Unterstützung brauchen. Sie kennen sich im Busch genausogut aus wie ich. Also wissen Sie auch, daß man hier einen Menschen ohne Schwierigkeiten erschlagen und vergraben kann. Mindestens sechs Monate würden vergehen, bevor jemand die Leiche findet. Ich möchte nicht die Verantwortung tragen, daß Ihnen etwas zustößt.«

Inspektor Bonaparte schüttelte den Kopf. »Nein, zunächst möchte ich den Fall allein weiterbearbeiten. Aber in Kürze werde ich vermutlich Unterstützung benötigen. Es gibt noch eine Menge Dinge, die ich nicht verstehe, die aber nur geklärt werden können, wenn auch noch an anderer Stelle Ermittlungen geführt werden. Dieser Mord ist kein gewöhnliches Verbrechen, bei dem ein Mann von einem Irren getötet wurde, oder weil der Täter sein Geld rauben wollte. Meines Erachtens steckt hinter der Geschichte viel mehr, als ich zunächst angenommen habe. Ich glaube nicht, daß alle offenstehenden Fragen hier am Tatort gelöst werden können. Ich kann mir aber nicht erlauben, plötzlich meine Rolle als Fencer aufzugeben. Deshalb kann ich mich auch nicht plötzlich auf den Weg machen und die erforderlichen Ermittlungen in die Wege leiten. Ich möchte Sie deshalb bitten, mich in drei Tagen zu besuchen – scheinbar, um den Zaun zu inspizieren. Bis dahin hoffe ich in der Lage zu sein, Ihnen zu sagen, welche Dinge ich an welcher Stelle ermittelt haben möchte.«

Newton nickte. »Geht in Ordnung. Sollte ich Sie allerdings nicht finden, haben Sie doch wohl nichts dagegen, wenn ich das Ungeheuer meistbietend versteigere?«

Bony verstand den Sarkasmus des Zaunwarts nur zu gut. Newton war ein Prachtkerl und vielleicht der einzige in dieser einsamen Gegend, auf den er sich verlassen konnte.

»Tun Sie das«, meinte Bony lächelnd. »Sie können es aber auch ins Touristenzentrum bringen. Als Attraktion von Ayers Rock. Wenn es Ihnen gelingt, ihn auf den Gipfel zu lotsen, dann kann er dort den Mond anbrüllen und den Urlaubern einen ordentlichen Schrecken einjagen. Aber wenn Sie mich morgen nicht finden, brauchen Sie sich keine Sorgen zu machen. Ich will Joyce besuchen. Und noch etwas.« Er stieg in den Sattel, und das Kamel machte sich für den Rückweg bereit. »Im Augenblick dürfte es besser sein, wenn Sie mich tagsüber besuchen. Ich bin im Moment etwas allergisch gegen Leute, die sich in der Nacht anschleichen.«

Commander a. D. Joyce arbeitete hart am Schreibtisch seines Büros, als ihm Bony gemeldet wurde. Er begrüßte Bony zwar herzlich, aber doch mit einer gewissen Reserviertheit, die Bony bereits bei seinem ersten Besuch bemerkt hatte.

»Nun, Inspektor, was kann ich für Sie tun?« meinte er.

»Zunächst einmal«, erwiderte Bony, »titulieren Sie mich bitte nicht so. Auch hier haben die Wände Ohren, wie Sie wissen.«

»Entschuldigung«, sagte Joyce hastig. »Ed, oder war's Ted? Nein, Ed war Ihr Name, nicht wahr?«

»Ja, Ed«, antwortete Bony. »Seit ich Sie zum erstenmal besucht habe, hat man einen Versuch unternommen, das Deutebein auf mich zu richten, man hat mir die Kamele gestohlen, und außerdem hat jemand auf mich geschossen. Ich habe zwar den Eindruck, daß der Schütze mich nicht treffen wollte, aber die Kugel pfiff dicht an meinem Kopf vorbei.«

Joyce riß die Augen auf. »Was sagen Sie da! Ist das Ihr Ernst?«

»Gewiß, es ist mein vollkommener Ernst«, entgegnete Bony. »Und es wäre mir lieb, wenn auch Sie die Vorfälle ernst nehmen. Deshalb möchte ich eine Stunde lang um Ihre Mithilfe bitten, obwohl ich Sie nur höchst ungern von Ihrer Arbeit abhalte.«

»Aber selbstverständlich helfe ich Ihnen gern«, erwiderte Joyce.

»Ich muß folgendes wissen«, sagte Bony. »Hat Maidstone Ihnen vielleicht seinen Lebenslauf erzählt?«

»Nein, ich glaube nicht«, antwortete Joyce. »Er sprach nur davon, daß er leidenschaftlich gern fotografiert und in seiner Freizeit für Zeitschriften Reportagen macht.«

»Hat er Ihnen auch vielleicht erzählt, was er für einen Apparat benützt?«

»Ja, er hat mir seine Kamera gezeigt. Mir schien sie reichlich kompliziert. Dürfte eine Menge Geld gekostet haben. Er hatte sich gerade ein neues batteriebetriebenes Blitzgerät gekauft, mit dem er bei Nacht an den Wasserstellen Vieh und Wildtiere aufnehmen wollte.«

»Hat er auch hier in der Gegend Aufnahmen gemacht?« fragte Bony gespannt.

»Er hat ein paar Bilder vom Herrenhaus und den Farmgebäuden gemacht«, erwiderte Joyce. »Aber nicht bei Nacht. Er sagte mir, daß er die Blitzlampen überhaupt noch nicht ausprobiert habe. Er hatte fünfzig Stück bei sich, aber noch nicht eine einzige benützt.«

»Fünfzig Stück«, murmelte Bony. »Wissen Sie das genau?«

»Ja. Er zeigte sie mir. Er erklärte mir, wie das Blitzgerät arbeitet, und ich fragte ihn, wie viele Lampen er bei sich habe – und da antwortete er: ›Fünfzig Stück.‹«

Bony überlegte blitzschnell. In den Polizeiakten hatte er gelesen, daß sich unter Maidstones Effekten 48 Blitzlampen befunden hatten. Die zwei fehlenden hatte er gefunden. Und doch hatte Maidstones Kamera keinen Film enthalten, und auf den von der Polizei sichergestellten und entwickelten Filmen waren keine Nachtaufnahmen gewesen. Zweifellos war der Umstand wichtig, daß Maidstone bei Nacht Aufnahmen gemacht hatte, der Film aber fehlte. Eine leichte Erregung überkam Bony.

»Haben Sie sonst noch über etwas gesprochen, was wichtig sein könnte?« fragte Bony weiter.

»Woher soll ich wissen, was wichtig ist und was nicht«, meinte Joyce. »Er erzählte mir, daß er hoffe, einige seltene Tiere auf den Film bannen zu können. Aber die Öffentlichkeit interessiert sich so stark für die großen Viehstationen im Innern Australiens, daß er auch schon zufrieden gewesen wäre, bei Nacht eine Rinderherde an einer Wasserstelle zu erwischen. Die Zeitschrift, für die Maidstone die Bilder aufnahm, wollte vor allem Aufnahmen aus dem Innern Australiens haben. Anscheinend ist es in der Öffentlichkeit noch zu wenig bekannt, daß man das Vieh auch an künstlich angelegten Brunnen tränken kann, wenn in dem betreffenden Gebiet wasserführende Schichten vorhanden sind. Die Fotos sollten einen Artikel illustrieren, den ein Landwirtschaftsexperte verfaßt hatte.«

»Warum ist Maidstone dann ausgerechnet in diese Gegend gekommen?« grübelte Bony. »Mit dem Motorrad wäre es doch bedeutend bequemer gewesen, die Brunnen im Süden von Queensland zu besuchen – zum Beispiel in der Gegend von Blackall. Oder im Norden von New South Wales in der Nähe von Moree.«

»Tut mir leid, da kann ich Ihnen auch nicht helfen.« Joyce zuckte die Achseln. »Ich habe keine Ahnung, warum er ausgerechnet in unsere Gegend gekommen ist. Er schien hier keinen Menschen zu kennen. Lediglich Levvey hatte ihn aufgefordert, bei ihm zu wohnen, wenn er einmal in die Nähe käme.«

»Was sagen Sie da!« Bony fuhr auf.

»Levvey hat ihn eingeladen, bei ihm zu wohnen. Er hat Levvey wohl in Sydney kennengelernt – kurz, nachdem Levvey den Verwalterposten auf der Lake-Frome-Station erhalten hatte. Levvey besaß ein Haus unten in Collaroy – oder in der Nähe von Collaroy. Maidstone lernte ihn auf einer Party kennen.«

Bony wechselte plötzlich das Thema. »Was für eine Farm ist eigentlich die Lake-Frome-Station?«

»Ach, das ist recht schönes Land«, antwortete Joyce. »Aber die Eigentümer lassen sich nie draußen sehen. Die Lake-Frome-Station gehört einer dieser landwirtschaftlichen Gesellschaften, bei denen die meisten Aktionäre in England sitzen. Die Farm wird seit eh und je von dem Verwalter geleitet. Sie hat trotzdem stets einen guten Ertrag abgeworfen.«

»Kannten Sie Levvey, bevor er hierherkam?«

»Nein, ich kannte ihn nicht.« Der Commander schüttelte den Kopf. »Eines Tages kam er herüber und stellte sich vor. Sein Aussehen überraschte mich etwas, aber er scheint ein guter Viehzüchter zu sein und sich im Busch auszukennen. Ich verstand nur nicht recht, wie er und Maidstone sich auf dieser Party hatten anfreunden können. Maidstone war ein intellektueller Typ und vielseitig interessiert. Deshalb verstand ich nicht, daß er sich mit einem Mann wie Levvey eingelassen hatte. Nun, Maidstone schien es hier draußen im Busch zu gefallen. In den Ferien ist er immer viel gereist. Vielleicht wollte er gern einmal die Gegend kennenlernen, von der Levvey erzählt hatte. So, und jetzt wird's Zeit für einen Drink. Kann ich sonst noch etwas für Sie tun?«

»Danke, nein«, antwortete Bony. Er unterhielt sich dann aber noch mit Joyce über die Aussichten, das Gebiet von Quinambie und Lake Frome landwirtschaftlich zu entwickeln.

»Ohne Wasser ist da nichts zu machen«, gab Joyce zu bedenken. »Das Wasser aus den Brunnen genügt ja nicht. Wir müßten soviel haben, daß wir das Land bewässern könnten. Wenn wir genügend Niederschlag hätten, könnten wir hier alles anbauen. Wenn man genügend Wasser hat und einen anständigen Dünger verwendet, kann der Boden noch so schlecht sein – Gras wächst dann immer noch.«

Inspektor Bonaparte pflichtete ihm bei, und die beiden Männer nippten an ihren Drinks. Es war dem Commander deutlich anzumerken, daß er sich ernsthaft für seine Wahlheimat interessierte, und Bony gelangte zu dem Schluß, daß man diesem Mann – genau wie Newton – volles Vertrauen schenken konnte. Noch während sie sich weiter unterhielten, dachte Bony über die Informationen nach, die ihm Joyce gegeben hatte. Auch früher schon hatte er es oft erlebt: Wichtige Einzelheiten hatte er erst bei einer zweiten Unterredung erfahren. Dinge, die einen brauchbaren Hinweis geben konnten, wurden von den Leuten übergangen, weil sie ihnen unwichtig erschienen. Nur was sensationell wirkte, erzählte man ihm – und das wurde oft noch unnötig ausgeschmückt. Deshalb zahlte es sich immer wieder aus, mit einem Zeugen mehrmals zu sprechen. Da fielen ihm oft Kleinigkeiten ein, die er früher nicht erwähnt hatte. Zum erstenmal hatte Bony das sichere Gefühl, daß er auch diesen Fall erfolgreich abschließen würde.

15

Der Rücken schmerzte so sehr, daß der Mischling nicht wußte, ob er sich zusammenrollen oder lieber lang ausstrecken sollte. Bei jeder Bewegung protestierten seine Muskeln. Dies ist das gemeinste Stück aller Grenzzäune Australiens! dachte Bony resigniert.

Drei Tage hatte er gegen Stachelgras und Laub angekämpft, das der Wind gegen den Zaun trieb, hatte es über den Zaun geschaufelt und beobachtet, wie es nach New South Wales hineingetragen wurde. Drei Tage lang hatte sich der Wind über Bonys

Plackerei lustig gemacht. Kaum war eine Ladung über den Zaun geschaufelt, stapelten sich bereits wieder die Stachelgrasbälle.

Selbst bei Nacht heulte der Sandsturm über das Camp hinweg. Die Kamele brummten, waren unruhig, weil sie das ununterbrochene Rieseln des Sandes störte. Das von Natur aus unberechenbare Ungeheuer wurde unter dem dauernden Bombardement mit Stachelgrasbüscheln gereizt, stieß von Zeit zu Zeit vor Wut sein gurgelndes Brüllen aus.

Bony, der den größten Teil seines Lebens im Busch verbracht hatte, machte es sich so bequem wie möglich. Das Camp errichtete er stets auf der dem Wind abgekehrten Seite der höchsten Düne, die er finden konnte. Die Feuerstelle legte er einige Meter weiter östlich an, damit er nicht durch Rauch und Funkenflug belästigt wurde. Doch trotz aller Vorsichtsmaßnahmen war der Sand überall: Sand war im Brot, Sand war im Zucker und im Tee, Sand war im Haar. Alles schmeckte nach Sand. Bony wickelte sich fester in eine Decke ein – aber zwischen den Zähnen knirschte der Sand. Was hätte er jetzt darum gegeben, in einem Restaurant in Broken Hill zu sitzen, ein Brathähnchen vor sich auf dem Tisch, dazu ein kühles Bier . . .

Am nächsten Tag hatte die Gewalt des Windes abgenommen, und als die Mittagspause nahte, war Bonys Rücken nicht mehr ganz so steif. Der Mischling war dreihundert Meter von seinem Camp entfernt, als ihn jemand rief, und als er aufblickte, sah er Newton, der auf seinem Pferd herantrabte.

»Na, immer noch zu tun?« fragte der Zaunwart.

»Leider ja«, knurrte Bony. »Von mir aus kann dieser verdammte Zaun zum Teufel gehen, und wenn ein Dingo tatsächlich den Mut hat, in dieser vermaledeiten Gegend zu leben, verdient er es auch, sich einmal an den Schafen in New South Wales gütlich zu tun.«

»Ein Hüter des Gesetzes sollte aber nicht derartige Reden führen«, tadelte Newton lachend.

»Möglich«, brummte Bony. »Wohl aber ein Mann, dem das

Kreuz derart weh tut wie mir. Hat Ihre Behörde eigentlich noch nichts davon gehört, daß es für diese Arbeiten bereits Maschinen gibt?«

»Die können wir nicht verwenden«, entgegnete Newton ernst. »Bedenken Sie, wie viele Leute arbeitslos würden. Und Sie wollen doch wohl auch nicht, daß hier draußen im Busch die Automation Einzug hält?«

»Na schön«, meinte Bony. »Aber diesmal könnten Sie etwas für mich tun. Kommen Sie, wir trinken einen Becher Tee, und ich erzähle Ihnen, worum es geht.«

Sie setzten sich unter eine Palme in der Nähe des Camps.

»Also«, begann der Inspektor, »ich möchte Sie bitten, diesen Brief dem Chefinspektor in Broken Hill zu übergeben, und zwar persönlich. Niemand sonst darf erfahren, daß ich hier draußen tatsächlich Ermittlungen anstelle. Sonst dürften Sie sich sehr schnell nach einem neuen Fencer umsehen müssen, fürchte ich. Können Sie für die Fahrt nach Broken Hill einen plausiblen Grund finden? Sie müßten nämlich einige Tage dort bleiben, bis die Antworten auf meine Anfragen eingehen. Ich traue hier niemandem außer Ihnen, aber ohne die benötigten Informationen komme ich mit meinen Ermittlungen nicht weiter.«

»Überlassen Sie nur alles mir«, sagte Newton. »Ein paar Tage in Broken Hill werden mir ganz guttun.«

»Okay«, fuhr Bony fort. »Inzwischen werde ich mich um Ihren vermaledeiten Zaun kümmern. Kommen Sie aber bitte so schnell wie möglich zurück.«

Die nächsten Tage schienen nur noch dahinzuschleichen, und Bony mußte seine ganze Geduld zusammennehmen. Einmal ritt er zur Stammfarm, um seine Rationen aufzufüllen, aber er hütete sich wohlweislich, mit irgend jemandem über den Fall Maidstone zu sprechen. Allerdings beklagte er sich lautstark über gewisse Dummköpfe, die unachtsam in der Gegend herumgeknallt und ihn um ein Haar erschossen hätten. Er benützte die Gelegenheit, nochmals zu erklären, daß er überzeugt sei, auch Maidstone sei einem dieser leichtsinnigen Schützen zum Opfer gefallen. Es gäbe in dieser Gegend Leute, die überhaupt nicht richtig mit einem Gewehr umgehen könnten. Wahrscheinlich sei einer von ihnen auf die Jagd gegangen und habe versehentlich Maidstone erschossen. Und hinterher habe er Angst gehabt, der Polizei etwas von dem Unfall zu melden.

Auf dem Rückweg zu seinem Camp stattete er Nugget einen Besuch ab und erzählte ihm, daß auch er beinahe einem leichtsinnigen Schützen zum Opfer gefallen sei. Außerdem ließ Bony durchblicken, daß er vielleicht doch den von Levvey angebotenen Job annehmen werde, denn er habe die Arbeit am Zaun restlos satt. Falls Nugget zufällig Levvey begegnen sollte, dann möge er ihm doch Bescheid sagen.

Nugget hatte die ganze Zeit einen Sattel poliert. Jetzt blickte er mit einem Ruck auf. Zum erstenmal an diesem Morgen sah er Bony ins Gesicht.

»Hm, eine gute Idee«, meinte er bedächtig. »Ich werde Levvey Bescheid sagen. Er ist ein prima Kerl. Wird sich bestimmt um Sie kümmern.«

Bony wollte gerade aufbrechen, da tauchte Bohnenstange Kent auf. Gutgelaunt begrüßte Bony den Fencer.

»Na, Bohnenstange, haben dich die Viehdiebe wieder um den Schlaf gebracht?«

»Nein«, erwiderte Bohnenstange gereizt. »Und wenn es so wäre, würde ich nicht darüber sprechen. Besonders nicht zu einem verwünschten Polypen. Ich habe übrigens gehört, daß Sie einer sind.«

»Aber ich bitte dich!« entgegnete Bony. »Wer, um alles auf der Welt, hat dir denn so einen Unsinn erzählt?«

»Ach, jeder auf Quinambie glaubt es doch«, brummte Kent. »Warum rückst du nicht offen mit der Sprache heraus? Warum mischst du dich unter uns und tust so, als wärst du ein anständiger Arbeiter? Hier hilft kein Mensch der Polizei – ganz besonders nicht, wenn sich ein Polyp verkleidet und einen anderen Arbeiter um seine Stellung bringt.«

»Da schätzt du mich aber völlig falsch ein, Kamerad«, entgegnete Bony ruhig. »Wer diesen ganzen Unsinn erzählt hat, sollte sich schleunigst auf seinen Geisteszustand untersuchen lassen.«

»Vielleicht täusche ich mich, vielleicht auch nicht«, brummte Bohnenstange Kent. »Aber wenn du tatsächlich ein Polizist bist, wie man behauptet, dann solltest du hier schleunigst verschwinden und sofort Urlaub nehmen. In unserer Gegend ist die Polizei nicht sehr beliebt.«

»Besten Dank für den guten Rat«, erwiderte Bony. »Wenn er mich etwas anginge, würde ich ihn bestimmt beherzigen.«

Bony drehte sich plötzlich zu Nugget um und sah, daß der Schwarze ihn mit einem undurchdringlichen Lächeln aufmerksam beobachtete.

»Übrigens, Nugget«, sagte Bony, »was hast du eigentlich mit der Winchesterbüchse gemacht, die du früher gehabt hast?«

»Verkauft«, antwortete Nugget kurz. »Oder glauben Sie vielleicht, ich könnte mir zwei Gewehre leisten?«

»Nein, das glaube ich allerdings nicht. Ich habe zu Hause eine Winchester. Du besitzt vermutlich keine Patronen mehr, die du mir verkaufen könntest?«

»Nein, ich habe keine mehr«, erwiderte Nugget barsch. »Und jetzt muß ich am Zaun arbeiten. Wenn Sie es sich leisten können, den ganzen Tag zu schwatzen – ich kann es mir nicht leisten.« Er machte auf dem Absatz kehrt. »Komm, Bohnenstange. Ich möchte mich mit dir ausführlich unterhalten, während ich am Zaun arbeite.«

Bohnenstange verabschiedete sich brummend von Bony und marschierte mit Nugget davon.

»Tja, Bony«, murmelte der Inspektor. »Ich glaube, sehr beliebt bist du hier nicht. Je schneller du den Fall abschließt und hier verschwindest, um so besser dürfte es für dich sein.«

Ein Glück, daß Bony nicht wußte, was ihn in den nächsten Tagen erwartete.

<h1 style="text-align:center">16</h1>

Bony lag, in seine Decken eingerollt, neben dem Lagerfeuer, konnte aber keinen Schlaf finden. Er wußte nur zu gut, daß in gewissen Bevölkerungskreisen eine große Abneigung gegen die Polizei bestand. Es gab viele Menschen vom Typ Bohnenstange Kent, die eine Behörde als Feind betrachteten, den man an der Nase herumführen durfte, sooft es nur ging. Doch deshalb machte sich Bony keine Sorgen. Ihm bereitete es vielmehr Sorgen, daß es die Leute fertigbrachten, seelenruhig zuzusehen, wie ein Polizeibeamter einen Mörder festzunehmen versuchte, ohne sich verpflichtet zu fühlen, den Beamten bei seinen Bemühungen zu unterstützen. Wie oft war es schon vorgekommen, daß ein Polizeibeamter bei einer Amtshandlung zusammengeschlagen wurde, während die Leute untätig zuschauten, obwohl er sie ja vor einem Gesetzesbrecher zu schützen suchte.

Bony lag auf dem Rücken und starrte hinauf zu den Sternen, grübelte über das seltsame Verhalten vieler Bürger nach, die den Gesetzesbrecher als einen der ihren, die Polizei hingegen als Teil der Staatsmacht betrachteten. Doch wehe, wenn sie dann selbst Opfer eines Verbrechens wurden! Er seufzte und schloß die Augen. Man kann nur seine Arbeit tun und sonst nichts! dachte er.

Bei dieser philosophischen Betrachtung fiel ihm der Chefinspektor von Broken Hill ein. Der Brief, der dem Chefinspektor durch Newton überbracht worden war, hatte ihn gewiß beruhigt. Bony konnte sich lebhaft vorstellen, wie sich der Polizeichef von Broken Hill schon den Kopf zermartert hatte, was er den übergeordneten Stellen antworten sollte, falls diese sich nach dem Fortgang der Ermittlungen erkundigten. Schließlich schlief Bony ein.

Am nächsten Morgen wollte Bony sich gerade auf den Weg zum Zaun machen, als er zu seiner Überraschung Bohnenstange Kent entdeckte. Der dürre Fencer ritt auf ihn zu, ein mit Bettzeug, Proviant und Werkzeugen beladenes Kamel mitführend. Er ließ das Reittier niederknien und kletterte aus dem Sattel. Mit keinem Wort ging er auf sein Benehmen vom Vortage ein.

»Tag, Ed!« sagte er.

»Guten Tag, Bohnenstange«, erwiderte Bony. »Was machst du denn hier?«

»Als ich zum Camp zurückritt, erhielt ich eine Nachricht von Newton«, erklärte Bohnenstange mit seiner hohen Stimme. »Anscheinend ist der Mann, der am Zaunabschnitt nördlich von mir arbeitet, erkrankt. Blinddarm. Newton will, daß wir beide aushelfen. Wir sollen zwei Tage lang diesen Zaunabschnitt in Ordnung bringen.«

Bony überlegte blitzschnell. Er glaubte Bohnenstange nicht. Newton hatte nichts dergleichen erwähnt, und Bony konnte sich nicht vorstellen, daß ihn der Zaunwart zu diesem wichtigen Zeitpunkt an eine andere Stelle des Zauns schickte. Andererseits aber würde er Bohnenstange in seinem Verdacht bestärken, daß er – Bony – ein als Arbeiter verkleideter Kriminalbeamter sei, wenn er sich weigerte, mitzukommen. Wenn er seine Rolle als Fencer überzeugend spielen wollte, konnte er sich einer Anweisung Newtons nicht widersetzen. Gleichzeitig mußte er aber auch in Betracht ziehen, daß Bohnenstange in den Mord verwickelt, vielleicht auch einer der Viehdiebe war. Dann bezweckte der Mann mit seinem Besuch vielleicht nicht nur, ›Ed Bonnay‹, von seinem Zaunabschnitt wegzulocken, sondern ihn an einer geeigneten Stelle endgültig aus dem Weg zu räumen. Aber es half nichts – Bony mußte das Risiko auf sich nehmen und Bohnenstange Kent begleiten.

»In Ordnung, Bohnenstange. Ich packe nur rasch zusammen. Wie steht es mit Geräten?«

»Brauchst du nicht mitzunehmen«, erwiderte der dürre Fencer. »Ich habe einige Rechen und auch eine Axt, falls wir Pfosten benötigen. Nimm dir aber für zwei Tage Proviant mit und ein paar Decken.«

Bony lud dem Ungeheuer die benötigten Sachen auf und tränkte George und Rosie, die er beim Camp zurückließ, damit sie sich Futter suchen konnten.

»Wohin gehen wir nun genau?« fragte er, als sie losritten.

»Zu einer Stelle ungefähr zwanzig Meilen nördlich des Gattertors bei Brunnen zehn. Dazu werden wir einen halben Tag brauchen. Wir folgen dem Zaun auf der Ostseite.«

Nachdem sie das Gattertor bei Brunnen 10 passiert hatten, wurde Bohnenstange etwas gesprächiger.

»Ich mache vielleicht schon bald im Süden Urlaub. Du weißt ja selbst, wie einem das einsame Leben hier draußen an die Nieren geht. Tut mir leid, daß ich gestern solchen Unsinn geredet habe.«

»Schon gut«, meinte Bony. »Kein Mensch kann es leiden, wenn jemand herumschnüffelt. Aber wenn du mich für einen Schnüffler hältst, hast du dir den Falschen ausgesucht.«

»Newton meinte, wir sollen Bestand aufnehmen und nachsehen, was für Material der Mann alles hat.«

Bony lachte. »Na schön, ich hab' nichts dagegen. Was hast du eigentlich gemacht, bevor du Fencer wurdest, Bohnenstange?«

»Ich war Scherer. Auf den Schaffarmen zwischen Warren und Bourke. Wenn wir die Vliese von Kletten gereinigt haben, waren meine Arme bis zu den Ellbogen derart zerkratzt, daß kaum noch die Haut zu sehen war. Man verdient zwar gutes Geld, aber ich habe lieber Schluß gemacht, bevor mir die Haut in Fetzen abfiel.«

»Hast du auch einmal auf einer Rinderstation gearbeitet?« fragte Bony.

» Ja. Hier draußen im Busch kann ich praktisch alles. Ganz gleich, nach welcher Arbeit du mich fragst – ich habe sie schon getan.«

Das will ich mir gut merken! dachte Bony. Kent ist also auch in der Lage, mit Rindern umzugehen.

Sie legten eine Rast ein, brühten sich im Schatten eines Mulgabaumes Tee auf und aßen etwas. Bohnenstange schien es plötzlich gar nicht mehr eilig zu haben. Er rauchte und erzählte munter drauflos. Bonys Unbehagen wuchs ständig, denn die plötzliche Leutseligkeit und das Bestreben Kents, ihn – Bony – immer weiter von dem zugewiesenen Zaunabschnitt wegzulocken, war höchst verdächtig. Schließlich, nach dem dritten Becher Tee, verkündete Bohnenstange, daß nun nur noch ein Ritt von einer Stunde vor ihnen läge. Es sei wohl am besten, jetzt gleich aufzubrechen.

Um drei Uhr erklärte Kent, jetzt sei die Stelle erreicht, an der mit der Reinigung des Zauns begonnen werden müsse. Die beiden Männer achteten auf lose Drähte und morsche Pfosten, räumten am Fuß des Zaunes angewehtes Unkraut weg. Zwei Pfosten mußten erneuert werden, und als die Sonne unterging, hatten sie erst zwei Meilen des Zaunabschnitts geschafft.

Die beiden Männer legten ihren Kamelen Hobbelketten an, brühten sich über dem Lagerfeuer Tee auf und holten sich Fleisch und Brot aus ihren Proviantkisten.

»Wenn wir morgen zeitig beginnen, müßten wir die restlichen drei Meilen gut schaffen«, meinte Bohnenstange. »Ich leg' mich jetzt aufs Ohr.«

Er rollte sich dicht beim Lagerfeuer in seine Decken.

Auch Bony wickelte sich in seine Decken, blieb aber mit dem Rücken gegen eine Palme gelehnt sitzen. Er wollte sich überzeugen, daß Bohnenstange auch wirklich fest schlief, bevor er sich selbst ein wenig Schlummer gönnte. Nachdenklich starrte er in die rote Glut, fragte sich immer wieder, warum Bohnenstange wohl so plötzlich derart leutselig war, nachdem er noch am Vortag seine offene Feindschaft unumwunden zugegeben hatte. Dafür gibt es eigentlich nur eine Erklärung, dachte Bony. Kent hat mich absichtlich von meinem Zaunabschnitt weggelockt!

Bony drehte sich eine Zigarette, rauchte und wartete, ob Kent wirklich schlief. Doch er konnte nicht verhindern, immer schläfriger zu werden. Er stand auf, wanderte um das Lagerfeuer, warf noch einige Äste hinein.

Bohnenstange regte sich nicht. Bony lauschte eine Weile auf das regelmäßige Atmen, dann lehnte er sich wieder gegen den Stamm der Palme. Er nahm sich vor, wach zu bleiben, doch nach einiger Zeit schlief er trotzdem ein. Nach dem langen Ritt und der schweren Arbeit am Zaun war er viel zu erschöpft, um die Augen offenhalten zu können.

Plötzlich schreckte er auf. Die Asche des Lagerfeuers war kalt. Der Morgen dämmerte kalt und grau, und Bony wußte sofort, daß etwas nicht in Ordnung war. Er blickte zu der Stelle, an der Bohnenstange sich niedergelegt hatte, doch der Fencer war verschwunden und sein Reitkamel ebenfalls. Das Packtier und das Ungeheuer waren allerdings noch, mit Hobbelketten gefesselt, ganz in der Nähe. Inspektor Napoleon Bonaparte stand auf und machte sich die größten Vorwürfe, eingeschlafen zu sein.

Er band die Kamele zusammen und ritt so schnell wie möglich am Zaun entlang zurück. Als er sein eigenes Camp passierte, hatte er Bohnenstange Kent noch nicht zu Gesicht bekommen. Er ritt weiter. Vielleicht fand er den Fencer in Nuggets Hütte, falls der Schwarze sich noch dort befand.

Als Bony zum Gattertor beim Brunnen 10 kam, stieg er ab und hielt nach Spuren Ausschau. Ohne den Blick vom Boden zu heben, marschierte er auf der anderen Seite des Zaunes entlang. Vielleicht hatte Bohnenstange das Tor passiert. Doch Bony konnte keine diesbezüglichen Spuren finden. Aber er entdeckte andere Spuren: Spuren eines einzelnen Pferdes – und weitere Spuren, bei deren Anblick er einen leisen Fluch ausstieß. Diese Spuren stammten von einer größeren Anzahl von Rindern. Bony folgte der Fährte und sah, daß sie ganz frisch war.

Damit hatte er den Beweis, daß seine Anwesenheit in dieser Gegend den Viehdieben nicht gepaßt hatte. Sie hatten nicht wagen können, Rinder wegzutreiben, da sie ja nicht wußten, zu welchem Zeitpunkt und an welcher Stelle seines Zaunabschnitts Bony sich befand. Entweder gehörte Bohnenstange selbst zu den Viehdieben, oder man hatte ihn bestochen, Bony vorübergehend wegzulocken. Es war Bony ja gleich äußerst verdächtig vorgekommen, daß sich der dürre Fencer plötzlich so leutselig gab.

Nugget hielt sich nebst Frau und Kindern in der Nähe seiner Hütte auf.

»Guten Tag, Nugget. Hast du Bohnenstange gesehen?« fragte Bony.

»Nein. Und meine Schwester auch nicht. Seit heute morgen nicht mehr. Wenn diese verrückte Bohnenstange mit ihr durchgegangen ist, dann bringe ich den Kerl um. Ganz bestimmt.«

Bony zögerte. Zweifellos würde er sich unverdächtiger benehmen, wenn er Nugget erzählte, was sich in der vergangenen Nacht ereignet hatte, als wenn er es verheimlichte.

»Ich habe gestern gemeinsam mit Bohnenstange am Zaun gearbeitet, und nun ist er plötzlich weg. Einfach verschwunden. Heute morgen wache ich auf, und er ist nicht mehr da. Und er hat nichts zurückgelassen. Nicht mal einen Zettel mit einer Nachricht.«

Nugget lachte, aber es klang nicht so fröhlich wie sonst.

»Ich wundere mich nur, daß er Ihnen nicht die Kehle durchgeschnitten hat, bevor er sich verdrückt hat – wo er doch einen solchen Haß auf die Polizisten hat. Sie können von Glück reden, wenn er einfach verschwunden ist. Aber wenn ich meine Schwester mit ihm zusammen erwische, wird der Kerl sein blaues Wunder erleben.«

Bony hielt es für das beste, Nuggets Sticheleien über die Polizei zu ignorieren. Offensichtlich war der Wutausbruch nur gespielt, der Schwarze schien genau zu wissen, wo sich Bohnenstange und seine Schwester aufhielten. Aber das wollte er wohl keinesfalls verraten. Außerdem durfte Bony nicht allzu viele Fragen stellen, da er ja bestritt, Kriminalbeamter zu sein.

»Na schön, das ist mir zu hoch«, brummte er. »Ich kann da nichts unternehmen – kann lediglich abwarten, bis Newton zurückkommt, und ihm dann erzählen, was passiert ist.«

»Ja, so ist es wohl«, meinte Nugget. »Vielleicht trifft er sich oben mit dem verrückten Pete.« Er lachte gezwungen.

»Ich arbeite heute ganz in der Nähe meines Camps«, sagte Bony. »Vielleicht erscheint Bohnenstange ja noch. Sollte Newton morgen hier vorbeikommen, dann richte ihm bitte aus, daß ich ihn sprechen möchte.«

Schließlich brauchte Nugget nicht zu wissen, daß Newton in Broken Hill war.

»Er wird morgen kaum kommen«, erwiderte Nugget. »Aber falls ich ihn sehe, werde ich es ihm ausrichten.«

»Danke«, sagte Bony und drehte das Kamel um. Nach einigen Schritten hielt er noch einmal an. »Übrigens – auf Quinambie muß man Vieh nach Süden getrieben haben. Bringen sie es immer auf diesem Weg weg, wenn sie es verkaufen?«

»Wie meinen Sie das?« rief Nugget.

»Am Zaun entlang sind Spuren zu sehen«, antwortete Bony.

»Möglich«, brummte Nugget. »Auf den Rinderfarmen tauscht man ja fortwährend den Viehbestand aus.«

Bony war überzeugt, daß die Spuren von gestohlenem Vieh herrührten. Welches andere Motiv hätte Bohnenstange sonst haben können, ihn von seinem Zaunsbschnitt wegzulocken. Es half nichts: Bohnenstange Kent war an den Viehdiebstählen beteiligt – und vermutlich auch an der Ermordung Maidstones.

Am folgenden Morgen erhielt Bony unerwarteten Besuch. Langsam herrscht hier ein Betrieb wie in der Großstadt! dachte der Mischling. Den Mann, der sich hoch zu Roß näherte, hätte er am allerwenigsten erwartet. Es war Commander a. D. Joyce, der Herr der Quinambie-Station. Sattelzeug, Reitanzug, Krawatte –

all das war makellos. Aber Joyce schien schwere Sorgen zu haben.

»Ich habe feststellen müssen, daß ich die ganze Zeit meinen Kopf in den Sand gesteckt habe. Ich habe bisher nicht glauben wollen, daß Viehdiebe am Werk sind. Aber nachdem ich mich selbst davon überzeugen mußte, habe ich mich sofort in den Sattel geschwungen, um Ihnen Bescheid zu sagen. Auf einer meiner Weiden hatte ich hundertfünfzig Rinder, alle in bester Verfassung, bereit zum Verkauf. Gestern kam unerwartet ein Aufkäufer, und ich ritt mit ihm hinaus – aber die Rinder waren nicht da. Ich habe bis jetzt noch keinem Menschen etwas davon erzählt. Sie sind der erste, Bonnay. Derartige Diebstähle kann ich mir nicht leisten. Was können Sie in der Angelegenheit tun?«

Der Commander war offensichtlich wütend, daß es jemand gewagt hatte, ihn zu bestehlen.

»Vor allem kommt es darauf an, die Diebe im unklaren zu lassen«, entgegnete Bony schroff. »Reiten Sie jetzt zurück, und sprechen Sie mit keinem Menschen über die Geschichte, vor allem nicht mit Ihrem Verwalter. Und noch wichtiger ist es, Nugget oder Bohnenstange Kent gegenüber nichts zu erwähnen, falls Sie ihnen begegnen. Falls jemand wissen will, was Sie von mir gewollt haben, erklären Sie einfach, daß Fred Newton Sie über die Funkanlage gebeten habe, mir auszurichten, er käme diese Woche nicht zur gewohnten Inspektion. Über Ihr Vieh wissen Sie nicht Bescheid. Sie wissen nicht einmal, wieviel Stück Sie besitzen. Sie vermissen auch keine Rinder. Ist Ihnen alles klar?«

Joyce blickte auf Bony, und in seinem Gesicht spiegelte sich deutlich der Zwiespalt zwischen Respekt und Verärgerung wider.

»Ja, mir ist alles klar. Aber ich hoffe, auch Ihnen ist klar, was hundertfünfzig Rinder in erstklassiger Verfassung wert sind!«

»Das weiß ich allerdings sehr genau«, erwiderte Bony betont liebenswürdig. »Der Polizeichef von Broken Hill macht mir die Hölle heiß, Ihre Eingeborenen greifen mich an und richten das Deutebein auf mich. Außerdem hat man auf mich geschossen, und zu guter Letzt habe ich mich noch gewaltig zum Narren halten lassen. Überdies arbeite ich trotz Hitze, Sand und Fliegen an diesem vermaledeiten Zaun. Und dennoch interessiert mich dieser Fall nach wie vor. Um den Fall zu klären, bin ich hier. Also machen Sie sich keine Sorgen, Commander. Niemand wird mit Ihrem Vieh weit kommen. Darauf gebe ich Ihnen mein Wort.«

Joyce nickte zufrieden und ritt davon.

17

Einen Tag nach dem Besuch von Joyce fühlte sich Bony zuversichtlicher als je zuvor. Bohnenstanges seltsames Verhalten war nun, nachdem der Commander den Viehdiebstahl gemeldet hatte, mehr als durchsichtig. Immer neue Steinchen konnte Bony in das Puzzlespiel einsetzen. Den Viehdieben ging es nun bald an den Kragen, und vermutlich auch Maidstones Mörder. Der Inspektor war überzeugt, daß Newton die noch benötigten Informationen aus Broken Hill mitbringen würde. Dann konnte er vorgehen.

Eine Woche später jedoch gab Bony langsam die Hoffnung auf, daß Newton jemals zurückkam, und er sah sich schon zu lebenslanger Sklavenarbeit am Zaun verurteilt. Ein Tag nach dem anderen verging, ohne daß der Mischling etwas von dem Zaunwart hörte. Er schaufelte die Stachelgrasbüschel über den Zaun und kam sich wie einer der unschuldig nach der Teufelsinsel Verbannten vor. Er hatte diese Unglücklichen kennengelernt, als es seiner Frau nach einer Ewigkeit gelungen war, ihn ins Kino zu schleppen. An dem Tag, an dem er der Verzweiflung nahe war, ritt Newton auf das Camp zu. Der Zaunwart wurde von einem Fremden begleitet.

»Der Polizeichef von Broken Hill hat mir die Unterlagen, um die Sie gebeten hatten, nicht anvertrauen wollen.« Der Zaunwart grinste, als er Bonys verdattertes Gesicht bemerkte. »Er hat extra diesen Mann aus Sydney kommen lassen, damit er Briefträger spielt.«

»Kriminalinspektor Wells«, stellte sich der Fremde vor. »Ich freue mich, endlich einmal Gelegenheit zu haben, unseren berühmten Inspektor Napoleon Bonaparte kennenzulernen. Als Ihre Anfrage kam, hat unser Chef sofort einen ziemlichen Wirbel veranstaltet. Uns waren bereits verschiedene Gerüchte zu Ohren gekommen, und die Informationen, die wir von Ihnen erhielten, gestatteten uns, zwei und zwei zusammenzuzählen. Mein Chef hat mich daraufhin sofort nach Broken Hill in Marsch gesetzt.«

»Wie ich sehe, will man mich nicht in die Staatsgeheimnisse einweihen«, meinte Newton gut gelaunt, da die beiden Kriminalbeamten ihn überhaupt nicht beachteten.

»Sie irren sich nicht«, erwiderte Bony lächelnd. »Aber etwas möchte ich Ihnen doch noch verraten, Sir. Sie müssen sich um Ersatz für Bohnenstange bemühen. Er hat sich aus dem Staub gemacht. Ich ahne allerdings, wo ich ihn vielleicht finden kann, falls es sich herausstellen sollte, daß ich ihn festnehmen muß.«

Bony berichtete, was sich während der Abwesenheit des Zaunwarts ereignet hatte. Newton und Inspektor Wells lauschten aufmerksam.

»Nein, so was!« rief Newton schließlich. »Und nun?«

»Ich würde vorschlagen, Sie bereiten das Essen, während ich mit Wells einen kleinen Spaziergang am Zaun entlang mache«, sagte Bony grinsend. »Ich möchte ihm nämlich zeigen, welch unerhörte Plackerei Sie einem Kriminalinspektor über viele Wochen zugemutet haben.«

»Da soll doch gleich . . .!« brummte Newton. »Was glauben Sie eigentlich, wer hier Zaunwart ist? Na schön, ich will Ihnen den Gefallen tun.« Er warf ein paar Zweige ins Feuer. »Aber ich warne Sie«, rief er den beiden Männern nach, die sich bereits entfernten, »ich werde fuchsteufelswild, wenn Sie mich nicht als ersten einweihen, sobald der Fall aufgeklärt ist.«

Bony und Wells schlenderten zu einer Stelle am Zaun, die nach allen Seiten hin offen war, so daß jeder schon von weitem zu sehen war, der sich näherte. Hier übergab Wells Bony die Berichte, die er mitgebracht hatte. Bony hockte sich auf den Boden und studierte die Unterlagen aufmerksam. Schließlich blickte er zu Wells auf, und seine blauen Augen leuchteten zufrieden, als er die Papiere zurückreichte.

»Das dürfte das fehlende Glied in der Kette sein. Das muß es sein!«

»Wir sind jedenfalls überzeugt davon«, sagte Wells. »Was wollen Sie jetzt unternehmen, Bonaparte?«

»Zunächst einmal«, meinte Bony, der immer noch am Boden hockte, nachdenklich, »werde ich Newton meine Kündigung überreichen. Dann werde ich zu Levvey gehen und wegen des Jobs nachfragen, den er mir angeboten hat. Ich bin überzeugt, daß sich die Person, an der ich interessiert bin, auf der Lake-Frome-Station befindet – und nicht auf Quinambie oder am Zaun. Ich werde dafür sorgen, daß meine Absicht allgemein bekannt wird, so daß alle, die befürchten, ich könne etwas entdecken, angezogen werden wie die Motten vom Licht. In der Zwischenzeit kann ich es mir allerdings nicht leisten, so faul herumzusitzen, denn das könnte jemand sehen.« Er stand mit einem Ruck auf. »Und nun, Wells, möchte ich, daß Sie das Folgende für mich erledigen . . .«

Als sie wieder beim Camp eintrafen, verkündete Wells, daß er sofort nach dem Essen aufbrechen werde, und es sei gewiß das Beste, wenn auch Newton gleich wieder verschwände.

»Wenn man bei diesem Stand der Dinge sieht, daß Sie Besuch haben, könnte alles verdorben werden«, meinte Wells, als er sich schließlich von Bony verabschiedete. »Besonders, wenn man mich mit Ihnen zusammen sieht. Man könnte dann glauben, ich sei einer Ihrer Vorgesetzten.«

»In Ordnung.« Bony nickte.

Newton trank seinen Tee aus und blickte fragend auf. »Es hat ja wohl keinen Sinn, wenn ich Sie frage, was diese ganze Geheimnistuerei soll?«

»Das hätte allerdings keinen Sinn«, erwiderte Bony lächelnd, während seine beiden Besucher ihre Pferde bestiegen. »Aber ich möchte die Anwesenheit eines Zeugen benützen, um Ihnen zu sagen, daß ich in diesem Augenblick meine Stellung als Fencer an diesem vermaledeiten Zaun aufkündige. Tut mir leid, daß die Kündigungsfrist derart kurz ausfällt, aber andererseits bitte ich Sie auch nicht, mir ein Zeugnis auszustellen.«

»Das hätten Sie auch gar nicht erhalten, wenn Sie mich derart sitzenlassen«, knurrte Newton. »Wie denken Sie sich das eigentlich? Wenn wir nun wieder einen Weststurm bekommen!«

»Immer Kopf hoch!« sagte Bony ungerührt. »Am Ende kommt stets alles von selbst in Ordnung. Hören Sie zu, Fred: Wenn hier alles vorbei ist, treffen wir uns in Broken Hill auf ein Bier, und dabei erzähle ich Ihnen die ganze Geschichte.«

Er blickte den beiden Männern nach, und erneut überkam ihn das Gefühl der Einsamkeit. Doch noch gab es eine Menge zu tun, noch mußte er manches gefährliche Risiko eingehen, bevor dieser Fall so weit gediehen war, daß er zur Verhaftung schreiten konnte.

Am nächsten Tag besuchte Bony Nugget.

»So, ich habe Newton den ganzen Kram hingeworfen«, erklärte er. »Ich halte es keine Minute länger an diesem verdammten Zaun aus. Daß Bohnenstange mich im Stich gelassen hat, brachte den Eimer zum Überlaufen. Jetzt ist es mir viel zu einsam hier.«

»Gute Idee, Ed«, meinte Nugget. »Ich konnte nie verstehen, daß Sie es so lange ausgehalten haben. Das war der schlimmste Abschnitt vom ganzen Zaun. Ein Mann wie Sie hat doch so was gar nicht nötig.«

Nugget schien sich in prächtiger Stimmung zu befinden.

»Ja, eine schöne Arbeit war's nicht«, erwiderte Bony. »Und die Bezahlung ist auch nicht üppig. Wahrscheinlich werde ich am

Sonntagabend Levvey besuchen. Um diese Zeit ist er doch gewiß zu Hause?«

»Da habe ich keine Ahnung«, sagte Nugget. »Ich weiß überhaupt nicht viel über ihn. Warum gehen Sie nicht zu Joyce? Der könnte Levvey doch über die Funkanlage Bescheid geben, daß Sie kommen.«

»Gute Idee«, entgegnete Bony. »Vielleicht tue ich es. Übrigens – Bohnenstange ist doch noch nicht wieder aufgetaucht, oder?«

»Ich habe ihn nicht gesehen«, antwortete Nugget.

»Na schön, Nugget. Bis später.«

»Wiedersehen«, brummte Nugget.

Anschließend suchte Bony Commander a. D. Joyce auf.

»Funktioniert Ihre Funkanlage noch?« fragte er.

»Ja«, erwiderte Joyce. »Soll ich eine Meldung durchgeben?«

»Würden Sie mir wohl einen Gefallen tun?« meinte Bony. »Wenn Sie heute abend mit Levvey sprechen, dann sagen Sie ihm doch bitte, daß ich am Sonntagabend zur Lake-Frome-Station käme und ihn gern gesprochen hätte. Ich habe meine Arbeit am Zaun aufgegeben, und wie ich hörte, sucht er einen Viehhirten.«

Bony sprach sehr laut. Er hoffte, daß auch noch andere seine Worte hörten, besonders Luke, der ganz in der Nähe den Lastwagen wusch. Als Joyce mit Bony zum Gartentor ging, fügte der Mischling leise hinzu:

»Aber sonst – kein Wort. Sie verstehen?«

»In Ordnung«, versprach Joyce. »Ich sage lediglich das, was Sie mir aufgetragen haben, und kein Wort mehr. Okay?«

»So ist es.« Bony nickte.

Bony kam zu dem Schluß, daß für seinen Ausflug zur Lake-Frome-Station das Ungeheuer der ideale Begleiter sei. In dieser Gegend kannte sich das Kamel aus.

Das Ungeheuer schlug eine ruhige, stetige Gangart ein. Nachdem der Zaun und der silbern glänzende Brunnen 10 passiert waren, bewegte es sich schaukelnd über die Ebene, schien aber nicht

145

im geringsten zu ermüden. Bony paßte gut auf, machte um jede Baumgruppe einen weiten Bogen, um nicht in unübersichtliches Gelände zu geraten. Nicht die geringste Bewegung, die Gefahr bedeutet haben könnte, wäre ihm entgangen, aber alles wirkte friedvoll. Immerhin habe ich jetzt Gelegenheit, die Richtigkeit meiner Theorie zu testen! dachte er.

Wichtig für sein Vorhaben war, daß er erst bei Dunkelheit auf dem Stammsitz der Lake-Frome-Station eintraf, Levvey aber über sein Kommen unterrichtet war. Deshalb hatte er alle Leute, von denen er annahm, daß sie mit den seltsamen Geschehnissen der letzten Wochen zu tun hatten, wissen lassen, daß er am Sonntagabend Levvey besuchen wolle.

Je näher das Ziel rückte, um so größer wurde die nervöse Spannung, die Bony gepackt hatte. Nun mußte es sich herausstellen, ob er recht oder sich die größte Blamage seines Lebens eingehandelt hatte.

Bony unterbrach seine Grübeleien und war plötzlich hellwach, als in der Ferne aus der Dämmerung die Außengebäude der Lake-Frome-Station auftauchten. Im Herrenhaus brannte Licht. Der Inspektor war jetzt noch vorsichtiger als zuvor, lauschte auf jedes Geräusch. Dem Ungeheuer waren deutliche Anzeichen von Nervosität anzumerken. Zweimal blieb das Kamel stehen und wollte keinen Schritt weitergehen. Bony versuchte es zunächst mit gutem Zureden, aber erst, als er das Tier mit den Füßen kräftig in die Flanken stieß, trottete es widerwillig weiter.

Zur Überraschung des Mischlings war in den Pferchen nicht ein einziges Rind zu sehen, und nun fiel ihm auch ein, daß er auf der ganzen fünfzig Meilen langen Strecke von Brunnen 10 bis zur Stammfarm nicht ein einziges Stück Vieh entdeckt hatte. Und das war im höchsten Maße ungewöhnlich. Sehr nachdenklich band er das Ungeheuer an einem Pfosten fest.

Wie auf den Viehfarmen üblich, ging Bony zur Hintertür, die in diesem Fall direkt in die Küche führte. Er klopfte an, und nach wenigen Sekunden öffnete Levvey. Nach dem Küchentisch zu schließen, hatten er und seine Frau gerade beim Abendessen gesessen.

»Hallo, Ed«, sagte Levvey. »Kommen Sie herein. Und du gehst mal nach nebenan«, wandte er sich an seine Frau. »Ich möchte mit Ed etwas besprechen.«

»Danke, Mr. Levvey«, erwiderte Bony. »Ich komme wegen des Jobs, den Sie mir angeboten haben. Die Arbeit am Zaun habe ich aufgegeben.«

Levvey musterte den Mischling. Plötzlich trat er zu der Tür, durch die seine Frau verschwunden war, und drehte den Schlüssel um. »Ich möchte nicht, daß wir gestört werden«, entschuldigte er sich bei Bony. »Meine Frau ist manchmal reichlich neugierig. Da muß ich immer höllisch aufpassen. Wenn sie hört, was hier gesprochen wird, erfährt es sofort ihr ganzer Stamm.«

»Verstehe«, meinte Bony. »Also, wie gesagt, ich suche Arbeit. Ich kann mit Vieh umgehen. Sollte allerdings Bohnenstange Kent hier sein, könnte ich nicht mit ihm zusammen arbeiten – das möchte ich von vornherein klären. Dieser Schuft hat sich einfach aus dem Staub gemacht und mich mit der ganzen Arbeit am Zaun sitzengelassen.«

»Tatsächlich?« murmelte Levvey. »Und haben Sie vielleicht noch mehr Theorien, was mit Maidstone passiert sein könnte? Sie machten mir doch schon einmal einige Andeutungen.«

»Ja, da habe ich schon noch ein paar Theorien«, antwortete Bony. »Wissen Sie, wenn man so ganz allein da draußen am Zaun liegt und nichts weiter sieht als die Sterne, da macht man sich so allerlei Gedanken. Ich glaube, daß Maidstone zur selben Zeit bei Brunnen zehn war, als die Viehdiebe die Rinder oder ihre Pferde dort getränkt haben. Ferner glaube ich, daß Maidstone zwei Blitzaufnahmen von den Pferden an der Tränke gemacht hat. Und dabei hat er vermutlich auch die Burschen mit aufgenommen, die auf diesen Pferden saßen. Aber anscheinend hat es jemandem gar nicht gepaßt, fotografiert worden zu sein, und da erschoß er kurzerhand Mr. Maidstone.«

Levveys Augen bildeten schmale Schlitze.

»Eine sehr interessante Theorie, Ed«, brummte er. »Für einen Fencer haben Sie sich ja gewaltig für das Schicksal dieses Maidstone interessiert. Gerüchtweise habe ich davon gehört, daß die Schwarzen auf Quinambie Sie sogar für einen Polizisten halten. Nun, hätten Sie dazu vielleicht etwas zu sagen?«

Die beiden Männer hatten sich gesetzt. Bony lehnte sich zurück, gähnte und streckte die Hände über den Kopf, wobei er auf die Armbanduhr sah.

»Ich weiß nicht recht, ob man mich als Polizisten bezeichnen kann, Mr. Levvey«, erwiderte er gelassen. »Manchmal sehe ich die einfachsten Dinge nicht, obwohl sie mir direkt vor der Nase liegen. Sie haben mir da eine Menge Fragen gestellt – nun lassen Sie zur Abwechslung mich einmal etwas fragen: Wie lange sind Sie nun schon Verwalter auf der Lake-Frome-Station?«

»Ich wüßte nicht, daß Sie das etwas angeht, Ed«, meinte Levvey. »Aber ich will es Ihnen sagen. Ich bin jetzt sechs Monate hier. Nun möchte ich zu gern wissen, warum Sie, falls Sie ein Polizist sein sollten – und ich halte Sie für einen –, sich bei mir einen Job suchen möchten?«

»Nun ja«, entgegnete Bony. »Ich kannte Maidstone aus Sydney, und er erzählte mir mal, daß Sie ein guter Freund von ihm sind. Da dachte ich mir, daß er Sie doch sicher besucht hat, um zu sehen, wie es Ihnen geht.«

»Was wollen Sie damit sagen, Ed?« Levveys Stimme klang heiser, und während er sprach, erhob er sich langsam von seinem Stuhl.

»Nur dies«, erläuterte Bony. »Joyce hatte Sie per Funk davon verständigt, daß Maidstone Ihrer Einladung Folge leisten und Sie auf der Lake-Frome-Station besuchen würde. Nun ist es eine etwas seltsame Erwiderung der Gastfreundschaft, die er Ihnen in Collaroy gewährt hatte, jemanden loszuschicken und ihn erschießen zu lassen. O nein! Davon lassen Sie gefälligst die Finger!« rief Bony, als Levvey nach einem in der Ecke stehenden Gewehr langen wollte, und zog gleichzeitig den Revolver. »Nun setzen Sie sich schön wieder hin, Mr. Levvey, damit wir unsre interessante Unterhaltung fortsetzen können.«

»Ich glaube kaum, daß wir uns noch lange unterhalten werden«, sagte Levvey. »Schauen Sie sich einmal um.«

»Das ist ein uralter Trick«, spöttelte Bony. »Ich persönlich bin noch nie darauf hereingefallen.«

»Diesmal würde ich aber doch darauf hereinfallen, Sie oberkluger Polizist!« vernahm Bony eine Stimme in seinem Rücken.

Es war Nugget.

»Jetzt werfen Sie den Revolver weg«, fuhr der Schwarze fort. »Er nützt Ihnen nichts mehr. Sehen Sie, ich habe nämlich immer noch meine Winchester.«

Bony streckte langsam die Hand aus, ließ den Revolver auf den Boden fallen und hob die Hände.

»Da haben Sie mir eine feine Falle gestellt«, murmelte er.

»Allerdings haben wir Ihnen eine Falle gestellt«, spöttelte Levvey. »Und Sie sind auch prompt hineingegangen. Jetzt werden wir Ihnen sogar zeigen, wo der echte Jack Levvey begraben liegt. Vielleicht schaufeln wir daneben noch ein zweites Grab. Möglicherweise stellen wir sogar ein schönes kleines Kreuz darauf – zum Gedächtnis an einen Polizisten, der sich für schrecklich klug hielt.«

»Ich weiß bis jetzt noch nicht, was hier eigentlich vorgegangen ist«, sagte Bony. »Vermutlich haben Sie zusammen mit Nugget die Viehdiebstähle organisiert?«

»Da haben Sie ausnahmsweise recht«, antwortete Levvey. »Wer arbeitet schon für ein paar lausige Pfund hier im tiefsten Innern Australiens! Schlachtvieh läßt sich überall verkaufen. Kein Mensch stellt Fragen. Zwanzig Pfund erhält man pro Stück. Die letzten beiden Herden, die wir hier durchgeschleust haben, bestanden aus dreihundert Rindern. Dreihundert Rinder zu je zwanzig Pfund. Rechnen Sie sich mal den Gewinn aus! Noch ein paar Monate, dann konnten wir hier verschwinden. Dann sollte man sich ruhig den Kopf zerbrechen, was hier eigentlich vorgegangen ist.«

»Wie haben Sie Levvey aus dem Weg geräumt?« fragte Inspektor Bonaparte.

»Er verunglückte auf dem Weg nach hier«, erwiderte Nugget. »Jemand jagte Känguruhs und erschoß ihn versehentlich.«

»Sie irren sich, wenn Sie glauben, daß ich jemanden losgeschickt hätte mit dem Auftrag, Maidstone zu erschießen«, erklärte der Mann, der unter dem Namen Levvey auf der Lake-Frome-Station lebte. »Maidstone hat sich selbst umgebracht. Gewiß, er hat Nugget und mich fotografiert, als wir die Pferde tränkten. Aber das wäre nicht weiter tragisch gewesen. Doch als ich mich als Levvey vorstellte, mußte er seinen großen Mund aufreißen. ›Sie sind nicht Levvey‹, sagte er. ›Ich habe Levvey in Collaroy kennengelernt‹. Da blieb uns keine andere Wahl, als ihn aus dem Weg zu räumen. Und wenn wir nun auch noch Sie beseitigt haben, weiß kein Mensch etwas. Außerdem werden wir nicht mehr lange hier sein.«

»Hat sonst noch jemand mit Ihnen unter einer Decke gesteckt?« wollte Bony wissen. »Zum Beispiel Bohnenstange Kent?«

»Das ist aber dann die letzte Frage«, brummte der angebliche Jack Levvey. »Die Nacht geht schließlich auch einmal zu Ende. Die Antwort lautet: Nein. Nur wir zwei haben uns in den Ertrag geteilt. Bohnenstange hatte die Arbeit am Zaun satt und erhielt von uns ein paar Pfund für die kleine Gefälligkeit, Sie von Ihrem Zaunabschnitt wegzulocken. Außerdem wollte er gern zu Nuggets Familie gehören. Nugget hat ihm erzählt, das Ganze sei nur ein Scherz, um einem überklugen Polizisten zu zeigen, was für ein Trottel er in Wirklichkeit ist. Nein, die Sache habe ich allein mit Nugget ausgetüftelt. Und Nugget hat die Arbeit am Zaun nur angenommen, um jederzeit zur Stelle zu sein. Nugget hat auf die Eingeborenen einen großen Einfluß, er gehört ja selbst zum Stamm. Ganz gleich, wer den Verwalterposten erhielt – niemand hier in der Gegend würde ihn kennen. Wir hatten also auf jeden

Fall sechs Monate Zeit, bevor man von mir erwartet hätte, daß ich Urlaub nahm oder detaillierte Berichte an die Viehzuchtgesellschaft schickte. Wir haben uns, wie gesagt, in alles geteilt – höchstens, daß Nugget vernarrt ist in Gewehre und deshalb die Schießerei erledigt hat. Und nun wird er erneut Gelegenheit haben, seinen geliebten Sport auszuüben. Stimmt's, Nugget?«

»Sie bringen sich nur noch tiefer ins Unglück«, beschwor Bony die beiden. »Sie wissen genau, daß Sie nicht ungeschoren davonkommen.«

»Wir benötigen ja keinen großen Vorsprung. Wir wollen nur noch die Rinder verkaufen, die wir uns aus Quinambie besorgt haben, dann verschwinden wir.«

Etwas mußte schiefgegangen sein. Bony bemühte sich verzweifelt, Zeit zu gewinnen.

»Sie sollten sich alles noch einmal gründlich überlegen, bevor Sie es später schwer bereuen. Selbst wenn es Ihnen gelingen sollte, ins Ausland zu entkommen – bei der Ermordung eines Polizeibeamten werden Sie auf jeden Fall ausgeliefert.«

»Machen Sie sich um uns keine Sorgen«, erwiderte Levvey sarkastisch. »Dazu muß man uns erst einmal finden.«

Bony hatte das Gefühl, sich früher schon in gefährlicheren Situationen befunden zu haben, konnte sich aber im Moment nicht erinnern, wann das gewesen war. Vor lauter Tatendrang hatte er die Möglichkeit außer acht gelassen, daß auch der bestdurchdachte Plan durch einen unvorhergesehenen Zwischenfall schiefgehen kann.

»Los – 'raus jetzt!« befahl Nugget barsch.

Bony setzte sich in Bewegung, trat durch die Tür hinaus ins Freie. Nugget und Levvey folgten ihm. Nach zwanzig Metern blieb Bony stehen; er wußte offensichtlich nicht recht, in welche Richtung er weitergehen sollte.

»Los – weiter!« Nugget stieß Bony den Gewehrlauf in den Rücken.

In diesem Augenblick überstürzten sich die Ereignisse. Der Inspektor spürte einen flüchtigen, aber kräftigen Schlag gegen die linke Schulter und lag auch schon der Länge nach am Boden. Nugget, der unmittelbar folgte, wurde mit voller Gewalt getroffen und mit großer Wucht zu Boden geschleudert, wobei das Gewehr in hohem Bogen davonflog. Bony stützte sich auf die Ellbogen und sah sich vorsichtig um. In dem Lichtschein, der aus der offenen Küchentür fiel, erblickte er Levvey. Mit langen Schritten spurtete der Mann auf die rettende Tür zu, dicht gefolgt von einem riesigen Schatten, der ein wütendes Brüllen vernehmen ließ. Jetzt begriff Bony, was geschehen war. Entweder hatte er das Ungeheuer nicht fest genug angebunden, oder es hatte sich selbst befreit und lief nun Amok. Mit vorgestrecktem Kopf und weit aufgerissenem Maul, den Brüllsack in voller Länge ausgestoßen, bestürmte das Ungeheuer die Tür, durch die sich Levvey im letzten Moment hatte retten können.

Kräftige Hände packten Bony und stellten ihn auf die Beine.

»Tut mir leid, daß wir uns etwas verspätet haben«, sagte Wells. »Wir sind vom Weg abgekommen und gerieten in Treibsand. Was geht hier eigentlich vor?«

»Rasch!« rief Bony. »Da liegt Nugget. Nehmt ihn fest, und dann zum Vordereingang vom Haus!«

Zwei Wachtmeister tauchten aus der Dunkelheit auf und packten den halb bewußtlosen Nugget, rissen ihn in die Höhe. Sie schoben den Schwarzen vor sich her und machten sich auf den Weg zum Vordereingang des Herrenhauses. Die übrigen Beamten folgten. In der Halle kauerte eine sehr verängstigte Mrs. Levvey.

»Bleiben Sie mit Nugget hier bei Mrs. Levvey!« befahl Bony den Wachtmeistern.

Nach wenigen Sekunden hatten sie die Tür gefunden, die in die Küche führte. Sie war immer noch verschlossen, widerstand aber nicht lange dem gemeinsamen Ansturm von Bony und Wells.

Ein höchst seltsamer Anblick bot sich ihren Augen. Levvey hatte sich hinter den Küchenschrank gequetscht. Er war noch immer so verstört, daß er überhaupt nicht daran gedacht hatte, die Tür aufzuschließen und im Innern des Hauses Zuflucht zu suchen.

Das Ungeheuer füllte mit seinem breiten Gestell den ganze Türrahmen aus, konnte sich aber natürlich nicht hindurchzwängen. Immerhin kam es mit dem Kopf bis zum Tisch, und nun fraß es seelenruhig das halbe Brot, das vom Abendessen übriggeblieben war.

Erst nachdem Levvey und Nugget Handschellen angelegt erhalten hatten und das Ungeheuer in einem Pferdestall so sicher untergebracht worden war, daß es nicht wieder ausbrechen konnte, äußerte Bony seinen Mißmut.

»Sie sind sehr spät gekommen«, knurrte er Wells an. »Es hätte nicht viel gefehlt, und Sie hätten an meinem Begräbnis teilnehmen können!«

Wells machte ein besorgtes Gesicht.

»Ich versuchte es Ihnen ja vorhin schon zu erklären«, stammelte er. »Der Weg war schlecht zu erkennen. Wir kamen vom Buschpfad ab und gerieten in Treibsand. Der Wagen sitzt restlos fest. Die letzten paar Meilen mußten wir zu Fuß zurücklegen.«

Bony blickte ihn scharf an. »Ich dachte schon, ich hätte das Rumpeln eines fernen Gewitters gehört. Es war also lediglich das Getrampel von sechs Paar Polizistenstiefeln!«

Wells grinste erleichtert. Gott sei Dank nahm Inspektor Bonaparte die Panne, die um ein Haar böse Folgen gehabt hätte, mit Humor.

Bony wandte sich an den Wachtmeister, der eintrat.

»Levvey und Nugget sind streng zu bewachen. Sie dürfen keinen Moment aus den Augen gelassen werden«, sagte er. »Ich traue den Eingeborenen nicht, die hier in der Gegend leben. Wir bleiben über Nacht hier und brechen morgen früh auf. Für die Bewachung werden wir uns ablösen.«

»Jawohl, Inspektor«, erwiderte der Wachtmeister. »Und wann soll ich das Kamel erschießen?«

»Was wollen Sie?« fragte Bony entgeistert.

»Das Kamel erschießen«, wiederholte der Wachtmeister.

Bony schien es die Sprache verschlagen zu haben, denn er stand mit offenem Mund da und brachte kein Wort heraus.

»Ich habe dem Chefinspektor von dem Ungeheuer erzählt«, erklärte Wells. »Er hatte bereits wiederholt von diesem Kamel gehört, auch von der Geschichte, wie Sie und Luke die ganze Nacht auf dem Baum hocken mußten. Da das Tier gemeingefährlich ist, soll es erschossen werden.«

»Dieses Kamel hat mir vermutlich das Leben gerettet. Wenn der Chefinspektor unbedingt möchte, daß es getötet wird, soll er es gefälligst selbst erschießen!«

Wells und der Wachtmeister wechselten einen kurzen Blick, dann zwinkerte Wells Bony zu.

»Bis morgen früh ist es auf jeden Fall sicher«, sagte er. »Und nun ruhen Sie sich am besten erst einmal aus. Ich übernehme die erste Wache bei den Gefangenen.«

Kurz vor Tagesanbruch wachte Bony auf. Noch einmal ließ er die Ereignisse des Vorabends Revue passieren. Plötzlich zog er sich hastig die Stiefel an und ging leise hinaus. Als ihn der Wachtmeister um sechs Uhr weckte, war er wieder zurück und schien fest zu schlafen.

Nach dem Frühstück rüsteten sie zum Aufbruch. Der im Treibsand steckengebliebene Lastwagen wurde von einem Wachtmeister mit Unterstützung einiger Farmarbeiter wieder flottgemacht. Wells wartete geduldig, bis Bony einmal nicht in der Nähe war, dann gab er einem der Wachtmeister leise einen Befehl. Der Mann holte sein Gewehr und verschwand. Im nächsten Moment war er verblüffend schnell wieder zurück.

»Das Kamel ist verschwunden«, rief er aufgeregt. »Auch das Tor des Pferchs steht offen. Das Kamel ist nirgends zu sehen.«

»Komisch«, murmelte Bony. »Da muß es von einem der Eingeborenen, die hier wohnen, freigelassen worden sein.«

»Hm!« Wells blickte Bony durchdringend an. »Der Chefinspektor wird sich gewiß interessieren, wie die Geschichte meines Erachtens wirklich passiert ist.«

»Ach, ich weiß nicht«, meinte Bony gelassen. »Warum wollen Sie ihm unnötige Aufregung bereiten. Sehen Sie: Ich werde ja auch nicht erwähnen, daß der Staat um ein Haar durch Ihre Schuld meiner Frau hätte Witwenpension zahlen müssen.«

18

Drei Wochen später traf sich Bony mit Newton in Broken Hill. Levvey und Nugget waren des gemeinsamen Mordes angeklagt worden und befanden sich in Untersuchungshaft.

Bohnenstange Kent hatte – dessen war Inspektor Bonaparte sicher – mit der ganzen Affäre nichts zu tun. Er hatte Bony lediglich an einen anderen Zaunabschnitt gelockt.

Bei dem größten Teil des gestohlenen Viehs hatte man die Käufer ausfindig machen können. Diejenigen, die die Rinder noch nicht geschlachtet hatten, mußten zu ihrer Überraschung hören, daß sie keinerlei Eigentumsrechte erworben hatten, da es sich um gestohlenes Gut handelte.

Joyce hatte veranlaßt, daß das ihm gestohlene Vieh sofort an Ort und Stelle verkauft wurde, damit die Herde nicht nach Quinambie zurückgetrieben werden mußte. Doch bevor sich der Commander nach Süden auf den Weg machte, nahmen er und Bony Häuptling Moses und die männlichen Stammesangehörigen scharf ins Gebet. Daraufhin hatten sich die Schwarzen von Quinambie überstürzt in unbekannter Richtung entfernt.

Bony hatte zunächst erwogen, Luke und Charlie den Spinner der Teilnahme an der Ermordung Maidstones zu bezichtigen, hatte aber dann davon abgesehen. Die Ermittlungen hatten ergeben, daß Nugget sich die Hilfe des Stammes dadurch erkauft hatte, indem er die Schwarzen mit Tabak, Gewehren und Geld versorgt hatte, womit sie sich bei dem syrischen Hausierer kaufen konnten, was ihr Herz begehrte. Nugget war allerdings zu schlau gewesen, die Abos mit Alkohol zu versorgen, denn er wußte genau, daß dieses unweigerlich zu Beschwerden geführt und damit das Amt für Eingeborenenfürsorge auf den Plan gerufen hätte. Ferner hatte sich herausgestellt, daß Nugget der Schwiegersohn von Old Moses war und die Angriffe auf Bony angestiftet hatte.

Newton bestellte zwei Glas Bier und führte Bony zu einem Tisch in einer stillen Ecke der Hotelhalle, wo sich die beiden Männer verabredet hatten.

»So, mein Lieber«, sagte der Zaunwart. »Abgesehen von meiner angeborenen Neugier – Sie schulden mir auch so eine Menge. Allein schon, weil ich Sie – einen völlig unerfahrenen Menschen! – an den wichtigsten Abschnitt meines Zauns gelassen habe. Ob ich dort jemals wieder Ordnung schaffen kann, weiß der liebe Gott. Dafür möchte ich nun wenigstens die ganze Geschichte hören, von Anfang an!«

»Nun, eigentlich dürfte ich vor der Gerichtsverhandlung nicht darüber sprechen«, meinte Bony. »Andererseits stehe ich tief in Ihrer Schuld. Aber ich muß Sie bitten, alles, was ich Ihnen jetzt erzähle, sofort wieder zu vergessen. Schließlich muß vor Gericht erst noch der Beweis geführt werden.«

Die beiden Männer hoben die Gläser und tranken.

»Zunächst einmal heißt Levvey in Wirklichkeit Graham. Er stand im Verdacht, in der Riverina in Neusüdwales Vieh gestohlen zu haben. Doch bevor man ihm etwas beweisen konnte, war er aus Neusüdwales verschwunden. Er hatte es vorgezogen, im Innern von Australien unterzutauchen. Schon bald fand er heraus, daß er völlig unauffindbar war, wenn er mit einem Eingeborenenstamm zusammen lebte. Er wählte sich schließlich den Stamm aus, der auf dem Gebiet von Quinambie wohnt, sich damals aber noch in einer anderen Gegend aufhielt. Er nahm sich eine Lubra zur Frau, und während er unter den Abos lebte, lernte er Nugget kennen. Nugget wußte über die Lake-Frome-Station gut Bescheid, denn er war als wandernder Farmarbeiter viel herumgekommen. Deshalb war ihm auch bekannt, daß Commander Joyce überhaupt keine Erfahrung in der Viehzucht hatte. Nugget erzählte Levvey, wie völlig einsam die Lake-Frome-Station gelegen war. Er hatte auch schon herausgefunden, daß der Verwalter dieser Rinderfarm völlig freie Hand hatte. Da kam Levvey auf die Idee, daß er hier das Geschäft seines Lebens machen könnte.«

»Levvey – oder besser: Graham muß ein sehr guter Organisator sein. Schließlich hat er alles gründlich vorbereitet.«

»Allerdings«, pflichtete Bony bei. »Aber nennen wir ihn ruhig auch weiterhin Levvey. Das ist einfacher. Zunächst einmal machte er sich den Umstand zunutze, daß im Gebiet des Lake Frome ein wildes Kamel lebte. Er sorgte dafür, daß die tollsten Geschichten über das ›Ungeheuer vom Lake Frome‹ in Umlauf kamen; denn auf diese Weise wagten sich nur die Schwarzen in diese Gegend, die er dort haben wollte und denen er trauen konnte. Je weniger Leute in die Nähe des Lake Frome kamen, um so besser. So wurde das Märchen über das Ungeheuer immer mehr aufgebauscht, bis sich kein Abo eines anderen Stammes mehr in diese Gegend wagte und auch die wenigen Weißen das Gebiet nur bei Tage und mit äußerster Vorsicht durchquerten.«

»Genau betrachtet, war die Idee doch reichlich kühn«, meinte Newton. »Wie konnte Levvey sich einbilden, sich als neuer Verwalter ausgeben zu können, ohne daß jemand etwas merkte?«

»Sie müssen bedenken, daß kein Mensch den neuen Verwalter kannte«, widersprach Bony. »Außerdem wußte Levvey, wie man eine Rinderfarm leitet, und er verstand mit Vieh umzugehen. Leider gab es keine andere Möglichkeit, den richtigen Verwalter aus dem Weg zu räumen, als ihn zu töten. Nugget hatte nicht die geringsten Skrupel, den Mord auszuführen. Levvey brauchte nichts weiter zu tun, als zur selben Zeit aufzukreuzen und sich bei seinem Nachbar als der neue Verwalter vorzustellen. Lange zuvor schon hatten sich die Abos auf dem Gebiet von Quinambie häuslich niedergelassen und in der neuen Umgebung eingelebt. Nugget hatte sich um eine Stelle als Fencer bemüht, und als Levvey dann schließlich als der neue Verwalter auftauchte, taten sie so, als hätten sie sich vorher noch nie gesehen. Das Spiel konnte beginnen! Lange konnte die Geschichte nicht gutgehen, denn zweifellos mußte sich ja jemand nach dem wirklichen Levvey erkundigen, weil der keinerlei Lebenszeichen gab. Doch das Glück wollte es, daß er nicht verheiratet war und auch keine nahen Verwandten hatte. Die auf der Viehstation anfallenden Arbeiten konnte Levvey ohne Schwierigkeiten erledigen. Auf der Schreibmaschine tippte er die üblichen kurzen Berichte. Durchschläge des bisherigen Schriftverkehrs fand er im Büro. Die Leute von der Viehzuchtgesellschaft schöpften auch keinerlei Verdacht. Unglücklicherweise mußte Eric Maidstone in dieser gottverlassenen Gegend auftauchen, weil ihm der richtige Levvey gesagt hatte, daß er die Lake-Frome-Station übernehmen würde. Als Joyce während des gewohnten abendlichen Gesprächs durch die Funkanlage mitteilte, daß sich Besuch angesagt habe, muß diese Nachricht auf Levvey wie eine Bombe gewirkt haben. Maidstone kannte nicht nur den richtigen Levvey, er war auch bereits auf dem Weg zum Lake Frome. Levvey und Nugget beratschlagten und kamen zu dem Schluß, daß es das beste sei, wenn Levvey ganz einfach nicht zu Hause wäre. Sie beschlossen, die Gelegenheit zu benützen und Vieh zu stehlen. Natürlich nahmen sie an, daß Maidstone zu der fraglichen Zeit Brunnen zehn längst passiert hätte. Doch der Zufall wollte es, daß sie dort nicht nur mit dem Lehrer zusammentrafen — nein, Maidstone machte auch noch zwei gute Blitzaufnahmen von Levvey und Nugget am Brunnensee. Und auf diesen Bildern waren auch noch die Rinder von Joyce zu sehen! Nachdem die beiden das Vieh weitergetrieben hatten, faßten sie offensichtlich den Entschluß, Maidstone aus dem Weg zu räumen. Nugget kehrte um und erschoß ihn.«

»Trotzdem!« gab Newton zu bedenken. »Die beiden müssen verrückt sein, wenn sie sich eingebildet haben, ungeschoren davonzukommen.«

»Nun ja.« Bony zuckte die Achseln. »Immerhin verdienten sie ganz schön bei diesem Geschäft. Nur noch kurze Zeit, dann hatte Levvey genug, um ins Ausland gehen zu können. Bedenken Sie bitte, daß auf Nugget durchaus kein Verdacht gefallen wäre. Er hätte noch einige Monate am Zaun gearbeitet, um keinen Argwohn zu erwecken, und dann wäre er ganz einfach weitergezogen. Sie haben ja selbst gesehen: Viel hätte nicht gefehlt, und der Plan der beiden hätte geklappt.«

»Gewiß, das ist mir schon klar«, sagte Newton. »Aber wie haben Sie das alles herausgefunden?«

»Nun ja«, erklärte Bony. »Es wurde mir klar, daß Maidstone zur gleichen Zeit am Brunnen zehn gewesen sein mußte wie die Viehdiebe. Und obwohl er zwei Blitzlampen benützt hatte, fehlte der Film mit den entsprechenden Aufnahmen. Joyce brachte mich dann auf die richtige Spur, als er erwähnte, daß Maidstone davon gesprochen habe, Levvey zu kennen. Überdies stellte ich fest, daß Nugget und Levvey offenbar gut befreundet waren. Nugget war der einzige, der genügend Einfluß auf die Abos von Quinambie ausüben konnte, um sie gegen mich aufzuhetzen. Und allein Nugget konnte den Schwarzen Informationen über meine Tätigkeit am Zaun gegeben haben. Es war auch nicht zu übersehen, daß er mit Levvey ausführlich über mich gesprochen haben mußte. Dann der Zeitpunkt, zu dem Levvey mir einen Job anbot – unmöglich, daß es sich hier noch um einen Zufall handeln konnte! Sie merkten, daß ich ihnen auf die Schliche kam. Und nachdem sie bereits zwei Menschen umgebracht hatten, kam es auf einen weiteren Mord nicht mehr an.«

»Als Sie sich damals mit Inspektor Wells am Zaun unterhielten, während ich das Essen kochte, haben Sie gewiß die Operation auf der Lake-Frome-Station besprochen?«

»Ganz recht«, erwiderte Bony. »Aber Wells geriet mit dem Wagen in Treibsand, und wenn das Ungeheuer nicht wie die Nemesis dazwischengefahren wäre, könnte ich vielleicht heute nicht in aller Ruhe mit Ihnen ein Bier trinken.«

»Ich verstehe nur nicht, wieso sich das Ungeheuer lange Zeit völlig normal benimmt und dann urplötzlich Amok läuft«, meinte Newton. »Jedesmal, wenn ich Sie besucht habe, war das Tier doch sanft und gehorsam.«

»Da habe ich so meine Theorie«, antwortete Bony. »Ich traue Nugget und Levvey ohne weiteres zu, daß sie das Kamel eingefangen und gequält haben, um aus ihm das bösartige Ungeheuer zu machen, mit dem sie sich jeden unerwünschten Besucher vom Hals zu halten hofften. Sie wissen ja, daß das Ungeheuer vor allem auf die Eingeborenen und Mischlinge losging – erst auf Luke, dann auf Nugget. Es wurde auch regelmäßig unruhig und nervös, sobald Nugget in die Nähe kam. Ich nehme deshalb an, daß Nugget das Kamel vorsätzlich gequält hat. Der Polizeichef von Broken Hill war ein wenig verschnupft, als er erfuhr, daß das Ungeheuer immer noch die Gegend unsicher macht. Sie haben vermutlich schon davon gehört, daß es auf unerklärliche Weise entwichen ist?«

Bony musterte Newton mit Unschuldsmiene.

Newton trank einen Schluck Bier und verschluckte sich. Er wollte etwas sagen, überlegte es sich aber anders und leerte sein Glas. Bony schenkte sofort nach.

»Und nun möchte ich Ihnen noch etwas anvertrauen, über das Sie sich gewiß freuen werden«, fuhr Bony fort. »Ich hatte gefürchtet, den Sand von Ihrem vermaledeiten Zaun ewig im Mund zu behalten. Und die abscheulichen Weststürme hatten meine Kehle derartig ausgedörrt, daß ich glaubte, bis an mein Lebensende so herumlaufen zu müssen. Doch seit wir uns hier an den Tisch gesetzt haben, ist meine Kehle bereits nicht mehr so trocken, und auch der Sand zwischen meinen Zähnen ist weniger geworden.«

Newton grinste und hob sein Glas. »Darauf wollen wir anstoßen: auf den schönsten Grenzzaun im australischen Busch und auf das Ungeheuer vom Lake Frome!«

KONSALIK

Bastei Lübbe Taschenbücher

Die Straße ohne Ende
10048/DM 5,80

Spiel der Herzen
10280/DM 6,80

Die Liebesverschwörung
10394/DM 6,80

Und dennoch war das Leben schön
● 10519/DM 6,80

Ein Mädchen aus Torusk
10607/DM 7,80

Begegnung in Tiflis
10678/DM 7,80

Babkin unser Väterchen
● 10765/DM 6,80

Der Klabautermann
● 10813/DM 6,80

Liebe am Don
11032/DM 6,80

Bluthochzeit in Prag
11046/DM 6,80

Heiß wie der Steppenwind
11066/DM 6,80

**Wer stirbt schon gerne unter Palmen...
Band 1: Der Vater**
11080/DM 5,80

**Wer stirbt schon gerne unter Palmen...
Band 2: Der Sohn**
11089/DM 5,80

Natalia, ein Mädchen aus der Taiga
● 11107/DM 5,80

Leila, die Schöne vom Nil
● 11113/DM 5,80

Geliebte Korsarin
● 11120/DM 5,80

Liebe läßt alle Blumen blühen
● 11130/DM 5,80

Es blieb nur ein rotes Segel
● 11151/DM 5,80

Mit Familienanschluß
● 11180/DM 6,80

Kosakenliebe
● 12045/DM 5,80

Wir sind nur Menschen
● 12053/DM 5,80

Liebe in St. Petersburg
● 12057/DM 5,80

Ich bin verliebt in deine Stimme/Und das Leben geht doch weiter
● 12128/DM 5,80

Vor dieser Hochzeit wird gewarnt
● 12134/DM 6,80

Der Leibarzt der Zarin
● 14001/DM 5,80

2 Stunden Mittagspause
● 14007/DM 5,80

Ninotschka, die Herrin der Taiga
● 14009/DM 5,80

Transsibirien-Express
● 14018/DM 5,80

Der Träumer/Gesang der Rosen/Sieg des Herzens
● 17036/DM 6,80

Goldmann Taschenbücher

Die schweigenden Kanäle
2579/DM 7,80

Ein Mensch wie du
2688/DM 6,80

Das Lied der schwarzen Berge
2889/DM 7,80

Die schöne Ärztin
● 3503/DM 9,80

Das Schloß der blauen Vögel
3511/DM 8,80

Morgen ist ein neuer Tag
● 3517/DM 7,80

Ich gestehe
● 3536/DM 7,80

Manöver im Herbst
3653/DM 8,80

Die tödliche Heirat
● 3665/DM 7,80

Stalingrad
3698/DM 9,80

Schicksal aus zweiter Hand
3714/DM 9,80

Der Fluch der grünen Steine
● 3721/DM 7,80

**Auch das Paradies wirft Schatten
Die Masken der Liebe**
2 Romane in einem Band.
● 3873/DM 7,80

Verliebte Abenteuer
3925/DM 7,80

Eine glückliche Ehe
3935/DM 8,80

Das Geheimnis der sieben Palmen
3981/DM 8,80

Das Haus der verlorenen Herzen
6315/DM 9,80

**Wilder Wein
Sommerliebe**
2 Romane in einem Band.
● 6370/DM 8,80

Sie waren Zehn
6423/DM 12,80

Der Heiratsspezialist
6458/DM 8,80

Eine angesehene Familie
6538/DM 9,80

Unternehmen Delphin
● 6616/DM 8,80

**Das Herz aus Eis
Die grünen Augen von Finchley**
2 Romane in einem Band.
● 6664/DM 7,80

Wie ein Hauch von Zauberblüten
6696/DM 9,80

Die Liebenden von Sotschi
6766/DM 9,80

Ein Kreuz in Sibirien
6863/DM 9,80

Im Zeichen des großen Bären
● 6892/DM 7,80

Wer sich nicht wehrt...
● 8386/DM 8,80

Schwarzer Nerz auf zarter Haut
6847/DM 7,80

Die strahlenden Hände
8614/DM 10,–

Heyne-Taschenbücher

Die Rollbahn
01/497-DM 6,80

Das Herz der 6. Armee
01/564-DM 7,80

Sie fielen vom Himmel
01/582-DM 6,80

Seine großen Bestseller im Taschenbuch.

Der Himmel über Kasakstan
01/600-DM 6,80

Natascha
01/615-DM 7,80

Strafbataillon 999
01/633-DM 7,80

Dr. med. Erika Werner
01/667-DM 6,80

Liebe auf heißem Sand
01/717-DM 6,80

Liebesnächte in der Taiga
(Ungekürzte Neuausgabe)
01/729-DM 9,80

Der rostende Ruhm
01/740-DM 5,80

Entmündigt
01/776-DM 6,80

Zum Nachtisch wilde Früchte
01/788-DM 7,80

Der letzte Karpatenwolf
01/807-DM 6,80

Die Tochter des Teufels
01/827-DM 6,80

Der Arzt von Stalingrad
01/847-DM 6,80

Das geschenkte Gesicht
01/851-DM 6,80

Privatklinik
01/914-DM 5,80

Ich beantrage Todesstrafe
01/927-DM 4,80

Auf nassen Straßen
01/938-DM 5,80

Agenten lieben gefährlich
01/962-DM 6,80

Zerstörter Traum vom Ruhm
01/987-DM 4,80

Agenten kennen kein Pardon
01/999-DM 5,80

Der Mann, der sein Leben vergaß
01/5020-DM 5,80

Fronttheater
01/5030-DM 5,80

Der Wüstendoktor
01/5048-DM 5,80

Ein toter Taucher nimmt kein Gold
● 01/5053-DM 5,80

Die Drohung
01/5069-DM 6,80

Eine Urwaldgöttin darf nicht weinen
● 01/5080-DM 5,80

Viele Mütter heißen Anita
01/5086-DM 5,80

Wen die schwarze Göttin ruft
● 01/5105-DM 5,80

Ein Komet fällt vom Himmel
● 01/5119-DM 5,80

Straße in die Hölle
01/5145-DM 5,80

Ein Mann wie ein Erdbeben
01/5154-DM 6,80

Diagnose
01/5155-DM 6,80

Ein Sommer mit Danica
01/5168-DM 6,80

Aus dem Nichts ein neues Leben
01/5186-DM 5,80

Des Sieges bittere Tränen
01/5210-DM 6,80

Die Nacht des schwarzen Zaubers
● 01/5229-DM 5,80

Alarm! Das Weiberschiff
● 01/5231-DM 6,80

Bittersüßes 7. Jahr
01/5240-DM 5,80

Engel der Vergessenen
01/5251-DM 6,80

Die Verdammten der Taiga
01/5304-DM 6,80

Das Teufelsweib
01/5350-DM 5,80

Im Tal der bittersüßen Träume
01/5388-DM 6,30

Liebe ist stärker als der Tod
01/5436-DM 6,80

Haie an Bord
01/5490-DM 7,80

Niemand lebt von seinen Träumen
● 01/5561-DM 5,80

Das Doppelspiel
01/5621-DM 7,80

Die dunkle Seite des Ruhms
● 01/5702-DM 6,80

Das unanständige Foto
● 01/5751-DM 5,80

Der Gentleman
● 01/5796-DM 6,80

KONSALIK – Der Autor und sein Werk
● 01/5848-DM 6,80

Der pfeifende Mörder/ Der gläserne Sarg
2 Romane in einem Band.
01/5858-DM 6,80

Die Erbin
01/5919-DM 6,80

Die Fahrt nach Feuerland
● 01/5992-DM 6,80

Der verhängnisvolle Urlaub / Frauen verstehen mehr von Liebe
2 Romane in einem Band.
01/6054-DM 7,80

Glück muß man haben
01/6110-DM 6,80

Der Dschunkendoktor
● 01/6213-DM 6,80

Das Gift der alten Heimat
● 01/6294-DM 6,80

Das Mädchen und der Zauberer
● 01/6426-DM 6,80

Frauenbataillon
01/6503-DM 7,80

Heimaturlaub
01/6539-DM 7,80

Die Bank im Park / Das einsame Herz
2 Romane in einem Band.
● 01/6593-DM 5,80

Eine Sünde zuviel
01/6691-DM 6,80

Die schöne Rivalin
01/6732-DM 5,80

Der Geheimtip
01/6758-DM 6,80

● = Originalausgabe   Preisänderungen vorbehalten

ROBERT LITTELL

ROBERT
LITTELL
DER
TÖPFER

ROMAN

GOLDMANN

DER TÖPFER ist ein im Wortsinne außergewöhn-
licher Thriller, geschrieben von einem Autor, der
mit John le Carré und Graham Greene in einem
Atemzug zu nennen ist. Die atemberaubende Beschreibung eines ebenso ausgeklügelten wie irrwit-
zigen Geheimdienst-Komplotts. Eine Geschichte
voller Überraschungen und plötzlicher Wendun-
gen, geschrieben mit der ganz eigenen, unverkenn-
baren Handschrift Robert Littells: stilistisch
brillant, voll feiner Ironie, politischer Abgeklärt-
heit und psychologischer Wahrhaftigkeit.

GOLDMANN

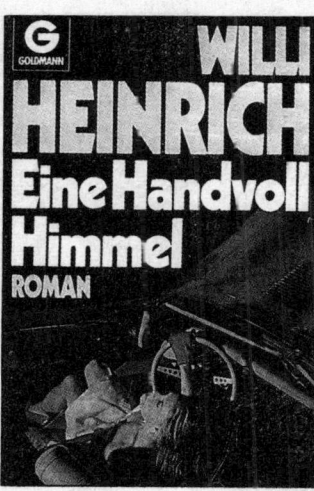

GOLDMANN VERLAG

Internationale Bestseller

Sidney Sheldon
Das nackte Gesicht
Roman

6680

Collins/Lapierre
Der fünfte Reiter

»Der Bestseller der achtziger Jahre« stern

6524

DESMOND BAGLEY
Erdrutsch
Roman

6701

SUSAN HOWATCH
Die Sünden der Väter

Roman

6606

IRWIN SHAW
Im Augenblick das Leben
»Lucy Crown«
Roman

6733

Harold Robbins
Die Aufsteiger
Roman

6407

WILLI HEINRICH
In stolzer Trauer
ROMAN

6660

Konsalik
Wie ein Hauch von Zauberblüten
Roman

6696

Hans Hellmut KIRST
Gott schläft in Masuren
Roman

6444

Ilse Gräfin v. Bredow
Kartoffeln mit Stippe
6393

Collins/Lapierre
Der fünfte Reiter
6524

Ingeborg Drewitz
Der eine, der andere
6386

Walter Kempowski
Aus großer Zeit
3933

Manfred Bieler
Der Kanal
3998

Stefan Heym
Der bittere Lorbeer
7101

Irwin Shaw
Der Wohltäter
6644

Jacqueline Briskin
Die reiche Erde von Paloverde
6627

Bernt Engelmann
Meine Freunde, die Manager
6609

Robert Ruark
Der Honigsauger
6657

Verlangen Sie das
Gesamtprogramm
beim
Goldmann Verlag
Neumarkter Str. 18
8000 München 80